U0675930
她是不会失约的太阳，
她会如约到来，
她的光芒永在。
圣西柯
木本文学
MIGHTY ORIGIN LITERATURE

她为什么不开心

上册

墨西柯 著

天地出版社 | TIANDI PRESS

上册

她为什么又开心

第一幕 银铃血祭

一

是夜，月落屋梁斜倚着云。

说来也怪，如此天气却在夜间升腾起了雾，漾漾紫雾在香焚宝鼎间静谧地飘着。长廊间挂着的橘色的灯，因这雾气在地面上投下了流动的暖光。

青佑寺大殿外，三千修者依旧长跪不起。

放眼望去，广袤的广场乌泱泱跪了一片，其中不乏元婴期的仙尊。虽是跪着，但威压感十足。

寺院中辈分低些的僧人根本不敢靠近这附近，洒扫都停了几日。

寺院中的长老来劝说过这些修者几次，可惜没有效果，他们始终不肯离去。

队伍后方，两道身影鬼祟地混进了人群之中，其中身材高挑些、名为顾京墨的那位不假思索地蹲在了队伍的最尾端，衣摆搭在膝盖上，仗着夜色浓重且自己穿着玄色衣衫蒙混过关。

跟着她的少女看得惊讶，本就长着一双圆溜溜的杏眼，此番惊讶之下更显得双眸明亮且大，水汪汪的仿佛一泓清泉。

她张嘴要说什么，却被拦住了。

少女思量了一会儿，不情不愿地跟着一同蹲下身。

最先蹲下的女子并不老实，动作轻微地四顾查看，接着极为小声地问跪在不远处的修者："这位道友……"

被她唤了一声的是一名男修者，在这种肃穆的场合本不想理会旁人，然而不经意地抬头后却愣愣地停顿了片刻。

出现在他面前的是一名女修者，目测是筑基期巅峰修为。

她的相貌极为出挑，像是夜间浓烈绽放的殷红罂粟，抑或刹那烟火。翰墨肆意挥洒的美，犹如黑暗中乍现的一抹光亮冲击着他的双眸。

她的肌肤极白，似未曾融化的雪，唇却朱红，仿佛饮血为生。最让人印象深刻的，恐怕是她微微上挑的眼尾处有着一抹瑰丽的红影，如同展开的凤凰羽翼般肆意张扬。

他似乎闻到了一阵馥郁的香气，未饮酒却醉了三分，未奔走却迷乱了精神。

男修者错愕了片刻终于回神，轻咳一声缓解尴尬，用余光看了看周围，见没有人注意到他方才的失态才平复了表情。

这般场合，众多修者都在竭尽所能地表现谦卑，没有人在此动用灵力，就算是前辈们也没有人动用神识探查周围，这也是这两名女子能成功混进人群的原因。

男修者没有直接回答，而是神识传音：“不知道友有何事？”

这般更加稳妥，免得在人群中显得突兀。

顾京墨听到传音后嘴角微扬，同样传音回答：“请问，你们在跪什么？”

男修者听到这个问题一怔，情不自禁地蹙眉：“原因都不知，你来这里做什么？”

“我来寺里……”顾京墨想了想，总不能跟他说自己是来寺院里抓和尚回去双修的吧，片刻后才回答，“来寺里求姻缘，进来便看到这么多修者长跪不起，以为是什么大型的祭拜仪式，便也跟着跪了。”

男修者又扫了她一眼，似乎有所疑惑，思忖片刻方才回答：“那你还是离远些比较好。”

“为何？”

“我们是在请老祖出山除魔。”

顾京墨听到这里便懂了，又看了看久跪的人群，问道：“请的可是道家老祖迦境天尊？”

“对。”

修真界皆知迦境天尊的事迹离奇。

明明年岁已过寿元大限，却一直没有陨落，也一直没有渡劫飞升，只因被心魔所困。这般突破寿元大限的能力，已经被奉为修真界的传奇。

他为了平稳化解心魔，能够顺利飞升，辗转到了青佑寺参悟佛法，静心养性。

这些修者来到青佑寺，请的老祖自然是迦境天尊。

顾京墨又问：“不知除的魔是三魔还是七鬼？”

与道家、佛门敌对且被称为魔的，无非是魔门修者。

其中，魔门以三魔七鬼共十名魔修最为出名，能让这么多修者长跪不起请老祖出山的，想必是一位棘手的人物。

“乃是如今的魔尊，银铃血祭——顾京墨。”

三魔之尾顾京墨，魔门扬名最晚，却罪孽滔天、恶贯满盈，是最为闻名的女魔头。

仅仅二百余岁便已经跃升到了化神境，其天资之高与斗法能力之狠绝，让整个修真界闻风丧胆。

更是年纪轻轻便做了魔门的魔尊。

顾京墨听到自己的名字不但没有惊慌，反而松了一口气，接着平淡地笑道：“此人的确该杀。”

提及此，男修者更是愤恨：“做了那么多恶事，她必须死！”

“你说得没错。”顾京墨居然认可地跟着点头，连连称是。

得到了答案，她欲离开，偏巧此时一位元婴期仙尊突然朗声说道：“魔门修者顾京墨有五重罪，其余杀戮更是数不胜数，其心狠手辣，暴戾恣睢，整个修真界都容不得她。音尘阁的修竹天尊也在前不久殒命顾京墨之手，若是再放任不管，怕是会有更多名门正派的修者葬身其手，还请老祖出山，除魔卫道！”

这一声有灵力加持，底气十足，声音远远地传了出去，在幽深的山谷与寺院间回荡，想必迦境天尊能够听得真切。

传音已出，全场寂静，所有修者都紧张地等待老祖回应。

迦境天尊乃是如今修真界修为最高的修者，拥有最靠近飞升之境的化神巅峰期修为。

在他的面前就算是各大门派掌门人都不敢造次，只能规规矩矩地跪着，静候回音。

顾京墨身边的女孩听到了那名元婴期仙尊的话不由得一怔，反应过来后当即愤然，却被顾京墨按住了手，这才没有任何举动，然而表情中全是不甘。

顾京墨却比她多了一重警惕。

传音结束后，顾京墨浑身一颤，似有一阵冷风拂面而过，额前的碎发随之一荡。

仅仅片刻便回归平静。

似乎发生了什么，又似乎只是一阵冷风。

然而顾京墨心中警觉不减，有了离开的心思。

就在这时，山中突兀地传出了一名男子的声音，清冷得如同积压了几千年的寒冰，带着彻骨的寒意：“尔等生死，与我何干？”

这般冷漠的言语，却因在山谷间回荡有着些许涣散感，竟然惊人地悦耳好听。

三千跪拜修者当即哗然。

他们跪了月余，第一次得到迦境天尊的回答，竟然是这样的答案！

难不成迦境天尊真的是传闻中的样子？

之前想着迦境天尊在青佑寺闭关百余年，或许能够改变些许性情，怎么还是当年的样子？

这……该如何是好？

顾京墨则是缓缓起身，顺便扶着身边的女孩，趁乱带着她疾行离开，同时传音道：“黄桃，跟我走。”

二人看似修为不高，实则身法极为诡异，竟然在旁人不知不觉间来，又不动声色地离开，无人感知得到。

顾京墨带着黄桃疾行而去，到偏僻处才停下。

青佑寺多是直挺青松，偶有其他树木也是参天而立，放眼望去皆是翠绿。

山间隐约可见万顷琉璃，无边风月。林间立着如此两名女子，在黛色烟青的青佑寺地界点缀了两抹艳丽。

黄桃确认周围没有其他人了，才委屈说道："修竹道人并非……"

顾京墨却未在意，懒洋洋地伸了一个懒腰，随便找了一棵树便跃了上去，靠着树干模样慵懒地回答："事实是怎样又如何，说了他们会信吗？"

"可是不解释，会不会让人觉得窝囊？"

"只有蠢货才会如此觉得，我又何须跟愚蠢之人计较？"

黄桃知道顾京墨隐瞒的缘由。

所以她替顾京墨觉得委屈。

可是顾京墨不在乎这些，只要她能够保护那些人，就可以了。

黄桃依旧非常不悦，双拳紧握，有些肉的双拳看上去像两个小包子，毫无威慑力："还请迦境道人出山，真当迦境道人会是您的对手吗？"

"那迦境老儿修为深厚，怕是能与我对抗一二。我若没受伤还好，如今身上有伤，迦境老儿若真出山了还当真有些棘手。"

黄桃终于想起了正事："我之前还当是全修真界都知道你要抓和尚双修了呢，还出动了这么多修者保护青佑寺和尚，原来他们只是想要杀您啊，这我就放心了。"

顾京墨靠在树干上，身体没骨头似的，一只手臂耷拉下来，如同一只伸爪子的猫。

她起初没觉得黄桃的话有什么不对，还认可地点头，但转而一怔。

什么叫他们是想杀她的，就可以放心了？

最终顾京墨也只是轻笑了几声，继而叹道："当着那么多人的面抓和尚我也有点害羞，我们就在这里蹲落单的吧。"

"好！我给您守着。"黄桃当即兴奋起来。

自从跟了顾京墨，黄桃什么事情没做过！

顾京墨杀人放火她叫好，顾京墨行侠仗义她叫好，顾京墨掳和尚当炉鼎她当然也拍手叫好。

总之，顾京墨做什么都是对的。

顾京墨无奈地摆手："你明晃晃地站在那里都没人过来了，来，躲起来。"

"哦哦哦！"黄桃赶紧躲到了树后面，探头偷偷朝外张望。

斗转星移。

天空飘起了蒙蒙细雨，雨滴斜织成网，在空中拉得狭长。

顾京墨手指轻点，点出一道屏障，遮住了她与黄桃的身体，她换了一个姿势，扭着身子挂在树干上，玄色的衣袍微微垂着，被风吹得轻轻飘荡。

黄桃扶着树干望眼欲穿，情不自禁地踮起脚，终于看到了晨间去挑水的和尚，兴奋地传音给顾京墨：“魔尊魔尊，有和尚了！”

“这个不行，太胖。”

等了一会儿，黄桃又问：“魔尊魔尊，这个呢？”

“太矮。”

“一个药引子还这么挑？”

“毕竟得用一阵子呢，得找一个看着顺心的。”

“魔尊魔尊，又来了一个。”

一名身着银灰色僧服的僧人由远及近，他手中撑着一柄油纸伞，伞面是烟青色的云雾与竹林图案。

清雨点翠屏，滴落在伞面上像是绽放的朵朵透明的花，氤氲出朦胧的雾气，轻柔地围绕着那个人。

雨雾中的人走路不急不缓，步子似乎特别训练过，每一步都走得端正，迈出的步距都完全一致。

执伞的手指仿若失了血色，白皙得离奇，待伞面上移，是一张俊朗无双的面容。

原来真的有人可以将“仙风道骨，川渟岳峙”二词展现得淋漓尽致。

直挺的鼻子，微薄的唇，一双剑眉，星眸朗目，双眸似乎是贪婪的饕餮，吸进了浩瀚星辰与世间所有美玉，不然怎会如此璀璨。来人清冷干净得仿佛不沾染风雪，不经人间烟火。

他执伞从雨雾中走来，身后是松风水月，脚下是青石曲路。

仿若一场惊鸿梦，引来三千轻柔风。

顾京墨久久地看着他，顿感神魂随之一荡。

她与黄桃传音道：“就他了。”

二

雨中掀起了一阵风，旋即一人出现在执伞人身前。

女子身材高挑，三千青丝尾端微微卷曲搭在肩头，随风而摇。

她的头顶交叉插着两根发钗，钗身较大，古铜尾端雕着芍药图案，花蕊处用红宝石点缀，坠着古铜色流苏。看着只是凡间的普通首饰，宝石黯淡，带着岁月蹉跎的痕迹。

这般古旧的发钗，竟然也给她妖冶的样貌增添了几分韵味。

她暗红如血的里衣外罩着玄色的衣袍，宽大的衣袖垂到了腿间位置，随风浮动时如蜉蝣游荡天际。

此时，她正眉眼含笑地看着他，上下打量，随即问道："请问小师父法号是……"

语调故意放低放缓，以此展现友好。

执伞佛子看到突兀出现的她也没有惊慌，甚至没有多余的表情，只是神情淡漠地看着她，眸中是枯井般的死寂。

他并未第一时间回答，薄唇紧抿，眉眼间带着一丝厌烦与嫌弃，不加遮掩。

这青佑寺倒是难见这般容易不耐烦的佛子。

他犹豫须臾，终于回答："悬颂。"

声音很沉，很低，偏偏带着谦谦公子的温润感，这是刻在骨子里的温柔有礼，如果语调不是那么生疏就更好了。

顾京墨不由得扬眉，仔细打量他，筑基中期修为的小和尚，看上去十七八岁的模样，稍加探查一番后确定，他的身上没有任何隐藏修为的痕迹。

之前迦境天尊的男声多了些缥缈，但此刻佛子的声音更加真切，如此听来，二者有些差异。有一瞬间她觉得相像，但很快放弃了怀疑。

名门正派修者的声音都是这般好听的吗？

顾京墨看着他的模样甚是满意，想要给他留个好印象，于是问："我要去山外但是迷了路，不知小师父可否……"

尽可能别那么粗鲁，先想办法拐走再说。

话还没说完，悬颂便已回答："不可。"

拒绝得干净利落。

"可是我在山里走了许久，好累啊……"她再次尝试，难得示弱，语气带着娇嗔。

悬颂垂眸看了看她干净的鞋底，再看看她不染半分雨滴的发丝，抿着嘴唇未出声。

她轻易地读懂了他的眼神，至此二人僵持于这草木天地间。

顾京墨站在雨里，全靠护体屏障避雨。

悬颂一人撑着伞站立，毫无谦让的意思。

顾京墨抖了抖自己的衣袖，微微扬起下巴，朝着悬颂走了几步，叹气道："那我只能抢人了。"

悬颂并不躲闪，甚至没有慌乱，仿佛只是等着看她到底要做什么。

直至顾京墨走近到让他不快的距离，他才抬起手来，掌心朝着顾京墨的额头，运转灵力轰出一掌。

顾京墨只觉得一阵飓风袭来，绕着她旋转了一周后又莫名地散开了。

她摊手看了看自己，毫发无伤，便疑惑地看向悬颂。

悬颂看她如此似乎也很惊讶，再次运转灵力一掌轰出，又是一阵飓风，涡旋状将顾京墨包围，转了一圈后又轻飘飘地散开了。

她不由得疑惑："我很少与佛修斗法，你们佛修的功法都这般没有攻击力的吗？"

悬颂收手看了看自己的掌心，又抬头看向顾京墨，原本冷漠的双眸终于出现了一丝异样，有了些许波动。

他似乎是在重新打量顾京墨，在探查，也在疑惑。

顾京墨并不知晓，方才悬颂对她用的是魔门修者最惧怕的掌法——赎杀掌。

赎杀掌没有任何铺垫，往往一击致命。被攻击的人罪孽越重，赎杀掌的威力越强。

当然，施展者有绝对强大的灵力储备，才能维持这套功法。不然碰到罪大恶极的人，赎杀掌的威力会强到连施法者也无力承受，自爆而亡。

悬颂入修真界一千九百余年，竟是第一次遇到这种情况。

赎杀掌是利用了罪恶之人的愧疚心理，从心魔引出能量，引其心魔之威，杀其肉身与魂。

面前这人要么从未做过什么恶事，如同一张白纸；要么就是绝对的厚颜无耻，觉得她所做之事从未有过半分不对，冷血麻木到丧心病狂的程度。

顾京墨问了问题未能得到答案，还当是悬颂功法不到家，第一次斗法紧张，有灵力用不出，反而鼓励他："没事，放宽心，只要和我双……啊，只要得我指点一二，你的修为将会稳步提升，我可以将你送至元婴期。"

悬颂瞥向别处，没理。

顾京墨也不在意他的态度，用功法一卷，朗声道："走，姐姐带你去修炼。"

说完朝着树后唤道："黄桃，跟我走！"

"哎！"黄桃见顾京墨即将得手，当即跟着她一块离开。

悬颂自然要挣扎，却不想再回过神来便已到了另外一处。

好强的遁术！

待他站稳之后，再次看向顾京墨，先是赎杀掌无用，再是这诡谲的遁术，这女魔头竟然一日之内让他两次感到惊诧。

他自然不会想到，更大的惊诧马上就到。

他们已经到了距离青佑寺千里之外的地界，且是一处小型洞府。

这里是一方小天地，周围古树参天，虎斑霞绮，林籁泉韵。

他立于一个洞府的洞口，前有潺潺小溪流过，水过叮咚，石壁上爬满暗绿色青苔，散发着草木阴潮的味道。

既然已经来了，悬颂反而不急了，他其实也好奇这女魔头鬼鬼祟祟地混进青佑寺，既不杀戮也不放火，偏偏来抓他这个伪装的小和尚，这葫芦里到底卖的是什么药？

他收了油纸伞跟着顾京墨以及黄桃进入了洞府，看着顾京墨随手一甩，点燃了洞府中照明的法器。

想来她们二人之前已在这洞府中小住过一段时日了。

悬颂进去后自顾自地找了一个蒲团盘膝坐下，同时问道：“你方才的遁术是？”

顾京墨回头看向悬颂，这小和尚被她掳了也不惊讶，反而淡然地跟着她进入了洞府，还泰然自若地问她问题，不由得觉得惊奇。

她轻笑着走到悬颂的身前蹲下，手臂搭在自己的膝盖上，坦然回答道：“我曾与桃花宗修者学过一段时间疾行术，再自己加以改良就有了这般效果了。”

“倒是实用。”

“可不,这都是我实战换来的成果,碰到打不过的就疾行千里,快到他们追不上。”

悬颂微微扬眉：“打不过就跑？”

这真的是魔门的魔尊？

传说中的三魔之一的银铃血祭？

难不成他探查错了？

“对啊！”顾京墨回答得理直气壮，“都打不过了，当然要跑。”

黄桃跟进来后启用了一个洗涤术，清理了洞府内部的尘埃，抽空跟着道：“我们魔……我家主人最会逃跑了！她逃跑可厉害了！”

悬颂终于看向了黄桃，又是一个神奇的人。

半妖。

又并非纯正的半妖。

灵兽妖类想要修炼到人形的，都需要几千年的修为才能做到，转化为人形后便有元婴期修为。面前这名少女的修为显然不够，变为了人形才堪堪有筑基初期的修为。

她是靠夺舍才得以成人形的。

魔门修者果然诸多歪门邪道。

他再次怀疑自己的猜测，传说中无恶不作的魔尊，出行时竟伪装成筑基期修为，身边还只带着一个半吊子半妖。

这模样和那些跪拜的蠢货口中的魔尊大相径庭。

悬颂又问：“你带我来这里有何事？”

顾京墨抬手用食指擦了擦自己的鼻尖，这种事情还真有些羞于说出口。

“我……现在遇到了一件棘手的事情，需要找……一个道侣。”

“道侣？”悬颂惊诧不已，“找佛修做道侣？”

不得不说悬颂自身的涵养着实不错，遇到这样荒唐的事情居然也能用波澜不惊的语调问出来，且没有做出任何不妥的举动来。

“我也觉得非常离奇，可事情就是如此，我需要找个佛修做道侣双修，这样才可以……”顾京墨怕悬颂不愿意，赶紧说出诱人的条件，“这样，我可以将你的修为送到元婴期，你的后半辈子都由我来罩着。喏，我现在就跟你结道侣印，既然用了你，便不会负你……”

说着已经抬手在悬颂额前一点，转瞬间，道侣印已经印在了悬颂的额头。

悬颂抬手摸了摸自己的额头，狐疑地看向顾京墨：“需与佛修双修……这是什么邪法？”

“疗伤之法。”

悬颂嫌弃地侧过头，不想看她：“没听说过。”

顾京墨不肯放弃，继续安慰：“我们可以先培养感情。”

“大可不必。”说着就要抬手解了自己额前的道侣印。

顾京墨赶紧用法术拦住了他的手，急切地说起了情话：“和尚，你的秃头在月光下闪闪发亮，像第二轮月亮，又圆又亮！”

“……”

“你的脸也格外好看，又白又软，像个大白馒头！”

“……”这是在夸赞他，还是在惹怒他？

“你就当日行一善，帮帮我这个遇到苦难的女施主，行不行？”顾京墨双手合掌，可怜兮兮地去求悬颂。

悬颂终于看向了顾京墨，气得蹙眉。

被一群徒子徒孙跪拜了月余已经够令他气恼了，结果那群蠢货请他出山，居然是为除掉这样的蠢女人！

他的耐心终于耗尽了。

他怒极反笑，不但没有躲开，反而起身，身体前倾凑近了盯着顾京墨的双眸，沉声问道：“怎么双修？在这里吗？在她的面前？可以啊，现在就来吗？”

问得轻佻，心中却是愤怒。

只要顾京墨敢碰他一下，他会直接要了这女人的命！

顾京墨显然没想到这个佛子居然答应得这么快，惊讶得睁大了双眸，怔怔地看着悬颂越靠越近。

那张俊朗无双的面容在她的眼前逐渐放大，距离近得可以看清他的睫毛，浓密纤长得令人心神一颤。

二人呼吸交缠，她可以感受到从他鼻翼中喷吐而出的温热气息，柔柔软软，轻轻洒洒，刮得她脸颊以及心尖一阵痒。

靠近了看，更能够看清这张容颜的精致。

眉眼浓一分过重、轻一分寡淡，这般模样刚刚好，每一点都恰是她最喜欢的样子。

心脏扑通扑通，像是被恶狼威胁的幼兔，慌乱紧张得不成样子。

黄桃也惊讶地捂住了嘴，没想到事情居然进行得这么顺利，手足无措地在洞府里踱步，紧接着转身就要出去，给这二人腾地方。

然而她还没走出去，就看到顾京墨的身体突兀地燃起火来。

这火来得突然，洞府中的三人皆是一惊。

没错，就连顾京墨自己都震惊了。

悬颂眼睁睁地看到面前的魔尊面颊以肉眼可见的速度变红，紧接着身体燃起火焰来，将她整个人都吞没在火中。

顾京墨被吓了一跳，第一个想到的居然是别让火伤到了悬颂，赶紧起身躲开，与此同时还丢给了悬颂一道屏障保护他。

她一边拍自己的身体，一边慌张地对黄桃说："黄桃，我怎么着火了！"

黄桃壮着胆子去帮顾京墨扑灭身上的火，火灼得她的双手通红，法衣上都沾了火星，主仆二人皆是狼狈不堪的模样，黄桃急得语调上扬："我不知道呀，你才是火系灵根啊。"

顾京墨方才想起来："对啊……我是火系单灵根……可我为什么会着火？"

"你去小溪里试试灭火？"

"哦，对……"顾京墨赶紧跑向小溪，可惜溪水很浅，她需要趴在溪水里，溪水才勉强没到她的胸口。

黄桃跟着过去，一个劲地往顾京墨身上撩水，紧张地问道："好些了吗？"

顾京墨依旧崩溃不已："火怎么不灭啊？"

"你调用功法试试呢？"

"我试了，完全控制不住。"

悬颂看着洞口飘进来的水蒸气渐渐填满了洞府，再听着洞口那对主仆的对话，最后看向保护自己的那道结界，忍不住揉自己的眉心："这都是些什么……"

三

活得久了，什么事情都能遇到。

悬颂抬手扇了扇朝着他涌过来的蒸汽，嘴唇抿成一道直线，带着不苟言笑的威严。

就算只是坐在寒酸的蒲团上打坐，他依旧腰背挺直，姿态极佳，气质卓然。

如若……不是在这么滑稽的场景里，想必也是幅"美人"图画。

一二

今日悬颂破例了很多次。

此刻亦然。

他并未离去，而是坐在蒲团上，看着那对主仆狼狈灭火，居然看得津津有味。

主仆二人忙碌了整整一刻钟的时间，顾京墨身上的火才算是堪堪灭了。

她走出小溪，迈了两步，法衣上的湿润便化作一阵雾气，衣袖一挥便散了。

想来她的法衣是针对她火系单灵根而专门炼制的，有着御火的效果，在这般燃烧下无损分毫。

她抖了抖衣袖活动着身体走回洞府内，立在悬颂的不远处托着下巴独自纳闷：“我为何会失控自燃？”

悬颂自然不会回答她，他觉得这对主仆以及那群徒子徒孙都不太正常，是不是觉得他活得太久了，无聊了，找事情给他解闷来了？

黄桃则是非常谨慎地凑到了顾京墨身边，仔细帮顾京墨检查身体，密语传音给她：“是不是你身上的伤导致你的灵力又失控了？”

悬颂又是一阵无奈。

方才顾京墨给他结了道侣印，便是将他纳入了“密友”的行列，这导致黄桃就算是密语传音，他不动用灵力也能听得真真切切，与正常说话没什么区别。

顾京墨似乎也没有意识到。

这对主仆都不太聪明的样子。

很快，他听到了顾京墨密语传音的回答：“我现在就双修的话，是不是就能疗伤了？”

“嗯，他都同意了，你当然要试试看，我出去等你们。”

黄桃回答完小跑着出了洞府，只留下了顾京墨和悬颂两个人。

顾京墨站在原地踌躇了片刻，轻咳了一声调整自己的状态，终于握紧双拳，下定决心了似的再次朝着悬颂走了过来。

悬颂已然麻木，坐在蒲团上看着顾京墨走近，蹲在他身前说道：“我会轻轻的。”

“……”经历得多了，悬颂已经不会再惊讶了。

顾京墨见他没有反应，缓缓抬手，想要碰一下悬颂的手指。

悬颂的手极白，且手指纤长，骨节均匀，指尖如羊脂白玉般圆润，执伞时指尖用力还泛着浅淡的粉。

在看到悬颂出现在雨幕中那只执伞的手时，她就已经有了贼心，那一幕如烙印般印在了她的脑海里。

这无疑是让人垂涎的手。

她想碰一碰。

二人的手指越靠越近，顾京墨紧张得喉间一滚，心跳再次澎湃起来。心脏仿佛鼓槌，一下一下毫无章法地敲击她的耳膜，震耳欲聋。

悬颂也在看着她，杀心再次腾起，蓄势待发。

然而，当顾京墨试探性地用指尖轻触悬颂的手背的那一霎那，她的指尖突兀地燃起火焰来，紧接着是她的身体。

她再次燃烧了起来，往后跳了一步随即慌慌张张地往小溪跑，口中嚷着："黄桃！我又着火了！"

悬颂看着燃火的顾京墨狂奔而去的背影，有所猜测。

这女魔头不会是……害羞紧张到极致的时候，会控制不住自身灵力，甚至发生自燃的情况吧？

害羞？

难不成这个女魔头她……之前没有经历过风花雪月之事？

明明是妖娆到极致的模样，骨子里却是一个清纯的人？

他不禁想到无用的赎杀掌，难道顾京墨是真的干净如白纸。

可若真的没有做过恶事，怎么会有那惊动修真界的五重罪？又怎么会引来三千修者请愿杀她？

他曾与修竹天尊有过几面之缘，修竹天尊也有化神期的修为，整个修真界能杀他的人又能有几个？

若不是顾京墨，那会是谁？

难不成真的是误会？可怎么会这么巧，桩桩件件都和她有关，且她从不否认？

灭了火的顾京墨又来到了悬颂身边，绕着他走了三周半，又试探性地去碰他，再次自燃。

这次她有了经验，走向小溪的步伐不紧不慢，灭火时也不会那么狼狈了，行走的火炬竟然也有着逛街般的从容。

三次尝试都碰不到悬颂，顾京墨也不敢轻举妄动了，和黄桃并肩站在一起，盯着悬颂疑惑不已。

悬颂听到顾京墨密语传音给黄桃："这个和尚有点邪门啊……"

"他是不是和你八字不合，或者属性相克？"

顾京墨渡入灵力探查了一番，低声感叹了一下后传音给黄桃："嚯，是土系单灵根，不过修为不稳，看起来才修炼到筑基期不久。这么好的资质在青佑寺绝对是个宝贝，他突然失踪了，青佑寺会不会倾尽全力来寻人？"

"那把他放了吧，你又碰不到他，说不定还会引来麻烦。若是之前还好，此时你身上有伤不宜斗法，多一事不如少一事。"

顾京墨有些迟疑。

她看着悬颂的脸颊久久不肯移开目光，偏巧此时悬颂抬起眼睑看向她，目光逐渐上移，直至四目相对。

眼神轻柔，如风过林梢，阳洒大地，轻飘飘暖融融。

偏偏这般随意的一眼，仿佛雷劫袭来，让顾京墨慌张不已，身上又零星地冒出火星来，她赶紧用手扑灭了。

她确定了，是她舍不得。

这么好看的和尚，就算只留在身边平时看看也行啊……

顾京墨并未如实说出内心龌龊的想法，而是义正词严地回答："放了他更不可，他如果回青佑寺告诉了那三千修者或者迦境老儿怎么办？这无疑是放虎归山。"

黄桃当即睁圆了眼睛："你说得对呀！魔尊你好聪明！"

悬颂："……"

迦境老儿？

既然已经做了决定，顾京墨也不再纠结了，只是搞不明白自己为什么会出现这种情况。

她从一个十分简陋的储物袋中取出了一张纸，生怕自己不受控制地着火燃了这张纸，还给它布下了保护结界。

她拿着纸仔细看，不再密语传音，而是坦然地嘟囔出来："为什么不能碰呢？难不成我的伤还有不能碰男人的禁忌？既然如此，修竹老儿为什么要给我写这么一个方子？"

这句话，无疑引起了悬颂的注意。

修竹天尊给她写了方子？

他抬起手来伸向顾京墨，朝着她摊开手心，说道："你若是不懂，我可以帮你看看。"

顾京墨不疑有他，直截了当地将纸递给了悬颂。

悬颂拿着纸看了起来。

这张方子上面写着几味药，都是极为珍贵的药材，每一味都极难得到。

难点在于它们恐怕是某些门派的镇派之宝，不可能会给她这个女魔头，又或者该药附近都有守药的灵兽保护。

这几味药凑在一起的功效是解毒，还有诡异的一点，就是这药恐怕有散尽修为的风险。

的确是修竹天尊的字迹。

他曾拿到过修竹天尊亲笔书写的请帖，认得修竹天尊的笔迹。

他甚至可以看出来，修竹天尊在写这张方子的时候已经没有灵力，握笔不稳，怕是在油尽灯枯前的绝笔。

修竹天尊为什么会写这么一个方子给顾京墨？

是想用这个方子让顾京墨修为散尽而亡吗？他为何觉得顾京墨会听他的，真的去寻这些药物且用在自己的身上？

在他思考的时候，顾京墨小心翼翼地凑过来，尽可能不碰到悬颂，用手指指着方子说道：“你看，这里写的是需与佛双修。”

悬颂：“……”

悬颂眼看着顾京墨指着一排文字，认认真真地说了刚才那句话。

而原文是：

修竹书：
双引山弄清草，
佛古窟潜血神莲，
与雨潺阁花间晚照调和至——
糯糊状，即可成药。

所以，顾京墨看的是每句话的第一个字，且把“糯”字认成了“需”字。

这人不但不怎么识字，还不知道字应该怎么看。

悬颂终于明白顾京墨突然出现在青佑寺，还掳走他的原因了。

这原因真的很……荒唐。

顾京墨也在认真地盯着方子看，说道：“后面的内容我就不懂了，上面写了我为什么不能和你双修的原因了吗？”

“没。”悬颂看完之后将纸折了折，还给了顾京墨。

“那后面是什么意思？”

“我们要去季俊山庄寻药。”悬颂用最冷淡的模样说着谎话，“我也只是药引子而已，需要将其后的几味药集齐了，我们双修才会有用。”

季俊山庄，顾京墨五重罪的第一重罪发生地。

这里没有方子上的草药，却有功效相同，且药性没有那么强的替代草药。

传说中，季俊山庄百余口人一夜之间被顾京墨屠尽，上到耄耋老人，下到襁褓婴孩，一命不留。

其后，她吸走了所有人的精魂为自己所用，助自己的修为飞速提升。众人皆说，她之所以能如此快地到了化神期，是因为她杀戮夺魂修炼，这种邪法自然修炼得快。

那一夜有银铃摇晃，铃声悦耳，偏是以血来祭。

铃响为始，血河为终。

银铃血祭因此得名。

他想试探看看，说了这地点顾京墨是什么反应。

传闻中的顾京墨杀人如麻，可他见到的顾京墨似乎并非如此，让他产生了强烈的疑惑。

他很想知道，这究竟是怎么回事，其中是不是另有隐情。

“这样啊！”顾京墨恍然大悟，听到了季俊山庄这个名字并不惊讶，反而很淡然，蹲在他的身边兴奋地问，“然后呢？”

悬颂一直观察着顾京墨的表情，紧接着又说了一个地点：“接着去溯流光谷。”

这是顾京墨五重罪的二重罪发生地点。

连续两个与她相关的地点，她总该意识到什么了吧？

这一次，顾京墨的表情终于出现了一丝破绽。

悬颂微微眯起眼睛，仿佛终于能够确定顾京墨是个大魔头了，却听到在一边收拾被火烧过的痕迹的黄桃抬头问道：“什么？要去我家？”

悬颂看向黄桃，有片刻的错愕，但很快反应过来。

黄桃是夺舍才得以化为人形，恐怕是顾京墨到溯流光谷杀戮后，选了一个模样不错的人身给了自己的灵宠。

这样，也算间接验证了顾京墨的罪证。

顾京墨确实曾在溯流光谷屠杀过正派修者。

然而之后的对话又偏离了悬颂的猜测。

“去你家，那个便宜哥哥又得欺负你。”顾京墨想起云夙柠就厌烦。

“他……人不坏的。”

“罢了罢了，云家二老人还不错，在你家住一段日子也可以，正好你也想家了。”

“嗯！我想他们了！”黄桃雀跃起来，不过很快又蔫了，“不过还是给你寻药要紧，我们要到药就走，以后有机会我再回去。”

“我轻易死不了，放心吧。”

悬颂听着她们二人的聊天内容，再次不懂了。

顾京墨应该是溯流光谷云家不共戴天的仇人，听她们的对话怎么显得双方关系不错？

悬颂越发好奇了。

他想一探究竟。

四

入夜。

林间有蝉鸣声传来，声嘶力竭得仿佛要耗尽生命来唱一首哀凉的歌谣。

一阵罡风呼啸而过，卷来些许落叶，落叶在结界外停下后堆积，未能进入洞府半分。

顾京墨见悬颂老实，被抓来后也没闹着要跑，反而答应做她的道侣跟她双修，还愿意陪她去寻药，觉得这件事顺利到匪夷所思。

既然决定要去寻药，自然要安排之后的行程。

她与黄桃聚在一处，拿出二人的储物袋，倒出其中的全部家当，竟然都是最基础的法器，灵石都没有几颗。

这还是在顾京墨疗伤期间，黄桃一个人辛苦攒下的。

黄桃数了数二人的灵石，不由得叹气："你现在不便运转灵力，我们连个像样的飞行法器都没有，恐怕只能慢慢赶路了，路上我去狩猎，卖些灵兽尸体换灵石，我们从传送阵辗转过去。"

顾京墨也是一阵惆怅："我当时若是能保住我的万宝铃就好了……"

"那种情况下能活下来就不错了，你已经是逆天而行了。法器灵石可以再攒，没事的。"黄桃说完站起身来，拿了一柄低阶佩剑朝洞府外走去，"我现在就出去看看有没有可以猎杀的灵兽。"

"嗯。"

黄桃看似不太聪明，好在性格温顺乖巧，办事也算利落，说了什么立即就会行动。

待黄桃离去，洞府中只剩下顾京墨跟悬颂二人。

悬颂一直在盘膝打坐调息，阖眼时睫毛下搭，遮住了那双没有温度的眸子，竟然多了几分温顺。

这才是少年该有的样子。

顾京墨看着一阵喜欢，手托着下巴盯着悬颂看了许久。

悬颂明明闭着眼，却能够感受到自己被某人的视线锁定，不由得一阵不悦。

或许是在修真界做长者做久了，许久都没有人对他这般不敬了，这引得他睁眼不悦地看向顾京墨。

洞府内的照明法器并不高端，是低阶修士常用的入门级，光亮昏暗且不稳定，光束时明时暗，顾京墨脸颊上的光影也忽高忽低。

照明法器在洞府的一侧，光照在顾京墨的侧脸上，使得另外一边的脸颊淹没在黑暗中。

只是一张侧脸也能展现他出尘脱俗的气质，脸颊线条流畅，眼尾上挑，高挺鼻梁投下的光影也被拉长。

二人对视，她居然格外坦然，还对他微笑。

忽明忽暗的光在她的眸中跳跃，甜美又灵动，狭长的眼在微笑时像月牙，少了妩媚，多了些亲近感。

悬颂微蹙的眉宇以微不可察的幅度舒展开，看到她的样子竟也气不起来了，只是沉眸与她对视。

洞府外的小溪潺潺流淌，清辉从天空泼下了银色的墨，染了溪中的水，波光粼粼如碎裂开的镜。

点点光斑伴着照明法器的光，在洞府里氤氲出柔软的光线，让悬颂的面容柔和起来。

如此惬意的场面蓦然间产生了变化。

顾京墨突兀地捂住了心口。

怦——

怦——怦——

心脏的跳动逐渐变缓，节拍极慢地跳动，每一次跳动都如同遭遇元婴期修者的全力一击，让她难以承受。

如若是寻常的斗法还好一些,她此刻的痛苦是由内而外,且直击她最脆弱的地方,她毫无抵挡之力。

她体内的灵力开始混乱暴走，整个人都痛苦不已，先前还能单手支撑身体勉强地坐着，到后来干脆倒在了地上。

悬颂见状一惊，立即起身朝顾京墨走过去，却被顾京墨拦住了："不要过来！会伤到你。"

说完，就算自身已经痛苦到痛不欲生的地步，还是挣扎着朝他丢出了一个结界，将他封在其中。

很快，悬颂就明白顾京墨说的会伤到他是什么意思了。

她控制不住自身灵力后，再次发生了自燃，可这一次的自燃更加恐怖。

整个洞府都被暴虐的火吞噬，这种霸道的真火凶蛮无比，竟让洞府摇晃，石块滚落，石壁断裂出现了错位的情况，发出轰隆声响，撼天动地。

火系单灵根，修真界最为霸道的攻击系灵根。

尤其是顾京墨天资极佳，这真火更是凶猛异常。

传闻中顾京墨的真火可以称为变异真火，杀伤力更强。

这般失控的情况下可怖程度可想而知。

火中心的顾京墨显然痛苦异常，表情逐渐狰狞，不受控制地低吼出声，手指抓着地面的石块，指尖狠狠地揉进了石块之中，留下了清晰的凹陷痕印，随即石头被她硬生生地捏碎。

悬颂可以判断出顾京墨已经失去了自主意识，有了走火入魔的征兆。

这恐怕就是顾京墨说的“伤”吧。

他看着她痛苦挣扎的样子，想不出什么样的伤会让她这样，难不成修竹天尊的方子不是为了让她修为散尽，而是真的想要救她？

修竹天尊不是被她杀的吗？为何要写救她的方子？

很怪。

怪得离谱。

顾京墨隐藏修为，恐怕并非为了隐藏身份。

她这般张扬肆意的性子，根本不怕被人知晓身份。她是自行封印了修为，好让伤情复发不受控制时释放的能量只是筑基期的，而非化神期的。

若是化神期的修为这般不受控制地发狂，怕是会有毁山断水的可怕伤害力，方圆百里，无辜修者皆会被攻击得神魂俱灭。

看着顾京墨伤情复发的模样，他缓缓抬起手来。

此刻的顾京墨没有自主意识，脆弱得不堪一击，如果他此刻动手，可以轻易要了她的命。

然而，看着保护他的结界他还是迟疑了。

最终，他也只是朝着顾京墨走过去，走出结界后便被浩瀚的火海攻击，他启用了自身的护体屏障，硬撑着朝着顾京墨走过去。

他并没有隐藏修为，因为此刻的他不过是悬颂的一个傀儡。

傀儡没有化神期的修为，只有筑基期的修为，如此靠近暴走的顾京墨着实有些勉强。

最初，顾京墨刚刚接近青佑寺他便察觉到了，当时下山不过是想要看看顾京墨出现在青佑寺偏僻处到底要做什么。

他艰难地靠近了顾京墨，手掌贴在她的额头，朝着她的体内注入灵力，尽可能稳住她暴乱的灵力。

这是一个极为艰难的过程。

顾京墨灵力暴走的情况超乎他的想象，他的护体屏障被攻击殆尽，灼热的火焰灼烧着他的衣袍与皮肤，仿佛千万个烧透了的烙铁印在了他身体的每一处。

他犹豫着要不要引魂入体，让本体过来相助，却发现此刻顾京墨似乎回了神，目光迷茫地看向他。

他银牙紧咬坚持住了，继续给顾京墨输送可让人安魂静神的灵力，以免暴露身份。

很多事情他还没得到答案，不能被识破身份。

火势渐渐小了。

顾京墨撑起身体，似乎要跟他说什么，却缓缓闭上了双眸朝他倒了过来。

他下意识伸手接住，低头却看到顾京墨身上的法衣无法抵御她暴走的火焰攻击，有些已经被焚烧得化为了齑粉，在倒下的过程中散开，如同往下掉着木屑。

专门炼制的法衣在强火面前也变得脆弱起来。

他低头便可以看到她后背光洁的肌肤，在洞府残存的火焰的照耀下，泛着暖色的光。

他顿感不妥，往后退了一步，同时松开了顾京墨。

顾京墨已然昏厥，没有支撑后身体倒在了地面上。

顾京墨身上的法衣大半是完整的，不过还是有几处被烧坏露出了皮肤。

男女授受不亲。

他自顾自地到了洞府门口，调用灵力调整自己的傀儡术，身上的法衣重新恢复如初，只不过被火灼烧过的地方还在阵阵作痛。

能瞒过顾京墨的傀儡术，真实感自然毋庸置疑，这般强撑着帮顾京墨疗伤，自身以及他的本体都会因此受伤。

得不偿失。

无法理解。

此刻的悬颂陷入了沉思，自己为什么要救她?

如果青佑寺跪拜的徒子徒孙们知晓他出山后不但没杀顾京墨，反而救了她，会作何感想。

站在洞府门口许久也不见黄桃回来，顾京墨还那般地躺在那里，他只能走了回去。

悬颂调用土系功法，错位的山岳缓缓归位，裂缝都在转瞬间消失不见。

洞府内动荡混乱的情况也一瞬间恢复过来，就连被顾京墨捏碎的石块都恢复如初。

紧接着，就是处理顾京墨了……

清晨时分。

林间还有着浓重的雾气，黄桃拎着猎杀的灵兽尸身穿越烟霭飘荡的丛林，走到洞府附近便听到顾京墨在叫她："黄桃！黄桃！"

她还当顾京墨出洞府来等她了，开心地跑了过去，却看到顾京墨居然被人埋进了土里，只留下一个头露在土的外面。

“魔尊，你这是怎么了？”黄桃赶紧丢下了手里的东西，朝着顾京墨跑了过去。

“别提了，昨天伤情复发，今天睁开眼睛就发现我被埋在这里了，我灵力耗尽，什么都做不了。喊悬颂他还不理我，只能等你回来了。”

“我马上把你挖出来。”黄桃动用灵力，拿着佩剑挖土，可惜她灵力不高，佩剑质量也不过关，没一会儿佩剑便断了。

黄桃着急，生怕顾京墨在土里受苦，干脆捏出指诀变身，变为黄狗的模样，身上的法衣脱落在一边。

黄桃以黄狗的形态半披着衣服，用两只前爪一个劲地刨土，果然比方才快了一些。

悬颂盘膝坐在洞府中，蒲团被烧坏，他只能坐在青石板上。

听着洞府外主仆二人骂骂咧咧地挖土，想到顾京墨气急败坏的模样，他居然不受控制地嘴角微微上扬。

这是他自己都未曾注意到的笑容，已然不知是多少年后的第一次微笑了……

五

顾京墨从土中出来后第一件事，便是气势汹汹地进入洞府。

她身材高挑，腿又直又长，走路带风，破败的衣袖翻飞，气势十足，仿若蝶翼柔软的墨色蝴蝶，气势汹汹却翩然而至。

这个女人身上的每一处都透着古怪，也只有气势与姿态偶尔能够透露出她实则是一位魔尊。

她进入洞府先是上下打量悬颂，明明关心却装得没那么在意，确认悬颂没有受伤才问：“是不是你把我埋进土里的？”

坑能挖得那般规整，土能盖得那么敦实难挖，就连土面的平整度都值得一夸，还不忘在她的头边点缀几棵完整的花草。

纷红骇绿之间，嫩草随风摇摆，一下下地往顾京墨的脸上抽，她伸长了脖子都无法躲开。

这种土系控制能力，非悬颂这种土系单灵根莫属了。

好好的土系能力不往好的地方用，挖坑埋道侣倒是一绝。

悬颂本在打坐调息，此刻也未睁眼，答非所问：“把衣服穿好。”

顾京墨抬起衣袖看了看，嘟囔：“露这么点有什么不能看的？以后我们不是会互相看？”

悬颂原本正掐着指修炼莲花初绽诀，听到这句话不由得握拳努力忍耐，再次提醒：“把衣服穿上。”

黄桃跟着进入洞府后，从储物袋里取出新的法衣递给了顾京墨。

她伸手接过法衣，这法衣属于低阶，不能调用灵力直接替换，还需要人为穿好。

她站在洞府内坦然地脱掉了破碎的法衣，穿上了新的，同时还在嘟囔：“品阶低的法衣的确不太好。”

“等我多多打猎，给你买身好的。”黄桃帮着顾京墨穿衣服的同时说道，将自己的任劳任怨体现到了极致。

修仙者的听力极佳，悬颂能够清楚地听到顾京墨脱衣与穿衣时的簌簌声响，不知为何，昨天夜里看到的晶莹皮肤再次出现在脑海里，像是缠人的小妖绕着他旋转。

他竟然能够想到法衣划过肌肤的画面，顿感一阵耳热。

这女魔头太没规矩，怎可在男子面前如此不避讳？

顾京墨换好了衣服，再次来到悬颂的身前，蹲下身语气不善地问道：“喂！小子，我的问题你还没回答呢，是不是你把我埋起来的？”

小子？

他比她大一千七百岁。

悬颂回答得简洁：“那时你衣冠不整，我只能出此下策。”

“那也不能把我埋了啊。”

“天地为衣。”

“天、天什么？”

“回归天元。”

“……”说的都是些什么乱七八糟的？

顾京墨回身拔出自己的低阶佩剑，凶道：“今儿我就宰了你，再埋了你。”

刚巧，她走近时悬颂睁开眼看向她，目光平静如无波古井。

对视的刹那，她的脚步一顿，看着他那张俊逸非凡的面孔，握着佩剑的手紧了紧又松开，喉间一滚，凶狠的话又咽了回去：“下次不许了。”

黄桃本来都要跟着叫好了，结果顾京墨的态度突然转变，不由得一怔：“嗯？”

或许是怕自己这句话没有气势，顾京墨紧接着又吼了一句：“知道了吗，臭小子！”

悬颂：“……”

“你不回答，我就当你知道错了，下不为例。”说完，又用控物术放回了佩剑。

黄桃愣愣地看了看顾京墨，又看了看悬颂，想着这是道侣之间的事情，她不便过问，便追过去看顾京墨的受伤情况。

在确定顾京墨安然无恙，只是灵力亏虚后，黄桃才慌慌忙忙地跑了出去："我去找我狩猎的灵兽尸身，炮制好了拿到坊市去卖。你先好好养伤，有什么需要我带回来的东西吗？"

"看看有没有便宜些的飞行法器。"

"好！"黄桃说完快速跑出了洞穴。

悬颂目光跟随着黄桃出去。

黄桃如今说话已经十分利索了，虽然不能全然理解人类的思维，却能完美地适应人类的生活。

她身材娇小，还挽着灵动的少女发髻，尾端有几缕头发不听话地翘了起来，在她奔跑的时候跟着身体一同跳动，弹力十足。

她身上鹅黄色的法衣也是最为低阶的款式，袖口绣着的簇簇蓝铃花也是凡间的手艺。想来是杂灵根的普通修士，无法真正地进入修真界，只能做些零工，做的法衣虽然低阶却还算漂亮。

也是一身的寒酸。

除了性格不错，其他哪点能让她成为魔尊唯一的随从呢？

悬颂至今仍未想通。

顾京墨很想和悬颂聊聊天，可惜悬颂根本不理她。

她只能一个人躺在青石板上辗转反侧，独自恢复灵力。

这一日顾京墨总是闷闷不乐的，好不容易抓到了合适的药引子，她还格外满意，结果却看得着碰不到。

问题似乎还是出在她自己身上。

看着悬颂好整以暇地坐在那里，她心痒得厉害。

悬颂喜静，即便这般在洞府中蹉跎时间也能安然地打坐调息，不急不躁。

他总是肩膀展开，腰背挺直的模样，气质卓然。

看惯了魔门修者懒散的模样，看到悬颂这一板一眼的佛修还真有几分稀奇，引得她躺在青石板上盯着他看了许久。

到了夜半时分，黄桃终于回了洞府。

顾京墨原本还在津津有味地盯着悬颂看，突然察觉到了什么，在黄桃回到洞府后便伸手拿起低阶佩剑暗暗警惕。

在黄桃跟她展示自己赚到的灵石时，顾京墨抬手按住，并未说话，而是在探查。

悬颂的神识轻盈扫过灵石，跟着知晓了情况。

黄桃被人尾随了。

如今修真界杀人夺宝之事数不胜数，诸多修士在势单力薄时，都不敢外露自己的法器，免得引来杀身之祸。

黄桃身上也没有什么值钱的东西，这般被几人尾随，要么是想着黄桃人单影只比较好下手，要么是奔着黄桃这个人来的。

尾随的修者似乎也知晓他们已经被发现了，于是干脆大大方方地走了出来，黄桃惊慌地看向顾京墨。

顾京墨并不慌，坦然地走了出去，说道："看看他们要做什么。"

"嗯。"黄桃牵着顾京墨的袖角跟了出去，微微发力的指尖透着粉红，就连发梢都透着紧张。

二人走出洞府，尾随的五名修者已站在洞口外。

为首的男子昂藏七尺，豹头环眼，从健硕的体魄以及他手上的法器可以看出，他是一名体修。

区别于剑修、药修等修者，他们不用武器，斗法之时主要靠拳头。

其他四人皆是筑基期男修者，看模样应该也都是体修，他们目光不加遮掩地打量着走出来的顾京墨。

他们本以为黄桃已经是相貌极佳的女子了，再看到丰神绰约、珠辉玉映的顾京墨走出来，几人纷纷被晃了神，不由得有几分惊喜。

这般妖冶绝美的样貌，在修真界都算是出挑的。她的眸子里含着潋滟的湖波，晴方好，涟漪碎，一浪推来抖动的湖光山色。

为首的男子倒是没多看她，朗声问道："敢问道友何门何派？"

"没有。"顾京墨回答得淡然，双方明显有着实力差距，她也毫不在意。

"可有道侣？"

"有。"就在洞府里坐着呢，虽然还没双修过。

为首的金丹期男子不由得失落，回头跟自己的兄弟们说："她有道侣了。"

另一个男修跟着问："那刚才那个黄衣服的小姑娘呢？"

"做什么？"提及黄桃，顾京墨的语气便没有那么友善了。

男子也回答得底气十足："我的兄弟们都没有家室，想寻个道侣，瞧上方才的小姑娘了。"

顾京墨拒绝得直白："你们不配。"

金丹期体修回头对几个兄弟嘟囔："她说你们不配，那算了？"

其余几人也有点纠结："那也不能白跟一路啊……"

男子认同地点头，随后瓮声瓮气地朝着顾京墨吼："那我们就打个劫吧，把你们身上的灵石、法器统统交出来。”

坐在洞府内打坐的悬颂：“……”

不太正常的魔尊，遇上不太正常的劫匪，也是一绝。

黄桃一直躲在顾京墨身后，探出头露出眼睛偷偷看向外面。

听说他们要打劫，赶紧传音给顾京墨：“魔尊，莫要与他们打斗，你身上灵力不稳容易出事，而且你现在每次动用灵力斗法都会浑身剧痛无比，太折磨人了。我们把东西交给他们就是了，是我惹来的人，我以后赚回来。”

“这些事情防不住的，不是你的错。”顾京墨回答完，将自己手中的佩剑丢给了他们。

紧接着，二人将储物袋也朝他们丢了过去。

五个人聚过来看着她们二人交出来的东西，顿时感觉自己被耍了。

都修炼到筑基期巅峰了，就算没有门派扶持，也不该这般寒酸。

炼气期入门的小修士都没见过这般拮据的。

“耍人呢？！”男子将低阶佩剑往地上一摔。

“只有这些。”

“我们看起来很蠢吗？”

“嗯。”没错。

一声简单的鼻音认可，让五名修者瞬间火冒三丈。

“快把本命剑等物统统交出来，不然人如此剑。”金丹期体修也是个脾气暴烈的，将丢在地上的低阶佩剑一脚踩断。

不愧为金丹期体修，这般力量的一脚若是踩在人身上，其威力可想而知。

其余四名修者看到这一脚，纷纷叫起好来，似乎也被他的神武震惊到了。

谁知，顾京墨竟然看笑了，挑眉问道：“你们就是这样打劫的？”

“怎么？”

“没什么。”顾京墨懒得解释。

“你倒是不怕我们，难不成也不怕埋伏在洞府内的那小子吗？”

“他啊，绣花枕头一个，中看不中用，没指望他能埋伏什么。”

悬颂：“……”

金丹期体修朝着她们二人走过去，同时说道：“这般不识抬举，我们就只能抢人了。”

男子的手想要越过顾京墨去抓黄桃，尚未靠近，手腕却被握住了。

握住他手腕的手指纤柔细长，明明是柔荑软玉，却分外有力，让他的手不能再动分毫。

这般腕力让男子错愕不已，鹰鼻鹞眼的虎壮男人，竟然被一名女子制止住了。

顾京墨平日里懒散，真正御敌时却并非如此。

她表情森然，微微扬起下巴，垂着眼睑轻蔑地扫视这些人，眼眸中是掩不住的不屑。

“给脸不要。”说着她抬起一脚，直踹在了他的胸口，松手的同时将其踹飞出去。

她并未动用灵力，反而是用了体术朝他们攻击。

灵力枯竭又如何，就算是用他们最擅长的体术，亦能击败他们。

她的动作行云流水，仿若下阪走丸，下掌自含气运，挥拳则拳拳到肉。

金丹期的体修，要比寻常修者好对付，他们无非是在过招之时拳里带着灵力，以加重拳法之力。

但如果躲过他们的拳脚，那便是无效的攻击。

疾行术配合她早期练就的体术，此刻被她发挥得淋漓尽致。

以灵力枯竭之躯，一人对战五名体修修者，竟然也能够压制性地获得胜利。

这五名修者万万想不到，他们十分谨慎地跟到了这里，还特意确定此处没有其他帮手了才出现，到最后竟然落得被人单方面压制的绝境。

体修在修真界虽不常见，但也是极为棘手的存在，许多修者都不愿意跟体修缠斗，因为很难落到好处。

他们也是第一次遇到体术超凡的人，简直是宗师级别。

不出半刻钟的时间，五人便跪地求饶：“女侠，放过我们！”

“别打了，我们不抢了。”

顾京墨收手，衣袍旋转带起一阵飓风，落叶绕着她的身体翩然而落，似乎经不住她周身的气运流转，在落地前便被碾成了粉末，飘散各处。

她站在他们的中间，双手抱胸地说道：“这就完了？”

“我们给您磕头认错。”

“不用，我想打个劫。”她笑着，用最美的样子，说出最离谱的话。

五个人面面相觑，这是……偷鸡不成还蚀米？

尽管如此，他们还是急忙交出自己的储物袋。

顾京墨挨个儿拿过来大致看了看，问道：“没有像样点的飞行法器吗？”

“没……我们的家当也不多，平时也都是打家劫舍，碰不上几个……不……机、机遇不多……”

顾京墨不死心，追问：“你们的老巢有吗？”

五人无人应声。

顾京墨“啧”了一声，朝着一人走过去，脚尖踩在此人的手指上：“若是不乖乖交出来，我就踩断他的手指，犹豫一个呼吸的时间，再断一根。”

比狠绝，只敢拿佩剑示威的五人无人能及顾京墨。

金丹期体修赶紧求饶：“我的妻儿还在家中，您莫要吓到他们，我去给您取回来，成吗？”

顾京墨想到这男子也不算特别糟糕，有家室了便也不会多看她和黄桃一眼，只是在帮自己的兄弟找媳妇，不由得缓和了语气：“我只是需要一件飞行法器，三人用的。”

“这……有，有！”

顾京墨终于满意了：“看到没有，这才叫打劫。”

接着回身对洞府内唤道：“黄桃，悬颂，跟我走。”

六

月白风清。

茫茫夜色淡如水，阵阵清风凉如雪，林间飘着隐隐约约的草木清香。

穿过林间小路，可见被丛林遮掩的碧瓦飞甍，昏暗的，安静的，看来屋舍中的主人已经睡下。

金丹期体修格外谨慎，生怕被自己的妻儿发现了自己打劫不成反被劫的事情，进屋时蹑手蹑脚的。

如此高大的身材这般谨慎，模样看起来有几分滑稽。

顾京墨靠近屋舍后便伸手拽住了金丹期体修的法衣。

悬颂也在此时停住脚步，警惕地看向周围。

金丹期体修脚步停顿，回身低声说道：“我住这里，我去取储物袋出来。”

顾京墨依旧在打量四周，沉声说道：“屋舍中无人的呼吸声。”

金丹期体修的表情以肉眼可见的速度变得苍白凝重，之前一直担心被发现，没有注意这一点，待顾京墨提醒后他才跟着用神识去探查，也发现了不对。

他没有顾及顾京墨的提醒，霍然转身朝着院子冲过去，推开院门，看到院落里横七竖八的尸体，愤怒地狂吼：“谁干的？！出来！我要杀了你！”

与此同时，顾京墨抬手捂住了悬颂的眼睛。

眼睛被捂住的瞬间悬颂有些错愕，往后挪了挪头看向顾京墨，见她并未看向自己，帮他挡住视线的同时还在警惕周围。

此刻的顾京墨没了慵懒的模样，表情沉稳，嘴唇微抿，目光里透着肃杀之气。

夜色让她的美仿佛噙着毒性，如游走在欲海鳞片艳丽的毒蛇，危险却美得高不可攀。风吹起她微微卷曲的发丝，露出她上挑的眼尾，殷红的眼尾媚气横生，目光凌厉又坚韧。

“不用这般护着我。”悬颂说道。

“哦？”顾京墨侧身看向他，“佛子不是见不得血腥吗？”

“我并非寻常佛子。”

顾京墨终于放下了手。

劫匪五人看到院落中的场面都慌了神，在屋舍四处寻找生还者。

他们快速奔走时踩在院落中一摊摊血迹上，血液四溅，落下一串串血脚印，为恐怖的院落又增添了一丝恐怖。

他们慌了神，唤名时的声音都破了音。

原来突如其来的绝望与惊慌，会让人忘记哭。

他们没有落泪，甚至不敢相信眼前的一切都是真的。晨时离开时家中的人还好端端的，怎么回来后就全都没了……

都死了……

为什么？

是谁？

到底发生了什么？！

顾京墨跟着进了院落，走进去看了看尸身的伤口：“你的妻子什么修为？”

金丹期体修还在狂怒，突然被问了问题，觉得顾京墨似乎是要帮自己分析，放低声音回答时声音已然沙哑：“她修为不及我，却也有筑基后期。”

“家中其他人的修为呢？”

“一共有三名筑基期修者，四个炼气期孩童，其余的都是跟着一同生活的凡人。”

顾京墨原本只想用脚碰一碰尸身查看，想到这是金丹期修者在意的人，还是蹲下身用手去查看，接着说道：“你的妻儿遇到他们毫无还手之力，想来袭击者修为在金丹期以上。看他们被杀时的状态，应该原本聚集在一处，有人护着，想来是筑基期的这三人了。这个孩子身上也有磕碰伤，应该是想逃，可惜没逃成。”

悬颂站在她的身边，突然说道：“不，他不是想逃，他是在临死前被戏耍过，比如对方承诺只要他能在几个呼吸间跑出去，就放了他，可惜他跌倒了，还是被杀了。”

“为何这样说？”顾京墨抬头看向他，有些不解。

悬颂的语气依旧没有任何波澜：“一个炼气期的孩子，怎么可能在金丹期修者的眼皮底下跑出这么远？”

听着他们二人还原妻儿被杀的过程，金丹期体修愤怒地一拳砸在墙壁上，将墙壁击穿。

顾京墨站起身来又看了看，院中的几个人，还有一个躲在房间里的孩子也都被杀了，金丹期体修说的那些人无一幸免。

没留一个活口。

顾京墨又检查了一番说道："凶手应该是要找什么东西，他们身上都没有储物袋，你去看看屋舍中可有？"

金丹期体修这才反应过来，快速跑进屋中查看，接着说道："储物袋全部都不见了。"

顾京墨不再看了，而是将目光看向某处："是你们抢的东西引来的灾祸，那里有他们想要的东西。而且他们并没有走，此刻还在看着我们，他们似乎很喜欢欣赏这样的画面，故意留在暗处看你们回来后悲伤的样子，以此获得愉悦感。如果我想看的话，我会躲在那里。"

所有人顺着顾京墨目光看向那一处。

这时，突然传出了轻笑声，那人用阴柔的声音问道："你这小姑娘倒是有趣，知道我们还在为何不逃？"

顾京墨看着那人走出来，微微眯起眼睛。

那人也在打量顾京墨，觉得眼生，并未放在眼中，不过是筑基期的小修士而已。

出现的是一名金丹中期的男修，模样古怪，从气质与穿着可以看得出来是一名魔修。

其蜂腰猿背，鹤势螂形，面部有着深深的法令纹，透着阴毒狠绝。

此人刚刚出现，愤怒到顶点的金丹期体修便攻击过去。

此刻的金丹期体修与之前跟顾京墨斗法时完全不同，所有招式皆是杀招，每一击都恨不得用尽全身的灵力跟力气，只要能够杀死这个人。

没想到他攻击得猛烈，却一脚踏进了阴毒的阵法内，身体被困的瞬间被阴柔的男人用十余根金系芒刺刺穿了肩胛骨。

阴柔男人大笑出声："那个男孩啊……我告诉他，只要杀了自己的妹妹就可以给他逃的机会。但他真的好废物，连妹妹都杀了，却在逃跑的时候跌倒了……哈哈哈！"

"你闭嘴！"金丹期体修虎目圆睁，愤怒地吼出来。

这不可能！

他的孩子不会这样做！

他们是最重义气的孩子。

阴柔男人想起了什么似的，再次开口："哦，还是用杀了他娘的匕首杀的妹妹。"

“啊啊啊！”金丹期体修像是愤怒到极点的困兽，低吼着强行破除禁制，继续攻击。

激怒的目的达成了。

顾京墨看得出，他不是阴柔男人的对手。

就算其他四名筑基期体修也跟着一拥而上，依旧起不到什么作用。

修为压制不可逆。

就算他们真的能靠蛮力跟阴柔男人打成平手，躲在暗处剩余的两名金丹期修者也可以要了他们的命。

此刻不过是困兽之斗，偏巧顾京墨的脑海中出现了一个画面。

年幼的她发狂般地吼叫，整个人都沉浸在歇斯底里之中，手持双钗一下一下地刺向一个人。

她竟因为这一幕，忆起了曾经。

回忆如魔，总在不恰当的时刻融入梦魇，融入细微，融入她的血肉之中。

在金丹期体修即将再次吃亏时，顾京墨从地面拾起一根缎带朝着他丢过去，调用控物术系在他的腰间将他拽了回来。

金丹期体修在顾京墨的脚边跌坐，还想再冲，却听顾京墨说道：“我可以送你一件东西。”

他浑身的血液都在沸腾，哪里还有理智，朝着她吼道：“别碍事！”

顾京墨不理他的愤怒，自顾自地取出了一个银色铃铛丢给了他：“摇一摇铃铛，会有人来帮你。”

“用不着！”

“你不想报仇吗？你们五个人不是他们的对手。”

这句话让他回神。

他看着手里的铃铛，低头后才注意到捆自己的缎带是妻子生前常用的，当即心口一紧，随即握紧了铃铛，问道：“该如何用？”

“铃铛还能怎么用？摇啊！不过你要记住了，只要你求了她，你也要付出一定代价，甚至有可能是你的命。”

“我已经没有什么不能舍弃的了。”他说完，不假思索地摇晃了铃铛。

银铃摇晃，清脆悦耳。

在腥风血雨之中，这种清脆铃声竟然有着诡异的飘零感。

原本剑拔弩张的气氛也因为铃响而有片刻停顿。

听到铃声，三名金丹期修者皆是一惊，似乎知晓铃响意味着什么，隐匿的二人也纷纷出来，询问：“逃吗？”

“来不及了。”阴柔男人看着顾京墨，瞳孔因为恐惧而微微震颤。

没有人能从她的手中逃走。

金丹期体修不明所以，只想着摇了铃铛就会有人来帮忙，可是铃响后没有任何人来，不由得着急：“你在唬我吗？！”

顾京墨却笑：“这不是来了吗？铃已响，结契了就不能反悔哦。”

说完，看向那三名金丹期修者。

黄桃在这时拽了一下悬颂的袖口：“我们站远点。”

悬颂倒是听话，往后退了几步，目光时刻不离顾京墨。

顾京墨朝前缓步走着，行走时手腕和脚腕处出现了红色的光圈，每一处有三个光圈，突然每一处的光圈都破了一个，化作一片流光消散不见。

解除一重禁制后，她的修为恢复到金丹期。

对付这几个杂碎，金丹期已经够了。

灵力亏空的泥丸宫内被她强行调用灵力，因用了邪法，身上冒着诡异的煞气。

黑雾包裹着她的身体，却遮不住她眸中的满满杀气以及嘴角的笑意，那么兴奋，那么张扬，好似万千尸骸中绽放了一朵艳红的曼珠沙华，美得诡异且嗜血。

她抬起双手，将头顶交叉插在发间的发钗摘下，柔顺的发丝跟着落在了她的肩头。

双手握钗，仿佛两柄短刃。

紧接着是一阵烈火，在她的周身打着旋，烈烈火焰被她控制得极好，旁人眼中可怖的真火在她的周身仿佛乖顺的宠物。

火光熊熊，风也瑟瑟。

她快速腾起，操控着双钗与烈火朝着三名修者攻击过去。

她与三名金丹期修者斗法，还不忘记朝其余人丢出保护屏障，以免她的火伤及他们。

悬颂的目光追随着她，眼眸中也跳跃着夺目的火焰。

他从未见过这般蛮横的斗法方式。

修真界要么以剑为主，要么以法术为主，像顾京墨这般崇尚近距离缠斗的斗法方式实属罕见。

说她是体修，她还手持武器，身带法术。

说她用的是法术，她的斗法方式又太过凶蛮，野性十足。

酣畅。

这是悬颂对顾京墨斗法的评价。

她像在火光中起舞的龙，身姿灵活，招式干净利落，毫不拖泥带水。

身姿轻盈如纷飞燕，衣袖翻飞拂云雨，乘风之船般浩荡千里，展翅雪鹭般踏破万竹。

漫天的火势像是要燃烧上苍穹，盘云直上九千里。

焚如之刑，毒燎虐焰。

“她……她是谁？”一名筑基期体修惊恐地问道。

金丹期体修看着那个战斗的女人，惊得许久都没有眨眼：“铃铛、火系功法、斗法时会兴奋至疯狂，还能是谁！”

那人反应过来：“银铃血祭，顾京墨！”

七

这是一场毫无悬念的斗法，明眼人都看得出来，那三名金丹期修者绝非顾京墨的对手。

不啻天渊，怎么可能跨越！

这三人且战且退，显然是急于脱身，完全不想跟顾京墨缠斗。

他们也是看到顾京墨只用了金丹期的修为，才觉得他们有了一丝生的希望。如果是平日里的顾京墨，他们连还手的余地都没有。

虽不知顾京墨为何要这般压制修为与他们斗法，但他们也没有工夫去想了。

逃命要紧！

然而顾京墨是个疯子。

修真界无人不知无人不晓，魔门的三魔七鬼各个性格乖张，行事风格诡异。

其中三魔之尾顾京墨更是一个痴迷于斗法的疯子，越战越勇，将斗法当成爱好。

顾京墨成名之前，还只是一名名不见经传的小修士。最开始闯出名堂来，并非因为她是前任魔尊唯一的徒弟，而是因为她斗法疯狂的行事风格。

她遇到强敌会兴奋不已，即使浑身浴血，遍体鳞伤，依旧会笑，笑容里透着狰狞的疯狂。

就算是逆境也从不放弃。

再加上她独树一帜的战斗风格，让很多修者无从招架。逐渐，她成了修真界斗法能力三神之一。

遇到仅仅是金丹期修为的顾京墨，这三名魔修依旧难以招架，不久后便被顾京墨控制住。

她踩着阴柔男子的头，用玩世不恭的语气问道：“你们是谁的人？”

魔门修者邪法众多，有时就算是同一宗门的修者，修炼的方式都各不相同。

所以，很难从他们的功法分析出他们是何门何派。

阴柔男子躺在地面上，身上尽是被灼烧过的刺痛，他甚至能够闻到焦煳味道。

和顾京墨斗法，仿佛被丢进了炽热的岩浆中烹煮，其煎熬仿若用刑。

如此惨烈，顾京墨依旧没有放过他，甚至还要再踩上几脚。

他杀院里的人时可比她阴狠毒辣多了。

他冷笑出声，可惜姿势狼狈，笑时吹拂着面前的尘土，甚至吞进去了一些。

“我说了你会立即杀了我……我若是……若是不说，你说不定还会留我一命。”

顾京墨冷哼一声，踩得更加用力：“少给我耍小聪明。”

“那你就杀了我，那样你……再也别想……”

话还没说完，顾京墨已然用发钗的尖端割裂了他的喉咙：“我啊……最听不得威胁了。”

杀了这个人后，她又看向另外二人，看到他们竟然选择了自我了断。

他们知道，遇到了顾京墨，他们再无生路，不如死个痛快。

顾京墨看着这三人，甩了甩发钗上的血，用了一个小洗涤术清洗干净，一边整理自己的发丝，一边朝着院落走去。

窈窕的身影渐渐走出，零星的火星轻盈似梦，飘在空中如萤火环绕，又悄然淡去。

她抬手整理发髻，将发钗重新插回发间时，竟然在满是鲜血之地展露了一丝媚态。

黄桃第一个迎过来，急切地问道：“你身体没事吧？”

旁人看的是顾京墨潇洒的战斗，只有黄桃心疼顾京墨的身体。

顾京墨身负重伤，这种伤痛时刻折磨着她，每次斗法时她都承受着百虫噬心般的疼痛。

这般情况下，每斗法一次，都会让顾京墨的伤痛再加重一层。

以至于她们二人最近都秉承着多一事不如少一事的行事原则。

顾京墨眉眼舒展，未露疲态，对黄桃笑了笑，揉了揉她的头：“放心吧，没事。”

“让我看看……”黄桃依旧担心。

“回去再说。”

顾京墨绕过黄桃，到了五名劫匪的身前。

这五人已经颓然。

仇报了又能怎么样，家已经没了。

“他没有杀自己的妹妹。”顾京墨嘴角噙着血，看着地上小男孩的尸身，眼神竟然难得温柔，“你从他与母亲、妹妹尸身的位置就能看出，他并非杀了自己的妹妹自己逃，而是想自己逃跑，吸引凶手们的注意力，让母亲和妹妹逃走。”

“他是一个很好的孩子，是一个有担当的哥哥。

“刚才那个人的话是在故意激怒你，让你露出破绽，这是魔门斗法的手段之一，并非真实。”

不能让已死之人承受莫须有的罪名。

不能产生误会，终生遗憾。

如果……

如果她当时能够做事稳妥一些，不产生那些误会，此刻跟在她身边的可能不止黄桃一人。

所以，她要告诉他们真相。

金丹期体修呆愣住，久久的，甚至忘记了眨眼。

许久之后他才看向妻儿们的尸身，尸身的状态确实如顾京墨所说。

哽在喉间那吞不进吐不出的气突然散了，他终于崩溃大哭。

凶手被杀死，他知道了真相，他的儿子没有让他失望，他终于想起来他可以落泪，开始放声大哭。

一个虎背熊腰的魁梧男人，一瞬间哭得涕泗横流，大哭的声音如夜间狼嚎，悲凉万分。

其余四名筑基期体修也是心疼不已，跟着落泪。

痛哭中的五个人没有注意到顾京墨身体一晃，险些站不稳，好在被悬颂伸手扶住了。

待确定扶自己的人是悬颂后，顾京墨的身体又一次不受控制地自燃，悬颂只能松开她，还往后退了几步甩了甩被灼伤的手。

这种情况下还自燃，无疑是让顾京墨雪上加霜。

顾京墨捂着自己的脸缓了好一会儿，身上的火才算是灭了。

她趁机重新加上了修为禁制，修为再次回到了筑基期。

这时，金丹期体修已经开始整理妻儿的尸身了。

顾京墨对黄桃说道：“去那三个人身上找到储物袋。”

黄桃听话地跑了过去，在三名魔修身上找寻储物袋，就连法器也一并收了过来。

顾京墨对五名修者说道：“之前我们结了契你还记得吧？”

金丹期体修自然记得，他快速擦了一把眼泪，继而说道：“还请魔尊通融些时间，待我将我的妻儿葬了，便主动奉上我的毕生修为以及生命。只是我的兄弟是无辜的，是我摇的铃，一人做事一人当，还请您能放过他们。”

传闻中，顾京墨屠杀修者，为的就是把这些修者的修为祭炼成自己的修为，以达到快速提升修为的目的。

这也是顾京墨修为提升迅速的原因。

金丹期体修自然也是这么认为的。

听到大哥的话，其余几名体修纷纷表示愿意和大哥一起受死。

紧接着五个人居然凑在一起抱头痛哭。

“我要你修为做什么？”顾京墨格外不解，“若需要汲取别人的修为，刚才那三个金丹期的能吸得更多，我为何不用？”

“这……那您想我怎么做？”

“那些储物袋我要了。”

顾京墨说完，对另外两个人招手说道：“黄桃，悬颂，跟我走。”

看到顾京墨竟然真的带着人径直离去，金丹期体修错愕不已。

直到顾京墨三人走远了一些，他才直挺挺地跪倒在地，朝着顾京墨离开的方向磕头，朗声说道：“魔尊的恩情在下没齿难忘，请您记住我的名字，我叫许明坤！日后若是有用得上我的时候，我定当赴汤蹈火，在所不辞！”

顾京墨没理，径直离开。

三人行至无人处，顾京墨才捂着胸口吐出一口血来，被黄桃扶着才堪堪站稳。

“魔尊！你身体都这样了还去救人！”黄桃心疼得眼泪在眼眶里打转，晶莹的眸子像是晨间的叶片上布满的露珠。

“这不是……有飞行法器了嘛……”顾京墨回答完再难支撑，身体一歪昏过去。

黄桃扶着顾京墨的身体，让顾京墨不至于倒在地上，然后变回黄狗模样，将顾京墨驮在自己的背上，背着顾京墨朝着洞府的方向而去，不再理会悬颂。

在黄桃的概念里，她只忠于顾京墨一人，此刻还是顾京墨的安危重要。

至于这个所谓的“道侣”，她完全不在意。

悬颂看着她们离开，站在原处逃也不是，跟着她们走也不是。

这一日发生的事情悬颂看得明白。

他看到了传说中的铃铛，可这银铃似乎又与传说中的并非一回事。

再说顾京墨今日的行为。

明明可以袖手旁观，却还是在带伤的情况下去救了人，还将自己搞成了那副样子。

这还不算完。

顾京墨知晓引来那三名金丹期魔修的罪魁祸首，是劫匪五人组抢夺来的储物袋，所以干脆跟他们要走了所有的储物袋，之后若是再有人寻储物袋中的东西，也只能寻到顾京墨这里来。

这是将祸水往自家引，还是在自家也举步维艰的情况下。

而且，许明坤等五人实力一般，人不算聪明，虽是劫匪却不算十恶不赦，不该有人用这般阴毒的法子陷害他们一个寨子。

所以他们只是比较倒霉，遇到了有人故意丢给他们“祸水之源”，他们也没当回事照单全收了。

因此引来了杀身之祸，也算是一场无妄之灾。

许明坤就算再傻，最后也知晓顾京墨要走储物袋的原因，所以才会那般感谢顾京墨。

那些储物袋中的究竟是什么？

为什么要将这种东西放到修真界，还落入这般低阶的修士手中？

是想要从小处逐渐扩大，引出更大的波澜？

顾京墨的事情尚未调查清楚，现在又一件事情出现了，烦得悬颂恨不得现在就回青佑寺，撒手不管了。

悬颂叹了一口气，转过身来，看着空无一人的地方冷声道：“既然已经来了，不如直接现身吧。”

那人似乎并未将悬颂放在眼中，直接略过他，打算去追黄桃以及顾京墨。

这一举动让悬颂已经能够初步猜测，这人不是为了追黄桃手里的储物袋，就是要杀顾京墨。

悬颂随便抬手，原本的一处平地转瞬间升腾起一座巨山来，轰隆隆响彻云霄，挡住了那人的去路。

土系功法，可以崩山裂地，也能平地起山，荒地开出河道来。

他朝着那人的方向再次说道：“我既然已经站在这里等着你了，自然不会放你过去。”

那人终于现身，似乎觉得悬颂的不自量力十分可笑，阴恻恻地说道：“我本不想杀你，你偏偏要找死。”

悬颂并未理会这句话，而是直接问：“储物袋里有什么，让你们这般寻找？”

“储物袋？”那人疑惑。

悬颂看向他的表情，知晓这不是作假，断定这人与储物袋无关。

“哦，原来只是要去杀顾京墨的。”悬颂活动了一下手腕，说得漫不经心。

“莫要碍事。”那人干脆朝着悬颂丢去一个法术。

元婴期修者的法术，对阵一名筑基期修者，简直如同踩死一只蚂蚁般轻易。

偏这道攻击被悬颂轻易躲开了。

只见悬颂双手掐诀，并非佛子功法，而是一种引魂入体的禁术。

一道惊雷从天而降，直至悬颂所在的位置。

这道雷将天空劈出了一道天堑般的裂缝，像是要将天空撕裂。紧接着，原本的小和尚摇身一变，换了一个人似的出现在元婴期修者的面前。

悬颂依旧是悬颂，却并非原本的悬颂。

依旧是清冷的面容，初雪般精致俊朗，只是多出了一头整齐的银色的道家发髻。

清冷夜色下，他的银发沾染了月色，偏巧月满中天，积得满地月华。

他身着白色与银灰色相间的道袍，衣袖被风吹拂，翻飞时如莲花初绽，猎猎作响。

青松耸立半遮融融月，晓星沉落散于空。

川渟岳峙，笑比河清的男子立于月下，如遗世谪仙，清冷中散着仙灵缥缈之气。

他朝着元婴期修者走过去，步态从容，每一步的距离都均匀得可怕。

他的声音森冷："我尚未调查清楚，你莫要碍事。若是让你逃了，她身受重伤之事定会被传出，怕是会引来诸多麻烦，我——只能杀了你。"

八

任谁也不会想到，在追踪顾京墨的途中会遇到这个人，且这个人还帮着顾京墨。

化神期的修为，身姿卓然，一头银发配上冷峻的面容，土系单灵根，身上不见佩剑。

这些要素结合在一起，很容易会想到修真界的传奇——迦境天尊。

迦境天尊在青佑寺闭关百余年，这期间从未踏出过青佑寺半步。

算起来，迦境天尊入青佑寺时顾京墨还在金丹期，在修真界也不算出名，一个晚辈而已。待顾京墨成为魔尊混出名头来时，迦境天尊也一直在闭关未曾出关。

这二人本该没有任何交集才对，为何迦境天尊会保护顾京墨?

调查?

调查什么事情?

顾京墨直来直往的性子，身上还有什么谜不成?

若是迦境天尊和顾京墨联手，这二人的实力足以撼动整个修真界!

元婴期修者自知绝非迦境天尊的对手，干脆没有动用灵力，这样的小动作无疑是在惹怒迦境天尊。

他看着迦境天尊努力装淡定，笑道："是晚辈有眼不识泰山，不知您在这里。"

悬颂依旧薄唇紧抿，眼神清冷地看着他，不言语。

他只能独自吞咽唾沫，思考了片刻后再次解释道："晚辈其实是魔尊的手下，是千泽宗的宫主之一，远远地探知到了魔尊的气息，所以才追到此处。若是有所打扰，晚辈可以立即离开。"

悬颂抬起右手，食指与中指并拢朝上一挑，地面升腾起千余石锥来。

这石锥仿佛冬日里屋檐下的冰锥，却要更为结实锋利，悬浮在悬颂的周身，散着威压感。

硕大的石锥密集如雨滴，静置于空俨然不动，却蓄势待发。

悬颂语气如午后云烟，散散淡淡："她的手下？"

他赶紧点头应是，紧张得面部肌肉都透着不自然："是！晚辈这就告退……"

"她的手下会看到她斗法却不帮忙，偏在她晕倒后才急急追赶？"

他当即语塞，知晓自己的谎言无法瞒过迦境天尊这老不死的，于是不再迟疑，运转自己最为拿手的遁术疾行。

悬颂早有防备，千余石锥朝着他齐齐攻击过去。

化神期修为的控物术以及土系法术的控制能力自然炉火纯青，元婴期修者无法逃离他的攻击范围。

轰然间，罡风四起，树林瑟瑟，大地震颤。

在强大的灵力威压之下，大地开始错位，犬牙般参差不齐。

石锥已然深深地扎进了土里，在地面巍然伫立，被扎的地面出现龟裂，蜘蛛网般延伸至四处。

元婴期修者抱头鼠窜，竟然连三丈都未能逃出。

他匍匐在血泊之中，狼狈抬头，悬颂已经站立在了他的身前。

"如若你身负罪恶不多，那我放过你，只会夺走你今夜的记忆。"悬颂说完，朝着他使出赎杀掌。

赎杀掌，只有被攻击的人自身背负罪恶才会得到强大的攻击。

如果像顾京墨那般问心无愧，便会毫发无伤。

可惜此人未能经受住赎杀掌的攻击，一掌之下，整个人瞬间碎裂，竟然死无全尸。

悬颂早早布下了保护屏障，脏污未溅到身上分毫，却也被面前的景象引得一阵蹙眉，嫌弃万分。

杀死一名元婴期修者，悬颂只需要用两个呼吸的时间。

他挥了挥手，被他战斗时改变的土地转瞬恢复如初，似乎是觉得地面上的血迹太过恶心，他干脆用土将其覆盖。

一切恢复如初。

月清云淡，万籁俱寂，一切安然，一如平常的良宵好景。

月光如水当空泼下，照在广袤大地以及银发男人身上，给他的衣摆、发梢镀上了璀璨的银灰。

一切美好。

悬颂回到洞府时黄桃正在照顾顾京墨，黄桃见他竟然主动跟来了，震惊得睁圆了眼睛。

这模样反倒让悬颂尴尬不已。

对方似乎从未见过这般难缠的被掳对象。

他只能故作坦然地解释："既然答应做药引，就不会食言。"

黄桃愣愣的："哦……"

黄桃只当悬颂是重情重义，言出必行之人。外加出家人慈悲为怀，为了救人，也可以舍己为人破戒成为顾京墨的道侣。

她很快便释然了。

她只是有点担心，问道："你可有听到异响？"

"嗯，有人在渡劫。"悬颂面不改色地回答，走进洞府内找了安静的角落盘膝坐下，作势要打坐。

她万分疑惑："那怎么只有一道雷？"

"那人只挨了一道雷就被劈死了。"

"好笨啊……"

"嗯。"

黄桃急急地追问："那你去捡他的储物袋了吗？"

贫穷如顾京墨、黄桃，现如今只能靠这个生存了。

悬颂想到那名元婴期修者碎得遍地都是，自然不会去找寻他的储物袋，于是摇头："没有。"

"哦，那算了，那么笨，估计身上也没什么宝贝。"

"嗯。"

二人再也没什么可聊了，黄桃继续帮顾京墨渡入灵力，稳住顾京墨暴乱的灵力。

悬颂沉默了半晌，又问："她受伤多久了？"

"三月有余。"

这个时间来看，是修竹天尊陨落之时，也是顾京墨受伤之际。

修竹天尊还在临死前给她写了方子，只是他至今没有搞懂这个方子是想救顾京墨，还是想废了顾京墨的修为。

悬颂再次询问："她因何受伤？"

黄桃垂着眼睑沉默许久，最后只是摇了摇头："这个……不能说。"

悬颂也就没再问。

黄桃从夜半时分守到了清晨才缓缓起身，对悬颂说道："我去取些露水给魔尊润润唇，你帮我守一会儿。"

说完快速跑了出去。

悬颂看着昏迷不醒的顾京墨，最终还是起身走了过去，手掌盖在她的额头为她渡气疗伤。

他的灵力乃是至纯至真之气，对于疗伤有着奇效，不久后顾京墨便有了清醒的迹象。

他垂着眼睑看着她。即将清醒的她身体微微转过，仰面朝上，衣襟微微敞开，露出些许瓷白的颈项。他迟疑片刻后收回了手，打算离开。

顾京墨能够感受到一股灵力往体内涌，带着治愈效果，身体难得地舒坦起来，那人却要离开，她赶紧拉着那只手。

缓缓睁开眼睛，看到坐在自己身前的不是黄桃而是悬颂，而她正握着悬颂的手往自己身前拉，一股火瞬间燃起。

悬颂赶紧起身后退，用法术灭了衣摆的火星，再抬手看了看被灼伤的手指。

顾京墨则是整个人浴火坐起身来，查看悬颂的情况，接着松了一口气："幸好是你，要是别人头发都得让我给烧了。"

"……"悬颂头顶一阵清凉。

悬颂退到一边，看着这个浑身浴火的女人缓慢地起身，站在洞府里慢悠悠地伸了一个懒腰，又活动了几下身体，再不急不缓地走向小溪。

这诡异的场面悬颂竟然也逐渐习惯了。

待冷静完毕，顾京墨开始坐在洞府内拆储物袋，查看究竟是什么东西，会给劫匪的寨子引来灭顶之灾。

她将东西倒出来后，乱七八糟堆了一堆。

有一些低阶法器，还有炼丹炉、笔墨，以及赶羊用的缰绳。

她用食指和大拇指拎起一个肚兜看了看："这应该是偷的凡间之物……"

悬颂抬眼看了一眼，便嫌弃地看向了别处。

偏她还不结束，在自己的身上比画，同时念叨："绳子这么短，这么大点一块布，这人要么是个孩子，要么就是没有这两块肉。"

悬颂："……"

是你的身材过分妖娆而已。

这时，悬颂从一堆废物里拿出了一个盒子来，打开，里面是一份卷轴。

他摊开画卷看了起来，越看越觉得不对，眉头微微蹙起。

顾京墨丢下了肚兜凑过来跟着他一起看，嘟囔："这是……困神阵？"

悬颂有些意外："你认得？"

"嗯，这是我师父创的阵法，但这份明显是模仿着画出来的，我师父画图极为精美，尤其字小，字这么小一个。"说着还跟悬颂比量起来。

“哦，原来你是他的徒弟。”

“昨天夜里你该知晓我是谁了才对，怎么会不知道这个？”

悬颂不知该如何回答。

他闭关之时，顾京墨还是一个名不见经传的小角色，他当然不知道她是谁。

这次也是徒子徒孙们跪拜，他才知晓横空出世了顾京墨这个女魔头，知晓了她的五重罪。但是她的师父是谁、出自哪个门派他依旧一无所知。

创阵之人是魔门前任魔尊。

传闻中，此阵法是将桃花宗引以为傲的幻术与正派的阵法相结合而研究出来的困神阵。

此阵法是以弱敌强的典范，听闻这个魔尊曾经派一群虾兵蟹将困住了正派十二位天尊，最后将其全部诛杀。

后来，修真界给这个阵法赋予了传奇色彩，似乎会了这个阵法，实力不够强大的修者也能够越级杀死高阶修者。

不过这也只是传说而已，毕竟自困杀十二天尊后，前任魔尊便将阵法尘封，无人能够得到真正的阵法图。

起初看到阵法图，悬颂也没有在意。

偏越看越觉得玄奥非常，丰富的阅历使他一眼便看出这是魔门的幻术和正派的阵法相结合的，不由得想到困神阵。

正在迟疑，顾京墨便道出了这阵法的名字。

顾京墨则是看着阵法图继续说道：“其实我的师父常想教我些阵法，但是我不想学，太复杂了，还不如直接斗法来得痛快。”

“嗯，学些阵法也可以提升自己的实力，适当可以学些。”

“没办法啦，我师父都已经飞升了，他飞得太快了，我刚元婴期他就飞升了。这么说起来，我真觉得那个迦境天尊是个废物，那么大年纪了还没飞升，你说他最大的能耐是不是能活？”

悬颂：“……”

要不……还是杀了她吧。

九

顾京墨伸手拿过困神阵的布阵图仔细看了看。

虽然她认不全注解上的字，阵法图画得也格外复杂，很难完全理解，却能够通过师父早年教的基础知晓一二。

此阵法图环环相扣，设计玄妙绝伦，寻常修者不可能轻易布置出来。

困神阵本身也是三位天尊合力才完成的佳作，且这三位的身份也各不相同，难得正派与魔门的合作，集各家所长，自然威力非常。

这三位天尊也都是成功飞升的大人物。

她仔细确认后说道："我又确认了一遍，这阵法图是真的，只是不是出自我师父的手，应该是有人偷偷看到了摹画出来的。"

悬颂用神识扫过其他物品，确定没有可以入眼的东西了，于是说道："如果是困神阵的阵法图突然现世，的确会引来此等灾祸。"

"我不太懂。"顾京墨将阵法图重新卷好，极为恭敬地放回盒子里，"这人为何要摹画出阵法图，还让阵法图落在许明坤等人的手中？"

"诱饵。"悬颂垂着眼睑沉着脸分析，"大鱼吃小鱼，小鱼吃虾米，许明坤等人不过是小虾米，引出那几个人。血洗一个寨子的事情可大可小，若是传出去了，渐渐也会吸引到真正想吸引的人。"

顾京墨托着下巴看着悬颂，竟觉得他思考时格外迷人，明明是少年模样，眼眸却如无波古井，深沉幽暗，别有韵味。

她含糊地应了一声："似乎是这样。"

听到她漫不经心的语气，悬颂不由得不悦，抬眼看向她："你就没思考过这个阵法图现世，会被吸引的人都有谁？"

"很多人啊，比如三魔七鬼里的一半都会感兴趣，另外几个比我还文盲，怕是不会……"她说到这里突然顿住，敛住笑意看向悬颂惊道，"还有我？！"

"对，创图的人是你的师父，你不想你师父的作品流落在外，自然会被引去夺图。"

"确实会这样……结果刚刚布局，我就在小虾米的环节得到了图？"

悬颂见她还不算笨到骨子里，于是继续说道："没错。"

"那他们失算了。"

"不，他们丢出去的鱼饵不会只有这一个，每一样都会引得你去寻，去寻就会落进纷争中，战斗不可避免。这个人……"

顾京墨瞬间懂了，惊呼："他知道我受伤了！"

"没错。"

顾京墨之前还有心情欣赏悬颂的俊美容颜，此刻也没了兴致，陷入了沉思。

这个人不但了解她的性格，还看过她师父的阵法图，最让她觉得意外的一点是，这个人居然知晓她此时有伤，若是强撑着战斗会加重伤情。

那人无须现身，只用这种方式就能将她慢慢耗死。

她从被卷进风波之中，再到负伤而出，全程都无人知晓，这个人怎么会知道?

悬颂继续提醒，手指轻点装阵法图的盒子："这个阵法图还有谁能看到？"

"原图被尘封在千泽宗，有大阵加持。"

"如果是千泽宗的人入阵……"

"能入阵的前辈都是信得过的人。"

悬颂竟然觉得顾京墨太过天真，到底还是年轻，见过的人间险恶还不多。

悬颂道出了心中疑问："你现在这般状态，想杀你的人还那么多，你身边只带黄桃一人，就不怕遇到危险？"

"我已经隐姓埋名了。"

"你只是封印了修为,又没有易容,这般明目张胆地现世,想认出你来非常容易。"

这一点顾京墨倒是不在意，反而平淡地笑了起来，凑近了悬颂正视他的双目，自信满满地说道："见过我容貌且想杀我的人，都已经死光了。"

极度危险的话语，却说得极轻极柔，如清风过境，带着柳絮入西洲。

悬颂与顾京墨四目相对，目光平静，却好似兵刃交接，短短一瞬竟然有了硝烟。

顾京墨的眸中是不屑，是对生命的蔑视，是狂傲不羁的，甚至有些疯。

悬颂的眸中则是审视，有些许厌恶，更多的是不喜。

只有这一刻，顾京墨才像传闻中的女魔头。

一句话，验证了她的杀人如麻。

好在这个时候黄桃捧着一个竹筒回了洞府破除了尴尬，她唤了一声："魔尊，你醒啦！"

"嗯。"顾京墨回过神来看向她，伸手去接竹筒，问，"这次没哭一夜吧？"

"没，我长大了！"

"真棒。"

"嘻嘻。"

顾京墨用竹筒内的露水润了润唇，接着盖上了盖子。

她缓慢起身,一边揉着肩膀一边吩咐:"你整理一下这些储物袋,我们要即刻启程，此地不宜久留。"

"好！"

顾京墨歪头看向悬颂，见悬颂似乎没有其他多余的举动。

身为出家人，对她身上的肃杀之气不喜也是情理之中，她没有再理会，只是打坐调息，准备赶往下一处目的地。

许明坤等人的储物袋中的飞行法器品阶也不算高，行进速度很慢，他们仍需要通过传送阵辗转，才能到达下一处。整整经过了三个传送阵方才到达他们的最终目的地。

行至携阳地带时，已是夜幕星河，茂密丛林香雾斜升，幽暗宁静。

林梢漏了几抹月光，落在几人身上仿佛衣角镀上了霜，伴着凉风阵阵清冷。

中途停顿时，悬颂不禁问道：“你的遁术极其玄妙，为何途中要这般周折。”

顾京墨倒是不在意：“我那个遁术需要在终点布阵，方可转瞬即达，可以说成是定点传送阵。这种遁术只适合逃离，不适合赶路。”

悬颂垂眸未再说什么，只是在心中暗暗思忖，这魔尊似乎没什么心机，将自己的逃跑之术都坦然说了，也不怕他宣扬出去。

真把他当自己人了？

真……当他是道侣了？

说起来……他额头的道侣印还未解除。

他们想稍做停歇，便径直出了丛林，在附近坊市寻了一家客栈租借洞府。

修仙界在坊市内可租借洞府。

携阳地带灵气并不算丰盈，洞府也只能供修者暂时落脚，不适合久留修炼。

黄桃在路上变卖了些储物袋中的东西，才使他们在途中不那么拮据。

到了客栈，黄桃租用了两个洞府，交了灵石，等待店主送来结界石。

顾京墨双手环胸和悬颂站在不远处瞧着，似乎不约而同地看向了同一处。

不远处，缘烟阁三名弟子模样的修者正在跟坊市的人打听些什么。

缘烟阁的门派服装是统一的烟青色，道鬓整理得整整齐齐，用一根暖玉发簪固定，只在额前留些许碎发。

三人皆站得笔直，气质卓然，仅仅一眼便可以辨别出三人皆是仙气缥缈之人。

这种超凡脱俗的样子立于如此简陋的坊市，自然格外显眼。

当然，也有人惊讶于僧人居然与艳丽女子并肩而立，只是二人并未在意罢了。

这三人一女二男，其中一名男子是金丹初期的修为，另外两人则是筑基期修为。

顾京墨的目光在那女子的脸上扫过，不自觉地扬起了嘴角。

悬颂先是看了看那名貌美的女弟子，再看向顾京墨嘴角意味不明的笑容，微微蹙眉，朝前走了些许挡住了顾京墨的目光。

顾京墨被挡住后也不气恼，看不到小美人，看悬颂也不错。

许是说到了让人愤慨处，被询问的店家声音陡然拔高：“还不是那个女魔头在作祟！”

他说完，他的妻子似乎是受到了惊吓，赶紧放下手里的东西过来捂住了他的嘴，生怕他的出言不敬给他们引来杀身之祸。

情绪激动的中年男子躲开了妻子的手，怒道：“小仙尊都来这里处理祸害了，怎么还不能说了？”

“他们的修为……怕是、怕是……”这三人不过是小弟子，哪里是顾京墨的对手？

三人自然懂了，其中金丹期修为的男修者谦逊地拱手说道：“二位不必慌张，我等的确并非顾京墨的对手。但是师门已传来消息，迦境天尊会出关来灭杀顾京墨，我等只是先行前来调查情况的。”

顾京墨听完不由得扬眉：怎么又是她的事情？她又做了什么她自己都不知道的伤天害理的事情？

悬颂则是抿紧了嘴唇：他何时答应那群徒子徒孙了？他本人怎么不知道？

这二人心中的所思所想，旁人自然无从知晓。

摊主听了迦境天尊的名号，当即便是一惊，紧接着放下心来，夫妻二人甚至握着对方的手险些喜极而泣。

以此就可以看出，迦境天尊在三界的名声跟地位，无疑是受人敬仰且信任的。

偏二人的模样引得悬颂不喜，脑海中闪现而过的，是从四面八方传来的骂声，内容肮脏得让他心口刺痛，还有那些朝他丢过来的烂菜以及泼来的污秽脏水。

朝他辱骂，甚至将利刃插向他的人，曾经也是敬仰他的人。

他不屑于这种敬仰。

大可不必。

摊主那边放下心来，徐徐道来：“季俊山庄的怪事已经持续十七年了，这些年间从未停歇过。想必顾京墨一夜之间屠尽季俊山庄百余口人的事情，三位仙尊已经知晓了吧？”

三人齐声回答：“自然知晓。”

摊主苍老的面容布满了沟壑，每一道都刻进了四季风霜般，沧桑感极强。

想起这十七年，他不禁潸然泪下。

他们这些杂灵根就算能够勉强修炼，也不过是身体硬朗些的普通人，寿元无法超过百年。

十七年啊……整整十七年！

人这一生又有几个十七年呢？

平复了心情后，他缓声继续道：“谁能想到，这仅仅只是一个开始呢？”

黄桃拿着洞府结界石到了顾京墨身边，顾京墨并不着急，带着黄桃在茶摊坐下。

黄桃帮她倒了杯茶，询问：“晚上还喝茶啊？”

顾京墨看向她，“扑哧”一声笑出来，伸手拨了拨她的耳垂：“狗耳朵不灵啦？”

黄桃这才静下来，跟着去听。

悬颂跟着坐过来，自己给自己倒了一杯茶。

不得不说一个人的俊美和优雅，是从皮囊到骨相的，从言行举止到每一个眼神，甚至是倒茶时手臂抬起的高度。

顾京墨托着下巴盯着悬颂看，耳朵依旧在听那边的谈话。

摊主继续道来："当年季俊山庄被屠杀的有百余口，而这十七年间，又陆陆续续地有足足三百余人在季俊山庄附近消失。

"曾经有一批修者去季俊山庄探查，最终也是有去无回，想来也凶多吉少了。这顾京墨是将这里当成老巢了，是她杀人吸修为的堆尸地！

"原本携阳一带也是繁华之地，你看看现如今的光景，死的死，逃的逃，街道冷清得厉害，没人敢靠近了。"

黄桃听完瞬间握紧了拳头，看向顾京墨的眸中充满了愤怒。

顾京墨终于舍得将目光从悬颂身上移开，转头看向街道。

她的眼眸升腾起一股黑色浓雾，缭绕着她微微泄露杀意的眸。

悬颂看着她，她看着街。

三人皆无言语。

十

携阳地带，原本也是一个热闹的坊市。

这里是方圆百里的中枢地带，是周遭的经济命脉所在。

这里曾经车水马龙，坊市里毂击肩摩，雁行鱼贯，吆喝声、讨价声不绝于耳。

现如今的坊市街道冷清，罕见人往，摊铺也只剩下零星的几家，生意清冷萧条。

这都是因为季俊山庄。

据说季俊山庄被顾京墨屠尽后，在季俊山庄附近又相继消失了几百余人。

旁人不知季俊山庄里到底发生了什么，便猜测是顾京墨在此处常住，时不时就会抓人进去汲取修为，助她修炼。

金丹期弟子再次询问："您确定这些都是顾京墨所为吗？"

摊主被问得万分不解："除了她还能有谁？"

"可有确凿证据？比如曾有人目睹顾京墨抓人，或者是修者尸身有她真火焚烧后的痕迹？"

摊主霎时被问住，喉间一哽，傻眼般地看向妻子，妻子也说不出什么。

可是，他依旧坚持："除了顾京墨还有谁能做到？当年她屠杀季俊山庄可是有证据的！”

“所以，这十七年间的……”金丹期弟子依旧坚持这一点，似乎对于有没有确凿的罪证非常在意。

摊主顿时愤懑而起：“你们到底是来为民除害的，还是来为顾京墨开脱的？怎么处处为她说话？你们难不成是魔门的细作吗？”

见他态度突变，说出来的话还这般恶劣，女弟子有些听不下去了，不悦地朝前一步，手中握着佩剑的剑柄，低声说道：“我们是在正常调查，你提供不出确凿证据就恼羞成怒，这是何道理？”

她刚说完，就被金丹期弟子阻拦了一下。

摊主显然已经非常愤怒，他认定了十七年的事情，在他心中这就是事实，还需要什么证据？

他不想再理会这三名弟子了，收摊时还故意用旗子扫了他们一下，让他们离自己远些：“那你们就去季俊山庄一探究竟好了！”

说完，夫妻二人抬着桌板等工具，朝着家的方向走了。

缘烟阁三名弟子目送二人离去，最后一齐转身朝着茶馆走来，继续打听。

这一回，他们打听的已经是另外一件事情了：“小二，我们想去季俊山庄，你有什么有用的信息可以提供给我们的吗？”

茶馆内的小二也是随时准备收拾茶具，打算快些回屋睡觉的状态，听到这句话登时睁大了眼睛：“你们去那里做什么？送死吗？！”

金丹期弟子回答得格外客气：“我们想要调查一下季俊山庄的事情。”

店小二看了看他们，继续闷头擦桌子，语速极快地说道：“既然要去送死，又何必知晓如何才能死得慢些？”

这回答激怒了女弟子，女弟子当即提高了音量质问：“你怎么就觉得我们是去送死的？！”

店小二不想再回答他们了，似乎提及这些事情都会给自己引来灾祸，干脆收拾了东西，端着盆转身便走。

女弟子在缘烟阁也是门内弟子，大家族的后辈，平时出门遇到的修者也都会对她客客气气的，难得有这样的待遇，气得跺脚：“这些人都是什么态度啊！”

这时，他们听到了一声响指。

三人朝声音发出的方向看过去，看到的那一幕着实有些惊奇，一名僧人居然和两名相貌极佳的女子同桌喝茶。

这三人似乎相处得极为自然。

这是什么诡异的组合？

朝他们打响指的是坐在中间的女子，眉眼浓艳，烈烈如焰，发髻交叉插着两根偏大的古铜发钗，极为显眼。

她脸上挂着人畜无害的笑容，见他们朝自己看过来，自来熟地打招呼："你们也要去季俊山庄？不如一起同行？"

女弟子双手抱胸审视他们三人，语气略带高傲地问："我们是执行门派任务，你们去里面做什么？"

这三人中，两个是筑基初期的修为，只有艳丽的女子是筑基期巅峰的修为，若是斗法能力不精，真怕他们进去拖后腿，反而得自己这边来照顾。

顾京墨回答得极为顺畅："我们是溯流光谷的修者，她是云家二小姐，我是她的侍女，这位是和我们一同结伴而行的青佑寺高僧。我们本就要去季俊山庄，刚巧遇到了你们，不如一路同行？"

被称呼为二小姐后，黄桃不自觉地挺直了背脊，让自己看起来更像个千金小姐。

倒是悬颂极为自然，依旧在从容喝茶。

听到青佑寺，三名弟子面面相觑。

其中一直沉默的年纪最小的男弟子惊喜道："青佑寺也出手了？是不是迦境天尊派来协助调查的？"

悬颂不置可否，沉默。

他总不能解释为，他是自愿被绑架的吧？

顾京墨的解释，倒是让他们三个人诡异的组合变得合理起来。

溯流光谷和青佑寺的临时组合，他们倒是很愿意加入。

金丹期修者带着另外两人走过来与他们同桌，语气客气起来："之前师妹若有冒犯之处还请见谅。我们是缘烟阁弟子，在下禹其琛，这位是我的师妹明以慢，这位是我的师弟木彦。"

正派的修者到了金丹期师父就会赐道号了，自此大家都会称其道号，以表尊重。

比如迦境天尊就是他的道号，时间久了，大家甚至不知晓迦境天尊的本名是什么了。因为整个修真界已经没人有资格直呼其名了。

此刻禹其琛并未介绍自己的道号，而是说了自己的名字，以示谦卑。

悬颂则是心中了然。

缘烟阁中有几个大家族，无须入门海选，其出生便是内门弟子。

七个大家族，这个小队便来自三个家族。

顾京墨点头，笑得格外灿烂，难得在那张妖冶的面容上出现了些许纯真："我家小姐名叫云夙月，我叫京儿，他法号悬颂。"

悬颂抬眼看了一眼顾京墨努力表现友善的笑脸：眼眸笑得弯弯的，好似晶莹的月里镶嵌了繁星，闪闪发亮，狡黠里带着纯美，配上笑时露出的虎牙，竟然有些可爱。

他只看了一眼，便又收回了目光。

禹其琛笑容柔和且温煦，目光收敛且礼貌："幸会，说起来我曾与令兄一同历练过，他对我多有照顾。"

提起云家少主，黄桃的表情出现了一丝不自在，但很快收起，接着微笑回答："哥哥他时常出门历练，我倒是难得出一次门。"

禹其琛微微点头，接着换了沉稳的口吻说道："这次去季俊山庄怕是危险重重，各位还需要三思。"

这是真心相劝，而非觉得他们是个麻烦。

黄桃的性子一向柔软，这次却格外坚决："我要去，我要将这件事情调查清楚。"

关乎顾京墨的名声，黄桃格外在意，她要去看看谁在冒充顾京墨作恶。

明以慢则是反复打量悬颂，接着微微扬起下巴问道："青佑寺为何只派了一名小弟子？"

悬颂不想理会，毕竟顾京墨只绑架了他一个人。

这个问题得问顾京墨。

明以慢难得见到比她还傲慢的人，尤其没见过这般容易不耐烦的和尚，不由得惊讶："你……你怎的这般无礼？"

"如何又算有礼？"悬颂反问。

"问你问题，最起码回应一下吧。"

"你可曾对我客气？"

明以慢哽住了片刻，在禹其琛的制止下才不悦地侧头看向别处。

木彦则有些疑惑，问悬颂："佛子不该自称小僧吗？你怎么都是自称我，身上也没什么佛珠的样子。"

"一脸佛气绝非佛。"悬颂坦然地说着强词夺理的话。

禹其琛却似乎悟到了什么："真正的佛法是不被佛法困住，这样才可以学佛。"

悬颂看了禹其琛一眼，对他倒是多了几分喜欢。

他从未真正扮演佛子，倒是禹其琛帮他将身份掩饰好了。

其实悬颂不知，禹其琛最崇拜的便是迦境天尊。

迦境天尊被心魔所困，到青佑寺闭关，他觉得师祖既然如此选择，定有玄奥在其中，也跟着学习了诸多佛法，知晓的佛门知识不亚于一名僧人。

禹其琛依旧格外客气："若是不嫌，我们可以一同去往季俊山庄，明日启程，可好？"

顾京墨替他们三人回答："可以。"

既已决定，顾京墨拿着结界石朝着洞府走去，缘烟阁三人则住在其他地方。

途中黄桃不解，问道："为何要与他们三个结伴而行，我们自己不也能调查吗？"

"那个小丫头长得怪好看的，我想多看看。"

"她的性格似乎不太好相处。"

顾京墨倒是不在意："没发现她很护短吗？若是跟她熟悉了，我们也会被她护着的。"

说着又补充了一句："明家的小姑娘确实漂亮。"

说完，扭头看向悬颂："悬颂，我们两个人住一个洞府吧？"

悬颂拿着结界石放在固定的位置，放置好后周围亮起一抹澄澈的蓝光，稍纵即逝，洞府石门打开。

他收回了结界石瞥了顾京墨一眼，问道："你想烧死我？"

说完独自进了洞府。

"我还不想吃烧卤蛋呢！我是怕你跑了！"顾京墨不悦地抱怨。

"他不会跑的。"黄桃放置她们的结界石时说道，"就算我们丢下他走了，他也会跟过来。"

"……"顾京墨一阵沉默，颇为不解，"为何？"

"他可能是一位乐于助人、舍己为人的好和尚吧。"

顾京墨迷糊地跟着进了洞府，她从未想过抓和尚做道侣居然会这般顺利。

她若是不着火就好了……

十一

翌日。

清晨的风揉开了浅淡的雾，逐渐显露携阳白日的风景，如天开图画，水木清华，暗绿成林。

远处可见模糊的山脉轮廓，由碧绿树木掩盖了整座山峰，烟波万顷。偏有阵阵黑雾围绕在林中，致使这山比周遭阴暗不少。

季俊山庄便建在那里。

顾京墨走出洞府简单地活动身体，目光从远处山脉抽回便看到悬颂从洞府中出来，越过她径直朝外走去。

她这般站在原地看着悬颂走出了一段距离，思考着要不要阻拦，该不该担心悬颂跑了。

谁知悬颂居然转过身来不悦地看向她："怎么还不跟上来？"

应该是她抓的他吧？

这是反客为主了？

她和佛修没什么来往，有些搞不清楚，现如今的和尚都是这般不客气的吗？

她叫上黄桃一起，跟着悬颂到了约定的会合地点。

到了地方后，她还有些回不过来神，她总觉得这个和尚有些古怪，行为举止说不出的诡异。可如果是她想象中的"你追我逃"的场景，她也会头疼。

一时间竟不知该高兴，还是该惆怅。

缘烟阁三名弟子来得也极为准时，他们依旧是一身门派服装，腰间悬挂着佩剑，发髻整理得整整齐齐，是标准的道家发髻。

烟青色的宽袍大袖拘不住三人的仙姿，脱俗气质无须展示便一览无余。

明以慢的额前则垂着些许碎发，随风摇摆，带着些许灵动，一双美目扫过对面三人，看到顾京墨看向自己时笑得灿烂，不由得一怔，随后点头示意。

不知为何，顾京墨总是对她格外友好，反而让她有些不自在。

六人会合后，御物朝着季俊山庄所在的山脉而去。

一行人并未直接去往季俊山庄，而是先在距离季俊山庄最近的坊市停下，站在坊市口朝里面探查。

到了这里黑雾更盛，甚至到了难以视物的程度。

他们本是修真者，视力要比寻常人好上几倍，但到了这雾前也无能为力，也不知是何等外力作祟。

他们在黑雾中只能看到一丈内的事物，再远便看不真切了。

站在坊市门口，便感受到阵阵冷意，无风却阴寒无比，黑雾在他们的周身游走，轻柔无声。

抬头是下落不明的太阳，四顾是消失不见的树。

因无法探查全部，故而让人不安。

顾京墨第一个迈步走进坊市，坊市内自然空无一人，到处是残破的屋舍，断壁颓垣。

也不知这里经历过怎样的屠戮，使得店铺的门扉被折断，丢在街道中间，门板压着破败的布，雾中无风，布也未动。

她左右看了看，暗暗用神识扫过四周。

神识探查时，她与其他人的神识相撞，这几道神识都是其余几人的，没有恶意，不会存在神识攻击。

她在几道神识中辨别出了悬颂的，于是她故意用神识一勾，缠上悬颂，引得悬颂朝她看过来，紧接着，悬颂抽回了自己的神识，不再探查了。

无趣的和尚。

禹其琛在此刻朗声说道：“这黑雾诡秘莫测，不知其中是否有蹊跷，我们不要分开行动，以便出事时有个照应。”

其余几人纷纷应和。

他们打算先在坊市内寻找线索，结伴在坊市中搜查。

顾京墨跟悬颂并肩，轻声询问：“你可有发现什么？”

悬颂不像缘烟阁三名弟子那般仔细查找，倒像是指挥者，站于门口看着他们寻找线索，最后听他们汇报。

悬颂旁观者一样地看着其余人忙碌，淡然开口：“这里的人与物是分别受害的。”

顾京墨挑眉，倒是跟悬颂想到了一处。

禹其琛年纪尚轻，阅历较浅，并未看出什么来，于是问道：“为何这般说？”

顾京墨指了指四周：“如果人与物一同受害，经历过这般大的动荡，屋舍中怎么会没有打斗挣扎或者血液的痕迹？”

禹其琛这才意识到这一点，之前探查时也确实未见哪里有过打斗的痕迹，更别说血迹了。

顾京墨随手拿起了一本账本，吹了吹封面的灰尘，翻开看了几眼后便丢给了悬颂，毕竟她不怎么识字。

尤其还是那么小的字。

见禹其琛还在看自己，不由得笑着继续解释：“这很好理解啊，人是先被带走的，且带走他们的人用了什么邪术，让他们全程没有挣扎，甘愿被带走。

“在坊市人去楼空之后，有修者知晓这里成了空城，故而来这里抢夺财物。这群人来得很急，似乎是怕留得久了被发现，才会在翻找东西时造成这么大的破坏。”

木彦也在旁听，不由得疑惑地问道：“为何是被带走，而非知晓命案，所有人一齐搬离？”

顾京墨摊手解释：“相邻的一个山庄死了人，旁人也只会觉得晦气，不会搬离，这是其一。

“其二，我猜来抢夺财物的那批人，可能是在这里已经闹了多起人命之后才来的，因为危险所以急切，才会造成这般景象。能让他们冒死前来危险之地，只能是这里留下的财物足够多，才值得他们冒着生命危险前来。

“你想想看，如果是所有人搬离此处，肯定会带走财物，怎么会引来亡命之徒来这里搜刮财物？”

木彦听完，觉得自己懂了，又觉得自己没懂。

明以慢和禹其琛倒是没有再问，而是继续寻找线索，他也只能道句谢，继续跟着找线索去了。

悬颂翻看着账簿，看着上面的日期，说道："账目最后的日期是在十六年前。"

禹其琛算了算后问道："也就是顾京墨屠杀季俊山庄的一年后？"

"对。"

顾京墨觉得无趣，走出了这家店铺。

悬颂也很快跟了出来，说道："我们找一找附近的药铺、医馆。"

顾京墨很快懂了，悬颂是要帮她寻药。

禹其琛此刻已经确定这二人的阅历在他们三人之上，故当这个安排也别有深意，于是继续询问："不知寻药铺、医馆有什么说法？"

悬颂淡然回答："若是之前便有蹊跷，肯定会出现不符合常规的就诊记录，比如同一时间段出现同样的病症。"

"原来如此！"禹其琛一脸了然。

悬颂看着缘烟阁三个傻乎乎的徒孙，突然有些无奈。

什么都不懂便出来历练，还派来这种地方，真不知道缘烟阁那群废物在想些什么，怎么把孩子教傻了？教傻了之后还安排到了危险的地方。

六人在坊市内找到了医馆。

悬颂进去粗略地看了一眼，很多药草都被洗劫一空，地上有一些病历药方，散落得到处都是，上面还印着脚印。

估计是一群和顾京墨一样肚子里没什么墨水的土匪。

悬颂用控物术取来医馆中所有的记录，将各种典籍遍布自己的周身，围绕成一圈，双手掐诀后闭上双目。

一阵风由悬颂的脚下升起，围绕着纸张旋转，典籍在风的吹动下快速翻页，不出两个呼吸的时间，这些记录便同时堆放在地面。

禹其琛认出了这种功法，于是说道："一阅千册。"

木彦看得啧啧称奇，不由得问："这是一门功法？他在刚才已经将所有的内容都看完了？"

"没错，这种功法可以在一瞬间阅读千册书籍，且能够记住全部内容。不过所谓的千册也只是夸张之语，寻常修者一次性读三册已经不错了。没想到真的有人将这种功法提升到这种程度。"

木彦不由得多看了悬颂一眼，小声嘟囔："有了这种功法，考学的时候岂不是很简单，为何不见门内前辈们修炼？"

"因为这种功法并不简单，而且如果同时阅读太多，会造成思维与神识混乱，严重的甚至会导致修者走火入魔，曾有多位修者因为这种‘偷懒’的功法遭遇了反噬，后来门内就撤了这门功法。”

“原来如此。”

对于识字都难的顾京墨来说，同时阅读这么多字着实有些恐怖，她不由得问道：“你真的全部都看完了？”

“嗯。”悬颂用鼻音回答。

在悬颂看来，这个问题有些多余，这就好比顾京墨在认认真真地询问“你真的会走路？还顺利地走完了三丈的距离”一样让人不愿意回答。

这只是雕虫小技而已。

她又问：“可有蹊跷？”

“并无蹊跷。”

顾京墨托着下巴思考起来：“也就是说在此之前没有任何征兆，整个坊市的人同时离奇失踪，且全程没有挣扎。”

悬颂微微颔首。

与此同时，顾京墨意识到了什么，伸出手来顺势抓了两个人往后一躲。

黄桃被顾京墨拽着往后没有任何疑惑，完全信任。

明以慢却万分不解，刚想询问顾京墨为何要突然拽自己，就看到她们刚刚站立的地方落了一记火弹。

顾京墨堪堪站稳，抬头便看到悬颂不悦地看向她。

悬颂自然可以轻松躲过这次攻击，却心中不悦。

危险时刻顾京墨居然绕开了距离她最近的自己，而去保护距离较远的明以慢、黄桃。

他依稀记得……他额头还有道侣印，顾京墨留下的。

十二

顾京墨带着两名女孩撤离的同时，禹其琛已经拔剑而出，朝着来人的方向攻击过去。

在调查事件时他们或许尚且经验不足，不能很快分析出事情的真相。但是在斗法能力方面，这三人皆是同辈中的佼佼者。

禹其琛的动作轻若鸿羽，跃起时烟青色的衣袍翻飞如莲花绽放，撕裂了黑雾一剑刺出，剑尖闪过刺目的光芒，在黑雾之中乍现。

兵器相接，火木系功法与水系功法相碰撞。

顾京墨护着黄桃的同时双手环胸冷眼旁观，打斗的两个人虽身在雾中，但是她仅仅靠听，就能够听出打斗的招式与激烈程度。

她不自觉地点头：“水系单灵根，根骨倒是不错，剑法嘛……也算端正……”

她的话还没说完，便听到悬颂冷冷地说道：“剑法一塌糊涂。”

这般高标准引得顾京墨轻笑。

木彦手持佩剑随时准备出招。

在黑雾中视线受阻，若是敌方擅长声东击西之法，这时出手协助禹其琛，反而会造成局面的混乱，帮忙反成了捣乱。

不到万不得已，木彦跟明以慢都不会轻易出手。

戒备中的木彦听到悬颂的评价不由得不服气：“禹师兄的剑法在门派同门中已经算是佼佼者，你身上连佩剑都没有，倒是点评起他人剑法不佳了。”

悬颂瞥了木彦一眼，接着低声说道：“剑首再低一指。”

正在斗法中的禹其琛听到了这句指点，不知为何，竟下意识地遵从他的指点去做。

剑首压低一些，真的直逼对手双眸，迫使对方不得不后仰去躲，露出破绽来。

悬颂沉着脸又观看了须臾，再次说道：“右脚于天冲，天蓬在坎一宫，这点都不知？”

虽在指点，语气却嫌弃得不行，似乎从未见过这般废物弟子。

身在缘烟阁的弟子都知晓，悬颂的指点是剑法结合了八卦奇门，以身为阵，以剑为攻，剑法带动阵法，阵法与剑法相辅相成。

禹其琛的性子极好，虽被人这般指点，且指点他的人看起来比他还年幼，他也都听从了，且完成得极好。

他的剑锋陡然一变，由之前的谦逊变为了犀利，每一招每一式都变得锐利无比，似好战的梼杌，滔天怒吼着袭来。

木彦原本极为不屑，但看到如此局面也渐渐没有了声音。

明以慢则是奇怪：为何佛修会知晓这些剑法？

在此之后悬颂又指点了两次，最后似乎看不下去了，侧头看向别处：“愚不可及。”

之后便不再教了。

禹其琛被这般说了之后，仍旧在斗法的同时抽空回应：“多谢道友指点。”

悬颂鼻音轻哼，依旧是那种嫌弃万物的模样。

对面已然不是对手，在悬颂停止指点时双方胜负已分。

且战且退的攻击者愤恨地问道：“你们是谁？”

明以慢当即站出来，朗声问道：“我还想问你是谁呢？为何突然攻击过来？”

那人倒退几步，狼狈地吐了一口血，这才说道：“我们是来季俊山庄的屠魔者。”

“我们？屠魔者？”明以慢重复。

屠魔者，她从未听说过这个群体。

禹其琛也在同时收了手。

那人抬起手来，用袖口擦了擦嘴角的血，用剑支撑着身体说道：“我们组织了一群人，专程来到季俊山庄屠魔。”

顾京墨听到这个人的话竟然被逗笑了：“屠魔？就凭你们？想杀顾京墨却来了一群金丹期的修者？是不自量力，还是觉得我们很好骗？”

那人脸色难看了一瞬间，虎落平阳被犬欺，一个筑基期的小辈也敢这般跟他说话?

可他的确不是禹其琛的对手，最终只能坦白：“我们……是来季俊山庄寻宝的。”

缘烟阁三名弟子诧异，异口同声地道：“寻宝？”

“没错，我们得到可靠消息，顾京墨前不久出现在了别处，此刻不在季俊山庄，我们便打算进来看一看能不能捡些掉落在此的修者的储物袋。先前我们在歇脚的地方遭遇了修者攻击，死伤了兄弟，以为攻击的人是顾京墨的属下，便四散寻找。方才我听到这边有动静，便攻击了过来。”

先是季俊山庄被屠杀，在发生祸事后因顾京墨的恶名，罕有人敢靠近那里。

在此之后，又有三百余人丧命于季俊山庄，这其中有凡人，也有修者。

这么多人聚集在一起，那么财物自然也积累了很多。

世人皆知，顾京墨身上有她师父留给她的万宝铃，她可以称得上是整个修真界家底最为丰厚的修者，根本不屑于收这些修者的财物，那么这些修者的储物袋都会留在季俊山庄。

聚集在这里的所谓屠魔者，无非是一群亡命之徒，想着趁顾京墨不在时进来搏一把，说不定能捡到几百个储物袋以及季俊山庄的财物。

但他们怕季俊山庄还有顾京墨的手下，故没有直接进入季俊山庄，而是在这个坊市附近停留，逐步靠近。

结果遭遇了攻击，使他们散开寻找凶手，这才遇到了顾京墨等人。

顾京墨不由得叹道：“还真是要钱不要命。”

黄桃却单独传音给她：“魔尊，要不我们也去季俊山庄转转吧，说不定能捡点东西。”

“这个提议不错。”穷疯了的顾京墨认可了这个提议。

对于主仆二人的贫穷悬颂早已知晓，只是他想不明白，以顾京墨的能力，只需要按照她的风格烧杀抢掠就能够得到足够的财物。为何她选择的方式都是猎杀灵兽，捡遗落的储物袋?

难得一次抢劫，还是在帮助许明坤等人。

禹其琛却比较在意其他的事情：“那你们对这周围有什么其他的了解吗？比如十七年里是不是顾京墨在此作祟？”

那人被问得一阵疑惑：“这是什么意思？难道还能是别人吗？”

也就是说，这群人除了靠近季俊山庄，遭遇了一次攻击外，其他什么都不知道，甚至还不如他们。

禹其琛收了剑，转身回归自己的小队伍：“我们是来调查季俊山庄事件的，我们互不干扰，你走吧。”

那人没有再留，愤恨地又看了这群人一眼，快速转身离开。

越到夜里，黑雾越浓，阴冷越重。

经历过伐毛洗髓的修者，体魄都要结实一些，寻常的阴冷侵蚀不了他们。

但是这个坊市的阴冷绝非寻常，似万年冰窟渗透的寒，像专门炼制过的侵蚀之物，寒意逐渐揉进皮肤中，浸入身体内，游走在四肢百骸以及灵气运转中。

六个人聚集在一栋小楼内。

这栋小楼之前应该是酒楼之类的，共有二层，二楼已经残败不堪，地板也塌陷了。

他们在一楼的四方桌前坐下，商议着之后的事情。

禹其琛表情凝重，低声说道：“那群屠魔者已经打草惊蛇了，让季俊山庄内的修者有所防备，我本想趁夜带你们去山庄探一探，现在看来似乎不太合适了。”

木彦应该是三名弟子中最单纯的，急得不行：“我们还是要尽快去季俊山庄一探究竟啊！如果山庄里的人通知了顾京墨回来，那我们不但什么都探查不到，命都得搭在这里。”

明以慢跟着点头：“没错。”

顾京墨坐在一旁，面色从容淡定，他们恐惧的顾京墨就坐在他们身边呢，他们还不是平平安安的?

自己吓自己。

无聊时，她从储物袋里取出了一些衣物帮黄桃披上，这样能抵御一些阴寒。

接着，又拿了两件男装看向悬颂，怕自己当着三名弟子的面自燃吓到他们，于是朝着悬颂一丢，将衣物丢到了悬颂肩上，仿佛坊市里的套圈游戏。

魔尊不愧是魔尊，丢得极准。

悬颂看着身上的衣物沉默了一会儿，并未拒绝。

她又在储物袋里翻看了一会儿，看到了几个帷帽，拿出了一个盖在了悬颂的头顶：

“你没头发，戴上这个能暖和些。”

顾京墨突然开口说了这样一句话，原本在严肃讨论的三人瞬间一静。

最不好相处的明以慢居然是第一个笑出声来的，意识到自己的失态后，赶紧调整好表情，重归高傲冷漠。

悬颂努力忍住自己的杀心。

顾京墨又给黄桃以及自己戴上了帷帽，整理垂纱时，故作不经意地问：“你一佛修，为何懂得不少道家的剑法以及阵法？”

这一点她早就注意到了，一直没问，此刻才提起。

悬颂垂眸，想着不如不再伪装，说自己其实也是缘烟阁的弟子时，禹其琛倒是比他先开口了：“佛门本就集众家之所长。”

“哦？”顾京墨对佛修的确不够了解，于是问道，“佛修不是用棍棒及掌法居多吗，怎么在剑法上也有造诣？”

“道友你有所不知。”禹其琛性子极好地替悬颂解释，“百余年前正邪大战，三界祸乱频起，只有佛门成为唯一的净地。道家为了不让门中绝学失传，将门中不少典籍移送至青佑寺，请高僧看管。”

“也不怕佛修偷学了去？”顾京墨倒是有些惊讶。

“佛门高僧自然是正直守信之人，看守多年，从未私自打开结界查看。后期战乱平息，道家为了感谢佛门，特意赠送了些通用的功法给佛门。悬颂小师父又有着博览群书的功法，能够读完全部典籍也不奇怪，方才的指点也都正确，贫道内心是认可且感谢的。”

悬颂听完，突然觉得自己的指点也算没白费，正好省去他思考怎么解释身份的烦恼。

十三

最终，缘烟阁的三名弟子并未选择立即去季俊山庄内探一探，而是打算先传消息回门派告诉前辈们这里的情况。

至少要先探明得到门派的准确消息，顾京墨会不会突然“回来”再做打算。

他们到了一旁的桌前坐下，从储物袋中取出纸笔来，在纸上写了他们调查的情况，附带画了坊市的地形图。

三人分工合作，每个人分别画出自己探查了一日的部分。

古旧的房屋，四壁瑟瑟，有细软的雾气从缝隙透进来，氤氲于小楼各处。

屋中摆放着一古铜色的照明法器，法器底座是青莲，托着一颗珠子。珠子散着橘色的光，给森冷的房间带来了一丝暖色。

与奋笔疾书的三人形成鲜明对比的，是顾京墨等三人。

悬颂在一旁盘膝打坐，身体坐得笔直，肩膀舒展开，仿佛这个人随时都是绷紧的状态，从不允许自己有丝毫松懈。

顾京墨和黄桃则是靠在一起，两个人身体靠在一起打着瞌睡，看起来并不像修真者，反而像需要睡眠的普通凡人。

明以慢画了一会儿，低声抱怨："这个桌腿不齐，总是晃。"

禹其琛并未抬头，继续看自己的图纸有没有错误，同时说道："我用控物术帮你控制住了，你继续画吧。"

"嗯。"

自此，这三人再无声音。

诡异莫测的环境中，小楼的安静，照明法器的光亮，倒是增添了些许安稳，紧绷的心情也能有片刻松懈。

到了丑时，一直在昏睡的顾京墨突然坐直了身体，悄然为黄桃布下结界。

悬颂也在此刻睁开双目，注意到了顾京墨警觉的微小举动。这个女人看似散漫，实则在某些时候精明敏锐。

正在书画的三名缘烟阁弟子却没有异样，并没有察觉到什么不对。

突然一声巨响传来，小楼的门板被人击碎。

这一击极为巧妙，竟将门板击碎成等大的碎屑，每一块碎屑都带着锋利的尖刺，朝着屋中众人攻击过来。

与此同时，一人抡着锤子便朝着他们攻来。

一切都发生在一瞬间，来得极猛，速度极快，偏偏这些攻击全部被一道凭空出现的土墙挡住。

用锤的修者始料未及，他击碎了土墙，站定后看向屋中众人，接着大笑出声："倒是小瞧了你们这群小辈。"

这时缘烟阁三人终于反应了过来，一齐拔剑进入防卫状态。

他们并未轻举妄动，毕竟来的有七人，全部都是金丹期的修为。

修真界的修为跨度极大，炼气期和筑基期差距就已很大，筑基期和金丹期更是天渊般的差距了。

尤其对方还有七人，己方则是筑基期修者居多。

过来的七人全部都是男修者，身上的法衣风格各异，显然并非门派修者，只是江湖散修，故没有穿着统一的服装。

其中提锤的修者朝着他们走来，目光贪婪地在明以慢的身上打量，眼眸中的垂涎不加遮掩，引人厌恶。

顾京墨、黄桃、悬颂三人都戴了帷帽，有帽上的轻纱挡着，不那么显眼，一下子让明以慢成了那群人的焦点。

明以慢被他们的目光刺激到，不由得握紧了佩剑，银牙直咬。

对于女修者来说，这般露骨的目光对她们是一种冒犯。

两边的人都没动，只有那张四方桌横亘在双方中间，成了分割点。

似乎，哪一边都不想轻举妄动。

这时顾京墨从角落起身，不紧不慢地走到了对峙双方的中间，干脆坐在了方桌上。

她身体微斜，单手撑着桌面跷起二郎腿，坐姿慵懒，用轻笑的语气说道："你们来，不过是觉得你们的人被我们的人打败了有失颜面，过来找回场子的。现在场子找完了，还有什么事情吗？"

提锤人将锤子提起扛在自己的肩头，依旧是嚣张的语气："我们是来寻宝的，顺便……"

说完淫邪地笑了起来。

明以慢被气得干脆拔了剑，似乎浑身的毛孔都在一瞬间张开，汗毛根根竖立，强忍着愤怒蓄势待发，犹如被激怒的小兽。

顾京墨倒是毫不在意，手放在自己的腿上，手指轻敲，依旧是轻佻的语气："想必你们也能看出来，这三位是缘烟阁的内门弟子，身后都有大家族势力，若是他们殒命在你们的手上，从招式便可查出是你们所为，自此之后你们还能苟活几年？"

顾京墨说的，也是这些人顾忌的。

缘烟阁是正派的第一大派，成立几千年，根基极稳，其中内门弟子更是被门派重视。若是哪个心肝宝贝弟子殒命在散修手中，他们定然不遗余力地追杀。

哪怕黄桃另一重身份所属的溯流光谷，或者是悬颂的青佑寺，都不及缘烟阁的威名大。

提锤修者被戳中了也不慌，依旧嚣张得厉害："你这小辈倒是不客气。"

"这不是明摆着的吗？"

提锤男子看着她冷笑了一声："他们是缘烟阁的弟子，你就不是了吧？既然我碰不得她，你若是陪陪我们，我们也很乐意。"

顾京墨听了不怒反笑，依旧是平常的语气："可以啊！不过有个条件。"

这般轻易地答应了，倒是让这群人意外，不由得好奇："你说说看。"

"你我二人一对一切磋，我若是输了，随便你们发落。你若是输了，就带着你的人滚蛋，不得继续纠缠。我们立心魔契如何？哪一方不遵守，就会遭心魔反噬，爆体而亡。”

另外六名修者听完后开始疯狂大笑，仿佛遇到了一个傻子。

筑基期巅峰修为而已，哪里敌得过金丹中期修为?

不自量力!

可笑至极!

几个男人开始用污秽的言语羞辱：“小丫头，你若是想男人了直说，何必搞这么曲折？”

“还不如直接到我们的怀里来，让这糙男人的锤子砸坏了，手指脚趾成了肉泥，我们也嫌恶心。”

“你是不是想靠着双修冲击金丹期？我们会助你一臂之力。”

明以慢听完头都要炸了，不顾形象地吼道：“你疯了？！”

“放心吧，没事的。”顾京墨回答得坦然自若。

明以慢走到了顾京墨的身边：“你让开，我们就算跟他们斗个鱼死网破，也不会让你这般涉险。”

禹其琛也跟着站了出来：“我尚有一战之力，我拖住他们，你们先走。”

顾京墨依旧是万事都不在意的模样：“那最后的结果还是我们三个非缘烟阁的人遭殃，尤其是我这个非大家族后裔的。”

提锤男子看了看顾京墨那诱人的身段，又和同伴们对了一个眼神，一群人都笑了起来，笑容里透着令人作呕的低俗：“好，那我们就此立契。”

顾京墨当即起身，朝着提锤男子走去。

她这般站起，这些男子才发现顾京墨果然身材修长，身高竟然与提锤男子相仿。

仅仅几步，便走出了绝代风华来。

提锤男子暗暗吞咽唾沫，真的与顾京墨结了契。

明以慢急得不行，转过头去看黄桃和悬颂，却见黄桃居然双手托腮，津津有味地看着顾京墨与那提锤男子结契。

悬颂也是如此，连盘膝打坐的动作都没变，似乎毫不在意。

明以慢急吼吼地问道：“你们都不管管吗？”

黄桃回答得天真：“京儿的办法很稳妥呀！”

明以慢提剑便去阻止顾京墨，顾京墨转头看向明以慢，抬手拿下了自己的帷帽扣在了她的头顶，扬起嘴角笑得狡黠：“你去一旁等我片刻。”

说完，一甩衣摆朝着提锤男子而去。

顾京墨拿下帷帽的瞬间，七名男修者齐齐倒吸了一口凉气，似乎被她的容貌所惊。

或许是因为周遭阴暗的气氛，更加凸显顾京墨烈焰般的美艳，让她站在黑雾之中增加了些许妖气，魅惑感更强。

提锤男子更加兴奋，阴恻恻地笑了起来。

顾京墨手指在储物袋上一抹，从储物袋中取出一柄低阶佩剑握在手中。

那些人看到这佩剑先是一怔，之后嘲讽声四起，说出来的话更加不堪入耳。

然而顾京墨并没有迟疑，提着低阶佩剑便朝着那男子攻击过去。

真的斗法时，他们才发现顾京墨的身法奇快，周身燃着殷红的火焰，将她整个人包围。

等释放灵力时他们才霍然发现，顾京墨居然是难得一见的单灵根。

在修者中，双灵根已经是罕见的根骨了，像禹其琛这种水系单灵根已经是缘烟阁中出类拔萃的弟子，算得上是凤毛麟角，天赋异禀的存在了。

这个看起来疯癫的女子，竟然也是单灵根！

难不成果真有些实力？

提锤男子的功法多是利用力量与锤的震颤感，强悍地攻击对手。

可惜顾京墨的身法灵活，这种力量与震颤无法伤及她分毫。

她早就在七人中选中了此人进行挑衅。

七名修者中，只有他是靠身体斗法，其余六人皆是用剑或者法术，受伤后的她对阵这样的路数会比较棘手。

但是体术方面，就算是她依旧保持筑基期的修为，依旧能够凭借自己的实战经验，以及身法的变化莫测打到对方毫无还手之力。

提锤男子也是阵阵愤怒，怒吼着朝顾京墨攻击。

顾京墨斗法时如水中游鱼，滑腻灵动，无法捕捉。再加上她的身法极为诡异，竟然只有她攻击他的份，他却未伤她分毫。

顾京墨提剑划破虚空，剑首发出刺破什么的声音，接着一道血珠腾起，飞溅四处。

剑尖划过他的头侧，将他的耳朵完整地割了下来。

紧接着她一脚踢出，重击在他的胸口，致使他后仰着倒地不起。

顾京墨在男子杀猪般的叫喊声中用剑尖一挑，将耳朵丢给了明以慢："拿去。"

明以慢看着那肥硕又血淋淋的耳朵一阵嫌弃，问道："我要这个做什么？"

"垫桌角，厚度正好。"顾京墨收剑，笑着朝她走来，"他刚才不是气到你了吗？"

明以慢这才意识到，顾京墨是在帮她出气！

其余六名修者看到他们的人受伤，似乎都想攻击过来，然而再次被土墙挡住。

接着是悬颂清冷的声音："已经结契，不可违背，你们此刻出手相助，只会害他日后心魔爆体。"

这也是顾京墨结契的原因所在，只要她赢了那个男人，这群人就必须离开。

不然……只能是害了提锤男子。

局面骤变，瞬间反转。

谁能想到一名筑基期的修者，竟然能只用短短数招，就击败了一名金丹期修者呢？

明以慢看着那恶心的耳朵，再回头看向从容的悬颂以及黄桃，终于确定，这二人是笃定京儿不会输，才会从始至终都这般淡然，不出面阻拦。

这个京儿究竟是修炼的哪种功法，为何身法如此奇特？

又怎么会有这般强悍的实力？

这个悬颂又是怎么做到两次土墙阻挡，都在恰当的时间、恰当的位置，有效地阻拦开？

这几个人……似乎都很厉害。

十四

这七个人本来就是蛮横之徒，现在一人的耳朵被割掉，自然也不肯罢休，明明已经结契，却叫嚷着必须让顾京墨也自切一耳。

顾京墨满不在乎，摊开手坦然道："那你们来割啊，我站在这里候着呢。"

那些人满腔怒火，却不知该攻还是该退。

若是真的袭击过去，后果是提锤男子心魔缠身，爆体而亡。

若是就这么走了，他们又心有不甘。

就在此时，从空中传来了一名年迈老者的声音："够了，回来。"

这七人终于妥协，扶着提锤男子离开，撤进黑雾中消失了。

木彦目瞪口呆地看完了全程，不由得惊奇地问顾京墨："你是怎么做到的？"

顾京墨笑道："我厉害咯！"

木彦还要问，便听到了悬颂的解释："预判。"

木彦还想继续追问，就听到禹其琛替悬颂补充："绝对准确的预判，就是在斗法的过程中，能够预判到自己如果出了这样的招式，对方会怎么样招架，预判到对方的招式，从而补上杀招，让其连连退败。

"体术不同于其他形式的斗法，主要是考技巧跟力量，灵力加以支持，所以在稍微动用灵力，也就是她的火系法术妨碍对方视线的同时，再加上强大的预判能力，就能够跨级别挑战成功。"

"那个年迈声音的主人是他们的首领吗？"

这点顾京墨倒是不知了，疑惑地摇头：“不知，倒也是怪了。”

修真界皆知，修者的年龄不能通过修者的外貌来判断。

如果十几岁便晋升筑基，样貌也会保持在十几岁的样子，且后面还有二百多年可活。

可若是七八十岁才晋升筑基，寿元的确是增加了，但是样貌就只能保持苍老的模样了。

修为极高，样貌年轻的修者，即可一眼看出其资质的优越。

悬颂是十七岁晋升筑基，保持着少年的模样。

顾京墨则是二十一岁筑基。

所以悬颂虽大顾京墨一千七百岁，看起来却比顾京墨年龄小。

至于修真界如何猜测年龄，就需要分析了。

比如，在禹其琛等人的眼中，悬颂如今是筑基期，且是十七岁的模样，就证明他资质不错。

再加上悬颂是筑基初期的修为，结合他资质不错来判断，猜测悬颂应该是刚刚筑基不久，最多二三十岁。

再比如顾京墨这种筑基期巅峰的，如果是大门派有天材地宝的支持，说不定可以是五六十岁，若是普通的江湖散修，年岁恐怕近百。

所以银铃血祭魔尊能迅速提升修为，在修真界是一个极大的例外，对于她提升修为的方法更是众说纷纭，更多人认定她是用了某种邪法。

按理来说，能蹉跎到垂垂老矣才跃升成功的修者，都是资质不佳之辈，就算后来真的通过机遇和努力到了更高的修为，也不会受人推崇敬重。

除非……他有着极高的威信，诸如有着领导能力，或者做过什么惊天动地的大事情，以此扭转其在旁人眼中根深蒂固的偏见。

能让一群穷凶极恶之徒听从他的话，这个人有点实力。

顾京墨重新回到了黄桃身边，黄桃立即靠住了她的肩膀，小声夸赞：“你好厉害啊！”

“这是自然。”顾京墨扬眉，随即看向悬颂，问道，“我厉害吧？”

“尚可。”悬颂沉声回答。

结合他白天对禹其琛的嫌弃，这一句尚可已经算是对她的认可了。

她笑了起来，笑容纯粹爽朗，倒是淡了妖冶，带来几分纯真。

明以慢看似在清理地面的血迹，实则在暗暗观察那三个人，看到顾京墨对着悬颂的笑容时不由得蹙眉。

她怎么觉得京儿对小和尚有好感？

小和尚对旁人都会不耐烦，只对京儿的态度会温和些许。

这两个人之间的气氛不太对。

是她的错觉吧……

青佑寺的僧人最是守纪，怎么可能？

“屠魔者”七人回去的途中，突遇大地震颤。

地面骤然间裂开，仿佛天空抡来巨斧，将地面劈开了巨大的裂缝，巨鲸张口般地将几人吞进地缝之中。

七人皆是修者，自然会跃起躲开，但偏偏巨缝之中有着诡异的吸力，无视他们的抗拒，将他们全部吸入裂缝中。

几人进入裂缝中后，裂缝便瞬间合拢。

他们被裂缝吞了，周遭泥土将他们包裹挤压。

时间被无限延长，仿佛放慢了数倍，让他们几人感受到了死亡的恐惧。

泥土慢慢填满他们的四肢百骸，将他们吞噬，他们毫无还手之力。

恐惧感放大，他们却喊不出，挣扎不了，被掩盖在土中慢慢体会着窒息，迎接死亡的来临。

他们甚至不知道究竟发生了什么，为什么会出现这种裂缝，是有土系修者攻击了他们吗？

临近崩溃时，他们的眼球发胀，险些爆裂开，五脏六腑要被挤碎了。

却在这时，地缝再次敞开，让他们有机会逃生。

狼狈逃出后他们才发现被地缝吞进去的只有六个人，有一个人在地缝合拢时侥幸逃脱了。

几人赶紧逃出地缝范围，接着聚在一起粗喘，心有余悸：“定是……是顾京墨的属下来了，且修为在元婴期之上，这只是警告，我们快逃……”

几人齐齐点头。

却没有注意到，被地缝吞没的人皆是对顾京墨说过污言秽语的。侥幸逃脱的那一人，则是唯一说话不算难听，且从头到尾只是旁观的一位。

缘烟阁三名弟子用了可传送物品的法器，给门派传过去消息，顺便打探一下顾京墨的行踪。

然而，他们久久没有等到回音。

等了许久，这三人决定靠近季俊山庄探查一番，若是发现危险即刻撤离。

一直沉默的悬颂居然在此刻开口询问：“为何这般决定？”

禹其琛并不在乎悬颂一向冰冷的态度，耐心地开口解释："是这样的，我们想着若是这群人引顾京墨回来了，我们再想要来此调查会难上加难，不如在她未来前冒险试一试。"

"你如何断定，如今是最好的时机？"悬颂又问。

"这群人还能嚣张地来此报复，就证明他们在这里也有些日子了，顾京墨依旧没有归来，他们才会如此松懈放肆。"

"那你如何判断此行安全，你们可以前去？"

"我……尚且不能断定。"

悬颂站起身来，抖了抖自己的衣袖，身姿端正地走到了他们的身前。

他的身姿卓然，周身散发着淡雅清香，轻薄如雾，转瞬无踪。他说话时总是平静无波，好似没有什么事情能让他产生其他的情绪："可想过缘烟阁为何没有回音？"

禹其琛微微思忖，没有底气地回答："可能是门派长辈们在忙……"

"这般危险的行动，缘烟阁的废……管事者不会怠慢。"悬颂骂"废物"骂顺口了。

"那是……"

"有没有想过你们的消息根本没传出去？"

禹其琛被问得一怔，和另外两人面面相觑，竟一时无言。

悬颂又问："意识到危险了吗？"

禹其琛郑重点头："意识到了。"

"那现在要做什么？"

他又一次被问住："去看看我们的消息为何没传出去？"

悬颂的表情以肉眼可见的速度从冰冷变为不耐烦，最终忍耐地说道："消息既然已经受阻，你们再去探查就是自投罗网。"

"那该怎么办？"

"既然意识到危险了，我们恐怕也出不去了，不如去探一探究竟，也能死得明白，说不定还能找到离开的方法。想来，那群所谓的屠魔者也被困在此出不去了。"

木彦看着悬颂第一个走出去，顾京墨和黄桃不紧不慢地跟上，不由得错愕："我怎么没懂呢，最后还不是去季俊山庄一探究竟吗？"

"不，他是在指点我们，不要以为顾京墨没回来，就没有最大的危险了，而且，我们没有退路了，不要想着如果遇到危险还可以立即离开。"

"哦……这样吗？"

"我们的想法还是太过单纯了。"说完也提着佩剑跟着悬颂等人朝着季俊山庄走去。

悬颂带着众人在季俊山庄外围停住脚步，站在墙侧掐指捏算。

顾京墨和他并肩站在一处，双手环胸，探头看着悬颂掐算的手指，又看了看他谨慎的样子，突然小声说道：“没事，我会保护你的。”

悬颂掐算的手指稍有停顿，轻哼了一声后继续掐算。

就在此刻，他们听到了混乱的声音，紧接着是一名男子狼狈的吼声：“又是她！”

“该死的桃花宗疾行术。”

应该是屠魔者的人。

桃花宗为魔门宗门，虽建派多年，但是没出过什么高阶修者，一直是名不见经传的小宗门，且在四十余年前，最后的几名弟子也散了。

桃花宗就此消散于修真界。

桃花宗一向以合欢之术为主要修炼手段，难得的斗法手段是幻术，最为拿手的是疾行术。

也就是说，这个宗门只会用些幻术迷惑人，外加跑得极快，快到让整个修真界咬牙切齿的程度，滑腻得根本抓不住。

就在怒吼声传来后不久，便有一道黑色的身影朝着他们六人疾行而来，来了之后便是一阵画面扭曲。

众人只觉得天地一变，似乎什么变化了，又似乎什么都没变。

再回过神，就发现他们原本是面对着季俊山庄，此刻季俊山庄却到了他们身后。

禹其琛等人转过身来走向身后的季俊山庄，才走几步景象再次扭转，变化不停。

顾京墨冷眼旁观似的开口：“是桃花宗的幻术，此刻不宜乱动，不然你更加分不清周遭的景象，越动、越四面寻找越迷失，最终彻底分辨不清方位。”

木彦惊呼：“桃花宗不是已经散了吗？”

顾京墨被问笑了：“宗门散了，可是最后一批弟子还没死光啊！”

“哦，也对，那我们……”禹其琛等三人再次朝顾京墨他们的方位看过去，却发现那里空无一人。

木彦一惊，想要转头找人，却被禹其琛制止住了：“不要再转头了，不然我们三个也会走散。他们就在附近，只是我们看不到他们了而已。”

十五

顾京墨眼前的事物也跟着一变。

她注意到来人有意将她跟其他人单独隔开，可惜幻术被悬颂抬手一挡，便轻易化解。

来人自然没有想到这些人中居然有人懂幻术，且知晓破解之法，有了片刻慌张，出现了破绽。

顾京墨跟黑衣人对视了一眼。

那是一双惊慌中带着刚毅的眸，就算眼圈发黑，依旧可以看出那原本是一双杏眼，羽睫纤长，在看向顾京墨时闪现了一丝软弱。

顾京墨有片刻的诧异，稍有愣神。

可惜，这单独隔离的幻术未能施展开来，就被悬颂破解了。

眼前的幻术旋即散去，黄桃看到她后关切地扑过来，悬颂不紧不慢地跟在黄桃身后，打量着顾京墨的表情。

他似乎猜到了什么，只是没有明问。

这个小和尚总是聪明得有些过分，有时老成得像一位长者。

顾京墨倒是没有任何异样，依旧是混不吝的样子。

屠魔者们见到顾京墨也是仇人相见分外眼红，却还是分得清轻重缓急，于是问："那个桃花宗弟子呢？"

顾京墨随便指了一个方向："我在幻境里看到她往那个方向跑了。"

这群人不知为何，对那人穷追不舍，很快甩开他们继续追赶。

顾京墨三人和禹其琛等三人会合。

他们六人经此一变，并未轻举妄动，不然前有季俊山庄的危险，后面还会有屠魔者们的追击，所有的一切都需要提防。

静候了不出一炷香的时间，屠魔者们悻悻而归。

顾京墨一眼便在人群中看到了头上裹着纱布的提锤男子，看到她的时候提锤男子双目冒火，却没有多余的举动，恐怕早被叮嘱过不可再闹事了。

这一次，屠魔者应该是聚齐了。

他们一共十二个人，有被禹其琛打败的金丹期修者，也有前来挑衅的七人。

顾京墨的目光在老者身上徘徊。

老者看上去没有什么不同，皓首苍颜，鹤发鸡皮，眼皮下搭导致眼睛只能睁开一道缝隙。身着靛蓝色道袍法衣，玄色法靴，都是寻常款式。

老者似乎已经了解事情的经过，在人群中一眼便认出了顾京墨，却只是笑呵呵的，没有去问他们斗法结契的事情，而是问道："小姑娘认识那名桃花宗的修者？"

顾京墨自然否认了："不认识。"

老者并没有继续问，反而跟他们攀谈起来，他似乎察觉到跟谁交谈更有效果，于是一直在和顾京墨交流："想必你们也意识到了吧，只要进入了这座山就算是进入了只进不出的结界，我们都出不去了。"

一行人中，禹其琛算是他们几个人里修为最高的，还是缘烟阁的弟子。

偏偏这位老者越过了禹其琛，直接跟伪装成侍女的顾京墨交谈，这让顾京墨有些意外。

不过，她还是回答了："我们还没去证实，不过你们既然已经确定了，那应该就是这样。"

"我们想要找到那个桃花宗的女弟子，她一直在季俊山庄附近，定然知道其中内幕。"

顾京墨知道这老者在套她的话，故作惊讶地问："难道她与季俊山庄内的人无关？"

老者的目光一直停留在顾京墨的面颊上，随即笑道："该女子确实与季俊山庄颇有渊源。"

"此话怎讲？"

"如果老朽没有猜错，她恐怕是季俊山庄的少夫人——孟栀柔。且一直有传闻，是孟栀柔引顾京墨来此屠杀，乃是红颜祸水。"

禹其琛几人一直对季俊山庄的事情颇为在意，毕竟他们此行的任务便是调查季俊山庄的详细内幕，探查顾京墨来此究竟是不是单纯的屠杀，为何第一次大型屠杀的地点偏偏选中季俊山庄。

难不成其中还有内幕？

禹其琛当即追问道："您知晓内幕吗？"

老者并未立即回答，而是看向了周围，笑容依旧和蔼亲切："这里怕是不方便说话吧？"

"那我们再寻地方详谈。"禹其琛格外客气，拱手道，"请。"

离开的途中，顾京墨跟悬颂并肩，低声询问："方才你可算到了什么？"

"季俊山庄内的确聚集了诸多阴煞之气，显然围绕着不少亡灵，才会有那么浓重的怨念，甚至污染了山林，形成了这般浓重的黑雾。"

"还有吗？"悬颂说的这些，似乎都是摆在明面上的事情。

"季俊山庄内有五名金丹期修者。"

"看起来并不算厉害，这些屠魔者就能将他们灭了。"

"真正厉害的不是人。"

"……"顾京墨敛声，似乎懂了什么，表情逐渐变得阴狠。

几个人在坊市里寻了一处僻静的地方，屠魔者分散各处，有的坐在墙头，有的身体歪斜靠着墙壁，有的则是围坐在老者身边。

不难看出，他们是以老者为中心散开的。

顾京墨等六人则坐得比较靠近，几乎是紧挨着坐在一处。

如此一看，倒像是他们六人被屠魔者们包围了。

不过顾京墨并不惧怕，毕竟她进入修真界这么多年，还没遇到过什么值得她惧怕的事情。

“季俊山庄的少庄主迎娶了一位貌美的女修者，当年也是尽人皆知的事情。不过罕有人知晓该名女修者其实是桃花宗散落在修真界的残存弟子。”老者落座后，讲述起了关于季俊山庄的事情。

顾京墨双眸微眯，看来这个老家伙真的知晓季俊山庄的事情。

她身体微微前倾，冷声问道：“你是如何知晓的？”

老者笑眯眯的眼眸像从未睁开过似的，轻笑了几声后回答：“季俊山庄的庄主一向结交广泛，且跟江湖散修有着不错的关系。有些散修也算得上是季俊山庄的零散护卫，偶尔得季俊山庄的好处，必要时出手相助，我便是其中的散修之一。”

“那当年遭遇屠杀时……”

“我刚巧在御湖关中寻药，待我归来时，季俊山庄已遭灭门。”

顾京墨重新坐好，微微扬起小巧的下巴，眼中皆是嘲讽：“受了季俊山庄的恩，如今却回来搜寻季俊山庄的宝物？”

“并非如此。”老者摇头否认了，“他们来此的确是为了寻宝，而我是想寻到季俊山庄内的尸身，看看他们有没有被妥善安葬，也算是还恩。”

这样的话也说得过去，也许老者其实是一位重情重义之辈，为了还恩可以赴汤蹈火，不惜舍命奔赴。

顾京墨不置可否，侧头看了悬颂一眼。

悬颂也只是安静倾听，并未打断。

禹其琛找到了谈话的空当儿，终于有机会询问：“您说顾京墨是被孟栀柔引来的，其中可有什么故事？而且，季俊山庄的少庄主为何会娶这位桃花宗的女弟子？”

在修真界，偏见最深的门派便是桃花宗。

桃花宗只收容貌艳丽的女弟子，她们有些资质极差，仅靠合欢之术提升修为。

以至于她们穷途末路时会不管是否有情，是否被爱，只要能提升修为，和谁双修都无所谓。

人界有勾栏烟花之地，那么修真界就有桃花宗，这导致修真界对她们都有着根深蒂固的偏见。

迎娶桃花宗弟子为妻，这种事情简直闻所未闻。

再加上修真界也讲究门当户对，身为季俊山庄的少庄主，是怎么排除万难迎娶一个宗门都散了的散修的呢？

老者回答："最开始，孟栀柔没有暴露自己的宗门，毕竟桃花宗已经散了，残留弟子都成了江湖散修。她也是以散修的身份跟季俊山庄结交，以此跟季俊山庄的少庄主相识。"

听起来，同样合情合理。

最多让人联想到季俊山庄少庄主乃是一位重情重义之士，只要心仪谁，不管是何身份，都会迎娶进门。

禹其琛不解，又问："既然季俊山庄少庄主如此深情，孟栀柔又为何引来顾京墨屠杀季俊山庄至灭门？现如今又徘徊在季俊山庄周围？"

"到底是魔门的魔修，心思歹毒，季俊山庄待她不薄，她却引狼入室，现如今依旧是顾京墨的爪牙……"

"这样啊……"顾京墨突然起身，拱手道，"既然已经了解了，我们就不打扰了，告辞。"

禹其琛还有很多事情想问，可见顾京墨这种态度，不由得怀疑顾京墨是不是发现了什么不对的地方，也跟着起身打算告辞。

一行六人纷纷起身，听到老者淡然说道："若是你们发现了孟栀柔的行踪，不妨告诉我，我定当感谢。而且，如若可以，离开这里时我们可以合作。"

"好。"

他们一行六人走远，直到脱离金丹期的探查范围后，禹其琛才问："为何突然离开？"

一直沉默的悬颂突然说道："他的话语里充斥着谎言。"

顾京墨也跟着补充："前言不搭后语。"

禹其琛错愕不已，看向明以慢跟木彦。

紧接着，就是三张带着迷茫的呆愣模样的脸。

老者的话哪里有破绽？哪里前言不搭后语了？他们是听漏了哪个细节吗？

似乎哪里都合情合理。

十六

顾京墨看着三个晚辈迷茫的样子，不由得觉得好笑。

她的耐心明显要比悬颂好多了，外加她还挺喜欢这几个晚辈的，于是耐心地提醒道："在之前，那个人说孟栀柔一直徘徊在季俊山庄附近，定然知道其中内幕。刚才又说，孟栀柔跟顾京墨是一伙的，将季俊山庄出卖给了顾京墨。"

顾京墨现如今伪装侍女已经习惯了，对旁人说出自己的名字都十分顺畅，完全不会有什么不自然。

她若是心情再好些，说不定还能指点这三位晚辈如何杀死顾京墨。可惜因为有了道侣却不能双修的气闷，让她没了那份分享的心情。

禹其琛想了想后问："有没有可能是顾京墨和孟栀柔决裂了，所以……"

"如果决裂，孟栀柔没有活命的可能，她的疾行术再快，还能逃得过化神期修者的追踪？"

"那……"

"非要相信老头的说法，就只有一种可能，季俊山庄里的人不是顾京墨的人。"顾京墨替他说了。

禹其琛认真地点头。

悬颂在此刻补充："我曾看过那个药铺所有的记载，这家铺子和季俊山庄也有往来，且售卖过什么药物都有记载。季俊山庄订购的药物中含有一种草药，无色无味，但是长期服用会导致女子无法怀孕。"

这一点是顾京墨不知晓的，致使她眼眸瞬间一暗。

禹其琛听完也是百思不得其解："这种药是为孟栀柔准备的吗？有没有可能是给其他人用的？"

悬颂回答得平静："也有可能，季俊山庄的老夫人肯定不需要这种药物了，只能是给其他女子，比如少庄主和山庄里的婢女苟合，不得不服用药物避孕。不过，真若如此，不必用这种慢性药物，毕竟成本很高效果也慢，完全可以替换为其他的药物，虽味苦，但是价格低廉且更有效果。"

明以慢的声音突然拔高："为何要这样？娶了她却防着她有孕？"

悬颂的回答依旧冰冷："这说明季俊山庄少庄主娶她并非是因为感情，而是娶了她，能够得到他们想要的什么东西。可能季俊山庄的人早就想除掉她了，她在那之前寻来了顾京墨帮忙。"

"帮忙？！"明以慢觉得这个猜想非常荒唐，"顾京墨堂堂魔尊，哪里会这般热心，答应去帮一个寻常人的忙？"

"或许不是无私的帮助，但如果孟栀柔将季俊山庄的宝物献给了顾京墨呢？"

悬颂说完，目光扫过顾京墨。

雾中突起清风，黑雾被风挤出了一道狭缝，月正当明，空净无星。

悬颂看向她时，月光与黑雾缠绕映衬着他的眸，仿若变化莫测的腊月寒冬，仅此一眼，却像梦了一场，玄色锦鲤游进苍穹。

他仿佛在问：我猜得对吗？

顾京墨弯眸微笑，故作镇定并不回答。

缘烟阁三人依旧觉得顾京墨绝非会出手相助的人，除非孟栀柔能够拿出足够让顾京墨心动的筹码。

只有悬颂知晓，顾京墨会救。

一定会救。

悬颂抖了抖衣袖后站好，说道："我们要寻找孟栀柔，只要拿到她的一根发丝，或者是一滴血，我都可以用法术算出她的过去。实在不行，贴身之物也可。"

"你还会这种法术？！"禹其琛一阵惊奇。

"嗯。"悬颂含糊回答，毕竟他学的一些法术在后来成了三界的禁术，他又活得太久，成了整个修真界唯一会这种法术的人。

顾京墨却在此时态度急躁地制止："不必如此吧？"

"怎么？"悬颂突然好奇，"你不想我们调查清楚吗？"

"我们要调查的不是季俊山庄内修者消失的真相吗，何必在孟栀柔身上大费周章？"

禹其琛却抢先回答："其实当年顾京墨突然屠杀季俊山庄的原因，也是我们的调查任务之一。"

顾京墨真是有些难以理解："你们调查这个做什么？"

"积累罪证，只有全部的确凿证据放在那里，才能动员整个修真界围剿顾京墨。"

"你们正派真是麻烦，想杀就杀，还非得罪证确凿才能动手？真是将道貌岸然体现得淋漓尽致。"

"我们正派？"禹其琛当即发现了不对。

顾京墨不由得懊恼，这个傻小子听别人说话的时候笨笨的，听她说话倒是很敏锐。

她也是一时气昏了头，说话都不再遮掩了。

悬颂的眼神里多了些许玩味。

他似乎很喜欢看顾京墨这般模样，看戏似的端正站在一旁，完全不准备帮她圆谎。

顾京墨难得有了小女孩的情绪，委屈地看向悬颂，对悬颂不但不帮她，还违背她的意愿继续调查很失望。

她表现得很明显了，她不想这几个人调查孟栀柔的事情。

悬颂看出来了，却没有更改主意的意思，反而更加想要调查。

她的这个道侣，真的一点都不怕她，也不听话。

她越发不开心了。

这时，顾京墨突然听到了悬颂的单独传音："如果你告诉我真相，我就不查了。"

顾京墨第一次听到悬颂的单独传音，这声音仿佛是一阵轻柔的风，直接吹进了她的耳朵，柔软地刮着她的耳膜，让她的耳朵又痒又麻。

她的心跳突然乱了几拍，脸颊不自然地发热。

她的心中进入了一只被狼逼入窄仄角落的兔，慌乱地左右乱窜，最终却被狼按在了爪下。

一杯浊酒乱了君子的倜傥，一枝梅花乱了林中芳香。

一道声音，乱了她的心房。

正在恍惚，她听到明以慢的惊呼："京儿，你的身上着火了。"

她赶紧去拍灭身上的火，狼狈中还有些慌张，快速抬头看了悬颂一眼，竟然看到悬颂嘴角似有似无地上扬了一瞬，又很快落下。

刚才，他好像笑了？

在嘲笑她吗？

孽障小子！

她又气又恼，灭了身上的火，依旧觉得耳朵很痒，抬手揉了揉自己的耳朵，小声嘟囔："我不会帮你们的，要查你们自己查。"

悬颂很快回答："好。"

她又开始生气："好？"

"嗯，我要查。"

她急急又问："为何？！"

"我想知道。"

"想知道孟栀柔的过去？"

"想知道顾京墨的过去。"

顾京墨霎时闭了嘴，抿着嘴唇看着悬颂，一时间竟然有些手足无措了。

悬颂似乎执着于知晓事情的真相，关于她的。

她只能叹口气，不再管了："那你们去吧。"

说完赌气似的走向别处。

悬颂果真没再管她，带着缘烟阁三名晚辈朝着另外一个方向走去。

明以慢跟在悬颂身后，不明白为什么，她似乎每次都会下意识跟着这个小和尚走。

无论怎么看，悬颂都是他们之中年纪最小的一个。

不过，想起悬颂之前的机警，最终还是没有抗议什么。

走了一段之后，悬颂示意："你们随便找个地方淘气去吧。"

显然是长辈对晚辈说的话，且是年龄差距极大的那种。

缘烟阁三名弟子："……"

禹其琛轻咳了一声缓解尴尬："其实我……有六十七岁了……"

“哦。”悬颂并未理会，越过他们往回走去。

明以慢不解，问道：“你这是要做什么？”

“回去找她。”

“京儿？为何又去找她，我们不是去搜寻孟栀柔吗？”

悬颂不方便回答，此刻跟在顾京墨身边其实更容易找到孟栀柔，毕竟京儿就是顾京墨。

他一时间想不到理由，只能回答：“她似乎生气了，我回去想想办法。”

于是继续往回走。

明以慢倒吸了一口凉气。

木彦想问什么，却被禹其琛捂住了嘴，眼神似乎在说：不，你不想问，你不想知道。

直到悬颂走远了，明以慢才语气沉重地问：“青佑寺……还俗复杂吗？”

禹其琛的声音同样发紧：“这……我确实未曾了解过。”

“他们……他们……他们关系那么好？不也是临时组队吗？”木彦终于问了出来。

明以慢和禹其琛同时看向木彦，突然有些羡慕木彦什么都看不懂了。

悬颂等人离开，顾京墨气得来回踱步，口中骂骂咧咧许久不停。

这时，一直站在顾京墨身边的黄桃身影也突然淡去。

黄桃也注意到了，轻唤了一声：“魔尊！”

“没事。”顾京墨安抚道。

自此黄桃不再慌张，而是静静地站在原地等待。

幻术，单独对她一个人使用的幻术。

她知晓，却未有任何反应。

顾京墨依旧是双手环胸往，安静等待，很快看到那道黑色的身影从黑雾中走出来，缓步到了她的身前，恭恭敬敬地扯下衣衫的帽子跪下，低声说道：“恩主，奴不知道您在这里，奴……”

顾京墨打断了她的话：“你怎么还在这里？”

被问了这个问题，黑衣女子竟然鼻头一酸，随后一头磕下：“是奴没用，奴未能阻止这里的一切，还坏了您的名声！”

顾京墨终于动了，朝着她走过去单手将她扶起：“我并未怪你，我只是心疼你，告诉我是怎么回事。”

十七

浓浓黑雾覆盖百里，举目望不见一颗星。

空气中桂香萦绕，恰如空室散浓香，空洞却暗藏微漾的美。

幻术将方寸之地分割开，迷惑修者的视觉、听觉，导致顾京墨周遭的浓雾都变得扭曲。

顾京墨面前是彷徨无助的女子。

女子的发髻松散，没有任何饰品，只是简单地挽起固定，半披半绑，一半搭在肩头略显毛糙。

她本是珠辉玉映的女子，五官温柔，眼眸盈盈泛着晶莹，柳眉杏眼，面部曲线柔和，嘴唇却毫无血色。

好在潋滟的双眸在看到顾京墨后，仿佛看到了依靠，不再无助。

她徐徐道来："自您离开，奴处理了季俊山庄的事情，不久后也离开了这里，想着找一处长林丰草之地，就此避世不出。可是不久后却听闻季俊山庄持续吞人，便又寻了回来。奴在此已有九年，可惜依旧没能彻底处理……"

"季俊山庄里是什么人？"

"不知，奴与他们周旋过几次，却未见其中真实模样，只知这些年里凡进入季俊山庄的修者皆是有进无出，还曾听到过院内的惨叫。又因奴没有斗法能力，只能迂回作战，这些年里奴能做的，只有竭尽所能减少殒命在季俊山庄的人，可惜效果甚微……"

顾京墨有片刻的不悦："为何不早点通知我？"

"奴觉得，这事因奴而起，便独自来了，谁知来了之后便出不去了，消息也传递不出。好在奴有疾行术，这么多年了，季俊山庄内的人都抓不到奴。"

她想起缘烟阁三名弟子的消息也传不出去，孟栀柔出不去，传不出消息也在情理之中。

也是被气昏了头。

这激起了她的愤怒，对于冒充她作恶之人的愤怒，又问："你知道的有多少，诸如他们有多少人，怎样的行事风格，全部告诉我。"

孟栀柔重重点头："嗯！"

然而孟栀柔未能道出，顾京墨就察觉到有人在偷听她们的谈话，立即对孟栀柔示意："疾！"

孟栀柔这些年里早已习惯随时保持警惕，立即纵出幻术，接着疾行。

可偷听的人似乎早有预料，一掌击出，挡在了孟栀柔即将到达的地方。

这人完全预判了她的逃跑路线。

这需要了解桃花宗的幻术，也需要了解疾行术，甚至预判到顾京墨会发现他的偷听，所以提前防备。

孟栀柔只能跟其周旋，好在很快有顾京墨出手相助，让不善斗法的她得以逃脱，只是腰间玉佩被其拽走。

她有一瞬间的慌张，最终还是选择咬紧牙，快速逃离。

悬颂拿到了玉佩没有再追，而是握在手中后看向顾京墨笑道："你倒是救了不少人。"

他显然是听到了她们的谈话内容，不仅坦然承认了，还是用格外气人的方式。

顾京墨对此极为不悦："怎么，你也觉得我不是会救人的人？你就当我是魔界活菩萨吧。"

"我信。"悬颂后退一步，躲开顾京墨补过来的一招。

她依旧沉浸在愤怒中，又朝着悬颂攻击了几招，皆被他躲开了，她的周身冒出了矮矮的土墙，挡住了她的去路。

"你觉得这些土墙能挡得住我？"她质问道。

"不觉得。"

"那你还用？"

"让你打得慢点，不然我不好躲。"

顾京墨又补了几招，气恼道："还当你是一个绣花枕头，没想到还有两下子。"

"自然不及魔尊。"悬颂回答得极为自然，但语气高傲，似乎只是表面谦虚。

"你这种傲慢的语气，我是真没看出你的谦虚。"

"嗯，我若跟你相同修为，你恐怕就不是我的对手了。"

"呵，不自量力。"

"我是认真估量过得到的结论。"

这时禹其琛等人也回来了，看到了在打斗的二人急急过来阻拦："二位有话好好说，不要动手。"

顾京墨这才收手，然而依旧气得粗气直喘，余怒未消，瞪了悬颂一眼。

对于悬颂偷听的举动，她依旧非常在意且愤怒。

悬颂晃了晃手中的玉佩说道："我拿到了孟栀柔的玉佩，虽不是第一选择，却也能看到些过往。"

顾京墨立即伸手去抢，却被悬颂挡住了。

顾京墨传声质问："你没完了？！"

悬颂单独传音给她："那你亲口告诉我，我便不再看了。"

"我为何要将他人痛苦的过往告诉你？你这无异于将他人最痛苦的事情再次揭开，并且展示给别人看。"

"若是不公开，孟栀柔会背负一世骂名，世人都会相信孟栀柔是红颜祸水，是她害了整个季俊山庄。就算百年后，她的孤魂都会被世人唾骂。"

顾京墨的表情终于和缓了一些。

她背负骂名也就背了，她已经是一摊腐肉，没什么可在乎的了。骂她的罪责千万条，不怕再多一条。

可孟栀柔呢……

有几个人能受得住这种委屈？

顾京墨终于收手，不再管了。

悬颂握着玉佩，朝着一处房屋走了过去，那里适合作法。

旁人听不到这二人说了些什么，只能看到他们在眼神对峙，不由得一阵局促。

毕竟在他们看来，这两个人是在眼神对峙后顾京墨主动退让了，这让明以慢不禁感叹，动了情的女人果然会首先示弱。

虽然她没想明白顾京墨和悬颂的矛盾点在哪里，刚才为何突然动了火气，但她也没再去想了。

此刻，他们更想知道当年的真相。

悬颂的作法并不算隆重。

在旁人的理解里，这恐怕是一种非常神圣且难度极高的仪式，需要祭坛，需要布阵，还要在绝对封闭的环境，做到绝对的严谨肃穆。

但是悬颂什么都不需要，他带着众人进入了一处房屋，这里之前应该是坊市的衣铺，只是法衣或者凡间衣裳都不见了，到处都是横在屋中倒落的架子。

悬颂进入后用控物术清理了环境，散落的衣架统统被丢到了里间。

接着他找了一个小方桌放在了房间的中间，找了一块布垫在方桌上，最后将玉佩放在布上。

这便算是布置完成了。

他站在方桌前双手捏出指诀来。指诀止，他睁开双目，抬手单指对玉佩注入灵力，念道："过往。"

话声刚落，屋中的众人就都被拉进了一个新的空间内。

在场的缘烟阁三名弟子皆是一惊，惊诧地看向周围，他们真的进了孟栀柔的回忆中。他们从未想过这般高深的法术，有人可以这般轻易地完成。

就连顾京墨也是眸光一亮，再次确认自己低估了这个小和尚。

他们置身一个崭新的环境内，周围的一切都是模糊的，还有些扭曲，很多东西都不够真切。

众人所见的是阴暗的小屋、恍惚的环境，以及孟栀柔模糊的身影。

紧接着画面突兀一转，变为了白日林间的景象。

悬颂站在其中环顾四周说道："这是孟栀柔的梦境。"

其余五人都是第一次进入这样的环境，如此真切地窥探他人的往事，不知什么样的环境是进入回忆中，什么样的状态是进入了梦境，只是惊奇地四顾张望。

顾京墨则是有些排斥，站在角落的位置，直到悬颂朝她看过来。

她没理，看向了别处。

悬颂嘴唇微抿，微微蹙眉，活了一千九百多年后第一次思考：女子生气了该怎么办？

好处理吗？有什么功法对女子生气有效？镇定类的法术？

孟栀柔已经不是第一次做这样的梦了。

第一次时她没在意，还当是寻常的梦境。

第二次她依旧没在乎，绮丽的梦境让她啧啧称奇。果然啊，梦里什么都有，这种大美人她都敢梦到。

直到第三次重复了这个梦境，她才开始在意了。

她梦到的恐怕是传说中的鲛人。

那鲛人女孩美得不真实。

她置身烟波浩渺之地，有青山，有泉水，云蒸霞蔚之中，她看到了彩色的鱼尾，一下一下悠闲地拍打着河岸。

这美丽的鱼尾让她想到了波光粼粼的湖面，又或者遍地碎镜，可这些都不敌这鱼尾的美丽。

可当她走近，却看到泉水中浸满了鲜血，将泉水染成了血色。

她惊呼了一声，也惊了鲛人，那条鱼尾快速缩回到泉水中，鲛人女孩躲在血池里不敢出现。

"你……受伤了吗？"孟栀柔低声问。

对方没有回答，依旧浸在泉水中，惧怕得连带着泉水也在瑟瑟微漾。

她再次开口，试探性地朝着泉水走过去："需要我做什么吗？我可以帮你……"

当她蹲下身伸手去触碰鱼尾时，泉水中的鲛人霍然起身，起身的同时扬起一头长发，狼狈地再次寻找地方躲藏。

这鲛人女孩身体上包裹着草叶，遮挡着身体关键部位，然而露出来的部分依旧引人注目。

鲛人皮肤极白，在阳光下泛着盈盈光亮，白皙的皮肤上却流动着血红色的血珠，有着诡谲的美。

孟栀柔虽曾在桃花宗见过太多貌美的女子，竟然也被眼前的鲛人惊艳了。

那是一种神圣的美，美得不染杂尘，美得让人不敢亵渎，美得让人移不开目光却能够意识到自己目光的不敬。

待她注意到鲛人的双目无神，似乎是个盲眼的时候，竟然没来由的一阵心疼。

为何这般美的人要有瑕疵？

孟栀柔再次安慰：“你别怕，我也是女子，我不会伤害你……”

鲛人终于呢喃道：“救救我……”

孟栀柔在梦中惊醒，睁开眼后发现自己依旧躺在她简陋的小房屋内，怔怔出神。

随后她起身，快速整理法衣，用疾行术进入了林中，疾行的途中还在整理自己凌乱的头发。

她根据梦中的情景，在林中寻找。

有四人才能合抱的粗壮树木，山脉的耸立角度，她只有这样的线索。

在林中疾行了整整两日，一无所获，她险些放弃了，却在回去的途中遇到了萤火虫。

飘浮的萤火像是指引，引着她朝着一个方向过去，行走了整整一个时辰，她听到了泉水声。

她不由得惊奇，快速朝那边赶过去。

她没有看到晃动的鱼尾，却看到了被血染红的泉水，以及昏迷不醒浑身是伤的鲛人少女。

她快步赶过去，从储物袋中取出疗伤的药粉朝着鲛人少女身上撒去。

她可以分辨出，这么浅且小的清泉，不足以让鲛人生存。

这个鲛人少女是被人伤了之后逃到这里的，方圆十几里，只寻到了这么一处泉水能让鲛人少女暂时躲避。

她帮鲛人少女处理伤口时喃喃出声：“为何我能梦到……难道冥冥之中我能讨到你两颗泪珠？这样我也算赚到了。”

她当即开心起来。

鲛人泪很值钱的！

十八

孟栀柔费尽九牛二虎之力，终于将鲛人女孩带回到了自己的屋舍，将其泡在浴桶里，注入了从山中打来的清泉水。

往桶中注水时，她不由得多看了鲛人女孩几眼，似乎是身上的血被冲洗干净了，整个人更加纯净圣洁了。

美得不沾染半分凡尘。

处理好了后，她开始整理房间。

她一向懒散，明明有储物袋，东西却喜欢随手堆放，这样需要的时候用控物术取来就可以了。

毕竟她一个人独居，怎样邋遢都无所谓。

将美若天仙的鲛人少女救回来后，她还是需要整理一下房间的，总不能让大美人看到自己这么糟糕的一面。

偏偏，她还没收拾干净鲛人少女就醒了。

鲛人少女醒来后，二人皆是一惊。

鲛人少女惊慌于自己突然换了一个环境，听不到林间蝉鸣，没有草木清香，周身流淌的也非清泉，陌生的环境让她惊慌不已。

孟栀柔惊慌于自己脏乱的房间被鲛人少女看到了，不由得懊恼，紧接着她就意识到，不对啊，鲛人少女是盲的，看不见的。

她很快松了一口气。

“别怕别怕，我救了你！我梦到……”孟栀柔赶紧起身，一边用法衣擦手一边解释。

“我听过你的声音。”鲛人少女突然安静下来，似乎不再怕了，仿佛孟栀柔的声音有着强有力的安抚作用，“我恍惚间听过你的声音，不止一次。”

“对，我梦到过你三次。”

“梦？”鲛人少女十分迷茫，没有聚焦的双眼呆呆地看着一处，“原来是梦啊……是我伤得太重糊涂了吧。那是……我们会做同样的梦？”

“好像是呢，好有缘分哦！”

孟栀柔继续整理自己的房间，似乎有说不完的话，絮絮叨叨地说个没完，仿佛这样能缓解鲛人女孩的恐惧：“我最开始也当是做梦呢，你太漂亮了！美得不真实，连梦里我都觉得是假的了。可是连续三次梦到我终于坐不住了，想着怎么也要试试看，还真让我找到了。

“特别神奇！我本来找不到你的，结果是萤火虫将我带到你身边的。果然万物皆有灵，想必它们也不想你在林间受伤无人管。

“不过我这里挺简陋的，想必你也能看……你也能感受到。我和寻常修者修炼的方式不一样，不需要租用灵气充足的洞府，我还比较穷，干脆在人界租用了一间屋舍居住。

“你别看我在修真界很穷，但是修真界的东西带到人界格外值钱，我在人界还能租到独门独院呢！就是这个小茅草屋、小院子，不过也很好了，人界好多疾苦的人连饭都吃不起。”

鲛人少女听得一阵呆愣，似乎没想到一瞬间会接收到这么多信息，竟然有些缓不过来神，许久才傻傻地回应了一句：“这样啊！”

“对啊！你有没有什么喜欢吃的东西，我去买些回来。哦对，你不知道这附近有什么可以吃，我给你介绍一下，张婶天天夸自己的包子好吃，其实她的油泼面才是一绝，可好吃了！

“哎，忘记问了，你们吃东西吗？我其实辟谷了，但是我馋。”

“我……能吃，不过也辟谷了。”

孟栀柔格外热情地介绍：“哦，那尝尝！吃东西最开心了。”

鲛人少女格外紧张，连连摇头：“这、这、这恐怕要让你破费……”

“不妨事的，油泼面不贵，我去买两碗回来。”

“等等，我现在不想吃。”

“哦，也对，你伤还没彻底好。”她说着又凑过去看鲛人少女的伤口，接着问，“你的眼睛……也伤了吗？我不会医眼睛，我带你去寻一位医修应该可以治好。”

鲛人少女的声音依旧极致温柔：“不必了，我的眼睛彻底盲了。”

“试试看呢，万一能治好……”

孟栀柔的话尚没有说完，就被鲛人少女打断了：“是哭盲的。不想治了，盲了更好，眼睛坏了就哭不出了。”

孟栀柔的心口一紧，不由得怔愣在原处。

她开始懊恼，她救人的时候还想着要鲛人少女的两滴泪，殊不知这可能是鲛人少女的痛苦，她怎么这么坏啊……

简陋的屋舍中安静了许久后，孟栀柔才再次开口：“那……那等你身上的伤好了之后，我给你买油泼面吃。”

“嗯，好。”

“对了，忘记介绍了，我叫孟栀柔，你呢？”

“我叫陆温然。”

回忆的片段就此结束。

悬颂带着其余几人重新回到现实中，他静静看着玉佩半晌，叹道：“她记忆中最深刻的一段，居然跟季俊山庄没有半点关系。”

禹其琛收起震惊，再次回到温文尔雅的沉稳模样，问道：“这种法术可以窥探的回忆是不可控的吗？”

悬颂点头：“我得到的不是发丝，也不是血液，非她本体可取之物，只能从她的贴身物品里读取一些她记忆最为深刻的片段。她记忆中最深刻，最常回忆的，居然是她救了一个鲛人。”

提起鲛人，木彦终于从恍惚中回神，竟然下意识地喉间一滚，难以控制自己狂乱的心跳。

在木彦的概念里，明以慢已经算得上三界美人中的佼佼者，后来又见到了顾京墨，可是顾京墨的美太野太妖，他甚至不敢多看。

但是陆温然那种干净圣洁的美对他的冲击更强，让他整个人都傻了，现在才堪堪回神，问道：“鲛人……鲛人不是已经绝迹了吗？”

悬颂看着木彦没出息的样子，赏了木彦一记白眼，接着回答：“只能说罕见，修者们对他们剥削过多，导致他们寻了绝对安全的海域躲了起来。那里结界很强大，怕是许多修者都不会知晓那里还有一处海域。”

“用结界隐藏了一块海域，神不知鬼不觉的那种？”

“对，毕竟是他们保命的手段，自然要做得不留痕迹。”

木彦又低下头，心中闪过一丝憋闷，闷闷地问了一句：“那季俊山庄的事情不会是什么三角恋吧，比如少庄主娶了孟栀柔，后来又见陆温然那般貌美，然后移情别恋，导致孟栀柔记恨在心，寻来顾京墨灭了季俊山庄满门。”

话音刚落，顾京墨便扇了他后脑勺一巴掌：“你真是看了不少话本，将那些乱七八糟的感情看了个遍，看什么都像三角关系，再乱说话我撕烂你的嘴。”

木彦只觉得脑袋一阵晕眩，擅长体术的修者这般随意的一巴掌，都让他又疼又迷糊，可见掌力非凡。

木彦身体一晃，扶着禹其琛才能站稳，又委屈地看向顾京墨说道：“我就是猜测嘛，为何要动手？你这女子太不讲道理！”

“还顶嘴？”顾京墨眯缝起眼睛问道。

“怎么？”木彦万分不服气，“不然你说说看季俊山庄为何招来灾祸，孟栀柔又是为什么叫来顾京墨屠杀至灭门？”

顾京墨没有回答这个问题，而是双手环胸地提醒："可以跟我吵架，也可以反驳我的话，但是不要超过三句。不然三句过后我会比你更生气。"

木彦登时闭了嘴，不敢再言语了。

他见识过顾京墨跟提锤男子斗法的凶悍了，自知不是她的对手。

再加上这几日的相处，他也发觉了，顾京墨的脾气确实不太好，这句话似乎是认真的。

悬颂则是将玉佩丢给了顾京墨。

顾京墨有着超越常人的感知能力，瞬间抬手，稳稳地接住了玉佩。

悬颂抖了抖衣袖，站端正说道："之前我分析过，季俊山庄是想从孟栀柔身上得到什么，才破例娶了她。梦境里孟栀柔一穷二白，能有什么会被季俊山庄觊觎？"

缘烟阁三名弟子以及一直在旁听的黄桃异口同声道："陆温然！"

"所以，不会出现那种三角关系。"

悬颂不知道的是，他不过是正常地分析这件事情，却意外地让顾京墨消了气，默默地在一边点了点头。

悬颂目光扫过她，顾京墨眼波柔和，如三月梨花开得灿烂，芳香馥郁溢出十里仍有余甜。

几个人还未商议完之后该怎么办，便听到了外面的动静。

是有人奔走踏过屋顶的声音，接着是一名男子的声音："在那边。"

顾京墨立即推门而出，看到屠魔者们齐齐朝着一个方向追寻，这样的速度只能是在追孟栀柔。

她握紧双拳，轻身一跃，一同追了过去。

黄桃跟着追出了衣铺，她的疾行术不及顾京墨，见到顾京墨离开又万分着急，恨不得当场变成黄狗模样，这样还能速度快些。

可是她此刻需隐藏身份，只能唤了一声："京儿！"

刚想跟着追出去，就听到顾京墨传音给她："留在他们几个的身边，你容易跟丢。"

黄桃的步子当即止住。

她并不是那种冲动的人，顾京墨让她做什么她就做什么，让她留下，她不会多走一步。

黄桃留在衣铺内静坐，紧张得一直揪着法衣的衣摆，来回搓弄。

悬颂突然单独传音给黄桃："都是被救的人，为何孟栀柔要自称为奴，你却不用？"

黄桃陡然一惊，惊恐地抬头看向悬颂。

黄桃什么都没说，然而惊恐的表情出卖了她。

悬颂当即心中了然："看来我猜对了。"

黄桃有种被悬颂看穿了的心虚感，之前知晓悬颂聪明，没想到悬颂居然机敏到这种程度。

悬颂继续传音询问："季俊山庄的屠门惨案，是顾京墨救了孟栀柔？那么溯流光谷的几十条人命的惨案呢？是救了你？"

黄桃低下头不去看悬颂，努力克制自己，让自己一动不动，免得被看出什么来。

然而悬颂还在问："还是说……她不仅仅是在救你？难不成顾京墨是个大善人？真够可笑的。"

"她就是大善人！"

"哦，看来我猜对了。"悬颂收声，转身推开了衣铺的窗户看向窗外，侧耳去听外面的动静，分析情况。

黄桃一个人呆坐着，许久才反应过来，悬颂的那句嘲讽是在刺激她，套她的话。

黄桃，你真是一个笨蛋！

十九

顾京墨跟着追踪的修者疾行而至时，孟栀柔已经被困住，且身受重伤。

她的怒火自胸腔而起直冲百会，旋即双手掐诀，祭出火弹术攻击过去。

老者本欲对孟栀柔再补一招，令其完全无法行动，却被火弹术阻拦，下意识侧移一步后退。

但这一击又狠又猛，老者还是被攻击的余波震颤得又连退数步才堪堪站稳。

攻击刚落不久，便有两名修者朝着顾京墨攻击过来。

之前他们不攻击顾京墨还能说是不为提锤男子报复，现在是顾京墨主动送上门来，还对他们的领队出手，他们没有不护的道理。

不过这二人很快被老者叫停了，接着朗声问道："不知小道友为何要出手阻拦？"

顾京墨步步靠近，不急不缓，语气不卑不亢："你不是说她是重要的知情人吗，为何要伤害她？"

"若不这样，她很快就会逃走。"

"我有束缚人的法术，把她交给我，我不会让她跑。"

老者听完，仔细打量了顾京墨片刻，阴恻恻地笑了起来，脸上的沟壑也更加鲜明："我为何要相信你？又为何要交给你？"

顾京墨是一个没有耐心的人，抬起右手来，手心火光汇聚，发狠似的问："给还是不给？"

众多屠魔者齐齐大笑，仿佛见到了不自量力的傻子："就算你能赢过昨日那个，你也绝非我们十几人的对手，区区筑基期，胆敢……"

那人还未说完，就看到顾京墨四肢的腕踝处突然破裂了一个虚无的光环，原本的筑基期修为瞬间变为金丹期，且极速提升为金丹期巅峰的状态。

她的右手依旧托着火团，火团越聚越大，火光翻滚缠绕，仿佛在黑雾之中托起了一轮太阳。

"杀你们这群虾兵蟹将，金丹期够了。"她冷声说道。

声音很沉，带着狠绝，那游刃有余毫不惧怕的模样，显然在证明她的确做得到。

她下巴微扬，眼神不屑，仿若审视一群狂徒的死尸。

老者看着顾京墨，沉默许久。

他不是傻的，听得出顾京墨话里藏的意思是——她还可以继续提升。

若是当真提升至元婴期修为，他们十几个人会瞬间被那团火化作齑粉，散于天地间。

他不得不改了态度，竭尽所能地表现友好："这又何必，不过是一个祸害女子。而且我看得出来，道友身上灵波不稳，想必身上有伤，也不想和我们斗法吧。"

"她值不值得我这般拼命，你该知道吧？"

老者表情剧变，眼神不再友善。

顾京墨不是别人，她知道事情的真相绝非老者说的那样。

或许这些人中其他人，真的是不要命来季俊山庄寻宝的，但是这名老者绝非如此，他的目标本就是孟栀柔。

不然，他们没必要在季俊山庄外徘徊这么久不入，只是为了抓孟栀柔。

老者此刻也是格外震惊，他没想到这世间竟然还有第二个人知晓真相。

那群人不是已经死光了吗？

随即他猛地一惊，甚至连退几步，看着顾京墨的目光充满了震惊。

火系单灵根，放肆又张狂的女魔头模样，还会护着孟栀柔，这……

他并未道破，免得引来杀身之祸，而是识时务者为俊杰，笑着回答："你说的是什么我并不知晓，我只是急于出去而已，既然道友有束缚之法，就将她交给道友好了，还望道友能在出山时带上我等。"

接着，对其他修者说道："我们走！"

有人不解，问道："我们好不容易抓住的，为何要交给她？！"

老者低声回答："我等皆非她的对手。"

说完老者首先撤离。

其余修者狐疑地打量顾京墨，只见顾京墨收了火球朝孟栀柔走过去，其中一人不听劝，一意孤行地朝着顾京墨攻击过去。

顾京墨甚至没有侧头，朝着那人一掌轰出。

冲天的火焰瞬间暴虐而起，从那名修者的前胸穿透至后背，将其身体轰出一个血窟窿来，该修者直挺挺地倒下时眼眸中还是不解与震惊。

明明同是金丹期修为，却被对手一招致命，她是怎么做到的？

这怎么可能？

其余人皆是一惊，听到老者从远处传来的声音：“全部撤离，走！”

顾京墨走到了孟栀柔的身前，蹲下身。

孟栀柔嘴角噙着血，看着顾京墨的时候轻笑：“这次……我没摇铃啊……”

“傻子。”顾京墨轻骂了一句，接着将孟栀柔横着抱了起来。

身材纤长的顾京墨，将娇小的女孩子抱起来显得格外轻易，毫不违和。

她带着孟栀柔回衣铺时，修为已重新降回了筑基期。

黄桃看到二人归来，赶紧从储物袋中取出一个毯子铺在地面上，顾京墨将孟栀柔放在了毯子上，接着握住了孟栀柔的手腕，想要帮她疗伤。

然而，她的举动被悬颂阻拦了，拽着她起身，对一旁说道：“禹家的，你来。”

禹其琛一时间没回过神来，但依旧很快回应：“哦，好的。”

禹家向来在意礼数，不会去碰孟栀柔的肌肤，于是垫了一张帕子，这才用手指抵在孟栀柔的脉门，徐徐输送灵力，为她稳定体内暴走的灵力。

另一边，明以慢和木彦皆目睹了被悬颂握过的顾京墨手腕自燃的画面。

虽震惊，却没有多问。

顾京墨故作镇静地往后退了几步，扑灭手腕上的火焰，轻咳了一声缓解尴尬。

悬颂抬手看了看自己被烫到的指尖，最终也只是收手不再管了。

被禹其琛治疗后，孟栀柔虽依旧处在昏迷之中，不过情况已经好了许多。

木彦看着孟栀柔不由得纳闷：“那群屠魔者为什么会把她交给你？”

“不知道，怕我了吧。”顾京墨依旧在为自燃懊恼，回答的语气也不太好。

怎么还是会害羞？

还是不能有半点身体接触，简直折磨人！

修为太高，灵根太优的缺点就是害羞时杀伤力太强。

要疯了！！

木彦又问：“我们是不是能再次进入她的回忆了？现在她人都在这里了。”

悬颂并未回答，而是看向了顾京墨。

顾京墨稍做犹豫，最后问禹其琛：“若是季俊山庄的事情并非孟栀柔的过错，你可会如实禀告？”

禹其琛赶忙回答："这是自然。"

"好吧，不是看人家女孩子洗澡就行。"

悬颂用控物术取了孟栀柔的一根头发，让发丝悬浮在空中，随即双手掐出指诀，诵念："过往。"

发丝化作一抹流光，旋转着牵引众人进入了孟栀柔的回忆之中。

孟栀柔在院落中整理着木柴。

她是修仙者，用控物术控制斧子便可以劈柴火，再用小推车送到饭馆，可以换些铜板，让她有些钱财能够买些必需品，维持生活。

小屋的门被推开，陆温然从屋中走出来。

她穿着人界寻常的衣裳，洗到有些发白的素蓝色上衣，黑色的裤子，在田间农作的女子多是这样的打扮，主要是不花哨还便宜。

这般素净的衣服穿在陆温然身上依旧无法消减她的美貌。

孟栀柔赶紧放下手里的活儿朝她走过来，惊呼："你还真能变出腿来啊！你可真好看，穿这身都好看。"

"嗯。"陆温然一向话少，只是温柔地点点头。

"可怎么办啊，你这般好看，住在这里恐怕会引来祸患。"

"会给你引来麻烦？"

"那倒不会，人界的恶棍哪里会是我的对手，就是怕他们觊觎你，仙女怎么能是他们惦记的？我给你挡挡。"孟栀柔说着，拿出了一块布来折了折，挡在了陆温然的眼前，"这样好多了。"

陆温然本就是盲的，挡住眼睛也无所谓，被遮住了眼睛，似乎美貌也会被弱化一些。

孟栀柔开始了和陆温然一同生活的日子。

孟栀柔话多，陆温然则不太爱说话，总是孟栀柔吵吵闹闹，陆温然温柔地倾听，从来都不会不耐烦。

孟栀柔嘴馋，总会带陆温然去吃各种美食，陆温然也都喜欢吃。

直到一次吃了辣终于出了意外，陆温然怕自己吐出来会让孟栀柔失落，硬生生忍住了，手指紧紧捏着自己的膝盖，指尖因用力泛出粉红，脸也跟着涨得通红。

这可吓坏了孟栀柔，围着陆温然团团转，最后才知晓她只是不擅长吃辣。

"不能吃你跟我说啊！你忍着干什么？"孟栀柔给陆温然递了一杯水，"来，漱漱口，哎呀，不是让你喝，漱口就是这样咕噜咕噜，然后吐出来。"

陆温然按照孟栀柔教给她的法子漱口后回答："你特意带我来吃的，我如果吐掉了，你会难过。”

“我哪有那么容易难过？！”孟栀柔拽着她起身往外走，“走啦，我们不吃了，回家！”

“嗯！”

两个女孩子手挽手往回走。今日正是乞巧节，虽入夜却格外热闹。

路上格外拥挤，有女孩提着兔子灯从她们身边走过，还特意看了她们两个人一眼，接着跑远了。

孟栀柔和陆温然听力超越常人，走远了也能听到：“刚才那两个女孩子好漂亮。”

孟栀柔捂嘴轻笑：“在你身边我还能被夸赞漂亮，看来这块布真是挡住了不少。”

“我摸过你的面颊，是好看的。”

“不及你的！你是我见过的最漂亮的女孩子。”

河道上是各式画舫，挂着莲花灯，船身装饰得格外好看。

一艘画舫有才子弹琴，另外一艘画舫上有女子起舞，引来了不少人站在河岸边观看。

孟栀柔也探头看了看，跟陆温然说道：“那边有一人弹琴，一人跳舞，女孩子的裙子真好看，不过舞跳得一般。不是我和你吹牛，我跳舞可棒了，当时在宗门……反正很好看。”

陆温然未在意宗门二字，而是叹道：“可惜我看不到柔儿跳舞了。”

孟栀柔怔了怔，随后回答：“那我想想办法！”

二十

孟栀柔托人接了一个任务。

她需要一笔收入，富裕的季俊山庄刚巧能够满足她。

季俊山庄是离她住处最近的一处富裕的修仙者山庄，不过山庄内修者的修为都不算高，最高的也只有筑基期。

他们家族素来没有灵根、资质特别好的子嗣。想要求娶双灵根的女修者改善灵根，可惜女修者大多一心向道，不愿意做其他家族提高子嗣质量的生育工具。

这便使季俊山庄对修真界高修为的修者极为向往，仗着家大业大，广泛结交散修。

元婴期的高阶修者自然不屑于跟季俊山庄为伍。

但是资源稀缺，需要援助的一些金丹期散修还是会帮助季俊山庄。

原本孟栀柔这种只有炼气期的小修者是入不得季俊山庄的眼的，但是由于孟栀柔有着诡异的身法，可以神不知鬼不觉地探听，甚至能在金丹期修者的追踪下顺利逃脱，故有时也能完成一些简单的任务。

这一次的任务也很简单，不过是去另外一个山庄窃取一封信函。

她特意换上了一身干净利落的劲装，因找不到不容易掉落的面罩，便干脆取出桃花宗的桃花面具。

桃花面具是桃花宗独有的面具，狐狸样的半脸面具，鼻尖到下巴的下半部分，坠有珠帘遮挡。

面具上有精致的桃花花纹，被她用法术一点点磨掉了，再把珠帘卸掉，由白涂成黑色，这样便可以使用了。

“然然,你在家里等我,我也就出去两日,你等我哦！”孟栀柔仗着陆温然看不到，坦然地穿着一身劲装戴着面具出门了。

孟栀柔的任务完成得非常顺利，为了不让陆温然久等，她连夜赶往季俊山庄。

交信函时她不相信其他人，而是直接潜入季俊山庄寻到了少庄主的屋舍，敲了敲窗棂。

屋中的人迟疑着开窗，很快看到一只纤纤玉手递来了信函：“信偷到了，十颗灵石。”

少庄主不由得诧异，接过书信拆开查看真伪。

孟栀柔不耐烦地将手臂搭在窗边，等待着她的报酬。

终于，少庄主看完了信函，又侧头看向孟栀柔，突然轻笑。

这笑让她不解，狐疑地看向他，问：“你能不能先给了我酬劳再仔细看信？”

少庄主手指划过储物袋取出了二十颗灵石递给了她。

她欢喜得不行，捧着灵石心中筹划着该怎么合理安排才稳妥，脸颊却感受到了冰凉的触感：“脸都花了。”

孟栀柔穷得厉害，自然买不起好的涂料，导致面具上的涂料花了脸颊。

她立即身体后仰躲开，错愕地看了他一眼。

面前的男子身材清瘦，中等个子，长相不算特别出挑但也算顺眼，最重要的是气质不错，如清雅的兰花。

身上穿着得体，言行举止也没有什么不妥之处。

看着顺眼，这是孟栀柔对他的评价。

“哦……谢谢你的灵石。”她收起灵石离开。

“辛苦你了才对。”

“多多找我做事就行了。”孟栀柔有些窃喜，幸好直接来寻了少庄主，才能多得十颗灵石。

“我叫谢权。”

“哦，知道了。”她回答完瞬间纵身离开，身法果然奇快。

孟栀柔得到了二十颗灵石开心得不行，先在坊市里买了些人界最喜欢的丹药、符箓，这才带着回了人界，送到了店铺里变卖，获得了几十两银子。

她又去其他的铺子里定做了巨型的鼓。

店家听完思量了许久，面露难色：“姑娘，真不是我要高价，你做这么大的鼓，我们都没有模具啊，皮啊，木材啊……”

“直接报价吧。”孟栀柔难得豪横，掐着腰，下巴一扬阔气地说。

“怎么也得五两银子。”

“五两？！五两能买四头多的猪了！三两行不行？”孟栀柔最终还是肉疼了。

“另寻高明吧，姑娘。”

“四两呢？”

最终，在店家为难、孟栀柔心疼的情况下，双方达成了交易。

孟栀柔神神秘秘地将陆温然带到了林中，安排陆温然坐在林中：“你坐在这里听。”

“听什么呀？”陆温然的声音永远是温柔的，柔柔弱弱，让人闻之生怜。

孟栀柔没有回答，而是转过身跃到了她早就安置在林中的巨鼓上，对着陆温然喊道：“我跳舞给你听！”

说着脱掉了鞋子，用脚轻踏鼓面发出声音。

“鼓？”陆温然听了出来。

“对呀，我不是说过要跳舞给你看吗？”孟栀柔说完轻摇手腕，腕间的铃铛发出清脆的声响。

天幕陷入昏黄，金灿灿的夕阳在世间留下了最后一丝温暖。

斜阳落在孟栀柔甜美的脸颊上，让她灿烂的笑更加耀眼，也不知是为陆温然跳舞开心，还是多年后重新跳舞让她喜悦。

空气中是沁人心脾的桂花香，绿叶成林，花开正浓。

晚风温雅，鼓声跟铃声被风传入林中更深的地方，微微漾开。

随着她流畅的动作，铃铛声跟鼓声交相呼应，陆温然仿佛能够从声音发出的位置，想象出孟栀柔的动作。

听着听着，不自觉地扬起嘴角。

桃花宗的女弟子皆能歌善舞，她们曾经靠此蛊惑男修。

待桃花宗散了，孟栀柔再未练过舞蹈，这次难得重新跳舞，竟然也跳得极为美妙。

她的身体柔若无骨，舞姿舒展间如纷飞鹤，又若游走鱼，身体旋转衣衫翻飞，旋转出花开的模样。

陆温然的心逐渐柔软，花满枝头颤了又颤，落下的花瓣带着清香飘洒。

她竟然鼻头一酸，可惜哭不出。

也幸好哭不出，不然孟栀柔定然停下舞蹈来哄她。

二人不知，与此同时林间还藏着他人。

谢权立于一棵树后，静静地看着跳舞的女孩子，目光又扫过了陆温然。

他身边站着一名老人模样的修者，凑到他的耳边说了什么后，谢权微微点头。

不久后二人离开时，谢权的目光再次扫过孟栀柔。

木彦看到那名老者后不由得一惊："是屠魔者的领队！"

其他的几个人也都看到了，却没有言语，显然他们即将知晓事情的真相。

顾京墨心中估量着，她恐怕要出现了，开始在心中盘算该怎么越过这一段，便听到了自己的声音从回忆中传出："跳得不错！"

顾京墨当即翻了一个白眼，她当时的语气那么轻佻的吗？

她自己都听不下去了。

与此同时，旁观梦境的其余几人齐齐朝顾京墨看来，木彦提醒她："你别这么大声说话，我们皆非回忆中的人，你说了她们也听不到。"

顾京墨没说话，只当他是个傻子。

这时，回忆中又出现了一个人。

此人一身殷红的中衣，外罩黑色的法衣外衫，法衣上有着繁复的纹路，可见法衣的贵重。肩上披着黑色的锦纹披风，被风吹得扬起。

可惜此人戴着黑纱的帷帽，看不清面容，只能从身形大致判断，此人身量颇高。

这身高、衣着喜好、声音都跟他们身边的京儿十分相似。

她心想不好，伸手去拽悬颂，想要破坏悬颂的法术，迫使所有人离开回忆。

悬颂却握住了她捣乱的指尖，不许她乱动。

看着两个人交握的手，顾京墨无法自控地脸热，心跳加速，指尖再次燃起火来。

谁知，悬颂不但没有松开她，反而跟她十指紧扣，叹道："原来在回忆中你的火不会烫。"

"那我、我、我是不是可以在这里做坏事了？"

悬颂抬眼看向她，眼神不屑："我觉得你没那个出息。"

"小瞧谁呢？老娘再怎么说也是……"

"那你把火灭了，我就从了你，不然啊，我感觉我在跟一团火行不轨之事。"

顾京墨还想嘴硬，可惜自己整个人都燃了起来，最终还是抽回了手，躲到角落让自己冷静，免得把整个回忆都给照得锃亮，看不清画面了。

禹其琛原本还有疑问，却听到了这二人这般坦然的对话，竟比这二人还尴尬，赶紧直直地继续看向回忆中出现的人。

明以慢也是强行转过头，背脊挺直，看似淡然心中却在沸腾：和尚破戒了！和尚原来是这个样子的吗？和尚要从了？

木彦却非常迷糊，不知道这两个人在说什么，着火和不轨之事有什么关系？

黄桃倒是最为淡定的。

这时，回忆中的孟栀柔已经停下了跳舞，看向突然出现的女子问道："你是谁？"

"路过的，刚巧看到了姑娘在跳舞，跳得着实不错，也算是给我和我的酒友助兴了。"

这时，众人才发现林中居然还坐着一名女子，坐在高高的树干上，穿着靛蓝色法衣，他们只能看到裙摆，以及她手中拎着的酒瓶。

孟栀柔能够感知到她的修为不及这两位，且这两位没有恶意，当即大大方方地笑道："能得二位喜欢，也是小女子的荣幸。"

戴帷帽的女子突然朝着孟栀柔丢了一个铃铛，说道："既然让我开心了，我也送你一件礼物。"

"这个铃铛是法器？"孟栀柔拎起铃铛看了看。

"没什么灵力。"那人喝了一口酒后酣畅地呵出一口气，"寻常的铃铛，不过注入灵力轻摇我会听到，到时我有可能会赶来救你一命。"

孟栀柔当即眼睛一亮，若是能得面前这位高深莫测的前辈搭救，她简直是有了坚实的后盾："多谢前辈！"

"不过你记住了，我救人不是白救的，可能需要你付出极大的代价作为交换。"

"啊？那我没有什么可以……"

"那你就做我的奴。"

"……"孟栀柔心中一紧，有谁愿意放弃自由自在的日子做别人的奴呢？

"丁臾，下来吧，换个地方继续喝。"那人没再停留，唤了一声后，两道身影同时消失。

只是一句招呼，却让旁观的缘烟阁三名弟子齐齐一惊。

坐在树上的人，是三魔七鬼中的七鬼之首，红烛夺命——丁臾。

那送了铃铛的人身份也呼之欲出，银铃血祭——顾京墨！

顾京墨是在这时和孟栀柔结识的！

二十一

孟栀柔回忆中的顾京墨只出现了一瞬间，简单的几句对话，顺带送了孟栀柔一个铃铛。

铃铛……

银铃血祭……

暖烟阁三名弟子第一次如此真切地感受到，自己居然这般接近事情的真相。

他们甚至可以称之为整个修真界为数不多的，曾见过魔尊本尊的修者。

毕竟顾京墨神龙见首不见尾，很少有人见过其真容，他们就算只是见到身姿，依旧算得上罕有。

在得到调查顾京墨这个师门任务时，他们便意识到了任务的危险和艰难，早已做好心理准备。让他们没想到的是，他们意外地遇到了三个人，将所有的一切变得简单。

功法奇特的京儿，会用过往窥探记忆的悬颂。

两个人似乎都格外厉害，超越了他们的认知。

禹其琛和明以慢都在偷偷观察在角落独自灭火的京儿。

传说中恶贯满盈，杀人如麻的顾京墨，会是这个被小和尚牵个手指尖都会害羞到浑身着火，且半天无法自灭火焰的京儿吗?

似乎完全……不一样。

如果真是京儿，他们甚至觉得暖烟阁三千修者的跪拜都没有什么必要了，这个魔尊似乎没什么杀伤力，没必要大费周章地召集整个修真界来围杀。

京儿甚至不具有任何危险性，看上去更不会滥杀无辜，反而心肠还挺好的。

不可能是一个人。

不可能的。

二人同时这样想着。

至于木彦，则是干脆没产生什么怀疑，不像另外两个人内心还挣扎了一瞬间。

回忆到了后期，孟栀柔和谢权逐渐有了来往，让孟栀柔嫁入季俊山庄也不再那么突兀。

是谢权主动追求的孟栀柔。

最初，说是给孟栀柔安排了新的任务，任务就是陪谢权到处走走逛逛，介绍些好玩的、好吃的给他。

这种任务简单还没有危险，孟栀柔自然接了。

孟栀柔带着他去了她一直向往的馆子，点了一堆好吃的饭菜。

在她吃得酣畅时，谢权杵着下巴看着她，笑容宠溺道：“原来你就喜欢吃这些啊？”

孟栀柔一怔，随即反应过来，谢权是故意让她安排的，无非是让她能吃她喜欢的。

那一瞬间，也就是那么短短的一刻，心口竟然有了悸动。

孟栀柔是桃花宗散落在修真界的零散弟子，早就自暴自弃，想着能够苟且偷生就可以了。

突然，遇到了谢权这样的谦谦君子的追求，还不在意她的出身，接受她的一切，甚至为了她跟家中长辈抗衡。

谢权一次次地来人界寻她，带着她游山玩水，又帮她驱赶了一次纠缠她们的男修者后，孟栀柔态度逐渐松动，且跟谢权走得越来越近。

这让孟栀柔觉得，她遇到了一个真心对她的人。

夜里，孟栀柔凑到了陆温然的身边躺下，还顺带帮陆温然掖了掖被子。

陆温然在此刻翻过身面向她，在盈盈夜色里，那没有焦距的眸子依旧格外温柔，像月下清泉。

“然然，你说我能不能嫁给谢权啊？”孟栀柔将自己的小心思说给了最好的朋友听，想听听她的看法。

“当然可以！”

“可是我似乎配不上他……”

“你很好，你配得上！”在陆温然的心里，孟栀柔就是最好的。

孟栀柔当即在被窝里笑得直打滚，胸腔被爱情的喜悦填满，娇羞又甜蜜地期待起了未来：“以后我嫁去了季俊山庄，你住在这里，我帮你付房租。”

“你不能住在这里了啊……”

“对呀！嫁人了肯定要去季俊山庄住了，但是我会时常回来看你的，放心吧。”

“嗯！我会照顾好自己的。”

孟栀柔凑过去抱住陆温然的腰：“嫁了人我最舍不得的就是你。”

“你当然要和喜欢的人在一起，我也希望看到你幸福，毕竟你是这世间对我最好的人。”

“嘿嘿……”

孟栀柔出嫁的那天，她并没有被风风光光地接走，甚至没有像样的迎亲法器。

谢权解释说，家中长辈还未能完全同意，但是这些他不在乎，只要能够娶到心爱之人，此生足矣，日后定然加倍补偿。

孟栀柔被甜蜜充斥着，自然也不会在意。

她觉得她已经和谢权在一起了，只要能和谢权真心相爱，这些所谓的仪式都不重要。

旁物易得，真爱难求。

能得君心，夫复何求。

孟栀柔嫁入季俊山庄初期，的确有过一段恩爱时光。

谢权愿意花时间陪她，给她买金银首饰，将她打扮得漂漂亮亮的。

他们会在花下饮酒彻夜长谈，孟栀柔也会在屋舍中跳舞给他看。

孟栀柔的想法很简单。

她觉得爱啊，就是有人牵她的手，陪她走过那条常走的路，路落金桐，脚踩瑟瑟，二人脚下有着同样的韵响。

然而最后，她却只身站在路边，看着那个人走过对面的街，脚步匆匆，从始至终都未看她一眼，就此走远，形同陌路。

她渐渐地发现，周遭的坊市鲜少有人知晓季俊山庄的少庄主已经成亲。

她得知后回去质问谢权，因此跟谢权发生了第一次争吵，她听到谢权指着她的鼻子骂："之前还当你是懂事的，现在看来，你和无理取闹的市井女子没什么区别。"

为什么？

为什么她只是想让别人知道他们在一起了，她是他的妻，这都不可以？

这反而成了她的错？

反而成了她在无理取闹。

此后，她被关在了季俊山庄不许出门，甚至不许出谢权的小院子，不然连季俊山庄内的仆人都可以拿棍棒呵斥她。

仿佛她不是真正的少庄主夫人，而是不知廉耻、死皮赖脸来了季俊山庄的妾室。

冲突爆发的那日，她想要从后门溜走去见陆温然，毕竟已经有两个多月未见，她怕陆温然那么单纯的人会出事。

谢权在关着她之后，给季俊山庄布下了结界，也是防止擅长疾行的她离开。

她刚到后门，庄主夫人便带着侍女拦住了她，语气尖酸刻薄地嘲讽："果然是个不要脸的，上不了台面的东西，还想偷偷跑出去了，也不知是不是出去跟哪个男人鬼混。"

孟栀柔受不得这个，当即反驳："我自从嫁给谢权，便一直恪守本分，从未做过什么逾越的行为。现在不过是想回去见一名好友，好友还是一名女子，这有何不可？您也是庄主夫人，最该端庄得体，怎么能说出坊市糙汉的言语来？"

"你在辱骂我？！好大的胆子！"庄主夫人当即派人收拾了孟栀柔。

孟栀柔只有炼气期修为，庄主夫人的随从却有筑基期修为，再加上她斗法能力不精，吃了不少苦头。

她浑身浴血地被抬回了谢权的院子，被丢在了院门口便没人管了。冷风吹过伤口，生生地痛。

她在院中唤着，希望有人能把她扶回屋中，却无人理会。

她想让人叫谢权回来，依旧没有人帮忙。

最终，她只能自己爬回屋中，留下一路的血迹，血迹带着划痕，蔓延了整条青石路。

她在谢权的房间苦等了九日，谢权终于回来。

一向温文尔雅的谢权醉醺醺地拎着一个法器进了她的房间，说道：“你看这个，是梦寻散人送给我们季俊山庄的，谁说那些散修只是想占我们便宜，还不是乖乖送来了法器孝敬？”

她躺在床铺上没有力气看，只能沙哑着声音问：“可以给我些药吗？我……受了伤。”

谢权这才看向她，眼神冷漠，似乎格外嫌弃。

定睛一看后登时一怒，快步走过来扯起她身上的被子：“混账东西，你知道这锦被有多贵吗？你让上面沾满了血！”

她没想到谢权会在意这个，下意识地道歉：“对……对不起……我不是有意的。”

“你怎么赔？啊？！这锦被你怎么赔？！”

这时她才有些回神，难以置信地问：“你不问问我是因何受伤的吗？”

“不就是冲撞了我娘，被她训诫了吗？”

“哦……原来你知道啊……”

知道她出了事，知道她身受重伤，却没有回来，任由她在这房中自生自灭。

最终，他最在意的只是那床锦被。

这时，谢权再问：“你怎么赔？”

她错愕地抬头看向谢权，难以置信地问：“你……是认真的？”

“不然呢？”

“我想想办法。”

“现在就告诉我你怎么赔！”

她嫁给谢权之前身无分文，谢权是知晓的。

现在他却执着于让她赔偿，这根本是在为难她。

她回答不出。

谢权似乎没有耐心了：“你不是要去见朋友吗？你的朋友那里有能赔的东西吗？”

孟栀柔猛地摇头：“没有！”

之后，任由谢权谩骂、质问，她都没有再出一声。

她不能让谢权知晓陆温然，不然，陆温然会遇到危险。

她知道，季俊山庄由于长期和散修打交道，散修们知晓他们对高阶修者的向往，往往会狮子大开口。

他们为了营造自家跟高阶修者有着密切交往的假象，只能打肿脸充胖子。

实在弥补不上开销后，他们只能留下山庄内的家生子，其他的仆人都被遣散了，所以导致庄子巨大，却没有多少人居住。

待她伤好了，她就用疾行术溜出去，离开这个地方，她暗暗决定。

这个男人，她认清了。

然而孟栀柔没能等到自己的伤好，也没能离开。

她睁开眼睛便看到陆温然被人送进了她的房间，踉踉跄跄地往前走，口中惊慌地唤着："柔儿？你在吗？他们说你病了……你没事吧？"

因为眼盲，因为急切，陆温然撞到了桌子险些跌倒，又赶紧起身。

孟栀柔在看到陆温然的一瞬间，原本的坚强一瞬间瓦解，所有的坚持也消失不见，鼻子一酸，眼泪决堤般汹涌而出。

她知道，这世间最关心她的人，真正在意她的人来了。

紧接着，她便恶狠狠地看向站在一边看戏的谢权，强撑着起身，想要带着陆温然立即离开。

可惜……谢权，或者说是整个亏空的季俊山庄不会放过她们。

正在观看回忆的六人，在此刻发觉回忆出现了裂缝，周遭的环境开始震颤、扭曲、轰鸣。

这是回忆宿主强烈的情绪造成的。

这是孟栀柔最不想忆起的时光，他们六人潜入了孟栀柔的回忆，进入了这一段。因为孟栀柔悲伤、狂怒的心情，而对回忆画面产生了影响。

悬颂提醒道："别怕，只是孟栀柔的回忆到此处出现了情绪波动，造成了这样的影响，并非法术的问题。"

他说完，侧头看向顾京墨。

他看到顾京墨双拳紧握默默转过身，不想去看孟栀柔的回忆。

黄桃似乎也噙着泪，跟在顾京墨身边小声安慰着，让顾京墨不要再心疼。

另一边。

禹其琛愤怒得单手紧紧地握着自己的佩剑，白皙的手背青筋凸起。佩剑被他握得发出轻颤的声响，似乎准备随时出战。

明以慢则是背脊挺直地站着，脸颊上挂着泪珠，自己却没有意识到自己在哭，没有擦泪，只是心疼又气愤。或许女子更容易跟女子共情，这让明以慢的心疼更盛，怒火更旺。

木彦则是忍不住骂出声："真是畜生……"

因为在孟栀柔的记忆里，她和陆温然被关进了季俊山庄的密室里。

季俊山庄的人似乎知晓陆温然是鲛人，便将陆温然锁在了镣铐上，让她无法离开。

明明是人身，脖颈上却拴着铁链，像家畜一样被囚禁。

陆温然的不远处是躺在血泊中的孟栀柔，紧紧咬牙忍着疼，皮鞭却从未停止过抽打。

一鞭又一鞭，皮肉绽开，血液流淌，血腥味充斥着整个密室。

孟栀柔不敢哭，不敢发出惨叫，她怕陆温然担心。

可是血腥味太浓了，陆温然闻得到。

那皮鞭抽打的声音太重了，陆温然听得到。

"不要！不要！求求你们……你们放了她，别打了。"陆温然努力朝前，希望能够过去挡住他们，可惜，锁链让她无法离开囚禁之地。

在季俊山庄的人看来，陆温然哪里还是美丽的鲛人，那狼狈的样子，像被拴起来的家犬，努力吠着。

因为极度心疼，陆温然已经坏了的双眸中涌出血泪来，声音也越发沙哑了。

谢权和他的母亲却站在一边看着陆温然，兴奋道："哭了！哭了！是血泪，这种血色鲛人珠更值钱！"

得到了三颗血色鲛人珠，季俊山庄的人终于收了手，所有人离开了密室，只留下两个女孩子。

这让孟栀柔终于有了喘息的余地。

陆温然不能靠近孟栀柔，无论如何努力朝前爬，都不能再靠近一分。

她一个劲地道歉："对不起……对不起……如果不是我，你不会经历这些。"

孟栀柔则是虚弱地回答："为何……要道歉，愚蠢的人是我……哪有这种好事，可……可以飞上枝头变凤凰这种事情……我居然信了，我以为我是幸运的那个……"

陆温然心疼得不行："你别这样，你很好。"

"然然，我终于知道了……原来……只有痛彻心扉哭过的眼睛，才能……才能更真切地看清对方……看到他眼里没有爱，他从未爱过我，看到我的幼稚……我的愚蠢……"

"柔儿，你别这样，你还有我，我会一直陪着你。"

孟栀柔的手指划过储物袋，发现自己居然一丝灵力都没有了，连储物袋都打不开了。

她很想打开储物袋取出铃铛，哪怕永世为奴，也想那个人过来，就算只能救出陆温然也好。

她怎么这么没用啊……

怎么这么没用……

孟栀柔不知道自己被虐待了多久，也不知道自己昏死过去多少次。

她只是感叹，幸好季俊山庄的人不舍得虐待陆温然，怕把陆温然打坏了，就不能产出血色鲛人珠了。

只有她一个人被虐待，就好……

她觉得她要死了。

她听不清陆温然唤她的声音，她也感受不到痛了。

这让她很慌张，她要是出事了，陆温然怎么办？

她陷入黑暗之中很久了，一切归于混沌，她不知时间，不知外界，只是轻飘飘地游走。

当她再次睁开眼睛时，她看到自己被锁链锁着，是以脖颈为锁的屈辱方式。

她又看向周围，只看到对面有一摊血迹，那有血迹的地方，是她之前被虐待的地方。

她都没有找到陆温然的身影。

这让她非常慌张。

她开始喊，喊狗贼谢权，喊蛇蝎夫人，喊那群狗仗人势的家奴们。就算他们来了自己会挨打，她也要知道陆温然的去向。

终于，谢权走进来看向她，凑近了观察她，接着用最冰冷的声音说："那个鲛人死了。"

短短一句话，却让她如遭雷击，整个人怔在原处，双眸一动不动地看着谢权。

整个人仿佛被定住了，一动不动，僵直得如同死了多日的尸体。

谢权继续说："明明之前是你死了，本想把你的尸体放在密室里刺激那个鲛人流血泪，她居然偷偷献祭了，把自己的妖丹给了你，让你死而复生。不过她嘛，死了，死得腥臭无比，明明之前还长得蛮漂亮的，怎么死了会那么臭？"

"不可能……"

"这有什么不可能，不然你以为你还能活？"

孟栀柔的眼泪从眼眶涌出，然而落下的泪滴却变成了珠子，颗颗砸在她的胸前。

谢权看到了这些珠子不由得一喜，用控物术捡起后说道："现在只是寻常的鲛人泪，待到你哭瞎了，就又有血色鲛人珠了。"

孟栀柔终于相信了谢权的话。

她的眼泪会变为鲛人泪，那么，她的体内也有鲛人的妖丹。

所以……陆温然真的死了。

不是说会一直陪她的吗？怎么一个人先走了？

孟栀柔无法控制自己的泪，滴滴不断，散落了一地，谢权兴奋地拾取。

她开始失控嘶吼，像野兽一样地前扑，朝着谢权吼道："我要杀了你！我要杀了你们！我要你们季俊山庄所有人陪葬！我要让你们失去双目，痛苦哀号，最后死在这里无人收尸！我要季俊山庄恶灵环绕，我要让你们死后百年都遭万人唾骂！"

谢权哪里会在乎，仿佛听到了一个有趣的笑话，大笑出声："好啊，我等着。"

她感受到了陆温然的妖丹，死而复生也终于让她能够恢复了一丝灵力。

手指抹过了储物袋，取出了一个银色的铃铛，注入灵力，摇晃。

她也是魔门修者，早就猜到了给她银铃之人的身份，于是在注入灵力的同时，在识海内唤道："魔尊，救救我……"

顷刻后，她听到了识海内的回应，是一名女子低沉的声音："别怕，我来了。"

二十二

不知为何，缘烟阁三名弟子居然为顾京墨的到来感到高兴。

就算他们知晓顾京墨到来后会发生什么——屠杀，灭门，可是他们在这一瞬间竟然觉得就该如此。

季俊山庄的人怎能这般心狠手辣，用这么恶毒的方式，对待两个无辜的女子。

欺骗了感情也就罢了，为何还要如此虐待孟栀柔最在意的好友？感情挫败还能走出来，可至交好友因自己而受难，谁又能不崩溃？

在他们看来，孟栀柔、陆温然这种修为不高的散修，就只是蝼蚁吗？

就可以随意践踏、欺凌，甚至残忍杀害吗？

他们不会忏悔吗？

他们不会觉得自己是在作恶吗？

用着这样得来的财富，他们真的心安理得吗？

顾京墨来了，季俊山庄被灭门了，这似乎并非是什么惨案，而是他们应得的报应！

他们置身孟栀柔的回忆中，也只能看到孟栀柔所看到的。

他们皆在密室内，看着小窗外火光缭绕，惨叫声与呼救声传来，惨烈程度可见一斑。

孟栀柔被锁链禁锢着，只能看着火光，听着惨叫，目光麻木地等待。

她知道，顾京墨有化神期修为，随手放一把火，都能灭了季俊山庄所有人，这就是修为之间的差距。

只是……顾京墨也无法救活已经死去的陆温然。

她竟然没有大仇将报的喜悦。

不出半刻钟的时间，她听到了顾京墨的声音："该你了。"

随即，她脖颈间的锁链断裂，她重获自由。

这一瞬间，她似乎恢复了全部的力气，发了狂般地冲了出去，看到被顾京墨禁锢在地，已无力挣扎，苟延残喘的几个人。

是谢权，还有他的父母，以及虐待过她的家奴。

顾京墨用控物术给了她一柄匕首，她伸手接过，接着嘶吼着朝谢权冲了过去。

谢权想要求饶，喊道："柔儿……别，我真的喜欢过你……啊啊啊！！"

孟栀柔不在乎了，这些鬼话她不想听了，她用匕首刺穿了他的眼睛。

接着是他的父母，以及那几个家奴。

她像是发了狂的猛兽，发出不似人声的愤怒嘶吼，疯狂地刺出匕首，力度之狠足以斩裂眼眶骨骼。

顾京墨依旧带着黑纱帷帽，立于一旁静静地看着她，直到她逐渐冷静了才问："之后你想怎么做？"

孟栀柔丢掉匕首，恭恭敬敬地走到她身前跪下，说道："我要让他们用最痛苦的方式死去，然后去您的身边，做您的奴。"

顾京墨却摇了摇头："不，你做我的奴，这妖丹反而会给我引来麻烦。不如这样，我收走一样你的东西，便算合作完成了，如何？"

孟栀柔猛地点头："可以，就算您要了我的命都可以，只要杀了他们，我便此生无憾了。"

顾京墨走到她的身前，手盖在她的眼上一抹，接着说道："我收走了你的泪，这一生，你算是哭不出了，血泪也不成。"

孟栀柔猛地一惊。

若是顾京墨要了她的妖丹，要了她的鲛人泪，她都能理解。

但是顾京墨要了她的泪，这会让她再也哭不出，制造不出有价值的东西。

顾京墨是想让她……之后没有其他人觊觎的东西，从而减少危险？或者是让她不要再哭了？

顾京墨没有多停留，抬手在身前凭空一撕，竟然撕出一个空间，对面出现了另外一番风景。

孟栀柔急急地喊道："就算不跟在您身边，我也会是您的奴，只要您需要，我便立即赶到！"

顾京墨侧过头看了她一眼，似乎轻微地叹息了一声，接着走入裂缝内，就此消失无踪。

孟栀柔怔怔地看着顾京墨离去，又看看在地上痛苦哀号，却无法动弹的人。

人依旧木木的，失去了灵魂一般。

见到火光赶来的散修终于出现了，他们没有救季俊山庄的任何人，而是进入其中大肆杀戮，就连啼哭的婴儿都没有放过。

曾经被季俊山庄奉养的散修们，没有在季俊山庄有难的时候出手相助，而是在此刻哄抢季俊山庄的财物。

可笑。

孟栀柔看着因为财物分赃不均，而互相厮杀的散修们，突然笑了起来："谢权，我真该让你看看现在的情景，你们用全山庄财力奉养的人在杀你们的家奴，还杀了老人、孩子。呃……孩子？"

孟栀柔嫁给谢权之后一直没有子嗣，还因此被埋怨过，她也因此自责。

现在看到被杀死的孩子，以及狼狈逃窜，最终也被杀死的女子终于醒悟过来，谢权用血色鲛人珠真的迎娶了双灵根的女修者，只是这名女子修为也只有炼气期，估计是修为再高些就不好骗了。

原来她和陆温然被关了那么久啊……

谢权的孩子都出生了。

散修们互相厮杀之后，死伤无数，最终只有两人活着。

一名是蒙面的修者，另外一名是身材偏胖的修者。

他们二人似乎达成了一致，打算平分财富，最后将目光投向孟栀柔，想要杀了孟栀柔获得妖丹。

孟栀柔无所谓了，她知晓谢权等人已经活不了多久了，站在原地任由他们攻击过来。

然而二人刚刚发动攻击，便被孟栀柔身上的护体神光反噬，冲天的火焰在孟栀柔的护体光罩外燃起。

偏胖的修者当场死亡，只留一名戴面具的修者狼狈逃离。

孟栀柔看着自己的护体金光淡去，原来顾京墨早就预料到了。

她想哭却哭不出，终于仰面看向天空努力振作。

有人在意她的性命，她要好好活着，才不辜负她的救命恩人顾京墨。

还有……不辜负陆温然的舍命相救。

木彦看着回忆中的一切，不由惊叹出声：“顾京墨困住的只有伤害过孟栀柔的人，真正杀死这几个人的也是孟栀柔，季俊山庄其他人是被那群散修杀死的！这么说起来，顾京墨在季俊山庄只是放了把火，造成几个主谋者重伤，其他什么都没做！”

顾京墨见木彦终于开窍了，没那么傻了，欣慰地点头，沉声补充：“我猜测，那个逃跑的戴面具的修者，就是那群屠魔者的领队，他本来就是冲着孟栀柔的妖丹来的。”

木彦不解，问道：“为何？鲛人妖丹也很值钱？”

顾京墨很快否认了，耐心解释：“妖族的妖丹，都具有延长寿元的作用。陆温然本身妖力不足，但是怎么说也是妖，寿元极长。那老者你们也可以看出来，风烛残年了才到筑基期，显然他的修炼速度很慢，但是只要努力还是能够跃升的。所以他需要的是延长寿元大限。”

木彦终于恍然：“我懂了。”

禹其琛则是站在一旁万分不解：“我不理解，明明这一切并非顾京墨做的，她为什么要承担了这份罪名？她明明可以昭告天下事情的真相，这样也不会引来修真界的围杀。”

一直沉默的悬颂收了法术，带着众人回到现实之中，眼前的情景流转变换后沉寂下来。

他的目光沉沉地看着孟栀柔，叹道：“如果她说了，孟栀柔身含妖丹的消息就会被昭告天下，以孟栀柔的实力怕是活不久了。”

缘烟阁三名弟子齐齐一惊，无法想象顾京墨居然会为了保住一个萍水相逢的女孩子的性命，自己背负了那么多年的骂名。

木彦急急问出：“她是魔尊啊！她怎么会这么做？难不成她是一个绝世好心肠？！难不成我们是在大肆围杀一个好人？！这不可能的！”

悬颂多了些许不耐烦：“调查的是真相，而非因真相不符合你的预期，就认为是假的。”

木彦的认知发生了崩塌，甚至意识到了他们门派持续多年的错误，喃喃自语：“我……无法想象，无法理解……这太荒谬了……”

悬颂也跟着不解，最终也只是叹道：“在我看来，她只是个傻子罢了。”

悬颂不解。

非常不解。

若是他能够理解顾京墨为何这么做，困扰他几千年的心魔也会迎刃而解。

那千百年前，他挣扎着，含着血泪去救的一城人，最后还不是唾骂他，用烂菜砸他，用利刃刺他。

他不解，他为何要救，他救了人又能得到什么？

一句谢谢？

多么可笑。

这是困扰他的魔。

这是他千百年来都无法得到解脱的咒。

他甚至好奇起来，顾京墨为何要这么傻，现如今，顾京墨背负的骂名，甚至不比他少。

顾京墨却似乎从未纠结过。

坦坦荡荡，自由自在。

她是怎么做到的？

他越来越好奇了，顾京墨这个人真的很神秘。

他甚至觉得不虚此行，或许困扰他的心魔，会在顾京墨这里解开。

顾京墨则是蹲下身，去查看孟栀柔的伤势。

明以慢和禹其琛看了看顾京墨，又看了看孟栀柔，最后看向对方。

如果……传说中的魔尊真的是在救人而非屠了季俊山庄，那么面前这个京儿，就真的有可能是顾京墨了。

同样的声音，同样的身量，同样的衣着风格，同样的火系单灵根。

京儿又好像对孟栀柔格外照顾。

这些加在一起太过巧合。

就在此刻，地面突然发生了震颤。

几人置身衣铺之中，却仿若脚踏在船板之上，而船身遭遇了狂风暴雨。

紧接着，是一声野兽的吼声，震颤得屋梁抖动，掉下松软的土屑，几人也是头疼欲裂。

顾京墨伸手护住了黄桃的耳朵，让修为最低的黄桃不至于内体受伤，目光则投向季俊山庄所在的方向。

悬颂则是布下了保护屏障，能够有效地隔绝声浪攻击，接着提醒道：“季俊山庄内的怪物被唤醒了。”

木彦吓得拔剑，似乎已经习惯于去问悬颂和顾京墨了，当即问道：“什么怪物？”

悬颂的双手掐指不停，布置完毕才道：“如果我没有猜错，在季俊山庄出事后几年，有魔门修者来到此处，借着顾京墨的威名在此作恶，抓了一些无辜的人进去喂养怪物。怪物不但可以吞噬修者的肉身，还能够吸走修者的灵力，消失那么多人，这个怪物积蓄的灵力已不可估量，怕是已有元婴期的能力。”

顾京墨则是“啧”了一声。

那满脸褶子的散修真是烦人，知晓他们不是她的对手，便去唤醒了怪物。

若是平时她还能一战，现在她身负重伤，动用的灵力越多，她身体承受的疼痛与煎熬越重，之后的失控也会更加频繁，她也不能确定现在的她是不是那个怪物的对手。

不过，她既然来了，就要处理到底。

毕竟她本就是来此调查是谁在冒她的名作恶，已经到了此处，岂有不灭他们的道理?

“朝我们这来了。”悬颂探查到了什么，立即朝缘烟阁三名弟子道，“震水三，离火九。”

他们三个都是缘烟阁的弟子，自然知晓悬颂指点的是九宫八卦五行。只是他们还不知晓这简短的信息究竟是什么意思。

悬颂仍在捏指掐算，他们不敢打扰，直到悬颂再道:“天心，天英，艮位御物疾行。”

三人一齐应声，接着迅速破窗而出，按照悬颂告诉过的指引而行。

顾京墨则是抱起了孟栀柔，动作轻柔地将孟栀柔交给黄桃：“跟着他们，他的话简单来讲就是朝北走，去季俊山庄！”

黄桃当即点头，抱着孟栀柔跟着跃窗而出。

七人就此分两个方向而行。

顾京墨和悬颂朝南方疾行，引开怪物，到了可以战斗的地方就解决掉它。

缘烟阁三名弟子以及黄桃、孟栀柔去的方向，是远离怪物的方向，也就是季俊山庄的位置。

顾京墨在疾行途中回头，不由得蹙眉。

那怪物长得着实丑陋，身体如蛆虫一般，只是肉虫长得巨大，又被诸多不同功法的修者喂养，导致外皮露出了肮脏且斑斓的颜色。

怪物每一次怒吼，都会吐出浊气，远远地便可以感受到一股恶臭与腐烂的气息。

巨虫每过一处，都会将那里的房屋拱压，他们曾经停留过的地方此刻已经成了一片废墟。就算悬颂在途中一直布下土系阻碍，依旧未能让它的速度慢下来。

“百毒宗？”顾京墨在合适的位置停稳，转过身正面看着巨虫骂道，“吃了熊心豹子胆了，敢用我的名头作恶。”

接着，她纵身朝着巨虫迎了过去，所踏之处，烈火熊熊。

冲天火焰直升而起，火龙盘旋，庞大的身躯竟比巨虫还要可怖。

悬颂安然立在一处房檐之上，双手飞快掐诀，为顾京墨护法。

不得不说，悬颂对战斗的时机把握得很准，每一次辅助都恰到好处。

顾京墨将怪物攻击至一处，那怪物本以为能安稳落地，地面却瞬间坍塌，让它重重跌下。

在它想朝顾京墨攻击时，地面如巨鲸张嘴，将它夹住，减慢了它的速度。它扭动着巨大的身躯挣扎时，还挨了顾京墨几次攻击。

最重要的是，它的每一次的攻击都被悬颂的土系防护墙挡住，导致它全程只能被顾京墨单方面攻击，却伤不到顾京墨分毫。

这二人明明是第一次协同作战，却默契得仿佛曾并肩千百次，甚至顾京墨无须破除自己的修为禁制，就能够顺利跨阶挑战。

顾京墨斗法二百余年，竟然第一次这般轻松，且心中安稳。

她知道，就算自己真的因为身体疼痛露出破绽，也有人能保护她，让她安然无恙。

这让她越战越兴奋，肆虐的火焰中，是她放肆的笑，以及眼眸中无法遮掩的杀意。

与此同时。

缘烟阁三人以及黄桃知晓自己已经脱离了危险，还能看到顾京墨已经跟怪物斗在一处的战斗景象。

禹其琛四顾望去，接着吩咐："悬颂小师父的意思我懂了，我们去季俊山庄内部，找到布阵的阵眼，破坏了结界我们就可以传递消息出去跟门派求助了，一定要在他们拖住怪物的时间内完成。"

"好。"另外几人一齐应声。

他们五人进入季俊山庄寻找阵眼之际，一条紫红色的肉虫，从一个香炉中悄然爬出，有慧根般地看向他们五人，观察着他们的一举一动。

二十三

那巨虫吞食的修者多了，似乎也多了智商，并不像外表看起来那般笨拙。

战斗陷入困局后，巨虫的胸腔内响起了扭曲的声响，像是嗓音尖锐的人声，又像魔鬼的低语。听不出那些声音究竟在说什么，混杂在一起，沸反盈天。

悬颂努力听着，分析道："它们在商议对策，似乎是在分析我们的招数。"

顾京墨在斗法时不喜思考，低吼着回答："管它在做什么，杀了就是。"

随即朝着发出声响的地方攻击过去，准备将那里击碎，这样它们还能怎么商议？

谁知巨虫突然像蜘蛛一样延伸出八条腿来，对比那巨大的虫身，这八条腿格外违和，仿佛支撑不起那巨大的身躯。

偏偏这八条腿不但有力量，还极其灵巧，能够轻松地跃起，躲开土系法术对它的干扰。

紧接着，诡异的一幕出现了，它居然吐出了蛛丝，只要是蛛丝存在的地方，它都能瞬间移动过去。

顾京墨试着用火去焚烧蛛丝，却很快停了手，因为她发现她的火焰只要焚烧了蛛丝，蛛丝就会冒出毒烟来。

还真是专门克制他们二人的方法，不仅加快了行动速度，还让她不能再用火系法术了。

顾京墨看得咬牙切齿："鬼东西，长成这样我真不想久战，偏偏还挺难缠。"

悬颂停住了掐指的动作，对顾京墨说道："到我身后来。"

顾京墨挑眉回头看向他，她还是第一次听到有人在斗法的时候对她用命令的口吻，让她躲到其身后去。

偏偏她格外好奇，悬颂究竟有什么法子能够制伏这条丑陋的巨虫。

她步伐轻松地跃到了悬颂的身后，却歪着身子探头去看，想看看悬颂如何对付。

这般探身，竟有几分调皮，引得悬颂侧头看了一瞬，又回到了战斗状态。

悬颂对付巨虫的方法格外简单，只见在他掐诀诵念后，他们面前百余丈的地面全部悬浮起来，像是整个地皮都被割裂开，巨虫自然也被抬了起来。

轰隆隆，震天动地，阵势浩大。

悬颂随即掐诀，口中诵念："覆。"

几乎是瞬间，原本在巨虫脚下的土壤出现在了巨虫的头顶，接着土壤迅速回拢到地面，将巨虫埋进了土壤中。

悬颂回手一边拉着顾京墨的手腕，一边控制着土壤只裂开一条缝隙，吩咐道："注火。"

"好嘞！"顾京墨站于洞口朝里面送进了一条火龙，火龙进入后，悬颂便关闭了洞口。

悬颂先是用土系法术将巨虫埋了，再让顾京墨在土的缝隙中注入火系法术，让巨虫无法脱困，只能任火焚烧。

有土的掩盖，那有毒的气体也不会蔓延出来，最多污染了附近的土地，之后再用净化阵处理即可。

当然，这些都是善后的人需要做的事情。

这二人的斗法方式都是一样的简单。

顾京墨的理念是：杀了。

悬颂的理念是：埋了。

悬颂在此之后布下了加固的阵法，双手掐诀努力维持。

他此刻只有筑基期的修为，而那巨虫却有着超元婴期的实力，若非他们二人战斗技巧高于常人，巨虫又碰到难缠的斗法没有经验，否则他们想要打过巨虫也非常困难。

他想困住巨虫着实困难，只能对顾京墨说道：“助我。”

顾京墨只能将手掌抵在悬颂的后背，源源不断地给悬颂输送灵力。

悬颂加固了一会儿忍不住蹙眉，无奈地侧脸说道：“我是让你助我，不是让你烧我。”

“我、我控制不住我自己！！！”顾京墨也极为崩溃。

悬颂竟然被顾京墨没出息的样子气到了，只能咬牙说道：“你升至金丹期，我们维持不住了，它要出来了。”

“我到金丹期会烧得更厉害。”

“快点，它如果出来了，我没有信心再困住它第二次。”

若是这二人仍在化神期，杀死这只虫子自然是手到擒来。

可惜，顾京墨到了化神期，动用灵力带来的痛苦太强，她不想承受，不然会以化神期的实力发狂。

而悬颂还没有探查清楚，还不想被顾京墨发现身份，只能如此艰难地战斗。

顾京墨只能破除了修为禁制，将修为提升至金丹期。

修为提升，她能够输送的灵力更多，然而自身燃起的火焰也更强。

悬颂身上的法衣并没有那么强的抵抗力，被燃烧得久了出现了破损，衣服破碎，露出光洁的后背来。

顾京墨碰触到了悬颂背部的肌肤，忍不住朝那里看了又看。

悬颂加固土壤的时候还不忘记嘲讽：“还当你是个没胆的，眼睛倒是贼得很。”

顾京墨毫不心虚：“我就看了，能怎样？！”

能怎样呢？

悬颂竟然认真思考了起来。

最终也没能想到，默默地继续加固阵法。

顾京墨难得协助旁人一次，竟然没有因此觉得不甘，反而美滋滋的，嘴角扬起，面容泛着如春风般甜美温暖的笑意。

仿佛一把火燃了整座山岳，焚尽后，竟然是焕然新生般的春。

放肆后的美好无尽蔓延。

黄桃护着孟栀柔，躲进了季俊山庄的密室里。

她四顾看去，发现她居然在奔跑间误打误撞，进了孟栀柔和陆温然被关押的密室。

门外，是和屠魔者战成一团的缘烟阁弟子。

他们五人进入季俊山庄寻找阵眼，之前悬颂已经给了提示，按照悬颂的提示即可寻到阵眼从而破坏。

他们起初进行得非常顺利，第一重禁制已经破解，待到破解第二重禁制时屠魔者们突然出现。

禹其琛本想和他们讲道理，只要破开禁制了，他们可以一同出去，此刻应该合作才是。

然而老者的目标是孟栀柔，并不愿意跟他们合作，除非得到孟栀柔体内的妖丹。

几人自然不肯答应。

老者当即操纵着其他的屠魔者朝他们攻击过来。

没错，是操纵。

老者修炼的应该是操控修者心智的功法，让修者可以轻易地相信他、信任他，所有的一切都听从他的安排。

待这些人跟在他身边久了，便可以在听到他的哨声后迷失心智，成为他的傀儡，没有自我意识，完全被他操控。

他们记得，屠魔者最开始有十余人，此刻来的却只有七人，其中还包括老者。

季俊山庄内也没有看到魔门修者。

想来，在屠魔者们唤醒怪物的时候，屠魔者的队伍中出现了人员伤亡，季俊山庄内的魔门修者也被屠尽，导致巨虫没有人控制，从而失控出行。

但是老者完全不在意，这些人在他的眼里不过是傀儡而已。

他从来都不是重情重义的人。

他只想要他想得到的东西，其他的一切都不重要。

缘烟阁三名弟子原本就不是这群金丹期修者的对手，节节败退，他们身负重伤，依旧挡在密室门前。

就算穷途末路，就算身死当场，他们也要有名门正派的气节——保护他们要保护的人。

变化在一瞬间发生。

缘烟阁三名弟子看到一条紫红色的肉虫朝着老者爬了过去，紫红色的肉虫竟然诡异地融进了老者的肌肤中。

老者自然也感受到了，因此慌张不已，甚至徒手撕掉了那块血肉，却依旧没能阻挡紫红色肉虫的入侵。

老者的皮肤以肉眼可见的速度变得紫红，整个人都在抽搐，发出痛苦的哀号。

禹其琛不知这虫究竟是什么，只能横剑，保护在师弟和师妹的身前。

他站在最前面，也看得最清楚。

他看到老者的身体在挣扎了三个呼吸的时间后彻底失去了生命迹象，周身的灵力却在快速提升。

这无疑是离奇的。

紧接着，老者紫红色的皮肤快速干瘪紧包着骨架，身上的血肉都仿佛被抽空了，变得极度恐怖。

最可怕的是，他的修为还在提升，从金丹期到元婴期，连带着被他控制的其他屠魔者也跟着皮肤变得紫红干瘪，修为迅速提升，齐齐在瞬间跃升至元婴期。

禹其琛不知道究竟发生了什么，只能够猜测……

眼前的这些人恐怕已经不再是原本的他们了。

面前的是一名元婴期修者，带领着六名元婴期傀儡一同成为他们的敌人。

这紫红色的肉虫似乎辨别出了是老者在控制那些人，从而选择老者来控制。

这肉虫拥有智慧！

不可能会是对手的。

绝不可能。

跟金丹期斗法已经是他们的极限了。

这一刻，他们感到了绝望。

就在此刻，密室的门从内打开，黄桃先将木彦和明以慢拽了进去，待她想将禹其琛拽进来时，被控制了身体的老者发起了第一次的攻击。

紫红色虫子应该是还不适应这具身体，发起的攻击并不稳，然而元婴期修者攻击的余波也足以让他们五脏六腑瞬间破碎。

被拽进密室的明以慢和木彦身体腾空而起，撞到墙壁后摔在地面。

禹其琛和黄桃因靠近门口，伤得最重。

明以慢抬头时，只能眼睁睁地看着禹其琛将昏迷不醒的黄桃推了进来，但是自己伤得太重，无法移动，干脆将黄桃推进来后关上了门，死死地守在门外。

明以慢的眼泪瞬间涌出，她努力朝前爬着唤了一声：“师兄……”

然而她没能得到回应。

她第一次感到死亡距离自己这么近。

她恐怕要殒了，殒在调查任务里，殒在季俊山庄，他们好不容易知晓了事情的真相，真相却要随着他们埋葬在季俊山庄内。

就在她濒临绝望的时候，看到了地面上的银铃。

是孟栀柔向顾京墨求助后留下的银铃，她几乎是瞬间爬过去，拿起银铃摇晃：“女魔头……求求你，救救我们……”

铃铛发出响声，清脆悦耳，她却没有得到回应。

她一瞬间崩溃。

银铃只能用一次吗？

他们都没有机会了吗？

眼泪瞬间决堤。

就在此刻，她看到自己面前的空气出现了一道裂缝，京儿从裂缝中跨越着走出，看向她温声道："哭什么，这不是来了吗？"

她错愕地看着京儿，看到京儿纤长的身影走到门口，将门打开。

她看到京儿抬起双臂，取下了发髻上交叉插着的发钗，短刃一般地握在手中。

她看到了烈烈火焰中，京儿破除四肢腕踝处的禁制，修为跃升至元婴期，火光缭绕在她的衣摆周围，张扬地跳跃。

她看到了传说中的魔尊，银铃血祭——顾京墨。

二十四

在修真界内，一名元婴期修者独战七名元婴期的修者的确困难。

但是，如果对方是七只还不会控制法术的愚蠢虫子呢？

局面会完全不一样。

顾京墨怕战斗的余波伤及这群晚辈，回手布下了防护结界，这才朝前攻击过去。

她的战斗方式一向直接粗暴，以近身战斗的方式为主，用双钗作为攻击武器，再用火系法术围绕在自己周身，以此辅助。

她的攻击强悍无比，被攻击后还有着烟雾缭绕，继续折磨着伤口。

紫红色的虫子暴怒，也不知是被顾京墨攻击得恼怒，还是感知到了外界巨虫的死亡，从而产生了愤怒。

顾京墨的脸上依旧是因为战斗兴奋而产生的狡黠笑容，看着狂怒的对手问道："子母虫对吧？外面那只恶心的虫子是你的儿子？"

紫红色的肉虫不会说人话，只会愤怒地吼叫。

顾京墨不在意这一点，依旧强势攻击，就算对方全部都是元婴期的修为，就算他们有七个人，她一样毫不惧怕。

顾京墨从不惧战。

还会越战越勇！

她享受战斗的过程，战斗会让她陷入兴奋之中，整个人都是亢奋的，不受控制地想笑，想要看对方被自己打败面目狰狞却又无可奈何的模样。

她是传说中的战斗疯子，从来都没有形容错。

此刻战斗的兴奋，让她忽略了身体的疼痛，变成疯狂如见血失控的猛兽。

元婴期修者间的斗法，只要实力强悍，足以将方圆百里夷为平地。

在悬颂解决了巨虫赶来时，季俊山庄已经不复存在，遍地是火烧过的痕迹，还有其他功法的残存，可惜都被顾京墨的火覆盖，可见顾京墨功法的强势霸道。

悬颂来到了结界内，看到了身受重伤的晚辈们目光一沉。

在顾京墨斗法时，他用控物术将几个人归于一处，旋即掀起衣摆盘膝坐下，打坐同时为几个人疗伤。

火光与战斗声响就在结界外，他们却平安无事。

顾京墨知道她战斗时，悬颂一定会来善后。

悬颂知道，他在为这几个晚辈疗伤时，顾京墨一定可以抵挡住对手。

莫名的信任，在无声无息中产生，且格外坚定。

明以慢被疗伤时，虚弱地询问悬颂："你……早就知道吗？"

早就知道顾京墨的身份？

他看起来毫不惊讶。

悬颂点了点头。

明以慢合上双眼，不再问了。

其实他们也猜到了，只是不敢确认罢了。

谁能想到呢……

传说中杀人如麻、冷血无情的女魔尊，居然是一个会救人的好人。

她并未做那些丧心病狂的屠杀，她只是保护了一个女子，季俊山庄被灭门实则是罪有应得。

她只是没有反驳传闻中的罪名，他们却信以为真，真当她是一个恶魔，还展开围杀。

现在，他们口中的恶魔在救他们。

明明萍水相逢，明明他们之前对顾京墨还有着恶意的揣测。

战至夜幕时分，火系功法冲天而起，一片火树银花。

落叶纷纷纳火海，月光零星照残骸，原本寂静的山脉，此刻是刀山，是火海，是万劫不复之地。

人间炼狱不过如此。

顾京墨的战斗一向如此，声势浩大。

这七个元婴期傀儡着实难战，主要是他们不死不灭，除非将他们彻底焚烧，或者身体打得碎裂成一块块碎屑，不然他们还会攻击过来。

不知伤痛，不知自保，蛮横向前一战再战。

顾京墨一掌轰出，终于将老者的身体以带火的发钗刺穿，再轰出一掌后，老者的身体炸裂成碎屑。

她看到紫红色的虫子朝她扑来，想要进入她的身体。

她正想放火点燃，却看到一个土罐子凭空出现，将紫红色的肉虫吸入其中，盖上了盖子。

她看着悬颂用控物术取出了罐子，问道："这就结束了？"

"嗯，它只有附身在旁人身上时才能提升至它的修为，并且具有攻击力，但只要它碰不到有肉身的修者或者动物，就无法攻击，只是寻常的肉虫。"

"你收走它做什么？"顾京墨手持双钗，仍旧有着战斗后未能收起的杀气，袖口有火在烧，如同舞动的双翼。

"每个门派都有一处禁地，禁地内连自家的修者都不得进入，里面缺少镇压的灵兽的，可以把这个虫子放进去，还有几分威力。"

"那……"顾京墨听完嘴吧唧了一下，"它挺值钱吧？我们对半分？"

悬颂轻哼了一声："先去看看你的黄桃吧。"

"啊！"顾京墨赶紧回身，朝着她布下结界的地方走过去。

不注意时还好，真走回去她才发现，战斗过后，整个季俊山庄和旁边的坊市都被夷为了平地，只有零星的火光在燃。

只有被她布下结界的方寸之地还算完好，几名晚辈都在其中。

黄桃已经醒来，看到顾京墨后当即展颜一笑，笑容纯净没有任何杂质，反而主动安慰顾京墨："我没事的！"

顾京墨看得出她的情况不太好，之前五脏六腑几乎都被震碎了，现在悬颂为他们简单疗伤，虽然恢复了一些，却无法在短时间内完全恢复，仍需要医治。

顾京墨叹息道："可惜我不会医术类功法，看来我们必须得去溯流光谷了。"

溯流光谷，黄桃原本的家，谷中的修者以医修为主，可以帮他们处理身上的余伤。

黄桃又看了看身边的几个人，抿着嘴唇点头："好。"

明以慢缓慢起身，来到顾京墨的身前行了大礼，单膝跪地感谢："感谢魔尊的救命之恩。"

是她摇的铃铛，理应她来报答。

顾京墨看着她也不抬手阻挡，而是饶有兴趣地问："你怎么感谢呀？"

明以慢艰难地开口："我可以……可以为奴……"

"不用了，我要那么多奴干什么？"

“可我身上只有些法器，怕是入不得您的眼。”

“给我看看。”

明以慢取出自己的百宝玉，递给了顾京墨。

顾京墨注入灵力查看其中的物品，表情不变，却私底下传音给黄桃：“整整三千灵石！不得了不得了，缘烟阁大家族弟子果然家底丰厚。”

黄桃跟着兴奋：“法器呢？”

“有一些不错的东西，还有多人的飞行法器，之后我们的行路速度可以提升了。”

禹其琛见顾京墨一直不言语，也没有表情变化，猜测明以慢的东西恐怕入不得顾京墨的眼，毕竟顾京墨是得到前任魔尊万宝铃的人，是整个修真界身家最丰厚的一位。

他赶紧取出自己的百宝玉，也递给了顾京墨：“晚辈的百宝玉也可以献给您。”

木彦也跟着取出自己的百宝玉，给了顾京墨：“我的也给您。”

此刻的木彦终于明白过来，说话极为客气，还不敢抬头直视顾京墨。

顾京墨依次看了看，依旧是平淡的口吻：“可以，就这样吧。”

却单独传音给黄桃：“有七千多灵石了！果然还是女娃子身上的家当多，男弟子就穷养了，金丹期的百宝玉都没有筑基期的女娃子宝贝多。”

黄桃也开心得不得了：“魔尊，我们终于不再那么穷了！还是你最厉害！”

顾京墨拿了百宝玉，走到了悬颂身边小声说道：“我能养你了。”

表情格外得意。

悬颂原本在用神识探查周围，想要帮顾京墨寻找她需要的药材，可惜一无所获。

就算季俊山庄内真的有药材，也被顾京墨的这一战烧成粉末了。

听到顾京墨的话，他“啧”了一声，分外无奈，这简直就是他的“道侣”打劫了他的徒子徒孙来养他。

真没想到，他堂堂迦境天尊竟然混到如此地步。

这时孟栀柔终于苏醒，撑起身体看向顾京墨，又看向周围，柔弱地问道：“魔尊，您又救了我吗？我又拖累了您……”

说到这里她有些沮丧，然而无法落泪的眼让她只是表情哀伤而已。

“错不在你。”顾京墨收起三块百宝玉，转身看向她，“你明明是受害者，怎么能怪你？错的是制造危险的那个人，是季俊山庄，是那个想要夺妖丹的人，是那群饲养毒虫的混账东西。”

孟栀柔撑起身体环顾四周，不禁感叹：“这个密室是我最不想停留的地方，却独独被保留了下来，这里竟然是我和然然最后相处的地方，多么讽刺。”

顾京墨负手而立，竟然无法回答。

孟栀柔只能抬手摸索墙壁:“我想她了……可想起的,总是她流出血泪的样子……如果我再强一些就好了，就不会发生这样的事情，还让您被连累。”

悬颂突然说道：“我可以让你再见到她。”

孟栀柔身体一僵，许久才回过神来看向悬颂，因为震惊，双目圆睁瞳孔不动，表情竟然有些可怖。

悬颂只能解释：“我会唤魂法术，可以引来她让你们再见一次。只不过她是献祭而亡，怕是魂魄不稳，你们只能相见一刻钟的时间。”

孟栀柔赶紧问道：“我如果见了她，她会痛苦吗？”

“不会有任何影响。”

“我想见她！”孟栀柔自然想见。

“记住，你们只有这一次见面机会。”

“嗯！”

“给我一件她的贴身之物。”

孟栀柔赶紧从储物袋中取出了一堆东西，是陆温然留在她们人界住处的东西。

悬颂随便选了一件，接着掐指诵念，最后低声喝道：“魂归。”

寂寂凉夜，因周遭残火而有了一丝暖意。

一抹银光似乎是从月上洒下的，随即在他们的眼前汇聚成一道人影。

美得超凡脱俗的鲛人少女，一头海藻般的长发披散在肩头，身上还是她在人界的简单的衣裳，却掩盖不了她的美。

鲛人少女迷茫地四顾，看向在场众人，最终看向孟栀柔。

孟栀柔先是呆愣，紧接着是快速整理自己的仪表，接着再错愕抬头，霍然发现陆温然居然看得见了，她在打量自己!

她明明不知道自己长什么样子，却能够一眼从几个女孩子里认出自己。

接着是陆温然那温柔到骨子里的微笑：“柔儿果然好漂亮啊。”

孟栀柔的心一瞬间柔软成一摊水，在阳光下沸腾，咕咚咕咚地冒着气泡。

果然是她日思夜想的陆温然。

她还是那么温柔。

顾京墨在此刻从百宝玉中取出原本属于明以慢的飞行法器，让黄桃和悬颂都上去，接着说道：“你们聊吧，我们先走了，一刻钟后……你也赶紧走吧，缘烟阁的人会来。你寻一处地儿好好疗伤，我们日后再见。”

“嗯！”孟栀柔赶紧点头。

缘烟阁三名弟子也不再停留，根本不舍得打扰这二人的重聚，跟着顾京墨的飞行法器御剑飞行离去。

远远的，明以慢回头再次看向那边，她看到孟栀柔脱下了黑袍，在废墟里跳舞给陆温然看。

陆温然站在一旁为她鼓掌，笑得格外开心，仿佛这不是一场久别重逢，而是平日在一起的闲散时光。

她依稀听到孟栀柔抱怨：“我此刻的身体太笨重，跳得不好看。”

“很好看啊！我喜欢！”

不用过多的话语，也不需要讲述自己的悔恨，只要一个眼神对方都懂，对于她们来说，这样就满足了吧。

她们的遗憾不就是没能好好道别吗？

珍惜这短短的时间，留下美好的瞬间才是最重要的。

今生与你人界相逢，在草长莺飞之地结庐为家，为你绾发梳妆，为你做菜煲汤。

人间三千风月有你一起赏，青草百花有你一起栽。

一曲一舞一声叹息，一颦一笑一生回忆。

第二幕 夺舍恩主

一

雨季未过，天将明时开始飘起蒙蒙细雨，天际与雾气重合，泛出清淡的黛色。

和风细雨依旧挡不住满目青山，临近溯流光谷更是水碧山青，灵气也浓郁了几分。

此等水软山温的地域，非常适合久居休养。

木彦站在洞府小院中，偷偷朝顾京墨她们的洞府看过去。

院中有一处遮雨棚，棚上爬着的藤蔓上结着尚未成熟的灵果，被风轻拂后轻微晃动，最终又沉甸甸地继续垂着。

三人站在棚中，呼吸都尽可能地收敛，生怕惊扰到了谁。

木彦禁不住小声询问："我们现在是被抓了当作人质？还是说……只是单纯地一同去溯流光谷？"

禹其琛和明以慢都站得端正，背脊挺直，表情严肃，都不知该如何回答。

他们那一日被顾京墨救了之后，也知晓了顾京墨的真实身份，还为了报恩，把他们的百宝玉全部交给了顾京墨。

现在他们三人身上除本命佩剑外，竟然没有其余的东西了，连一张传音符都没留下。

他们根本没办法给缘烟阁传递调查结果或者求助。

在途中留宿洞府，租用洞府的灵石还是黄桃给的，虽然用的也是他们之前百宝玉里的灵石，但是他们还是有"拿人手短，吃人嘴软"的心理，格外不自在。

这种感觉着实煎熬。

木彦则是在思考，他们此刻的处境究竟是怎么样的。

偏偏这个问题问住了另外两个人，他们也不知道。

三个人陷入了让人尴尬的沉默之中。

这时，黄桃哼着小调走出来，手中捧着一个竹筒，显然是要接露水，结果看到蒙蒙细雨脚步一顿，表情傻傻的竟然不知道是该回去，还是该继续去找露水。

三人终于看到了救星，招手让黄桃过来，黄桃很是乖巧地走了过来。

明以慢急急地问道："云姑娘，你是怎么认识顾……魔尊的？"

黄桃回答得十分自然："我也摇过铃铛呀！"

这解释和他们的一样。

明以慢再回忆黄桃和顾京墨相处的氛围，又问："那你现在是顾京墨的奴了？"

"算是吧。不过她不称呼我为奴，待我也极好，我们是相互陪伴的关系。"

"那我们三个呢？"

黄桃看着这三个严肃的人，真的歪头认真思考了一会儿，才道："你们不是给了百宝玉吗？就不用在意了。其实……魔尊本来也要杀死那几条虫子的，只不过你们摇铃了就算主动结契，就要履行承诺给她谢礼，算是扯平了。"

禹其琛客客气气地跟着询问："那我们三人现在是什么状态？"

"什么状态？"黄桃不太能理解这个问题。

"就是，我们必须跟着魔尊走吗？以后也要听从她的？"

黄桃终于懂了，答道："其实不是强制的，只不过我们几个不是都受了伤吗？正好一同去溯流光谷疗伤。"

"仅此而已？"

黄桃笑得极为灿烂，没有半分弄虚作假："当然啊！"

禹其琛看着黄桃的笑容突然一怔，随即很快回过神来："哦，这样，也就是说，我们现在就算回门派疗伤，魔尊也不会在意。"

"对啊！"

三个人齐齐松了一口气。

他们还当不能离开，否则就触怒魔尊了呢。

实在是这个魔尊和刻板印象中的完全不同，让他们摸不着头脑，完全不知该怎么办才好。

刚巧此时顾京墨慌张地从洞府出来，看到院内雨棚下站着的几个人后，又快步去敲悬颂的洞府门："小和尚赶紧出来，我们现在就走，逃命了！"

听到顾京墨这般说，缘烟阁三名弟子齐齐一惊，握住佩剑询问："是有外敌吗？"

也不知连顾京墨都惧怕的外敌出现时，他们三个人能否自保。

"之后再跟你们解释。"顾京墨格外急切，匆匆整理了东西，便带着一群人出去。

成功退了洞府的结界石时，悬颂才慢悠悠地走了出来，接着便被顾京墨拽上了飞行法器。

悬颂看着自己的手腕，发现顾京墨急切之中竟然忘记了害羞，难得没有着火。

黄桃似乎习惯了顾京墨这种逃亡的状态，紧张地问道："魔尊，你感知到了。"

"这么讨人厌的气息逐渐靠近，一定是她，准没错。"

其他几个人听得云里雾里，却不敢多问。

悬颂想用神识探查周围，却被一道强劲的神识回击，且震得他颅内一阵嗡鸣。

他堂堂迦境天尊，何时被人这般凶蛮地对待过？气得险些当场引魂入体，变回化神期修为去跟那人斗法。

最终他还是忍住了，却气得气息不顺。

飞行法器在林子上空低掠而过，偶尔刮动树梢，发出抽打的声响，也只是稍纵即逝。

脚下翠绿迅速后退，前方依旧是无尽山林。

御剑飞行的三名弟子也只能努力加速，才能跟得上飞行法器的速度。

他们还是第一次这般体验极限逃离，显然不如顾京墨的控制力强，不能像她那样完美地躲避障碍物。

此刻的悬颂才真正见识到，顾京墨逃跑的法术有多强。

又不禁好奇，究竟是什么样的人，能让好战的顾京墨这般逃亡。

那追踪之人显然修为极高，法器也是高阶的，行进速度比他们都快，很快就追上了。

那人的声音远远传来："顾京墨，你以为限制了修为我就无法发现你了吗？"

传来的声音是女子的声音，声音妖娆，语调轻柔，偏偏妩媚得让人觉得格外不舒服。

顾京墨听到这道声音便眉头紧蹙，操纵着飞行法器想要加速，法器却被一记水弹术攻击得四分五裂。

飞行法器上的三人只能快速脱离法器，临近落地时使出轻身术才堪堪站稳。

顾京墨看着破碎的飞行法器心疼得直捂心口："我刚得到的飞行法器，只用了一天！"

那人却不理，追上之后直接向顾京墨攻击，单手将顾京墨按倒在地。

接着，却是一瞬间的静止。

顾京墨被攻击了之后也不挣扎，也不破除修为禁制，就那么躺在地面上任由宰割似的，嘴里不服地骂骂咧咧："你个混账东西，弄坏我飞行法器！被你洞府的红烛熏坏脑子了吧？我就说你洞府红烛多，早晚把你熏成老腊肉，你还不信。你个老不死的，修炼了这么多年没有精进，就知道跟我过不去，现在还乘人之危，你赔我飞行法器！"

攻击了顾京墨，身着一身靛蓝色法衣的女子则是在观察顾京墨，似乎看出顾京墨没有跟她斗法的意思了，也发现了顾京墨身上的不对劲，于是问道："受伤了？"

"看不出来吗？明知故问，你以为我在鼎盛期会躲你？"

该女子的声音一沉，隐隐有着怒意："谁伤的？"

"知道了你也打不过，我的伤你也治不好，赔我飞行法器！"

那人松开了顾京墨，往后退了一步站起身来，用控物术强制顾京墨站起来："你给我起来说话。"

"我不！"顾京墨强行控制自己的身体下坠，抵挡那人的控物术，又一次在地面上躺平。

"起来！"

"我不！我就要让别人看到你丁臾是乘人之危，才打败我的！你胜之不武！你卑鄙小人！"

这二人一个让对方起来，一个坚决不起来，僵持不下。

另一边，缘烟阁三人则是呆愣在了当场，因为他们知道，突然出现的靛蓝色法衣女子是丁臾。

魔门有"三魔七鬼"的传说，丁臾是七鬼之首的鬼王，人称红烛夺命。

他们听说过魔门的"三魔七鬼"，却不知顾京墨跟丁臾到底是怎样的关系。

在孟栀柔的梦境中，这二人还结伴喝酒。

此刻怎么又是这副状态？

悬颂则是看着顾京墨打不过就耍赖的样子一阵无语。

真的是和顾京墨越熟悉，越觉得自己的徒子徒孙为她跪地求他的行为有多么愚蠢。

黄桃倒是几个人之中最为淡然从容的一个，似乎早就见怪不怪了，解释道："你们别怕，她们不会生死决战的。"

明以慢小声问："她们是朋友？"

"说她们是朋友吧，她们还见面就打，说她们是敌人吧，她们还惺惺相惜。"黄桃笑了笑，继续介绍，"鬼王是难得能和魔尊打成平手的一个人，她们曾经有一次日夜不停地战了十四天，待她们二人身上灵力耗尽，还能躺在地上一个人抓对方的头发，一个人掐对方的胳膊僵持了整整五日，最后是我背走了魔尊，小修儿抱走了鬼王，这才结束了那场战斗，二人之间依旧未能分出胜负。"

缘烟阁三名弟子："……"

悬颂难以遏制地翻了一个白眼："……"

为什么魔门的魔尊和鬼王都不太聪明的样子？也难怪这两个人能有这种尴尬的关系。

就这样还让名门正派闻风丧胆？

禹其琛想了想，问："小修儿不会是……"

"喏，就是他。"黄桃指了指刚刚下了佩剑，站在一侧安静等待的男子。

禹其琛赶紧闭了嘴。

这位所谓的小修儿，可是大名鼎鼎的魔门修者——皓夜狐狼，丁修。

丁修是丁臾捡来的孤儿，收为义子，是丁臾从小抚养大的。

近期丁修刚刚跃升至化神初期，其修为与实力不容小觑，当然，丁修最为著名的还是他的狠绝。

丁修常年出现在深夜，在夜色里杀人夺命，从不手软。传闻中他如狐狸一般狡猾，又如孤狼一般桀骜，便有了“皓夜狐狼”的称呼。

缘烟阁三名弟子不由震惊，黄桃不过筑基期的修为，就能称呼丁修为“小修儿”了？

那可是不苟言笑、身材高挺健硕、杀人不眨眼的丁修啊！“小修儿”这个称呼显然不合适他。

木彦声音发颤地感叹：“我们居然在白日见到丁修了……”

这时丁修朝他们走了过来，吓得木彦连面容也失去了血色。

丁修到了黄桃斜侧方停下，说道：“你去劝魔尊起来。”

“魔尊不想起，为什么非得让她起？”

“不然她们又得吵一天。”

“可凭什么非得我们魔尊让步？”

“魔尊总躺在雨里也不好。”

“我们魔尊就喜欢玩雨。”黄桃干脆开始强词夺理，这般荒唐的话也说得理直气壮。

丁修微微蹙眉，声音更低：“火系灵根喜欢玩雨？”

“嗯！”

那边，顾京墨跟丁臾“我让你起来！”“我偏不起来！”重复了百余次。

这边，黄桃和丁修在关于哪一方先让步上同样争吵不休。

悬颂终于忍不住叹了口气，他已经不想再调查顾京墨了，似乎越调查越具有侮辱性。

顾京墨的事情，根本不需要他如此谨慎。

丁臾终于注意到了悬颂，目光在悬颂额头的道侣印上徘徊，又看了看悬颂那世间罕见的俊美容颜，弯起嘴角笑骂道：“小浪蹄子……”

“我就不……嗯？”顾京墨一怔。

“怎的道侣印都有了，你们两个还都是个雏？难不成……是你不行？”丁臾笑得更加放肆了，终于抓到了顾京墨的软肋。

许久未见，顾京墨竟然也养了个小白脸在身边，还是个小和尚。

顾京墨躺在地面上红了整张脸，竟然反驳不来，一瞬间落了下风。

丁舆双手环胸，语气依旧带着妖娆魅惑的腔调："要不要我送你点猛药？"

顾京墨当即一个鲤鱼打挺站了起来，同时动用功法散了一身水汽，兴奋追问："好用吗？"

丁舆看着她的模样先是一怔，接着开始放肆大笑，妖娆又张扬的笑声在林间久久回荡。

悬颂站在一旁，不用侧头都能感受到缘烟阁三名傻弟子呆愣的目光，气得直拍自己的额头。

就连不苟言笑的丁修，都认真地打量起了悬颂。

要不……他引魂入体，把这些人全部都杀了吧。

二

丁舆手指纤长，指尖抹过万宝铃的边缘，铃铛轻颤，随即取出了几个药瓶来。

玉制药瓶通体莹白，但是仔细端详可以看到其中暗暗泛着青色光亮，品质极好，能够更久地保存药物的灵性。

丁舆拿出了其中一瓶介绍道："这瓶叫魂牵梦绕丸，吃了之后定然让他忘不掉你的好，还想再来寻你一次又一次……"

"嚯，听名字就是好东西。"顾京墨自然要了。

"这瓶叫迷失散，就算他不愿意，喝了里面的药水也会同意，还比你更主动。"

"好东西好东西。"顾京墨再次拿了过来。

悬颂终于听不下去了："够了。"

顾京墨举着两瓶药问他："两瓶药你就觉得够了？"

悬颂气结："我不是指药够了，我是说你够了。"

"啊？"顾京墨没懂，没再理他，而是问另外一瓶药，"那个呢，什么作用？"

"这个是辅助的，名为抑制丸，你和这般小辈双修，灵力足以让他爆体而亡，他吃了这个就可以抑制住灵力，不会有爆体的危险。"

顾京墨将三瓶全部接过，又问："没了？都是给他吃的，我的呢？"

丁舆疑惑地打量她："怎么，你还需要壮阳不成？"

"不是，有没有能让我不害羞的药？"

"害羞？"丁舆似乎听到了一个让她陌生的词汇。

"我总是害羞，一碰到他就会着火，根本没法近身。"顾京墨颇为苦恼地说。

可惜丁舆绝非很好的倾诉对象，甚至是最坏的，听到了顾京墨的话再次大笑，且笑得站不稳。

丁修瞬间移动到了她的身边，扶着她的手臂，毕恭毕敬。

“小修儿，她说她会害羞，我还当她是一个没脸皮的。”丁舆说完继续大笑，还抬手抹了眼角笑出来的泪。

“嗯。”丁修依旧是冷硬的面容，低声回应。

再抬眼，依旧是“敢和我对视就杀你全家”的凶恶眼神。

顾京墨的表情却越来越阴沉，对着丁舆叫嚷：“你把修为控制到筑基期，我们打一架！”

“我怕胜之不武！”丁舆拒绝了。

“那你到底有没有药？”

“没有。”丁舆很快给出了答案，“我从不害羞。”

“你才没脸皮。”

“顾京墨……”丁舆抬手指了指顾京墨，旋即又笑了起来，竟然说不出一句完整的话。

顾京墨则是越来越气，对丁修吼道：“你快把她带走，不然我就杀了她。”

丁修不假思索地低声回答：“那我就杀了你。”

“你的功夫还不到家。”

显然，丁修并非顾京墨的对手。

丁修面容沉重，格外认真地回答：“终有一日可以。”

可是顾京墨不过二百余岁的年纪，修为已经比七百余岁的丁修高了。

这个能赶上也不知是猴年马月。

顾京墨不再跟他争，毕竟丁修阴沉得她不想多聊：“行吧，你多多努力，带这个笑得花枝乱颤的女人离开。”

丁修轻轻点头。

待这二人即将离去，顾京墨才想起了什么，朝丁舆喊道：“赔我飞行法器！”

“我的药比那个飞行法器贵重多了。”

声音刚落，这二人已经消失不见。

顾京墨看着手中的三瓶药，气急败坏地收回百宝玉内，口中嘟囔：“贵重有何用，我也用不到！真是晦气！”

黄桃毕竟是顾京墨的贴心小棉袄，赶紧跑了过来安慰道：“魔尊你别怕，等到了溯流光谷，我会让他们研制抑制害羞的药物的。”

“还是你贴心。”

缘烟阁三名弟子此刻已经面红耳赤，他们从未见过有人这般坦然地交流这方面的药物。

可能这是魔门修者的行事作风，魔门修者都比较开放？他们正派修者太过于刻板？

在丁臾、丁修离开后，他们终于能松一口气，开始轻咳掩饰尴尬，仿佛自己什么都没听到。

悬颂则是双手掐诀，口中诵念："失。"

在场的缘烟阁三名弟子以及黄桃都是片刻怔愣，随即回神，迷茫地看向四周。

木彦纳闷地问："为何我们出现在这里？"

黄桃也是一愣，看了看四周，又回头看了看顾京墨，接着说道："魔尊，你来陪我收集露水啦？咦？我的竹筒呢？我什么时候走了这么远了？呀！我们的飞行法器怎么坏了？"

顾京墨看着这失忆四人组，再看看愤怒甩袖转过身不看她的悬颂，轻笑出声，解释道："是我带你们过来的，我们赶快去溯流光谷吧。"

"哦哦，好的！"黄桃赶紧点头。

待黄桃等人去检查飞行法器是否能修复时，顾京墨走到了悬颂身边，故意问道："原来你也会害羞？"

悬颂筑基期的法术只能让那四人失去这短短一段时间的记忆，但对顾京墨他也无能为力。

听到顾京墨的问题，悬颂则是有些恼怒："不知羞。"

"我知的。我若是不知，怎会碰到你就自燃？可是好奇怪啊，我为什么只对你害羞呢？"

悬颂："……"

这时黄桃跑来说道："魔尊，法器修不好了，我收了些还有价值的零件，其他的只能丢弃了，我们只能乘坐之前的飞行法器了，就是速度慢点。"

说着，放出了速度缓慢的飞行法器。

悬颂没有迟疑，走了上去。

黄桃格外疑惑："魔尊，他刚才好像生气了，怎么突然又不生气了？"

顾京墨跟着疑惑："我也不清楚，这个小和尚怎么阴晴不定的？"

悬颂听到了二人的对话，当即问道："还不走吗？"

"走走走！"这二人跟着上了飞行法器。

待到了路上，木彦才敢传音给禹其琛："还是小师父有骨气，对待魔尊也不卑不亢的。"

木彦是刚刚知道道侣印，才意识到顾京墨和悬颂之间关系匪浅。

偏悬颂用了可让他们失忆的法术，此刻的木彦再次恢复到了不知二人关系的状态。

禹其琛不知该如何回答，只能回答：“他们毕竟熟识一些。”

溯流光谷甚是隐蔽。

他们行至一处高山之下，到了河流岸边，朝着河内撒了一把指定的鱼食。

鱼食吸引来了一群红色锦鲤，摇摆着硕大的鳍朝他们游了过来。

鱼群的到来，将河面的波纹揉碎成破裂的碧色玉佩，泛着莹莹光亮，河边垂柳枝条落进水中，跟着温柔摇摆。

黄桃在岸边双手掐诀，对着锦鲤注入灵力，锦鲤们吃完鱼食再次往回游去。

待它们再次游来时，一条船跟在了鱼群后面，船上没有船夫，船桨却在自己摇动。

这是可以渡水的法器。

虽目睹了全过程，缘烟阁三名弟子依旧搞不清楚要如何才能召唤出渡水法器，只能跟着他们几个人一同上了船。

小船简陋，像是已经用了千百年，时不时地发出“吱呀”声响，仿佛稍不小心，船板就会散裂。

船身也极为狭小，一次性上去了六人，多少有些拥挤。

顾京墨和悬颂故意分开坐，生怕衣袖碰触顾京墨都会自燃，这样渡水法器也会跟着遭殃。

他们坐在船上，小船划进山底的一个小隧道内。隧道低矮且长，进去后不久便觉得前方路漫漫，后方同样望不到头。

他们在河道的中间，压抑且昏暗，只能听到渡水法器划水的声响，还有彼此的呼吸声。

如此行进了半个时辰，他们才穿越了那座大山，进入了溯流光谷。

溯流光谷是在巨山环绕的中间地带，传闻中是天空陨落的石块砸出的凹陷。

山谷上方虽有天空，却被布满结界，在外界看来是普通的山顶模样，根本看不到其中还有山谷。

从上方无法进入，就只能从山底的河道划船进入。

这也是溯流光谷神秘莫测的原因。

几人终于到了岸边，依次用轻身术到了岸上。

这时，有人带着随从走了过来，目光先是扫过几人，又在黄桃身上多停留了片刻，随即朝顾京墨行礼：“魔尊。”

语气恭敬。

之后则是看向禹其琛："禹兄。"

来者不是别人，正是溯流光谷的少主云夙柠。

云夙柠是一名医修，金丹期修为。

他身材较为清瘦，胜在身量较高，面容清冷俊逸，眉眼狭长，直鼻薄唇，一身鹅黄色的衣衫。

明明是医修，却有着几分病弱之气，听闻是早期为人解毒时被其残毒所害，至今仍有隐疾。

若是旁人中此毒怕是早已丧命，云夙柠却活至今日，那毒对他的影响也只有添了几分病气而已。

说起来，溯流光谷是名门正派，且是风评极好的门派。

而云夙柠认识顾京墨，还多有恭敬，他的态度不由得让人诧异。

传闻中，顾京墨不是在溯流光谷杀了百余人吗，怎么来了之后是这样的待遇？

难不成……溯流光谷的血案也有隐情？

结合季俊山庄的事情，溯流光谷发生血案的真相似乎呼之欲出。

黄桃见到云夙柠后的态度并未有多亲近，似乎还有些怕他，怯生生地唤道："哥。"

"嗯，回来了？"云夙柠将目光投向她，冷淡回应。

"嗯。"

这谈话便算是结束了。

悬颂多看了这兄妹二人一眼，按理来说，黄桃应当是夺了云夙柠妹妹的身体才对，可是云夙柠怎么对待黄桃也没有异样？

着实有趣。

禹其琛和云夙柠是旧识，二人并肩走在前面。

悬颂和顾京墨跟在最后。

悬颂侧头去看云夙柠身边随从的模样，也都态度谦和有礼，有着医修独有的温润气度。

他们对待黄桃的态度也都客气，真的是像对待自家久出归来的小姐一般。

溯流光谷面积极大，整个谷内皆是他们的地界，且有未修炼的凡人居住，在谷中种植、看管药草，或者负责洒扫，氛围极佳，看得出是宁静祥和之地。

这些人见到他们之后都会问好，其中还有人唤顾京墨为魔尊。

悬颂侧头问道："你常来？"

"偶尔过来小住几日。"

禹其琛在最前排对云夙柠坦然道："其实，我和我的师弟、师妹以及令妹都被元婴期修者的攻击所波及受了内伤。"

云夙柠轻微点头，随即回手拽来了黄桃，边走边捏住了黄桃的脉门查看。

黄桃乖巧地任由云夙柠安排。

禹其琛看了一眼笑道：“令妹似乎不会医术，谷中医术传男不传女吗？”

他们都看得出来，黄桃绝非医修。

这个问题让云夙柠的目光微沉，随后淡然回答：“不，她不喜欢罢了。”

三

许是有人通报，溯流光谷的云氏夫妇一起走出来迎接他们。

溯流光谷与寻常的门派不一样，从不讲究掌门人的排场，只要是他们重要的客人，就会亲自出门迎接，且格外热情。

传闻中，就算是魔门散修，只要并非作恶多端，溯流光谷也会医治，这使溯流光谷在两界都极有威望。

尤其今日来的客人还格外特别，有缘烟阁弟子，有青佑寺弟子，更何况还有魔尊。

云氏夫妇都是慈眉善目之人，修者的面容不能体现年龄，二人看上去都只有三十余岁的样子，筑基期修为，资质相差不多，二人是极为般配的。

看得出，黄桃的面容像云夫人更多，云夙柠的面容像云掌门更多。

一个像蚌中宝珠，明亮清透，纯洁无瑕疵。

一个像寒冬冷月，清冷无温，银辉漫山海。

云夫人的目光在悬颂的身上稍做停留，很快又收回了。

毕竟修真界鲜少见到青佑寺的佛子出山，小佛子的出现格外引人好奇。

顾京墨竟然和正派的小辈修者走在一起，其中定然发生了什么，只是他们不方便问。

云氏夫妇很快发现了顾京墨的情况不对，以眼神示意云夙柠，云夙柠很快理解，点头回应。

云夙柠的语气总是波澜不惊的，声音没有力气似的说道：“禹兄，我带你们去客房休息，再依次帮你们疗伤。我的父母跟魔尊是旧识，想来需要叙旧长谈，我们先走这边。”

其他人自然同意，只有悬颂留在了顾京墨的身边。

云氏夫妇看着悬颂有些疑惑，最终询问似的看向了顾京墨。

顾京墨看着悬颂执着于跟着她的模样，想了想最终还是妥协了，毕竟她伤情复发的样子悬颂都见过，这些事情不需要再瞒着他了。

顾京墨摆手介绍：“他是我道侣，不妨事的。”

云掌门本要跨过门槛，突然身体一歪，扶住了云夫人的手臂才堪堪站稳。

云夫人则是脚步稍有停顿，如厚雪压塌了枝头，雪落后又恢复原位一般，缓过神来才继续端庄前行，头上的发钗都没有丝毫慌乱，尽显端庄。

云掌门轻咳了一声，终于恢复了淡然从容的模样，笑容尴尬地说道：“倒、倒、倒是般配。”

相貌、身量般配，其他的就……

四个人进入了一间客房，顾京墨坐下之后，云氏夫妇一人搭着顾京墨一边的脉门探查情况。

顾京墨还是第一次受到两名医修同时为她探病的待遇，尤其是第一次尝试左右手一同被探脉。

这二人越探越是沉默，眉头紧蹙，想来也是遇到了极大的难题。

“只能散尽这一身修为了吧？”顾京墨突然问道。

云氏夫妇皆是一惊，这是他们绝对不敢说的诊断。

毕竟这般说了，哪个修者能甘心？这比取他们性命还要难受。

若是多疑的修者，怕是会觉得他们夫妇二人是要加以谋害了。

坐在一边旁听的悬颂也是暗暗一惊。

原来顾京墨知道修竹天尊的药方？

顾京墨收回手叹气道：“修竹老儿临死前曾与我说过，怕是只能散尽修为才能化解我身上的残毒，还给了我一个药方。说是按照他的方子，我可以保留我的元婴，之后重新修炼也会比之前更快，只需要个三五十年，我就能恢复修为。”

云掌门跟着垂眸颔首：“若是修竹天尊的建议，那想来也是最为稳妥的方法了。”

修竹天尊虽不是医修，但是修为高，威望也极高，学识渊博，对医术也极其精通。

修竹天尊的意见跟他们一样，也证明了他们的诊断无误。

云夫人则是有些担忧：“您现在的身体很糟糕，受伤后曾经斗过法？”

顾京墨并不否认：“嗯，就在前几天还大战了一场，我在缘烟阁小弟子的面前强撑了一阵子，回到洞府昏厥了许久，今日清晨才算是清醒了过来。”

这是悬颂都不知道的事情。

不过他想顾京墨提升至金丹期战斗后都会陷入昏迷，在季俊山庄的一战定然也给她带来了不小的创伤。

“可否将修竹天尊的药单给我们看看？”云掌门客气问道。

顾京墨低头看了看，随即回答：“在黄……在云夙月那里呢，一会我跟她要。”

“嗯，好，不急的，我也需要跟夫人好好商议如何为您调理。不如您在我们谷中多住几日,我们也好随时为您疗伤,至少能压制一些暴走的灵力,减少复发的频率。”

“好。”

云氏夫妇未作停留，让顾京墨和悬颂在同一客房中休息，他们要去帮顾京墨调配草药。

待这夫妻二人离开一阵，悬颂才意识到，因为顾京墨的介绍，溯流光谷不打算再给他单独安排住所了，干脆让他和顾京墨住在一处了。

悬颂只能等黄桃回来，让她安排了。

他走到了桌边坐下，伸手搭着顾京墨的脉门诊脉，想要看看顾京墨的情况。

不出片刻，他的手指便被烫得不得不挪开，无法再探了。

悬颂抖了抖衣袖，让袖子搭在手腕合适的地方，才问：“昨日昏迷了多久？”

“许是有七个时辰。”

“比上次久了三个时辰。”

“嗯。”

“我知道了。”

大致一刻钟后，黄桃和云夙柠一前一后地来了二人的房间。

黄桃看到桌面有一处焦煳的痕迹，大致猜到之前发生了什么，并没有明说，而是说道：“魔尊，我回来了，他们三个的住处在西偏院的梦柳园。”

“嗯，你把修竹老儿开的单子给你的父母看看。”

黄桃很快从储物袋中取出来，刚刚拿出来便被云夙柠拿走了。

云夙柠看着单方不由蹙眉：“这单方……”

每一味药都极为难寻，就算他们溯流光谷也求不来，毕竟都是镇山之宝，怕是很难凑齐。

黄桃也跟着感叹：“这个单方真的好奇怪呀！”

顾京墨也跟着点头：“我从未想过道家开的单子会这般毒辣。”

云夙柠不由得疑惑：“毒辣？”

黄桃认真点头，随后站在了他的身边，横向指着一排字念道：“需与佛双修，我们特意去青佑寺抓了这个小和尚！”

云夙柠：“……”

他惊讶地看着单子，再看看黄桃和顾京墨认真的表情，最后才看向悬颂。

悬颂可以通过云夙柠圆睁的凤眼看出，他是真的非常震惊。

“这个单方……你看过吗？”云夙柠迟疑着问悬颂。

悬颂坦然点头：“看过。”

“你没有解释吗？”

“为何要解释？不就是那么说的吗？”

“好，我知道了。”云夙柠收起单方，又问顾京墨，“魔尊，您这里还有什么需要的吗？”

悬颂却首先开口：“单独给我安排一间客房。”

“好，你随我来吧。”

悬颂起身，走到云夙柠身边和他并肩离开。

顾京墨赶紧拉着黄桃说：“黄桃，去找掌门炼制抑制害羞的药，别说是我用。”

“哦哦，好的！”黄桃听话地跑了出去。

“小师父为何要隐瞒？”云夙柠引着悬颂去往客房的途中，用不冷不淡的声音询问。

“不然呢，让她去那几个门派抢药，岂不是要天下大乱？她现在的身体不宜斗法，不宜对外宣扬她受伤的事情，这些都会让她丧命，我只能出此下策。”

“实不相瞒，我对魔尊极为尊敬，若是你在她身边有什么谋害的心思，云某自不会允许。”

“我可以在三日之内得到其中一味药，得到了，你们帮我继续隐瞒，如何？我可以在她大限之前，帮她凑齐全部药物，放眼整个修真界，只有我能做到。”

云夙柠脚步停顿，审视地看向悬颂。

悬颂依旧坦然，那如皓月般清冷俊朗的面容里有着说不尽的自信从容。

悬颂如何能得到，云夙柠甚至不敢去想。

“好。”云夙柠很快答应。

悬颂并未继续停留，而是进入房间关上了房门。

云夙柠拿着药方回到父母的住处，站在门口便听到黄桃在求他们配药：“就是配一种能抑制害羞的药，吃了之后就不会害羞了就行。”

云夫人有些为难：“这种药简直闻所未闻。”

“您二位这般厉害，定然可以的！”

“你要这种药做什么？”

黄桃不知道该怎么解释，总不能说是魔尊总害羞吧？

她思考了好一会儿，才说：“我最近总害羞。”

“为何总害羞？”

“我……见到缘烟阁的弟子害羞……”

云氏夫妇对视了一眼后突然了然，云夫人笑得温和，又问：“究竟是看哪个人害羞？”

黄桃想着，缘烟阁三名弟子里禹其琛的性格最好，就说他吧。

“是禹师兄！每次见到他都心跳加速，控制不住自己。”

云夫人干脆掩嘴笑出声，看向自家夫君。

云掌门则思量：“禹家后辈啊，倒是也可以，也算门当户对……”

溯流光谷的规模虽不如缘烟阁，但是，整个修真界都会给溯流光谷几分薄面，毕竟谁又能拒绝能救他们性命的修者呢？

黄桃听完有些迷糊：“啊？”

云氏夫妇并未仔细说，而是答应了下来：“好，我们研究一下，你先去休息吧。”

“好。”黄桃格外开心，蹦蹦跳跳地出了房间，发梢跟着她的动作跃起，整个人都是快乐灵动的，直到看到了云夙柠才停住了脚步，改为了缓步慢行，唤道：“哥。”

云夙柠没回应，转过身直接离开，甚至没有去见云氏夫妇，面容阴沉得仿佛可以结出青苔。

宽袍大袖下的双拳暗暗握紧。

四

悬颂进入房间内第一件事是布下禁制，这才用了一个洗涤阵将房间清理干净。

溯流光谷的客房自然不会有任何灰尘，只是悬颂脾气向来古怪，是个很难伺候的老人家，平日里都挑剔得厉害。

之前跟在顾京墨身边他多有忍耐，今日只有自己了，才旧病复发似的恢复了自己挑剔的习惯。

他所住的客房非常简单。

入门是四方桌，有四张椅子，不远处墙边立着一个柜子，台面上放着茶具与茶叶，用神识扫过即可发现柜中空无一物。

房间中隔了一道木质雕花屏风，走过去是内室，一张床铺垂着薄纱幔帐，一个柜子雕着兰花图案，还有脸盆架子放着金箔脸盆。

内室的柜中倒是有干净的换洗衣物，还有照明法器等物件。

招待顾京墨的是正房，他住的这一间是厢房，跟顾京墨的住处同院。

这个院落中也只住了他们二人而已，倒是清净。

他在床铺上盘膝坐下，合上双目。

他用了傀儡术，主要的魂魄都在傀儡术内，这一次他需要带着他要带的东西回到本体内。

在溯流光谷无人能够探查到的情况下，他成功魂魄出窍，回归本体。

缘烟阁位于弄雨山脉。

弄雨山脉，修真界灵气最为浓郁的几块宝地之一，缘烟阁便是身处其中的门派之一。

弄雨山脉绵延千里不绝，高低起伏，云雾缭绕在深渊处，时常分辨不出何处为天际，何处是山间。

幽幽雾气中古树参天，干云蔽日却遮不住纷红骇绿，草长莺飞。

今日，在缘烟阁内有一次大型会议，召集了诸多门派的高阶修者前来，其中不乏各大门派的掌门。

不少人是带着最杰出弟子一同前来的，像是一场会师，展示门中优秀人才，这些孩子也能在此次战斗中出力。

若不是禹其琛他们三个出任务未归，今日怕是也会前来。

也幸好他们没来，不然今日定然因为震惊做出不合礼数的事情来。

“今日，邀请各位会聚于此，想必大家也知晓我们要商议的事情是什么。”今日的主事者是缘烟阁的一位长老，化神初期修为，在修真界也算得上是德高望重的长者。

他只要开口，在场无人敢造次，各个态度谦卑地听着，纷纷点头。

“修竹天尊殒后，我们也做出了努力，想要请老祖出山除魔，可惜老祖并未同意……”那人说这话时，刚巧背对正门口，未能第一时间看到门外突然出现的人。

许是太多年未曾见过迦境天尊，又或者是从未想过他真的会出现，在场众人竟然未能第一时间认出他。

缓步走入大殿的是气质高洁的男子，身量极高，一头银发柔顺地披在肩头，却有着十七岁少年的模样。

此人气质是清冷的，如天空皎皎月，如冰川冷冷雪。

清明的雨淋湿了孤寂的街，寒潭的风拂了疏缈的烟波，一抹孤寒乱了四季，让他的发间藏了雪，让他灰白色的法衣染了霜。

听闻过关于迦境天尊的事迹，总想着他是孤傲的，他是难以接近的。

真的见到了，却无法控制自己的目光，无法成功地将自己的视线抽离，待回神时已在那俊朗无双的面容上流连了太久，带着极大的不敬。

紧接着，众人慌忙跪拜。

讲话的人先是一怔，回过身来看到来人也是一惊，慌乱地跟着跪拜。

“晚辈见过迦境天尊。”齐齐的声音，带着尊敬。

在座有元婴期的仙尊，有化神期的天尊，但是见到迦境天尊都只能跪拜。

在迦境天尊面前，他们皆是晚辈。

迦境天尊在众人的跪拜中朝大殿正中走去，缘烟阁的掌门自觉地让出了位置，让迦境天尊坐在正位。

待迦境天尊坐下，他才清冷开口："继续。"

众人面面相觑，门派中的长者，或者是各大门派的掌门，此刻都有些无助似的互相询问，生怕站起来得太快，显得对迦境天尊不敬。

实在是这位的脾气太过古怪，他们都招惹不起，处处都需要小心翼翼。

原本的主事者颤颤巍巍地开口："师祖，我们未曾想过您会来，多有怠慢，请您恕罪……"

"继续！"迦境天尊加重语气地重复，他的性子很差，最容易不耐烦，也不喜重复一句话。

他们赶紧起身，重新按照之前的位置坐好，缘烟阁的掌门则像一个小弟子一样地站在了迦境天尊的身侧，随时听着安排。

"我、我们想在下个月组织修者……"主事人抬手用袖口擦了擦额角的冷汗，说话都有些不利落了，"下个月，去魔门围杀顾京墨。"

这回并非是对所有人说的，而是在跟迦境天尊一人汇报他们的想法。

迦境天尊问道："她在哪里？"

四下一静。

"在哪里都不知就去围杀吗？"迦境天尊问话的同时，手指轻点座椅扶手，可见他已然不耐烦。

"我们正在努力寻找。"

主事者这般说并无不对。

只要他们真的认真寻找了，动用了正派的势力，不出十日就能够确定顾京墨的所在之处，再安排人去围杀也来得及。

但是迦境天尊不想他们去找顾京墨的麻烦，不能明着阻止，只能尽可能挑出毛病来，还要让这些人觉得是他们准备不周。

毕竟在他们的眼中，迦境天尊是长辈，经验比他们丰富，只要是他说的都是对的。

迦境天尊威严问道："寻找？还没找到就定了时间？不确定地点，所需要布置的阵法和所需时间都不能确定，一切都未能确定就召集来了这么多人，你是在对整个修真界炫耀你们的愚蠢吗？！"

被问话的修者只觉得胸口一闷，险些吐出一口血，好在强行运转灵力忍住了。

虽同为化神期，但是修为差距却是悬殊。

迦境天尊已经在化神巅峰期停留太久，说他是整个修真界灵力最为深厚的修者也不为过。

这也是他受众人尊敬的原因。

主事者急急跪下，一头磕下："请师祖赐教！还请师祖出山除魔！"

迦境天尊抬手揉了揉眉心："滚。"

"……"

"抄三千遍《御阵册》去青佑寺寻我。"

《御阵册》，修者入门的功法。

一般学会斗法后的第一课就是《御阵册》，讲的是如何在修真界用各式阵法抵御外敌，或者如何布阵杀敌。

这种功法居然让化神期的修者去抄写，明显是一种羞辱。

此人却未觉得颜面尽失，而是感谢："谢师祖单独指点。"

待那名主事人离开，殿中还有修者暗暗羡慕，他们知道该人去交罚写的《御阵册》时，定然会得到迦境天尊的单独指点，告诉他一些经验，这都是难得的恩赐，是很多修者想都不敢想的。

当然，在座的这些前辈，若是知道缘烟阁三名小弟子有迦境天尊跟在他们身边指点，定然羡慕得捶胸顿足，这是他们都没有过的待遇！

在主事人灰溜溜离开时，又有着白衣和烟青道袍的两人缓步走了进来。

这二人见到迦境天尊也不慌张，坦然进入，坐在了迦境天尊的左右两侧，去听迦境天尊安排。

白衣男子化神后期，烟青色道袍男子化神初期。

悬颂看了他们二人一眼后，再次开口："此人既然能够放肆地惹是生非，定然已有了自保之法，尤其是经青佑寺一事后，她已有所防备。我知晓因为修竹的事情，让你们产生了愤怒的情绪，但是此事会引起两界之战，不可操之过急。"

他说是这样说，想到顾京墨那完全没有什么对策，甚至没想过要去应对的模样，总觉得自己的这番分析是高估了顾京墨。

"谨记师祖教诲。"众人齐齐回应，没有一个人产生怀疑。

"你们将魔门的事情事无巨细地调查清楚，重点是三魔七鬼跟千泽宗，最后将调查结果交到青佑寺听我安排。"

"是。"

"还有一事。"迦境天尊再次开口。

众人齐齐屏住呼吸，生怕这位老祖宗又突然发火。

迦境天尊目光扫过一位门派掌门人："我需要双引山弄清草。"

在场众人皆是一惊。

被迦境天尊目光扫过的掌门当即膝盖一软，身体歪斜地跪了下来，颤颤巍巍地开口:“师祖,这……这弄清草是我们山中神物,镇山神兽完全靠弄清草降服,若是……没了……我们双引山……”

每个门派都有镇山神兽，镇守双引山的是一条巨型黑蛇。

双引山的黑蛇常年守着弄清草，弄清草每长千年，黑蛇吞食些叶片，就能让它的修为提升一些，还能滋养它千年。

正因为弄清草，才能让黑蛇安静，甘愿做双引山的镇山神兽。若是将弄清草取走，这镇山神兽怕是会成为毁山猛兽，灭了整个双引山。

没了镇山神兽，双引山的实力也会跌下去一大截。

此刻，迦境天尊简直是在用轻飘飘的语气说：我要让你们双引山千年安稳毁于一旦。

就连后进来的二位都是一怔，白衣男子小声唤道：“师父，你要弄清草做什么？”

问话的是迦境天尊的大徒弟晚照天尊——李辞云。

迦境天尊并未回答徒弟的话，而是说道：“我这里有一条肉虫，乃是魔门苦心炼制之物，被附身者会提高一个境界的修为变得凶悍无比，用阵奴役后可控，你们拿去也有一些震慑力。弄清草我只取几片而已。”

“几片也够黑蛇闹上千年的，而且，晚辈根本取不来啊！那黑蛇护得厉害。”

“黑蛇无碍，我徒儿一人即可镇住。”

李辞云原本还在疑惑，弄不明白师父百年未曾离开青佑寺，突然出山就要弄清草是为何？知晓自己脾气太臭，来个药效猛的草药清热解火？可是弄清草还是有些奢侈了，控制不好修为都容易清空大半。

李辞云听到居然是要自己去镇压黑蛇，当即坐直了身体。

他就不应该在听闻师父来了之后，特意赶来这里旁听，怎么还给他安排任务了？他化神期后就成了缘烟阁的逍遥小祖宗了，已经好些年没做过师门任务了。

这可真是百年不见后的一份惊喜大礼包。

五

坐在迦境天尊另外一边，身穿烟青色道袍的男子在此刻轻声说道：“师父，徒儿愿意跟师兄一同前去。”

迦境天尊点头应许：“可。”

李辞云这才松了一口气，瘫坐在椅子上，身体歪斜着，似乎已经坐不直了。

主动请缨的是迦境天尊的二徒弟花间天尊——南知因。

李辞云和南知因的性格大相径庭：一个懒散浪荡，到处拈花惹草；一个内敛沉稳，将师父的特性学了个像模像样，总是被人称为小迦境。

好在南知因的脾气要比迦境天尊好太多，至少没那么挑剔，也不会动不动就不耐烦，还愿意协助处理缘烟阁的门中事务。

该掌门伸手接过拘着虫子的泥土瓶子，心中五味杂陈，这事儿似乎不得不同意。

这虫调教好了是个宝贝，但黑蛇那边着实棘手，即使能镇住也足以让他们伤筋动骨。

迦境天尊见他天要塌了的表情有些无奈，最终叹气："晚照，收了弄清草后随便教他们一个阵法或者功法，看他们想学什么。我回青佑寺了。"

李辞云看着迦境天尊起身准备离开，脸以肉眼可见的速度垮掉。

先要和师弟去战黑蛇，战后能否安然无恙都不知，过后还得教他们功法？

"好的，师父。"李辞云硬着头皮回答，"我想要你的那个镇魔法器……"

"嗯？"迦境天尊语带威胁地反问。

"不要了。"李辞云赶紧闭嘴，识时务者为俊杰。

迦境天尊起身朝外走去。

交代完事情，这里也没有留下去的必要了。

这时缘烟阁掌门突然拦住他的去路，跪拜求道："求师祖坐镇缘烟阁！"

在其他门派面前的尊严都无所谓了，只要能留住迦境天尊，这一跪也是值得的。

他这是希望迦境天尊不要回青佑寺，留在他们缘烟阁坐镇，这样缘烟阁也能更有底气。

自家门派明明有着整个修真界修为最高的修者，但这位师祖却长住青佑寺，门派修者们怎么能甘心？

他们还是希望迦境天尊留在缘烟阁，这样有事也不用再去青佑寺久跪。

迦境天尊未理，绕过缘烟阁掌门走开。

缘烟阁掌门求助似的看向李辞云跟南知因，二人皆是为难，李辞云故意压低声音道："我哪管得住他老人家？"

迦境天尊走出大殿，却见大殿外跪拜了千余晚辈，想来是他的到来已经惊动了缘烟阁上下，一瞬间竟然召集来了这么多弟子。

他看着这些人微微蹙眉，这些徒子徒孙真是一点长进都没有，每次都用这招来威胁他。

他懒得在密密麻麻的人群中穿梭，也未御物而行，而是操控土系法术离开。

他的身前汇聚出泥土，堆砌成阶梯，悍然固定在空中。他每上一级阶梯，泥土的阶梯就会再升高汇聚出一级，级级累积。

到了足够的高度，阶梯变成了平坦的路面，迦境天尊在其上匀速前行。

直到越过跪拜众人的头顶，迦境天尊才下降阶梯，顺着阶梯回到了平地，泥土汇聚成的阶梯也凭空消失。

李辞云跟南知因静静地看着师父离开，李辞云单独传音道："师弟，我觉得师父有秘密了。"

"怎么？"

"他无缘无故地要弄清草做什么？"

"这就算有秘密了？"

"对啊！连他当年明明是救了人，却被关进囚车游街示众的事情我都知道，偏这件事我不知道，还不是有秘密了？"

"囚车？游街示众？"南知因疑惑问道。

李辞云赶紧转移话题，故作镇定地用食指摸了摸鼻尖："我们去双引山。"

"魔尊魔尊！悬颂小师父坐化了！"黄桃慌慌张张地跑到了顾京墨的房间说道。

顾京墨原本有些身体不适，正坐在床铺上打坐调息，突然听到了黄桃的声音，还是这样的内容，不由得一怔，灵力运转跟着出现了些许差错。

她赶紧睁眼，起身跟着黄桃往外走，黄桃则是快步跟在她身边补充："哥哥刚为缘烟阁三名弟子疗完伤，想看看悬颂有没有需要帮助的，结果敲了许久的门悬颂也不开。哥哥发觉不对劲，干脆破除了禁制闯进去了，结果就看到悬颂已经坐化了。"

二人说话间到了悬颂的客房，进入后就看到悬颂盘膝坐在床铺上，手搭在膝盖上掐着莲花初绽的手诀，状态似乎只是在打坐调息。

但是走过去，她便可以探知到他的周身没有灵力运转。

她伸手探了一下，悬颂已然没有了呼吸。

她的指尖不由自主地一颤。

突然就圆寂坐化了？

怎会如此？

顾京墨想要运转功法尝试唤回悬颂的感知，却被云夙柠拦住了："魔尊，你此时不适合动用灵力。而且我刚才已经尝试过了，完全没有办法，他似乎真的坐化了。"

顾京墨看着悬颂的身体不由得一晃，总觉得这件事有些不真实。

之前还好端端的，怎么突然……人就没了呢？

悬颂虽然性格不讨人喜欢，说话也让人讨厌，但是长得着实不错，而且人算得上聪明，尤其在做她辅助这方面很是优秀。

这样一个俊美的小和尚突然没了，她还真有些舍不得。

一时间，竟有些缓不过神来。

他们还没双修过呢……

手都没怎么碰过，怪可惜的。

小和尚到死都是雏儿，也不知他会不会觉得遗憾。

黄桃怕顾京墨伤心，赶紧安慰：“魔尊，你莫要伤心啊，青佑寺和尚那么多，我们再抓一个就是了。”

“再……再抓一个？”顾京墨悲伤的情绪尚未消化，就被黄桃安慰的话语弄得一怔。

顾京墨有些接受不了这个事实，由黄桃扶着到了外间，坐在了椅子上。

黄桃跟着坐下：“对啊，我们再抓一个，那天我们等了几个和尚就遇到他了，说不定再等个一百个，还能遇到一个比他还俊还聪明的。”

“比他还俊的？”顾京墨突然觉得自己的心情缓和了不少。

黄桃见顾京墨终于振作了一些，赶紧继续添油加醋：“嗯嗯！再抓一个比他俊！比他听话！比他嘴甜的！虽然说比他俊的不多见，但是比他乖巧懂事的小和尚太多了，哪个不比他讨人喜欢？”

“这倒也是。”

“而且你想想，自从找了悬颂，我们得像伺候祖宗一样地伺候他。但是找听话的小和尚就不一样了，他能哄你开心。”

“你说得对啊！”顾京墨一瞬间振作了起来。

“实在不行我们就抓一群，一起培养！到时候哪个最懂事，我们就敲定哪个！”

顾京墨当即用掌拍桌：“就是！就应该这样，我们当初就不应该只抓悬颂一个，就该抓一群来选。”

云夙柠双手环胸站在一侧看着谈话的两名女子，越听越觉得荒唐，不由扶额。

侧头看向悬颂想着该怎么安排才好，便看到悬颂睁开了眼睛，正表情不悦地听着屏风后两名女子的聊天内容，显然已经有了几分薄怒。

云夙柠一愣，看看悬颂，又看向外间想要提醒，却被悬颂眼神示意阻止了。

云夙柠只能说道：“说点别的吧。”

“哦！”黄桃赶紧转移了话题，“悬颂的身体怎么处理啊？是不是应该土葬？”

“火化了吧，我一把火就能把他烧了，省事。然后我们把他的骨灰扬进河道里，还能喂锦鲤。”

“悬颂是土系灵根，还是埋了吧，这样他体内的灵力也能滋养土地，到时候溯流光谷内的药草会长得更加茂盛。”

“也行。”顾京墨抬手摸了摸自己的鼻尖，“待我在你们这里休养一阵子，我们就去青佑寺抓和尚去，抓一群。”

“好的！”

黄桃见自己安慰成功了，又抬头问云夙柠：“哥，我们把悬颂小师父葬在哪里呀？”

“应该不用了。”云夙柠缓步走到了门口，“他醒了。”

黄桃和顾京墨同时起身，越过屏风去看悬颂，果真看到悬颂醒了过来。

平日里的悬颂虽不好亲近，但是至少不会如此愤怒，此刻的眼神着实有些可怖，让人不禁瑟缩。

二人一齐缩回头躲在了屏风后，惊讶地看着对方。

“怎么又活了？”顾京墨问道。

“不知道呀！”黄桃连连摇头。

悬颂终于出声，声音低沉得仿佛压着千斤的担子，一字一顿：“顾，京，墨！”

“嘶——叫魔尊！”顾京墨故作镇定地回答。

说是这样说，却站在屏风后不动。

“顾京墨，过来。”悬颂再次开口，竟然没有惧怕魔尊的意思，语气森然。

黄桃下意识身体一颤，转身推着云夙柠往外走：“哥哥，我们走吧。”

顾京墨看着他们二人离开，不禁骂出声来：“小没良心的……”

云夙柠被黄桃推出客房后忍不住问：“你们二人为何有些怕他？尤其魔尊，怎么这般惯着他。”

“不知道呀！”黄桃也搞不明白，“我就是下意识地怕他，他太聪明了，我稍不留神就被他算计了。其实我们平时相处时也还好，但是刚才的气场确实有些吓人。”

云夙柠抬手想要触碰黄桃的发髻安慰，却见到缘烟阁三名弟子由远及近而来。

黄桃当即兴奋地迎了过去：“禹师兄、明师姐、木师兄，刚才发生了一件好奇怪的事情，我跟你们说，刚才悬颂起死回生了。”

“起死回生？”这三人也是一阵惊讶。

云夙柠看到黄桃跟这三人相谈甚欢，表情再次变得阴沉。

六

顾京墨站在屏风后，双手环胸，歪着头仔细思考悬颂是如何死而复生的。

难道说悬颂刚才不过是一种假死的状态，他们未能探查出来？可云夙柠是医修，怎会看不出生命体征？

佛门独家的修炼方式？

悬颂未能等到顾京墨主动过来，只能自行下了床铺。

他脚步很轻，依旧是均匀到每一步距离完全一致的步子，走路时宛若轻盈的猫。

他越过屏风，站在了顾京墨的身侧，永远是端正到有些死板的姿态，垂着眼眸看向顾京墨。

顾京墨难得出现认真思考的表情，艳红的眼尾，以及微扬的眼角都泛着疑惑。交叉着插在发间的发钗轻微晃动，发钗上的红色宝石泛着暗红的光泽。

安静时的顾京墨像一簇浓郁艳丽的花，不喜花哨的悬颂，难得欣赏顾京墨这一抹艳色。

顾京墨迟疑着开口："你……方才……"

悬颂倒是不慌，用最为平淡的口吻，说着最为荒唐的谎话："哦，修炼方式独特，惊扰到你们了。"

"确实吓了一跳，你没事就好。"

"似乎让你失望了。"悬颂又走近她一步，语气越来越轻，声音越来越淡，她若是不认真听，就会错过一些字节。

明明是他灵魂出窍，险些被识破傀儡术。

偏他另辟蹊径，反而让顾京墨成了被动且心虚的一方。

天已黄昏，金色的斜阳从未关严的门间缝隙钻了进来，洒在顾京墨的侧脸以及发梢，镀上了带着暖意的金色。

光束的另一端连着悬颂，搭在他的额前以及鼻梁上，像是在二人之间搭了一条金色的线。

许是阳光太过耀目，才会让顾京墨脸颊上的细软绒毛都变得格外清晰，就连那一抹慌张与局促都被阳光无限放大。

她的手在宽大衣袖的掩饰下攥紧，慌张得不敢抬眼去看悬颂，只能含糊回答："这倒没有，你没事的话也省事了。"

"省去了你们再去青佑寺抓一群和尚的麻烦？"

"这话……不能这么说。"

悬颂步步紧逼："哦，看来我的性格你很不满意。"

"也就那么一点。"

他扬眉："那么一点？"

"就那么一点点。"

悬颂站在她身侧端详许久，突然俯下身来，低声道："顾京墨。"

“嗯？”顾京墨一慌，感受到悬颂的呼吸近在咫尺，耳廓不受控制地开始发热，人也越发地不自在，“别总叫全名。”

“怎么？”

“我紧张！”

“那我应该叫你什么？”悬颂似乎认真思考起了这个问题，“魔尊？银铃血祭？还是顾姑娘？京儿？”

“不知道，总之别叫全名。”

“小君京墨？”

“什么意思？”

“无妨，不用在意。”悬颂并未纠缠于那个话题，言归正传，“你想再去青佑寺？”

“没有！”她当即否认，眼睛睁得老大，仿佛能以此证明清白。

“你想抓一群和尚，最终选一个最合适的，这叫什么？海选？”

“并不是！”她赶紧大声再次否认，理不直气也不壮。

悬颂突然动之以情，晓之以理：“你看，你突然抓我到了洞府，我未怪你，还同意做你的药引，一路跟随你至此，这途中可有负你？”

“没有……”她的声音越发虚弱了。

“可你却在我出事后，没想过再救我一下，想的都是再去抓其他的和尚，若是我真的坐化而非修炼，你是不是要在我尸骨未寒之时，抓来一群和尚气得我死不瞑目？”

“不是气你，是抓来一群和尚给你超度而已！”

“哦？”

“没错，给你超度！”顾京墨终于鼓起勇气面向悬颂，直视他的双眼，“而且我们之间也只有道侣印，没有道侣之实，我不应当被你这般质问。”

“京墨，你该知道，是你不行，而非我不愿。”悬颂回答得极为平静。

虽然说他最开始答应时，的确有杀顾京墨的心思，但是表现出来的是从未拒绝，这点顾京墨的确说不出什么。

而且，顾京墨真的“行”了，他也未必愿意。可从他们目前的关系来看，的确只是顾京墨自己不争气，总是自燃，并非他挣扎。

悬颂至今已经表现得极为容忍了，愿意跟着顾京墨，还帮了她几次，她却如此对自己，他自然要生气。

在他的理念里，可以是他不想调查了默默离开，也可以是他失去耐心了将顾京墨杀了，但是不可以是她不要他了，并且有了其他备选将他换掉。

悬颂的高傲不允许此类事情发生。

他，就是最好的药引子！

顾京墨当即涨红了脸，羞恼得眼中晶莹，一时间竟然无法言语。

她也不想自燃啊！

她也想每日每夜能抱着俊美小和尚啊！

她明明是魔尊，明明有着化神期的修为，她的容貌在修真界也算是出众的，怎么偏偏在一个小和尚面前没了气场？

她觉得这非常不妥，却又无能为力，这让她格外恼怒。

悬颂重新站直身体，坦然地看着她，目光平静如在赏花赏景，望月望山，而非看着不可一世的魔尊。

看似平静许多，散发出来的气息却证明，他依旧没有消气。

这时，门口传来了黄桃的敲门声，她端着一壶茶探头进来："魔尊，喝点茶吗？"

顾京墨刚想回答，悬颂却替她回答了："她不想喝。"

黄桃吞咽了一口唾沫，看向顾京墨的眼神仿佛在说：魔尊，真的不是我不想救你，是我无能为力啊！

接着端着茶壶又走了："好的，告辞。"

过了一会儿，云夙柠被黄桃推着来敲门，站在门外问道："悬颂小师父可有受伤？我可以替你疗伤。"

悬颂回答得还算有耐心："我并未受伤，医治好那三个小东西就行了。"

"哦……好的。"云夙柠也不知该说什么了，默默离开。

又过了一会儿，禹其琛也跟着来敲门："悬颂，我、我想和你一同聊聊佛法，我有些理解不知理解得到不到位。"

悬颂："……"

他垂眸看向顾京墨，低声说道："你救兵真多。"

悬颂似乎终于放过顾京墨，走到门口推门走了出去。

顾京墨松了一口气，她之前被师父训话都没有这么紧张，怎么找了一个小和尚做道侣，竟然开始做贼心虚了呢？

她明明只是有了贼心思，还很巧的也有贼胆而已，但是她还没有去抓其他的小和尚，他发什么火？！

她就算养一群小和尚养一群道侣都可以，毕竟她有资本，大不了让悬颂做大房，她怎么就气场弱了呢？

不应该的！

云夙柠布下了聚灵阵，再以疗伤修复类功法加持，让缘烟阁三名弟子坐在其中，运转法阵为他们恢复灵力，让他们的灵力运转正常。

云夙柠需要一直看守在法阵旁边，时不时再加固一番法阵。

顾京墨坐在一边，趴在方桌上，长长地哀叹了一声，对黄桃说道："黄桃，怎么办呀，小和尚他不理我了。"

黄桃要帮云夙柠加固阵法，她熟练地调整阵法布置，随口回答："魔尊，你是不是误会了呀，他平时也不太理你啊！"

"不一样的，平时他虽不爱说话，偶尔也会看我一眼。但是自从他假死之后，他看到我都会冷哼一声。"

"这有什么区别吗？"

"他平时的样子是不高兴，最近的样子是非常不高兴，这种区别，你能懂吗？"

"不懂。"黄桃摇了摇头，确实不懂。

她变成人类的时间不算长，还是不能完全理解人类的思想和感情，很难跟顾京墨感同身受，思考了许久才道："那你去哄哄他？"

"我看到他就害怕。"

"可是僵持下去不是办法啊！你想想怎么才能让他开心。"

顾京墨坐起身来想了想后道："我给他表演个节目吧，我会喷火！"

黄桃很快被吸引了："哇，说得我都想看了。"

云夙柠越听越觉得离谱，只能阻止道："还是不要了。"

顾京墨赶紧去问云夙柠："那你说该怎么办？"

云夙柠指了指门外："今晚的夜色挺好的。"

顾京墨回头看了看，十分不解："然后呢？"

"带他去看星星。"

"星星有什么好看的？"顾京墨想了想后还是站起身来，"好吧，你和小和尚一样无趣，说不定听你的是对的。"

说完走出了房间。

黄桃想要跟着一起去，却被云夙柠拦住了："你去捣什么乱？"

黄桃最终还是乖乖地回到了云夙柠的身边，小声询问："我有什么能帮你的吗？"

黄桃每次和云夙柠相处，还是会万分不自在，根本亲近不起来。

"去取些固阵石。"

"好。"

黄桃离开后没多久，治疗进行到了一个小节点，缘烟阁三名弟子可以暂时休息。

禹其琛自然要对云夙柠表示感谢："云兄，这些日子辛苦你了，一直不停地麻烦你。"

“无妨，我也是想早些治好你们，这样你们也能早些回缘烟阁。”

“这个不急，我们昨日传回去了报平安的传音符。”

“我急。”

禹其琛明显愣了一下：“云兄是有其他事情要忙吗？”

“并没有，治得慢了，也会耽误你们的修炼。”

“哦……”禹其琛笑了笑，笑容暖融融的，似乎这个温柔的男人总是能够散发善意，让人觉得与他相处格外舒服。

这一点，云夙柠做不到。

“我去看看固阵石为何还没取来。”云夙柠说完，朝着门外走去。

途中，他遇到了在悬颂客房门口徘徊的顾京墨，停下脚步，低声说道：“魔尊，可否有其他的替代方法，我想将黄桃留在溯流光谷。”

称呼的是黄桃，而非妹妹。

顾京墨脚步稍有迟疑，随即摇头：“不行，我离不开她，而且你也应该知道，留在溯流光谷对于黄桃来说才是煎熬。”

“我研制了一种药物，可以让她忘记过往，忘记身份，她可以更舒服地留在这里……”

“你凭什么要她忘记？到时溯流光谷所有人看着她都目露同情，她会不好奇吗？再次知道真相，会是第二次折磨。”

“……”云夙柠回答不出。

顾京墨看着夜色下面色略显苍白、带着些许病态的云夙柠。

她扯了扯嘴角，笑得很浅很淡，随后走到了云夙柠身前，再次开口：“你应该知道，我不会同意你这么做的。”

“我不想她为奴……”

“云夙柠。”她突然叫了他的名字，让他一怔，“我救的人只有她，她的恩她来还。她救了你们所有人，你报恩不要通过阻碍我来报，你只是心中愧疚，想要弥补而已，不是吗？”

云夙柠的平静一瞬间碎裂。

这世间千百疾病可以医，唯有心结无可救。

七

悬颂走出客房时，顾京墨和云夙柠正相对沉默地站着，像是一场不分高低的僵持。

待见到悬颂，云夙柠才回过神来匆匆道别，去寻黄桃了。

他的目光跟随着云夙柠，直至云夙柠的身影消失在无尽夜色里，才看向顾京墨。

“走，看星星去。”顾京墨转过身直截了当地对悬颂说道。

悬颂看着她：“……”

在他沉默的当儿，便看到顾京墨从百宝玉里取出了捆人的法器，估计是缘烟阁三名弟子的法器，被她拿来用了。

他也算识时务，不用顾京墨动手便同意了：“我去。”

顾京墨当即收了法器，心满意足地拍了拍百宝玉，笑着朝一边一指：“这边。”

“好。”

二人皆没有疾行，而是并肩朝着溯流光谷最高的一座建筑而去，清冷夜色下两道修长的身体，在青石小路上投下了清晰的影子，不远不近地并肩而行，女子走路喜动，男子更加沉稳。

到达地点，他们纵着轻身术上到了房顶，相隔着两个人的距离并肩坐下，以防顾京墨在安静的夜里，在溯流光谷的高处突然燃起熊熊大火。

悬颂依旧坐得端正，倒是顾京墨坦然仰面躺下，看着星河跟悬颂道：“溯流光谷名字的由来，便是因为这里的夜晚流光。”

浩瀚夜空，掀翻了首饰盒子般洒了一空的珠光星色，碧空千里繁星灿烂。

或红，或蓝，或绿的光在山谷的上空轻盈地飘着，一缕缕淡薄的烟霭宛若曼妙少女舞动的轻纱。

光束随风形成弯扭褶皱，像是要跃出山谷，山谷拘得住万千星辰，却拘不住流动的光。

晚风轻柔拂过二人身侧，扬起悬颂的衣袖，以及顾京墨的三千丝。发梢微卷的发丝在夜风中轻盈摆动，宛若水中摆动的柔顺海藻。

这般惬意地置身深渊中，如同湖中的两条惬意游鱼，在静谧中放肆，在安逸中张狂。

“这里的夜色还真蛮好看的。”顾京墨望着夜空说道。

悬颂沉默了片刻后，道：“你不觉得我们像井底之蛙吗？”

顾京墨稍有停顿，随后叹了一口气：“悬颂。”

“嗯？”

“闭嘴。”

“……”

顾京墨说起了其他的事情：“我找云掌门帮我研制药物了，抑制害羞的，过阵子说不定我就行了。”

说起这个，顾京墨整个人都神采奕奕的。

悬颂："……"

等了片刻，顾京墨有些不悦，问道："我和你说话呢，你听不到吗？"

"你不是让我闭嘴吗？"

"啧。"

二人又如此僵持了片刻，顾京墨又一次忍不住了，嘟囔道："我要是跟丁臾一样就好了，这样说不定你都要被我吸干了。"

"……"这回不是悬颂闭嘴，而是他真的无言以对。

"丁臾的名号是怎么来的你知道吗？"

悬颂闭关百余年，对魔门新出的三魔不够了解，七鬼还是知晓的。

不过他也知道，他对丁臾的了解定然不如顾京墨，故而还是问了出来："怎么来的？"

"她浪呗！夜里点燃红烛，抓来一个男人双修，双修后那个男人还能不能活下来就不得而知了，要看她心情。所以，一夜新娘，红烛夺命之称由此而来。"

"这些倒是知道。"悬颂很早便听闻过。

"说些你不知道的。"顾京墨跟着坐起身来，目光投向远处，"她曾经不这样，只是爱错了一个人，以为可以一生一世一双人，结果，却发现他一直都有一个未婚妻，那二人青梅竹马，两小无猜。她呢，不过是那个男人红尘里的过客，惊艳了他一霎，是让他鬼迷心窍的不忠对象。她愤恨极了，想要得到那个男人的答案。"

"那个男人选择了未婚妻？"

顾京墨突然笑了，一个劲儿地摇头："若是这样，丁臾也不会那么恨吧。后来那个男人说他什么都不要了，要和她远走高飞，她虽然气过，终究还是心软了。

"直到被那个女修者寻来，她才知道那二人已经成为道侣，男人谎称历练，却来寻丁臾，之后再回门派和女修继续生活。"

悬颂注意到了顾京墨话语里的细节。

在修真界，正派的称呼为门派，门派的名称通常是某某阁。魔门的则是宗门，宗门名称是某某宗。

顾京墨说的是门派，也就是证明，那个男人是名门正派的修者。

原来丁臾曾经爱上的男人是正派修者？

"那个男人死了吧？"悬颂问。

若是还活着，还是丁臾的敌人，不应该不引起波澜，也不会没有江湖传闻。

"不算吧……"顾京墨用极为平淡的口吻回答，"在那之后，丁臾装作甘愿做他情妇的模样，引他去了偏僻处，将他制伏。

“她将那个男人的脸皮剥了下来，做自己鞭子握柄的柄皮，将那个男人的血肉一块块割下来，丢到了魔门各处，将他的魂魄囚在一盏灯里，放在她的洞府内，让男人的魂魄观赏她夜夜与不同的男人欢愉。”

悬颂听完，再想起丁臾和丁修，不由得有些唏嘘：“又何必这般折磨自己？”

“折磨自己？她不是挺逍遥快乐的吗？”

“她还没有放下。”

“这么多年过去了，怎么可能还没放下？”

“若是放下了，就不会留下那盏拘着魂魄的灯了。当心里真的放下了，就会释然，身边留有那人的东西都会觉得碍眼。”

“……”顾京墨听完陷入了长久的沉默，似乎也在思考，旋即跟着轻叹，“又何必呢，为了一个狗男人执迷不悟这么多年。”

他们二人都未曾对谁真正地动过情，自然也不理解什么叫用情至深。

以至于他们二人也只是唏嘘，却不理解丁臾的感情，甚至不知道她是恨更多，还是不甘更多，还是说，那份爱才是最折磨她的。

天有微云夜有星，晨有朝霞暮有辉，人有七情恨有根，动也是情，止也是情，何又为情？

“那群狗道士就没有什么好东西！”也不知顾京墨是怎么总结的，最终竟然嚷出了这句话，还愤恨地拍了一下砖瓦。

悬颂一怔，他身为道士们的祖师，此刻也不能幸免地挨骂了，只能回答：“这世间没有不能结束的沉沦，伤与痛皆可治愈，情与爱也能释怀。”

“所以道侣不能找狗道士！”

对牛弹琴。

悬颂觉得聊不下去了。

这时，溯流光谷内突然慌乱起来，顾京墨起身蹲在屋檐边探头去看，朝下面问道：“怎么了？”

路过的人似乎没意识到屋顶居然有人，抬头看到问话的是顾京墨，赶紧回答：“有人夜闯山谷。”

顾京墨和悬颂一同纵身而下，并没有言语，便一同并肩朝着最喧闹的地方走了过去。

喧闹之处是溯流光谷的渡口。

一盏盏照明的法器自行悬浮在众人周围，像是可以固定在空中的孔明灯，随着修者的控制而移动。光在水中投下粼粼的影，水中游鱼都被照得清晰可见。

二人到达时，云夙柠和黄桃都在，缘烟阁三名弟子则是在顾京墨二人后面到达的。

入侵者有三人，一人身受重伤，不省人事。

另外二人身上都有伤，不过伤势不算重，还有力气嚣张："我们是魔尊的人！你们最好赶紧救治我们几个，不然触怒了魔尊，定然让你们吃不了兜着走，再来杀你们溯流光谷剩下的所有人！"

听到该人的叫嚣，众人不由自主地看向顾京墨。

而顾京墨看着这陌生的三个人，表情有些无奈，她甚至在想，魔门的人究竟用她的名头在外面做了多少恶事，才能让她这般臭名昭著。

他们是不是觉得来溯流光谷提魔尊，溯流光谷会因为多年前的血案，而心生忌惮？

云夙柠倒算是淡定，也不戳破，而是漠然地问："你们是魔尊的人？"

"当然！"那人继续叫嚣，说着从自己的储物袋里取出了一个物件来，"这个是什么你应该认得出吧？这可是魔尊的常伴之物，足以做信物了吧？"

黄桃看到那人手中的夜光灯，不由得一惊，当即惊呼："它怎么会在你的手中？"

那人手中的是一个灯盏样的法器，莲花台底座，上面镶嵌着双拳大小的夜明珠，在月光下泛着盈盈光亮，照亮了周遭的事物。

灯光柔和，源源不断，比悬浮在空中的照明法器的可照范围大了几倍。

这的确是顾京墨之前的物品，理应和顾京墨的万宝铃一样被她遗失了才对。

现在这个照明法器出现在了这里，可见她的万宝铃也被人拿到了，万宝铃的禁制也被破解了，她师父留给她的东西散落在了世间，连这种狗仗人势的杂碎都能拿到一件。

顾京墨从人群之中大步走出来，用控物术拿走了照明法器问道："是抢这件法器才负伤的吗？"

"你、你把东西还我！这是你能碰的东西吗？"那人显然不认识顾京墨，竟然恶语相向。

"还有什么？"

"什么？"

"流落在外的还有什么东西？"

那人不理会顾京墨的问题，朝着顾京墨直接动手。

该人不过金丹期修为，还身受重伤，不过几招便被顾京墨制伏，被一脚踩在地面无法动弹。顾京墨说："回答我的问题。"

"你找死，如果魔尊知道你这么对我们……"

"呵，魔尊？我是谁？"顾京墨说着，额头出现了印纹，火焰形状的翔龙图案。

那人当即惨叫，在顾京墨松开他后跪倒在地连连磕头："属下是千泽宗的……

属下，属下是为了夺您的物件才受伤的，不得已才来了溯流光谷！”

“我不想再问第二次。”顾京墨沉着面容，有着魔尊该有的不怒自威。

“只有这件了，只……只知道这件，都是许久才问世一件，之前一件被肖谷宗抢走了。”

黄桃跟着询问：“还有，你们是怎么进来的，我们溯流光谷外界有禁制，就算有渡水法器也无法进入。”

那人刚才着急，没看黄桃，此刻才定睛多看了几眼，紧接着便是一惊：“你是云家二小姐云夙月？怎会如此，十五年前溯流光谷不是办过你的丧礼吗？难不成云家的医术已经高到可以让人起死回生……”

那人话未说完，便开始七窍流血。

黄桃和顾京墨同时看向云夙柠，云夙柠依旧是平淡的模样，答道：“过于聒噪，杀了便是。”

医修可医人，亦可杀人，能够杀人于无形的便只有云夙柠了。

他的药物可以在无声无息中撒出，只要谁的身上有血口，就会沾染毒粉，七窍流血而亡，甚至没有治愈的时间。

另外一人见同伴死亡，当即扑过去要跟云夙柠拼命，也在起身的一瞬间死亡。

云夙柠看着最后一名昏迷不醒的修者，对谷中的人吩咐道：“将他抬进来医好，有问题问他便是，记得不要告诉他另外二人的死讯。”

说完转身离开，不留任何余地。

缘烟阁三名弟子面面相觑，最后都看向了禹其琛，似乎是想要知道云夙柠是不是一直这般冷血，连杀个人都这般坦然。

禹其琛暗暗摇头，他印象中的云夙柠一向沉默寡言，但是人品不错，不会这般杀人。

他们一同历练时，云夙柠甚至从未出过手，只是辅助疗伤而已。

云夙柠走到他们三人身前刚要抬手，却被悬颂拦住了：“我来，你的药物对他们身体有害。”

说完抬手一挥，三人皆是一怔，随后回神左右看了看，木彦惊呼：“他们、他们怎么死了？！”

禹其琛和明以慢也是一怔。

顾京墨突然有点同情这三人，真的是被消除记忆专业户。

云夙柠则是看向悬颂，似乎眼神在说：那你呢？

悬颂却未理他，重新回到了顾京墨的身边，似乎是在仔细端详顾京墨额头的火龙印，红印配上顾京墨殷红的眼尾，竟然格外相称。

“挺好看的。”悬颂道。

“那你多看看。”顾京墨笑着回答。

不远处还有两具尸体，周围是处理现场的溯流光谷修者，这二人却坦然地四目相对，含情脉脉，引得云夙柠“啧”了一声。

黄桃则是跟上了云夙柠，小声道：“哥，你不必如此，我的事情……”

“你是云夙月，永远都是云夙月。”

八

深夜。

河水清清映树花，淡薄清香散温雅。

林间现出人影，背脊挺直，走路轻盈，站在渡口似在等谁。

这里昨日才闹了一阵，今日悬颂却只身前来，好在他身法诡异，无人察觉。

不久，一人从林中走出，晃着肩膀对悬颂抱怨：“师父，我没必要偷偷摸摸地来吧？”

来人正是悬颂的大徒弟——李辞云。

悬颂没有回答他的问题，只是伸出手来，手心向上。

李辞云的目光在悬颂的头顶打转，忍着嘴角的抽动，故作镇定地说道：“师父，您这发型倒是很清凉，银发没了人都显得年轻了。”

“我的年轻用得着显？”

“主要是头发都白了还没飞升的，修真界真没几个……大家都知道您年纪。”

“少废话。”

李辞云将一个小玉瓶拿出来，递给了悬颂，同时小声嘟囔：“为了它，我和师弟都受了伤。”

“哦。”毫不关心。

李辞云一千多岁，南知因八百多岁，难不成还得他叮嘱如何疗伤吗？

李辞云也不在意，似乎早就习惯了，继续说道：“说起来这溯流光谷的禁制也够强的，我堂堂化神期天尊，竟然是游水进来的，好几次还要在途中悄然破解禁制。”

“昨日刚有人闯了山谷，他们便加深了水位，用水漫过洞口将河道隐藏，还加固了禁制，不然还能简单些。”

“哦……您要弄清草做什么？”

“你管不着。”

“唉，我也是缘烟阁的长辈了，怎么做的任务都这么奇怪呢？不应该派我去做一些更紧要的任务吗？”

“你能做什么任务？”

“比如——去杀顾京墨。”

听了这句话，悬颂不由得扬眉，眼神玩味地看着他道：“你不行。”

“我不行？难不成您觉得我不是顾京墨的对手？我也是土系单灵根，我得您千年真传，还打不过她？”

“嗯，你的确敌不过她。”

李辞云不由得诧异，声音都提高了些许：“她那么厉害？您不是也没和她交过手吗？再怎么说我也比她多修炼了八百余年……”

“我会帮她，你自然敌不过。”

“我的修为积累……嗯？啊？！！”李辞云惊呼出声。

这时，他才注意到悬颂额头的道侣印，那是高阶修者才能看到的隐藏印记，震惊得睁圆了眼睛。

他左顾右盼似乎想跟谁聊聊这件事，可惜周围只有他面前站着的师父，他只能强行恢复镇定，说道：“师父，我知道您心软，表面拒绝，私底下也会管这件事情，但是从未想过您会牺牲到这种地步，您、您居然出卖色相？”

“我在调查她的事情。”

“然后顺便、顺便占点便宜？究竟是您得手了，还是她得手了？”

“废话太多。”

李辞云看了悬颂半晌，总觉得自己无法承受这种震惊，这种事情放在修真界，绝对是修者们最喜欢谈论的八卦，他也很爱听。

但是，他现在是唯一知晓真相的人，还不能跟旁人分享，他憋得有些难受。

他只能小声问：“魔尊她……她漂亮吗？”

“……”悬颂将玉瓶收起来，没回答他的问题。

“师父，您要是承受不住了，徒儿替您承受这份屈辱也可以。”

“滚。”悬颂思量了一阵，吩咐道，“你回去秘密调查三魔七鬼的全部事情，千泽宗的高阶修者也要调查。”

“这还用秘密调查？您不是早就吩咐下去了吗？”李辞云恍然大悟，“哦，您是想要魔尊的生辰八字？你们八字就算不合又能怎么样，您不是能改吗？”

悬颂气得朝着李辞云丢了一记法术，可惜他现在只有筑基期，李辞云皮糙肉厚，伤害可以等同于无。

悬颂只能沉声补充：“我要你调查的是他们这些人里，有谁想要顾京墨的命，就算之前与顾京墨关系不错的也要调查。”

“魔门的修者也要杀她？”

“嗯。如果你没有线索，就去观察最近修真界流落在外的，原本属于顾京墨的东西，调查清楚是谁放出去的。”

“我这是……要保护顾京墨？我保护她？”不但不杀还暗中保护？

“怎么？不行？”

李辞云很快妥协：“可以，您说什么是什么。”

反正他没几年就能飞升了，到时候悬颂继续被心魔煎熬，背骂名的只能是悬颂一人。

正巧在此时，二人都察觉到了有人在悄悄靠近。

李辞云见悬颂摆手让他离开，临走还在嘟囔：“我这张嘴很难保守秘密啊，这个秘密太大了……我走了我走了，别瞪了，这就走。”

说完闪身消失。

悬颂整理好衣摆，朝着来时的路走过去。

走了一段，便听到顾京墨问他：“你来这里做什么？”

说完还四顾查看了一番，显然是发觉了不对，想要看看有没有其他人。

悬颂回答得极为坦然：“来看看溯流光谷的禁制。”

“看这个做什么？”

“学习一下。”

“学这个做什么？”

“以后封洞府。”

“你洞府里有什么，还用得着这么严密的禁制？”

“有火种，别烧了别人。”

顾京墨终于闭了嘴，一瞬间羞红了脸，跟在悬颂身边拍着身上冒出的火星。

待二人走远了，李辞云才收起了隐匿法术重新现身。

也幸好顾京墨此刻只释放了筑基期的修为，并未发现李辞云，让李辞云能看清楚她的样子。

他站在原处许久，才恍惚回神，喃喃了一句：“嚯，这种妖冶的长相在各大门派着实少见，也就魔门能有了，原来师父喜欢这么野的。老色胚，深藏不露啊！”

说完，转身重新跃进河中，游了出去。

主院，云氏夫妇的房间内。

云夫人坐在椅子上，手紧紧地抓着扶手，白玉般的指尖因用力而泛出粉红。

她愤怒地看着跪在不远处的云夙柠："不过是说出了黄桃的事情，你就直接杀人了？若是那几人的亲友寻来报仇，为谷中引来灾祸怎么办？"

云夙柠跪在蒲团上，身姿端正："我怕他们出去说黄桃的事情。"

"你不是有抹除别人记忆的药吗？抹去记忆丢到谷外，加固禁制不就可以了？"

云夙柠无法辩驳，只能抿着嘴唇不说话。

云夫人再次说道："不要每次听到黄桃的事情，你就这般敏感，你这是保护过度，已经变得偏执了。"

"母亲，是您告诉我黄桃是家人的，我保护她有什么不对？"

"可这件事已经成了你心中的执念了。"

云夙柠不再谈论这个，而是问道："我昨日见你们似乎和禹其琛聊得很开心，还在询问他的年岁，难不成真的想将黄桃嫁与他？"

"黄桃对他有好感，他的家世背景也不错，有何不可？"

"缘烟阁内高阶修者众多，修为超过化神期，或者底蕴深厚的元婴期修者都能看出黄桃半妖夺舍的底细。到时候，黄桃的身份还能瞒得住吗？"

云夫人也是一阵难过："可我们不可能一直拘着她，她若是喜欢，这又有何不可？"

"这修真界有几个人能够理解，灵宠夺舍主人的事情？得知了黄桃真实的魂魄其实只是一条黄狗，缘烟阁禹家会愿意接纳她吗？禹其琛也是缘烟阁的精英弟子，未来可期，怎么会跟一条黄狗成亲？"

云夫人又何尝不知，她痛苦得眉头紧蹙，合上双眼不想回答。

一边的云掌门也是一阵沉默，长长叹气。

他们也是想黄桃能过得好，可是他们能够接纳黄桃的身份，其他的人怕是很难接受。

若黄桃受了委屈，他们也会心疼。

这的确是一桩难事。

云夙柠继续道："夺舍月儿的事情，是黄桃这辈子的痛，如今我们不提，她心中也是难过的。日后若是日日被人议论，她该如何在缘烟阁自处？她谁也不认识，只能独自承受委屈，这些您可曾想过？"

云夫人又是一阵沉默。

云夙柠再次开口："得知了黄桃夺舍的事情，那么当年的事情还能瞒得住吗？魔尊这些年为了我们溯流光谷担了十五年的骂名，就这样付诸东流了？"

"我也是想着，若是黄桃嫁了人，也不用在魔尊身边做奴来还恩了，禹家的这孩子品性着实不错，确实是一位良配。"

"相较嫁人，还不如留在魔尊身边，魔尊待她不错，也不会容人道她是非。当然，如果可以的话，孩儿还是想将她留在溯流光谷，让她不用再出去奔波。”

“我知晓你的意思了……”云夫人终于呼出了一口气，但是依旧不认可云夙柠的做法，“但你万万不可偏激，不然此后这件事情会成为你的心魔。何种伤痛都可以医治，只有这心魔难除啊……迦境天尊那般厉害的传奇之人，不也是困于心魔，不得飞升吗？”

“孩儿知道了。”

“这次黄桃回来，你想办法多留她些日子，也帮魔尊调理一下身体。”

“好。”

被母亲训诫完毕，云夙柠离开了云氏夫妇的房间。

他脚步稍有停顿，随后走向了那名伤者的住处，途中，他遇到了在等候的悬颂。

他的脚步一顿，问道：“你知道我会过来？”

“猜的。”

“你有何事？”

“弄清草我拿到了。”

云夙柠听完一惊，不由得有些怀疑悬颂的身份。

就算是高阶修者，想让双引山同意取药，且能对抗黑蛇也着实不易，悬颂居然做到了。云夙柠思量了片刻，道：“我有些怀疑你在魔尊身边的目的。”

“总之，不是伤害她。”悬颂回答完，便转身朝自己的客房走去。

“弄清草呢？”

“先放在我这里，免得给你引来杀身之祸。”

悬颂走出不远，顾京墨便突然出现，跟在了悬颂身边。

悬颂也不生气，反而语气平淡地问：“你总跟着我做什么？”

顾京墨来得有些迟了，没能听到悬颂和云夙柠说了什么，回头看了看云夙柠，这才回答：“你最近鬼鬼祟祟的。”

“我怎么就鬼鬼祟祟了？”

“神出鬼没的。”

“你怕我跑了？”

“不是，是觉得你不对劲。”

悬颂没太在意：“跟屁虫。”

“啧，这是你的荣幸，多少人想被我跟着都没这个福气！”

“被魔尊跟着，着实不是一件值得高兴的事情。”

“你得高兴，你和别人不一样。”

悬颂扬眉，没再言语。

九

时间接近晌午，澄澈的光从窗棂投进制药间，光影穿过树木缝隙，在地面上投出一张斑驳的网。

许是因为闲来无事，屋中氛围略显慵懒和惬意，时间像被放慢，光钻屋舍，燕落屋外，院落池上飘着朵朵绿萍，山谷与外隔绝，谷中竟是春光模样。

制药间里燃着香薰，青雾袅袅，晴烟冉冉。

悬颂坐在桌边，阅读着溯流光谷的医药书籍，明明有着一阅千册的法术却未用，而是懒洋洋地一页页翻看，估计也是在消磨时间，随便找本书看看。

顾京墨和黄桃坐在他的不远处，两个人手里都有一个药罐，正在研磨药粉。

黄桃显然要比顾京墨熟练，没一会儿便磨得像模像样的了："我去拿给哥哥。"

说完捧着药罐去寻云夙柠了。

顾京墨又研磨了一会儿，在桌面找了几个瓶瓶罐罐往自己的罐子里兑了些药水或者药粉，再次均匀搅拌，直到搅拌成糊状才罢休。

她起身，在架子上寻了一个小刷子，端着药罐到了悬颂身前，用小刷子往悬颂的头顶涂抹药膏。

悬颂自然不愿意，当即侧身躲开了，并且冷声说道："走开。"

这种不耐烦的模样，就像大人在驱赶胡闹的孩子。

顾京墨不肯离开，跟他介绍："这是我亲自调制的药膏，我给它起名枯木逢春。"

"很好，去给枯木试试吧。"

"现在量少，我先在你的头顶试试，看看药效如何。"

"走开。"悬颂抬手挡了顾京墨一下。

顾京墨执意要涂，并且威胁："你要是不让我涂，我现在就放把火给你烧了。"

"……"

悬颂活了一千九百多年，少时便因灵根优越而被缘烟阁看中。经人界的磨难后，他放弃了人界的身份，加入缘烟阁做了内门弟子，也是一路顺畅。在两界之中，都是受人敬仰的存在。

他很快成了缘烟阁的佼佼者，收徒也是极为苛刻，只收土系单灵根且悟性不错的徒弟，讲究宁缺毋滥，这么多年也只有两个徒弟而已。

他受修真界尊敬千年，没有人敢在他的面前造次，他从未尝试过让人在他的头顶胡乱涂药。

他曾经和故友聊天时，见故友的孙女用故友的头发编辫子，他当时十分厌恶，觉得故友纵容得没了修者该有的尊严。

然而他现在，却安静地坐在椅子上，任由一名女子在自己的头顶胡闹。

简直放肆!

就算是佛子的秃头，也不能称之为是枯木，这是不尊重!

悬颂手里拿着书，双唇紧抿，总觉得他应该制止顾京墨，不然这般纵容下去，顾京墨日后只会越来越过分。

就在他纠结的工夫，顾京墨已经手脚麻利地涂完了药，并且运功助他吸收，头顶的皮肤没一会儿便将药物吸收了。

顾京墨俯下身来，仔细盯着悬颂的头顶看，小声嘟囔：“你这种长得白的男孩子，是不是头顶也挺白……完了完了……”

她念叨着，赶紧跑出了制药间。

悬颂起初不解，待意识到自己的傀儡之身不受控制地开始长头发后，便明白了顾京墨的惊慌。

果不其然，顾京墨在院子里催促云夙柠和黄桃快一点：“你们赶紧去看看，怎么长出来的都是白头发？我药调配错了吗？”

三个人快速进入制药间，进门便看到悬颂端坐在桌前，头顶冒出了茂密的……银发。

现在，这一头银发已经长到了胎儿的胎发长度，悬颂整个人的气质也被这一头银发衬得清冷了三分。

云夙柠先是看了看悬颂，随即走到了桌前询问：“你都兑了什么药剂？”

“这个，这个，还有这个。”顾京墨指了几个。

“这些都是无害的药剂，且可以加快伤口的恢复速度，没有任何侵害的可能。”

顾京墨双手叉腰，万分不解地盯着悬颂的头顶看：“那怎么他小小年纪长出来的都是银发呢？”

“按理来说，修真界的容颜恒定，但是发丝的颜色依旧是不可控的。只有寿元将尽且跃升无望，才会渐渐地变为苍老的银发，像小师父的年纪不应该是银发才对。”

悬颂多少有些无奈，坐在椅子上，想要说点什么却说不出。

难不成告诉他们自己的修为困在了化神期，困到寿元将尽也没飞升才会一头银发的？

可是这修真界只有一个人是这种情况，就是迦境天尊。

他正尴尬时，就看到三个人一齐靠近他，一脸好奇地盯着他的头顶看。

他的身体往后仰了些许，都未能躲开。

这绝对是此生罕有的屈辱场面。

黄桃仿佛在看奇怪的生物："头发长得好快呀！又变长了。"

云夙柠跟着点评："是因为魔尊功力深厚，才能让他将药物吸收得这么好吗？"

顾京墨托着下巴思考："我并未用很多功力，是不是他自身吸收得好，或者他自己的头皮其实很渴望长头发？"

悬颂："……"

"够了。"悬颂豁然起身，不想被他们围观，沉闷地到了一边似乎想施法控制暴长的头发。

可是非常奇怪，悬颂无法控制自己的身体，尤其是头顶，头发还是在放肆生长。

云夙柠从制药间内取出一瓶丹药给悬颂："这个是乌泽丸，它可以使头发乌黑发亮。"

悬颂看着云夙柠手中的药瓶，不由得一阵无奈，低声叹道："你们溯流光谷内的药物倒是齐全。"

"嗯，我们闲来无事时，会研制各种类型的药物。"

悬颂伸手拿过药瓶，迟疑了一会儿还是吞服了两颗，毕竟银发太过招摇。

随后，他扯起发丝看了看，发丝的确以肉眼可见的速度变黑了。

他倒是很久没有见过自己黑发的样子了。

这时有人匆匆跑到制药间外禀告："那个人醒了。"

云夙柠应声，回头看向顾京墨："魔尊可要与我一同前去询问？"

"好。"顾京墨当即跟着走了出去，她的确好奇修真界目前的情形。

悬颂和黄桃也没有停留，跟着他们二人去了伤者的房间。

这名伤者是一名看起来四十余岁的精壮男人，脸颊有着明显的胡须，脸颊到脖颈横亘着一道长长的伤痕，像丑陋的蜈蚣一样趴着。

若是有上等疗伤的药物及时治疗，修者身上不会留下任何疤痕，可见他并没有此类药物，才会让这种可怖的疤痕留在身上。

这也证明了他没有大家族后盾，只是寻常的拮据修者。

男子的眼睛一直在四处乱看，目光不算友善。

他看到云夙柠来了依旧不算客气，直截了当地问："我哥哥呢？！"

"他们也受了伤，在其他的房间疗伤。"

"胡说，他们来时伤得并不重，我若是醒了他们定然会过来看望我。"

"真当溯流光谷是那么好闯的？"

"他们知道溯流光谷的禁制，不会遇到危险……"说到这里又赶紧闭上了嘴。

"早就改过了。"

可能是云夙柠说得太过理直气壮，人也冷静从容，才让那个男人弱了气势，真的不再问了。

云夙柠坐在了床边，伸手搭住了他的脉门探查，好似随口说起：“你的哥哥以前是溯流光谷的人？”

“他没和你们说？”

“难得醒过来便是一顿吵嚷，无法沟通。”

那人想到自己哥哥的脾气，也知道这的确是他做得出来的事情，便随口回答：“算是吧。”

“是溯流光谷的人，为何后来又投到了魔尊手下？”

男人的眼珠一转，知晓是哥哥扯的谎，于是故作聪明地回答：“魔尊会庇护手下。”

悬颂在这时看向了顾京墨，再看看黄桃。

顾京墨确实挺庇护黄桃的，可惜她也只有黄桃这么一个手下。

顾京墨随意地坐在了桌子上，荡着两条长腿，模样悠闲地问道：“魔尊让你们去抢夺那盏照明法器？”

男人显然没有那个耐心，当即嚷道：“我不想回答你的问题。”

云夙柠在一旁冷冷地开口：“我们本没有义务救你们，我可以直接将你们扔出谷外，就让你们魔尊再来谷中一次吧。”

他说完站起身来，好似无意地说：“他们二人进谷破除禁制受伤颇重，也不知能不能活过这几日。”

“那么重？！我去看看他们。”

“没人愿意扶你过去，若是你也不老实，就一起扔出去。”

那人思考了一会儿后，只能如实答了：“魔尊的万宝铃丢了，万宝铃内的宝物流失在外，我知道之前有一个飞行法器，被肖谷宗的修者抢走了。等了几日，魔尊也没去肖谷宗要回，我们便……去帮魔尊夺其他的东西了。”

顾京墨又问：“你们是如何得到消息的？”

“此事已是街知巷闻，很多修者都知道了，说是魔尊的万宝铃丢失，途中掉落了几个物件。传闻里还说魔尊身受重伤，无法再去抢回，才让那些修者胆敢去抢夺，若是能得到其中一件宝贝，都是一步登天的大机缘！”

这是最糟糕的情况。

现在全修真界都知道她身受重伤的事情了。

顾京墨垂眸沉思了一会儿，不由得有些头疼，她的仇家那么多，随便来一个都够她受的。

似乎是感受到了悬颂探寻的目光，她抬头朝悬颂看过去，待看到悬颂的披肩发后，当即“扑哧”一声笑了出来，在悬颂不善的目光下才勉强收起笑容。

这个长度的确尴尬了些，让她连忧愁都忘记了。

“挺、挺好看的，很纯真。”顾京墨硬撑着夸出来。

悬颂：“……”

现在就让全世界的修者来围杀顾京墨吧，就现在，一刻都不能忍了。

十

几个人一起离开了伤者的客房，顾京墨居然是几人之中最为惬意自在的一个，似乎完全没有任何烦恼。

其余几人都是一脸的愁云，似乎都在为顾京墨担心。

顾京墨此刻的处境着实艰难，甚至随时都有生命危险，最可怕的是他们至今不知躲在暗处操控全局的人是谁。

云夙柠找到了一个谷中的医修，询问道：“缘烟阁的弟子离开了吗？”

“还没有，不过他们上午去跟掌门、夫人辞行了，说是下午便会一起离开。”

“想办法留住他们。”

“好。”那人听了安排，赶紧去了缘烟阁三名弟子居住的小院。

之前云夙柠还想他们三人赶紧离开，生怕黄桃对禹其琛的感情越来越深，他们二人实则并不般配，黄桃日后也会因为自己的身份而神伤。

注定得不到好结果的感情，还不如扼杀在摇篮之中，所以他一直在试图干涉。

现在，因顾京墨的处境太过危险，他又不得不留下这三个人。

溯流光谷内的修者向来避世不出，若非知晓溯流光谷进谷的方式，寻常人也进入不了山谷。

留这三人在山谷就不会有消息传出，让外界知晓顾京墨其实在溯流光谷。

任世人如何去想，都不会想到顾京墨会在她曾经屠杀过百余人的山谷中常住。

黄桃在一旁提议：“抹去他们三个人的记忆不就行了吗？”

悬颂却第一个否决了：“他们三个人跟随我们同行的意义在于他们三个人能澄清顾京墨的过往，让世人知道季俊山庄的命案非她所为，日后还有用处，不可抹除。”

顾京墨也是这么想的：“没错，孟栀柔的清白还要他们来证明。”

悬颂在意的只有顾京墨。

而顾京墨第一个想到的却是孟栀柔。

云夙柠则是想起了一事：“我听闻，他们曾传出传音符报了平安，不知有没有透露季俊山庄的事情。”

悬颂摇头：“没有，只是报了平安而已。”

这点他是知晓的，毕竟他的真身还在青佑寺，只要缘烟阁知道一点消息，立即会跟他汇报。

他若是没收到消息，就证明这三个小辈也怕传音符在途中出现问题，为避免消息泄露，打算回去后再详细禀报。

云夙柠最终决定：“那就只能委屈他们三个人，在谷中再住一段时间了。”

他说完故意看了黄桃一眼，想要看看黄桃是何反应，结果黄桃只是认真点头，似乎只关心顾京墨的问题，关于禹其琛的去留则是毫不在意。

果然是涉世未深，有好感却没那么浓烈。

这倒是好处理一些。

云夙柠看向顾京墨，用安慰的口吻说道：“魔尊请放心，您这段时间住在溯流光谷是安全的。”

顾京墨随便看了看四处，撇了撇嘴：“万一那群人真的寻来了，依溯流光谷的环境，就只能是瓮中捉鳖了。”

“可以开谷中结界，从山上离开。”

“开了岂不是会让你们的结界毁于一旦？”

溯流光谷内的修者没有那么大的神通，无法加固如此严密的结界禁制。

但是他们常年救人，风评极好，便有修真界的大拿们前来助他们固定结界，虽耗时耗力，但加固一次可用千百年。

可结界若是被击破，或者是主动打开了，再想加固，便不如大拿们聚在一起的效果好了，防护能力会大大削弱。

“无妨，”云夙柠已能独当一面，也可以做出这种决定，且他相信就算是云氏夫妇也会做出同样的决定，“只要能确保魔尊的安全。”

只要魔尊需要，溯流光谷会倾尽门派之力相助。

这时，悬颂突然开口：“何不让他们三个回去，告诉缘烟阁真相？”

其余几人看向他，便看到他随手拢着自己长出来的黑发，挽起后用绳子捆绑好，继而面相顾京墨：“这样名门正派没有理由来追杀你，你的危险会瞬间减少一半。”

顾京墨有些犹豫：“可是孟栀柔她……”

“可以接到溯流光谷来，他们都愿意舍弃结界，接来一个人又何妨？”

顾京墨垂眸想了想，又看向黄桃以及云夙柠，最终叹了一口气：“还没到那种地步，真到了不得已的时候，再让他们去公布真相也不迟。只是不知道缘烟阁的牛鼻子们会不会相信，怕是会觉得他们三个人被人控制了。”

“缘烟阁有功法，可以让众人看到他们真实的记忆，从而确定真相，只要他们愿意配合即可。”

“和你的往生术差不多？”

“嗯，异曲同工。”只是那群废物达不到他的这种境界。

顾京墨依旧是毫不在意的模样，摆了摆手后打了一个大大的哈欠，接着说道：“再说吧，毕竟传出我重伤的消息也有些时日了，我不也很安全吗？”

“对不起……”黄桃垂着头，弱弱地说了一句。

“小事。”顾京墨回答完，便转身离开了。

三人目送着顾京墨身姿摇曳地回了她暂住的小院。

悬颂不解居多，更多的是恨铁不成钢，不明白顾京墨继续隐瞒的意义在哪里。

他的目光扫过黄桃和云夙柠，清冷的眸子像腊月的寒风从他们二人的身上拂过，留下阵阵凉意。

他看到黄桃虽担忧，却只能握拳不语，眼中全是愧疚。

他看到云夙柠垂着眸子沉思，最终也没再相劝。

悬颂猜得到，顾京墨怕缘烟阁三名弟子汇报后，缘烟阁知晓顾京墨和溯流光谷相处融洽，定然会追问溯流光谷的事情。

到时候，必然扯出溯流光谷的命案。

想来溯流光谷的命案真相也是一个秘密，且是关乎溯流光谷所有人生死安危的秘密，所以顾京墨准备继续背着骂名，宁愿被正派追杀，也不愿意让溯流光谷涉险。

黄桃不懂人界的心思没有深想尚可理解，但云夙柠是能够想清楚的人，可他第一时间做出的决定是留住缘烟阁三名弟子，这也间接表达了他的想法，他还是更想守护住谷中的秘密。

可以倾尽谷中力量保护，可以放弃谷中结界，但是秘密必须守住。

顾京墨看似没有城府，却也有一颗玲珑心，她看出来了，所以才会做这般选择。

悬颂不解。

万分不解。

一个人怎么能“舍己为人”到这种程度，她连自己的生死都可置之度外，只想保护其他人？

这种同情心强大到让悬颂怀疑顾京墨脑子有问题。

这样的人成为魔尊，魔门都要比正派更圣洁了。

他不远不近地跟在顾京墨的身后，看她走着路还会跃起去摘花，闻了闻后被呛得打喷嚏，又将花随手丢了。

看着顾京墨没心没肺的样子，他忍不住抿紧嘴唇，莫名地升起一股怒火。

他果然不能理解。

他若是真的能理解顾京墨的心思，也不会困于心魔千余年。

有什么值得顾京墨这么做？

是什么支撑了顾京墨隐忍了这么多年，受了委屈也不在乎？

他终于叫了一声："顾京墨。"

顾京墨停住脚步回头看向他，似乎猜到他要说什么了，提前警告："你少管我。"

悬颂再未多说一语。

他才不会那么心善，在意这个女人的生死。

只是火气憋闷得难受罢了……

云夙柠不想多留那名闯入山谷的伤者。

他吩咐人带去了可以抹除人记忆的药物，准备消除这个人所有的记忆后，将其丢进密室里关上一段时间，待顾京墨这边彻底没有危险了，再将这个人丢到谷外。

毕竟云夫人不许他再杀生了。

然而，那名伤者似乎早就察觉到了不对劲，却故作不知地在客房内埋伏。

原本他还想再休养几日，待伤情恢复一些后再行动，但是这一碗药触怒了他，让他突然爆发。

医修进入客房，依旧是平日里的样子，查看他的伤情，随即递给了他一碗汤药："来喝药吧，有助于你的伤恢复。"

修者起身时左右看了看，随后突然朝着该人攻击过去，一招致命。

紧接着他下了床，在该医修身上拔出了医修的本命剑，提着剑气势汹汹地出了客房，见人就杀。

谷中修者大多是医修，斗法能力不精，不是这人的对手。

黄桃原本在不远处的制药间里，听到了动静赶紧赶出去，见到了混乱的情形后赶紧躲开，绕开去谷中寻人，只要能寻到云夙柠或者云氏夫妇，都能够快速解决掉那名修者。

可惜她在报信的途中便被那名修者劫持，别看他身受重伤，但是身法奇快，这也是他胆敢去抢夺顾京墨物品的原因所在。

禹其琛在此刻闻讯赶来，朝着那人便是一剑刺出。

简单几剑对阵，便已分高下。

修者不敌禹其琛，便将剑架在了黄桃的脖子上，眼神凶狠地看着众人，一点点地往回退，最终退回到了他养伤的客房。

黄桃被挟持，紧张得身体僵直，不敢乱动，却努力表现出并不慌张的模样，问道：

“你为何要伤人？我们救了你。”

“救了我？呵——”男人咬牙冷笑，笑声几乎是从牙齿缝隙中传出来的，“说漏了吧，只救了我，却没有救我哥哥！还是说你们杀了他们？！”

黄桃当即闭了嘴，不敢多言语。

“真当我是傻的？”修者愤恨地说道，“我和兄长之间有信物，只要戴上这根手链，就能够感知到他们所在的方向。可是这些天里手链纹丝不动，只能证明他们的灵力已经消失在这天地间了！他们已经死了，死在你们溯流光谷！你们所有人都要陪葬！”

“你冷静一下……”

“冷静？我怎么冷静？今日你们还端来毒药给我，还不是想连我也杀了？”

“那不是毒药！”

“骗谁呢？不是毒药你喝喝看！”修者已经愤怒到疯狂，端起床边的药碗，将一碗药喂到了黄桃的口中。

黄桃努力挣扎，抿紧嘴巴，修者却捏着她的下颚骨迫使她张嘴，喝了一整碗的药汤。

喝完之后她只觉得眼前一阵混沌，目光涣散，有了眩晕的感觉。

她无法站稳的时候，恍惚间看到了一阵血液飞溅的画面，一道血雾从那修者的脖颈间喷出。

她看到了交叉的古铜色老旧发钗与微卷的发尾，看到了玄色的外衫和翻飞的衣袖。

她知道有人来救她了。

这个人她应该很熟悉才对，看到这个人她就会一阵安心，然而她竟一时间想不起这个人究竟是谁……

她是谁？

我又是谁？

十一

顾京墨杀死那名修者只用了短短一瞬而已，对方甚至未能反应过来究竟被谁攻击，就已经身亡。

她收起随手捡起的匕首，扭头看向黄桃，便看到黄桃双目迷茫地看着自己。

没来由地，她被黄桃疏离探寻的目光刺痛了心口，不由得一怔，唤道：“黄桃？”

黄桃若有所思，怔愣了一会儿才问："是在叫我？"

顾京墨抬手摸了黄桃的头顶一下，再去看破碎的药碗，接着说道："别怕，没事的。"

黄桃莫名地产生了信任，跟着点头："嗯。"

这时云夙柠赶了过来，慌乱地扶着客房的门板看向屋内。

他先是看了看地上的两具尸体，确定已无再救的可能，这才看向黄桃，快步走过来急切地问："有没有事？"

黄桃被问了之后依旧呆呆傻傻的，还往自己的身上看了看，这才说道："衣服脏了，其他的地方应该是没事的。"

云夙柠有些错愕，来回打量黄桃，也意识到了些许不对。

顾京墨指了指药碗："被她喝了。"

云夙柠自然知道那碗里究竟装了什么药，不由得跟着愣在了当场。

明以慢和木彦稍晚才到，关切地问道："怎么了？"

在此之前，禹其琛有跟那名修者过招，保护住了黄桃，此刻才收了剑回答道："闯进山谷的人突然无差别地攻击，到处乱杀。云姑娘方才被迫喝了药，似乎有些不对劲。"

他们在谈话的同时，看到悬颂慢悠悠地走了过来，随后站在一边冷眼旁观，似乎对谷里发生的事情毫不在意，也没有出家人想要超度亡者的心思。

悬颂只在意顾京墨的生死，顺带缘烟阁的三名弟子，其他人他都不关心。

和他的冷漠形成鲜明对比的是谷中其他医修，看到意外死去的同门悲伤哭泣，却又无能为力。

那边，云夙柠看着失忆的黄桃，竟然难得地产生了一丝慌张，甚至有些无助："我还没有调配出解药……"

顾京墨突然扣住了黄桃的脖子，问："催吐？"

黄桃突然被控制住也不挣扎，反而睁着那双无邪的漂亮杏眼，跟着一起看向云夙柠，极为配合，似乎也在等待答案。

云夙柠略显沮丧地摇头："药效已经产生了。"

在此之后云氏夫妇也赶来了，三名医修围着黄桃团团转，一起商量对策。

顾京墨只能退到一边，看着他们想办法。

悬颂缓步朝着顾京墨走来，却看到顾京墨在旁人没有注意到的瞬间，抬手擦了一下眼角。

他的脚步一顿。

对于顾京墨来说，黄桃不是奴，是陪伴在她身边的伙伴，是挚友。

她和黄桃共度了十余载时光，患难与共，出生入死。

然而因为一碗汤药，她的挚友便将她忘得干干净净。

看到黄桃看向自己时陌生的目光，顾京墨有一瞬间的难过，鼻尖一酸，眼圈不禁泛红。

若是黄桃忘记了……那就不能再跟着她了吧，毕竟这些年里，他们结契的恩也可以算是两清了，她也得了云外丹的恩惠死而复生了一次。

尽管，现在依旧是半死不活的身躯。

黄桃突然失忆，这意味着黄桃不再属于顾京墨了，她看似冷静淡然，实则心里也失落了，也跟着慌了神。

又要一个人了吗？

明明是让人闻风丧胆的魔尊，却在黄桃出现问题后偷偷抹了眼泪。

想来顾京墨也是心疼了吧。

悬颂看着她迟疑许久，终是叹了一口气，开口：“我能寻回她的记忆。”

悬颂话音方落，便引得所有人看向他。

他只能强行拿出自己的耐心详细解释：“是一种归魂归忆的法术，不过我在治疗时会看到她过往的一些记忆。”

顾京墨眼中重新有了光，惊喜地看向悬颂。

悬颂却极为不屑，仿佛这只是雕虫小技。

顾京墨这才到了黄桃身前，问道：“你想记起来吗？重新回忆起来对你来说可能会有些痛苦。但是，我觉得这些记忆不应该抹除，这是你成长的证明，只有经历过那些才会成为后来更坚强的自己，那不是需要逃避的，而是需要时常回忆起来的。”

黄桃看着面前的貌美女子，明明那么妖娆带着魅惑感，但是她总觉得这个人格外亲切。

她又看向欲言又止的云氏夫妇以及云夙柠，思量了一会儿道：“我想回忆起来。”

云夙柠迟疑着开口：“黄桃的记忆如果被他看到……”

“我能控制。”顾京墨斩钉截铁地说道。

言下之意，她能够控制悬颂，不会宣扬出去。

“好。”

黄桃不明所以，就像一个不知道该做什么才好的幼童，只知道跟在顾京墨身后转。

这似乎是一种与生俱来的直觉，所有人中她最亲近的就是顾京墨。

顾京墨带着她去了自己的客房，让她在床铺上坐下，她便听话地坐下。

悬颂似乎对这方面很讲究，让黄桃在床铺上盘膝坐下，自己则只是搬来了一把椅子放在了床对面，不会跟黄桃同榻。

盘膝打坐后悬颂双手掐诀，从眉心祭出一滴血来，低声喝道：“过往。”

血液凝聚成珠，突然朝着黄桃而去，没入了黄桃的眉心后消失不见。

顾京墨一直站在屋舍内看着他们二人，看着黄桃眉头微蹙，她也跟着握紧了拳头。

她知道，黄桃记忆的初始就是极端的痛苦，是她最不想回忆的那一段过往。

云夙柠则是站在屋舍外，目光格外幽深，不知让黄桃恢复记忆究竟是好是坏。

有时他真的想，黄桃就此忘记了也好……

继续当他的妹妹就好了。

只是，多少有些自私。

悬颂看到的黄桃的记忆里，初始很简单，甚至有些零碎——

比如打瞌睡、吃鸡腿、跟着木棍奔跑。

她很喜欢跟着一个身上有着草药清香的女孩子走，女孩子很爱笑，很温柔，招呼她的时候会唤："黄桃！"

悬颂跟着看清了那个女孩子的模样，就是黄桃的样子。

或许，可以称呼那个女孩子为——云夙月。

尚未被夺舍的云夙月。

在黄桃有了灵力，渐渐成为灵宠后，她有了慧根，记忆要比之前清楚了一些。

不过这些记忆依旧是零散的，似乎她每天都在做着重复的事情。

辟谷后不再进食却依旧贪嘴，总跟着云夙月到处跑，有时还会跟着云夙月走出山谷去采药。

意外也发生在一次采药的过程中。

溯流光谷修者采药途中总会遇到埋伏的野兽，或者守护灵草的灵兽，所以云夙月每次出行都会带上谷中特制的庇护珠子，细细的麻绳串着一颗晶莹剔透的靛蓝色珠子，可以挂在脖颈上。

戴上它，周围的人或兽都会忽略他们的存在，就连高阶修者一时间都探查不到他们。

跟着去采摘药草，黄桃都会格外地听话，绝对不会乱动，她也知道自己稍有不慎就会给小主人带来麻烦。

就在黄桃趴在一边守护云夙月，云夙月小心翼翼匍匐在草丛中偷偷采摘灵兽守护的药草时，林中又出现了其他人。

云夙月和黄桃同时顿住，云夙月赶紧对黄桃示意，不要出声不要动。

黄桃乖巧听话。

说话的是一名男子："他们二人自然不会同意，迂腐得很，明明告诉过他们，若是不同意我的做法，他们怕是寿元尽了也无法提升至元婴期，留在谷中不利于他们修为提升，可他们也不愿意。"

说话之人的声音云夙月非常熟悉，那人是她的师叔祖，也是云氏夫妇的师叔，是溯流光谷的长辈。

只是和师叔祖站在一处的人她并不认识。

“你是如何跟他们说的？”戴着面罩的黑衣男人沉声问道，不知为何，这人的声音极为沙哑，像是鞋底碾压过砂砾，发出的声音让人听得格外不舒服，让云夙月恨不得喂给他一碗润喉汤。

“我只说将云外丹献出去会有大机缘，自然不会说是要用云外丹复活六道帝江，那样他们说不定会情急之下将云外丹毁了。”

云夙月听到六道帝江这个名字后心口剧烈震颤。

六道帝江，这是已经陨落的魔门的狂魔名字。

六道帝江的死亡可谓是修真界的罕见之事，传说千万年还被世人津津乐道，毕竟这是唯一正邪两界联手，出动百家修士，只为围杀一人的盛况。

六道帝江死亡之时，尚且没有三魔，魔门的七鬼也只算是小喽啰，是六道帝江的七个部下。

就连前任魔尊曦月赤芒，当时也只是千泽宗的宗主而已。

若说六道帝江已然天下无敌也不为过。

六道帝江的修炼方式便是用弑杀其他修者，将他人的灵力转化为自身修为，杀人越多，积累的修为便更加深厚。

他杀的人实在太多，后期就连魔门弟子，甚至是七鬼的部下也会被六道帝江拿来“进食”，才会引起公愤。

当初先是七鬼叛变，加上迦境天尊带领百万修者布大阵围攻，才能够击杀六道帝江。

待六道帝江死后，魔门才逐渐平稳，七鬼各霸一方，再不相往来。

后期的曦月赤芒锋芒毕露，逐渐成为魔尊，又因天赋异禀飞升极快，让他唯一的徒弟顾京墨成了新任的魔尊。

不过顾京墨到底太过年轻，是所有化神期修者里最为年轻的一个，根基不稳，她虽被称为魔尊，却只是三魔之尾。

也因为顾京墨实在太年轻，修为又提升得太快，才渐渐有了顾京墨也是用这种阴邪法子修炼的传说。

各方声音都在说，应该趁顾京墨还不够强大，将她扼杀在摇篮之中。

这才有了顾京墨腹背受敌的局面。

现在，他们居然说要复活六道帝江！

这简直是将大恶魔复生，若是真的成功了，那么修真界必将大乱。

悬颂站在旁观者的角度去看这段记忆，看到这里也不由得蹙眉，小声嘟囔出声：“六道……”

竟然是六道！

溯流光谷内居然有能复活六道帝江的东西？云外丹是什么？他在修真界也算是阅历丰富，怎么从未听说过？

这就是溯流光谷的秘密吗？

这就是顾京墨愿意承受骂名，也不想世人调查溯流光谷的原因吗？

大不了殒了她一个顾京墨，也不能让六道帝江复生。

顾京墨是这么想的吗？

十二

云夙月意识到自己知道了不该知道的，更加老实地躺在地面上，一动都不敢动。

黄桃躺在她旁边，似乎感知到了小主人的情绪，同样也躲得老实。

在那二人说话声停止后，云夙月还当她们逃过此劫了，心中筹划着该如何回谷告诉父母。

就在这时，草丛被人用剑掀开，接着是一声轻笑，并用嘶哑的声音玩味地问道：“不知你对我们的计划有何意见？”

云夙月惊恐地抬头看向蒙面的人，下意识地往后退，同时求助似的看向她的师叔祖。

师叔祖自然也一眼便认出了她，出现了一瞬间的诧异，却没有过多在意，轻描淡写地说道：“杀了吧。”

简单的三个字，却让云夙月出了一身的冷汗，心沉于碎冰枯井般，凉意渗透身体。

她赶紧起身，却被蒙面人捏住了喉咙，瞬间被控制住，并将她整个人拎了起来。

这个人的修为最低也有元婴期。

云夙月意识到，他恐怕从一开始就发现她和黄桃了，他是故意让她们听到的，他似乎很喜欢戏耍旁人，享受这个过程。

看到云夙月被抓，黄桃不管不顾地跃了过来，凶狠地咬住了那人的手臂，却被其手臂一挥，摔在了地面上。

黄桃不过是一条刚有灵智不久的黄狗而已，哪里是元婴期高手的对手，仅仅一击就让黄桃哀号了一声，倒在地面上许久不能动弹。

云夙月被捏着脖子高高举起，窒息感让她的面颊涨得通红，只能分外艰难地吩咐：

“黄桃……逃……”

然而黄桃第一次不听话，再次爬起来，面露凶狠，不管不顾地吼叫着朝蒙面人攻击过去。

不知被摔出去了几次，摔裂了肺腑，头顶尽是鲜血，走路也一瘸一拐，那条黄狗依旧倔强地再次攻击过去。

她只有一个信念，她要保护她的小主人。

蒙面人歪着头看着黄桃，竟然起了玩弄的心思，每一次都不是杀招，而是重复地一脚踹出，再看着黄桃爬起来。

而他控制着力道，在黄桃再一次起来的时候哑着声音说道：“呀……怎么办哪，我好像把她掐死了。”

接着是扭曲的笑声。

黄狗一次次地尝试，那么努力，却又那么无能为力。

那个人却好像游戏一样，故意一点一点地掐死她的主人，让她经历了一场漫长的绝望。

她看到小主人不再挣扎，双足垂着，那么无力地荡着。

她看到小主人脸颊上还有泪，泪珠顺着她的下巴滑到了蒙面人的手背上，最后滴落。

她看到小主人尊敬的师叔祖一脸麻木地看着这一切，脸上的表情全是厌烦，似乎觉得小主人在此处采药是给他们添麻烦。

或者，他只是单纯地觉得蒙面人戏耍一条狗非常无趣，产生了不耐烦的心理。

总之，她知道师叔祖不在乎小主人的生死。

她开始发狂，不在乎自己已然一身伤痛，继续朝着蒙面人攻击，却被踢出老远。

这一次的攻击极重，让她再也无法挣扎，最终倒地不起。

黄桃的记忆在这里有所中断，再次恢复，则是在黄桃醒来时。

记忆空间的震颤，证明她在经历难以言说的痛，那种痛苦让她无法支撑身体。

这个时候她才意识到，她身上的骨头都断了几根，也不知道刚才是如何坚持着一次次爬起来的。

她迷茫地四处去看，最终看到了自己的小主人，那么瘦小的一个女孩子，孤零零地躺在乱石中，看起来是那么柔弱可怜。

她们不在之前的林子中了，似乎被丢到了乱葬岗。

这里都是死去的人，唯一例外的，是一条半死不活的狗。

黄桃说不出话来，她只能呜咽着蹭着地面朝着小主人挪过去，靠近了小主人的身体，才感受到小主人已经没有了体温，也不会再叫她的名字了。

她第一次感受到一种心情叫作难过，比不能吃鸡腿，小主人不能陪她玩更难受。

她在小主人身边呜咽了许久，突然重新振作起来。

她记得小主人的父母能救人，救过好多好多人，只要她把小主人带回去了，他们就能将小主人救活。

她的身上很疼，她甚至无法正常地行走，却努力坚持着，用嘴拖拽着小主人的身体往外移动。

与此同时，她的身体已经无法支撑，拽着小主人的同时，还要拖着自己血肉模糊的右后腿。

她不知道该怎么才能回到谷里，她甚至不知道她们置身何处。

她拽着小主人的尸体走啊，走啊，不知是在几日后，她才意识到自己迷路了。

她不知道该怎么保护小主人，于是暂时放下小主人，让小主人躺在树边，自己笨笨地去用叶子给小主人盛了水，喂到小主人嘴边。

可惜小主人张不开嘴，一滴也未喝进去，她还弄湿了小主人的衣服。

如此又是几日，她实在太累了，躺在小主人的身边打算休息一下，却遇到了危险。

她战战兢兢地起身，警惕地看向四周，野兽包围了她们。

是她身上的血腥味引来的野兽。

她突然开始懊恼，她怎么这么笨啊，为什么要受伤，这样这群野兽扑过来她无法抵抗，它们会弄坏小主人的身体的。

或许是见到她这边只有一具尸体，以及一条修为不精，且一身是伤的黄狗，野兽们放松警惕扑了过来。

黄桃只能用自己的身体去挡，在保护小主人的时候她会格外勇敢。

野兽们的每一次撕咬，每一爪攻击，都被她用身体挡住了。

挡到奄奄一息。

她知道她撑不住了。

她恐怕救不了小主人了。

可是……只要小主人的身体回去，谷里就能救活小主人……

只要小主人的身体回去！！！

那一瞬间她觉得她想到了解决的办法，她曾与云夙月结过契，可以轻而易举地夺舍云夙月的身体。

灵宠与主人，最高级别的结契包含灵魂的共鸣。

也是因为这一份共鸣，才能让她们在日常生活中更加默契，也让黄桃能顺利夺舍。

此刻的她顾及不了那么多，她的想法依旧只有一个——要把云夙月带回家。

刚刚夺舍，进入云夙月的身体里她还有些不适应，手脚同时着地，想要快速逃离却发现身体不像本来的身体那般灵便。

好在她还算敏捷，快速逃离后，看着那些野兽啃食自己黄狗的肉身，有一瞬间的恍惚，但还是很快回过神来，快速逃离。

黄桃确定没有危险了，才开始努力适应新的身体，尝试着站立行走。

云夙月的身体只在脖颈处有伤痕，是被蒙面人掐过留下的痕迹，其他地方没有损伤，活动较为灵便，不像她之前的身体，右腿都废掉了，还有几处骨折。

只是她在拖拽云夙月尸体时弄丢了云夙月的鞋子，只能光着脚走路。

平日里她也不穿鞋子，所以格外不理解，为什么人类光脚走了一小段路，脚底就会鲜血淋漓？

她只能找到坊市，进去逛的时候还会迷茫，尝试着用云夙月的身体发音不准地说话："瓦呀……"

还是说不好。

店铺伙计奇怪地看向她，她指了指鞋，伙计当即问："有灵石吗？"

黄桃试着打开自己的百宝玉，打开后拿出了几颗灵石，想着小主人平日里的样子，指了指问："几？"

伙计似乎也被她带歪了，跟着比了两根手指，她赶紧递了过去。

穿上鞋子果然舒服多了，她想打听溯流光谷的位置，却说不明白话，干脆找了一处地方坐着，听着旁边的人说话，他们说什么，自己跟着小声重复一遍。

就这样坐了几日，说话还真的利索了一些。

回到溯流光谷，已是几个月后。

她尚且不会用法器，不会用传送阵，只能用双脚赶路。

待她到了谷口，从储物袋中取出鱼食丢进了湖里，却不会渡入灵力，只能蹲在河边对锦鲤喊："我要进去，去叫船！"

锦鲤吃了鱼食，却没有引船出来。

怪没良心的。

她蹲在岸边探头去看，想着是不是可以游泳进去。

正想着，就看到有人乘坐渡水法器出来，身姿挺拔地站在渡水法器正中，目光不善地对她上下打量。

她一眼便认出，这个人是小主人的哥哥，平日里待小主人极好。

看到他，她仿佛看到了亲人，当即心中一喜。然而，她很快被那个男人的目光看得心虚，一时语塞，竟说不出话来。

真的见到溯流光谷的人了，她却慌了神。

她看着那个人走近，站在她的身前打量她，眼神里像含着刀子，恨不得一片片地割她的肉。

她被看得心惊胆战，战战兢兢地低下头，听到他压低了声音说道：“上来吧。”

她跟着云夙柠上了渡水法器。

一路上，两个人都没有人开口，只是沉默地渡过了那条狭长的河道。

他们到了渡口，看到渡口居然站了很多人，全部都在打量她。

她在人群之中看到了云夙月的父母。

她张了张嘴，然而却一句话未能说出，只会哭，一直哭。

这一路上她努力让自己坚强，然而她真的回到溯流光谷了，竟然一言也说不出来，只能看着他们哭。

黄桃这个时候才意识到，从眼睛里涌出水来是哭，而哭是难过和激动的一种表现。

她做到了！

她回来了！

十三

云夫人是个心肠软的，看着她流泪的样子竟也跟着哭了，伸手迎着她说道：“回来了？”

“嗯！”黄桃重重点头。

此刻的黄桃还不懂人的表情，不知道周围其他人的眼神究竟是什么意义，只顾着哭，竟也没有在意。

然而黄桃再次回忆起那时的画面时，才清楚看到那些人的脸上都是复杂的神情。

有的愤怒，有的纠结，有的则是不解。

那么清晰地看到了他们对自己的嫌弃。

黄桃被云夫人带着回了小主人的房间，有人帮她换衣服，带着她去沐浴，还给她准备了一桌丰盛的饭菜。

她不会用筷子，等屋子里的人都走了，她才用手抓着狼吞虎咽。

等她吃得饱饱的，又开始坐立不安了。

她不知道该怎么和溯流光谷的人说之前的事情，只能在房间里手足无措地等待。

最后来的是云夫人和云夙柠。

云夫人依旧是温柔的样子，坐在她的身前查看她的伤势。

云夙柠则是站在一边，听她们的谈话，模样冷淡带着杀气，让黄桃惧怕。

“告诉我，究竟发生了什么事情。”云夫人努力忍住眼泪问道。

"我，伤了，这里！还有……"黄桃努力组织自己刚刚学会不久的语言，指了指自己的脖子，却不知道该怎么形容灵魂，只能抬手在自己的头顶比画，"能医好吗？"

"能，能的！你别急，慢慢说。"云夫人看着她的样子，终究没能忍住，再次哭了起来，擦着眼泪的时候还在安慰黄桃。

"那天采药，我，还有……就是，遇到……"黄桃不知道该怎么称呼小主人的师叔祖，于是站起来学师叔祖走路的样子，还学了师叔祖平日里习惯做的动作，扶着脖颈，转一圈头，活动筋骨似的。

这个形容让云夫人一惊。

云夙柠看到之后也是一阵诧异，稍微挪动了一步看着黄桃。

黄桃看着他们的样子更急了，可是越急越说不出："云外丹！对！还有……绿，不对，绿道……"

"绿岛是什么？"云夫人认真地看着黄桃，神情里带着紧张，似乎意识到她说到了关键的地方，却没明白她说的是什么意思。

黄桃努力回忆那个名字，努力复述出来："六道……帝江，复活，云外丹。"

云夫人听到这个讯息惊得豁然起身，撞倒了椅子。

云夙柠也是惊呼了一声："什么？！"

六道帝江？！

黄桃认真地点头，然后突然趴下示意："躲着，然后……"

她说着又起身，自己掐着自己的脖子："这样，伤了，能治好吗？"

她怕云夫人治不好小主人，又跟云夫人转一圈："身体，没坏！我回来了！"

云夫人看着黄桃，似乎懂了黄桃的意思，甚至明白了黄桃所有的意图。

云夙柠则是朝着黄桃冲过来吼道："那你也不能……"

接着被云夫人控制住，将他推出房门："你出去。"

"娘！"

"出去！"

黄桃被云夙柠的怒吼吓了一跳，睁大一双眼睛看着母子二人。

直到云夙柠负气离开，黄桃才暗暗松了一口气，这个哥哥太凶了，她害怕。

云夫人则是又问了几个问题，她磕磕绊绊地回答完了，最后目送云夫人离开。

之后的日子，黄桃一直在等，可是谷里的人总是不来医治，只是每日吃饭的时辰都送来一桌食物，再匆匆离开。

她等得无聊了，甚至有些着急，她想小主人了，想赶紧见到小主人，便主动出门去寻，却意外地听到了院中其他医修的对话。

一人愤怒地说道："夺舍，那岂是好人能做出的事情？也就是夫人心肠好，还能容着她！”

旁人赶紧追问：“怎么说？”

“夺舍根本就是夺了别人的身子，还将别人残存的魂魄都挤得魂飞魄散了！许多人夺舍，都是看中了对方身体的资质，仗着修为高夺了对方的身体，之后都不敢告诉旁人自己夺舍的事，伪装成那个人继续生活，不然必遭唾弃。”

“那被夺舍的人呢？我们小姐呢？”

“被夺的人是最惨烈的，魂飞魄散，甚至无法轮回往生，这世间再无此人了！”

“那这样我们小姐岂不是……”

“小姐彻底没了！”

躲在不远处的黄桃如遭雷击，整个人都僵在原处，眼睛一眨不眨地看着那群人。

怎么会这样？

她不是这样想的，她是想救小主人，不是想杀小主人！

难道之前小主人还有一线生机，最后却是被她所杀吗？

原来最后害死小主人的，居然是自己？！

她觉得她的天都要崩塌了，她不相信这一切，转过身朝院落跑过去，她想要去找云夫人验证这一切。

然而待她到了正院，就看到到处都装饰着白布，院落中的医修都披麻戴孝，神情悲伤麻木。

她终究是撑不住了，模样颓然地进入，看到正在举办葬礼的礼堂，再看周围其他医修的目光。

“她怎么还有脸来？！”

“夺舍了自己的主人，她简直是禽兽！”

“滚出溯流光谷！”

字字句句，如同重击，一次次地攻击黄桃的心口。

生疼……

回忆之境出现动荡，天塌地陷一般，似乎整个人都在崩溃瓦解，记忆给主人带来了这么大的痛苦。

悬颂当即双手掐诀，施法控制。

回忆外，黄桃盘膝坐在床铺上，突然捂住自己的心口痛苦地嘶吼起来，眼泪汹涌如浪潮，一发而不可收。

等候在一边的顾京墨、云夙柠以及云氏夫妇都分外着急地走到床边。

顾京墨紧张地问：“怎么回事？”

悬颂依旧合着双眼，低声说道："她回忆到灵堂的那一段记忆了，整个回忆之境都要碎裂了，我也是第一次见到这么猛烈的崩塌。不过无妨，我能控制住，不要碰她，不然会让她的记忆错乱。"

屋中众人了然，云夫人当即抬手捂住嘴簌簌落泪，既心疼又难过。

云夙柠则是紧握双拳，看着黄桃痛苦挣扎的样子，又是一阵悔恨。

她明明那么难过，她当时一定非常痛苦愧疚吧，而当时的自己却只知道怨她。

害她更加难过的，其实是自己吧？

黄桃沉浸在回忆之中，身体却不受控制地号啕大哭，双手扶着膝盖，指甲险些掐进血肉里。

顾京墨心疼得想帮她移开手，最终还是忍住了。

回忆终于恢复了一些，然而依旧有着剧烈的晃动，悬颂需要一直施法才能够控制住——

这时，云夙柠提着剑从侧门走进来，对着黄桃怒吼："你怎么敢来这里？我现在就杀了你这个畜生！"

然而他被快步追出来的云夫人拦住了，猛地就是一巴掌。

云夙柠从未被人打过，尤其是自己一向慈爱的母亲，不由得愣在了当场。

"你给我跪下！"云夫人怒吼出声，没有了平日里的贤良温雅，难得地愤怒起来。

"娘？"云夙柠不解，捂着自己的脸诧异地看着母亲。

"跪下！"

云夙柠只能听话，跪在了云夫人身前。

云夫人掷地有声地训斥道："冤有头债有主，这句话你该知晓吧？伤害月儿的是她吗？不是！是修为比你高，且你打不败的人！但是你愤怒，你的怒气无处发泄，你就将你的怒火撒在她的身上吗？"

云夙柠愤怒地继续问："可是她怎么能夺舍？！"

"你知道她经历了什么吗？她拽着月儿的尸体走了月余，遭遇袭击才在不得已的情况下夺舍，为的是带月儿回来让我们医治！

"你仔细想一想，月儿知晓了那些事情，对方能不毁了她的魂防止我们用聚魂术询问吗？害月儿的不是她！是那群恶徒！

"我相信她努力了，她已经拼尽全力了，你知道她当时有多害怕吗？但是她很勇敢，她真的把月儿带回来了，她做到了！"

"她有什么资格？！"云夙柠心疼得不行，自己妹妹的身体，却被一条黄狗霸占了，"她有什么资格用月儿的身体。"

“在我的心里，她不是奴，不是灵宠，她是我们的家人！她努力保护月儿，她有资格！你对她撒气，无非是你无能，不能去报仇，欺负弱者算什么男人？！这就是我教大的儿子吗？！”

云夫人呵斥完，叫来了其他人，吩咐道：“带小姐回房间。”

依旧是称呼为小姐，似乎真的打算把她当成女儿来对待了。

黄桃似乎失去了魂魄，像游魂一样回到了小姐的房间，坐在房间里号啕大哭。

她的小主人殒了。

她没能救下小主人！

她怎么这么没用啊……

如此不知过了多久，黄桃逃了，她无颜再见溯流光谷的其他人。

她不知道自己该去哪里，只剩她一个人了，一个让人唾弃的半妖。

她开始在世间游荡，活像个落魄乞丐。

偏这般落魄了，还能遇到歹人，抢夺她狩猎来的野味。

她站在一旁看着那群人吃她猎来的美食，迟疑了一会儿，她准备离开。

就在此时，她听到了一名女子的低沉却格外好听的声音：“就这么给他们了？”

黄桃一怔，抬头去看，就看到自己身边不知何时站了一名身材高挑的女子，头顶交叉插着古旧的古铜色发钗，发梢微卷，容貌艳丽得如同在深夜绽放的一朵殷红的蔷薇。

她惊讶地看着这名女子，错愕了半晌才回神，回答：“我，不行，打，不行的。”

女子理解了一会儿才明白了黄桃的意思，问：“还没打呢，怎么知道打不过？”

“牙齿，不锋利！”黄桃龇牙给她看。

女子看了她半晌，突然被逗笑了，接着说道：“那你看着我如何不用牙齿打过他们。”

说着，她用控物术拾起了一根树杈，朝着那几个人攻击了过去。

黄桃看得惊奇不已，这个漂亮的姐姐身手实在太利落了，看得她眼花缭乱。

这时林中又走出了两个人，一名女子身着靛蓝色的法衣，同样相貌极美，眉眼里多了一丝柔弱和媚态，身上有着浓郁的香味，芳香醉人。

她身边跟着一名高大健硕的男子，面容棱角分明，冷峻骇人。

靛蓝色法衣的女子手里拎着酒壶，看着那边战斗的情景嘟囔：“顾京墨怎么总是闲不下来？成日里就知道戏弄小姑娘。”

说着朝黄桃看了一眼，又补充：“还是个半妖。”

黄桃被她看得一瞬间心虚起来。

十四

顾京墨收拾了那群人后，拎着野味走了回来，对黄桃说道:“可惜，没剩多少了。”

那轻易的模样，让黄桃不禁怀疑那群人简直是棉花做的。

“谢谢！没事！”黄桃连忙感谢。

她其实对骨头很感兴趣，可是现在的牙齿不够锋利，她吃骨头吃不了多少，着实有些可惜。

而且，剩下的这些食物也够她吃几天了。

“不如来和我们一起喝酒吧！”顾京墨拎着酒壶对黄桃提议，微笑的样子极为清爽，浓艳的容貌都淡了几分。

“我……没灵石了……”黄桃囊中羞涩，买不起酒了。

“请你，过来吧。”顾京墨豪爽地招呼了一声，黄桃立即应声，跟着顾京墨到了他们原本喝酒的地方。

黄桃捧着酒壶轻轻抿了一口，辣得眼泪都出来了。

顾京墨看着她的样子觉得有趣，大笑不止:“丁臾，你看她，是不是挺可爱的？”

“你该不会是对女子……”丁臾突然挑眉，实在是顾京墨总是对女孩子格外照顾，让丁臾觉得很奇怪。

“我要是对女子有想法，第一个目标就是你，不然都对不起你这样的美貌。”

“呵，那你离死也不远了。”丁臾跟着喝了一口酒，“说起来，你还真是不近男色，就没见你对哪个男人感兴趣过。”

“我啊……估计日后只会对天仙一样的人动心。”顾京墨依旧笑得爽朗。

悬颂身处回忆之中，甚至可以站在顾京墨的身边。

只可惜回忆中的几个人察觉不到出现在回忆中的外来人，只是按照记忆原本的走向，按部就班地完成那些已经发生过的事情。

悬颂在顾京墨出现后，便站在顾京墨的斜前方，看着顾京墨眉飞色舞地说话，不由得扬起嘴角。

天仙一样的人？

他这样的？

嗯，眼光确实不错。

悬颂难得生出一丝认可来。

回忆里——

四个人坐在一起，顾京墨和丁臾互相嘲讽，喝着喝着就容易吵起来，甚至还会在酒桌上过两招。

说起来，丁臾是水系单灵根，顾京墨是火系单灵根，两个人确实是实质上的水火不容。

一边一直沉默的男子似乎叫小修儿，黄桃是听丁臾这么称呼他的。

她看着这三个人，手里捧着酒壶小口小口地喝，不胜酒力的她没一会儿便醉了。

一条刚刚成人不久的狗狗，的确不知道喝酒是会醉的。

醉酒后她开始哭，不利落地说着小主人的名字，说起了自己的事情。

另外三个人需要从她零碎的话语里拼凑信息，才弄懂黄桃身上发生过什么事情。

丁臾听完，手臂撑着桌沿叹气，“谁又不是呢？我当年不也协助旁人，杀了我的救命恩人，还被一个浑蛋当猴子耍。再说她，”丁臾说着，指了指顾京墨，“她啊，最初真不知道是怎么熬过来的，她经历过的事情不比你轻松。这混乱世间，又有几个人没血淋淋地疼过呢？”

黄桃只能指着自己的心口，说道：“这里，难受，揪在一起了。”

顾京墨突然起身，拎起黄桃的手臂，像是拎起了一个小动物一样轻松：“走，带你玩去。”

黄桃有些醉，人也有些迷糊，被顾京墨、丁臾以及丁修三人带着去了传送阵，再出去就是另外一番天地了。

星辰在空中列阵如将领点兵，严阵以待。

周遭是奇异的景象，诸多建筑像是被镶嵌在了悬崖峭壁之上，山壁上还或镶嵌或悬挂着青绿色的照明法器，发出幽冥鬼火般的光亮。

锋利的山崖之间，连接着一座座木板桥，桥梁间荡着盏盏青灯。

黄桃看了之后不由惊讶：“这里，哪儿？”

她从未见过这般场景。

顾京墨坦然回答：“鬼市。”

黄桃虽成人不久，却也知道一些事情，当即惊呼了一声：“那岂不是……这里，坏蛋，多！”

顾京墨听完和丁臾一起大笑，朗声回答：“我们三个也是坏蛋，大！坏！蛋！”

她说完，从万宝铃内取出了一个飞行法器，示意黄桃上去。

飞行法器像是轿子，却比轿子要大出许多来，雕刻精致，四柱上盘着栩栩如生的黑龙，垂着的黑色轻纱随风而舞。

黄桃从未见过这般华丽奢侈的飞行法器，惊得许久未动，被顾京墨推了一把才上了法器。

在飞行法器上，丁臾跷着二郎腿坐在右侧。

顾京墨则是单手托着下巴，坐在左侧，黄桃坐在中间。

在法器前面，丁修骑着一条黑蛇开路，带着飞行法器进入了鬼市。

鬼市门口有人认出了他们，当即高呼："升天灯！"

与此同时，原本还有些昏暗的鬼市霎时亮起千余青灯，将鬼市照得灯火通明，不少修者从屋舍中出来向外张望，随后快速捧出了他们最拿得出手的宝贝。

鬼市街道上一时间挤满了修者，朝着他们聚拢，高高举起手里的东西，生怕法器上的人看不到。

顾京墨朝外看去，选了选后嫌弃地道："都是些什么鬼东西？"

虽然嫌弃，却还是朝外扬了一把灵石："下次孝敬些好的。"

说完掠过那些人离开，一样未要。

黄桃回头去看，看到那些修者并没有被拒绝的失落，反而蜂拥去抢夺灵石，甚至还有人因为抢夺大打出手。

说真的，黄桃看得恨不得下去跟着一起捡，她也没灵石。

人群中有人看着旁人的宝贝，笑道："你拿的这是什么东西，能入魔尊和鬼王的眼？"

"你懂什么？"那人回答完，继续去看那个脏兮兮的女孩子——黄桃

果不其然，路过他们的时候，顾京墨看中了其中一件女孩子的法衣，伸手拿来后在黄桃身上比量，接着从万宝铃里取出了一颗黑色的珠子给他："这件我喜欢。"

说着，将珠子赏给了他。

那人高兴地接过，看到居然是黑玄玉，当即连连感谢，接着快速离开人群，生怕别人来杀人夺宝。

旁人似乎明白了魔尊这次的意图，纷纷回去换了手里的宝贝。

顾京墨什么没有啊？

她什么都不缺，今日是来给那个小姑娘选东西的。

没一会儿，街上的修者们开始追着飞行法器跑，高举换了一批的宝贝。

顾京墨选了一些小姑娘会喜欢的，想了想，给黄桃选了件骨头样的小挂坠，丢给了黄桃："拿去玩吧。"

黄桃惊喜地接过，问："给我的？"

"嗯！"

"为什么？"

“开心嘛！”顾京墨笑着回答，“不开心的时候就买东西，买了就开心了！”

谁知黄桃捧着这些东西又开始哭了，哭得惊天动地。

顾京墨和丁臾都万分不解，两个高傲的浓艳美人，看到黄桃大哭都有些手忙脚乱。

丁臾指着黄桃问：“这是怎么了？”

顾京墨帮黄桃擦眼泪，也很奇怪：“不知道啊！”

黄桃终于哭着找回了自己的声音，回答：“你们，人好！”

这一句话引得二人再次大笑起来。

怕是整个修真界，也只有黄桃能夸得出他们是好人了。

悬颂跟在飞行法器后面慢慢行走，看着这些人，再看看周围的鬼市，之前的好心情突然烟消云散。

黄桃不开心了，她就带黄桃来鬼市这般奢侈。

他之前疑似坐化圆寂了，她却只想着找其他的小和尚，这区别对待得有些过分了吧？

不过他很快就释然了。

现如今顾京墨的处境艰难，还身受重伤，怕是不能再坦然出现在魔门。

而且，顾京墨丢了万宝铃，无法再如此挥霍了。

都说由奢入俭难，顾京墨曾经这般挥霍，在丢了万宝铃后连件像样的飞行法器都没有，倒是依旧惬意，这种心态，确实无人能比。

这时他看到飞行法器缓速出了鬼市，顾京墨将黄桃送回到了他们相遇的地方，并且给了黄桃一个铃铛——

顾京墨依旧是万事皆不在意的模样，轻描淡写地说道：“这个铃铛给你，若是遇到危险了可以摇晃铃铛，我会来救你。不过，如果摇铃了，也意味着我们结契了，你需要付出极大的代价，才算是完成了契约。”

“代价？什么？”

“有可能是你的命哦……”

黄桃一惊，还未能回神，顾京墨已经在转瞬间消失不见了。

丁臾提着酒壶又喝了一口酒，干脆倒在了丁修的身上，由丁修抱着离开，也是瞬间消失不见。

黄桃一个人站在空旷的林间久久不能回神，仿佛遇到顾京墨等人，不过是一场美妙的梦。

现在梦醒了，她又变成孤零零的一个人了。

在被云夙柠找到的那天，黄桃已经能很利索地说话了，并且学会了狩猎技能。

她被一个村子的猎户收留了，她身手比普通人敏捷，且心细胆大，能帮他们不少忙。

村民都待她极好，有人给她提供屋舍，有人给她送来吃穿，还有人教她说话。

云夙柠找来时，黄桃正蹲在院落里，手脚利索地炮制灵兽的尸体，依稀看到和村民不符的精致法靴以及法衣的衣摆，她抬头。

看到来人她不由得一惊，下意识地丢下了手里的东西，站起身来看着云夙柠，愣了一会儿，许久才回过神来，唤道："少主。"

"跟我回去。"云夙柠一直盯着她，目光中有些愤怒，却要比之前平静很多。

只是那目光似乎含着钩子，不肯从黄桃身上移开。

黄桃连连拒绝："不，我在这里挺好的……我不回去添乱了，我……"

"跟我回去！"云夙柠再次重复，态度坚决且强硬。

她慢慢地低下头，语气越发弱了起来："我不想回去，那里我待不下去。"

"你要在外面乱走多久？你什么都不懂，遇到危险怎么办？还是说你要留在这个村子里，日后跟一个寻常的猎户成亲生子，用月儿的身体？"

"对不起……我不会成亲的……"黄桃被最后一句话刺痛了心口，"我会好好保护好这具身体。"

"你怎么保护？你有什么能力保护？！"

"我……"她再也回答不出了。

悬颂看到这里忍不住站在云夙柠的身侧，去看云夙柠的衣摆和鞋底，以及手里捏着的一幅寻人用的画卷。

他能够猜测到，云夙柠怕是苦寻了几月，偏偏一见面就说出最伤人的话。

这个小子之前说话不是一般的带刺，也难怪黄桃每次提起云夙柠，依旧会产生异样的表情。

这么多年过去了，黄桃依旧惧怕云夙柠，源头便在这里。

就算云夙柠后来待黄桃也极为不错，也改变不了他在黄桃心中固有的印象了。

十五

黄桃因性格好极好亲近，模样也秀气可爱，在村子里的人缘不错。

有人见到有人惹黄桃哭了，全部都带着家伙来了黄桃的院子，远远地喊："你是谁？！离黄桃远点！”

“无耻登徒子，都闯到院里来了！还要脸不要？！”

云夙柠侧头看向他们，多是杂灵根的修者以及普通凡人，他并不想理会，而是再次重复道：“跟我走。”

黄桃难得态度强硬：“我不！在那里每时每刻都是煎熬，我无法承受那种压抑，我想留在这里。如果你觉得我用了小姐的身体有辱云家，可以将我杀死，取回身体，我不会反抗，也没有异议。”

“你！”云夙柠被她的拒绝气得一句话也说不出了。

“你来杀吧。”黄桃认为最为残酷的死法，恐怕就是被掐死了，不然小主人不会那么痛苦。

于是她扬起头来，亮出自己的脖颈给他。

“还要杀人了不成？！”村民不明所以，只知道护短，当即叫嚷起来，举起手里的武器朝着云夙柠攻击。

云夙柠利落地闪身躲开，也不攻击这群凡人，最终没有多停留，选择离开。

黄桃看着他离开，暗暗握紧了拳头。

她不想回去。

然而，第二天一早，她看到自己的窗口放着一个百宝玉，还是有了一瞬间的松动。

她渡入灵力，看到里面都是常备的药物丹药，以及可以急救的符箓、法器，还有一些灵石。

她拿着百宝玉向左右看了看，未能看到云夙柠的身影，只能将百宝玉收了起来。

这一刻，悬颂竟然觉得，云夙柠和自己的性格有些像。都是嘴巴很硬，却容易心软的人。

悬颂甚至有片刻反省，他平日里也这般讨人厌吗？

哦……他应该比云夙柠更糟糕，毕竟他还有着长者的架子，不给人留半点面子。

他终于意识到了自己的问题，不过，他并没有准备改。

他怕他变得温柔了，反而吓到那群徒子徒孙，让那群徒子徒孙开始自我反省，是不是他们做错了什么。

或许，不收到那一抹流光，黄桃的后半生都会在那个村子里度过。

在溯流光谷遇到危险，或者要发布重要消息的时候，会发出流光给在外历练的修者。

这道流光需要在谷内有过结印的修者才能够收到。

黄桃用了云夙月的肉身，自然也能够收到。

黄桃起初看到流光的瞬间似乎还不太理解，还当是绕着她飞行的萤火虫，直到朝着流光一点，流光内传出了云夙柠的声音她才一怔：“谷中有难，切记隐匿行踪，勿归。”

黄桃听到这句话后，单手抱着的柴火全部掉落在了地面上，慌张地四处去看，最终又站在原地久久不动。

谷中有难……

是那个蒙面的坏蛋去了吗？

她突然想到，她认识的“大坏蛋姐姐”非常厉害，夺回她的食物只需要一瞬间，她定然可以打败蒙面的坏人。

如果谷中真的有难，她找大坏蛋姐姐不就行了？

只是这铃铛珍贵，她初入修真界不久，不知道该怎么用，若是浪费了着实可惜，还是交给云夙柠来使用比较稳妥。

做出回谷的决定，也只用了一瞬间而已。

她要回去！

她在屋舍里给照顾过她的村民留下了书信，带上了一些必备的东西后，马不停蹄地赶往溯流光谷。

此时的她已经学会了使用传送阵，在使用灵石方面也精明了很多。

这一次回谷，要比之前顺利许多。

她本来还在苦恼，不知道该如何渡过溯流光谷的结界，却发现河道枯竭，她竟然可以从河道走进去。

她迟疑了一会儿，还是壮着胆子走了进去，一路上都没有遇到任何险阻，顺利得让她觉得惊讶。

进入谷中，她才发现了不对劲，谷中空无一人，处处都透着诡异。

她不敢妄动，不敢出声，不敢暴露行踪，仗着自己之前做黄狗时总是躲起来的捕鸟记忆，小心翼翼地隐匿在谷中寻找，直到听到了一声哀号。

她吓得一动不敢动，躲在了草丛里直至黑夜。

待到夜深人静之时，黄桃才从草丛里出来，朝着发出惨叫声的地方小心翼翼地移动过去。

夜寂无声，她的呼吸声都显得突兀，无风无雾，无光无月，甚是诡异。

这些年里她训练了一些捕猎技能，可以躲在林中不发一声，外加有云夙月的护体项链可以隐匿气息，林中野兽无法发现她，让她有了极好的隐匿技能。

她靠近一个洞窟朝里面看，看到的一瞬间便惊得捂住了口鼻，甚至一阵晕眩。

只见洞窟里的一潭水呈现红绿交错的诡异画面，绿为水，红为血肉，两者不能完美融合，就那么凝固在了一起。

潭中浸泡着十余具白骨，而那潭里似乎溶了许多的血肉，才会变得恶臭不堪。

她想到了白日里的惨叫声，猜测恐怕是有人将活人丢进了这个带有腐蚀性的深潭中，让其血肉被溶解，痛苦而亡。

震惊了一会儿，她才看到洞窟内的狭窄处似乎有一处结界，里面关押着很多人。

她等待了一会儿，确定没有人看守，才更大胆地走近，探头去看，这才看到云氏夫妇以及云夙柠等溯流光谷幸存的修者，都被关押在了结界内。

云夙柠第一个看到了她，似乎张嘴说了什么，可惜声音被结界隔绝。

很快，结界内的众人都看到了黄桃，云夫人似乎在示意她快逃，她却看着洞窟迟疑了很久，最终又躲了起来。

洞窟内的环境复杂，她若是想进去，必定要经过那处深潭。

此刻的她不会御剑，走过去很困难，进去也帮不上什么忙。

于是她再次躲了起来，躲在了能够看到洞窟内情况的地方。

第二天她看到有蒙面的修者过来，她认得出来，那些人的穿着和杀死小主人的蒙面人如出一辙，只是面具上的花纹有所不同。

那一瞬间，她再一次感受到了心脏剧烈收缩的痛。

这也使得回忆之境再次出现了动荡，产生了剧烈的晃动。

但是她没有轻举妄动，而是暗中观察，看到有修者御物到了深潭中间，拧动了一块圆石。

圆石拧动，让结界敞开。

被结界关押的众多修者的声音终于能够传出来，却没有能力离开，似乎身体内的灵力都无法运转了，看着结界打开也没有力气出来。

一名蒙面人冷笑着问道："还是不肯说出云外丹的去处吗？"

"云外丹已经……毁了！"云掌门依旧坚持自己的说法。

"不识抬举！"说着，蒙面人从人群中随意拽出来一个人，强行拖到了深潭边，又问，"说是不说？！"

云掌门以及其他的修者全部痛苦不堪，云夫人难过地闭上了双目，泪流不止。

他们眼睁睁地看着那名修者被浸泡在了深潭之中，血肉消融，人在短短一刻钟的时间内变为了一具白骨。

过程异常惨烈，那痛苦的哀号声让人跟着肝肠寸断，似乎能够感受他的痛苦。

黄桃第一次看到这样的情形，那残忍的画面让她双目血红，最终也只能艰难忍耐。

等到那些人不再看守，锁上结界表示明日再来后，她才偷偷地落了一滴泪。

想来，这十几日内，溯流光谷的修者都是这么过来的吧？

眼睁睁地看着同门痛苦地死在自己的面前，却又无能为力。

待到了夜里，黄桃终于敢离开躲藏的地方，小心翼翼地进入洞窟里。

她先是试探性地垫了东西在深潭，可惜这些东西全部都被溶解掉了。

她看着水潭正中的圆石，做了一个深呼吸，一脚踏进潭中。

结界内，溯流光谷的修者都在阻止，似乎喊着什么，可惜黄桃听不到，声音全部被结界隔绝了。

她只能忍受着血肉被潭水溶解的剧痛，咬着自己的下唇，再踏入一只脚。

她知道，那些蒙面人都在谷中，她不是那些人的对手，所以她不能发出声音把他们引来。

她只能这样踏进潭中，以自身灵力不深陷潭中，一步步地走进去，血肉被溶解，露出森森白骨，她靠着残存的、尚未完全溶解的血肉以及白骨支撑，终于到了潭中心，努力去转动那块圆石。

结界内，溯流光谷的修者全部都看着她。

看着那个柔弱的女孩，腿被腐蚀得血肉只残存了不到三分之一，疼得眼泪横流，却一声不吭。

一定很疼吧……

不然不会将自己的嘴唇咬得流出血来。

她是怎么坚持下来的？

曾经被他们厌弃，被他们辱骂过的半妖女孩，在此刻竟然成了他们唯一的希望。

结界内，云夫人更是心疼地哭出了声："黄桃……"

叫的是她原来的名字。

她的力气不大，从脚到小腿的失去血肉的疼，让她更加虚弱，转动得万分吃力。

好在她做到了，她成功打开了结界，让云夙柠能扑到潭边，甩出了自己的腰带捆着黄桃的腰，将她拽到岸边。

黄桃终于能说话了，取出自己的百宝玉，用微弱的声音说："这里有一个铃铛，我取出来……你看看，是不是摇了，她就会来救我们了？我不会用，我怕我用错了浪费机会……那就真的没办法了……她很厉害的。这里还有丹药，你看看哪些能让你们恢复。"

她知道这些人用不出灵力来，便将她全部的家当都拿了出来，不知哪一样能派上用场。

云夙柠不明白铃铛的事情，只是和云氏夫妇一同服用药物，快速恢复灵力，接着一同帮黄桃疗伤，看看能不能保住黄桃的双腿双脚。

没能有足够的药物帮忙疗伤，其他修者便握住灵石，吸收其中的灵力，以此恢复一些灵力。

这时，洞口突然出现了蒙面人，看着洞窟中的情况冷笑：“真当我们什么都不知道？”

说着便攻击过来，跟云掌门对了一掌，云掌门只恢复了一些灵力而已，远远不敌。

黄桃看到刚刚恢复过来的众人根本不是这些人的对手，不由得有些绝望，难不成她的努力都白费了吗?

悬颂看到这里不由得叹气。

说黄桃傻吧，她还一直按兵不动，观察了情况才采取了行动。

说黄桃聪明吧，她还真的不聪明。

从进入溯流光谷，看到这请君入瓮的状态，就应该知晓谷中定然有埋伏。

空有一腔孤勇，却没有聪明的脑子，到底是入世未深的小妖。

这时，黄桃听到了云夙柠的话语：“朝着那个铃铛渡入灵力摇晃，呼唤其名。”

黄桃赶紧拿起铃铛渡入灵力，却不知该叫什么，她依稀记得蓝衣服的姐姐叫过那个姐姐的名字，可是她忘记了……

她只记住了顾京墨的自我介绍。

于是，她朗声说道：“大坏蛋，求求你来救救我们！”

手摇银铃，铃声悦耳，清脆动听，在血臭味弥漫的洞窟中，清幽地回荡。

蒙面人看到黄桃的举动大笑不止，以为她疯了：“你在做什么？”

其他人也跟着一起起哄：“难不成是个傻子？！”

“用这么笨的方法救人，恐怕真的是个傻子，还找大坏蛋来救，哈哈哈哈，没人救得了你们。”

这时，洞窟中突然出现了另外一道声音，那人凭空出现，用庄严且带着肃杀的语气说道：“在下顾京墨。”

接着是一条火龙奔腾而起，朝着洞窟外扑了出去。

惊慌惨叫，痛苦哀号。

十六

没有人会想到，刚刚夺舍成人不久的黄桃，居然能够认识如今的魔尊顾京墨，还能请动顾京墨前来相救。

就连洞窟内被救的众人都未能第一时间回过神来。

顾京墨三个字太有重量，在他们的脑海内沉重回荡。

云夙柠有片刻的错愕，还是立即回神帮黄桃疗伤，此刻当务之急是保住黄桃的双腿、双足。

黄桃无力地倒在地面上，忍着疼看着外界火光缭绕，嘟囔着安慰众人：“她很厉害的……”

“嗯，她自然厉害。”云夙柠回答。

毕竟她是顾京墨，修真界最年轻的化神期修者。

让整个修真界都闻风丧胆的存在。

洞窟外，顾京墨缓步朝前，目光深沉地看着那些蒙面修者，以及谷中的一些医修，有些不解。

于是她随手用控物术抓来了洞窟中被困的人问道：“在洞窟外的，都是欺负小黄桃的？”

“谷中在前几日经历了一场叛变，在洞窟外的都是叛变的医修，现在已经入了魔门了……”那人说到中途，意识到顾京墨也是魔门的修者，还是魔门的魔尊，当即改了言辞，“对，外面的都欺负了黄桃。”

简单易懂。

顾京墨没有多余的话，将这名医修丢回洞窟，布下足以保护他们的结界。

他们在洞窟内只能够感受到外界的震荡，能够看到漫天的火势，仅此而已，化神期修者攻击的震荡丝毫伤不到他们。

待到顾京墨收了结界，回到洞窟内，扫了一眼双足已经恢复得七七八八的黄桃，随即问：“六道帝江是怎么回事？”

她在外界听到了求饶声，蒙面人甚至试图拉她入伙，提起了六道帝江的名讳。

顾京墨原本只想困住他们，听到这个名字后反而将他们全部杀光了。

这群余孽留不得。

洞窟内无人回答。

顾京墨只能动用控物术，让他们所有人离开那处洞窟，同时朝洞窟内丢了一把火，毁了那个吞人的水潭。

里面确实不适合说话，她也不愿意在那种肮脏恶臭的环境久留。

她走到了云氏夫妇身前，蹲下身目光灼灼地看向他们：“你们已经护不住了。”

“丹药已经毁了。”云掌门态度强硬地回答。

顾京墨做了一个深呼吸，再次开口：“我可以立心魔誓，绝对不会做出复活六道帝江的事情，我也是最不想他复活的人之一。若你现在不跟我说，这修真界没有人护得了你们，还会因为你们，造成不可估量的后果。”

云夙柠倒是识时务，第一个开口：“这谷中曾经陨落过天外神物，才造成了这样的深坑。”

云氏夫妇一惊，赶紧去阻拦云夙柠。

云夙柠却盯着顾京墨，看到顾京墨扬起嘴角，当真启用了心魔誓，誓言极重。

云夙柠这才恭恭敬敬地跪拜，正式开口：“感谢恩公搭救，也请恩公守护溯流光谷的秘密。”

“好。”顾京墨站起身来，愿闻其详。

“这天外神物原本被缘烟阁取走，却不知，真正的神物并非那块黑石，乃是山中的一颗丹药，名为云外丹，其有着起死回生的功效，想复活六道帝江的修者也是因此而来。”

顾京墨疑惑地问：“既为秘密，为何他们会知晓？”

“谷内师叔祖出卖了我们，幸好有黄桃提前告知，才能让我们提前毁了云外丹。”

云氏夫妇眼眸微动，知晓云夙柠是以退为进，这般正式地告知顾京墨云外丹被毁的消息，才更为可信。

顾京墨又问：“既然提前告知，为何不请高阶修者来护阵？”

“那样也暴露了谷中秘密。”

一群不要命的倔驴。

顾京墨扬眉，轻笑了几声后对黄桃招手：“小黄桃。”

云夙柠的灵力尚没有恢复，治疗得不算快，黄桃的腿只好了大半。她艰难起身，应了一声：“嗯，在。”

“还记得我之前跟你说的话吧？”

“嗯，我既然求您来救，就已经做好了心理准备，这条命您拿去吧。”

溯流光谷的人吃了一惊，齐齐看向黄桃。

云夙柠更是下意识地护在了黄桃身前。

“黄桃，跟我走。”顾京墨转过身来，撕裂了空气一般，缝隙那端是魔门的地界。

黄桃怔了一瞬，起身跟着顾京墨离开。

“黄桃！”云夙柠叫了一声，伸手去抓她的衣角。

黄桃回头看向他们，最终还是跟着顾京墨进了缝隙，谷中只留下了黄桃行走的一路血色脚印。

云夙柠未能抓住，狼狈倒在地面上，看着黄桃消失的位置久久无法回神。

顾京墨信守诺言了，之后几年都未道出真相，甚至承担了骂名——谷中叛变死亡的修者都是她在滥杀无辜。

毕竟谷中突然死亡数人，应当有一个合理的解释。

这些年里，她还连续几次救了溯流光谷，让溯流光谷逐渐信任了顾京墨，视她为恩人。

可是顾京墨能够杀死的，只有出现在谷中的和那些送上门的，真正的幕后主使一直躲在暗中未曾露面，极为棘手。

悬颂知道，顾京墨猜到云夙柠是说谎了，却没有追究，她并不觊觎那颗云外丹，所以毁没毁都无所谓。

她只是怕六道帝江复活，她同样不想消息被传出去。

悬颂看了黄桃之后的记忆，多是跟着顾京墨行走几界，时而惹是生非，时而到处挥霍，过得还算惬意。

直到……顾京墨死亡。

没错，死亡。

黄桃那段记忆是不完整的，她在遇到危险的最初便身受重伤，昏迷不醒。

醒来后她一直在等顾京墨回来，却只看到修竹天尊抱着顾京墨的尸体，从大阵之中走出来。

那名艳丽又明媚的女子，已然没有了任何生的迹象，身体无力地垂着，遍体鳞伤。

黄桃不知是怎么冲过去的，哭着扑向顾京墨，却又小心地停下，生怕碰坏了顾京墨的身体。

修竹天尊同样狼狈，却谨慎地在跪下的同时将她放在地面，语气沉重得仿佛压着山岳："她是在危难时刻保护我，才……而我，怕是也活不久了……"

悬颂第一次无视了回忆之境的震荡，周遭天塌地陷般的晃动他都不管了，而是缓步走过去，惊讶地看着顾京墨的尸体。

心口竟然揪紧了，胸腔内像是伸进了一只手，用力捏着他的心脏，剧烈地疼。

她那样安静地躺在血泊中，没有了斗法时的疯狂，没有平日里的狂妄，也不会害羞到自燃。

她在死后居然会显得这么单薄柔弱，那么需要人去保护。

他一向是身姿端正的，却一瞬间塌了肩膀，原本均匀的步子都错乱不匀。

顾京墨曾经……死过？！

看到顾京墨死亡的画面，他居然狠狠地心疼了。

他蹲下身伸出手来，手却从顾京墨的脸颊穿过。

他才恍惚间回神，哦，他并非忆中人。

黄桃经历了第二次崩溃，她急急地祭出流火，哭着叙述了顾京墨的情况，求云夙柠、云氏夫妇救救顾京墨。

云家人不方便赶来，便用了耗尽修者灵力的隔空传物的法子。

黄桃拿着他们给的丹药，赶紧给顾京墨喂进去，然后握着顾京墨的手唤着："魔尊！魔尊！你醒醒！大坏蛋，你醒醒！"

黄桃的手都在抖，不受控制地抖，她是那么害怕，她不能想象自己再眼睁睁地看着第二个主人去世。

好在她听到了顾京墨虚弱的声音："哭什么啊……"

黄桃赶紧擦干净眼泪，生怕视线受阻看不清，果真看到顾京墨复活过来。

她惊喜万分，一时间竟有些语无伦次。

修竹天尊也跟着去查看顾京墨的情况，握住了顾京墨的手腕，探测完后说道："我可以给你开个方子，虽药物难寻，却是最为温和的法子。你怕是要散了这一身修为重新修炼才能稳住体内的伤，但是你的资质极好，经脉已经拓宽，再次修炼也要比之前修炼更快。"

"嗯，若是修竹老……老天尊说的，我便信。"

修竹老儿虽然刻板，但是人品信得过。

悬颂终于睁开了眼睛，呼出了一口气。

他抬眼第一件事便是看向顾京墨，仿佛确认顾京墨此刻安然无事，才能让他安心。

看到顾京墨探寻地看向自己，他只能安慰："好了。"

顾京墨当即去照顾黄桃了。

悬颂重新站起身，看到云夙柠对自己作揖，他的表情已经没有之前那般嫌弃了。

他原本以为，云夙柠是为了自己山谷的安危，才会第一选择保守秘密。

看过黄桃的记忆他才明白过来，此刻的云外丹已经被顾京墨吃了并吸收，若是再想要云外丹，只能祭炼顾京墨的心头血。

云夙柠不是在保护溯流光谷，而是在保护顾京墨。

云外丹可能是一种极为特殊的药物，毁不掉，就算用尽方法它也能重新凝聚。

除非真的被谁使用并吸收了。

溯流光谷的修者开始时并不相信顾京墨，直到顾京墨真的为他们守护秘密，背负骂名，还一直保护溯流光谷，他们才彻底信任她。

他们不是不愿意交出云外丹，而是云外丹要给值得的人，不能落入坏人之手。

如果是救顾京墨，那么他们愿意。

顾京墨当时给云夙柠的许诺，悬颂也彻底明白过来。

顾京墨是选择相信他，如果他真的出卖了这个消息，伤害的会是顾京墨的性命。

在顾京墨看来，他已经是可以交托性命的人了吗？

“悬颂，黄桃怎么皱眉呀！”顾京墨突然惊呼了一声。

悬颂看过去，回答：“她刚刚经历了一场回忆，会头疼正常。”

“能缓解吗？”

“顾京墨，我坐化后你可曾这般担心过？”

“……”顾京墨闭嘴不言了，扭头去问云夙柠：“要不要喂口水喝？”

悬颂气不顺了一瞬间，只能安慰自己，她与黄桃认识更久，不能气这个。

他调整好了心情，才重新坐在了桌边，单手扶着桌面说道：“你可曾想过，在外界丢出你万宝铃里的东西，引你去寻的人，可能是想要你体内的云外丹血液？”

顾京墨知晓悬颂已经有了猜测，终于起身站在了悬颂身前：“你也这么想？”

悬颂颔首：“这个人显然不是你的对手，只能用旁门左道害你，害你名声受损被百家追杀。可惜这百家迟迟不动手，让他急了，又设计让你和修竹陷入危险，这样你就不能再保护溯流光谷。

“他没想到，溯流光谷居然舍得把云外丹给你吃，这回就只能杀你取你心头血了，依旧用的是一点点磨死你的法子，怕是他一直在暗处守着等待你死。”

十七

听到悬颂的分析，云夙柠的表情越发严肃起来：“归根到底，是我们溯流光谷害了魔尊，平白给魔尊引来了这么多的灾祸。”

顾京墨听完倒是爽朗地笑了，反而觉得云夙柠的话非常没有道理：“我真受不了你们的理论，明明是那群人来残害你们溯流光谷，我主动管闲事，那些人再转过来加害于我，怎么就成了你们溯流光谷的错？明明你们也是受害者。”

云夙柠握紧拳头，再未说出一言。

悬颂的目光一直在顾京墨身上，他对顾京墨总是有一种莫名的好奇。

他最近总是很期待，想要看看这个奇怪的女人在应对某些事情的时候，是什么样的表情，什么样的情绪，又会怎样应对。

顾京墨依旧是毫不在意的模样，坦然跟他对视。

“那你准备怎么应对？”悬颂问她。

“杀了那群人。”顾京墨的想法总是简单直白，“你也说了，他并非我的对手，才想到了这些旁门左道。那么，我就去跟他拼个鱼死网破，趁着他们还没有足够强大，杀了他们。而且，万宝铃肯定也在他们手里，我可以直接抢回来，之后再去寻那些散落在修真界的就是了。”

悬颂的手指敲击桌面，引起她的注意。

她朝悬颂看过去，果然看到了悬颂嫌弃的眼神，似乎从眼神就能看出，悬颂在心里骂她不够聪明。

悬颂耐着性子问她：“你有没有想过，现在在外面埋伏的都有谁？主谋可能不够厉害，不是你的对手，但是如果他们召集了足够多的帮手呢？”

“我在魔门也有部下，你知不知道我部下都有谁？鲵面坨坨你听说过没？还有……”

“那个主谋可以在千泽宗拿出困神阵，你可知其中含义？”

“他……”顾京墨的表情瞬间颓然了不少，“他在示威，我的人里有他的细作。”

悬颂看她也不是傻得彻底，暗暗松了一口气：“没错，这也是他计谋的一部分，让你不再信任你的部下，也不敢召集所有人保护你。而且，他能打开万宝铃，你师父给你留下的那些护身法器、诸多布阵图怕也是为他所用了。”

顾京墨终于有些急了，坐在了他的正对面，目光认真地看向他：“那你是什么意思？”

“我依旧是我原本的意见，让他们三个人回缘烟阁，告诉缘烟阁你的事情，你的处境，接着你住进缘烟阁，缘烟阁的人自然会保护你。”

“我去投奔缘烟阁？！”顾京墨仿佛听了一个天大的笑话，当即大笑出声。

她堂堂魔门魔尊，还是千泽宗的代理宗主，在危难时刻投奔缘烟阁？

滑天下之大稽！她的命是保住了，但就此成为魔门笑话。

“没错。”悬颂的态度却格外认真，“你也该意识到，如果那群蒙面人就是主谋者，那么你留在溯流光谷也不是绝对安全，他们会猜到你有可能在这里。我能够保证正派修者是没有人希望六道帝江复活的，这件事情只告诉高阶修者，他们也会保守秘密，严防此事发生。”

在这一点上，顾京墨格外倔强，魔门魔尊的尊严让她不愿意妥协：“不可能，我们魔门从来都不怕那些牛鼻子，更不会寻求他们的帮助。”

一向没有耐心的悬颂，竟然苦口相劝：“他们可以在保护你的同时，派修者去追杀那群蒙面人，这样人手众多，且更为严谨，会比你腹背受敌的情况要好很多。将那些人赶尽杀绝后，你再离开缘烟阁也不迟。”

“可是，他们的确不会复活六道帝江，但是如果哪一日想复活其他人了，说不定就来祭炼我的心头血了。哦，说不定那个迦境老儿过两年就撑不住了，他们就会对我出手了。”

悬颂听到了自己的道号，还被辱骂成快死的老头子，话语一顿，调整了一会儿方道：“正派修者不会做出这类事情。”

“这只是你的认为，我还认为我的人不会背叛我呢，可现在呢？！”

悬颂见顾京墨听不进去，语气又急切了几分：“你要做的是减少仇家，只要你的事情公布出去，至少会减少正派修者的追杀。我听闻他们已经在组织修者围杀你了，这样你会更加危险。”

悬颂上一次的确帮顾京墨争取了一定的时间，但是他终究只是一个长辈而已，能拖延一阵子，不能一直拖延下去，不然他的威望逐渐降低，那些人也不会再听他的了。

顾京墨沉默了一会儿，最终站起身来，说道：“再说吧。”

说完快步离开了房间。

这便是不想再聊了。

云夙柠看着顾京墨离开，迟疑了一会儿跟着起身，临出房间时说道：“千泽宗跟缘烟阁有世仇，魔尊又是被她师父抚养成人的，自然跟着怨恨，怕是一时间很难接受你的方法。”

“难不成为了面子连命都不要了？”

“这恐怕的确为难魔尊了，我去劝一劝。”

顾京墨由于心中气闷，走路速度也极快。

走出屋舍一段路程才意识到她离开的居然是自己的屋舍，她连要去哪里都不知道。

漫无目的地走了一会儿，她来了缘烟阁三名弟子的身边。

这三人就算在溯流光谷也不敢疏于修炼，寻了一处空旷地坚持练剑，顾京墨倒是饶有兴趣地看了看。

谷中有梅，清冷幽香，随着剑风飘落瓣瓣梅花，在空中旋成飓风模样。

偏这三人看到她之后纷纷停了下来，对她行礼：“见过魔尊。”

顾京墨坐在了石桌边，展露出笑容问道：“整日留在谷里闷不闷？”

木彦第一个跑到了桌边跟着坐下，许是知晓顾京墨是个好人，且没有魔尊架子也不再惧怕了，倒是三人中最放得开的一个。

他取出了一个小布包解开，给她看里面的东西：“溯流光谷的景色着实不错，而且您看，我这些日子收集了好多奇怪的果子。”

顾京墨拨了拨那些果子，随便看了看：“确实很多样。”

"这些是能吃的吗？颜色好鲜艳，看起来怪好吃的。"

顾京墨指了其中一个艳红的椭圆形果子说道："这个你尝尝。"

"好吃？"木彦立即拿起那个果子，用衣服擦一擦便打算放进嘴里。

"好吃，味甜，就是有毒。不过谷里这么多医修呢，你吃几个解解馋，之后再让医修们给你解解毒，也算解闷了，是不？"

木彦当即苦着一张脸，将果子重新放了回去，还用小洗涤术洗了手，嘟囔道："魔尊，您这是拿我押韵玩呢？我解解毒，给您解解闷？"

这个回答听得顾京墨大笑不止。

这时云夙柠走了过来，跟着说道："你倒是可以吃几颗试试。"

木彦疑惑地问："毒性不强？"

"也不是，若是不救会丧命。只不过谷里都是医修，知道它有毒，没人吃过，我还不知道人若是吃了它中毒后是什么症状，正好可以看看。"

木彦干脆捧起那些果子全部都扔了，大声抱怨："我到你们溯流光谷就是试药的？！"

顾京墨跟着起身，简单地活动了几下身体，说道："你们三个过来，我教你们两招。"

木彦当即一喜："真的？"

禹其琛则是有些顾虑："这算不算学了魔门功法？我们门内有门规，不可以学魔门禁术。"

顾京墨掐腰看着他们三个："教你们拳脚功夫罢了，这是我在人界学的，算是体术吧。"

三个人面面相觑，想到顾京墨斗法时那诡异的身法，还能越级挑战，当即一齐点头："多谢魔尊指点。"

顾京墨似乎终于找到了解闷的法子，让他们先把佩剑收起来："先教你们基础，之后再用剑，那个时候你们就觉得剑都用得更灵活了。"

明以慢不由得震惊："魔尊还会剑法？"

顾京墨用的武器一向都是双钗，难不成还精通剑法？

"当然！"顾京墨点头，"要不是我把剑弄丢了，说什么都得给你们看看我的剑法。"

缘烟阁三名弟子："……"

剑都能弄丢？！

云夙柠身为医修，对体术并不感兴趣，坐在一边安静观看，说道："魔尊专精的还是双钗，剑法会，且能敌得过很多修者，却不是主要的斗法手段。她用剑和我们偶尔用暗器、阵法盘是一样的，不过是多一门技艺。她的剑，也在万宝铃内。"

木彦活动着手脚的同时点头：“原来如此。”

顾京墨似乎很少教人，最初的示范动作很快，看到三名小弟子都有些跟不上，她只能放缓速度，结果缘烟阁三名小弟子还是看不懂。

顾京墨震惊不已，一边比画一边说：“当时教我拳脚的小师父就是这么快的，只做了一遍我便记住了，你们怎么三次了还看不懂？”

这时禹其琛只能尴尬地笑，小声解释：“晚辈愚钝……”

木彦也跟着嘟囔：“难怪您二百年就能化神期，我们如果想到化神期，最少也得八百年，那还得是花间天尊那样的天赋。”

“炼气期到筑基期，我只用了两年，两年！”顾京墨抬手比画，然后挺起胸脯，果然得到了缘烟阁三名弟子的赞叹以及崇拜的目光。

若是她知道迦境天尊当年修炼到筑基用了五年，不知会作何感想，定然跑到青佑寺外放声大笑，并且放话：迦境老儿，出来单挑啊！

云夙柠见顾京墨的心情好些了，又注意到悬颂远远地站在一旁，也在看着这边，便起身走了过去。

他站在了悬颂的身侧，说道：“和这三个晚辈在一起，魔尊的心情似乎好些了。”

悬颂一直看着顾京墨，目光逐渐变得柔软起来。

若说悬颂之前是耸立的青松，那么此刻就是河畔边的垂柳，枝条温柔轻荡。

他最初只是好奇，为什么顾京墨身为魔尊，却躲过了赎杀掌的考验。

他越了解顾京墨，越发现自己陷入了思维的死角里，固化了顾京墨的形象。

现在他最大的不解，恐怕只有顾京墨为什么要这么善良又不在意风评吧？

她的确手染鲜血，却是在惩恶扬善。

她的确放肆张扬，却没有做出任何罪恶滔天的事情。

悬颂轻叹了一声：“他们三个人因为她被困在了谷中，她心中产生了愧疚，才想指点他们作为补偿吧。”

明明她完全可以不必如此……

云夙柠有些错愕，认真想想确实如此。

再扭头去看悬颂，莫名觉得，悬颂竟然成了最懂顾京墨的人。

十八

顾京墨教完缘烟阁三个晚辈体术，活动着身体回到自己的房间，站在床边，确定黄桃并没有任何异样这才放心。

这时传来了轻微的叩门声，她的动作稍有停顿，终究是无奈地叹了一口气，转身走了出去。

推开门，果然看到悬颂站在门外。

似乎夜有七分愁，五分凝成月，两分散于空，漫天星辰落入盈盈海，凉风拂槛花开正浓。

气质如兰的男子立于月下，一头黑发已经长及腰际，被简单地束起，半披半散，配上那张俊逸的面容，竟与身上素色的僧服不相称了。

二人对望，最终是顾京墨走出门外，对悬颂说道："换个地方说吧。"

她知道，这是躲不过去了。

悬颂似乎格外执着。

到了安静的小院，院落里积了一池的月色，意外地游进了两道身影。

空气中香气微沉，风如波浪阵阵，池中映着天际银钩，冷淡如尘。

顾京墨找了一处石栏坐了上去，看到悬颂走到她身前。

他们二人的气质一向冲突，一个浓艳如火，一个清冷如月，仿佛硬生生地将两样不相称的事物放于一处，可竟然意外地相融了。

悬颂依旧是冰冷平淡的语气："事情我已经帮你分析清楚了，过去了几个时辰，你也该冷静了吧？该如何选择你心里清楚，你需要的是消除你的抵触心理……"

他的话尚未说完，顾京墨便打断了他："悬颂，我跟你说过，少管我。"

悬颂一阵不悦："你怎么这般冥顽不灵？"

"我有我自己的行事原则，我由师父养育成人，得了极大的恩惠。如今因为自己的选择惹来灾祸，却跑去投奔他的仇家？"

"我想办法保密行吗？你就当是寻了一处地方闭关。而且，就算你的师父在世，也会选择保护你的。"

然而，顾京墨依旧态度坚决："我不想去！"

顾京墨拒绝的态度太过强硬，让悬颂一阵愤怒，仿佛在看自己不懂事的徒子徒孙。

"顾京墨！我简直无法理解你，你怎么这般蠢？！为什么要到处送铃铛？为什么要去救那些跟你没有关系的人，给自己引来这么一身麻烦？如果你当初不救他们，你现在也不会有恶评，也不会参与到溯流光谷的事情中。现在还为了先辈的恩怨，不在乎自己的生死？！"

顾京墨也不是什么好脾气，当即声音更高地反问道："你跟我吼！你敢骂我蠢？！"

"难道不蠢吗？为什么要背负这么多骂名却不反驳？你是蠢到不知委屈了吗？"

“我从来都不是什么好人，我只是按照我自己的心意，自由自在地活着罢了。杀该杀之人，救苦难之人，心中无愧无疚，我何错之有？！”

“你没有错，但是你却因为你的行为已经死了一次了，现在即将再死一次，你能不能把自己的命当回事？！”

“我说过了，你少管我！”

悬颂见顾京墨气得已经拔双钗了，当即双手掐诀，对顾京墨使出法术来。

顾京墨看到一抹金色光罩围绕着自己罩下，她的身心也跟着放松下来，心态也一瞬间平和下来。

耳边传来林中一声浑厚的钟鸣，周围是时刻不停的诵经声。

这是悬颂冥思苦想后找到的办法：如果顾京墨又生气了，就用这种镇定类法术，可以达到迅速消气的效果。

顾京墨难以置信地看着自己，又看向悬颂，改了之前对他吼的口吻，柔声问道：“你、你居然对我用安魂术？”

“我们是在讨论生死攸关的事情，莫要因为情绪而影响选择，冷静下来会更好商议。”

“好……”顾京墨现在的情绪十分稳定，甚至冷静得有些过分，“我现在很想找个木鱼敲敲。”

悬颂见她冷静下来了，才重新恢复平淡的语气：“你去缘烟阁闭关，我会将你安排到稳妥的地方，绝对不会出现任何问题。你去闭关，我去给你寻药，待你身体恢复如初，我便不再管你。听话，行吗？”

悬颂会让她进入自己的洞府闭关，让自己两名亲传弟子为她护法。

顾京墨却倔强摇头：“我不信任那群牛鼻子。”

“那你信我吗？”

顾京墨突然笑了，在皓月之下，明艳的容貌变得格外动人，眉梢眼角，甚至是微微卷曲的发尾，都蕴含着说不出的韵味。

她扬起嘴角，说出让悬颂蹙眉的话：“我的确喜欢你的样貌。”

再无其他了。

信任？从何而来呢？这短短一阵子的相处吗？

“你若是不信，为何敢让我看黄桃的记忆……”悬颂说到这里，突然意识到了什么，往后退了一步，警惕地看着顾京墨。

“小道长，你也是缘烟阁的吧？想来修为在金丹期以上，甚至元婴期，你的道号是什么？”

悬颂低头看着自己脚下的阵盘，知晓自己已经被困。

他甚至没意识到顾京墨是什么时候布的阵，也怪他对顾京墨没了防范之心。

他真的小瞧顾京墨了。

顾京墨从一开始就跟他说，她不擅长布阵，然而布阵却这般无声无息，他已置身于阵法中也没有察觉到，绝非寻常人能轻易做到的，显然顾京墨在这方面非常拿手。

顾京墨和他在一起的时候，很少质疑他的身份，不说，不证明她没有猜测。

当初悬颂看似坐化，顾京墨心中却有其他猜测，这也是她没有过分难过的原因。

他一直都对她隐瞒着身份，她又怎么可能信任他？

这话问得有些可笑。

悬颂霍然抬头，看向她道："顾京墨，我在这件事情上没有骗你。"

顾京墨抬手，从他的额头取出了道侣印："我也知你的好意，不过我不喜旁人插手我的事情，你的手伸得太长了。所以，我们就当没认识过吧。"

话音一落，阵法就此开启。

顾京墨已经在悬颂不知情的情况下，恢复到了化神期的修为，在悬颂的脚下布下阵法，让他无法恢复到自己的巅峰修为，以筑基初期的修为被困。

他似乎在努力挣扎，却被阵法带得衣袖翻飞，长发飞扬，依旧未能成功逃脱。

直到直挺挺地倒下，小院才恢复安静。

顾京墨走到他的身前，手在他的额头抹了一下，收走了一抹银辉，收了他的记忆，接着盯着悬颂看了许久。

"长得是真好看，可惜了，不是和尚……"

云夙柠从暗处走出来，到了二人身边站定，并没有任何惊讶的表情，只是说道："其实他的意见可以考虑。"

"算了吧，没必要，这和带兵打仗，为了保命却投靠敌军有什么区别？宁愿死撑护国，也不做叛军。"

"好，我懂了。"云夙柠也不执着，只是看向悬颂，"我派人将他送去缘烟阁？"

"嗯，我已经抹去他的记忆了，送走就可以了。"

云夙柠并没有异议，扶着悬颂起身，临走时小声问道："魔尊其实是不想他卷进这场纷争吧？"

"我看起来心地善良？"

"嗯。"

"啧……"顾京墨一个劲地摇头，"不不不，我才不在意他的生死，只不过我要找的是和尚，他不是。"

"若是不在意，刚才可以将他杀了，而非抹除记忆，也不必我们舟车劳顿送他离开。"

顾京墨看着云夙柠一阵气恼，指着他破口大骂："你看看你这自作聪明的样子！病恹恹的人都扶不稳，还在这里猜测我的心思！我的心思是你能猜的吗？再不滚蛋我一脚把你这个病秧子踹散架，滚蛋！"

"嗯，好。"云夙柠并不气恼，反而轻笑出声。

顾京墨走向自己的房间，步伐很快，走了一段突然停下，站在冷冷月光下回头，却没有看到有人跟着她。

她有一瞬间的失神，怅然若失地怔愣了片刻，又回身继续前行。

罢了。

罢了……

回到房间中，她看到黄桃已经醒了，黄桃看到她之后惊喜地道："魔尊！"

"你醒了？还记得我？"她面容一喜，立即迎了过去。

"嗯！"黄桃笑得格外烂漫，"怎么能把您忘了呢，永远都不会忘记。"

顾京墨抬手揉了揉黄桃的头顶，笑得格外温柔，如初晨和煦的光。

青佑寺。

高岸深谷之中掩藏着峻宇雕墙，烟波浩渺三千里，竟只有一处居住之地。

这便是迦境天尊闭关的位置。

悬颂沉着脸，看着自己的徒子徒孙们将自己的傀儡术分身抬进他闭关的禅房。

他，修真界最为年长，修为最高，学识最为丰富的修者，堂堂迦境天尊，竟然被人收了道侣印，丢到了谷外！不！要！了！

他第一次苦口婆心地劝说别人，得到的居然是这样的回应。

到最后，他唯一让顾京墨欣赏的，居然是他的相貌！！！

荒唐！

肤浅！

愚不可及！

若他使用的不是修真界的禁术——傀儡术。

若是顾京墨不那么年轻，也有些学识积累，听说过傀儡术，他就无法逃脱顾京墨的控制。

他只能庆幸被抹除记忆的是傀儡分身，而非他的本身。

他起身到了傀儡分身的身旁，掰开了分身的手心，从手心取出了一根微微卷曲的长发。

他的确没想到顾京墨会突然布阵，顾京墨也不会想到他偷偷取了她的头发。

好奇。

实在好奇。

他想要看一看，顾京墨究竟为什么要到处分发铃铛，为什么要这般愚蠢地舍己为人。

还有，他要看看她的记忆里又有谁是可疑的。

第三幕

那时年少

一

明以慢站在顾京墨的身边，盯着顾京墨看，怎么看怎么不满意。

此刻，顾京墨穿上了明以慢的门派法衣，像模像样地伪装成了缘烟阁的弟子。

原本浓艳的女子，此刻也多了一些素净，只是怎么看怎么违和。

明以慢指了指她的头顶，问道："你这个发钗能拿掉吗？"

顾京墨有点不愿意，站在原处生闷气。

明以慢不由得叹气，这个魔尊真是有些坏脾气，合理的建议，她听了也会生气。

好在她发脾气时不会喊打喊杀，只是像愤怒的斗鸡一样，高高地仰起头，双手环胸，雄赳赳气昂昂，似乎绝不妥协。

明以慢只能耐心解释："缘烟阁有门规，门内弟子不得衣冠不整，头发必须全部都盘起来用发冠固定，甚至不可以漏出碎发来。"

"规矩太多，人也死板。"顾京墨取下双钗来，宝贝似的收到了怀内。

她自由散漫了两百多年，突然受到管束，自然受不住。

明以慢走过来帮她整理头发，努力梳得整齐。

她只觉得头皮都被扯得阵阵发疼，眉毛都跟着眉尾更上扬了。

她的头发稍卷，整理起来颇为吃力，最后是黄桃过来按住了顾京墨头顶卷曲的部分，明以慢咬着牙帮顾京墨梳理，这才将不服管的头发束了起来。

发冠固定的一瞬间，顾京墨松了一口气，抬手摸自己的头顶："我觉得我每一根发丝都在跟我抗议。"

明以慢则走到了她的身前，俯下身来盯着她的脸颊看。

顾京墨突然扬眉："我这种美貌可是改变不了的。"

"眼尾太红了。"

"火系灵根，眼尾红太正常了，这是灵根特征。"

"挡上。"明以慢说着，回头看向黄桃，"有水粉吗？"

黄桃摇了摇头，她从来不用这些，毕竟她是一条不会打扮的小黄狗。

明以慢又看向顾京墨，顾京墨拿出了三个百宝玉和几个储物袋："你们三个人给的，还有山寨给的，没了。这种东西估计只有丁臾那儿有。"

谁知话音刚落，就从院落里传来了丁舆的骂声：“把我请来保护你，你却在背后骂我？！”

顾京墨听到丁舆那“千回百转”的娇柔语气，不由得笑出声：“哪儿啊，我是感知到你来了才骂的，这是当面骂。”

“找打！”丁舆说着踹门进来，气势汹汹却只是从储物袋里取出了一个水粉盒，“我用的，都是最好的。”

明以慢被丁舆的阵仗吓到了，已经准备掐指布下保护结界了，却被递了一盒水粉，一时间竟没能回过神来，错愕了一会儿才伸手接过来。

顾京墨的美是气质高傲凌厉，又富有韵味。

丁舆的美是柔中带血的，走路会扭动自己纤细的腰肢，人也总是搔首弄姿，语气也是魅惑里带着娇嗔，初相识时着实让人受不住。

明以慢对丁舆有些避讳，似乎很不擅长跟丁舆这种女修交往。

明以慢规规矩矩地打开水粉盒，帮顾京墨遮掉艳红的眼尾。

丁舆扫视了一周，问道：“你的小眷侣呢？”

“丢掉了。”

“怪可惜的，那皮相着实不错，我这些年里都少见那般相貌的。”

顾京墨想起了什么，又问丁舆：“你看他可眼熟？”

“眼熟？你可别想找碴儿打架，我可没睡过他。”

“不是指这个，你们围攻六道时不是和正派修者一起的吗，可曾见过他？”

顾京墨年纪尚轻，见过的正派修者不多也正常。

但是丁舆修炼的时间长，应该认识得多一些，若是悬颂真是有什么名声的修者，丁舆应当认识才对。

丁舆摇了摇头：“我们当年虽说是合作，却是在不同地方战斗。我们七鬼是第一批叛变拖延时间的，待正派修者前来围杀时，我已经身受重伤昏迷不醒了。当年的六道，也是被活活耗死的。”

“那你之前见过他吗？”

丁舆干脆坐在了桌面上，跷起二郎腿，身姿妖娆地回想，又看向门外：“小修儿，你见过那个小和尚吗？”

“未曾。”

顾京墨又看向明以慢。

按理来说，若悬颂是缘烟阁的长辈，他们三个最开始见面的时候，应该能够一眼认出来，为何没人认识他呢？

难不成她猜错了，悬颂真的不是缘烟阁的？

可是他当时的反应证明，他的确不是青佑寺的和尚。他又那么聪明，很多事情都游刃有余，看起来阅历也算丰富，不该是初出茅庐的毛头小子。

还未能想到答案，院外又喧闹起来，一名男子的声音远远传来，带着讨好谄媚。

“魔尊，老奴的祖宗哟！老奴可想死你了。”男子说着进了院子，又见到了丁修，当即面容一喜，“哟！丁家小祖宗也在，这是鬼王祖宗也在呢？”

说着笑着继续往里来。

丁修抬手挡住了他：“在这里候着就行了。”

“是这个理！小祖宗提点得对，瞧老奴这个没眼力的。”男子说完，眼睛却滴溜溜地往屋子里看。

黄桃第一个走了出去，站在门口双手环胸地说道：“放心吧，魔尊问题不大。”

“魔尊怎么可能有事？净听外面胡说了，老奴都想去砸烂他们的脑袋。”

“那你去了吗？”

“哎哟，黄桃小祖宗这不是取笑老奴吗？难不成老奴还能提着那些恶心的头颅来见？”

顾京墨一直坐在屋中听着，确定自己的眼尾被遮得差不多了，才起身走了出来，道：“鲵面坨坨。”

“老奴在。”鲵面坨坨立即将拐杖立于身前，行了一礼。

“外界情况如何，速速告知于我。”

鲵面坨坨抬手比量了一个数字：“七个。”

“什么七个？”

“我杀了七个，分别在重森雾林、巴峡……”

“只有七个？”

“我只发现了七个。”鲵面坨坨正要汇报，却见明以慢从屋中出来，他的眼睛跟着明以慢移动，汇报的声音也在转着方向，“那些人真是吃了熊心豹子胆了，胆敢觊觎魔尊的……”

话还没说完，就被顾京墨猛地打了一巴掌。

其实没多疼，鲵面坨坨却叫得夸张：“哎哟！祖宗，您打老奴做什么？嫌老奴杀得少了？”

“别看了，你配不上。”

“怎么就配不上了，老朽也有化神期修为，这种尚未到金丹期的小娃娃，老奴还是能试试的。”

“相貌不合适，非得我明说？”

丁臾也大笑着走出来，说道：“你啊，选个觊觎你修为或者你法宝的女修，你情我愿还好，不然你找一个瞧不上你的，真有点委屈人家了。”

鲵面坨坨万分不服气：“老奴也会有绝美的爱情！”

修真界的代号，有可能是其杀人手段，有可能是其行事风格。

但是“鲵面坨坨”这个代号是因为他的相貌。

他的面容很有特点，塌鼻梁厚嘴唇，还有几根银色的胡须，横七竖八地长着，面容如鲵。

又因为独特的修炼方式，让他的身体佝偻，像一坨，因此得名鲵面坨坨。

顾京墨也不再取笑他对绝美爱情的向往，朝着他伸出手来。

鲵面坨坨看着她纤长的手指，佯作不知。

顾京墨又勾了勾手指，鲵面坨坨只能一拍千宝铃，取出一个物件递给了顾京墨，还一脸的遗憾。

她伸手接过放入了自己的百宝玉内，冷哼了一声：“我就知道，没有好处你是不会出手的。”

鲵面坨坨唉声叹气地，又左右看了看：“怎么不见其他人来给魔尊请安？”

“我目前信得过的，就你们几个了。”

鲵面坨坨先是一怔，随即表演了一出老泪纵横：“魔尊，您让老奴说什么好呢，老奴这辈子定然一直追随您。”

丁臾第一个戳穿他：“当年你也是这么和六道说的。”

“六道不一样！”鲵面坨坨提起六道帝江语气都变得严肃了许多，“他吃了我四个爱徒！四个！”

丁臾见鲵面坨坨是真的动怒了，意识到自己触到了他的逆鳞也不再多说了。

毕竟，鲵面坨坨也是七鬼之一，在七鬼之中排行第四，辈分比顾京墨要高多了，却独独效忠于顾京墨。

虽在很多方面看来不靠谱，但是，他确实是顾京墨难得完全信任的人，那些贪小便宜的毛病都可以忽略不计。

交领界，三场。

三场在这天地间都是极为特别的存在，它的位置在三界的交汇处。

仙、魔、人分为三界，独有这么一处地界没有被三界划入己方，就这么单独存在着。

三场逐渐成了三界重要的交易地，这里有修仙者，也有魔门的魔修，还有不怕死的人界亡命徒，在此寻找机缘，或者在此帮助能人异士做些零碎的工作。

毕竟在这里工作一年，回去就可以买一处不大的房产了。

这里没有三界任何一界的规矩管束，自成一派。

在此坐镇的修者更是有化神期修为，三魔七鬼以及正派长老们，都要给他一些面子。

顾京墨依旧保持着筑基期巅峰的修为，乔装成了缘烟阁弟子的模样。

就连黄桃也跟着如此乔装了一番，真别说，她们二人穿上正派的服装后，顾京墨的模样就好像凌厉的大师姐，黄桃却像懵懂可爱的小师妹。

她们二人一直跟着缘烟阁三名弟子一同行走，周围的修者也都将他们五人当成了五名缘烟阁弟子，虽引人瞩目，却并未太过在意。

这时，黑蛇带着丁修、丁臾以及鲵面坨坨进入了三场坊市，瞬间引起了轰动。

在三场，筑基、金丹期的修者遍地走，元婴期修者虽少见，但也会时而出现，化神期修者则着实罕见。

尤其是三名化神期修者同时出现。

周围的修者议论纷纷。

“鲵面坨坨怎么和红烛夺命在一起？”

“没听说吗，今日拍卖行里有顾京墨万宝铃散落的东西，鬼王是魔尊的劲敌，定然是来夺魔尊的法器来了。”

“鲵面坨坨先前不是跟随魔尊的吗？”

“唯利是图的墙头草罢了，魔尊身受重伤，他便另寻他主了，有什么可奇怪的。七鬼会倒戈，很奇怪吗？噬主的事情他们都做得出！”

顾京墨背着手，从这些人的身边走过，听着他们的议论扬眉，嘴角微扬地轻笑。

缘烟阁三名弟子看看那群议论的人，再看看跟在他们身边的魔尊，最终老实得什么都没说，只是朝着他们的目的地走过去。

“悬颂？！”木彦突然在人群中看到了熟悉的身影。

听到这两个字，顾京墨的表情一变，也跟着朝悬颂的位置看过去。

只见悬颂身穿缘烟阁内门弟子的门派服装，一头黑发整理得极为整齐，跟着另外几名缘烟阁弟子一同朝着一个方向走过去。

悬颂从他们身边缓步走了过去，全程都没有看向他们，仿佛根本不认识他们。

木彦通过悬颂身边弟子的身份，猜测道：“原来他是晚照天尊的真传弟子？以前怎么从未见过？”

禹其琛小声回答：“老祖一派一向神秘，若悬颂是青佑寺侍奉在老祖身边的，那便说得过去了，毕竟老祖在青佑寺闭关百余年未曾下山，我们也是在他闭关后才出生的。”

顾京墨不由得好奇，问道：“你们都未曾见过迦境老儿？”

听到迦境老儿这个称呼，木彦惊慌得直咳嗽。

明以慢也是努力镇定后，才回答：“老祖很少现世，这几百年间唯一出现在外界，还是围杀六道帝江那次，其余时间都是避世不出。别说我们这些晚辈，就连门中长辈见过老祖的也屈指可数。”

顾京墨点了点头：“哦……”

原来是侍奉在迦境老儿身边的弟子，这样出现在青佑寺也解释得通了，想来是迦境老儿派来调查的。

悬颂和顾京墨擦肩而过，顾京墨看着他那清冷俊逸的样子，修为升到了金丹期巅峰。

看样子，他并非元婴期的仙尊，而是小弟子。

只不过，悬颂并不认识她的陌生感，确实让她有一瞬间的失落。

她又成了那个修真界的闲散人，衣襟沾染酒气，疯疯癫癫到处斗法，惹是生非。

而悬颂，又恢复了原本的清冷，不会再为她的事情烦忧了。

不过很快她的失落便烟消云散了，因为她看到由远及近来了一群佛子，佛子规规矩矩地结伴而行。

顾京墨不由得惊喜：“嚯！好多小和尚！”

已经走远，且伪装得极好的悬颂暗暗咬牙，险些露出破绽来。

二

这时，走在悬颂身边的师兄似乎发现了他们一行五人，回身招呼道：“师兄？你们来此执行任务吗？”

两边缘烟阁弟子找了一处安静的地方站定。

禹其琛作为队伍里“修为最高”的修者，自然而然地代表他们回答：“我们是在执行师门任务，主要负责调查魔尊的事情，听闻这里即将有魔尊的东西被拍卖，所以前来查看情况。”

“哦，原来如此。”那人自我介绍道，“我们是云流仙尊的弟子，我叫宋奇。他是我的小师叔，晚照天尊的真传弟子，名为季煊。”

云流仙尊是晚照天尊的真传弟子之一，元婴期修为，风评极好。

依次介绍完另外几名弟子后，他补充道：“师尊听闻附近近期易生动荡，特意带我们前来，若是出现事端也好出手相助。”

顾京墨打量着悬颂，敢情这小子叫季煊。

她还是觉得悬颂好听一些。

几名弟子跟着行礼。

原本顾京墨置身事外，直到被明以慢撞了撞手臂才回过神来，跟着行礼。

宋奇的话说得明白，他们是跟着师尊一起来的，也就是说，这次拍卖会就连云流仙尊都来了。

按照入门先后来讲，云流仙尊的弟子是他们几个人的前辈，他们应该自称晚辈才对。

不过既然对方没有询问师从，他们也没提，便以寻常的师兄弟相称了。

宋奇也是金丹期巅峰的修为，相貌端正，看着文弱有几分书生气。

他笑容和煦，说话也极为客气："几位师兄可有住处？"

禹其琛眼角余光看向顾京墨，见顾京墨没有开口的意思，于是回答："我们刚来不久，没有入住洞府、客栈。"

"如此一来正好，我们师徒住在不远处的雅庭居，你们可以住在那里，若是出了事情也方便我师尊出手相助。"

这种事情自然不好拒绝，不然也会引起怀疑，禹其琛只能点头同意："好。"

"我派师弟引你们过去。"

禹其琛赶紧阻拦了："不用，我们几个自行过去即可，也方便我们熟悉地形。"

"嗯，也对，那我们几个便继续巡视了。"

双方辞行之后，悬颂跟着宋奇等人离开，全程都未跟他们有过一语。

顾京墨看着悬颂离开的模样，并未在意，一招手，带着她的人去往雅庭居。

三场她熟得很。

木彦很是好奇，探头过来问顾京墨："悬颂……啊，季煊真的全都不记得了？"

"嗯，他的记忆恢复到认识我之前了。"

"唉，怪可惜的，他对我们也有过指点。"

"那你去找他玩啊！"

"不了，不了，我怕他又嫌弃我愚钝，他一看就是天资极好的弟子，尤其还是迦境天尊身边的……害怕。"

几个人到了雅庭居办理入住，却只能男子一间房，女子一间房，实在是最近来的客人较多，没有多余的客房了。

几人都未在意，顾京墨回了房间便躺在了床铺上。

黄桃凑过去小声问："真不去管悬颂了？"

"嗯，不管了。"

"我看就是哥哥说的那样，你不想把他卷进来而已，不然怎么之前还拒绝他说不会跟缘烟阁妥协，此刻却扮作缘烟阁弟子。"

听到黄桃这么说，顾京墨瞬间不困了。

她撑起身子："你懂什么？我是不肯投靠！不想被缘烟阁施舍保护！此刻我不过是扮作他们的弟子隐藏身份，免得拍卖会没开始就引来一群人杀我。待拍卖会结束，我夺回自己的东西就不会假扮了。"

"哦……也对。"她们当初去抢和尚的时候也是扮作正派弟子去的，也不意味着她们就此投靠了佛门，只是暂时隐藏身份而已。

顾京墨见黄桃懂了，也不再管了，倒头就睡。

她睡觉的时候总是蜷缩成一团，极度没有安全感的模样。

黄桃小心翼翼地帮她盖上毯子。

黄桃小声跟明以慢解释："魔尊最近容易疲惫。"

一路行来，明以慢又怎么会没听说顾京墨受伤的事情，想来顾京墨现在疲惫嗜睡也是正常的。明以慢和黄桃一起整理毯子，准备打地铺。

悬颂回到雅庭居内，进入了李辞云的房间。

李辞云还在看拍卖行送来的图册，见师父进来了也未起身，还笑眯眯地问："魔尊来了？"

悬颂冷淡回应："嗯。"

"明明都猜到她肯定会来，还非得去确认了才放心，师父何时这般儿女情长了？"

悬颂并未回答，站在了李辞云的身边。

李辞云未等到悬颂的回答，赶紧自觉地站起身来，让悬颂坐下，并且双手奉上图册。

悬颂翻看的同时说道："鬼王、丁修和鲵面坨坨也来了，似乎是来保护顾京墨的。"

"也是奇了。"李辞云就算站起身来依旧不规矩，懒洋洋地靠着屋内的架子，托着下巴思考，"江湖传闻鬼王和魔尊向来不和，鬼王怎么会保护魔尊呢？"

"她与鬼王也算是罕逢敌手了，时常切磋得震天动地，自然会传说她们二人不和，实则私底下总一起喝酒。她们还曾经一同去过鬼市，只是不知为何没人提及此事。"

"切磋？"李辞云发现了不对劲，"鬼王是水系单灵根，魔尊是火系单灵根，她们二人还能切磋？"

"自然。"

李辞云惊诧了片刻："水克火，鬼王又比我还年长，想来也有一千多年的修为了，竟然还能和魔尊打成平手？魔尊斗法能力竟然精悍到这种程度？"

五行相生相克。

诸如悬颂师徒三人，随便一人跟丁臾斗法，都一定能赢，因为他们的土系单灵根克制丁舆的水系单灵根。

但是，丁舆的水系单灵根克制顾京墨的火系单灵根，二人竟然也能战成平手，只能证明顾京墨的斗法能力更强。若是没有属性的相克，丁舆显然不是顾京墨的对手。

这还是在丁舆积累了千年的修为，顾京墨还只有二百年的前提下。

顾京墨若是再积累下去，该是怎样的可怕？

李辞云不由得嘟囔：“都这般情况了，鬼王居然还能继续跟魔尊切磋？”

“五行本就是一个闭环，任谁都是环中的一宿，不可能因为知晓属性相克就不出手了，这是天生的优势。难不成日后有克她的人出现，她还能要求对方不要出手？”

“这倒也是。”李辞云点了点头，思量着，“这要是魔尊和鬼王联手，师父也不是对手吧？”

悬颂放下图册，一脸嫌弃地看向李辞云。

李辞云先是不解，随后恍然，赶紧笑道：“哎呀，我忘了。”

丁舆和顾京墨的属性相克，如何联手？

不是顾京墨发出的攻击被丁舆的水灭了，就是顾京墨的火系法术烫得丁舆暴躁。

这么浅显的道理，李辞云一个化神期的天尊居然给忽略了。

“《五行诀》抄写一千遍。”悬颂低声说道。

“哦……”李辞云委屈巴巴地去一边抄写《五行诀》了。

悬颂看了图册里的东西，没他感兴趣的，只有顾京墨的法器排在最后作为压轴。

并且，图册上并未道明这两样法器究竟是什么，留足了悬念。

悬颂看了一会儿便不再看了，丢掉了图册问：“你和南知因为何吵架？”

悬颂听李辞云抱怨几日了。

“奇怪透了，我不过是在拿了弄清草后，邀请他一同去沐浴，他便跟我发了脾气。”

“只是邀请？”

“哦，还给他踹进池子里了，明明是大男人，还那么娇气……”

“……”悬颂做了一个深呼吸，不想管了。

他也不知道当初怎么就收了李辞云这个傻子做徒弟。

这时，悬颂的身体突然僵直。

李辞云也察觉到了，放下笔墨说道：“那人并没有伤害魔尊的意思。”

“那为何爬窗？”

“私底下约会不都是偷偷摸摸的？”李辞云说完，见到了悬颂杀人般的目光，只能起身，“我去看看。”

客房内。

顾京墨将自己的手腕从来人的手中抽回，不想被他探脉。

破窗而入的男子诧异地看向顾京墨，随即委屈起来：“魔尊需要人手，为何只叫了坨坨，不叫我？”

顾京墨坐起身来，看到被定在原处的黄桃和明以慢，二人皆是身体僵直，双目无神，显然已经失去了意识。

她再看向燕祟。

燕祟也曾被顾京墨救过，后来一直跟随在顾京墨身边，因为没有出名的事迹，以至于元婴期了依旧没有什么名号。

燕祟是一名样貌秀美的男子。

他是标准的男生女相，加之身上总是穿着鹅黄色的法衣，让性别的边界更加模糊。

若非他开口，一时间很难确认他究竟是男是女。

但无疑，是男是女，他都是极美的，让顾京墨都忍不住多看几眼。

顾京墨整理自己的发髻，她依旧无法适应自己的头发如此规整的样子：“你怎么知道我来了三场？”

“坨坨都来了……”燕祟伸手，拽着顾京墨的衣角，微微低头，眼睛向上看，示弱又委屈似的，“我便寻着你的气息来了。”

“我的气息？我收敛了灵力。”

“你的，我记得住，分辨得出。”

顾京墨看着他撒娇似的模样，多少有些无奈，叹气道：“我这次只是秘密前来，不必劳烦你。”

“什么叫劳烦？！”燕祟突然火了，“整日里只让那条黄狗跟着你，我怎么就不能跟着了？”

“那次摇铃结契的不是你。”

“但是我被你救过，我就要跟着你。”

顾京墨直想躲，可惜她此刻的位置尴尬，再躲只能去床铺的更里侧。

燕祟不依不饶，又伸手去抓她的手腕：“他们说你受伤了，伤哪儿了？让我看看！”

“祖宗啊……”顾京墨躲开他的手，“真的不用，我找医修帮我看过了。”

燕祟依旧不愿意，还要继续纠缠。

在此刻，燕祟意识到了不对劲，站在了屋舍中间。

与此同时李辞云破门而入，直直朝他攻击过来。

李辞云化神期修为，燕祟只有元婴期修为，只能连连退避。

李辞云收回拂尘，站得端正，在顾京墨面前保持了仙风道骨的模样：“这位道友，擅闯我缘烟阁弟子的屋舍有何贵干？”

燕祟看了看顾京墨身上的行头，并未多言，怕暴露了她的真实身份惹顾京墨气恼，身体灵活地跃窗离开。

李辞云作势要去追，然而到了窗边就停住了，轻咳了一声后抬手，解了黄桃和明以慢身上的禁锢术。

黄桃和明以慢恢复意识后看到李辞云，齐齐一惊。

尤其是明以慢，看到晚照天尊赶紧行礼。

李辞云柔声安慰道："莫慌，三场内贼盗极多，我会一直留意你们这边，不会让你们有任何危险。"

屋舍中三名女孩子都有些心虚，一齐点头。

李辞云也不多留，赶走了师父的"情敌"便走出了屋舍，到了无人看到的地方，他忍不住窃笑。

他算不算救了未来师母一次？

也算是给未来师母留下好印象了吧？

这样回去是不是就不用抄写《五行诀》了？

屋内。

顾京墨摆手让黄桃将窗户关上，解释道："燕祟来了。"

"他真烦！"黄桃当即厌烦得不行，鲜少会生气的她，都出现了几丝愤怒的情绪。

这可能跟燕祟跟在顾京墨身边时，总酸溜溜地数落黄桃修为差、人还笨有关。

他们两个人经常因为谁更适合留在顾京墨身边吵嘴。

顾京墨懒得理会，重新躺回床上，合眼便睡了过去。

黄桃看着顾京墨不由得担忧，顾京墨近来身体情况越来越差了。

三

黄桃站在雅庭居的门口张望，终于在人海中看到了云夙柠由远及近而来，清瘦病弱的模样在人群之中显得格外单薄。

顾京墨遗落的法宝名声实在大，这可是前任魔尊留下来的宝贝，修真界的修者们自然垂涎不已。

这也导致三场极为拥挤，就连在空中御物飞行都是毂击肩摩的场面，云夙柠干脆选择步行了。

黄桃鲜少出山谷或离开顾京墨身边，伪装成缘烟阁弟子也不会被旁人察觉。

但是云夙柠经常跟着各大门派弟子一同去大阵中历练，作为队伍里的坐镇医修，认识他的修者很多。

所以云夙柠只能先装成是偶遇的样子来与顾京墨等会合。

黄桃远远地便朝云夙柠招手，引得云夙柠快走了几步。

靠近了，却看到禹其琛手里拿着几串糖葫芦走到了黄桃身边，递给了她一根：“刚买的，很甜，里面没有核，可以放心吃。”

黄桃有些意外，还是伸手接了过来，思量了一会儿才道：“谢谢禹师兄。”

她还未能习惯这个称呼。

云夙柠站在了二人身边，见禹其琛还要给他一串，他当即拒绝了：“我不吃五谷。”

“哦，无妨。”禹其琛依旧是温柔的样子，转身去给其他同门分发糖葫芦了。

黄桃没空吃糖葫芦，急着带云夙柠进入房间：“你快帮……京儿调理一下，她一路行来后又虚弱了很多，极为嗜睡。”

“好，我知道了，你别急。”云夙柠看到沉睡的顾京墨不由得慌了一霎，又怕自己的神态让黄桃着急，只能让黄桃去守门。

待黄桃离开，他才认真地看向顾京墨。

此刻的顾京墨其实不是睡着了，而是陷入了昏迷。

情况已经如此糟糕了吗？

在云夙柠帮顾京墨调理内息期间，顾京墨终于醒了过来，眯缝着眼睛看向云夙柠，又很快合上了眼睛，有气无力地道：“来了啊……”

“嗯。”

“我继续睡了，好困啊。”

“好。”

顾京墨继续沉睡，再没有其他的话语。

云夙柠为她调理内息完毕，喝了一瓶补充灵力的药水后走出了房间，对黄桃说道：“我去坊市转转，买些药草为顾姑娘炼制丹药，可以维稳，你进去照顾吧。”

“好！”

云夙柠快步走出雅庭居，进入三场内的坊市，还未靠近药铺，却见眼前天地突然一静，街道上的修者全部消失，只留下他一个人在寂静的街道上。

他知道他被传送至了一处单独的天地，是高阶修者布下的结界。

他并未惊慌，回身看到身后站着的两个人，当即恭恭敬敬地行礼：“晚辈见过迦境天尊、晚照天尊。”

李辞云不由得诧异，指着云夙柠对悬颂笑道：“这小辈猜测出你的身份了。”

悬颂并未在意，依旧是平静的语气：“他知道我拿到了药，出了山谷稍一打听就能猜到我的身份。不过他还算聪明，没有对外说。”

云夙柠知道迦境天尊对顾京墨没有伤害之意，那么，迦境天尊就是极好的庇护，他没必要暴露迦境天尊的身份，失去这个同盟。

云夙柠如今不过金丹期修者，年纪也不大。他面前的两位都是祖宗级别的长辈，他也极为恭敬，态度谦卑有礼。

悬颂走到了他的身前，低声问道："她的情况很差吗？"

云夙柠自然知道他问的是谁，规规矩矩地回答："没错，她的身体原本已经灵气混乱了，强行调用灵气便会引发浑身的灵气逆转，其感受如同灵气中含有数万把小刀，在割着她浑身的经脉。斗法次数越多，损伤越重。她近期尤其嗜睡，也是身体在努力自保，她在睡眠的时候灵气运转速度降低，人会舒服一些。"

悬颂听到这个回答垂下眸子，眉头微蹙："原来这么严重？"

他之前看过药方，不明白修竹天尊是想散了顾京墨的修为，还是想救她。

后期两个人身体无法接触，他也探不到顾京墨的情况。最后一次触碰还是帮顾京墨稳住暴乱的灵力，因为她的火焰太过灼热，他也未去探她的情况。

现在顾京墨的情况还要从云夙柠那里打听，这让他的胸腔内升腾起一股无处发泄的怨气和悔恨。

在季俊山庄时不让她出手就好了。

可惜那时他的想法，是观察顾京墨究竟是怎样的人、实力如何，而非守护顾京墨。

现在回忆起来，这感觉着实难受。

悬颂只能再次询问："如果我努力凑齐那几种药物……"

云夙柠打断了他："您首先要成功劝说她，让她愿意放弃寻回师父给她留下的东西，放弃所有的恩怨，甘愿闭关将近两百年。不然，药凑齐了也没有用。"

"就不能强制将她关起来？这一次拍卖她定然还要参与一次大型战斗。"

云夙柠再次叹气，打断了悬颂的话："天尊，您在感情方面不太周到，这还是需要魔尊自愿。"

悬颂气结，握紧了拳头，正回身要询问李辞云什么，便看到李辞云跟着暗暗点头，似乎也认可云夙柠的观点。

主要是认可悬颂在感情方面很笨拙。谁知师父在这个时候回头了，当即装成什么都没做的样子来。

悬颂只能回答："我会想办法劝住她，之后那些东西由我来寻，你先照顾好她。"

说着，手指抹过自己的万宝铃，取出了一个玉盒："这些先拿去用。"

云夙柠伸手接过玉盒，玉盒通体暗绿，是玉质极好的上等宝玉，晶莹剔透，如同凝结的冰。其暗藏浓郁的灵气，想来是用来封存极好药物的药盒。

打开后看着里面的药物，皆是修真界极致的宝贵草药，好些已经绝迹，恐怕整个修真界也只有迦境天尊拿得出来了。

云夙柠当即说道：“这些药草虽可以维持她再斗法一次，不过，她还是不要斗法为妙。”

悬颂知道这小子是在点他，拐弯抹角地让他保护好顾京墨。

他抿着嘴唇不说话，没必要跟这小子做什么保证。

谁知李辞云先开口了：“放心吧，我会帮着保护师母的。”

云夙柠听完深深行礼，仿佛他什么都没听到，他只是一个很有礼貌的晚辈。

悬颂则是气得朝李辞云用了一记法术攻击，李辞云皮糙肉厚的完全没当回事，还嬉皮笑脸的，仿佛在说：哎哟，师父您害羞啦？

翌日。

顾京墨难得身体清爽，活动筋骨的时候还在跟黄桃感叹：“你哥炼丹的水平越来越高了，这次的丹药吃完，身体立即轻松了不少，我纵着轻身术去抓鸟都没问题。”

“哥哥说这次三场热闹，草药也全，他换了几种极品草药，所以丹药也比之前好些。”

如今贫穷的顾京墨听到“极品”二字，便不受控制地心疼，问道：“挺贵吧？”

“估计是的，但是我们就装不知道，不提这件事情，哥哥也不会要我们支付费用的。”

顾京墨伸手揉了揉黄桃的头：“你胳膊肘往外拐的样子真可爱。”

“不算往外，魔……京儿不是外人。”

禹其琛在这个时候叩响房门，站在门口说道：“师妹，师祖让我们跟他一同前去拍卖行。”

明以慢走过去打开门，让禹其琛进来说话，当即说道：“这样的话，恐怕不方便京儿行动。”

“我也觉得，在一起久了，师祖一定会发现京儿的身份，可是我们又推辞不了。”

“师祖？”顾京墨坐在床铺上看向他们，问道，“那个用拂尘总是笑眯眯的男的？”

在缘烟阁眼中高高在上，神圣不可及的晚照天尊，在顾京墨的眼里，不过就是“那个男的”。

禹其琛跟明以慢虽觉得不妥，却只能硬着头皮回答：“没错。”

顾京墨逐渐发现了蹊跷之处。

李辞云进入她们的房间来保护了她们，定然也发现了黄桃并非缘烟阁弟子，还是一条夺舍的黄狗，却并未表现出什么来。

他还是悬颂……哦不，季煊的师父。

难不成季煊并没有忘记，还将她的事情禀告给他师父了？

顾京墨歪了歪头思考了一会儿，随后说道："月儿，你和你的哥哥留在这里，我和他们一同前去。"

"嗯，好的！"黄桃乖巧地点头。

魔尊说什么就是什么。

临出门前，明以慢比顾京墨还紧张，特意到顾京墨身前想帮她整理头发。

顾京墨身量要高一些，配合地俯下身来，在明以慢帮她整理头发的同时看着明以慢勾唇一笑，眼神邪魅中带着蛊惑，让明以慢慌了一瞬。

戏弄成功，顾京墨含笑重新起身，跟着禹其琛一同去跟另外几个人会合。

悬颂便站在队伍中。

顾京墨故作不经意地站在了悬颂身侧，微微扬起头来去看他。

他依旧是那古井无波的模样，沉稳的，没有任何情绪似的。

如此去看他的侧颜，竟也觉得格外俊朗，流畅的下颚线弧度刚好，搭配挺直的鼻梁，每一处线条都搭配得恰到好处。

顾京墨看着看着，身上又冒出火星来，赶紧抬手拍灭了。

在这时，悬颂终于侧头看向她，似乎是在疑惑她为何会突然自己燃火。

顾京墨并未理会，反而扬起下巴来，一副"老娘没事着火玩，你管得着吗"的豪横表情。

李辞云是最后出来的，似乎走路带风，对弟子招呼道："随我来吧。"

便首先离开雅庭居。

有晚辈在时，李辞云的姿态还是极其雅正的。

顾京墨看了看其余人，跟着明以慢一起御剑而行。

她穷得连个佩剑都没有。

好在一行人没有在意这一点，只当是顾京墨受了伤，需要别人照顾。

到了拍卖行外，李辞云取了一个牌子，带着弟子进入了传送阵。

这个传送阵是标准的随机传送。

手中的牌子是启动传送阵的令牌，可以开启传送阵，一行人站定之后，将牌子放在指定的位置调用灵力启动，之后会随机传送到一个小房间内。

在入拍卖行之前，没有人会知道他们会出现在哪个房间内，这样，之后就算拍卖成功了，参与者也不会知道究竟是谁拍走了他们向往的东西，从而杀人夺宝。

这是一种保护机制。

李辞云进入了小房间后，在房间内的椅子上落座。

他侧头看了看，有些尴尬，最终还是一言未发。

小房间内只有他一个人坐着，弟子们只能站立，当然包含伪装成弟子的化神期高手们。

他的身后站着他的师父迦境天尊，还有如今的魔尊，日后有可能是他师母的顾京墨。

他的压力很大……

竟有些坐立不安了。

四

拍卖开始，在拍卖行中的高阶修者就能够感受到会场内有几股力量在暗暗抗衡。

胆敢在此种场合出手的，都是化神期的修为。

代表缘烟阁参与抗衡的，自然是李辞云。

这次参加拍卖的，有很多位化神期修者。

首先是缘烟阁房间里这三位，其次就是丁臾那边的三人，这是顾京墨知晓的。

隐匿行踪，暗暗来夺宝的自然还有其他修者，就连三场坐镇的化神期修者也会在拍卖场坐镇。

顾京墨站在缘烟阁弟子的队伍中颇为不适，主要是周围其他的弟子都站得太端正了，她想寻一处靠着都会显得突兀，只能跟着一同腰背挺直地站着，站一会儿便腰酸背痛的。

她宁愿和人斗法，也不愿意规规矩矩站着，太难受。

悬颂注意到了顾京墨的不适，单独传音给李辞云：“她站累了。”

李辞云抬手揉了揉眉头，颇为为难，单独传音回答：“难不成我请她到我身边坐着？总不能太明显了吧？”

“你看着办。”

李辞云轻咳了一声，摆出长者的庄严来，说道：“你去门口守着，以防有人擅闯。”

顾京墨见他指的是自己，当即乐呵呵地去外间守传送阵了。

外间只有一个竖形的小窗可以看清外面拍卖的场地，好在介绍法宝的声音足够清晰，顾京墨透过小窗随便扫几眼就是了。

她站了一会儿，又开始打哈欠，吃了今日的极品丹药，她的身体倒是没有不舒服，只是依旧容易犯困。

她站在能看到窗外的位置，靠着墙壁，身体摇晃，竟然站着就要睡着。

悬颂回头看了一眼，悄无声息地离开里间，站到了顾京墨的身边。

昏昏欲睡的顾京墨自然没有注意到，身体还在来回摆动。

在顾京墨倒下的同时，悬颂让她倒在了自己的肩膀上。

他已经做好了防范，若是顾京墨再燃火，他就立即布下结界，没承想等了片刻后竟然无事发生。

顾京墨困得厉害，闭上眼睛便进入了梦乡，浑然不知自己靠着的是谁，瞬间便睡得酣甜。

意识不到身份，也就不会害羞，自然不会燃火。

悬颂不由得意外，微微侧头，却只能看到顾京墨靠在自己肩膀上的头顶，明明那么努力地整理发髻了，依旧有些毛躁，零碎的头发轻轻拂着他的下巴，轻轻柔柔，带着不经意感。

他抬手按住了那几根发丝，它们却倔强地再次翘了起来。

他只能忍耐那几根发丝的骚扰，依旧站得腰背挺直。

顾京墨的温度透过法衣传递给他，他能够感受到她的体温，的确要比寻常人热一些，也不知是她身体状态差的缘故，还是火系灵根的修者都会这样。

鼻子里都是顾京墨的味道，清淡的香，还有一些草药的味道，想来最近她都泡在了药罐子里。

发丝如云雾轻软，娉婷的身子温温热热，鼻腔被她的味道浸满，导致他的身边是她，脑海里也是她。

笑比河清的男人，难得乱了思绪，胸腔内生出的雀跃情绪，那般陌生，让他无所适从。

拍卖依旧在继续。

一位金丹期的修者做了今日的主事者，讲解着一件件法宝。

因为压轴宝贝太吸引人，引来了不少修者，让拍卖行安插了许多添头，怕是多年积压的宝贝都被拿出来试试运气了，万一真的卖出去了呢。

似乎有修者耐不住性子了，催促他们快些，主办方却没理。

那修者没多久便不再出声了，也不知拍卖行内用什么手段让其闭了嘴。

自此，拍卖会继续进行，之后再无争议。

也是借着这阵喧闹，悬颂微微动了手腕，握住了顾京墨的手腕探查顾京墨的情况。

顾京墨看似高大，骨架却并不大，手腕极细，盈盈可握。

顾京墨的情况着实不佳，若是魔门其他的魔头，怕是会舍弃这具身体，找一个合适的身体夺舍。

但是顾京墨不会，毕竟顾京墨不会做滥杀无辜的事情。

甚至不会有人提这个建议，毕竟顾京墨的身体若是丢弃了实在可惜，夺舍后，这凤毛麟角的极品资质也会被舍弃，只能继承另外一个远远不及她的身体。

所以，散掉修为重新修炼，都是比夺舍更好的选择。

探查完，悬颂本想移开手，却碰触到了顾京墨的手指。

他的动作一顿，僵持了一会儿，竟然蠢蠢欲动地想要握住那只手。

他曾多次看过顾京墨的手指，纤长，白皙，不知手心是不是也会发烫？

就在他迟疑时，顾京墨突然动了一下，他赶紧收回了手。

好在顾京墨只是觉得睡得不舒服，稍微动了动，又继续睡了。

就算如此，悬颂也没有再去碰那只手。

如此又过了一炷香的时间，传送阵突然启动。

悬颂侧移了一步，顾京墨的身体失去平衡，一晃醒了过来，先是看了看传送阵，之后才扭头看向悬颂。

这时，有四人通过传送阵进入李辞云的小房间，想来是因为他们和李辞云是同门，拍卖行给了相同的令牌，他们才能进入。

进来的是花间天尊和初静仙尊，以及两名金丹期女弟子。

这四人进来后看到站于传送阵旁边的两个人都有些意外，花间天尊南知因和初静仙尊自然都认识悬颂，却见悬颂这般打扮站于外间，大感诧异。

紧接着就是顾京墨了。

南知因瞬间便发现了不对，正要出声，却听到悬颂的单独传音："莫要说话。"

南知因立即懂了，并未发出一言，转身去寻李辞云，道了一句："师兄。"

屋中弟子齐齐对他们行礼问好，只有明以慢叫了初静仙尊一句："姑姑。"

初静仙尊的目光有些躲闪，却还是多看了顾京墨好几眼，看到顾京墨毫不在意的模样，才低垂下了眸子。

悬颂很快发现了不对劲。

初静仙尊的表现的确意外，仿佛认识顾京墨，只是意外顾京墨为何会出现在这里。那一瞬的垂眸，其实是在用旁人最不易察觉的方式跟顾京墨问好。

这让他看向顾京墨，刚巧跟顾京墨对视了。

顾京墨眯缝着眼睛，小声骂了一句："小王八蛋你跟我装？"

屋中修者都是何等耳力，两名化神期天尊以及一位元婴期仙尊都听得清楚。

李辞云尴尬得直摸下巴，皮笑肉不笑地单独传音给南知因："待回去再跟你解释。"

南知因只是瞥了他一眼，并未回答。

悬颂自觉在徒弟面前失了颜面，却并未有反应，继续装出不解的样子。

顾京墨却双手环胸，气鼓鼓的也不困了。

她怎么会猜不到，这屋子里几位修为高的，怕是都猜到了她的身份，只是不说而已，她也没必要继续伪装了。

南知因单独传音给李辞云："小王八蛋？师父还能沾个'小'字？"

李辞云面容平静地回答："师父在伪装金丹期弟子。"

"那老气横秋的处事风格，旁人竟然没怀疑？"

"反正那三个小弟子深信不疑。"

"唉……"南知因在传音中一阵叹息，估计也在惋惜晚辈的愚笨。

李辞云不由得觉得好笑："你怎么对师父出现在这里的事情不惊讶？"

"之前突然要寻弄清草已经十分离奇了，出现在这里也不奇怪了。嘴上拒绝得无情，私底下人却行动了，这种事情他老人家也不是第一次做了，有什么可惊讶的？"

李辞云觉得有趣，又道："之后你会惊讶的。"

"怎么？"

"等师父自己告诉你吧。"李辞云故作神秘。

南知因微微扬眉，却没再问。

另一个房间内。

一名蒙面人懒散地坐在椅子上，将双脚搭在矮桌上，用沙哑到有些难听的声音问道："来了几个？"

旁边的随从回答："我听闻的元婴期修者有……"

蒙面人摆了摆手："元婴期的无所谓，他们不是顾京墨的对手，我问化神期的。"

"丁臾、丁修、鯢面坨坨。"

蒙面人轻声应了一声："哦……都是顾京墨的人，碍事得很，不过也只有这么几个而已，顾京墨再叫不来其他人了。"

"缘烟阁的晚照天尊来了。"

"李辞云，的确有些棘手，也不知他的立场。三魔七鬼还有谁来了？"

"您该知道的，如果是化神期修者有意隐藏身份，我们根本无法察觉。"

"废物。"

他骂了一句后，又开始烦躁。

他的人在溯流光谷内被顾京墨杀得精光，现如今他身边的人都是后召集来的，难得几个还算可靠的，还是当初陪他在外寻义父复生之地的几人。

若是他们几个人当时也在谷中，怕也只会是顾京墨双钗下的亡魂。

这时，他的手下想到了什么，汇报道："我们去几位的修炼地探查过，三魔七鬼中，只有魔首红月天罚确实没有离开，近期还曾出现过，其余的都没有确定的消息，想来有数位秘密前来。这一次，正派修者们也在气势汹汹地聚集，如今已经在三场之外，若是得知顾京墨在，他们定然第一时间杀进来。”

得知这个消息，蒙面人终于轻笑出声。

他取出了一个通体银白，上面雕刻着繁复花纹的铃铛看了看，说道：“经此一战，顾京墨的生命也算是走到头了。她果然是个傻的，命都不要了，还要这个破铃铛。”

他说完，手指抹过万宝铃，从中取出了一件法器：“那我就用她师父留下的阵法收了她吧。”

说完，手指轻点法器，布阵开始。

五

顾京墨站在房间内的传送阵前，扭头怒视站在她身边的悬颂，一腔愤怒无处发泄。

然而悬颂已经站到她身边来了，还要装成不认识她的样子，平静地站在一旁，仿佛只是顾京墨多疑。

如果悬颂不是在伪装，怎么会特意到她身边来？按照悬颂本来的性格，应该万物都不关心才对。

这屋中的几个人，又怎么会在发现她之后，都好似无事发生似的？

屋中的禹其琛三个小弟子耐不住好奇，频频朝外间看，还要努力保持雅正的模样，想看看顾京墨和悬颂是什么情况，也好奇悬颂是不是真的失忆了，若是没失忆，他们几个需不需要打招呼。

这引得不知情的宋奇等人也跟着往外看，还小声问禹其琛：“他们之前认识？”

“啊？”禹其琛不擅长说谎，人也显得有些慌张，眼神躲闪如风吹芦苇，“我、我不知道。”

这时，顾京墨看着脚下突然察觉到了不对劲，走到了竖形的小窗前朝外看，接着点出一抹火来，对着火光说道：“阻止拍卖会的进行，尽快撤离。”

说完徒手握住那团火，火在她的手心消失不见。

这是一种传音方式，专属于顾京墨一个人的，简单且无法被人拦截。

随即，她对屋中其他人说道：“我们走。”

李辞云和南知因面面相觑，不知道该不该听魔尊的吩咐，一齐看向悬颂。

悬颂暗骂两个傻徒弟，这么明晃晃地看向他做什么？

好在顾京墨的注意力被外面吸引了。

一个小房间内突然爆发出了霸道的攻击，接着是一声怒吼：“谁要看你卖这些乱七八糟的东西，真当老朽是有耐心的吗？”

说话间，鲵面坨坨攻击出手，直接跃出房间，朝着展示台攻击过去，声势浩大。

也因为鲵面坨坨的攻击，让拍卖会瞬间乱起来，有些送法器的低阶修者被攻击的余波所伤，哀号声不断，还有些则是开始逃了。

会场一瞬间沸反盈天。

悬颂传音给李辞云跟南知因："走，不然一会儿会被困在阵法里。"

这时，他们才后知后觉地意识到有人在暗暗布下困杀阵，于是快速带领着弟子进入了传送阵，走出拍卖行后派弟子维持秩序，莫要伤及低阶修者。

顾京墨则是径直回了雅庭居快步上楼，推门进入房间，便看到黄桃和云夙柠都在她的房间里，正在帮她炼制丹药。

黄桃看到顾京墨很是惊讶："京儿，你怎么这么早就回来了？"

顾京墨看到他们二人无事才放下心来，接着说道："那群人刚才出现在了拍卖行，还动用了我师父的法器，想要启用困杀阵。那些法器我都有渡入灵力，只要启用我就能感知到，只能赶紧撤离了。"

云夙柠手中依旧在控制着炼丹的真火，说道："这是意料之中的事情，他们会选择在拍卖行动手，就是知晓那里一定聚集了很多要杀你的高手，所有人都被关在阵中，只能互相屠杀。"

顾京墨坐下之后表情沉重地点头："没错。"

黄桃歪着头，有些想不明白："可是……我们很早就做好心理准备了，来之前也谈论过了，想要夺回宝贝就会有一场恶战。"

云夙柠依旧是淡淡的语气："其实就算被困其中魔尊也是不怕的，只是……会伤及低阶修者。"

若是一群化神期修者乱斗，届时防护结界的耐受力会被考验，在场低于元婴期的修者都会被牵连，怕是都会死于非命。

黄桃这回懂了，当即说道："禹师兄他们还在里面。"

云夙柠跟着补充："还有悬颂。"

顾京墨突然站起身来，指着云夙柠骂道："你看看你自作聪明的样子，是多么讨人厌，我会在意那些小家伙吗？不会，我是魔尊！冷酷无情，懂吗？"

黄桃见顾京墨这般生气，赶紧阻拦："京儿，你别生气，哥哥在炼丹，你这样会让他分心，这里面的草药很贵重的！如果这一炉毁了就太可惜了。而且，我们不是说好了不提魔尊二字吗？"

云夙柠倒是不在意，反而勾起嘴角轻笑："每次被识破，她都是这样气急败坏。"

顾京墨不敢再乱骂云夙柠，却还是不承认："呸！"

顾京墨又怒视了云夙柠一会儿，越发生气了，在拍卖行和悬颂生气，回来后和云夙柠生气，只是炼丹中的云夙柠打不得骂不得，她最终一甩袖子走了出去。

黄桃赶紧跟着起身，追了出去。

南知因站在悬颂和李辞云身前，用难以置信的语气问道："我？去保护魔尊？"

他活了这么多年，第一次听到这般荒唐的师门任务。

他虽然是悬颂的亲传弟子，却也是正派修士，不能盲目地听从命令，没了自己的原则。

李辞云却认真地点头："没错。"

南知因却果断拒绝："不可能，我这次便违背师命吧。"

悬颂却没在意他的拒绝，而是问道："那些废物现如今就在三场外？"

南知因给出了肯定的答案："没错，他们都在流霞镇的旺角楼内，派我和初静仙尊前来探查，只要确定魔尊在三场，立即会赶来围杀。"

流霞镇是仙界最靠近三场的一处地界，他们也算是留在了自己的地盘没有轻举妄动，比较守规矩。

悬颂垂着眼眸再次吩咐："拖住他们。"

"做不到。"南知因回答的是事实，他确实没有能力，也没有理由拖住那些修者。

这一次就算是悬颂本人去吩咐，怕是也阻拦不住了。

悬颂颇为苦恼似的，再次开口提了别的事情："那便随我去将魔门埋伏的人杀了。"

"为何？有他们在，在杀魔尊的时候也算有助力，毕竟我们的目标一致。"

"你依旧不愿？"

"嗯，不愿，甚至无法理解，徒儿无能为力，先行告退。"南知因对悬颂行礼后，转身离开。

悬颂终于开口说道："她会是你未来师娘。"

南知因脚步稍有停顿，站住回忆顾京墨和悬颂相处的模样，再回头看向悬颂。

悬颂的表情没有丝毫破绽，他只能看向李辞云，见李辞云笑眯眯地问："是不是很惊讶？"

南知因抿着嘴唇握住了自己的佩剑，沉声问道："杀谁？"

"先看看哪个不长眼的送上门来。"

"好，我先去想办法拖住那些人。"

"你打算怎么拖？"

南知因依旧冷若冰霜，说出的字仿佛没有感情，说出来的话却让悬颂想笑："我未发现魔尊在此，却听闻她出现在了魔门与鬼王斗法，不如趁两败俱伤之际过去查看。"

"好。"

待南知因离开，李辞云忍不住嘟囔："师父，你说他还生我气吗？"

"不知。"悬颂也跟着离开，朝着雅庭居而去。

李辞云像个跟屁虫似的跟在悬颂身后，继续说道："师弟刚才是真的不想帮你，还是故意逼你说出真相？不然怎么你刚坦白，他就想到办法了？"

"你仔细想想。"

"想不到才问的。"

"那就再想想。"

"我不想动脑子！"

悬颂终是一声叹息："日后，若是你都能发现了蹊跷的事情，就不必问了。"

"哦……"

二人进入客栈中，便看到顾京墨和黄桃都在外间的茶楼里，只不过此刻的情况让悬颂的表情越来越瘆人。

顾京墨不知是如何凑到了青佑寺佛子聚集的一桌，正在和一群小佛子聊天，还拉着其中相貌最好的一个小佛子帮其看手相。

顾京墨故作深奥地说道："你这个命数，证明你日后会还俗。"

"还俗？！"小佛子一怔，惊讶地睁圆了眼睛，不由得纳闷，"为何？"

"你会遇到一个深爱的女子，两个人情投意合，终是不舍对方受委屈，只能还俗离开佛门，和该女子相守一生。"

"女子？！不，不可能的！"小佛子连连否认，并且脸颊涨得通红，生怕自家师兄会取笑他，或者将此事告知师父。

"怎么不可能，你看你这条感情线……"顾京墨说着拉着他的手，另外一只手的手指往感情线上划，故意放慢语速，"明晃晃的感情顺当。"

"对，她算命可厉害了！她之前就算过我会长命百岁，你看，我果然到现在还活着！"黄桃跟着一起哄骗。

"这、这……"小佛子渐渐发觉不对劲。

他正慌张着，突然看到有人站在了他们的桌前，吓得赶紧站起身来。

青佑寺伺候的小僧，自然认识悬颂，想要行礼却被定住，不能再动，也不能言语。

悬颂突然开口，对几个小佛子开口："你们的师父在外面维持拍卖行秩序，你们也去吧。"

几名佛子赶紧一齐起身，匆匆往外走，不敢发一言。

就算不是同门，悬颂也是他们的大长辈。

顾京墨看到悬颂捣乱，当即气不打一处来，伸手抓住了她看手相的佛子的袖子，说道："哎，留个传音符。"

谁知小佛子干脆被悬颂一掌顺水推舟似的送到了门外，到门外后整个人都有点迷糊，却还是呆呆地在门口站定，行了一个礼后赶紧朝着拍卖行赶了过去。

顾京墨气得不行，掐着腰质问："你干什么啊？捣什么乱？"

"你呢？调戏那么小的孩子？"

"那叫什么调戏？我在给他算命，说出了他的命数，你一个狗道士……"狗道士似乎确实比她更懂手相，于是又道，"多好的小和尚啊，还眉清目秀的，我碰到他都不着火，这不就是天赐良缘？"

悬颂气得不轻，回头看见李辞云颇感兴趣地看热闹，还在忍笑。

茶楼里零散的客人也都好奇地看向他们二人，他只能拽着顾京墨的手腕往外走，他带着顾京墨走进了一面石墙，走出来，却是悬颂暂住的客房。

顾京墨一路都在拍她手腕上冒出来的火，显得极为狼狈："你拉我干什么啊？"

"你为什么会燃火，自己不懂吗？"

"你有毒。"

"你只对我一人会害羞，这还不明显？你平时很聪明，怎么在这件事情上这般愚笨？"

顾京墨一万个不服气："可和尚能救我命，你能做什么？你能骗我！你还能惹我生气！"

"和尚的事情，是我之前为了留在你身边扯的谎，内容并非如此。"

"白纸黑字写着呢！云夙柠也看了，难道还有错？"

"我让他帮我隐瞒的。"

"你当我不识字？！"

悬颂震惊地看着顾京墨："你怎么有底气问得出？"

"骗傻子呢？"

"嗯。"

"嗯？"

顾京墨又白了他一眼："满口谎言，我会信你？刚才那个小和尚挺可爱的，傻乎乎的，看着就好骗，不像你……"

顾京墨刚刚往外走了几步，便被悬颂再次拽了回来。

迎面而来的，是一个蛮横的吻。

顾京墨心猛地一跳，铺天盖地的火焰燃了起来。

六

不受控制的火焰终究被防护结界束住，霸道又放肆的火焰竟然温柔成烟霞。

顾京墨的手指触碰到了悬颂，这个人的肌肤和他的气质一样清冷，像是拥抱了一场盛大的寒冬，宛若捉住了一阵风。

触及的是轻柔，呼吸的是清雅的香。

包围他们的是灼热的火。

她起初还在扯悬颂的衣襟，想让悬颂退开，不然她的火焰会灼伤他。

然而悬颂不肯退却，依旧吻得霸道，仗着自己的炼体金身一直死撑，似乎想要纵情放肆一次。

她竟也不挣扎了，反而迎了过去。

狂乱的心飘忽着无所依，那么不安。

然而她知晓她不抗拒，甚至……惊喜。

你看，他果然心悦于我。

待悬颂垂眸看着她时，她才有了羞怯，却故作镇定地凶道："怎么？！"

悬颂的目光很轻，像是在她的脸颊上刮过，随即轻声一笑："不怎么。"

她连续追问掩饰害羞："你不装失忆了？"

"伪装也是怕麻烦，不然你容易连李……我师尊也杀了灭口。"

顾京墨没回答，独自站在墙边努力灭火，却腹诽：杀李辞云也挺麻烦的，当我愿意？

可惜这火许久不灭，悬颂便煎熬似的站在火里，一直看着她。

顾京墨只能推他："傻子，你赶紧出结界，不然你一会儿就熟了。"

悬颂抿唇硬撑："我如今金丹期修为，还好。"

"那也没必要站在这里一直被火烧着。"

"我怕你跑了。"

"你出去吧，我不跑。"

悬颂这才退后一步退出结界，看着顾京墨自己冷静，独自灭火。

许久，顾京墨才缓过来，灭了身上的火焰又到了悬颂的身前问："那单方究竟写了什么？"

"修竹书：双引山弄清草、佛古窟潜血神莲，与雨潺阁花间晚照调和至糯糊状，即可成药。"

“不对劲吧。”顾京墨从百宝玉中取出单方仔细去看。

悬颂只能用手指去指：“竖着读。”

“哦……”顾京墨看了一会儿忍不住嘟囔，“这几味药都在你们正派吧，尤其这个花间晚照……是你师尊的道号吧？得到这些药，不比抢回我遗失的法宝简单，甚至更难，随便一样都能引得所有正派同盟来追杀我。”

“没错，他的道号便是取自这种草药，不过你可以放心，草药我可以替你去寻。”

“得了吧，你师父亲自去求，这几个门派都不会同意，尤其是用来救我。”

“所以你更应该讲真相……”

“没完了是吧？”

“你为何要苦苦支撑？难道说你隐瞒的另外几重重案，还有更大的秘密？溯流光谷的事情已经够震撼了吧？”

顾京墨并不回答，甚至回避这个问题。

顾京墨的一重罪，季俊山庄，有隐情。

顾京墨的二重罪，溯流光谷，有隐情。

顾京墨的三重罪，杀修竹天尊，有隐情。

只有这三重罪悬颂知情，这中间还有两个案子，悬颂尚且不知道前因后果。

顾京墨有些疑惑：“我还以为你已经偷偷看过我的记忆了呢。”

悬颂从自己的百宝玉内取出了一个锦盒，打开后，里面放着一根完整的，微微卷曲的发丝。

“我并没有看。”悬颂递给她看，“我想得到你的许可再看。”

“你觉得我会允许？”

“至少让我知道我有没有错怪你，诸如……你到处送铃铛，你的这份善心，是有理由的吗？”

顾京墨依旧不情愿，只是看着悬颂，仿佛在问：我为什么要给你看我的过去？

仅仅一个眼神，悬颂便懂了，他依旧是沉稳的样子，再次说道：“我想了解你。”

顾京墨听完一声冷笑：“你是名门正派的亲传弟子，我是魔门的魔尊，你们门派的长辈都在追杀我，我现在的情况很危险，随时都有可能死去，你还想了解我？”

“对。”

这引得顾京墨一声嘲讽：“怎么，这么迷恋我？”

“那一日，你来时我刚巧探到，你对我使用的招式刚巧引起我的怀疑，你我去往季俊山庄时刚巧救了孟栀柔，在溯流光谷刚巧遇到入侵者伤黄桃的记忆，让我知晓缘由，知道了你的委屈。你来得不迟不早，我没有离开亦没有放弃探查，你是我命中之劫，亦是我命中救赎，你已来，我怎敢退。”

顾京墨看着悬颂那真挚的双眸，有一瞬间的失神。

一向对万事漠不关心的人，双眸如无波古井，无情无温，此刻却格外深情，让她慌乱之下险些跌入他情浓的眼眸里，温热的胸膛里。

顾京墨终究是妥协了："那你看吧，只能看我入千泽宗之前的记忆，能控制吗？"

"可。"悬颂回答完，从百宝玉内取出了一个套索，一端套在了顾京墨的手腕处，另外一端套住自己的手腕，"我未走出回忆之境之前，你不能离开。"

"这是为何？！"顾京墨自然不愿被人拘着，试图解开。

"你若是走了，我无法第一时间保护你。"

顾京墨当即轻笑出声："就凭你，保护我？我随便一个仇家都能要了你的小命。"

"那便同生共死。"

顾京墨怔了一霎，看出他所言非假，心竟有了一丝松动，很快冷哼了一声，不再说话了。

悬颂见她老实了，才双指夹着发丝，念道："过往。"

那根发丝瞬间化作一抹流光消失不见。

顾京墨知道，盘膝坐在床铺上的悬颂已经进入了她的回忆之境。

悬颂依旧是端正的模样，清冷俊逸如天际融融月。

整齐的发髻，竟然与那张刻板的面容极为相称，一张少年的脸颊，也只有在双目闭合的时候才会有少年的模样，平日里太过死板，显得老气横秋的。

她微微垂下眸子，看着手腕处的束缚法器，手指轻点未能成功，显然悬颂是特意为她准备的。

可惜，她学过的邪门歪道太多，解开束缚法术甚至破解旁人封印过的千宝铃都不在话下。稍做努力，束缚法器便被她解开了。

接着，她转身离开了房间。

她径直下楼，思考着要不要去见一见丁臾他们，便在途中遇到了初静仙尊。

两个人都有一瞬间的错愕，初静仙尊确认周围没有其他人之后，说道："恩公，只要我道出实情，我有把握让正派修者放弃对您的追杀……"

然而顾京墨拒绝得决绝："不必，我还不至于沦落到由你来救。"

初静仙尊干脆曲下膝盖，缓缓跪下，语调哽咽："恩公，你现在的情况非常危险，若是继续这般腹背受敌……"

"那你们以后怎么活？"

"……"初静仙尊稍有停顿，"只要能救您……"

顾京墨扫了她一眼，终究是将千言万语化作了一声叹息："你道侣来了。"

说完大步离开。

初静仙尊恍惚回神起身，快速调整情绪，擦了擦眼角，转身跟着往外走。

顾京墨依旧是一身缘烟阁弟子装扮，遇到迎面而来的仙尊却未问好，而是径直走了过去，仿佛走路带风，气势凛然。

仙尊与其弟子都是一怔，其弟子想训斥，却被仙尊拦住了。

刚巧此刻初静仙尊走了出来，唤道：“妄蛰。”

“我听说拍卖行出现了混乱，终究是坐不住，来三场寻你来了。”

“我无事。”

“嗯，无事就好。”

顾京墨走出去时，禹其琛等三人也回来了，明以幔去那边跟两位仙尊问好后才跟着顾京墨一同回到她们的房间。

途中，明以幔小声说道：“初静仙尊是我的小姑姑，年轻时便蕙质兰心，亭亭玉立，在我们明家都是出类拔萃的美人儿。妄蛰仙尊也是门派中的佼佼者，他们二人燕侣莺俦，极尽于飞之乐！”

话语之中全是对这对眷侣的羡慕。

顾京墨跟着点头：“那很好啊。”

回到房间，她询问道：“丹药炼制好了吗？”

此刻只有黄桃在屋中，云夙柠已经去了自己的客房。黄桃总是开心的模样，朗声回答：“丹药给我了，在这里。”

顾京墨伸手接过来放进了百宝玉内，低声道：“我去寻丁舆他们。”

黄桃立即点头：“好，我在此处等您。”

顾京墨在黄桃额头轻点，留下了一重保护禁制，这才转身离开。

悬颂进入了顾京墨的回忆之境。

这里是人界的街道，街道还算繁华热闹，衣着服饰早就不是他出生的王朝风格了，引得他多看了几眼。

他看到年幼的顾京墨捧着一个比她脸还大的面碗，一边吹一边走向路边。

路边有一口井，她将面条放在井口的石头上，不在乎地面是泥土地盘腿席地而坐。

店家没给她筷子，她便从袖子里掏出来了一双，两根还不是同一个颜色的，显然是硬凑的一双。她并没有擦干净，便这般含糊地吃了起来。

悬颂站在井对面看着那个小小的孩子，看起来四五岁的样子，小脸有些脏，原本就有些自来卷的头发，因为没有认真梳理更显得毛糙。

脏兮兮的小孩，自然没有什么好的穿扮，身上的衣服明显比她的身体大，想来是捡别人剩下的衣服穿。

有人过来打水，见到顾京墨一阵嫌弃："小王八蛋在这里吃什么面，脏了井里的水！"

顾京墨哪里是能受委屈的性子？

"你那桶都没我脚底板干净，还好意思嫌弃别人脏？"

说着捧起面碗来，对他道："赶紧打水，记得用井上悬的桶，别弄脏了我的面。"

"嘿！娼妓生的果然伶牙俐齿，在妓院里长大的真是没什么规矩，早早练就了口才，方便你在馆子里和其他人抢客是吧？"

提及这个，顾京墨当即愤怒，还未回骂，便有其他路过的人跟着接话了："你不说我还没看出来，原来是顾头牌生的小野种。"

"头牌个屁，前些年还有些姿色，生了她之后就不行了。这小王八蛋也是个皮硬的，那么猛的打胎药都打不下去，硬是活下来了。活下来又有什么用，长大了还不是得跟着做娼妓！"

悬颂听到这几个男人，用这般龌龊的话语羞辱一个几岁大的孩子，愤怒不已，朝着那几个人一掌击出，却未产生任何效果，还险些坏了回忆之境。

一向沉稳的人，难得出现情绪波动都是因为顾京墨，竟然在回忆之境里做出这般荒唐的事情来。

他只能收手，再次看向顾京墨。

谁知，顾京墨气得面容通红，甚至是愤恨地吼了出来："她才不是我娘！我才不会和她一样！"

显然，她十分嫌弃自己母亲的身份，甚至极力否认。

悬颂看着她，又看向在顾京墨身后不远处走来，听到这句话脚步一顿、面容瞬间苍白的女子。

和顾京墨长大后的眉眼六分像，想来是顾京墨的母亲。

悬颂之所以确认，是因为该女子的发髻上交叉插着两根古铜色的发钗，钗还是新的，暗红的宝石还算耀目。

那是顾京墨一直戴着的武器，不过是一件凡间之物，却被她做了本命法宝。

他早已猜到，那绝对是顾京墨的珍贵之物，现在看来，此物来自她的母亲。

悬颂疼惜中却能够理解，他为何进入回忆之境便看到这样一幕了。

这是顾京墨记忆中最深刻的一幕，恐怕也是她悔恨一生的记忆片段。

七

“呵。”顾母突然冷笑出声，语气高傲，态度上丝毫不退让，反而要更加凌厉一些，“我当是谁，原来是孙三郎，口口声声对我们这般嫌弃，怎么之前还做过偷我们肚兜、亵裤的事情？”

顾京墨听到了母亲的声音一惊，捧着面碗僵在了原地，做错事了似的一动都不敢动，甚至不敢回头去看自己的母亲。

那人见到顾母来了，当即银牙紧咬，快速转动辘轳，把水倒进自己的桶里，灰溜溜地走了。

搭话的人当即笑道：“他还做过这种事情。”

“可不就是，男人有几个好东西啊，有些人成天说着爱妻，不也会偷老婆的银镯子给我的姐妹？”

那人赶紧左右看了看，他可是一直扯谎说是弄丢了，若是被宣扬出去，他家那个定然扒了他的皮。

顾母走路时身姿极美，韵味十足：“自己是个什么东西，自己不清楚吗？一个个不会掂量掂量自己几斤几两吗？还来羞辱别人，我呸！狗东西也配！”

她到顾京墨的身边站定，看到顾京墨捧着面碗站在原处，并未训斥，而是道：“往后寻个僻静地方吃，吃完了赶紧把碗还回去。”

“嗯。”

原本辱骂顾京墨的两个男人都灰溜溜地跑了。

顾母也并未多留，绕过顾京墨走进了人流中，想来是要去恩客住处陪酒。

顾京墨许久才回神，捧着面碗到了角落处，蹲在墙角边吃完了那碗面，却有些食不知味的模样。

她一直在想母亲有没有听到那句话，有没有生气。

可惜，她没有勇气追出去，也没有跟母亲道歉，只是吃完了面，将面碗还给了店家。

悬颂这才看到了店铺，只不过是一个小摊子，摊子前只有一张四方桌，那里不许顾京墨这样的脏小孩去坐，怕影响了生意。

偏顾京墨还是被其他顾客看到了，对店家说道：“这碗可得给我们洗仔细了，谁知道这么脏的孩子身上是不是带着病的。”

顾京墨听到了，转过身想骂，却看到店家奶奶求饶似的看向她，她只能闭嘴，怕自己影响了奶奶的生意，以后奶奶就不卖面给她吃了。

顾京墨在夜里从来都不靠近母亲的住处，通常是住在柴房里。

只在上午没有顾客时，她才从侧门进入院落，在里面逛一逛帮着收拾，说不定还能捡到些丢失的物品，或者能吃到一些剩下的肉，这都是她平日里吃不到的。

待收拾完，顾京墨往外走时有人叫住了她："小顾顾！"

她停下脚步回头看过去，万分不解，不知她们叫自己做什么。

一名妖娆的女子问道："你要不要也过来学字？"

另一位一身紫色衣衫的，跟着说道："对呀，顾儿的女儿怎么能不识字呢！当年能当上头牌，不也是因为她能吟诗作对，以后你也能……"

提起这个顾京墨瞬间愤怒，对着她们吼："我才不要学！"

这时，一夜未归的顾母从门外走了进来，问话的几名女子当即说道："顾儿，你家女儿总是不肯识字，还脏兮兮地到处跑，这算怎么回事吗？"

"她不想学，又何必逼她？"顾母揉着自己的额头，似乎格外疲惫，不太想理会她们。

顾京墨抬头看着母亲走向她，心中却突然一阵别扭，也不知是怎么想的，扭头跑了出去。

顾母没有叫住她，也没有阻拦，径直上了楼。

顾京墨却在这时躲了起来，探出头来偷偷看母亲，心中盘算着，等母亲心情好些了再去找她吧，此刻去，定然被训斥。

顾母上楼时悬颂才注意到，顾母的腰间挂着一枚银色铃铛。

这是顾母的小心机，在馆中走时会发出铃铛响，吸引顾客的注意，这样就能多些生意。

这铃铛……与顾京墨时常送出去的铃铛一模一样。

晚间。

这里与寻常地方不同，越是夜里，越是热闹。

又是喧闹的夜，馆中灯火辉煌，红色的灯笼本是喜庆的，在这里却透着一股子暧昧旖旎来，配上红绸与琴曲，别是一番风情。

顾京墨在夜间向来不出门，躲在柴房里听着外面的声音，总是一阵作呕。

顾京墨年纪不大，懂得的却比寻常孩子多，或许在这个环境下长大的孩子已然没有尊严了。

这时有人推门朝里面喊了一句:"你娘被人灌了酒,吐得到处都是,你去收拾了。"

顾京墨磨磨蹭蹭地起身，刚走出来便被嫌弃了："怎么这么脏？洗干净脸换身衣服再进去，惊扰了客人你担待得起吗？"

顾京墨只得听话地去池边，用池水洗脸。洗干净后回到柴房里，找了几件衣服都没有什么像样的，于是从底层翻出了一件。

这是另外一名娼妓给她的，适合她穿，但是她母亲看到了便让她扔了，她没舍得扔，便一直藏了起来。

她想着，今日是进去打扫，穿一次母亲应该不会怪罪吧？

于是，她手脚麻利地换上了。

哪有女孩子不喜欢干干净净且尺寸合身的衣服呢？

她也不想做个脏孩子。

她到了馆子外探头探脑地看了一会儿，才穿过人群的缝隙快速上了楼。

此刻便隐隐可以看出，顾京墨根骨极为不错，身体极为灵活，还很会寻找时机，从人群中穿过时速度极快，且不易被人发觉。

她在母亲房间门口听了一会儿，确定里面没有其他恩客，才推门进去。

走进去，果然闻到了恶臭味，她没有迟疑，赶紧收拾。

其实顾母酒量极好，只是昨日去了恩客住处作陪，应是一场硬战，她已经喝了不少了，今日再被人恶意灌酒，才会这样的狼狈。

她收拾了个大概，换了盆水，打算再将全部地面都擦一遍时，有人推门走了进来。

进来的人身材较矮，还没有寻常女子高，头顶头发有些稀松，导致发冠左右乱晃，只束了一小束头发而已。

他颧骨有些凸，鼻梁不算塌，可惜鼻翼太宽太肥，嘴唇也有些外翻，显得丑陋又油腻。

此人进来后探头探脑地看，似乎是在寻找顾母，正巧看到顾京墨，当即眼前一亮。

小姑娘四五岁的年纪，眉眼精致得不像话，皮肤瓷白得仿佛水晶糕，让人恨不得咬上一口。

顾京墨被他的目光看得极为不舒服，当即说道：“她在里间睡下了。”

说着，捧着水盆往外走。

可惜，她未能离开，被男人拦住了。

就算她身体灵活，但到底只是一个小孩子，那人还堵着门，她自然出不去。

“她睡了没关系呀，你来陪陪叔叔，你叫什么名字呀？”说着就要去抱顾京墨。

顾京墨闪身躲开了，再次想出门，却又被拦住，她干脆把手中的水盆朝男人一泼，接着推门跑出去。

她跑了出来，门内却传来男人气急败坏的声音，喊道：“把她给我抓回来！”

顾京墨被男人的侍从再次抓住，扔回了屋里。

她吓坏了，看到男人走过来，再次绕开他想要躲开，却被男人扇了一巴掌：“在这种环境下还清高呢，你知不知道老子是谁？只要老子不高兴，能让这家妓院明日便消失！”

顾京墨被打了一巴掌后整个人都傻了，却还是爬着想要逃。

这声音惊动了顾母，走出来看到这一幕先是一怔，随即回神，笑着迎了过来：“陈员外，你和一个小孩子动什么气呀，妾这不是来了吗？”

“呵，原本只是想和她说说话，谁知道她这般不识抬举！”

顾母的表情微变，却还是在劝：“何必跟一个孩子生气，妾陪着您。”

“滚滚滚，你都人老珠黄了。”

顾母看了看陈员外，陈员外似乎懂了她的心思似的，挡住了房间里唯一的窗扇，门外则是他的随从。

她又看了看顾京墨，随后伸手牵住了顾京墨的手，带着顾京墨进入里间。

顾京墨当母亲真要将她送人了，剧烈挣扎起来，却看到母亲蹲下身，对她小声说道：“别怕，阿娘在呢。”

顾京墨瞬间安静了下来，点了点头。

顾母将她安排在看不到外界的角落处，再次走了出来，依旧笑脸盈盈的：“陈员外，我们先出去喝两杯，待会儿她就洗好了。”

“骗谁呢，想让我出去，再让她逃了，你能不能帮洗？不能我就亲自动手了。”

“别这么说嘛，我们也是老相识了……”

“滚吧你！”陈员外又给了顾母一巴掌，“你也滚外面候着去。”

顾母抬手碰了碰被打得火辣辣的脸颊，笑了：“您这是铁了心了？”

“少废话。”

顾母依旧在笑，又回头看了顾京墨一眼，接着抬手整理发髻似的朝外走。

陈员外还当她要离开了，当即淫笑着朝里间走了过去，路过顾母时，顾母却拔下了自己的发钗，朝着陈员外的心口刺了进去。

顾母这一下极狠，刺完便到门口挂上了门锁。

陈员外的一声惨叫引来了他的随从，可惜无法破门而入，只能用力撞门，一次又一次，门板摇摇欲坠。

门外还有老鸨尖锐的叫声：“怎么了这是？”

顾母赶紧走进里间，用满是鲜血还在颤抖的手打开床板，拿出一个盒子给了顾京墨：“这是阿娘给你存的赎身钱，你先拿着。”

娼妓的女儿，也会被认定为是妓院的所有物，想要离开也需要赎身。

顾母推着吓傻的女儿到了窗户边，将手里的双钗递给了顾京墨：“逃出去，逃出城，不要回来。”

顾京墨也知道她们惹了大事，拉着母亲的衣袖哭泣着祈求：“阿娘！我们一起走！

我一个人害怕！”

“你闭嘴！”顾母看着门板即将被撞烂，将她举到了窗台上，“只有你好好地活下去，我今日做的一切才有意义！”

顾京墨一怔，突然顿悟了似的，握紧了带血的双钗以及怀里的小盒子，跃窗离开。

顾京墨身体灵活的好处在此刻体现，她几个纵身便已经跃出了很远，然后轻盈落地。

顾母看着顾京墨逃远了才松了一口气，眼泪不受控制地簌簌下落。

门终于被破开，顾母也有些惊慌，却还是坦然说道：“是我杀了他！”

陈员外的随从先是看到了主人的尸身，第一反应便是抓住了顾母，一时间，竟没人记得屋中之前还有一个小孩，无人想到要去追。

顾京墨在冷清的街道上快速奔跑。

仿佛用尽了全身力气，鞋子跑掉了一只也没有在意。

悬颂一直不远不近地跟着那个小小的身体，那么瘦小，那么单薄，还那么无助。

他甚至想追过去安慰，可惜，他做不了任何事情，这些都是已经发生过且无法改变的事情。

她没有立即出城，而是不死心地去找了相熟的人，用力地拍院门，许久后那人才整理着衣服出来，探头朝外看：“你怎么来了？”

“求求你，去救救我阿娘。”

她记得这个人，这个人曾经钟情于自己的母亲，连她都接纳了，偶尔会给她带些好吃的糕点。

“你娘怎么了？”这人纳闷地问，目光扫过了顾京墨手中的双钗。

“我阿娘杀了陈员外，你能不能……”

那人听了这句话，当即将门关上了，之后任由顾京墨如何拍门去求，那人都不出来了。

她第一次意识到，男人的真心可能……没那么真。

顾京墨只能捧着东西去求别人，那些人见到顾京墨手中的血，便猜到不是什么好事，也都闭门不见。

她没办法，只能去求最狠心的屠夫，希望他能去救出自己的母亲，还献出了手里的盒子。

屠夫看了看盒子里的银钱，似乎有些犹豫，于是问：“去哪儿救？”

“陈员外家……”

“疯了吧？！滚！”那人赶紧合上盖子，将盒子重新丢给了顾京墨，把她一脚踹出了院门，生怕顾京墨在他家里待得久了，会引人怀疑。

这一脚太重了，让顾京墨的腿疼得直不起来，只能拖拽着走，却还是不死心地寻人帮忙。

她求了一晚，不知去了多少家。

没有人救。

谁也不愿意救。

八

浩瀚夜空，延展向无尽的深处，衬得人间万物渺小。

那道急切的身影，更是沙海中的一粒，毫不起眼。

顾京墨捧着手中的东西，急得身体不受控制地发抖，哭得嗓子沙哑，无助地在街上乱逛，却不知道谁能救救她娘。

她娘不是坏人，被杀的才是大坏蛋，她娘是为了救她……

年幼的她，心里只有这么一个简单的想法而已。

可惜，没人帮她。

这时，她听到了熟悉的声音："小丫头，赶紧出城吧，不然连你也得死。"

她霍然转身，看到了面摊店的老奶奶推开了一条门缝看着她，显然是听到了她的求助声。

她赶紧追问："奶奶，谁能救救我阿娘啊……"

老奶奶叹气，只是摆手："放弃吧，没有人会救的，你娘犯法了！杀人偿命。"

"可我阿娘是为了……"

"无论什么理由，杀人都要偿命，这是王法！"

顾京墨半知半解，却知道听劝。

她捧着她的东西到了城门口，还特意去洗干净了身上的血迹，免得引起旁人的怀疑。

城门口没有人会严查一个孩子，她顺利出了城。

她找了一处还算安全的地方躲了起来，生怕自己弄丢了母亲的储蓄，特意寻了一处地方将小盒子埋了起来，用草木掩饰起来。

之后，她将双钗清洗干净，戴在自己的发髻上，用这对发钗护身。

她终于明白自己母亲为何总是戴着这么一对很大的发钗了，原来，母亲早早就有了防身的心思。

母亲身处如此环境，说不定哪日就会鱼死网破。

这对发钗给了顾京墨安全感。

等了几日，她还在盼，盼母亲能从城门出来寻找她，可是她在城门口张望了几日，依旧没有等到。

十日后，她终于忍不住了，壮着胆子进了城。

那一日，她见到了她的母亲……

可惜，只见到了自己母亲的人头被悬挂在高高的木架上，血液已经干枯。

她看到母亲面目狰狞，一向爱漂亮的女人却头发散乱，似乎被人抓乱过。

她呆愣愣地站在原地，听到身边的议论声。

“好端端的，怎么就杀了陈员外呢？”

“听说陈员外家里愤怒不已，虐待了她几天几夜，被砍掉头颅的时候，浑身的血液都要流尽了。听说啊，将她斩首的时候，她还在喊救命呢，也不想想谁会救她啊！救了她不就惹了陈员外家？”

“可不就是，不过是一个娼妓，救了她会招惹那么大的人物，她还不如求陈员外家让她死得痛快些呢。”

“更可笑的是，她后来喊不动了，就解下了腰间的铃铛摇晃。笑死人了，当旁人是馆子里的客人呢？摇个铃铛就来救你？不可能会有人救的！你看看现在，头被挂在这里示众，听说身体被剁成了块，扔进林子里喂野兽了。”

顾京墨一直木讷地听着，接着缓缓转身，没有哭，没有闹，甚至没有表情。

眼中也没有了光。

她双目无神，踉跄地转身离开，心里只有一句话：“只有你好好地活下去，我今日做的一切才有意义！”

她走在街道上，混迹在人群之中，仿佛只是一名路人。

她失魂落魄地缓步离开，全程都像一个痴傻的孩子，只有头顶明显偏大的双钗在缓缓摇晃。

她第一次知道，她可以忍住眼泪，她也第一次学会坚强。

她要活下去！

这个时候她才意识到，她出生于淤泥，她的母亲却在用自己的方式，保护她的干净透明。

她是一个不懂事的孩子，甚至曾嫌弃这个母亲。

她……还没道歉呢。

再也没有机会了……

她一个人走出了城，全程都没有回头，坚强到自己都陌生。

那一年，她五岁。

与此同时。

顾京墨推开丁舆居住的洞府门，进入后便看到燕祟居然也在。

她动作一顿，不由得有些懊恼，探寻地看向丁舆。

丁舆对着她摊手："我也没办法啊，他赖在我这里不走，非说你肯定会来这里，他在这里能等到你，没想到还真让他说中了。"

燕祟则是气势汹汹地来到顾京墨身前，质问道："你还要躲着我？！"

"没有，只是不想带上你。"

"这不一样吗？"

"不一样，没躲着，但是也不想见到。"顾京墨回答完坦然走进去，坐在了洞府中。

丁舆能住的洞府，自然要比顾京墨和缘烟阁弟子同住的地方气派得多。

洞府有里外几间，不但灵气丰盈，还装饰得极为精致，墙壁上的都是照明法器，只要洞府中有修者，法器感知到灵力就会亮起，极为便捷。

顾京墨坐在圆桌前，看着丁修和鲵面坨坨出来对她行礼。

燕祟一直跟在顾京墨身边，像一条甩不掉的小尾巴。

此刻也跟着坐在了顾京墨身边，依旧是一脸怨气。

丁舆撑着脸看着他们二人，笑着问道："你穿着缘烟阁弟子的服装来我这做什么？让我看看你这般装扮好不好看？"

"放心吧，途中无人看到。"

"哦？"丁舆等待着顾京墨的下文，知晓她定然是无事不登三宝殿。

"我们先杀几个，聚在一起着实不好办。"

丁舆当即笑了，似乎也不在意何时动手，若真的动手了对他们来说危不危险，而是询问："你若是此刻动手了，会引来三场外的正派修者，那群牛鼻子可着实难办，不依不饶，纠缠不休。"

"那也比所有人凑在一起杀我要强，我还没有六道的实力。"

燕祟在此刻提议："我去杀几个正派的弟子，这样那群老道就会杀进来，到时候我把他们引开，这样你的危险也会小一些。"

顾京墨听得直笑："你如今不过元婴期修为，来杀我的，只怕都是化神期修为，你能引走谁？"

"我也有遁走的法宝，杀了就跑，正好我还能有个名号！"燕祟说得格外认真。

一屋子人除了不苟言笑的丁修都笑了起来。

燕祟身为魔修，修炼到元婴期了，依旧没有自己的名号，为此他大为着急，总想干出一件大事来，这样他就是有名有号的人了。

顾京墨提议："丁舆是红烛夺命，那你就叫梨涡夺命好了，你要是喜欢，我立即派人传出去，梨涡夺命燕祟。"

燕祟男生女相还是娃娃脸，嘴角天上微微上扬，笑的时候两颊有着分明的梨涡，很有特点。

可惜，燕祟显然不喜欢这个名号，当即白了顾京墨一眼。

丁舆也跟着想了想，说道："那你不如叫玉面娇娇，整日里娇滴滴的。"

"怎么说话呢？"燕祟气得站起身来，给她展示，"我身量这般高，从哪里看都是男子，再这般羞辱我，我……"

话还没说完，他便被丁修按住了："不得对鬼王无理。"

燕祟当即朝顾京墨喊："魔尊，他欺负我！"

顾京墨忍着笑耸肩："我现在筑基期，自顾不暇。"

丁舆摆了摆手，让丁修先松开燕祟，这才正经地问道："我们先杀谁？"

"看谁先坐不住了，就找一处，"顾京墨说着抬手，在自己的脖颈间比画了一下，"杀。"

"是不是还得寻一处不会伤到缘烟阁弟子的地方？"丁舆挑眉。

顾京墨回答得非常正经："嗯，黄桃现在和他们在一起呢，确实要避开。"

丁舆笑而不语。

燕祟很快发现了不对劲的地方，问道："我上次见你时匆忙，还未曾问起，你怎么会和缘烟阁弟子同行，他们似乎还在维护你。"

顾京墨含糊地回答："偶遇，救了一次。"

鲵面坨坨一向不喜燕祟的性子，此刻忍不住出声："还瞧上了一个唇红齿白的小仙君呢，我在拍卖行时看到了，两个人一同站在窗边。"

鲵面坨坨搅乱会场时用神识扫过，探到了顾京墨和悬颂的位置，瞬间意识到了二人关系匪浅。

燕祟的表情一瞬间凝固，沉着脸问顾京墨："小仙君是谁？"

"之前是一场误会，日后嘛……"顾京墨有些拿不准，摸着下巴思量起来。

她如今和悬颂究竟是什么关系？

丁舆突兀地叹气："日后啊……也不知道你能不能改掉看到他就害羞的毛病，如今还是这样吗？"

"是，今天还烧了他半天，他硬是忍住了。"

"得手了？"

"得了一点点。"

“顾京墨！”燕祟突然吼了一声，像只愤怒的小兽。

顾京墨被吼得一阵烦躁，抬手抓了抓头：“我又困了，借你的洞府再睡一觉。”

说着起身，朝里间走去。

丁臾看着燕祟还要去追，忍不住劝道：“何必呢，她显然对你没有想法，你若是不纠缠，她还能善待你。你若是一直这般纠缠不休，她也只能一直对你这般冷淡了。”

鲵面坨坨也跟着说：“没错，魔尊有自己的想法，不喜欢你，就是不喜欢你，你纠缠也是无用。”

燕祟气得甩袖离去，到了洞府门口，又听到丁臾的提醒：“你若是敢伤她的心上人，后果是什么，你该知道的。而且，他的身边有晚照天尊在，你绝非他的对手。”

燕祟依旧是那愤怒的语气：“我只是看看还不行吗？”

“可以，看吧，看了才能死心。”

燕祟当即快步出了洞府，走得气势汹汹。

鲵面坨坨忍不住问道：“燕祟的模样也不错，魔尊为何不喜？”

“她啊……因为早年的事情，对男子一向厌恶。她能看上的，都是不屑于理她，且不近女色的……总而言之，就是只喜欢不喜欢她的。”

九

悬颂依旧留在顾京墨的回忆中。

他看到顾京墨在出城后不久，便遇到了熟悉的人。

来人是一名女孩子，面容秀美，有着江南女子独有的温柔，说话的声音也格外柔和。

她身上的衣服很简朴，却胜在干净。

她拉住了顾京墨的手，低声道：“跟我走。”

顾京墨抬头看向那个女孩子，迟疑了一会儿才认出来：“楠绣？”

“对，是我，我带你离开。”

“嗯！”顾京墨看到了熟悉的人，似乎终于找到了依靠，眼圈一红却没有哭出来。

悬颂在此刻松了一口气。

他想着，如果有人出手照顾年幼的顾京墨，也能减少顾京墨的苦难。

楠绣也曾被卖至烟花之地。

听说，她曾经还是一个官家小姐，是顾母救了她，让她成了顾母的侍女。

当年顾母还是馆中的头牌，吟诗作对的本事也都是楠绣教给她的。

后来因着这份头牌的收入，顾母帮楠绣赎了身，让她能够离开那是非之地。

说起来，顾母一直都是楠绣今生的恩人。

有了楠绣的照顾，顾京墨之后的几年还算安稳。

楠绣不舍得用顾母给顾京墨存的钱财，总念叨着那是顾京墨日后的嫁妆。

她们住的地方颇为寒酸，楠绣靠做绣工活赚些工钱。

顾京墨则是到处做帮手，然后背回柴火来，也能换些米面。

这样的生活最终也被打乱了。

那时山里来了狼群，就连猎户们都在山里面死了两批，周围的村庄能搬的都搬了，村子也空了大半，顾京墨也因此不能再上山捡柴。

眼看着楠绣冻得手指通红，完全没办法做精致的绣工，顾京墨还是急了，想着在周围寻一些柴也好。

她去了山的外围，绕了一圈也没听到狼叫，甚至没在雪地上看到狼的脚印，她开始壮着胆子上山找柴。

捆成一堆后快速下山，回到家里给楠绣生了火，便又风风火火地跑了。

楠绣急得放下绣活在院门口喊："京儿，你小心些！"

"知道啊！放心吧。"

顾京墨又去了山边，这次却看见了血迹。

她吓了一跳，赶紧丢下手里的干柴往山下跑。

跑了一段觉得不对，又返回去看，看到雪中只有人的脚印，还有拖拽的痕迹。

她当即心中一喜，顺着血迹走了一段路，在一处原本荒了的宅子里，看到了一具巨大的狼尸。

这狼与寻常的狼长得不太一样，皮毛黑中带红，身量也大得离谱，简直就像小半只牛。

她不敢乱动，躲在围栏外往里看。厚实的雪是极好的遮挡，将围栏的缝隙都填满了，让她能够成功隐匿。

她看到一人从屋中走来，手里拿着一柄匕首，到了案板边磨刀。

顾京墨探头探脑地看，总觉得这人格外陌生，她并未见过。

是新来的猎户？

那人似乎发现顾京墨了，瞥了一眼却未理，继续磨刀。

顾京墨终于不怕了，朝那人喊："是你杀的狼吗？"

那人没回答。

"我听他们说是一群狼，你这只这么大，是头狼吧。"

那人依旧不理。

那人磨好了匕首，走过来割向狼的尸身，却被顾京墨喊住了："别，那么好的皮毛能做一件披风，你这样一下子下去皮都坏了。"

那人终于扭头看向顾京墨："你会？"

"嗯，我平时帮着做零工，剥过兽皮。"

那人轻轻一甩，匕首朝着顾京墨飞来，吓得她赶紧蹲下身，用围栏挡着自己。

她听到匕首插进木板的声音，围栏上的雪被震得簌簌下落，有一簇落在了她的鼻尖上，她赶紧甩了甩头。

那人不客气地道："你来。"

顾京墨像一只小猴子，动作利索地爬进了院子，拔出匕首开始处理狼的尸体。

这狼的尸身巨大，她剥皮剥得极为费力，其间还在嘟囔："这狼有些邪性啊，怎么皮毛摸着像倒刺？这是狼刺猬？"

"这是灵火狼，魔界跑出来的杂种。"

顾京墨听到了陌生的词汇，不解地看向那人。

那人身上的衣物厚重，样子也邋遢，她根本看不到其面容，却还是道："那你好厉害啊！女子独身一人就能杀死它。"

那人身形一顿，诧异地看向顾京墨。

顾京墨却不解，扯着狼皮看向她："怎么了？难道你受伤了？"

那人走到了顾京墨的身前，用手指戳顾京墨的额头，让顾京墨身体一晃。

那人低声问："你怎么发现我是女子的？"

"男子啊……看我们的眼神是不一样的。别看我小，我看过太多男男女女的眼睛了，眼神完全不同。"

那人突然轻笑出声："年纪不大，说话老气横秋的。"

顾京墨任劳任怨地帮她将狼皮剥了，还站在一边看热闹一样地看着她将狼的尸身剁成了几块。

顾京墨处理干净了狼皮的血迹，对她说："我可以帮你做成披风，不过得和我的小姐姐配合，你信任我吗？信任的话，我就先将皮拿走了。"

"你也不敢贪了去。"

"也是，毕竟你那么厉害……不过要工钱的，加上刚才的剥皮，你得给我十五文！其他的本钱另算。"

"我没钱。"

顾京墨朝着狼的尸身一指："狼卖了就有了啊！"

那人回身看了看尸身，接着说道："那你去帮我卖了吧，我可以分你一些。"

"行啊！"顾京墨揽了个好活，风风火火地干了起来，借来了推车，推着一部分尸身就走了。

那人站在院落里看着顾京墨瘦小的身体推着那么重的车走了，且毫不费力似的，失神许久才道：“火系单灵根，这种资质怎么会沦落在人界？这要是在修真界，怕是被各大门派争抢吧。”

顾京墨借着这桩生意，往返几次后，捞到了足有一两银子的酬劳。

这在她和楠绣看来，绝对是不错的收入了。

还有不少人跟顾京墨打听，山里的狼群是不是没了。

顾京墨也不知情，只能回答：“只没了一只，其他的还不知道呢，我只是帮忙卖赚些工钱，等我去送银钱的时候再问问。”

顾京墨拿着最后一笔银钱去找那名女子时，却看到了屋舍的残骸。

这里似乎经历了一场战斗，她看到了一地爪印和满地的鲜血。

大火烧过的痕迹极为明显，整个院落都被烧成了灰烬，周围的树木也跟着烧了一片。

狼是非常记仇的动物。

显然，狼群来此报仇了，只是她有些不理解，为何会造成这么大范围的火灾。

那名女子放火吓唬狼群吗?

她带着银钱转过身便想跑，然而站在雪中迟疑了一会儿，还是跑向了林中。

此刻的她已经有一丝执拗了，她想要救人，她希望世人在绝望跌进谷底的时候，能够发现，这个世界有光。

就算显得傻气，就算她也会陷入危险，也不想再有那种到处求助却无人理的情况发生。

如果真的没有希望，她就成为那些人的希望!

她有跟着猎户学来的经验，匍匐在林中，看着脚印，看着血迹，再去静静听。

这一路走得极为艰难，直到她看到了三具狼尸，又在雪中看到了昏迷不醒的女子。

她并未立即行动，确定没有埋伏后她才爬过去，拖拽着女子远离，一边拽着她离开，一边试图唤醒她：“你别睡啊，你会冻死的！”

她将女子带进了一处荒废的民居，进去后生了火，给了女子几巴掌才将她唤醒。

女子显得极为疲惫，看到她之后低声笑：“我现在的身体……糟透了，这种畜生都能欺辱我一番……笑话……”

“可你还是杀了它们！”

“我也……精疲力竭了。”

顾京墨想去脱她的外套，却被拦住了，她只能问：“你果然还是受伤了，对不对？”

“我的伤……人界医不了，我命不久矣……只想来这里安静过几年，可惜……

怕是不成了……”

“不试试怎么知道救不了？”

“我的情况我知道，神医……难救……”

顾京墨也觉得难过，迟疑了一会儿，将怀里的银钱给了她：“狼肉卖的钱，你需要买什么我可以帮你买，也能让你过得舒坦些。”

“帮我买些酒来吧。”

“好。”

顾京墨腿脚麻利，明明之前还那么吃力地将女子拽出林子，此刻还能快步跑出去买酒，没一会儿便回来了，拎了两罐子酒，放在了女子身边。

“就两罐？”女子颇为嫌弃。

“喝多了死得快！”顾京墨说话颇为难听。

“呵——”真是不招人喜欢的小孩子。

顾京墨并没有立即走，而是将这里收拾整齐，还用制作好的狼皮给她垫着。

她环顾了一周说道：“这个房子是因为山上有狼，住户才搬走的，也不知道狼没有了他们会不会回来。我之后就说只杀了一只好了，这样你还能多住一阵子。不过山上的狼尸不处理了着实可惜了，应该也能卖不少……”

女子并未回答，而是喝了一口酒，酣畅地呵出一口气来。

女子不在意人界的钱财，只是想着，有些钱财也能买些酒。

酒可是好东西。

顾京墨走到了她身前，扶着她，带她到床铺上躺下。

女子又喝了两口酒，突然不知从哪里取出了几颗红色的丹丸来，丢给顾京墨：“和你的属性一致，全都吃了，就算不能助你修炼，也够你多活两百年的。”

“那你怎么不吃？！”顾京墨吓了一跳，这么好的东西直接给她了？

“和我属性不一样，我吃了对我来说是雪上加霜。”

“属性是什么？我属马的。”

“哦……那狼也属马的。”女子懒得解释，干脆这么骗孩子。

“狼还能属马啊……”顾京墨吃了一惊，拿着红丹迟疑了一会儿吞了一颗，觉得有些噎，捧着酒壶喝了一口送了下去，吃完还吧唧吧唧嘴，“我吃一颗，剩下的给楠绣行吗？”

“若是属性不一致，你会直接害死她。”

“那我带她来给你看看。”

“随意吧，我睡一会儿。”女子回答完，便昏死过去。

悬颂站在一侧看着，他知晓，此人来自修真界，因身受重伤，亦可能是躲避什么人才来了人界，刚巧来了此处。

她也绝非前任魔尊，不会是顾京墨的师父。她极有可能是引顾京墨进入修真界的人。

是顾京墨遇到的贵人。

十

翌日，顾京墨便带着楠绣来见了神秘女子，女子只看了一眼便叹气："属性不符。"

楠绣没有灵根，完全不是可以修行的体质。

在人界又能遇到几个顾京墨？

顾京墨有些失望，可这种事情不能强求。

她自己又服用了一颗红丹，剩下的两颗被她留下了。她想着日后若是其他人有用，她还可以给别人。

四颗可以多活两百年，一颗就是五十年！这简直就是神丹妙药。

顾京墨得了该女子的恩惠，便总会过来帮衬她一些。

每日帮她生火取暖，整理一下屋舍，再送来两罐酒或者食物。

日子逐渐又恢复了平静，如果可以，顾京墨真的很想日子一直这般延续下去。她不离开人界，享有一百多年的寿命，寿终正寝也是好的。

可惜，天不遂人愿。

那一日她扛着干柴回来，却远远地听到了楠绣的呼救声。

她心口猛地一颤，快步赶回家里，却连门户都未能进去。她家小院的门口守着的护卫将她拦住，直接将她轰出去。

她虽有一身力气，却无法同时抗衡四名孔武有力的男人。

她被摔到地面上，趴在街道上抬头，看到周围有人在探头探脑地看，却无人过来搭救，跟她对视后连连闪避。

那一刻她的脑中一片嗡鸣，她不知道楠绣究竟求救了多久，这群人又观望了多久。

明明听到了，明明都到近处了，为何不救？

什么是王法？！

王法就是在保护那些豪绅的吗？

为什么不救？！

冷眼旁观就是如今世道吗？

她连滚带爬地起来，正门进不去，她便绕到了院后。她拿起了自己的干柴蘸了油，用火折子点燃，越过墙壁扔进院落里。

院落里有一处柴火堆，她便照着那个地方扔，最后干脆扔进去了半桶油来助燃。

屋中的呼救声终于停了，变为了虚弱的哭声。

一名男子骂骂咧咧地跑了出来，对着外面骂："你们怎么守着的，怎么着火了？"

顾京墨记得这个声音，是镇子里一富人家的纨绔少爷，平日里便对楠绣颇为垂涎，想纳楠绣为妾。

楠绣不愿意，拒绝了多次，有时出门都要躲着些。

今日，这人干脆来霸王硬上弓了！

那群人见院内起火也没有理会，直接拍屁股走人了，只觉得这火扫了他们的兴致，并不在乎屋舍中的女子死活。

顾京墨快速冲进院子里灭火，因为担心楠绣的安危，竟然没发现院中的火都不会伤及她，她就算徒手触及火也不会有被灼伤的痛感。

两颗灵火狼的妖丹，已经开启了她火系灵根的慧根。

她灭了火后进入屋中，看到楠绣一边哭，一边整理自己的衣衫，当即气得有些站不稳，身体踉跄险些跌倒。

她转身进厨房拿起了刀，提着刀便要杀出去。

楠绣赶紧过来阻拦："京儿！你打不过他们的，他们人多势众……"

"那就去报官！"

"没用的，他家里人就是官府当差的，而且你没有市籍，你的身份……还是不要去了。"

顾京墨还未被陈员外家中放过，她如果去报官，只会是自投罗网。

顾京墨气得浑身发抖，最终也只能放下那把刀。

只有她自己知道，那一刻，她有多么不甘心。

"能不能教我几招，最好可以杀人于无形？"顾京墨手里拿着四坛酒，认真地问道。

女子斜靠着床头，看向顾京墨，上下打量："怎么？嫌做零活慢，想杀人越货了？"

顾京墨放下酒坛，干脆跪下来给她磕头："我的朋友被恶霸欺负了，我要给她报仇。"

女子回忆起顾京墨带来的年轻姑娘，似乎叫楠绣，心中了然。

她沉着脸看着跪地不起的顾京墨，再看看四坛酒，随后道："我如今的身体不行了，教不了什么，我也没耐心细致入微地指导你。"

顾京墨急急地抬头，还想说什么，就看到女子打开酒坛喝了一口，说道：“所以，所有的招式我只教一遍。你急要报仇，我教你引气入体太耗费时间，便教你一些拳脚功夫。呵，我虽然修为不高，但是在体术方面，整个修真界都不如我。”

顾京墨当即眼前一亮，用力磕了一个头：“我学！一次就可以！”

女子酣畅地呵出一口气来，又问：“你有武器吗？赤手空拳？”

顾京墨被问得一怔，随即取下了自己头顶的双钗，握在手中，头顶的碎发缓缓落在肩头：“它就是我的武器。”

女子一怔，看到了孩子眼中的决绝，那是魔界都罕有的杀伐之气，心中震撼，随即点头。

女子喝了一坛子酒才站起身来，整理了一下身上乱糟糟的衣衫，接着在院落中给顾京墨做起示范来。

顾京墨知晓，女子只会示范一遍，便用了全部的精力去看，去记，去学。

待女子示范完毕，她回忆了片刻，便在女子面前完整地重复了一遍，除了力道稍有不足，其他的动作都做得极为精准。

女子靠着墙壁，看着顾京墨“嘿嘿”地笑了起来，笑容里透着凄苦的味道：“你啊……偏偏生在了人界，这慧根，这资质……跟我学可惜了。”

言下之意，她不配做顾京墨的师父。

顾京墨却格外认真：“能得前辈的指点，已是我的荣幸！”

“好，那我今日便再教你一套动作。”

顾京墨认真地记住了第二套动作，在女子的院落中练习了整整一日。

女子坐在屋中喝酒，喝得浑浑噩噩的，时不时说几句莫名其妙的话，又昏睡如死去一般。

当时的顾京墨不知，该女子的状态，便是修真界身受重伤，苦苦坚持的模样。

顾京墨练了一日，背着干柴回去时，看到邻居在她家院外晃。

见顾京墨回来了，其中一人便凑过来劝：“你不如让楠绣嫁过去，那竖子虽然浑了些，但是家底子厚，做妾也不委屈。不然楠绣如今这名声，还能嫁谁啊，附近街上有几个不笑话她的？”

顾京墨将干柴往地面一扔，骂了出来：“笑话她？！她做错了什么？是她自己不检点吗？明明她是被伤害的人，你们怎么还能笑话她？！你们都是什么蛇蝎，怎得这般不要脸？”

那人被骂得脸色稍有不悦，只能小声嘟囔：“女子没了清白，那不就是沦落为笑柄？她是没做错，可她确实嫁不出去了啊……”

顾京墨拿起一根粗壮的木棍便抡了过去：“去你的清白，她是个人！活生生的人，人活着还能被清白二字束缚住了？而且那混账没有得逞！被我拦住了！”

那人被顾京墨抽打得嗷嗷直叫，骂道：“你这丫头太泼，好心好意来劝，还动手打人了！！！你还是别和她一起住了，不然连你都要被人风言风语！”

顾京墨追着他打：“你这算个屁的好心，山里的黄鼠狼和你比都心善，别让我看到你，不然我看到一次打你一次。”

周围的人都跑了，顾京墨在院外站了好一会儿才背着干柴进屋。

她先前看到楠绣站在窗前，在她进来后动了位置，知晓楠绣听到了。

她进入屋中吃饭时，小声说道：“你别理他们，我明日就去找房子，过几日我们就搬走。”

“嗯。”楠绣闷头吃饭，二人再没有说话。

最近楠绣心情不好，总是不爱说话，一个人偷偷落泪。顾京墨劝了几次都无用，反而让她哭得更加厉害，顾京墨也不敢再劝了。

顾京墨偷偷拿了自己母亲给她的钱财，打算去离这里远的地方，再定一处宅院，让楠绣能够好好生活。

她特意选择了纨绔外出的时间去寻房子，怕纨绔趁她不在家又来欺负楠绣。

临走时她千叮咛万嘱咐：“你自己在家别出门，院门关上，饼子在锅里，还有汤，够你吃几天的。我去定了房子就回来接你搬走，回来给你带个鸡腿行吗？”

“嗯。”楠绣答应了。

这一走便是三日。

三日后，她拿着地契回到家里，推门朗声说道：“楠绣，我们收拾东西……”

她进入屋中，没有看到在绣活儿的楠绣，却看到了悬在半空中摇晃的腿。

她的身体一僵。

她丢掉了手里的地契，快步走过去抱住了那双腿往上抬，同时说道：“你自己下来……”

她没有得到回应。

她不敢抬头去看，她怕抬头看了，最后一丝希望都没有了，抱着楠绣的腿，将她移开。

刚刚移开，楠绣的身体便软下来，倒在她的肩头。

她扛着楠绣已然冰凉的身体，眼泪终究是忍不住了……

她一动不动地站在了原处，哭得像个疯子。

她已经失去了自己的母亲，现在就连楠绣也离她而去了。

为何如此？

为什么要这样？

为什么……

悬颂站在她的身侧，记忆中的顾京墨根本看不到他。

她哭得那么狼狈，没有任何形象可言，涕泪横流。

悬颂抬手，想要安慰，指尖悬于空中又默默收回，最终也只是叹了一口气。

他看到桌面上，有楠绣最后的留言：

郁郁已成疾，愁聚无从遣。

泣泪今与昔，梧桐摵摵语。

离已成生赎，勿念勿生悲。

怎么可能不生悲?

楠绣是顾京墨唯一的依靠……

顾京墨冷静得有些可怕，她只是葬了楠绣，接着一切如常地去山上寻干柴。

别人不知晓的是，她去了神秘女子那里，苦练了半年的体术。

她拿着双钗去到纨绔家里的那天，天气雾蒙蒙的，下着绵绵细雨。

雨并不大，只是天空的云层极为厚重，仿佛要压下来。

顾京墨身体轻盈地跃进了纨绔的院中，如云雾般轻飘。

纨绔当时正与小妾在凉亭中喝酒，见到顾京墨，似乎未能第一时间认出来。

他的侍卫拦住了她，取笑道："还敢闯进来，不要命了？"

纨绔终于想了起来，放下酒盏笑道："哦，是那个吊死鬼的朋友吧，哈哈哈哈，嫁进来不就好了，居然上吊了，皮肉那么白却死了，怪可惜的。"

顾京墨抿着嘴唇，身体后仰躲过侍卫的攻击，拔出头顶的双钗，发丝落在肩头，动作间带起衣衫上的水珠，甩出一串来。

她用发钗动作灵活地割了两名侍卫的脖子，完全没有任何拖泥带水，另外两名侍卫甚至未能看清她的动作。

血从脖颈喷射出来，溅出老远，落在院中的花草以及石板路上，被雨水扩散至更远的地方，流淌成银红色的小河。

凉亭中的小妾吓得失声尖叫，躲在了桌下。

纨绔也惊得不轻，扯着嗓子喊人："来人啊！有刺客！"

像一只疯狂打鸣的公鸡。

在他喊话间，顾京墨已经杀了另外两名侍卫，脚尖轻点，身体便转瞬间到了凉亭内，单脚踩在桌边，居高临下地看着纨绔。

纨绔吓得尿了裤子，跪倒在地连连求饶：“女侠饶命，我错了，我真的错了，我不该……啊啊啊！”

顾京墨根本不在意他的求饶，毫不犹豫地割掉了他一侧的耳朵：“今日啊……我只割掉你的耳朵，十日后，我来取你双眼。”

她才不要这个人轻易地死掉，她要慢慢折磨他，让他在恐惧中度过。

有希望，却没人救得了他。

说完，她又割掉了他另外一侧的耳朵。

十日，顾京墨决不食言。

纨绔家里早有防范，可惜，这毫无用处。

十日后，顾京墨出现在了纨绔躲避的山间庄子里，取了他的双眼。

再十日后，割了他的舌头。

在此之后，纨绔的院落外都有重兵把守，顾京墨却没有再来。

她在这期间去了陈员外家，用同样的方法，去对付那些折磨过她娘的人。

她若是受伤了，就找一处地方安静疗伤，再苦练自己的体术。

她的悟性极好，寻常人怕是需要练上个十年八年才初有成就，她仅仅用半年多的时间已经掌握了全部，天生的清奇骨骼在此时已经显露。

官兵无法时刻守着一个残废的纨绔，调走兵力的三日后，纨绔死了。

断手断脚，死得面目全非。

同一天的夜里，陈员外家虐待过顾母的人也全部丧命。

并非顾京墨没有耐性了，而是她需要去完成另外一件事情。

教过她体术的女子死了。女子在临死前交给了她一张传音符，告诉她，带着这张传音符去魔界，寻找魔尊，亲手将这张传音符交给他。

顾京墨不敢怠慢，慎重地答应了。

那一夜，她斩杀了她所有的仇人。

她去山中寻找了一夜，只寻到了母亲的几根尸骨，她将她生命中最重要的三个女人葬在了一处。

她在墓前磕了三个头，带着一身的伤，摇晃着身体站起来，跪拜的地方血液已经滴落了一地。

纵使浑身是伤，目光依旧森冷。

那一年，她十一岁。

或许是经历的事情让她成长了很多，她也内敛了很多。

换上一身最不起眼的衣服，装扮成男子模样，这的确会减少很多麻烦，至少不会被恶心的男人骚扰了。

遇到强敌，能躲便躲。

她一路辗转着去了魔界，没有修炼过法术，只有体术傍身。

在一次次危险中，也靠着体术积累了许多的实战经验。

她已经不知道是第几个年头了，她终于知晓这世界这般浩大，无边无际，没有尽头似的。

她跨过了很多山河，她走过了很多地方，烂了很多双鞋子，遇到了很多讨厌的人，也遇到了很多好人。

最终，她是被人扔到魔尊脚前的，那时的她连站都站不起来，只是倔强地说着，她要找魔尊。

“你找我有何事？”魔尊竟然也耐着性子，蹲下身，认真问她。

他在几年前便听说了这件事，尚未引气入体的小修士，翻山越岭地从人界来寻他。

他起初并未在意，直到几年后，真的见到了她。这的确引起了他的好奇心。

顾京墨虚弱地问：“你是魔尊？”

“嗯。”

“如何证明？”

这句话问得周遭的修者大笑不止：“还用证明？他就是魔尊——曦月赤芒。”

魔尊难得耐心，取出了自己的牌子：“这个可以证明吗？”

顾京墨其实不认识那个牌子，但是从早期打听到的魔尊的样子，再去看眼前这名高大的男人，她已经确定了该人的身份。

她拔下自己的发钗，割破了自己的皮肉，这一举动震惊了周围许多修者。他们眼睁睁看着她从皮肉里取出了一个皮制的袋子，再打开袋子，里面装着一张传音符。

这般仔细保护的，居然只是一张传音符。

“为何要这般做？”魔尊接过传音符，疑惑地问。

“她……对我有恩，她要给你的东西……我必须送到。”

魔尊拿着传音符有瞬间的错愕，渡入灵力，听到了这样一句话：“如果她做到了，请您收她为徒。”

魔尊看着传音符，又看着昏倒在他身前的女孩子，最终站起身来，对身边的人吩咐：“把她抬进来。”

那一年，她十九岁。

她生时是尘埃，是最不起眼的微尘。努力过，挣扎过，遇难不惧，遇险不退，绝不放弃，倔强地坚持着——从此刻起，她要发光，绽放。

没有人救，那么她来救。

她希望，那些濒临绝境的人不会再感受到她曾经感受过的痛苦。

她想让这些人看到，这个世界有黑暗，也有光！

她名为——银铃血祭，顾京墨。

十一

悬颂离开回忆之境，回到现实。

抬眸看了看空旷的房间，再看看手腕上孤零零的束缚法器，“啧”了一声。

他收起法器，慢条斯理地站起身，动用法术将房间复原成原本的样子，火烧的痕迹瞬间消失不见。

之后，他抬手整理了一下发髻，随即推门走到了露台，朝着不远处看去，朗声问道：“不知阁下有何贵干。”

燕祟坐在他对面建筑的屋顶上，看到悬颂居然这般坦然地走了出来，觉得有趣：“你倒是敢出来？”

悬颂不由得疑惑，反问：“为何不敢？”

“那个晚照老道似乎出门了。”言下之意，你身边没有高手相护。

“哦，那又何妨？”

燕祟突然纵身，跃到了露台的扶手上，蹲下身打量悬颂，问道：“你不怕我杀了你？”

燕祟是凌厉倨傲的，看旁人时的眼神如同挑剔的老板打量货物的优劣，审视的味道很重。

悬颂依旧不在意，微微扬起下巴看向他，眼中闪现了一丝轻蔑，似乎是在说：就凭你？

燕祟被悬颂的眼神激怒了，右手抬起，藤蔓自他的手臂蔓延而出，最终汇聚成一柄木剑，看起来平平无奇。

可这终究是元婴期修者的本命佩剑，自然有着非凡之处。

悬颂只是瞥了一眼，又看向燕祟，随即问道：“你是哪位？”

什么叫直击痛处？

先是目光轻蔑，后是没听说过燕祟这号人。

燕祟的本命佩剑都亮出来了，眼前的人依旧未能看出他的身份。

而他，确实没有名号。

“我是顾京墨身边的人。”燕祟牙齿紧咬，如此回答。

悬颂终于懂了似的，点头：“哦，那我是你未来的……男主人？抱歉，我确实不知道该如何称呼，不知道你们魔门内是如何称呼魔尊道侣的？哦，魔门应该不是道侣。”

燕祟则是冷笑，阴恻恻地道：“若是我把你杀了，她会记我一辈子吧，至少也是她无法忘怀的存在了。”

悬颂却极为不解：“你为何这般自信？”

燕祟目光森然，抬剑便攻击过来，木剑扫过，却只割碎了一抔泥土而已。

悬颂转瞬间已经替换掉了真身。

燕祟起身去追，刚刚进入屋中，便看到了初静仙尊与妄蛰仙尊一同冲进屋内，初静仙尊看到燕祟后神情一滞，并未立即出手。

倒是妄蛰首先拔剑，朝着燕祟攻过去。

燕祟骂了一句：“跑得倒是快。”

随后转身离开，消失不见。

待燕祟离开，屋中飘着的一粒尘埃瞬间变为了一个人，站立在屋中，气质卓然。

二位仙尊赶忙行礼：“晚辈护驾来迟，祖师莫怪。”

悬颂是真的未曾在意：“无妨，小杂碎而已。”

妄蛰仙尊壮着胆子询问：“师祖是不想被外人知晓您在此吗？”

悬颂如此乔装，实在是让他们摸不着头脑。

悬颂并不否认：“嗯，不想被魔门的人知晓我在，你们二人也吩咐下去，见我莫要行礼，免得暴露了我的身份。”

“是。”

这二人刚想离开，悬颂却突然问道：“你们道侣之间，会佩戴什么法器确定对方的位置？”

妄蛰仙尊被问得一怔，下意识看向初静仙尊。

初静仙尊也是一阵疑惑，回答：“我们有桃缘珠，戴上这颗珠子，可以感知到道侣所在方向，珠子会朝着道侣的方向指引。若是距离在十里之内，珠子会明亮一些，十里之外则会黯淡。”

悬颂暗暗点头，这种东西得备上，顾京墨的确很难控制，他需要知道顾京墨的位置才可以。

妄蛰仙尊跟着补充：“其实还有鸳鸯袖这种简单的法器，也是互相吸引的两颗珠子，固定在袖口，便会吸着对方的袖子不分开。不过这种东西有范围限制，只能在同行或者距离不远的地方使用。”

悬颂垂眸思量了一会儿，排除了这个法器，若是吸得太近了容易燃火，引起不必要的麻烦。

悬颂轻咳了一声，又问："安蛰，若是你的道侣生气了，你用什么法术控制？"

"用……法术？！"安蛰仙尊一惊，随即回答，"我的道侣从不生气，所以还未用过法术。"

对道侣需要用法术吗？安蛰仙尊回答完还在沉思。

悬颂叹息，在修仙界像顾京墨这般脾气的着实少见，完全找不到参考答案。

"道侣印都有什么作用？"悬颂又问。

安蛰仙尊抬手擦了擦额头的冷汗，想着老祖这是要给他们找一个祖奶奶回来？

怎么突然对这些事情感兴趣？

安蛰仙尊疑惑归疑惑，还是恭恭敬敬地回答："道侣印可以单独传音，高阶修者也无法破读。还能感知道侣的安危情况，若是感情深厚，甚至可以通过道侣印瞬间传到道侣身边相救，可惜这种事罕有人能做到。"

"这些我都知道，还有其他的吗？"

"没有了吧？"

悬颂认真地追问道："有没有可能，我只需要一个命令，她就立即回到我的身边来？"

安蛰仙尊再次震惊："命令？对道侣用命令？"

"若是她总乱跑，不听话，我也能管住。"

"老祖，我觉得……您应该先想一想……您这样……是否妥当？"

"怎么不妥当？"

"道侣之间应该互相尊重才对，您这样，多少有些不尊重对方。"

"尊重？"悬颂努力思考这个词。

他若是跟顾京墨互相尊重，是不是需要称呼顾京墨为魔尊，顾京墨称呼他为天尊？

是时候改一改顾京墨的措辞了，不能总被顾京墨叫老不死的、迦境老儿这种称呼了。

这个意见可以采纳。

悬颂摆了摆手示意："我这边无事了，你们先回去吧。"

"弟子告退。"二人异口同声地回答。

三场外围丛林中。

南知因还在跟魔门两位化神期修者缠斗，李辞云却停了下来，看着自己的断剑嘟囔："不用本命佩剑很难敌得过……"

刚过了不出三十招，佩剑便断了，这之后该怎么打？

对方也不想恋战，适时停手试图交涉："二位，不知为何突然袭击我们？"

南知因用法术改变了自己的声线，语气低沉地说道："你们要杀魔尊？"

"二位是魔尊的人？"

"算是吧。"

其中个子较为矮小的男子突然说道："如今的魔尊不过是强弩之末，身受重伤，万宝铃丢失，就连千泽宗的三十二宫宫主都不敢联系，孤身一人又能坚持到几时？待六道……"

他欲再说，却被身边的人拦住了。

南知因很快发现了不对。

六道？

六道帝江？！

与此同时，他们的识海内传来了师父的声音："杀！"

南知因跟李辞云同时得令，丢掉手中的佩剑，换为了自己的本命佩剑，不再隐匿法术，直直攻击过去。

局势瞬间扭转，原本还是不分高下的场面，此刻变为了单方面的压制。

这二位魔修在临死前的一刻，依旧不解，为何缘烟阁的晚照天尊跟花间天尊会突然对他们动手？

缘烟阁的长老，为何会护着顾京墨？

这解释不通……

二人收剑时，悬颂也纵着飞行法器翩然而至。

他落于地面上，用收尸的法器收了那二人的尸身，再用法术复原周遭的一切景物。从林瞬间恢复至斗法之前的模样，山河破裂之象不复存在。

南知因急急地说道："师父，他们刚才说六道！"

"他们要复活六道帝江。"

"这……您早就知道？此等大事怎能隐瞒？"

悬颂转过头看向他："你在责怪我？"

南知因瞬间改了一种态度："弟子不敢。"

悬颂对李辞云示意："善后。"

李辞云掐着腰思考："选谁好呢？"

"丁臾吧。"

"好嘞。"

李辞云从自己的千宝铃内取出了一个法器，展开匣子，浩荡的水喷涌而出，攻击得四周破败不堪。

觉得差不多了，李辞云收了法器。

这种法器本是山穷水尽之时，用来攻击对手的，此刻却用来伪造现场，极致奢侈。

悬颂四处看了看，便对两名弟子吩咐："走。"

三人很快消失在林中。

约两盏茶的工夫后，顾京墨跟丁臾、丁修、鯢面坨坨等人出现在林中。

丁臾看着林中的水系攻击留下的痕迹，再看看附近的气息，掐着腰陷入了气恼之中。

顾京墨指着林中的景象问丁臾："你偷偷来杀人了？"

"我刚才在与你同行！"

"那霍家兄弟二人怎么死的？"

"你问我？！"

他们几人探查到霍家兄弟鬼祟地隐匿在林中，似乎是在埋伏顾京墨。

顾京墨特意前来，佯装中计，再让丁臾他们跟着出手。

可谁知……有人在他们之前把霍家兄弟杀了。

丁臾气得天灵盖一阵阵发涨："我终于体会到你背了罪名的气愤了。"

这话引得顾京墨发笑，不过很快察觉到了不对劲，有人赶来了，她赶紧启用遁术，转瞬间已经回到了雅庭居。

这时，林间又来了几名魔门修者，来此后四顾看去，当即质问丁臾："霍家兄弟是你杀的？"

丁臾虽气，却只能认了："嗯，我杀的。"

来人也是气势汹汹，步步紧逼："你为何要对他们动手？"

丁臾懒得理会："理由还没想好。"

"他们的尸身呢？将尸身还来！"

她哪里知道？她还想捡包呢！

"让我吃了！"丁臾气得吼了回去，"千宝铃被我抢了，气不过就来杀了我，杀不了我就滚！"

十二

顾京墨早早便在她所住的房间里布置了遁术瞬移的传送阵，只要启用，无论她当时身在何处，都可瞬间传送回到房间内，跟当初抓悬颂时用的遁术一样。

待她回到房间站定，抬头便看到悬颂坐在圆桌前，姿态端正地看着她。

她纳闷地看向另外一处，便看到黄桃和明以慢委屈巴巴地坐在角落，似乎完全没法管。

“记忆你看完了？”顾京墨疑惑地问。

“嗯。”悬颂用鼻音回答，显现出了浓重的不悦。

顾京墨果然成长了，竟然能从悬颂平淡的样子里，分辨出什么时候是不高兴，什么时候是非常不高兴。

顾京墨知道他在气什么，笑眯眯地说道：“我这不是回来了吗？”

悬颂目光扫过她，上下打量确定她没有受伤后，方道：“嗯。”

顾京墨对黄桃和明以慢摆了摆手，二人会意，赶紧逃也似的结伴离开了房间。

顾京墨则是坐在了悬颂的身侧，伸手想去拿茶壶，却看到悬颂首先伸手拿起，帮她倒了一杯茶，放在了她的面前。

她笑着抿了一口，解了渴才问：“你怎么在这里等我？”

“我在的地方，你不一定会来。但是有黄桃在的地方，你一定会回来。”语气里有着一股子怨气。

顾京墨忧愁得直揉脸，小声解释：“我住在这里，在这里布置遁术方便些。”

“哦。”

“嗞——能不能好好说话了？像个怨夫似的！”顾京墨重重地放下茶杯问道。

悬颂目光瞥向她，问：“你为何不听话？”

“我看起来像听话的人？”

“可我是你的伴侣。”

“是吗？亲了一次就是了？”顾京墨反而否认了起来。

悬颂抬手在顾京墨额头轻点，留下了道侣印，接着启用道侣的单独传音道：“这回是了。”

顾京墨抬手摸了摸自己的额头，又看了看悬颂，小声嘀咕：“单方面的，不算。”

悬颂在这时凑过来，饱满的额头呈现在她的面前，示意她结印。

她看着悬颂陡然清晰的面容，不由得一慌：“我、我随时有可能丧命。”

“那你还蛊惑小和尚呢。”

“之前是以为小和尚能助我疗伤。”

“我也能助你疗伤。”

“你怎么助？狗道士，满头都是头发。”

“我说过，我会给你集齐你需要的草药，我还能寻回你丢失的东西，甚至杀光想要复活六道帝江的人。”

提起这个，顾京墨后仰着问起：“霍家兄弟是你师父杀的？你将我的事情全部都告诉他了？你怎么能说动他动手？”

“结印。”

“……”真倔。

顾京墨迟疑了一会儿，还是抬手在悬颂额头留下了道侣印。

反正这东西说收就能收回。

悬颂终于满意，重新坐好后回答：“的确是他杀的，不过你的事情我尚未告诉他，他也只知晓你不是坏人，仅此而已。”

“没有告诉他，他就能这般出手相助？”

“对，他很好骗。”

“自己师父都骗？”

这件事情着实有些难以言说，悬颂打算告诉顾京墨自己的身份，这样也能解释得通。

而且，顾京墨是他的道侣了，他也不该隐瞒自己的真实身份。

于是他问道：“如果你见到了迦境天尊，会怎样？”

顾京墨还真认真思考起来，回答道：“可能会……找他打一架吧？”

“为何？”这个答案让悬颂吃了一惊。

“传说中，迦境老儿是正派修士中修为最高，斗法能力最强的，我若是能见到他肯定要跟他打一架，看看究竟谁的斗法能力更强。”

悬颂手指轻敲桌面，质问道：“你为何这般好战？你的身体能完成这场斗法吗？”

“那也得挑战啊，不能等我伤好。你想想看啊，我重新修炼到如今修为怎么也得一百五十年以上，那个时候迦境老儿说不定早就老死了，我上哪找他去？”

“……”悬颂努力忍耐自己的怒气。

他活得好好的呢，一时半会死不了。

悬颂气结，干脆拿起顾京墨喝过的茶杯将剩下的茶水一饮而尽。

顾京墨眼睁睁地看着悬颂的嘴唇抿过她喝过的地方，当即脑中一乱。

悬颂刚刚放下茶杯，身边的魔尊便自燃起来，他还得顺手帮魔尊灭火，保护屋中物品不被她烧毁。

现如今，他已经足够淡定且驾轻就熟了。

这时明以慢突然敲门，对房中道：“门中长辈召集我们去流霞镇的旺角楼，似乎有事发生。”

屋中二人对视了一眼，一同起身朝外走，途中顾京墨吩咐：“黄桃，你去找你哥哥，不要跟来。”

黄桃立即应声：“好。”

顾京墨去往流霞镇只能跟明以慢同乘一柄佩剑，若是跟悬颂一同前去，绝对是一个大火球在空中飞行。

一行人到了旺角楼外，悬颂到顾京墨身边，给她的身上加了一层禁制，可隐匿她魔门修者的气息，免得进去之后引起其他门派长老的注意。

顾京墨还亲自探查了一番，果然更加隐秘了。

几个人结伴进入旺角楼内，其中已经聚集了百家修者，硕大的旺角楼每一层都坐满了弟子。

旺角楼原本是一斗法场，圆柱形的建筑，中间的空地是硕大的斗法场地。

旺角楼地上共有五层，中间皆是镂空的设计，能够在楼上的观众席看到楼下的斗法场地。

如今，斗法场地内站着几名主事者，似乎是在等待弟子们陆续前来，并未着急开口。

旺角楼内的修者看到了悬颂进入，有几位长老下意识站起身来想要行礼，又想起之前的命令，便又重新落座，目光却随着悬颂他们移动。

三千青丝如墨如夜，身着弟子的法衣依旧遮不住灼灼风华。

他永远腰背挺直，永远端正素雅，薄唇紧抿，如晨曦薄雾，如峡间青烟，清淡俊雅。

今日例外的是，悬颂的身边跟着一名浓艳的女子。

明明同样穿着缘烟阁烟青色的法衣，头发整理得整齐，却依旧浓艳。

像是被凝了一层霜的蔷薇，花朵依旧恣意绽放着。

顾京墨自然注意到了周遭的目光。

她还当是自己的身份要被识破了，途中已经在盘算，若是真的被人围攻了，该如何全身而退？

殊不知，场内是几种不同的心思。

缘烟阁认识悬颂的长老们看到这一行人，再看看那几名小弟子，纷纷猜测，这是老祖新关注的后生？

看起来都是缘烟阁大家族的孩子，资质都不错，日后必成大器。

能被老祖看上的晚辈，自然有玄妙之处。

缘烟阁的长老有意让悬颂落座，并且是正中的正座。

悬颂翻了个白眼，对于他们的愚笨不想做任何评价，这样他的身份还能再隐藏吗？

他自然未理，见有晚辈搬过来了一个椅子放在了弟子席中，便对顾京墨示意：“坐吧。”

顾京墨倒也不客气，真的坐在了椅子上，单手托着下巴看着下方，想要看看正派们要举办什么会议。

禹其琛、明以慢和木彦三人则是如坐针毡，不对，是如“站”针毡。

他们知道顾京墨的身份其实是魔尊，此刻，正派修者齐聚，商议如何围杀魔尊，魔尊本尊就坐在台上看着，这叫什么事？

而且，顾京墨这般坐下着实显眼。

在场只有元婴期以上的前辈才有权落座，顾京墨如今不过筑基期的修为，就坐下了？还坐得这般没有规矩，二郎腿都翘起来了，急得木彦满头是汗。

落座的长老们，也有些疑惑。

悬颂作为在场辈分最高的长辈，此刻将座位让给了一个小辈，这是何道理？

许多人开始坐立不安，甚至有长老干脆站了起来。

堂堂迦境天尊都站着，他们怎么好意思坐下？

直到又有弟子给悬颂送去了椅子，悬颂也跟着坐下，这些长老才松了一口气，跟着坐下了。

此刻有人单独传音给李辞云：“晚照天尊，师祖身边的小弟子是？”

“看不到吗？”李辞云抬手指了指额头，“道侣印。”

似乎很多人都在暗暗观察李辞云，看到李辞云如此动作，众人纷纷用法术观察悬颂跟顾京墨的额头，发现二人额头赫然印着道侣印。

传音的长老震惊不已，又急急去问李辞云：“这位弟子面生，不知是哪位长老座下弟子？”

“我也不知道，可能我师父他老人家打算亲自收徒了吧？”

“师父和徒弟？！这、这、这……”伦理不容！

“又是道侣，又顺便指点一下道侣，这样能理解了吧？人老了嘛，总是会觉得寂寞，找个年轻些的道侣作伴，我们做晚辈的也应该支持，对不对？”李辞云继续扯谎。

“我等可需要对师祖母行礼？”

“场合不合适，以后吧。”

“这倒也是。”

这边的异样，的确引人瞩目。

长老们认识悬颂，惊讶于悬颂突然寻了一位道侣，还是这般小的年纪。

弟子们不认识悬颂，则是奇怪这两名弟子为何能在这种场合落座，难道是厉害的真传弟子？

禹其琛三人则是随时准备跪倒在地，大声述说顾京墨的事迹。

只有顾京墨和所有人的想法不一样，她在怀疑正派的实力。

她自身加持了禁制，悬颂抹除了她的魔气，应该没有人会发现她的不对劲才对，怎么在场无论是高阶修者，还是低阶修者都朝她看呢？

她被发现了？正派低阶修者眼力都这般厉害？

她要不要先出手？

十三

这时，她听到了悬颂的道侣传音："别怕，没事的，他们发现不了。"

"为何他们都在看我？"

"若是有朝一日正派被灭，不一定是魔门的功劳，也可能是他们自己把自己蠢死的。"

在悬颂的眼中，他的徒子徒孙们永远愚蠢到无可救药。

顾京墨坐在悬颂身边，身体依靠着靠近悬颂那一侧的扶手，歪歪扭扭却自带韵味。

她用道侣传音给悬颂，问："在下面站着打算主持大局的，是这里面最能打的？"

悬颂很快否认了："不，是最能说的。"

顾京墨点了点头，又问："那在场的谁是最能打的？"

这个问题让悬颂一阵无奈，最终回答："李辞云。"

"你师父？"

"嗯。"顾京墨若是手痒痒了非要去挑战谁，大可以去挑战李辞云，李辞云不敢对师母下手重，悬颂可以放心些。

这时，旺角楼内的修者来得差不多了，主事者先是偷偷看了悬颂一眼，这才朗声开口："承蒙诸位不嫌，刘某不过德薄能鲜之辈——"

悬颂听到了顾京墨的单独传音："什么意思？"

悬颂难得耐心，简化了内容回答："大家好，我是笨蛋。"

"哦，你们正派修者的自我认知倒是挺好的，在我们魔门，被人说上一句废物，必定打起来。"

刘姓修者客套了几句后，说道："我得到可靠消息，称魔头顾京墨此刻就在三场内，三场作为不受管辖的地带，我们若是在此处动手，不受两界限制，就算在此击杀顾京墨，魔门寻来我们也有说辞……"

悬颂单独传音给李辞云后，李辞云第一个高声询问："请问，你的可靠消息从何而来？"

那人被打断了也不恼，知晓这种场合定然会被问及，于是开口：“我安插在魔门的细作探查后得知，顾京墨此刻就在三场。”

李辞云又问：“如何确认的身份？”

“皆是魔门修者，自然见到便会认识。”

“她曾出现在哪里？”

“拍卖那一日，她曾出现在拍卖行。”

顾京墨在此刻传音给悬颂：“现在让那个细作坐在我面前，都不一定能认出我来，你们的这个发型啊……我头皮疼了好几天。”

悬颂则是想到了其他的事情：“我在你的回忆里看见你戴着帷帽，平日里也戴着？”

“嗯，一直戴着，我讨厌男人们看到我容貌的目光，觉得恶心。我只在熟悉的人面前才会摘下帷帽，可惜我的帷帽也丢在天罚大阵内了。”

悬颂第一次听顾京墨提及天罚大阵，不由得震惊：“你们曾经去过天罚大阵？”

那种险阵被列为绝无生还可能的绝境，整个修真界都无人敢进入。

天罚啊……就是来修真界收割人命的，从古至今，多少的上古大拿进入其中都无法离开。

“嗯，没错，听说过女娲补天吗？我和修竹老儿就是那女娲，在你们不知情的情况下，联手救了苍生一命。”顾京墨回答完扬起嘴角笑了起来，似乎毫不在意。

悬颂知晓，顾京墨没有吹嘘，甚至情况比她提及的更危险，不然不会让她和修竹天尊同时死去。

若不是有云外丹，此刻顾京墨也……

明明救了苍生，却因为之前几桩不能透露实情的案子，导致她背负了杀死修竹天尊的骂名，何其委屈，又何其无辜。

这第五重案，不过是强加于她的，她甚至无从解释。

“你有没有想过，那细作可能是那群蒙面人？”悬颂没有再提天罚大阵的事情，而是继续谈论此刻之事。

天罚大阵的事情，日后再议。

顾京墨的表情稍有变化，逐渐变得严肃。

悬颂继续说道：“他们是最想促成你被围杀的人，所以，他们将消息传递给了那个讲话的人。那个人得到的消息，的确是真实的消息，他想得到的也只有你的消息而已，至于那群人为何要帮助他得到消息，那蠢货没有仔细去想。”

顾京墨看着这个场面，那些人已经在谈论围杀的事情了，不由得沉下面容：“这一次，就算你的师父出面阻止，怕是也无用了吧？毕竟维护魔门的大魔头，没有足够的理由就没有人愿意听从……”

足够的理由……

顾京墨先是看向悬颂，见悬颂也在看她，在传音中询问：“不如让他们三个先说出季俊山庄的事情，其他的事情就说还在调查……”

“不可！”顾京墨当即拒绝了，“这样其他事情也会被牵扯出来。”

她下意识侧头看向另外一边，想要看初静仙尊的模样，却见她已经站起身来，当即一惊，想要起身却被悬颂拽住了衣袖：“你要做什么？莫要动用灵力。”

顾京墨只能回头对身后的三人说道：“拦住她！”

三人皆是一惊，禹其琛却还是听从了，当即快步走过去想要阻拦：“初静师叔请慢……”

初静仙尊看向禹其琛，对他温柔一笑。

初静仙尊一向是温柔的，笑容如三月暖阳，不浓烈，温和如春。她也是秀美的，如流水潺潺，如皑皑白雪，纯净淡雅。

初静仙尊有所猜测，扭头看向顾京墨，却未停留，纵身上了栏杆居高临下地朗声说道：“在下有一席话要说，诸位可否听完我的事情，再决定是否围杀魔尊。”

顾京墨气得银牙紧咬，起身去拽初静仙尊的衣袖。

然而初静仙尊去意已决，拔剑斩断自己的衣袖，纵身跃到了斗法台的中心。

同时，她单独传音给顾京墨：“若是魔尊再加阻拦，晚辈只能自刎在您面前了。”

初静仙尊握紧双拳，仿佛是用尽了全身力气，终于道出：“我曾经被魔尊救过，在万慈阁。”

顾京墨听到这句话，踉跄着重新坐在了椅子上，双手紧紧地攥着椅子的扶手。

悬颂也是一惊，他看向顾京墨，再看向众人关注的初静仙尊，心中瞬间乱成一团。

旁人怕是无从知晓此刻的事情，曾被顾京墨救过的禹其琛、明以慢、木彦则有所猜测。

原来被顾京墨保护的，还有他们缘烟阁修者？

尤其明以慢，此刻已经有了不好的猜测。

初静仙尊的道侣安蛰仙尊也跟着站了起来，站在楼上扶着围栏扶手，震惊地看着下面的道侣。

他身为初静仙尊的道侣，却从来都不知这件事情。

他心中的不安逐步攀升，直觉告诉他，这恐怕是一件非常沉重的事情。

刘姓修者第一个问出来：“被魔尊救过？还在万慈阁？”

众人皆知，顾京墨有五重罪，其中一重罪便是在万慈阁。

顾京墨突然杀进万慈阁，将万慈阁掌门及其几名得力弟子全部诛杀，甚至没留下理由，引起了正派修者的愤怒。

万慈阁，原本只是一个散修门派，其修者并非纯正的修士，主要修炼的是一些辅助类法术。

他们可以帮助修为遇到瓶颈的修者，通过疏通经脉的方式，助其突破瓶颈成功跃升。

这修真界内，不少修者曾经得到过万慈阁的帮助，对万慈阁感恩戴德。万慈阁也极有威望，与溯流光谷齐名，所以顾京墨才罪孽滔天，不可饶恕。

如此极善之人，却死得不明不白，还用那般残忍的杀人方式，顾京墨怎么做得出？！

初静仙尊继续说了下去。

“我，明向宛对天发誓，今日所说之言皆是事实，若有一句谎言，心魔泣血，天劫难渡！”初静仙尊发完毒誓后，环视四周，终于道出，“我曾在万慈阁停留过两年的时间，去时和其他修者是相同的目的，希望能够得到他们的帮助，助我通畅经脉，快速提升修为，以至于他们对我施法时我没有任何怀疑，才让他们能够成功地……将我变成眷奴。”

话说到这里，全场哗然。

眷奴。

修真界最屈辱的存在。

所谓的眷奴，可以称之为“性奴”。

被法术控制的修者，会丧失所有的行动能力，不能言，不能自主地控制自己的身体。

他们有着清晰的思维，知晓自己的处境，能够看到周围的环境，也知晓正在发生什么，就是无法说出话来，无法挣扎，还要听施术者的安排。

往往，法术成功之后他们的身体就会任由施术者为所欲为。

两年的眷奴……

这两年内，初静仙尊知晓她经历过什么，那些畜生对她做过什么，那是生不如死的两年。

安蛰仙尊的身体一软，甚至站不直了，被身边的人扶到了椅子上。

缘烟阁内也是一片哗然，众人愤怒，难以置信。

悬颂坐在顾京墨的身侧，听到这件事情硬生生捏碎了椅子的扶手，侧头看向顾京墨。

愤怒。

难以置信，愤怒不已！

是修真界众多修者将他们从一个小医馆，奉养成万慈阁的，他们却做出此等事情来？

顾京墨则是表情凄苦，单独传音给他：“现在你能懂了吧？若是被他们知晓我的事情都有隐情，他们就会调查下去。如果她的事情被调查出来，你让她后半生怎么活？怪我隐瞒吗？大不了我死了，这个秘密也就封藏了。”

若是未曾看过顾京墨的记忆，悬颂或许还不会那么深刻地体会顾京墨的心情。

顾京墨经历过楠绣的事情，知道这个世界对女子的包容度很低，也知道若是宣扬出去，这些修者会是怎样的痛苦，所以顾京墨宁愿承担滥杀无辜的骂名，也从不解释一句。

也正是因为这个世界的偏见，才使得万慈阁中的畜生们为所欲为。

初静仙尊等待喧闹声逐渐退却，才继续说道：“我当时意识清醒，知晓他们还困住了其他人，一共十三人，皆是面容姣好的修者，有男有女。”

“胡说八道！万慈阁的天尊岂会做此等事情？你莫不是被魔门收买了，想找个理由抹黑万慈阁，为顾京墨那个魔头洗脱罪名？！”

初静仙尊闭眼做了一个深呼吸，原来……她没有她想象中坚强，在这么多人面前揭开自己的伤疤，依旧会胸腔疼痛，被质问时也会气愤。

“万慈阁有一个密室，在万慈阁十三金堂的下面，拧开右侧第三个灯盏，再用指印可以进入。想必其中……还有我等衣物，和……他们用的……工具。”

仅仅是说完，已经泪流满面。

“你还有其他证据吗？”又有人问道。

妄蛰仙尊在此时怒吼出声：“还想怎样？！你还想她说什么？”

旁人纷纷噤声。

这时，又有一名其他门派的女子跃进中间斗法场，也是一名长相秀美的女修者：“魔尊救的人还有我，我也在那十三人之中。”

此人乃是三大门派之一的优秀弟子，如今也有元婴期修为，平日里和初静仙尊从无来往，这些日子也都在旺角楼内，绝无被收买蛊惑的可能。

场面一瞬间混乱起来。

初静仙尊抬手擦泪，终于恢复了坚强的模样，再次说道：“十三人中，有一人冒着走火入魔，爆体而亡的风险破除了一丝禁制，控制身体摇晃了魔尊赠于她的铃铛，唤来魔尊相助。魔尊杀死的，都是参与眷奴之事的修者，万慈阁其他修者并没有被牵连，魔尊在此事上没有滥杀无辜！”

再无人应声。

站在顾京墨身后的明以慢难得失了大门派的仪态，捂嘴哭出来，怕自己的哭泣惊扰其他人，干脆蹲下身，躲在椅子后面。

她的肩膀微微发颤，哭得无声无息，却痛得不能自已。

她在心疼小姑姑。

初静仙尊是她最亲近的人之一，她仅仅是想到小姑姑曾经受过的苦，便浑身战栗，无法自控地难受。

同为女子，那种屈辱感十足难受！

可在这种场景下，又有谁会在意她的失态呢？

谁又会不心疼呢？

第二位女修者朗声说道："我也可以立心魔誓，她所说的事情绝无半句虚假。"

第二重含义：我们二人站出来就够了，其他的几位不必出来了。

初静仙尊又道："事情我已经说清楚了，恩情不忘，若是诸位依旧打算围杀魔尊，便是逼我入魔门！"

紧接着，是禹其琛的声音："晚辈缘烟阁内门弟子禹其琛，曾去调查季俊山庄的案子，此事也有隐情。"

十四

禹其琛是被悬颂安排在此刻发声的。

此刻，已经扯出了顾京墨五重罪另有隐情，除了云外丹的事情，其他的也不必瞒着了，季俊山庄的事情也可以道出来。

在这个时候说出来，也能转移众人的注意力，让那两名女修不必再被周围的人发问。

禹其琛跟着跃到了中间斗法台中间，客气地请两位女修者在一旁等待，待两位女修者站在了隐蔽处，他这才重新回到中心位置，掷地有声地说了季俊山庄的事情。

从孟栀柔遇到陆温然，再到季俊山庄迎娶孟栀柔却虐待她，使得孟栀柔摇晃铃铛，叫来顾京墨报仇。最后灭了季俊山庄的，竟然是那群被季俊山庄奉养的散修。

一桩桩一件件，说得仔细明白。

他到底是缘烟阁的精英弟子，还是大家族的后人，仪态言语无一不优秀，让人挑不出错处。

在这样重要的场合临危受命，一人独挑大梁也能侃侃而谈。

不过，他并未说是看到了孟栀柔的记忆，而是他们在季俊山庄外遇到了孟栀柔，听了孟栀柔的口述。

“若是诸位不肯相信，我可以带孟道友前来，大家看过她的妖丹便可以知晓真假。”禹其琛最后总结。

“听她空口白话，就可以认定不是顾京墨滥杀无辜，而是季俊山庄自己罪有应得了？”在座的正派修者依旧有不信的，高声问出自己的疑惑来。

禹其琛第一次面对这样的场面，面对质疑多少有些不知该如何应对，他不擅长与人对峙。

好在此刻听到了悬颂的单独传音，按照悬颂的指示说道：“晚辈有一法宝，并有一抔季俊山庄沾有血液的泥土，可以复原当时的战斗场面。”

禹其琛说完朝台上看去，果然见到李辞云朝他丢过来了一件法宝。

他接到的时候小心万分，生怕弄坏了，或者是自己操作不慎，在众多门派面前丢了缘烟阁的颜面。

一向温润如玉的男子，此刻也紧张得额头渗出薄汗来。

他还算聪明，按照悬颂说的步骤进行操作，还真呈现出了当时的画面。

法宝内投射出了一片雾气，雾气可以让在场修者从各个角度，都能看到真切的画面。

画面中呈现的是当时拼杀的场面，画面中戴着帷帽的女子，的确只是束缚了季俊山庄的几名主事者，待她走后，有散修进来抢夺宝物，还要去杀孟栀柔。

画面在孟栀柔失魂落魄地离开季俊山庄后结束。

场中寂静了片刻后，又有人问：“你如何证明这就是真实的画面，而非尔等虚构？”

禹其琛有些被气到了，收起了温润的模样，反问道：“敢问阁下可有确凿证据，证明魔尊曾经滥杀无辜？”

那人再无一言。

禹其琛再道：“我知道，在座各位对魔尊有着固有的印象，认为她就是十恶不赦的存在，很难在这片刻间，扭转根深蒂固的印象。可是事实摆在这里，魔尊五重罪中有两件都别有隐情。那么，另外三件事是否也存在隐情，就需要去调查了。此刻去围杀魔尊，着实不妥。”

顾京墨在此刻用了道侣传音：“其实季俊山庄的事情，最初并未闹大。”

悬颂很快会意：“是那群人有意为之，故意宣扬？”

“没错，那时我甚至未将此事放在心上，不过是一件小事，不足挂齿。结果后来传出我的罪名来，这件事也在其中。那时我去寻孟栀柔，她已经隐居且因为离开时失魂落魄未拿我的铃铛，我联系不到她，出于保护她体内妖丹的原因，只能硬背了这个罪名。”

“所以这群人知道季俊山庄的隐情，且确信你不会公开真相？”

“没错。”

这只能说明，通过溯流光谷的事情，他们已经彻底拿捏了顾京墨。

这时，天域阁的修者愤然出场：“我们师祖修竹天尊的死，顾京墨脱不开关系！这世间，还有谁能是我们修竹天尊的对手？！”

禹其琛被问住了,正在纠结,听到了悬颂的单独传音:“我在此刻教你一道法术？”

禹其琛一惊，传音回答：“现在学？”

“对。”

禹其琛谨慎地问：“什么法术？”

“招魂，招来修竹天尊。”

禹其琛吓得脚下一颤，险些站不稳。

天域阁的修者看到禹其琛的反应，还当是禹其琛慌了，冷笑了一声：“答不出了是吗？”

“晚辈可以！”禹其琛坚定地回答，“之后若有冒犯之处，还请天域阁各位前辈见谅。”

禹其琛说完，双手掐诀，口中念念有词。

最后，他低声喝道：“魂归！”

这一次招来的魂魄实在太过强大，禹其琛又是第一次施法，刚刚引来魂魄便身体一晃栽倒在地。

在场众人在看到招来的魂魄后，纷纷惊呼出声。

是修竹天尊！

李辞云原本还在气愤，恨不得带着缘烟阁弟子去万慈阁算账。

此刻，他看着那道浮于半空的魂魄，气得不轻，单独传音给悬颂：“师父，我做了您徒弟一千年！一千年！您都不肯教我这招。”

“今日事出紧急。”

“我也可以下去和他们对抗，而且那些人的论调着实让我生气，这种场合我绝对可以让他们哑口无言，您该知道的。”

悬颂不理他了。

李辞云气得不轻，又去寻南知因：“师弟！师父不让你我二人去，明明我们两个都能让他们闭嘴。”

“别吵，我要听听修竹天尊怎么说。”

“……”李辞云只能委屈巴巴地闭嘴了。

浮于空中的魂魄似乎也很惊慌，环顾四周后，看向了天域阁的方向，求助似的道：“圣寻，怎么回事，好多人啊……”

被称呼为圣寻的，乃是一位化神期天尊，跟李辞云一样，是修竹天尊门下首席大弟子。

圣寻天尊看到修竹天尊当即跪倒在地，眼含热泪，一边跪着朝前移动，一边回应：“师父，弟子在，这里是旺角楼，我们在举行会议！”

修竹天尊和悬颂本是同一辈分，却要比悬颂小上三百余岁。

不过，他同样是天赋异禀的修者，如今的相貌看上去不过是十六七岁的年纪，身材纤细瘦弱，有些书生气。

他的相貌有些娃娃脸，眼睛澄澈且圆润，眼角微微下垂，总被顾京墨取笑，说他比黄桃还像一只狗狗。

此刻他出现在众人面前，并没有长者的风范，反而非常慌张，且颇为依赖徒弟：“圣寻，我怎么落不下去，你帮帮我。”

修竹天尊资质极好，知识也极为渊博，却是个生活笨蛋，生活中的一切事宜都需要徒弟的帮助，此刻也是第一时间寻找徒弟帮忙。

“师父，您已经……已经……”圣寻天尊哭得回答不出。

修竹天尊一怔，随后叹道：“哦……我已经殒了，这是招魂术吗？”

他似乎是想到了什么，又在场内寻找，最终看到了悬颂。

他知晓，只有悬颂会这种法术。

让他意外的，他在悬颂的身边看到了缘烟阁打扮的顾京墨，又是一怔，却未道破，只是一同行礼问候。

谦谦公子般，有些生涩，却极为规矩。

李辞云得到授意，站起来说道：“修竹天尊，今日请您出现在这里，多有冒犯，还请见谅。”

修竹天尊的性格极好，说话时慢条斯理的：“无妨，想必各位寻我前来，定有要事。”

“没错，我等想要询问您当时的死因。”

修竹天尊懂了，接着苦笑起来：“说来惭愧，是我学艺不精，才落得如今的境地。”

圣寻天尊赶紧询问：“是不是顾京墨那个魔女加害于您？”

修竹天尊听到这个问题有些诧异：“京儿未曾害我。”

悬颂听到“京儿”二字稍微一顿，很快便恢复正常。

顾京墨却没有什么异样，只是心疼地看着初静仙尊二人。

修竹天尊说话语速很慢，在场众人都需要耐着性子听下去。

同是大前辈，他和迦境天尊的雷厉风行完全不同。

“那日我偶感宣明山附近出现异样，过去查看，刚巧遇到京儿及其部下也在山的附近。那里异象频发，我们二人镇住了一处之后，另一处又会出现其他的异象，山水倒置，火焰从山泉孔中出现，蔓延出地面的居然是树木的根茎。

“我们二人经过几日的镇压，才确定是天罚大阵出现了。以我二人之力根本无法镇压，且天罚大阵还在逐步蔓延，若是耽搁下去，怕是会祸害三界，我们二人便一同进入了天罚大阵之中。

“天罚大阵之中处处险恶，就算我与她皆是高阶修为，也只能艰难求生。我们被困在阵中足有三月，阵中京儿曾几次舍命相救，才让我堪堪逃出大阵。

“可是大阵的摧残让我无法坚持，即使离开大阵也命不久矣，甚至未能坚持到回到门派。”

圣寻天尊吃了一惊，急急追问：“她……她未曾伤害于您？”

修竹天尊认真点头：“京儿性格很好，极易相处，对我也颇为照顾。”

修竹天尊又四处看了看，看到了禹其琛：“可是小道友唤我来的？”

禹其琛被修竹天尊这般的长辈问话，恨不得一个后空翻翻起来跪下，赶紧跪规矩，回答：“没错，晚辈冒犯！”

“能否让我与徒儿单独讲话，我走得匆忙，许多事情尚未交代。”

禹其琛很想回答：老祖宗，我不会啊！

好在悬颂在传音中教了他，让他能够安排修竹天尊跟圣寻天尊单独讲话。

众人皆知修竹天尊说话语速慢，无人敢打扰。修竹天尊交代了足有一刻钟的时间才结束，其间圣寻已然泪流满面，频频点头，不敢打断。

待讲话完毕，修竹天尊才彬彬有礼地说道：“叨扰诸位了。”

在场众人纷纷起身行礼，哪里还敢质疑。

待修竹天尊的魂魄消失不见，旺角楼内许久寂静无声。

忽然有人质疑：“这招魂之术……不会是假的吧？”

圣寻天尊却整理好衣衫，怒道：“我的师父，我会认不出吗？！”

这一吼带上了自己深厚的功力，震得那人连退数步。

那人再也不敢出声。

圣寻天尊再次开口：“师父已留下法旨，天域阁修者不得对魔尊无礼，魔尊对天域阁甚至整个修真界有恩，若魔尊有难，我天域阁定然鼎力相助！今日这会议，天域阁不参加了，告辞。”

圣寻天尊说完，带领着天域阁修者离开，旺角楼内瞬间冷清了不少。

第二名女修者的门派也在此刻站了出来：“我们相信自家弟子的为人，对于万慈阁的事情也不会姑息，我们不会再参与围杀魔尊之事，告辞！”

说完，也带领自家弟子离开。

在此之后，众人也开始对顾京墨的事情产生了疑惑，但更多的是信任，便纷纷离场。

这一次的围杀会议就此结束。

李辞云在此刻高声吩咐道："缘烟阁弟子听令。"

缘烟阁弟子全部起身，齐齐等待安排。

"魔尊五重罪，如今已知有三重另有隐情，各大长老安排下去，一路弟子去保护孟栀柔小道友，接来缘烟阁庇护。一路弟子去查探万慈阁密室，寻找更多证据，毕竟万慈阁声誉日隆，没有证据堵不住悠悠众口。一路弟子去溯流光谷询问真相，少谷主云夙柠在三场，禹其琛你们去问即可。"

弟子们纷纷应和。

李辞云吩咐完，看向妄蛰仙尊："去安抚你的道侣。"

说完带领缘烟阁弟子离开旺角楼。

就此，正派修者追杀顾京墨之事结束。

十五

从旺角楼中出来后，悬颂陷入了久久的沉默之中。

不善言辞的他，此刻不知该如何安抚初静仙尊，或者如何跟顾京墨交谈，只是一个人静静地坐在房间里。

曾不可一世，曾傲视群雄。

此刻，却迷茫了。

他开始怀疑自己的道心，是否还不如一名魔修。

窗外飞来道道传音符，如归巢的燕，在他的跟前一字排开，他许久才回神抬手渡入灵力点开。

"孟道友已被接至缘烟阁妥善安置，并且周密地保护了起来。她的住处很僻静，她也很满意，老祖可以放心。"

"季俊山庄外煞气尽数清理干净，携阳地带在逐渐恢复生机。"

"七大门派各派数名修者，一同前往万慈阁探查，已经找到密室和布阵地点。万慈阁残存弟子无法解释为何会存在密室，我们也会一直调查下去。"

"已秘密毁去名册，无人能从中猜测另外的受害者还有谁。"

"已在溯流光谷内探查完毕，云氏夫妇称的确曾被魔尊所救，但是具体缘由不愿意提起。"

"云夙柠在外，跟云氏夫妇说辞一致。"

“圣寻天尊回到门派后便在其师父的洞府闭关了，传闻他得了修竹天尊秘籍，正在努力修炼。”

“天域阁已吩咐下去，若听闻魔尊有难，会立即前去相救，全门派弟子已得令。”

他听完所有的传音符，坐在窗前，仰头望着夜空。

疏影横斜遮掩月，月光与清香混合交融浮动在静谧的空间，月浅灯深，愁苦浓浓。

这次倒是顾京墨先来寻他了，拎着酒坛轻叩他的房门，问：“会喝酒吗？”

问的同时，已经推门走了进来，倒是毫不客气。

“不胜酒力……可浅酌。”悬颂开口时，才察觉到自己的嗓子发紧，那般干涩。

“出去喝酒。”

“好。”

两个人带着酒去了三场最高的露台上，这里可以看到三场的全貌。

三场虽不算大，却足够热闹。

夜色下燃灯千盏，照得周遭明亮，屋檐灯下仿若覆上了三重雪，屋瓦隐隐发亮。

顾京墨靠在围栏上，抬手松了头上的发髻，松开后抓乱头发，让三千丝披散在肩头，终于觉得自己解放了。

晚风吹拂，扬起她的长发，像是随波而动的海藻。

那放肆张扬的美再也拘不住了。

悬颂看她片刻，竟然也跟着抬手取下发簪，散开了自己的头发，放弃了自己的死板雅正，跟着靠在栏杆上静坐，任由顽劣的风将他的头发全部扬到脑后，露出他的面容来。

他闭着双眼，感受着风，如同感受着难得的放肆与惬意。

顾京墨坐在他身边喝了一口酒，叹道：“我当初不懂，为何我的小师父，也就是猎杀了灵火狼的女子，她为何身受重伤，还要每日喝酒。等我大了，烦恼不受束缚地又来烦我的时候，我也开始喝酒，知道了什么叫难得糊涂。就算只有一刻……忘却也好。”

悬颂跟着点头，表示回应。

他看到顾京墨递给他一坛酒，迟疑了一会儿，还是从自己的千宝铃内取出了一个精致的酒杯，将酒倒进酒杯里才喝起来。

他还是不习惯不符合规矩的喝酒方式。

顾京墨看着他大笑出声，拎起酒坛又喝了一口。

顾京墨侧头朝下看，看到了下方的一幕，指着对悬颂说：“你看……有人在安慰那个叫安蛰的，为什么要安慰他呢？那两年里受尽苦难的难道是他吗？”

悬颂跟着侧头去看，抿紧嘴唇没有言语，眼眸幽深，愁苦狠狠地扎根。

顾京墨指着另外一边道："你看看，明以慢哭成那个样子，这两边……对比好强烈。"

"她是初静仙尊的家人。"

"嗯，这世间有太多话本在歌颂男女之间的感情，可真正出事的时候，只有女子才会对女子的事情感同身受，真的疼惜。"

"我们也很难过。"悬颂不似作假，他的语气很沉重，蕴含着说不尽的难过。

"可能妄蛰是想调整好情绪，再去见初静。可是他此刻的作为也是在伤害初静，女子要的是毫不犹豫，要的是义无反顾！而非你此刻的痛苦，也不是你挣扎后决定可以接纳她曾经的瑕疵！错的不是她，为什么要这个男人去原谅她接纳她？"

顾京墨说到后来语气里带着狠绝，似乎是在暗暗咬牙。

这使得她身上的戾气暴增，魔气也慢慢蔓延出来。

"京墨。"悬颂唤了一声，握住了顾京墨的手腕。

顾京墨终于回神，发现刚才她散出魔焰来，只能努力冷静："我很心疼……我心疼她们……所以我偏执了……"

"对不起，我之前一直在逼你说出真相，却没有想过你究竟背负了什么。"悬颂看着顾京墨的模样，又何尝不心疼呢，"我还说你愚蠢，现在看来，愚蠢的人是我才对，我一直在自作聪明。"

顾京墨从衣襟里取出了一个银色的铃铛，将铃铛挂在指尖，被风吹拂便会晃动，发出清脆的声响来："我有很多这样的铃铛，渡入了灵力让它拥有灵慧。只要有人摇晃了它，我便可以感知到是谁在叫我，还能探查到那一边的情形，从而决定要不要过去相救。"

她说着，将这个铃铛递给了悬颂："你是第一个在无事时收到我铃铛的男子。"

悬颂伸手接过来，拿在手中仔细去看，问道："是因为早期的经历，让你想要帮助女子吗？"

"不，只是单纯讨厌男人。"

"……"

"说起来，除了我师父外，第一个让我印象不错的男人可能是丁修，这小子看起来死板，倒是很正直。接着是修竹老儿，傻乎乎的，没什么坏心思，一心只想救济苍生。如若不是修竹老儿的药方，也不会抓了你，然后……"

她说着，转过头来看向悬颂，目光有着微醺过后的迷离："悬颂，你总想管住我，着实大胆，这世间竟还有人想管住我？我师父都做不到！"

"我是关心则乱。"悬颂伸手，将她被风吹乱的头发掖到耳后，"这些年里，受了很多委屈吧？"

顾京墨看着他，一直看着他。

夜光璀璨，似乎投射进了她的眼眸里，才会让她的眼眸变得晶莹，如同破碎的镜。

承受了那么多年的罪名，今日终于洗脱了，她再也不是那个十恶不赦的魔头了。

但是，开心不起来。

她的解脱，是她曾经保护的人走向深渊换来的，她很难受。

悬颂懂她，知道她的心思，也知道她今日看似杂乱的话，其中蕴含着怎样的心思。

她此刻非常难受，她想到那些人即将要承受什么就难受得不行。

她开始怨自己，是不是她殒在天罚大阵里，就不会有如今的局面了？

就因为懂，所以心疼。

“悬颂，什么是对，什么是错？人为什么要经历这些折磨？这个世界为什么要有这么多的混账？到最后所有的伤与痛都要无辜的人去承受。这世界何其不公！为什么我现在已经是高阶修者了，还是无法做到尽善尽美？我怎么这么没用！”

豆大的泪滴从顾京墨的眼眶中涌出，滴滴有力地砸在衣襟上。

悬颂小心翼翼地帮她擦眼泪，到了如今年岁，他竟然是第一次如此小心地去做一件事。

“你知道我为什么会突然对你动心吗？”悬颂竭尽可能地温柔安抚，“我也曾经历过类似的事情，我深受其扰，痛苦不堪。偏偏我最软弱的地方，是你最坚韧的地方。你让我好奇，让我羡慕，让我想知道你是如何做到的。越去了解，越是心动，让我怀疑你是上天赐予我的救赎。”

“我没有你想的那么坚韧……”

“但是你做到了我无法做到的程度，你随心而动，快意恩仇。你已经做到了，你能做到极致。你在她们需要的时候保护了她们，现在，她们来保护你了。”

顾京墨听到这一番话怔了一下，随即蜷缩在围栏前，双手掩面哭了起来。

她不再是不可一世的魔尊。

而是一个难过的女子罢了。

顾京墨并非酒量极好的人，酒过三巡也会醉，醉了之后会絮絮叨叨地说着自己的心思。

或许是因为酒精的麻痹，让她忘记了羞怯，到后期醉得坐不直身体时，能够靠在悬颂的肩膀上。

她将下巴搭在悬颂的肩头，一直看着悬颂的侧脸，没有话说了，便一直叫他的名字：“悬颂……悬颂，你叫悬颂，还是季煊？”

“我本姓姬，名煊，母妃给我起名悬颂。我的道号出自佛门，我的师父说我心不够静，日后恐怕会生事端。我年少时自负得厉害，并不在意，现如今……果然被心魔折磨。”悬颂小声说着，拉过了顾京墨的手。

在拍卖行时，他便想牵这只手，如今终于如愿以偿。

果然如想象中温热，却更加柔软纤细，比他的手小一圈。

他继续说着：“现在好了，我的心魔可能要因为你而化解了。可是怎么办……你身体这样，我怎能安心飞升？如果不是因为我的身世特殊，我真怕无法陪你到最后。”

与此同时，跟顾京墨十指相扣的手指指甲忽然变得尖锐，悬颂的眼中闪过一丝金色锋芒，又转瞬消失。

若是顾京墨此刻没有迷醉，自然会看出那是妖瞳……

修真界内,化神期的修者有一千八百年寿元大限,吞食妖丹也需要看妖丹的品级。

旁人都猜测悬颂是吞服了妖丹，殊不知……他体内自有妖丹。

十六

翌日。

顾京墨在暖融融的被子里醒来，澄澈的光努力往她的眼皮里钻。

她眯缝着眼睛扯了扯被角，又探头朝外看了看周围，确定了自己所处的环境，依旧是雅庭居的房间，这才放下心来，最终将目光落在了自己腕间的珠子上。

用最寻常的黑色绳子与锁扣工艺,穿了一颗修真界都算得上极品的血红色珠子。

寻常道侣间用的恐怕是桃缘珠，珠子属于蜜桃粉色，隐隐有花瓣模样，十分讨喜且诗情画意。她的这颗是血契珠，需两人同时滴血认主才会启用。

血契珠是修真界最高级别的判定盟友位置的法器，一般用于同去极其危险的秘境，就算内部条件恶劣也不会被干扰方向。

旁人用这种珠子是可爱，她和悬颂却是“歃血为盟”，不禁让顾京墨陷入了沉默之中。

有些东西，真的不是价格越贵功效越优就越好。

这个珠子隆重得有点……不合适。

悬颂给她戴上的？

这颗珠子的确在朝着悬颂房间的方向指引。

这时，房间里传来黄桃的声音：“京儿，你醒了？我取来了露水，你要润润唇吗？”

顾京墨这才掀起被子起身，伸手接来晨露喝了一口，问道：“我昨天又喝醉了？”

“嗯，悬颂把你送回来的，原来你喝醉了不会着火，他轻轻松松就把你抱回来了，不像我，还得背着你。”

顾京墨听完一怔，随后便是一阵恨铁不成钢：“我都喝醉了，我还不着火，那小王八蛋都不知道对我做点什么！我们俩的道侣印是白结了是吗？”

也不对，悬颂放了她一滴血，给法器滴血认主！

“昨个儿您心情不好，他自然不会做什么。而且他那么规矩的人，做什么肯定要经过您同意。”

顾京墨这才冷静下来，抬手揉了揉头发。

悬颂明明已经得到了她的头发，看她的记忆都还要经过她的同意，这种事情更是如此了。

黄桃继续说着：“正派修者全部撤离了，明以慢他们也回缘烟阁复命去了。早晨拍卖行传来消息，明日会重新举办拍卖会，并且剔除掉闲杂的拍卖宝贝。”

“悬颂也回去了？”

“没有，不但他没走，晚照天尊跟花间天尊都没离开。”

“明日势必有一场恶战，你和你哥哥一起离开吧，我怕我无法顾及你，再让你受伤。”

“哦，对了，悬颂说让我在你醒了之后叫他，他有明日的应对方法。”

“他有？难不成他准备倾家荡产把我的宝贝拍回来？”毕竟顾京墨的行事风格是，宝贝出现了就抢回来，凭什么便宜了他们！

一颗灵石都不能给他们！

“不是，我说不清楚，我去叫他。”黄桃说完便扔下手中的东西推门走了出去，屋里还能听到黄桃匆匆的脚步声，顾京墨甚至可以听出黄桃的腿捣得有多快。

她想到一会儿悬颂会来，赶紧抬手整理自己的头发，又整理了一下衣衫。

这时，悬颂已经从门外走了进来，并且将门反锁。

顾京墨看向他，问道：“你有什么方法？”

悬颂手指抹过自己的千宝铃，从里面取出了一个帷帽来，看模样和顾京墨之前的帷帽有七分像。

他将帷帽放在了桌面上，道：“这帷帽有防御性，可以抵挡化神期修者的蓄力一击。”

她掀开被子下床，坐在桌面看着帷帽，问道：“就这？”

她本是有前任魔尊万宝铃的人，见过了太多宝贝，这帷帽也只能算是一般般。

不过说是这样说，还是戴上试了试，戴上的感觉颇为舒适，她很喜欢，还在屋里转里一圈。

帷帽的薄纱轻扬，像是绽放的百合花。

悬颂一直看着她，道："一会儿我会在你的身上画一处阵图，待到拍卖行之时，我跟晚照、花间皆会前去，我们朝着房间内的阵法注入灵力，这些灵力会从你的身上发出，造成是你本身具有强横灵力的假象。"

顾京墨很快懂了，颇感兴趣地问："这样，他们看到我灵力充裕，就会怀疑我是否真的受伤了。我也不用动用自己的灵力，加重伤情。"

"没错。"悬颂认真点头，"不过，这种灵力最多只能释放两次，多了就会被察觉到不对劲了，毕竟会对你出手的皆非寻常之辈。"

悬颂的行事风格一向分明。

他先是让正派修者彻底放弃对顾京墨的围杀，后是让魔门修者确定顾京墨没有受伤，也断了杀她的念想。

这样，顾京墨会安全许多。

至于想要复活六道帝江的余孽，他身为正派修者的长老，也应该出面铲除，而非让顾京墨一个人去暗暗抗衡。

顾京墨遗失的东西，他也会帮她全部寻回来。

顾京墨格外坦然，坐在他的面前扬眉问道："阵图画在哪里？胸口吗？"

"……"悬颂看了她许久，方道，"会烫手。"

"哦，用手画啊？"

"嗯。"

"你想画在哪里？"

悬颂没有理会顾京墨调戏的语气，说道："较为隐蔽的位置，袒露在外如脸颊、脖颈、手掌皆容易被发现。"

"哦……那我脱衣服？"

悬颂突然压低声音叫她的名字："顾京墨。"

顾京墨原本还像一只小狐狸，语调轻佻，听到他叫自己的名字当即抱怨起来："你怎么又叫全名？！"

"这般试图引诱我的是你，最后着火的还是你，在你能控制住自己之前，能不能收敛些？"

顾京墨只能呼出一口气，用大义凛然的口吻问："画在哪里？"

那豁达的样子仿佛下一刻就会跟悬颂结拜为兄弟。

"转过身去。"悬颂摆了摆手示意。

顾京墨听话地转过身去，听到他再次开口："外衫脱下来吧。"

她小声嘟囔："还不是让我脱，之前假正经什么？"

悬颂也不慌："嗯，就是让你脱，快点。"

或许是被丁臾熏陶久了，又或者是顾京墨本就认可了悬颂，外衫倒是脱得坦然。

她还有着在人界时的习惯，衣服里会穿着一件诃子，位置偏低没有肩带，包裹着胸口到后背蝴蝶骨下。

这也使得她的外衫脱下后，背脊白皙的皮肤格外鲜明，漂亮的蝴蝶骨完整地呈现在悬颂眼前。

悬颂第一次这般看到女子身体，抬手的动作稍有停顿。

他当年虽为皇子，却因从小便被仙家的人看中了根骨，从而早早避世，身边伺候的也都规矩得很。

后来进入修真界，也曾有对他执着的女子，爱意明显，但是在知晓他无意寻找道侣后，也都洒脱地放弃，不再纠缠。

这使得他对女子的了解甚少。

他还是第一次知晓女子的身量会这般娇小，腰肢是那般纤细。

平常她身上的体香很淡，在此刻似乎变得鲜明起来，一股脑地往他的鼻翼里钻。

他的脑子一瞬间变得很乱。

“我好看吗？”顾京墨侧过头，垂着眸子问道，纤长浓密的睫毛垂着的弧度都极具魅惑性。

悬颂未答，只是抬手将她的头推转回去。

他的手指尚未落在她的背上，便听到她幽幽地抱怨：“昨日我未燃火，为何不与我双修？”

“你我尚未举行大典，在此之前，我不会与你双修。”悬颂说着，手指轻触她的背脊，认认真真地绘制阵图。

“大典？哦，你是想我跟你举办道侣大典？在我们魔门叫伴侣大典。”

“不，我要三书六礼，四聘五金，八抬大轿迎娶你入门。我要你十里红妆，凤冠霞帔风风光光地嫁进来。”

顾京墨迟疑了一会儿，问道：“这是人界的规矩？”

“嗯，你我皆出自人界，就按人界的规矩来。你非我道侣，也非魔门的伴侣，你是我结发的妻。我也该去那三位的墓前跪拜，让她们知道你已嫁人，在天之灵能得以安息。”

顾京墨的眼神出现了一丝闪烁，忍不住轻哼：“你这人……规矩真多。”

“该有的规矩应当有，毕竟你是我重视的人。”

她再也说不出什么了。

待阵图画完，悬颂的目光果然没有过多停留，帮她披上了外衫，还顺便帮她灭了些许火星。

顾京墨整理好衣衫刚站起来，便看到悬颂走到她身前，又给她戴上了一些防护法器。

最后，悬颂取出了几张符箓来："这是迦境天尊撰写的符箓，其中蕴含他强悍的一击，这个留着防身，非必要不要拿出来，不然他们会知晓你与正派关系匪浅，让你丧失一张底牌。"

"迦境老儿的符箓？"顾京墨拿起来看了看,笑道,"你还真是他们的得意弟子啊，给了你不少宝贝。"

"嗯，的确有些，千宝铃你拿去。"他随意拿起了千宝铃，递给了顾京墨。

"这是三书六礼里的哪一个环节？"顾京墨伸手接过，探入神识查看悬颂都有什么家当。

"以后我的都给你。"

顾京墨不知道的是，这个千宝铃只是悬颂出来时，临时取的一些东西，不过是悬颂家当里的冰山一角。

他在修真界一千九百余年，还是积累了些宝贝的。

这修真界内最能储备宝贝的两人，一个是她的师父前任魔尊，一个是隐瞒了身份的悬颂。

只是冰山一角呢。

顾京墨探查完不由得咋舌："你的师门真是给了你不少宝贝，这就是独苗苗的待遇？"

"可能是吧……"

李辞云没有收徒，名下只有几个记名弟子，偶尔指点，也就是宋奇他们。

悬颂倒是李辞云名义上的唯一"徒弟"了。

"我师父当年也是这样，老想给我找个伴。魔门不知道多少人想和千泽宗攀上关系，就想跟我定亲，结果带来的弟子没一个能打过我的，最终谁也没定下。之前丁舆还打算把丁修许给我呢……"

顾京墨正滔滔不绝地说着，感受到悬颂的杀意赶紧闭了嘴："我没同意，丁修也不同意……"

悬颂用冰冷的声音问道："你很遗憾啊？"

"不不不，丁修不会给我十礼六书四个轿子！"

"……"记招式不是记得很快吗？怎么这种东西却记不住？

"还有吗？"悬颂问。

"没有了，都打跑了。"

"那个有梨涡的呢？"

“燕祟啊……”顾京墨想起他，微微沉默了一瞬，“他很可怜，可这不是能让我喜欢上他的理由。而且很奇怪，我总是排斥他的亲近。”

十七

——他很可怜。

这四个字引起了悬颂的注意，这意味着，顾京墨也曾经救过燕祟，知晓他的可怜之处。

他依旧是平静的模样，伸手拿起茶杯，为顾京墨倒了一杯茶。

与此同时他开始回忆。

初静仙尊曾经说过，在万慈阁中被关着的眷奴有男有女，再想想燕祟过分柔美的相貌，他猜测到了什么。

他没有再问，而是说道：“明日在拍卖行，你不可妄动，一切有我。”

“在一群化神期修者的面前，你是如何有勇气说出这句话的？”顾京墨接过茶杯喝了一口。

悬颂并未解释，免得顾京墨还没坚持到明日便和自己打一架，干脆提起了另外一件事：“明日之事我们势在必得，但是之后你打算做什么？我要知道你的计划。”

“我想……杀了那群人。”顾京墨的表情突然变得认真，暗暗握紧了拳头，“他们不仅仅杀了我一次，他们还害死了修竹，害得溯流光谷动乱不堪，害得黄桃那么痛苦，如今还一次次地挑衅我，我岂能放过？！”

顾京墨从来都不是一个大度的人，她向来有仇必报。

这些胆敢招惹她的，她一个都不会放过。

悬颂又为自己倒了一杯茶，模样仿佛只是在跟道侣闲谈，轻松惬意，话的内容却含着浓浓的杀意：“好，我帮你，一个都不会放过。”

一次闲谈，便将掀起修真界的血雨腥风。

重重的一掌，将一张四方桌劈得粉碎，木头碎片四溅飞散在屋中。

似乎这般做后仍不能发泄怒火，蒙面人又一掌杀了通报的人。

那人甚至没能挣扎便颓然倒下，再无生还余地，灵魂也被捏碎。

最残酷的死法——就此覆灭在这天地间。

洞府中还有其他的修者，看到他们的首领如此模样，个个战战兢兢，其中一人赶紧跪下说道：“少主，我们本已将情报卖给了那个道士，旺角楼内也举行了会议，可惜被缘烟阁的初静仙尊搅乱了。之后还有一个缘烟阁的后生，又是招来景象，又是招来修竹天尊的，正派修者全部撤离了。这种功法……真是闻所未闻！我们根本无法设防啊！”

蒙面人重新坐回椅子上，弓起一条腿，踩着椅子边，无骨似的靠在椅背上生闷气。

坐在屋中的还有其他人，其中一人冷笑了一声道：“就算没有正派修士又如何，有我们这么多人在，还怕她一个重伤的小辈？”

说话之人也是化神期修者，在他的眼中，顾京墨不过是一个名不见经传的小辈，自己从未放在眼中。

蒙面人的相貌被遮住，眼睛却袒露在外，让所有人都能看到他不屑地看了那人一眼，接着恹恹地没有说话。

那人似乎被蒙面人的眼神刺激到了，当即质问道：“怎么？你还瞧不上我了？自身实力不怎么样，不过是靠着六道义子的身份。”

蒙面人终于懒洋洋地开口道：“顾京墨是什么实力，在座各位皆知，她若战得疯了，诸位联手都只能勉强一战。而我要的是诸位毫发无伤，这样我们的战力才能保持。取了顾京墨心头血后的事情，才是恶战！”

这回，被气到的化神期修者才勉为其难地不再计较了。

这时角落里传来一名女童的声音：“想杀小京儿还是很简单的，她身边只有丁臾和丁修，还有鲵面坨坨罢了，还能怎样？怕是不出几招就不行啦！顾京墨再厉害，还能以一敌百不成？”

修真界总会以相貌判定修者潜力，不过孩童模样便已经是化神期的修为，其资质可见一斑。

若是没有出现顾京墨，她在魔门也是佼佼者。

蒙面人侧头看向那女童，接着微微点头：“行啊，只要你们愿意一战。”

“嗯，可以！不过之前许诺的……”

“自然办到。”

“好，小京儿由我来杀。”

参加拍卖会那日，顾京墨特意穿上了自己的红色衣衫，再罩上黑色外衫。

黄桃站在她的身前帮她整理衣服，口中嘟囔：“还是这身合适，显得你可富贵了。”

“富贵？”

“嗯，这身有花纹，一看就贵。”

“你的话非常有道理。”顾京墨笑得狡黠，捏了黄桃的脸颊一把。

云夙柠站在门口，看着黄桃问道：“她也要跟着去吗？”

顾京墨点了点头，道：“嗯，她执意要去，说是可以更真实，显得我游刃有余。”

黄桃也跟着展示：“我身上被布了保护结界，我现在就是小铜墙铁壁。”

“可那是一群化神期高手……”

“我不怕的！”

自然不怕，她敢走进化骨的潭中，勇敢到冒着傻气。

云夙柠终是叹了一口气：“罢了，我即刻离开三场，动乱后立即回来，但愿你们二人平安无事，不需要我医治。”

“嗯，好！”

顾京墨目送云夙柠离开雅庭居，再看着李辞云跟南知因也出现在门口，这才破除了身上的禁制。

四肢腕踝部的环一个接一个地破开，最终恢复到化神期修为，身上的魔焰再也遮掩不住，百米之内的修者都能够感受到森森凉意。

她抬起手来握住了黄桃的手腕，瞬间离开了房间，接着出现在了拍卖行外。

拍卖行外似乎还有修者在埋伏，当他们看到如此强大的化神期高手出现后，齐齐一惊。

此人的穿着风格，还有那帷帽都让他们睁大了双眼，瞬间猜测出了该人的身份。

她的身边跟着一名筑基期的少女，一派天真地去取了牌子，便跟着顾京墨一同进入传送阵。

二人的坦然，让他们惊讶。

若是顾京墨能够从容淡定，他们尚且还能理解，但是一名筑基期的随从都这般淡然，就让他们产生了怀疑，而且，顾京墨只带了这么一名随从。

他们不知道的是，黄桃一向如此，只要跟在顾京墨身边她就什么也不怕。

不远处，李辞云双手环胸，看向悬颂，传音给南知因：“师弟，我们这师娘的气场着实强大啊……我如今已经化神后期，随时是可以飞升的实力，还是会有被她的魔焰灼伤的感觉。”

这种魔焰并非火焰，而是魔门修者散发出来的魔族气焰，无色无形，却伤人于无形。

南知因跟着肯定地道：“到底是叱咤风云的人，实力自然不弱。”

李辞云走过去取牌子的时候，还在单独传音：“你说你我二人联手，是不是师娘的对手？”

“斗法的话……”南知因真的认真思考了起来，许久不能得出结论。

二人的识海里突然出现了悬颂的声音：“不能。”

二人同时看向悬颂。

“她的身法诡谲莫测，绝非寻常斗法方式，经常以低一阶的修为挑战高阶修者，还是身受重伤的情况下。如果她仍在巅峰，而化神期之上还有境界的话，她亦能与之对抗一二。

“你们二人皆是我的徒弟，我知晓你们的斗法风格，你们的确灵力丰厚，各方面都有所长。但是单说斗法，你们的确不是她的对手。不过真想比的话，可以跟她比谁识字比较多。”

南知因跟在他身后，问道：“那您……”

“我和你们不一样。”

二人一起陷入沉默之中。

他们的师父并非寻常修者。

这次的拍卖会，顾京墨和黄桃坐在单独的房间内，看着外界的介绍，比上一次自由多了。

黄桃一直在吃干果，偶尔看一眼窗外，小声嘟囔：“不是剔除掉乱七八糟的拍品了吗？怎么还是些破东西？”

顾京墨也跟着感叹：“就是，都不如悬颂千宝铃里的。”

二人忍耐到了最后，终于看到属于顾京墨的东西送了上来，第一件——续零剑。

顾京墨没有本命佩剑，常伴在身边时常用于御剑飞行的便是续零剑。

续零剑乃是天生异象，神兵现世后，被顾京墨师父夺来的极品法器。

夺法器时顾京墨不过二十余岁，刚过筑基期不久，却站在一群化神期高手之间，在众目睽睽之下接过了师父丢来的佩剑与一句“拿去玩吧”。

顾京墨看着那柄剑，听到讲解的人介绍这柄剑，小声嘟囔：“我用了二百多年，才知道这柄剑上面镶嵌的都是些什么。”

“闪闪的，好看，拿回来吧。”

“续零剑只是倒数第二件，那压轴会是什么？”

“不知道，反正不会差。”

“让丁臾去抢吧。”

顾京墨自然安排好了，丁臾会在这个环节出价，出得还会很高，最后，他们再一起赖账。

大不了就打一架！

这一轮的竞拍果然激烈些，不过没打算真的出钱的丁臾自然更豪横。

顾京墨光看众多房间出去的单子长度，最长的一准有丁臾，就知道丁臾肯定写了一些乱七八糟的东西，不然不会引得一群人震惊。

这种拍卖会已经不能用灵石交易了，毕竟这些宝贝根本就是无价之宝。

所以，都是以物换物的方式，给出他们可以交换的东西，拍卖行再进行评估，最后选择拍品归哪个房间的屋主所有。

佩剑被拍走，顾京墨尚且不知是谁拍了去，这件事之后再去管，她目前只能继续等待压轴物品。

待她看到百魔录出现在展台上后，表情一沉。

百魔录是她师父生前最宝贵的一件遗物，她自己都不敢随意拿出来用。

那其中封印了魔门百余种魔物，是他师父用了几百年时间才扫平收服的，也是因为百魔录，她的师父才能坐上魔尊宝座。

使用者可将其中的魔物唤出，为己所用。

若是将其中所有魔物放出，定然是一场天地浩劫。

顾京墨终于冷笑出声："他们是想逼得我不得不出手。"

说着，她终于拿起了屋中的笔墨，书写起来。

各个房间的纸条陆续被送到台上，主事者依次打开查看。

待看到其中一张时，主事者身体突然一晃。

这举动引得其他人也凑过去查看，只看到了潦草的三个大字：顾京墨。

不是说顾京墨身受重伤不敢出门吗？

她怎么来了？

许是怕他们觉得是有人冒名顶替，一团火焰从他们的面前升腾而起，熊熊燃烧，接着瞬间熄灭。

这回不仅仅是他们知晓顾京墨来了，就连看向展示台的其他人也知晓了。

顾京墨来了。

她真的来了！

十八

与此同时，丁舆那边也闹了起来。

"我本就没想给啊，毕竟这东西原本也不属于你们！"丁舆手中拿着原本属于顾京墨的续零剑，大摇大摆地走了出来，作势要去夺台上的百魔录。

拍卖行的人见状立即布置出防护阵来，将百魔录护在其中。

这阵是他们赖以生存的大阵，自然坚固万分，化神期修者想要破解也需要费些工夫。

接着，便是一道低沉的男子声音：“鬼王，念你是前辈，我也曾敬你三分，之前鮸面坨坨闹事我也没有计较，这次就有些得寸进尺了吧？”

说话间走出来的是坐镇三场的化神期修者黄亭散人。

黄亭散人的名字很简单，他出生地名为黄亭，他又是一介散修，便有了这个名号。

修真界散修很多，大多资质不高，只能做散修。

稍有些资质的，都会被大门派收揽过去，万一飞出个凤凰来，也是为门派增光的事情。

到了筑基期还是散修的，便会被世人认为是“被淘汰者”。

能从散修修炼到元婴期已然不易，黄亭散人却修炼到了化神期，自然有他自己的一套体系。

外加散修什么都会些，各处游荡久了，阅历也更为丰富，知晓的旁门左道也多。

又霸占了三场这特殊的地带，可见其手段。

这使得三界内，没几个人愿意招惹黄亭散人。

丁臾倒是不在乎，反而笑道：“若是你长得好看些，我还能迎你去我的醉乡宗做客。可惜呀，你的模样……我着实下不了手。”

黄亭散人冷哼一声：“夺命红烛的手段，我是不想领教了。不过今日你进了三场拍卖行，就要遵守这里的规矩，不然，就休要怪我不客气。”

说着，已经攻击过来。

丁臾并未动手，而是唤道：“小修儿！”

话音一落，丁修已急速而来，黄亭散人便与丁修战成一团。

两名化神期修者的战斗自然撼天动地，拍卖行中的其他修者立刻启用了防护结界四处逃窜着去避难了。

二人战斗一开始，拍卖行便启用了防护结界，努力维持拍卖行的建筑。

可他们若真的战起来，皆是移山填海之力，这小小的拍卖行岂能安然如故？

棚顶被轰开一个巨大的孔洞，接着碎瓦滚落，纷纷扬扬砸在地面上，发出巨大的声响。

紧接着是屋内的装饰物碎裂，炸成一团团齑粉，烟雾弥漫了四周，滚滚巨浪般袭来。

顾京墨在这时听到了悬颂的道侣传音：“玄七一的人去探探。”

她当即传音出去：“玄七一的人，拽出来打！”

鮸面坨坨得令，从屋舍内走出，直直朝玄七一的房间攻击过去，又是声势浩大的直接硬闯。

果不其然，房间内的修者都是之前对顾京墨做魔尊多有不服的魔门修者。

丁舆怕鲵面坨坨不是那几人的对手，便第一次做了助攻，帮助鲵面坨坨对战。

七鬼之首是一名女子，最初的确给她带来了不少纷争。

但实力足够强悍，让他们没有资格质疑就可以了。

丁舆就是这样的存在。

胆敢质疑?

但愿……你能活着质疑下去。

外面声势浩大，顾京墨依旧未出，留在小房间内继续观察。

悬颂也一样按兵不动，静观其变。

顾京墨一直在等待时机，不过她自己也知晓，如果她一直不出去，旁人只会越来越大胆，认定她身受重伤这件事情。

那样对丁舆几人都非常不利。

这时，穿着紫色衣衫，手中抱着一只小兔子的女童缓缓从一个房间内走了出来，朝着一个房间看过去，扬起嘴角笑得天真无邪，对怀中的小兔子说道："去吧。"

小兔子的眼眸瞬间变得血红，朝着顾京墨所在的房间攻击过来，轻盈一跃，便转瞬而至。

顾京墨自然注意到了，抬手刚要攻击，就听到了悬颂的传音："你不必动。"

话音方落，拍卖行内的修者纷纷听到了一声吼叫。

这是妖兽的吼声，接着妖气弥漫，震颤间汇聚成一条冰晶结成的九尾狐形态。

连带着，周遭的环境都被凝上了一层霜，就连空中的烟尘都被镀上了银色，纷纷落下时如晴天落雪，竟然显露出一丝诡谲的美感。

顾京墨所在的小屋窗外，也被冰晶结成了一层晶莹剔透的保护结界。

冰晶九尾狐并未停留，朝着兔子攻击过去。

小兔子看似无辜，实则是即将化形的妖，偏在感受到九尾狐的妖力后瑟缩了一瞬，刚刚想要调头逃跑，却被九尾狐的冰晶追到，吞食进腹中。

女童看到这一幕难以置信，他们入修真界这么久，修真界有什么高实力的妖族，他们都会知晓才对，怎么从未听说过有这般实力的九尾狐存在?

这九尾狐似乎还在保护顾京墨?

顾京墨竟然有这样的底牌?

房间中，黄桃被这一声吼吓得抓紧了顾京墨的衣袖："好、好、好凶啊！"

与九尾狐的凶悍相比，黄桃这条夺舍的小黄狗简直不值一提，她仿佛幼兽遇到了百兽之王般，瞬间瑟缩。

顾京墨握着她的手腕，小声安慰："没事，帮我们的。"

"嗯……"

顾京墨单独传音给悬颂："九尾狐是怎么回事？"

妖类中，狐狸修炼后会增加尾巴的数量，只有修炼至巅峰，才能有九尾。

而这冰晶化形，便是第九尾的能力，这九尾不但帮着顾京墨，还故意展示实力，让他们觉得顾京墨这边深不可测。

"哦……没什么，等你不着火了，给你看我的尾巴。"悬颂轻描淡写地回答。

顾京墨听完笑了起来："原来你是半妖？"

"嗯，我的母亲是九尾白狐。"

"我终于知道你为什么那么自信了，原来真的有些实力，为什么之前不让我摸尾巴？"

"怕你烧了我的毛。"

"……"她竟无法反驳。

悬颂操控的冰晶九尾狐，一瞬间分散为十余条，朝着他存疑的房间依次发起攻击。

他要在这些房间里找到蒙面人的存在，揪出幕后黑手。

只有这群人全都死了，此事才能了结。

每个冰晶九尾狐都有着悬颂的灵力附着，有着灵慧，还有着冰系功法，可以启用冰系攻击。

就算被修者攻击至破碎也无所谓，只要还有一丝冰晶碎屑，它便可以瞬间重聚。

每条冰晶九尾狐，都有着化神初期修者的实力，若无法独自对战一名化神期修者，那就两条、三条，以数量取胜，以难缠制敌。

在悬颂努力寻找蒙面人时，其中一条冰晶九尾狐朝着展示台而去，警惕着靠近守护百魔录的男子。

燕祟正试图破解防护结界，取出百魔录。

他见到冰晶九尾狐靠近，抽空解释："我要帮魔尊夺回她的东西，莫要捣乱。"

悬颂不是顾京墨，他不信任燕祟，便一直留着那只冰晶九尾狐，蹲坐在一边看着燕祟。

燕祟见它不会捣乱，才继续破解结界。

经由这些冰晶九尾狐的捣乱，拍卖行内隐匿的修者全部都被揪了出来。

悬颂传音给顾京墨："感受到谁身上有你的东西了吗？"

顾京墨自然一直在探查，却愤恨地咬牙："没有。"

悬颂只能又问："这些人中，有谁会想要六道帝江复活？"

"……"顾京墨看着外面战斗的人，每个人她都认识，偏偏又觉得每个人她都不是真正的认识，最终没能判断出来。

这时，燕祟不知用了什么法子，真的破解开了禁制，即将取出百魔录。

想来，是周遭被破坏得太厉害，没有其他的加固阵法，才使得这处防护阵没有那么坚固了。

又或者他本就有这方面的法子，不然也不敢轻易尝试。

悬颂终于传音给顾京墨：“去吧。”

“嗯。”

燕祟即将拿到百魔录时，百魔录突然腾飞而起，他想要去抓，却看到一道身影从被冰晶保护的小屋中走出，调用控物术瞬间取走了百魔录。

百魔录入手，顾京墨并未立即储存起来，而是拿在手中翻看，确定了安然无恙，且无人动了其中的魔物才放下心来。

战斗中的众人也都看到了带着帷帽的女子，带着另外一个年轻的女孩子走了出来。

在化神期修者战斗的环境下，区区筑基期的半妖却安然无恙，想来是被顾京墨保护着。

她们缓缓走到了正中心的位置,顾京墨到了拍卖台上,用控物术清理了一个椅子，一掀衣摆坐了下来。

虽动作轻柔，在场众人却都听到了衣袂摆动的声响。

黄桃站在她的身边，坦然地看向四周，目光自信，还有些轻蔑，这是跟在魔尊身边该有的傲气。

周围战斗的修者纷纷停下来，就连冰晶九尾狐们都停了下来，不再去攻击那群修者，仿佛真的都听从顾京墨的号令似的。

顾京墨似乎是在环顾他们，突然冷笑了一声，坦然地拿下了自己的帷帽，递给了一旁的黄桃，笑问：“不打了？”

所有人都停了下来，想要看看顾京墨要做什么。

谁知道，这举动依旧触怒了她，让她眯缝起眼睛，一掌拍在旁边的桌面上：“都给我跪下！”

一掌落下，捧着她帷帽的黄桃安然无事，那张矮桌无事，但是在场所有修者都觉得胸口一闷，有的干脆一口血吐出。

丁臾也没能幸免，但是她倔强地将那一口血吞了下去，眼中愤恨，却还是缓缓跪下。

心中却在暗骂：顾京墨，你个王八蛋，无差别攻击啊！回去便将你一头卷毛都拔下来！

室内其他魔门修者也都跟着跪下行礼。

仅有元婴期修为的燕祟伤得最重，想要跪下行礼都只能强撑，嘴角噙着血，跪下时险些瘫倒。

黄亭散人非魔门修者，却也给了顾京墨极高的敬重，躬身行礼。

这是见到魔尊该有的礼数。

他们刚才见到魔尊，皆没有行礼，自然会触怒魔尊。

这一掌的功力有多么浑厚，在场众人都能够感知到。

仅仅一掌，便攻击了在场所有的修者，还能造成部分人重伤。这种强悍的实力，整个修真界怕是只有三人能够做到。

此刻的顾京墨做到了，还做得游刃有余，没有伤及黄桃分毫，就连周遭的建筑都未涉及。

顾京墨扫视跪拜的修者，终于暗暗安心，知晓刚才那一掌没有被看出破绽。

她没跟悬颂沟通，悬颂却能极好地掌握时机，这一点上她对悬颂格外信任。

她和悬颂，有着莫名的默契。

她微微扬起下巴，首先跟黄亭散人道："我本无意来三场捣乱，三场也非我魔门地界，我不该踏足。只是有贼人盗了我的东西，东西还流落到了你这里。你身为三场主人，得了我的物，来交还于我，我尚且还能记你一个恩情。可你这般拍卖了，就别怪我来砸你的场子。"

黄亭散人如今吃了亏，却又没有理，最终也只能跟着单膝跪地道歉："是我做得不够周到，还请魔尊恕罪。"

顾京墨又抬手，摊开了手掌心。

丁臾骂归骂，还是吩咐丁修将续零剑双手奉上。

续零剑回到了顾京墨的手中，她摸着上面的宝石，突然拔剑："觊觎我的东西，还胆敢来攻击我，你们当我不知吗？"

她刚要动手，便听到悬颂的传音："你莫要动，我来杀。"

她手持佩剑尚未行动，便见空中汇聚万根冰锥，直直攻向紫衣女童。

十九

紫衣女童也有化神期修为，岂能原地等死？

她当即起身连连躲闪，密集的冰锥无法抵挡便击碎，接着眼神凶恶地抬头怒视顾京墨。

顾京墨举着剑模样有些尴尬，干脆佯装擦剑，接着低声问道："怎么，还想挣扎？"

"顾京墨！"紫衣女童调整好位置站定，愤恨的声音由胸腔里翻涌而出似的，"你不过是靠着师父的名声，才坐上了魔尊之位。可你要知道，我们魔门的魔尊之位并非世袭，你真以为你斗法能力强，就能坐稳这个位置了？不过是个没有根基的后生！”

“所以……我丢了万宝铃，你听闻我受伤的假消息，便觉得自己能对付我了？”

她说完冷笑出声，重新收起续零剑，交给了黄桃，随即又道：“在此之前，你也不敢造次，不是吗？”

紫衣女童有一瞬的恼羞成怒，吼道：“你别以为……”

“并不是我以为，而是我本就是魔尊。若是尔等不服，自可来挑战，若是我真的敌不过，大可让位于你。不过……我劝尔等还是想好了再来，不然能不能活着做魔尊，我并不能保证。”

顾京墨的语气森然，魔焰四散。

那森冷的魔焰让在场所有修者都感受到了无形的威压，仿佛在按着他们的头颅，让他们跪得更加虔诚。

紫衣女童四顾看去，之前答应跟她合作的修者齐齐倒戈，此刻跪得安分，似乎是顺服于顾京墨的忠奴。

她自知，她方才的出招已经触怒了顾京墨，没有回旋的余地，此刻只能奋力一搏，不然只能等死。

这时，顾京墨单独传音给紫衣女童：“告诉我，想复活六道的孽畜是谁，我饶你一命。”

紫衣女童突然笑了，笑容略显狰狞，甚至带着一丝狠绝：“我若不说，日后还有人能杀你！”

“你这是自寻死路。”

“你需要杀鸡儆猴，我就算说了依旧不能活，还不如留下能杀你的人来杀你，让你永无宁日。”紫衣女童回答完，终于再出手。

她本是天之骄子，生来便是木系单灵根，能够和万物沟通，妖兽也愿意为她所用。

她九岁筑基，四百岁进入化神期，在修真界都算是佼佼者。

但是后来顾京墨出现了。

一个疯子，修炼速度惊人，轻易地打破了她的神话。

曾经，她是最接近魔尊之位的人。

她愤恨了很久，为何这个晚辈能够轻易得到她努力才能得到的一切？

她并不在乎六道帝江会不会复活，她只想顾京墨死！

再次动手，顾京墨依旧没有出手，而是端坐着，看着十七条冰晶九尾狐围住了紫衣女童。

保护紫衣女童的妖兽也齐齐出现，战斗的场面一片混乱。

丁舆微微起身，看着那边战斗的样子，还顺带布下了结界，保护了丁修和鲵面坨坨。

这九尾狐着实厉害，从头到尾，真身都没有出现。

只用冰晶破碎后又重聚的能力，加上冰系功法的加持，竟然将紫衣女童耗至灵力枯竭。

“魔尊！”终于有人替紫衣女童发声，“她……罪不至死！”

顾京墨倒是轻描淡写地问：“哦？若是她不死，日后定会再来杀我，你也想我的身边还有隐患？”

那人赶紧补充：“可以降她修为，废她灵根，变为凡人。”

“或者你告诉我，我想知道的事情，我饶她不死。”

“属下不知啊……的确不知，那人常年隐匿外貌、声音、修为，自己的一切特征！我们只是想从他那里得到利于我们的东西。”

顾京墨终于耐心耗尽，摆了摆手。

仍旧在小房间里的悬颂看到了顾京墨的小动作，不再犹豫，加重了攻击。

这时众人才发现，之前九尾狐的攻击有所收敛，不过是在消耗对方的灵力。

此刻，才是真的发力！

数万冰晶如一阵有形的飓风，旋转着将紫衣女童包裹在其中，每一颗冰晶都是利刃，席卷的同时刺入她的身体内，割裂她的七经八脉。

最终灵力被耗空，经脉被截断，她被冰晶完全控制，变成了人形冰塔。

原来……化神期修者的死亡，可能只是清脆的声响。

变为冰晶的人形在一声脆响后碎裂，坍塌，人也就这么没了。

仿佛格外轻易。

只是随意的一阵风，一片落叶，即可要了他们最后的性命。

化神期修者的一生何其辉煌，生若灿阳，死时却颓靡如破碎的蒲公英。

顾京墨在旁人不知的情况下，单独传音给悬颂：“你可还好？”

“嗯，为夫尚且可以再战。”

“不是还没举办大典吗？怎么就改了称呼？”

“所以，你速战速决，我着急成亲。”

“好。”

顾京墨终于没了耐心，站起身来带着黄桃离开。

临要离开时，她停住了脚步：“忠于我的，留下名讳跟我离开，不愿意的可以留下。”

魔门的留下名讳，便是亲自写出自己的名讳，交给顾京墨，寓意忠于顾京墨。

名讳留下一日，便要听从主人的命令一日。

丁臾和丁修之间，便有这样的名讳契约。

想取回名讳有两种方法，一种是获得主人的同意，愿意交还名讳让其重获自由。

还有一种，就是背叛主人，主人拿捏着名讳，一剑刺下会造成极重的一击，要其大半条性命。

在场众人纷纷陷入了慌乱，之前顾京墨继位魔尊，一直没有举行这个仪式，这是过后来补吗？

要不要给？

这件事对于魔门修者来说，绝非小事。

鲵面坨坨是第一个起身的，从千宝铃内取出了一张空白的黄纸，咬破指尖将自己的名讳写上，递给了顾京墨。

顾京墨接过后看向其他人。

丁臾迟疑了片刻，还是跟着做了，并道："丁修忠于我，不可记名两次。"

"嗯。"

顾京墨轻声应了一声。

总共有十三人给了顾京墨自己的名讳。

就连身受重伤的燕祟，也强撑着递出了自己的名讳。

顾京墨全部收过，接着说道："跟我走。"

待他们离开了拍卖行范围，顾京墨才御剑停留在半空，回望陷入恶战的拍卖行，对黄亭散人道："我毁了你的三场，就用他们的储物法器来抵吧。"

言下之意，未交名讳的，全部杀了。

黄亭散人颇感意外，却也没有阻止九尾狐的屠杀。

站于顾京墨身边的人忍不住问道："魔尊，为何……"

"我是魔尊，不听命于我的魔门修者留之何用？"顾京墨不再停留，对所有人道，"走。"

其余修者再无人胆敢询问。

顾京墨继任魔尊后，的确有人不服。

她很少在意，依旧我行我素，神出鬼没。

但是这不证明她什么都不知道，她不出手不证明她会一直隐忍。

不服？

杀。

丁臾终于有机会单独传音给顾京墨："王八蛋，你刚才为何不避开我？现在我灵力混乱，怕是要闭关一段时日了。"

"那一掌我着实没控制住，对不住了。"

“我的名讳呢？”

“还你！我亲自去醉乡宗还给你！”

丁舆表情这才缓和了些许，又问：“跟在你身后的，恐怕还有余孽。”

“他们可能并非真的想要复活六道，而是想从那些人手中得到好处，才愿意协助。这件事情，我还需要继续调查下去，线索不能全断了。”

丁舆又问：“你哪里寻来的九尾狐妖？”

“我也没问清楚呢，待我知晓了全部，再与你说。”

“嗯，千泽宗有酒吗？”

“有，可多了！我师父留下了好多。”

“这还差不多……”

★

三场动荡。

化神期修者的战斗余波足以杀人，导致在三场聚集的修者四处奔逃。

逃亡途中，他们突然看到了魔门高阶修者一同回魔门的画面。

为首的是一名戴着帷帽的女子，身着红色长衫，外罩黑色法衣，轻薄的帷幔被风吹得飘扬。

她身量很高，衣袖被风吹拂翻飞如黑莲绽放。

身姿挺拔，气质卓然。

她的身后是踩着各式飞行法器的高阶修者，有人是自己的拐杖，有人是乌羽巨鹰，有的是大型葫芦。

其下是坐在黑狼身上的丁修，黑狼的背上还带着丁舆和黄桃。

魔门的修者，总是姿态各异，和正派修者形成鲜明的对比。

“那为首的女子是、是魔尊？！”

“除了魔尊，还能有谁胆敢走在这么多的高阶修者身前？”

“她不是受伤了吗？”

“谣言！若是受伤怎会有如此浩荡的声势？”

在临近三场的魔门地界，也出现了不少观望的修者。

待他们看到这些修者从他们头顶掠过，各个神色慌张，赶紧跟着跪拜：“见过魔尊！”

“恭送魔尊！”

一跪万里，无人敢抬头。

二十

顾京墨再见到悬颂，已是五日后。

这期间，顾京墨先是带着众多修者回了千泽宗。

她的身侧一直有丁臾、丁修以及鲵面坨坨陪着，外加收了十几个化神期修者的名讳，让她有底气把千泽宗内部重新整顿了一番。

这般从容地留在千泽宗，还大肆审问，加之之前所有不服从她的全部被处死的事例，大家都不再怀疑她受伤的事情。

她首先要调查的就是谁动过她师父布置的禁制，偷走并且誊写了一份困神阵。

内鬼要第一个铲除。

千泽宗有三十二宫，每一宫都有一位宫主。

这些宫主，大多是元婴期到化神期修为的修者。

在顾京墨继任千泽宗宗主之后，曾有一段时间让宗门修者不服，有四位宫主带着门下弟子离开自立门户，后来由顾京墨安排的人顶上。

鲵面坨坨和燕祟便是其中之一。

将三十二位宫主全部召集后，顾京墨审问无果，颇为恼怒，只能收了所有宫主的名讳，留在千泽宗内跟丁臾一起喝酒。

“这个细作是谁呢？！”顾京墨愤怒得直挠头，“完全想不出啊！能留下的几位宫主，都是忠心耿耿的，我完全不想去怀疑他们！”

丁臾懒洋洋地躺在软榻上，衣摆都敞开了也不在意，模样犹如午后慵懒的猫。

她醉眼迷离，小声嘟囔：“谁会和六道有什么联系呢？六道那种人……居然也有人想复活他？”

“我们千泽宗和六道没有联系，千泽宗当年也曾被六道迫害过，铲除六道时，千泽宗也鼎力相助。”

“新上来的这几个宫主呢？”丁臾又问。

“坨坨？”提起这个名字，二人一起摇头。

鲵面坨坨被六道帝江杀了爱徒，白发人送黑发人的痛苦，是不可能让他去复活六道帝江的。

顾京墨又嘟囔：“燕祟？可是燕祟和六道不可能有交集。”

丁臾也知道燕祟的事情：“燕祟是彭玉老儿的私生子，被关押了百余年不能外出，难得跑出来还被骗了，做了那么多年的眷奴。六道都死了，他似乎都没真正出来见过世面。”

“对啊……”顾京墨仅仅是想一想，都觉得头疼得厉害。

千泽宗待着烦闷，她便又带着黄桃出来寻悬颂了。

当时将几个化神期的修者留给了悬颂，也不知道那小子将九尾修炼到何种能耐，究竟能不能对付那七名修者。

会不会受伤?

她凭着手腕上的血契珠，去到了一个小镇子。

这里靠近人界，算得上一处世外桃源。

人界正值三月翠绿满人间，雨打梨花，水漫小桥，流水叮咚。

悬颂停留的小院门紧闭，顾京墨走到门前，身边的黄桃小心翼翼地帮她撑着伞，生怕她被淋到半分，就会加重伤情。

院中似乎种了很多植物，藤蔓顺着院门蔓延出来，洋洋洒洒地爬得到处都是。偶有几处，还挂着含苞待放的花骨朵。

她未叩门，院门便开了，显然悬颂早就感知到了她的到来。

二人走进去，便看到悬颂坐在院中的草棚下避雨，抬头看向她们。

“你倒是惬意。”顾京墨的目光扫过他，确认他身上没有伤才放心。

“我也是难得清闲。”

顾京墨站到了草棚下，双手环胸抬眼去看院子，似乎觉得有些眼熟，下意识地来回打量。

悬颂解释道：“你在人界不是用过一处房子，却未能搬过去住吗？”

顾京墨这才想了起来。

她当年只身一人去选房子，见到了一个院落便直了眼睛，总觉得那里就是她梦想中的宅院，当即交了银钱订了下来。

可惜回去后楠绣便出了事，她没能去住，那院落她也只是进去逛了一圈而已。如今二百多年过去，她未能第一时间记起。

“可我定的那座，不在这个位置。”顾京墨先是有一瞬间的呆愣，紧接着便回过神来说道。

“自然不在这里，我去人界寻来了这处宅子，买了下来，用法术搬过来了。”

顾京墨很快懂了：“土系功法倒是实用。”

“我是在夜里做的，还好心地将地面填平了。待第二日周围的人起来看到那一处空地，也不知是何心情。”

顾京墨听到这里，也跟着笑了起来：“估计，会成为那个地方的传奇，还会出现在说书人的口中。”

悬颂站起身来，整理自己的衣袖，问道："有没有什么想吃的，我给你做。"

"你还会做饭？"

"嗯，会些，不过我只会用鬲，再用笾豆盛些水果。"

顾京墨看着悬颂取出自己的工具，不由得一怔。

黄桃也凑过来小心翼翼地碰了碰。

直到他们看到悬颂又拿出了一个鼎来。

"这是什么？"黄桃惊讶地问。

"煮肉的。"

"要不……你歇歇？"

"你们都用什么？"

黄桃从自己的储物袋里取出了烹饪用的法器："我们这个做的好吃，很好控制。"

"哦……"悬颂在辟谷之后便很少接触五谷了，是真的没有烹饪的法器。

"你们去聊天吧！"黄桃干脆轰人，一个人在后院做饭。

顾京墨正好也有事情想问悬颂，于是和悬颂一起坐在门前，问道："你的九尾是怎么回事？"

悬颂倒也不隐瞒："我生来就是半妖。"

"为何我从未感觉到？"

"你是否从未见过我的佩剑？"悬颂问道。

顾京墨回忆了一会儿点头，的确，她认识悬颂以来，从未见过悬颂使用佩剑。

悬颂在她的面前双掌合十，又展开，从他的手掌心出现了一柄银色半透明的佩剑，通体晶莹如冰结成的。

他只展示了一瞬，便收了回去："我的妖力，全部封印在了剑中。"

"有点厉害。"顾京墨看得很是新奇，"不如趁黄桃在做饭，我们二人打一架吧，我也想试试看九尾半妖有多厉害。"

"……"悬颂不太想理她，甚至不愿意再提及身份，顾京墨难得撒娇，可是说出来的话却是："就打一架嘛！"

"……"悬颂甚至翻了一个白眼。

顾京墨瞬间变得非常不悦："真没意思。"

悬颂依旧没有哄她的打算。

二人相对静坐了一会儿，谁也不理谁。

雨依旧在下，淅淅沥沥的，绵软却连续。

草棚外的雨滴飞溅，几滴滴落在二人的衣摆上，却因法衣隔水，未被浸湿，只是增添了一丝凉意。

顾京墨终于忍不住又问："那七个人好对付吗？"

"你们离开后，晚照和花间也出手了，我们三人加上黄亭散人，对付了他们七个人，虽难缠却也能够应对。"

顾京墨颇为诧异："黄亭散人相助了？"

"毕竟是七件储物法器。"

"唯利是图啊……"

悬颂跟着点头。

顾京墨凑过去研究悬颂的面容，想看看男狐狸精究竟长什么样："你如果同时修炼狐尾和土系灵根，提升修为会比寻常人慢吧？"

"尚可。"

修真界推崇单灵根，无非就是因为只有一个灵根更好修炼，专而精。

多灵根修者，想要将多个灵根都修炼上去，所需要研学的功法更多，修炼的时间更长。

能早早筑基的，一般都是单灵根修者。

悬颂这样的半妖，等同于是双灵根的修者，但是妖和人的修炼体系完全不同，哪有那么容易同时提升？

悬颂解释道："我初期并不愿意接纳我是半妖的事实，想尽办法封印妖力，隐藏此事，我也是修炼到一定修为，内心释然了，才开始同时修炼狐尾。"

顾京墨很快意识到了一个问题："你如今多大年纪了？不会比我还大吧？"

对于这个问题，悬颂不太想回答。

迟疑了片刻，他才道："这个……我们姑且不提。"

顾京墨却很执着："我们不姑且，提一提这个呢？"

悬颂站起身来，转身朝屋内走："你随我来。"

顾京墨跟着起身，追在悬颂身后："悬颂，你不会真的比我年纪还大吧……"

悬颂在屋中站定，双手掐诀，口中念念有词。

顾京墨双手环胸，站在他的身侧盯着，正要取笑，便听到悬颂念道："魂归。"

顾京墨一怔，随即回神抬头看过去。

只见，里间突然出现了一个人，她似乎非常慌乱，掀开门帘走了出来。

待她走到外间，看到站在屋舍中的两个人时先是一怔，随后看向了顾京墨，在顾京墨头顶交叉插着的发钗上看了一眼，这才又去看顾京墨的脸颊。

顾京墨怔怔地看着她，一向处乱不惊的人，竟然一瞬间红了眼眶，声音也柔了下来："娘……"

那人看着顾京墨笑了，抬手摸了摸自己的发髻，似乎是在检查自己的装扮是否整齐，再低头看看自己的衣衫，确定足够整洁，她才拥有了安全感。

在女儿面前，她要得体。

她重新归于平静，朝着顾京墨走了过来："都长这么大了？瞧瞧这模样，不及你娘半分风华。"

顾京墨赶紧擦了擦眼泪，倔强地反驳："好些人觉得我好看呢……"

顾母走过来扯了扯她的衣衫："小姑娘不知穿些鲜艳的颜色？这黑色着实难看。"

说着，试探性地碰了碰顾京墨，确定自己能碰到她，才跟着红了眼眶，呢喃般地道："都……这么大了……"

二十一

顾京墨的脑袋有些迷糊。

她很多次都在幻想，如果能够再次见到母亲，她会说什么。

她也许会絮絮叨叨地说这些年她经历了什么，说她当年愚蠢的话语没过脑子，希望母亲不要生气。

她也许会放声大哭，或者是抱着母亲不松手。

可真的见到母亲了，她却有些傻了，一时间千言万语都没有了，只是傻傻地看着母亲。

她不敢流眼泪，她知道母亲一介凡人，魂归术时效短暂。

她少看一瞬，便少了好多看到母亲的时间。

这一生，恐怕只有这么一次机会了。

接着，她看到楠绣迷茫地走出来，掀开帘子看到外面的景象也是一怔，柔声唤道："顾姐姐……"

依旧是记忆里温柔如水的模样，随后她看向顾京墨和悬颂。

她看着顾京墨，试探性地问："京儿？"

顾京墨变得像个孩子，认认真真地点头："嗯！"

"京儿长大了，这般高呢！"楠绣很是惊喜，到了顾京墨的身前查看，看得格外仔细。

顾母倒是很释然，在一旁说道："估计是个高个子的爹。"

仿佛她并不知晓顾京墨的生父究竟是谁。

顾京墨终于回过神来，跟她们介绍悬颂："他是我的……夫君。"

似乎这样介绍更加直截了当。

二人一齐看向悬颂，看到悬颂对她们客气行礼，也跟着回礼。

悬颂看上去年岁不大，不过仪态举止极佳，相貌身量又格外出众，身上衣着干净整洁，没有一丝褶皱，看得出他家世背景应该不错，至少涵养极好。

顾母依旧在打量悬颂，眼眸中的情绪不明，甚至透着些恍惚。

楠绣却颇感遗憾地喃喃自语："都成亲了啊……"

悬颂客气地开口："我们尚未成亲，今日只是先见过二位，我会保留一次机会，待我和京墨成亲之日，会再召唤二位来观礼。不过，怕是只能匆匆片刻，望二位不嫌。"

顾京墨也是一惊："还可以有下一次？"

"嗯，为此我做了不少准备，成亲当日才第一次见她们二人，着实不符合规矩。"

悬颂的确做了不少准备。

顾母和楠绣皆是凡人，没有修仙者这般强韧的魂魄。

悬颂思考了许久，才用了妥善的方法，能够让顾母和楠绣的魂魄稳定，且能被他召唤来两次。

这样，他可以先跟她们见一次面，成亲时她们还能再来一次，毕竟那是顾京墨最重要的时刻，他们几人都不想错过。

这是悬颂能够想到的最周到的办法。

顾京墨不问也能猜到，这个功法极其耗神耗力，悬颂为了能让她们见面，不知损耗了怎样的精力才办到。

或许送给顾京墨金山银山，她都会不为所动，她见过太多了。

但是能够在意她最柔软的地方，就能够得到她的心意。

至少这件事，顾京墨会记一辈子。

顾京墨一时间竟然不知该说什么了，干脆介绍："这里是我当初选的院子，我要是能和你们一起来住就好了。"

如果，她们三个人能安心地生活在人界，就算不入修真界，不做这个魔尊，顾京墨都心甘情愿。

甚至，会是欢喜的。

楠绣扶着门往院中看："倒是素净，可惜我……我当时陷入了黑暗里，挣扎出不来，也不知怎的……就是想不明白。"

顾京墨却颇感愧疚："是我没有照顾周到，不该留你一人在家里。"

"怎能怪你呢？那个时候我进入死路里，就算你时刻陪着我，稍不留神，我也会选个时间自我了断吧。我若是能撑事就好了，明知道会让你难过，却还是做了那样的选择。对不起，没能陪你长大。"

顾京墨一个劲地摇头，她不需要她们的道歉。她像是想起了什么似的，赶紧说道：

“不过，我帮你们报仇了！”

这时却听到二人同时道：“我知道。”

顾母难得温柔，低声道：“我陪你走到了城门外，可惜，你看不到我。”

一路陪同，全程都在担惊受怕，怕她会露出破绽让陈员外家里人发现。

看着那小小的背影，心疼了一路，直到看着她被楠绣带走。

楠绣也跟着擦眼角：“你被官兵攻击得一身伤时，我特别想帮你包扎，可惜……”

她就在顾京墨身边，却看着顾京墨不管自己的伤口，只是颓然地发怔，明明报了仇，却开心不起来的样子。

顾京墨没哭，她却哭得不能自已。

悬颂在一旁解释：“她们的魂魄，会在人间逗留七月。”

顾京墨第一次知道这些事情，狼狈点头：“哦……”

原来她们看到了……

转而，她又问：“可是，娘，仅有七个月你是怎么知道的？”

“你是我女儿，我能不知道你的性格？”

或许是被后院黄桃的声音惊动，引得他们一同去看。

黄桃本来在偷偷往这边看，不敢打扰，却忘了她的烹饪法器，一个不留神便炸了锅。

顾母先是一怔，随后走了过去：“为娘错过了你的成长，也该给你做顿饭吃。”

楠绣也跟着走了过去：“我去帮忙。”

顾京墨只能跟着她们，发现悬颂之前拿出来的鬲倒是派上了用场。

顾母和楠绣只会用这个。

顾母一边和面，一边问顾京墨：“你们两个人是怎么认识的？”

顾京墨会打架，其他的都不成，便站在一边看着，回答：“我抢来的。”

楠绣听了一怔：“就是冲进他们家里，把人抢出来？”

顾京墨点头：“对，差不多，我看他长得不错，就把人掳来了。然后我魅力太大，他还喜欢上我了，非我不可了。”

二人同时看向悬颂，悬颂只能点头承认，事实确实如此。

顾母开始制作面条，同时念叨：“有人陪着总是好的，不过若是受了委屈……”

说到这里，她想到自己的女儿并非能受委屈的人，便笑了：“总之，你开心便好。”

顾京墨跟着说道：“嗯。”

悬颂知晓这种时间不能打扰，便主动说道：“我去前院休息，你们聊。”

“好。”

顾母看着悬颂离开，又是一阵怅然。

她呢喃道："长得好，家世背景好的，也是好的……这种男人从小便众星捧月，经历得多，眼界开阔，经得住外界的诱惑。"

顾京墨在一边回答："他啊……性格特别难相处，也就我忍得了他。"

顾母依旧一脸的忧愁。

她只陪伴了顾京墨的童年，死后浑浑噩噩了不知多久，再次见到女儿，女儿已经这般大了，身边还有了伴侣。

她错过了顾京墨的韶华之期，仿佛错过了全部。

她担心一切，她怕女儿一个人长大，没人教导她该如何处理感情，她懵懵懂懂地遇到一个人，便陷进去了。

她怕女儿日后受了委屈，也无处去说，她这个做母亲的也没办法给她撑腰。

她怕女儿再次孤身一人，像顾京墨这种经历的女子，最怕的就是再次一个人。

于是，她决定，她应该唱一次黑脸，告诉顾京墨一些事情。

"男人这种东西不要指望太多，不要将你所有的情绪和未来都寄托在他的身上。感情就是一道沟，男人是沟里的刺，你跌进去了总会被男人伤到。"

顾母说完，被楠绣推了一把："顾姐姐，你说这个干什么啊，人家两个人感情挺好的，还要成亲了。"

顾母叹了一口气："我只能出现这么一瞬，怎么知道他是好还是坏，我只能告诉我的女儿，有个心理准备。我这辈子没什么见识，就是见识过不少道貌岸然的男人。"

楠绣赶紧对顾京墨说："顾姐姐经历得多，可惜见过的好男人少，所以才会存在这般偏见。我瞧着你的夫君不错，应该待你极好。"

顾京墨则是有点疑惑："娘，您这是把我当傻子了吗？"

"你还知道呢？"顾母说着，在她的眼里，顾京墨就是一个傻乎乎的孩子。

"不能啊，他要是敢骗我，我就杀了他。"

顾母停下手里的活，看着顾京墨又红了眼眶："我啊……陪你的时间太少了，再见面的时候你都这么大了，我未能教过你什么。如今也只能见你片刻，心中总是担心，却也没办法。

"日后若真是受了伤，也当是一场经历。败了叫爱过，赢了叫天长地久。感情啊，有了就当是锦上添花，没有也可以自由自在。它不是女人的全部，它是消遣，是生活的添头。你自己好，才是我们想要的。"

顾京墨认真点头："嗯！"

顾母生前是个话少的，如今也絮叨起来："生活也是，千金万金，不如身体要紧。只有身体健健康康的，人也快快乐乐的，那才叫日子。身体不如意了，日子就成了煎熬。你也莫要为了钱财累坏了自己，知道吗？"

顾京墨态度极好：“嗯，我前阵子丢了好多东西，还是过得快快乐乐的，这点您就放心吧。”

“人生在世，也该广交好友，你要相信很多人的心都是善的，我们不求他们表现出多少善意来，我们只要保持自己的那颗心是干净的就好。你若是干净热情的，你的友谊也就来了。”

“嗯！”

经过一番努力，顾母和楠绣为顾京墨做了一碗长寿面，还放了鸡蛋。

顾京墨捧着这碗面，拿起筷子来吃了一口，明明因为作料不足，味道寡淡，她却觉得这是世间最美味的食物。

顾母看着她吃面的模样，叹道：“这长寿面做得不是时候，也不知你过了多少个生日了。”

“我今年二百三十四岁了，这不，长寿面都补上了，够了！真给我二百多碗我还吃不下呢。”

顾母和楠绣都非常惊讶，楠绣惊呼：“能活这么多年吗？”

顾母也是目瞪口呆：“二百多岁？我还当你二十多岁。”

顾京墨指了指在一旁静坐的悬颂：“他比我年纪还大呢。”

她能够猜到，悬颂不愿意说，定然是比她年纪大，只是具体大了多少她猜不到。

她又吃了一口，抬头便看到母亲和楠绣的身体逐渐变得透明。

她的动作一顿，看到悬颂走到她身侧，她终于意识到，她们重聚的时间要结束了。

楠绣看着顾京墨，努力忍着眼泪：“你要好好的。”

顾母也在强撑：“莫要伤心，你开开心心的，才是我最想要的。”

顾京墨重重点头，随后抬头看向顾母：“娘……我那时那句话……”

“娘不怪你，你啊……本该是凤凰。”

“不，娘，我就是您的女儿，您是最好的母亲。”

顾母笑了笑，终究是什么也没再说。

悬颂看着她们，说道：“我会照顾好她的。”

顾母终于看向了悬颂，说道：“有些东西，不是靠说的。”

“我懂了。”悬颂很快明白过来。

顾京墨看着面前的两个人逐渐消失，手里还捧着那碗热腾腾的长寿面。

她咬了一口荷包蛋，里面的蛋黄是松软的，中心还有些许蛋液。

蛋吞下去了，眼泪却忍不住了。

细雨淋着枝丫，双燕落在棚下，绵柔的雨滴淅淅沥沥，时刻未停。

屋舍门未关，柔风吹进屋舍，吹动了悬颂的衣摆，带进了一丝凉意。

他缓缓坐下，陪着哭泣的女子，看着她将长寿面的汤都饮尽。

“悬颂……”她突然捧着空了的碗叫道。

“嗯，我在。”

“现在的我，会让她们失望吗？”

“你是她们的骄傲，你做得很好。”

黄桃一直躲在角落，后背靠着墙壁，笨拙的小黄狗不知道该怎么安慰人，便一直没有出来。

因为她哭得比顾京墨还厉害，这个模样怎么可能去安慰别人？

她知道顾京墨的这一生究竟有多苦，她心疼顾京墨。

顾京墨扬起头来，眼泪顺着脸颊滴落，她开始期待下一次相见：“悬颂，成亲那天，我要穿得好看一点。”

“好。”

“我要五礼六书七个轿子。”

“好。”

二十二

顾京墨和悬颂、黄桃三人最终还是去了一趟人界。

清明时节，柔雨连绵，烟柳拂轻舟，芳草青青映红药。

来自东南的风像断了弦的乐，带走梢头嫩萼。

顾京墨带着悬颂去寻找母亲剩余的遗骨。

悬颂凭借自己独有的法术，可以助她寻到顾母的全部遗骨。母亲尸骨不全这件事一直是顾京墨这些年里心头的刺，今日才算是拔了出来。

她拼凑完整的不仅仅是母亲的遗骨，还是她此生的遗憾。

顾京墨将母亲全部的遗骨，放入了一个储存法器内。

她看着遗骨上被野兽啃食过的痕迹，触碰时指尖都在微微发颤。

耗时一个时辰，他们将遗骨收集完整。

顾京墨用法器将遗骨复原成原本的模样，齿痕消失，再用储存法器密封，最终捧着法器去了墓地。

这二百年间，顾京墨时不时便会来人界一次。

想她们了，便来拜祭。

这也使得三人的墓很新，墓碑是顾京墨重新定做的，乃是修真界上等的安魂石。

这种石碑能够安抚墓中魂魄，还能驱赶周围的兽虫，让它们不会靠近这处墓穴。

顾京墨还在墓周围布下结界，这结界就连化神期修者都很难破解。

以此，保证三人的安稳。

悬颂用极为恭敬的方式开了顾母的墓，将其余的遗骨放入其中，再重新埋好。

黄桃则是全程都在默默地帮忙，清理周围的杂物。

顾京墨摆上了一些祭品，盘膝坐在墓碑前："小时候我特别讨厌你喝酒，没承想现如今，我也挺喜欢喝酒的。"

她说着，往母亲墓碑前的酒杯倒上了酒，又为自己倒了一杯，轻轻碰了那个酒杯，接着一饮而尽。

她又往楠绣的墓碑前放了些糕点，最后往小师父的墓碑前放了整整四坛子酒："知道你是酒鬼，给你准备的最多，要一起来喝吗？"

顾京墨指着小师父的墓碑，问悬颂："她的魂魄能招来吗？"

"可以。"

悬颂依旧是双手捏出指诀，最后道："魂归。"

话音方落，一道人影便出现在了空地处。

不同于顾京墨记忆里一身邋遢的模样，此女子一身红衣，青丝如墨，竟然是面容姣好的女子。

想来，这是她原本在修真界时的模样吧。

女子看到这三人有些意外，她看向顾京墨："哟，长大了？"

顾京墨回答得也极为坦然："嗯，找你喝酒来了。"

既然是修炼过的人，便无须解释了。

女子笑了，走过来蹲在了自己的墓碑前，看着墓碑上的字，这画面着实诡异。

顾京墨突然一阵心虚："我没刻错字吧？"

"没有，我还算是你的恩师了？"

"这是自然。"

女子没再去看墓碑，而是伸手拿起了酒坛，跟着顾京墨一起盘膝坐下，询问："魔尊收你为徒了？"

"没错，不过他老人家现在已经飞升了，我才是现在的魔尊。"

"这魔尊做得有些吃力吧？"

"你怎么知道？"

"若是像你师父那般风光，你身边至于只有两个人？"

顾京墨倒是不在意，跟着喝了一口酒，又问："我一直不知道你叫什么呢，什么名号？"

“你师父没和你说？”

“没说，怎么，你是他老相好？”

“不是，他杀了我夫君。”

这个回答着实让顾京墨意外，她不由得震惊，一时间竟然没有说出话来。

女子转瞬间便将一坛酒饮尽，接着说道：“我名叫易何宛，我的名号和夫君并称，名为并蒂双刀，我们二人皆以体术见长，配合时皆用双刀，招式独特，让人无法招架。可惜……那混账鬼迷心窍，跟了六道帝江……”

顾京墨第一次听说这些，不由得放缓了喝酒的速度。

易何宛继续说了下去：“我的夫君殒了，我不恨魔尊，但是我依旧难过……我浑浑噩噩多年，最终落得被仇家追杀，只能避到人界来的境地。以前，魔尊说如果恨他，可以找他寻仇，我没有，我唯一一次联系他，就是希望他能收你为徒。他是一个好人，一个让人信服的魔尊。”

顾京墨跟着点头：“我师父的为人极好，我不及他分毫。”

易何宛指着自己的墓碑道：“别刻我名字，我怕我仇家的后人把我的墓刨了。”

“我在周围加了结界。”

“易何宛这个名字……是和习焕亭并列的，若是只有一个，也没必要提及了。就是这个字，着实不好看。”

悬颂只能走过来，道：“我来刻字，你想要什么字？”

易何宛很快来了兴致，和顾京墨并排蹲在墓碑前，指挥悬颂如何刻字。

悬颂的手指抹过墓碑，石碑上的字便瞬间消失，之后再用手指抹过，新的字迹出现。

他的字和他这个人一样端正，笔锋锋利，笔底生花。

易何宛终于满意了，对顾京墨夸赞道：“你这个伴侣的字着实不错，你跟着学习学习。”

“我不擅长这个。”

顾京墨和易何宛的再次相见，要比和顾母、楠绣见面轻松许多。

二人就像是许久未见的故友，说说这些年魔门的变化，再说些有的没的，时间过得也快。

顾京墨对她笑着道：“过些日子我成亲，会招你来的。”

“死人参加喜宴，吉利吗？”

“你必须来。”

“成，去去去。”

易何宛消散于天地间时，顾京墨带来的酒也喝得差不多了。

顾京墨收拾了东西，终于在墓前恭恭敬敬地跪下。

地面没有蒲团，她只能跪在地面上。

悬颂没有迟疑，跪在了和她并肩的位置。

他辈分极高，外加从小身份尊贵，许久未曾跪过谁，但是顾京墨在意的人，他理应跪拜。

黄桃也规规矩矩地跟着跪下，和前面二人一起，非常郑重地磕了三个头。

顾京墨起身后，看着三块墓碑许久，终于带着二人离开。

青草依依，池面荷叶三三两两，池边蛙鸣一声两声……

轻风穿林击绿叶，林中三人慢慢行。

仙界有一处僻静的地带，名为雪半。

此处常年冰寒，一年之中，有半数时间都在落雪，天气变化莫测，灵气也不算丰厚，绝非好的修炼地界。

但是这里对于初静仙尊来说却是静养的好地方。

她在帮顾京墨做证之后，回到缘烟阁后便辞行了，孤身一人来到了这里，寻了一处洞府，一个人修缮，再布置。

站在雪地里，看着这处安静的洞府，她一阵轻笑。

这就是她日后落脚的地方了。

她留在了雪半，时而闭关修炼，时而出来狩猎，这样能得到些灵兽的皮毛，更好地度过寒冷的夜。

她储备了取暖的法器，今日才想到了固定在哪里，才能更好地暖和整个洞府。

她第一次体验到，原来将法器布置在了满意的地方，都会让她一阵喜悦。

最近的开心，都来得很轻易。

意外出现在妄蛰仙尊来的那天，她站在雪里静静地看着他，温声说道："你不必觉得愧疚，你对我很好，我也不想成为你心头的刺，你我分开我不怨的。"

"我和门派说过了，完成了未来几年的任务，我要在这里陪你。"

"不必……"

"我意已决，我绝对不会离开你，不是因为愧疚，不是出于道义，只是因为爱你。"

初静仙尊看了妄蛰仙尊许久，心终于柔软下来。

她没有让妄蛰仙尊离开，她倒想看看，他究竟能在此处留多久。

可惜……

她没能等到。

蒙面人的到来，让她到死，都没有确定妄蛰仙尊会不会离开。

但是，蒙面人让她知道了，那个男人会挡在她的身前，一次次反抗，不放弃一丝机会地保护她。

这个男人，会为了保护她甘愿舍弃生命。

妄蛰仙尊没有骗她。

他是真的爱她。

可惜……是用死亡来证明的。

他们二人皆不是蒙面人的对手，就算联手都未能伤及对方分毫。

初静仙尊突然痛恨，自己为什么要选择这么偏僻的地方，让他们在遇险的时候叫天天不应，叫地地不灵。

她无力地躺在地面上，看着蒙面人吸干了妄蛰仙尊的修为，化为自己的修为。

“妄蛰！你放开他！你个混账，你不得好死——”她的眼泪汹涌，声嘶力竭地喊着道侣的名字，却无能为力。

最终，妄蛰仙尊倒下了，目光里带着不甘。

他没能保护好他心爱之人。

“夺灵术……你练了夺灵术？”初静仙尊难以置信地问。

蒙面人活动着关节，狞笑着朝着她走来，用低哑的声音回答：“我本不想学这门功法，义父教给我多年，我都没有学习，都是你们逼我的。我本来以为我能杀了顾京墨，但是你坏了我的计划，所以……你们都得死！我还要你看着他一点一点地被我杀死，这样才痛快。”

夺灵术，六道帝江成为狂魔就是靠这门功法。

现在，这个修真界又有人练了这门祸害人的功法，注定会大乱。

她和妄蛰仙尊的死亡，恐怕只是一个开始。

蒙面人再没有犹豫，伸出手来，吸走了初静仙尊的修为，将她杀死。

吸完二人的修为，蒙面人明显感觉到自己的修为又精进了不少，不由得一阵喜悦。

洞府外，另外一人说道：“他们的本命灯已经处理好了，缘烟阁不会有人发现他们已经殒了。”

“处理好这里，必要的时候再把尸身拿出来。”

“怎么做？布置成是顾京墨杀的？”

“不，现在修真界已经知道了顾京墨的事情，顾京墨没有理由杀他们。”

“那……”

“丁臾。”蒙面人说完笑了起来，“要么，她们二人离心，要么，顾京墨护着丁臾跟正派对立，他们都别想好。”

洞府外的人跟着笑了起来：“好。”

他们二人带着尸身离开，洞府内的照明法器和取暖法器还在运转。

洞府内的皮毛毯子只制作了一半，铺在了桌面上。

暖融融的洞府内，还放着妄蛰仙尊从溯流光谷求来的抹去记忆的药物，可惜他犹豫了，最终没有给初静仙尊服用。

雪半恢复安静，纷纷暮雪掩盖了洞府外的脚印。

空气中散着清雅的梅香，梅花在雪中傲然绽放，胜出雪的三分白。

洞府依旧是家的样子，是初静仙尊向往的样子。

天地出版社 | TIANDI PRESS

酒

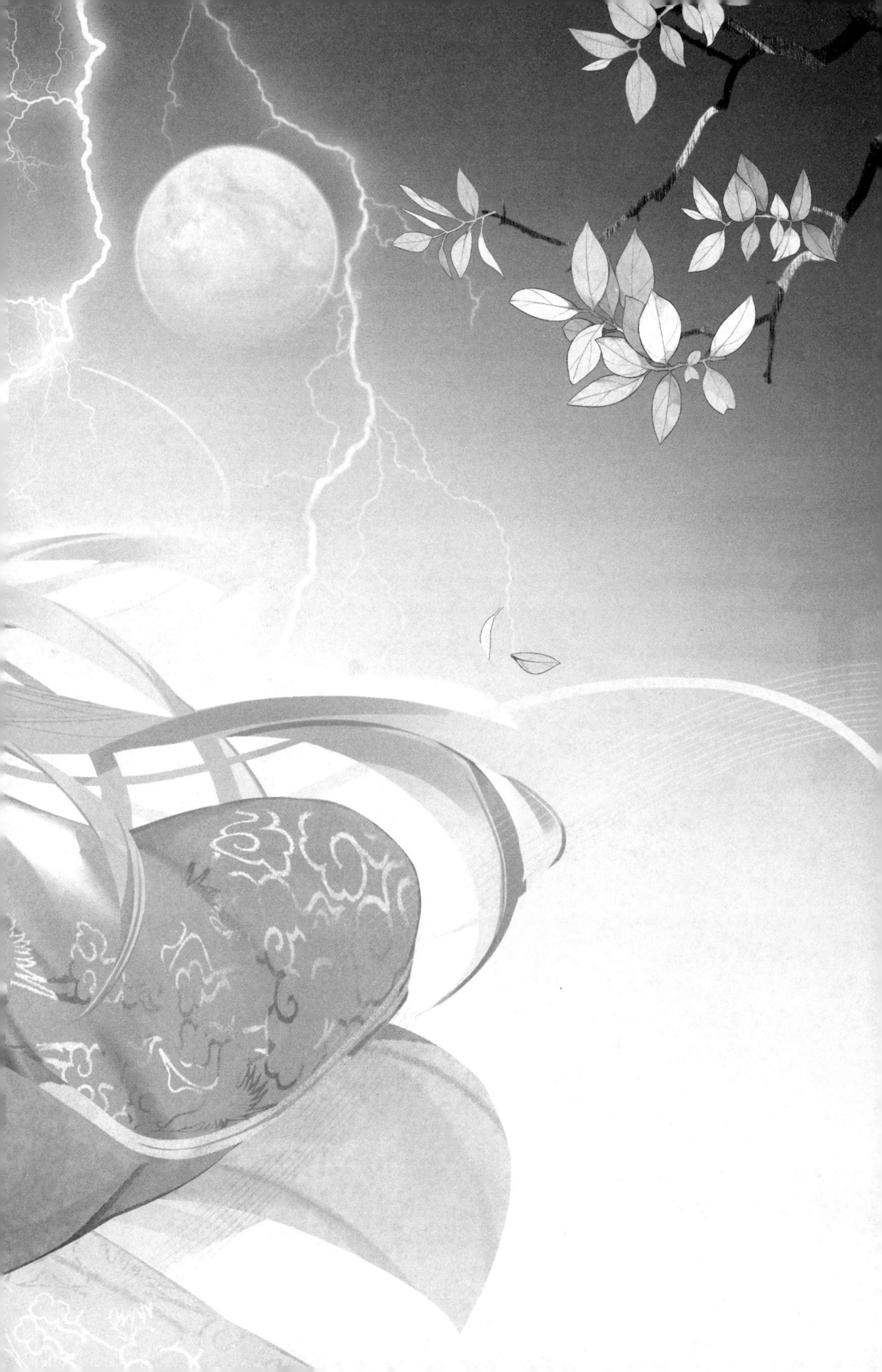

第四幕 囚车公子

一

青佑寺。

梅香疏淡，枝干落来迎春鸟，鸣叫山桥间。

山间远远的围墙，林中隐隐的屋檐，周围花繁蝴蝶乱。

禹其琛带着木彦、明以慢快步上山，三人都有些紧张。

他们三人在调查完顾京墨的事情后，回到缘烟阁又迎来了几轮的盘问，并且在师尊的洞府中，详细写了经过。

本以为这样就结束了，没承想，最后一次传唤他们的，竟然是迦境天尊。

他们从未想过，他们这么低的辈分，有朝一日能见到老祖。

本已经很合规矩的三人，此刻也乱了阵脚，临走时还特意去请教了门中长辈，见迦境天尊需要遵循什么样的礼数，生怕惹迦境天尊不悦。

青佑寺内禁止御物飞行，他们也不敢动用轻身术，只能规规矩矩地翻山越岭，走过长长的阶梯，才到了迦境天尊闭关的住处。

这里近乎与世隔绝，静谧的山林中，只在山腰处有这么一处建筑，看着寡淡无奇，偏住着大人物。

三个人行礼后，被伺候天尊的弟子引入屋舍中。

木彦跟在引路弟子身后规矩前行，偷偷传音问："悬颂之前就是在这里侍奉的吧？"

禹其琛紧张得不行，赶紧提醒："老祖能够听到我们的传音，你莫要冒犯了。"

木彦再不敢出声了。

走过长长的辇道，他们终于到达了迦境天尊的房间。

三个人进入后便不敢抬头，到了合适的地点跪得恭敬："弟子见过迦境天尊。"

屋中无人应声，盘膝的人似乎没有听到他们说话，静坐不答。

三个人不敢再出声，跪得规规矩矩。

许久之后，木彦有些忍不住了，想看看迦境天尊是不是睡着了，于是抬头看了一眼。

偷瞄了一眼后，赶紧低下头，但很快意识到了不对劲，再次抬头。

最后，他干脆直起身子，直勾勾地看着迦境天尊，惊讶得眼睛都不眨。

禹其琛赶紧去拽木彦的衣摆，让他赶紧跪好，迦境天尊可是出了名的坏脾气，若是一个不规矩，怕是他们小命难保。

可是木彦居然不怕死地把禹其琛也拽了起来，让禹其琛去看。

接着，禹其琛也愣住了。

身边两个人的举动太过奇怪，引得明以慢跟着抬头去看，待看清薄纱半遮的人影后，也呆住了。

三名小弟子傻乎乎地看着盘膝坐在其中的银发男子，表情呆愣，许久未能回神，还当自己进入了梦境。

迦境天尊的屋舍非常简单，迦境天尊盘膝坐在内间的莲花宝座之上，似乎正在练功。

内间与外间之中，垂着白色薄纱，被风吹拂得时而扬起，时而落下。

这也让他们看得更加真切。

那银发男子，除了发色与衣着，模样跟悬颂一模一样！

不！

他们根本就是一个人，就连习惯性的坐姿都是一样的。

这时，盘坐的人终于睁开了双眸。

呆傻的三名弟子瞬间回神，重新跪拜，木彦更是紧张得一头磕在木地板上，发出重重的一声响。

紧接着便懊恼得咬紧牙。

悬颂垂眸看着他们三个，并未在意，只是开口问道：“认出来了，还跪？”

禹其琛首先回答：“弟子不敢不跪！之前不知老祖身份，多有冒犯，还请老祖莫怪。”

悬颂抬手整理自己的袖口，随口问道：“你们是怎么和门中的那群蠢货说的？”

蠢货……

老祖骂得对！

在老祖眼里，他们都是蠢货！

“谨遵老祖的吩咐。”禹其琛回答。

悬颂拿起了他们三人复述的文字内容，看完了之后又道：“还算聪明。”

“多谢老祖夸赞。”

“派给你们一个任务。”悬颂再次开口。

三人赶紧回答：“弟子领命。”

“你们去找顾京墨，想办法跟着她，我也会跟着她。你们需要做的，就是在我魂魄出窍后，保证顾京墨不会发现破绽，不能识破我的身份。”

这个任务让三人万分疑惑，木彦又抬头偷偷看了悬颂一眼。

悬颂居然跟他对视了，低声问："怎么？"

木彦赶紧跪安分："没！"

悬颂只能耐着性子跟他们解释："之后一段时间，我要去佛古窟破阵寻药。那里机关险恶，我也不能保证我能全身而退，说不定坐化假死的状态会增多，你们帮我防范着些，免得被她发现。"

木彦终于懂了，壮着胆子问："您是怕暴露身份，不可以留在魔尊身边继续调查她的事情吗？"

"也不全是。"悬颂不知要不要跟这几个晚辈解释，最终也只是回答，"我怕她闹着跟我同去，那里机关复杂，她太笨，容易迷路。"

三人都有些为难：他们能以什么理由跟在顾京墨身边？

难不成他们要穿着缘烟阁的门派服装，跟着顾京墨行走在魔门地界，甚至进入千泽宗？

木彦嘟囔道："魔尊的事情……不是已经调查得差不多了吗？"

"嗯，差不多了。"悬颂回答得倒是坦然，"我需要调理好她的身体，才能让她嫁进缘烟阁。"

三人都不说话了。

禹其琛额头沁出冷汗来，老祖要娶魔尊？娶？这、这、这岂不是会引得天下大乱？

这违背门规吧？简直大逆不道。

可是……按照悬颂的辈分，整个修真界都没人管得了他，他想娶谁就娶谁。

如果他们在一起是维护两界和平，是不是就能说得过去了？

明以慢倒是反应最为平淡的一个，之前就暗暗瞧出悬颂和顾京墨二人逐渐两情相悦，现在会走到一起也不奇怪。

如今，明以慢对顾京墨的印象极好，心中仍旧感恩于她，所以对于悬颂的决定，她是认可的。

只有木彦……

他整个人傻了一瞬，接着保持跪拜的姿势扭头看向禹其琛："啊？"

见禹其琛似乎知晓了此事，又探头去看明以慢，明以慢居然更不惊讶。

什么情况？

怎么回事？

发生了什么？

娶？

他们……啊？！！！

悬颂安排完了之后，小声道了一句："我要回魂到她们那边了，目前在沙林坡附近，速来。”

说完，重新闭上双眸，进入了打坐调息的模样。

三个人赶紧行礼：“谨遵老祖法旨。”

接着，三人退出房间。

离行时，三人都是傻乎乎的模样，木彦更是丢了半个魂。

年纪轻轻的他，一瞬间承受了太多……

惊归惊，慌归慌，老祖的命令得照做。

三人御剑到达沙林坡时，依旧未能想好以什么理由跟在顾京墨身边。

三个人在镇子口还在商量如何解释，偏巧遇到了刚刚赶来的云夙柠。

云夙柠看到他们三人颇感意外，下了佩剑问道：“禹师兄、木师兄、明师妹，你们怎么在这里？”

三人赶紧回答：“来寻魔尊。”

云夙柠看出三人慌乱的神色，又问：“调查的事情不是已经结束了吗？难不成缘烟阁依旧不肯相信魔尊？”

木彦赶紧否认：“不不不，是私事。”

云夙柠只能说道：“我也要去寻魔尊他们，一同前去吧。”

三人只能跟上。

一行四人到了顾京墨的住处，黄桃正提着酒往洞府走，看到他们很是惊喜，问道：“你们怎么一起来了？”

缘烟阁三人依旧答不出。

黄桃虽然纳闷，却还是带着他们进了院中，说道：“魔尊，魔尊，缘烟阁的小弟子也来了。”

顾京墨正和悬颂坐在院中，看着地图，商议该如何去调查可疑的地点。

就在今早，顾京墨才得到消息，在这附近见到过蒙面人的行踪，他们打算过来探查一番，不能总是坐以待毙。

缘烟阁三人如今知晓了悬颂的身份，下意识就要跪拜行礼，又硬生生忍住了，只是客气问好：“晚辈见过魔尊，悬颂师兄。”

顾京墨伸手接来酒坛，随口问道：“你们三个有什么事吗？”

“有……有……”禹其琛不会说谎，紧张得额头冒汗，因怕被发现，硬是忍着没有擦。

“什么事？缘烟阁派你们来的？”

“不……不是……”

“嗯？”顾京墨看着他的状态，大为疑惑。

明以慢也是急得不行，用手偷偷拽木彦衣袖。

木彦情急之下，脱口而出："禹师兄对云姑娘念念不忘，特意前来……追求！"

禹其琛惊讶得身体一僵，看向木彦时连长期保持的温柔模样都没有了。

木彦却视死如归似的，挺直了胸脯，再次重复："禹师兄来时还说，此生非云姑娘不娶！"

明以慢也只能跟着说道："没错，我们也支持禹师兄。"

一瞬间，场面变得颇为精彩。

云夙柠脸色阴沉，看着禹其琛的目光冷漠，甚至暗藏杀意，似乎下一刻就要出剑将他们赶出去。

黄桃惊讶不已，指着自己问："我？！"

接着赶紧扭头跟云夙柠说道："我没！我不会的。"

解释完了，又跟禹其琛说："我不行的，我不能成亲的。"

顾京墨却突然笑了起来，拽着黄桃到自己身边："不错呀，小禹为人还是可以的。"

接着，她对禹其琛道："以前我怎么完全没看出来你有这个心思？"

禹其琛处于骑虎难下的状态，只能硬着头皮强撑着回答："晚辈也是刚刚知道。"

"啊？"顾京墨一怔。

"晚辈紧张……口不择言，还请魔尊海涵。"

缘烟阁三名弟子表情凄苦地看向他们的老祖悬颂，却见这个一向清冷的男人，居然"扑哧"一声笑了。

这个老祖坏得很！

他幸灾乐祸！

二

缘烟阁三名弟子来了之后，黄桃很是慌乱，她第一次遇到这种事情，不知该如何处理。

她该怎么处理，才能既保全禹其琛的颜面，又能让禹其琛死心？

她从未想过嫁人的事情，毕竟她用的不是自己的身体，她不能让任何人冒犯小主人的身体！

她想跟顾京墨求助，却见顾京墨格外开心，笑得比自己抓到了小和尚还开心。

顾京墨私底下还单独传音给她："试试！双修两次看看行不行！别害羞啊，你看小禹多白啊，白白嫩嫩的，人也温柔，就是有些瘦……"

她又羞又恼，干脆不理顾京墨了，扭头回了房间里。

禹其琛似乎想要跟黄桃解释，最终还是忍下了，等再寻一个更好的机会，免得被顾京墨发现蹊跷之处。

好在他们三个人终于能够顺理成章地留下了。

晚间，禹其琛在院落里徘徊，总想寻黄桃说清楚，不想因为师弟的谎言，欺骗了黄桃的感情。

正在纠结，便看到云夙柠朝他走了过来，到了他的面前站定，随后直截了当地说道："你和她，不可能的。"

就算在干燥闷热的沙漠地带，云夙柠依旧清冷如皓月，说出来的话也带着不容置疑之感。

禹其琛也是敏锐的人，能够感受到云夙柠眼中的厌恶，他不可能认可自己做他的妹夫。

禹其琛一怔，正要开口解释，便看到黄桃风风火火地跑了出来，按住了云夙柠的手。

云夙柠的袖子里不知道藏了多少种毒药，每一种都不是闹着玩的。

轻则失忆，重则没了七情六欲。

黄桃紧张地开口："哥，我单独和他说吧！"

云夙柠的语气稍有缓和，目光清冷地看向她："你想怎么说？"

"实话实说。"

"可……"

"纸是包不住火的，而且他人不坏，魔尊的事情也配合得很好。"

云夙柠沉默了半晌，只能同意："那你们二人去说吧，实在不行还有我。"

"好！"

黄桃赶紧拉着禹其琛的手腕往里间走，却听到云夙柠一声怒喝："松开！"

黄桃赶紧松开了手，指了指："这边。"

禹其琛也被那声怒喝吓了一跳，下意识跟着点头："哦。"

黄桃带着禹其琛到了自己的洞府，进门前黄桃特意探头看了看云夙柠有没有跟进来，这才关了门，转身看向禹其琛。

禹其琛轻咳了一声，故作镇定地开口："云姑娘，此事……"

"你等一下！"黄桃当即打断他，"我是不能成亲的，不能做你道侣的。"

"哦……"禹其琛跟着点了点头，"其实我……"

"不信我给你看！"黄桃说着，开始解自己的衣衫。

禹其琛被黄桃的举动惊得怔住，赶紧抬手阻拦："云姑娘，万万不可……你……你别脱，我不是这个意思。"

“你先转过去。”

“呃……”禹其琛有些不解，不由自主地听话转身，“我转过去了，你就不脱了？”

黄桃却朗声回答：“脱啊，但是你转过去就看不到了。”

禹其琛整个人都是蒙的：“可……为何？”

“哎呀，你看到就知道了。”

“我不能看，你、你自重！”

黄桃觉得这个人太过奇怪，扶着他让他转过去。

待禹其琛转过去后，黄桃继续解自己的衣服，紧张得禹其琛脸颊通红，心脏狂跳。

他这些年间，第一次遇到这种事情，慌乱不已。

男女授受不亲，这孤男寡女共处一室，她居然还在解衣服！

这、这、这可怎么办才好？

黄桃却很自然，说道：“衣服得脱了，变身衣服才不会坏……好了，你转过来吧。”

“不可不可……”

“汪！”

“……”禹其琛听到犬叫声不由得一怔，难以控制地回过头去看，却见黄桃的衣衫散落在地，还有一件披在了一条黄狗的身上。

他一惊。

先是看了看黄狗，又去看室内其他地方，未见黄桃的身影。

黄狗睁着圆溜溜的眼睛看着他，居然用人言道：“你看到了吧？我是黄狗！”

是黄桃的声音。

禹其琛：“……”

人已经傻了。

黄狗抬起一个爪子示意：“好了，你转过去吧！”

禹其琛身体木讷地转过身，还没回过神来，便看到黄桃一边整理衣衫，一边走到了他身前。

她笑着跟他解释：“我原本是一只灵兽，后来夺舍了小主人的身体才成为半妖的。这个身体不是我的，我不能用这个身体成亲，所以我不能和你在一起！”

禹其琛整个人都傻了，原本还想跟黄桃坦白自己的用意，希望黄桃也能配合他，让他能留在魔尊身边。

此刻，却被惊得一句话说不出。

先是被黄桃拒绝了，接着知晓了一个骇人听闻的秘密，他有些缓不过来。

他看到黄桃一脸认真地拍着他的肩膀：“我们做不成道侣，可以做兄弟呀！不对……我们可以做兄妹的，人兄狗妹也不错！”

禹其琛呆愣愣地点头："哦……"

"你听懂了吗？"

"嗯。"

黄桃当即点头："嗯！以后别叫我云姑娘了，我总是反应不过来，你叫我黄桃吧。"

"好。"

黄桃觉得，自己解决了一件大事，当即雀跃不已，打开门跑出去对云夙柠说："哥，我处理完了！"

禹其琛跟着她浑浑噩噩地走了出来，对云夙柠行了一礼："耽误二位时间了，在下告退。"

说完转身离开。

云夙柠看着禹其琛离开，接着看向黄桃，担心黄桃会因此伤心难过。

谁知，黄桃睁着圆溜溜的眼睛，期待地看着他，若此刻她是黄狗的状态，定然在努力摇晃尾巴，等待云夙柠夸奖她。

云夙柠怔了一下，确定了黄桃非但没有失落，反而觉得自己完成了一件了不起的事情。

他终于轻笑出声，将衣袖中十余种药瓶收起来，抬手摸了摸黄桃的头："做得不错。"

"嗯！"

黄桃得到夸奖后，突然往后退了一步，躲开了云夙柠。

云夙柠尚且没有反应过来，黄桃便再次恢复了拘谨且惧怕他的模样，对他说道："那我回去了。"

"嗯。"他低声应了一句。

看着黄桃如释重负地跑远，云夙柠才反应过来，他和黄桃始终无法像真正的兄妹一样自然地相处。

黄桃刚才那些举动，不过是为了让他放心。

其实如果黄桃真的有了心上人，他和云氏夫妇都不会阻止，甚至会希望她幸福。

他们只是想让她能遇到真正合适的人，在一起之后不会遭受委屈。

他该怎么解释呢……

是时候找个机会和黄桃好好谈一谈这些事情了，他们之间的误会，他不知要过多久才能消除。

应该可以挽救吧。

禹其琛在第二天依旧未能回过神来。

木彦和明以慢心中有愧，自然不敢多言，都绕着禹其琛走。

今日也是一样，干脆躲进各自的洞府里。

禹其琛一个人坐在院子的角落，看到顾京墨朝着他走了过来，坐在了他的斜对面。

他一直惧怕的老祖，则像顾京墨形影不离的小尾巴，跟在顾京墨身边。

顾京墨去哪儿，他去哪儿。

顾京墨看了他一会儿，似乎有所猜测，问道："被黄桃拒绝了？"

禹其琛下意识地点头："嗯。"

顾京墨大手一挥："正常，她的心性还很稚嫩，一时间接受不了也是正常的，毕竟你们的年龄差距比较大。"

"年龄差距很大？"禹其琛很诧异。

顾京墨将手臂搭在栏杆上回答："对呀，她变成人才十五年，按照人类的算，也就十五岁吧。"

"这……"年龄差距，确实有些大。

"她还是个小孩呢，你已经很大了，他这个年纪叫什么来着？"顾京墨指着禹其琛问。

悬颂温声回答："耳顺之年。"

"对，都花甲老人了。"

禹其琛很是为难，努力为自己辩解："二位，我是金丹期，有三百岁的寿元。"

顾京墨却给予他重击："可你就是六十多岁了啊。"

想了想又问悬颂："你家祖师爷，那个迦境天尊应该叫什么之年？扛棺之年？"

悬颂不想理她。

禹其琛不敢回答。

这个时候黄桃慌忙地从里间跑出来，朝着顾京墨问："魔尊，你把我的腊肠吃掉了？"

"嗯，昨天喝酒，我便当下酒菜吃了。"

黄桃气得音量都提高了些许："你怎么能吃得一点不剩呢？"

顾京墨被问得万分不服气："再买嘛！"

"可是这是在沙漠，周围哪里有呀！"

"那给你买点别的。"

黄桃还是非常不高兴，扭头不理顾京墨了，嚷着去找云夙柠了："哥！魔尊把我的腊肠全部吃完了！"

云夙柠也很为难，走出来翻开自己的百物锦，取出一个玉瓶来："这个丹药是甜的，要不你吃这个解馋？"

黄桃还真的拿起玉瓶仔细看了看："这个药是做什么用的？"

"毒药，不过你可以放心，过会儿我可以给你解毒。"

"我不要！我要腊肠！"黄桃彻底哭了起来，擦着眼泪回了自己的洞府。

顾京墨这边还挺不服气的，跟悬颂嘟囔："不就几根腊肠？她居然跟我发脾气了，真的是越养脾气越大。"

说完，也跟着起身往自己的洞府走，进去便不出来了。

禹其琛看得目瞪口呆，显得有些手足无措，问悬颂："需要劝解几句吗？"

悬颂摇了摇头，他看过这二人的记忆，这种事其实是常态，司空见惯了似的回答："不必，她们二人生气的时间不会超过半个时辰。"

果不其然，不出一刻钟的时间，顾京墨便又出了洞府，坐在了院中心的石椅上，故意高声说了一句："我们出去玩吧。"

等了片刻无人应声，云夙柠只能跟着配合："好，等我整理一下东西。"

云夙柠捧着自己的药材往回走时，看到黄桃探头出来问："哥，你们要去哪里？"

"我还不知道，你去问问魔尊？"

黄桃噘起嘴来，也不过去，却想出去玩。

顾京墨回头看了一眼，忍着笑，朝院外丢出了一个东西："呀，卷轴被风吹走了。"

紧接着，便看到一道鹅黄色的身影疾驰而过，"咻——"一下子便到了院外。

黄桃捡了卷轴便兴致勃勃地回来给了顾京墨，刚要等待顾京墨夸她，才想起来她在和顾京墨生气，于是丢下卷轴就走了。

顾京墨拿起卷轴，再次丢出院外。

黄桃根本控制不住自己的身体，出于本能快速地跃了出去，捡回了卷轴。

捧着卷轴到顾京墨面前的时候，她才意识到自己被骗了，赶紧把卷轴丢给了顾京墨："给你！大坏蛋！"

顾京墨拿着卷轴轻笑，问："出去玩啊？"

黄桃的脚步一顿，随后停下来问："去哪儿呀？"

"买腊肠去。"

黄桃面容一喜，又很快陷入了为难的境地里："可是最近的坊市距离这里好远呢……"

"我有佩剑了。"顾京墨取出了续零剑。

"好！"黄桃当即兴奋起来，乐呵呵地跟着顾京墨上了佩剑，去最近的坊市了。

禹其琛看着她们二人离开，不由诧异："悬颂师兄……"

"云夙柠知道我的身份。"

"哦，老祖，她们二人这样离开没有问题吗？我们不是要去调查蒙面人聚集的地点吗，为何迟迟不去？”

悬颂站起身来，懒洋洋地吹着风，任由沙漠里带着沙砾的风吹拂他的发丝：“我们怀疑那里是那群人特意透露出的位置，其中可能会有埋伏。所以我们决定让他们再等等，我们心情好了再去。”

“居然是假消息？我们完全没调查出任何东西吗？这处境着实艰难。”

“有，李辞云和南知因去了。”

那群人至今还不知，李辞云和南知因会帮顾京墨，所以不会有所防范。

他们留在这里吸引那群人的注意，另外一边也在行动。

悬颂回答完，便吩咐道：“盯着点，我要去佛古窟了。”

说完朝着自己的洞府走了过去。

“好！”禹其琛立即回应道，知道他的任务来了。

云夙柠炼制完一炉丹药后出来，便看到三名弟子守在悬颂洞府门口，叹气道：“你们这样太明显了，不如坐下来喝喝茶。”

三人赶紧松懈下来，装出坐在院落里晒太阳的模样。

云夙柠难得好客，问：“新炼制的毒药，要尝尝吗？”

禹其琛干笑：“云兄客气了……”

三

佛古窟，乃是佛家禁地。

佛门修者一向不问世事，不染红尘，但当修真界出现了百家无法处理的棘手事情时，佛门也会出手相助，救世于水火。

佛古窟便是镇压魔物之地。

魔门收服的魔物，被前任魔尊镇压在了百魔录中，为己所用。

道家收服的魔物，有的被分给各门各派做了禁地的守护，有的也被镇压或者杀死。

佛门收服的魔物，便镇压在佛古窟内。

佛古窟内的魔物多是无法击杀的存在。

佛门出动大能修者，将其用阵法镇压，再用法宝送至佛古窟内。

佛古窟内自有小天地，其中阵法运转，多为净化而非囚困，也凸显了佛门的慈悲。

镇压在佛古窟内的魔物不会被拘禁在固定的空间内，它们可以自由移动，但是只要它们的移动触碰了禁制，就会经历一轮佛门的洗礼净化。

同时，两种魔物不能共处一个小空间，免得它们在其中争斗，或者拥有灵智的魔物商议一同逃离。

所以，其中禁制多且复杂，每一处都有不同，都是为了防止内中魔物逃离此处。

这也是导致外界的修者进入佛古窟内，会时不时碰触到禁制阵法的原因。

一般佛门修者进入传送阵，会被随机传送至一处，将镇压的法宝放下离开即可，并不需要闯阵。

偏悬颂要寻的潜血神莲生长在佛古窟内，却不知道具体长在哪里。他需要在佛古窟内到处去找，直到寻到潜血神莲为止。

所以他进入大阵后，有可能会触动禁制，被大阵内的禁制攻击；也可能遇到其中镇压的魔物，陷入一场恶战。

两重危险，就算他已到化神期巅峰也十分危险。

恒悟大师对悬颂单手作礼："还请迦境天尊三思。"

悬颂操纵着本体站在佛门大阵前，手中捧着布阵图认真地看着。

他知晓这是佛门圣物不得外传，于是慎重地表示："我意已决，同时，这份布阵图我只看三个呼吸的时间。"

悬颂屏息凝神，手中暗暗运转功法，手中的布阵图转瞬间幻化为一阵流动的符号，映射进悬颂的双眸内，接着进入识海。

仅仅三个呼吸的时间，繁复的布阵图便在他的识海中拼凑整齐。

他将布阵图交还回去，走到了传送阵前，客气地道："还请大师助我开启阵法。"

恒悟大师自然知晓，悬颂并非冲动之辈，过多相劝也是无用。

既然如此，他便没有阻拦，助悬颂开启了大阵。

片刻后，悬颂的身影出现在佛古窟内，他抬头打量四周。

这是一个密闭的空间，房间以鹅黄色为主，墙壁上是佛门壁画，壁画极为精美细致，可见画师功底极佳。

他看了看脚底的石板雕刻，又看了看壁画内容，没有迟疑，朝着其中一扇门走了过去。

推开门，外面是长长的走廊，前方是无尽的黑暗，延伸至极远处。

他隐隐感受到了魔焰，似乎躲在幽暗之中暗暗观察着他。

他没有停留，朝着黑暗走过去："我不知你是哪个畜生，我无意与你一战，你若是聪明些就躲起来，若是真想来送死，我也不会吝啬送你一个痛快，免得你在这大阵内轮回。"

那魔物听到他这般冒犯的话语，当即愤怒地冲了出来，然而到了悬颂身前不远处便停了下来，竖起浑身的毛看着他。

悬颂抬头看着那脑袋歪向一边的魔物，眼神淡然，和看壁画时的平静一般无二，竟然认了出来："哦，是我打过的畜生。"

它的脑袋是他打歪的。

“呜——”魔物呜咽一声，躲回了角落去。

谁知悬颂跟上了它，问道：“你可在这附近看到过潜血神莲？”

“呜——”魔物摇头。

“啧。”他果然没那么好的运气，不会一进来就找到。

魔物当即蜷缩成一团，还当是自己惹了悬颂，吓得瑟瑟发抖。

待看到那个暴力的娃娃脸一脸不悦地越过它，走向下一个房间，它才暗暗松了一口气。

这个人类长得好看，可是打它们的时候凶得很！

还是没头发的人类慈善些。

顾京墨和黄桃回来时带了不少东西，进院便喊道：“我回来了！还带了糕点，还有糖葫芦，来，你们几个过来。”

院中几个人纷纷伸手接了顾京墨的糖葫芦，接着面面相觑。

木彦和明以慢对视一眼，意识到他们似乎被顾京墨当成小孩对待了。

其实他们在人界的话，都是年长之人了。

平时这般给他们买糖葫芦的都是禹其琛，他们每每看到禹其琛那慈父般的模样，都无法拒绝，现如今……

算了，吃吧。

顾京墨左右看了看，问：“悬颂和小禹呢？”

木彦赶紧回答：“他们在一起讨论道法呢！”

“讨论道法？怎么讨论？商量怎么才能预防自己的鼻孔不朝天吗？牛鼻子的预防方法？”顾京墨一边问，一边朝着悬颂的洞府走过去，似乎要给他们两个人糖葫芦。

木彦和明以慢赶紧拦住了她，木彦急急地道：“魔尊还是不要去了，他们讨论时不能被打断。”

明以慢跟着点头：“没错！”

“这样啊……”顾京墨只能去找云夙柠，“小云，你有储存法器能放糖葫芦吗？这里太热了，糖都要融化了。”

“有。”云夙柠取出了一个储存草药的盒子给了她，同时说道，“不要叫我小云。”

顾京墨笑了笑没回答，拎着酒回了自己的洞府。

院中的两名小弟子同时松了一口气，心中暗暗想着，老祖您可快点吧……

云夙柠跟着进入顾京墨的洞府，帮顾京墨探脉，出来后说：“她睡了。”

顾京墨的身体依旧不妥，现如今仍然嗜睡，短时间内不会发现悬颂那边的异样。

木彦松了一口气，听到明以慢问："魔尊她的身体……"他重新坐直看向云夙柠。

云夙柠看了他们一眼，并未回答，径直回了自己的洞府。

木彦当即挽袖子："医修就是被惯的，各大门派都捧着他们，所以他总是对我们这般不客气！"

明以慢本是个坏脾气，此刻倒是很淡定："应该是不愿意和我们说吧，我们并非他们信得过的人。"

"哦……也对。"木彦回过神来。

明以慢却看向了顾京墨的洞府，很是担心。

她知道顾京墨是在非常痛苦的情况下救了他们，她却无法减轻顾京墨的痛苦。

悬颂在阵中寻了整整六个时辰，依旧未能找到潜血神莲。

这里地形复杂，他又需要地毯式搜索，必须每个房间都走到，生怕错过一寸地界。

他在识海内标记了自己走过的房间，确定自己已经搜寻了足有四分之一的地界，仍旧一无所获后，不由得一阵懊恼。

难不成最近不是花期？

可是顾京墨的身体等不得了……

还是全部都搜寻完再说吧，最少也要确定幼株的位置。

他进入一个安全的密室，用法术封死门，让自己的本体在阵中打坐调息，神识回到了傀儡分身内。

睁开眼，便看到禹其琛紧张地守护在他身边，眼睛一直盯着他看，见到他睁眼后赶紧行礼。

这些呆傻的后生，不过是找他们做个遮掩，结果都做得这般不自然。

真该安排门派专门教教这群傻孩子怎么变得聪明起来。

他收了灵力，站起身来整理袖口，走到了洞府门口朝外看："她回来了？"

"嗯，睡下了。"

"睡了几个时辰了？"

"有四个时辰了。"

悬颂眉头紧锁，迈步出去寻云夙柠，云夙柠说："没有恶化，也没有缓解，她睡得多您不用担心，睡着了，她的身体还会舒服一些。"

悬颂沉默了半晌，又问："我需要在多长时间内寻齐药物？"

"只要您能持续提供那些极品药草，她可以一直维持现状，甚至偶尔还能去斗法，不是苦战即可。只是她身体的情况不能让她如以前那样自由自在。"

"云外丹会对她的身体造成什么影响吗？"

“这个丹药目前只有魔尊吃过，具体有什么影响我也在观察。不过我目前能够确定的是，它只具有起死回生的效果，却不能医好魔尊身上残余的伤。她的这些伤，是在天罚大阵内造成的。”

“除了丹药缓解，还有其他方法可以缓解吗？”悬颂继续问。

“这个……”云夙柠放下手中炮制的药草，迟疑了一会儿看向了悬颂。

悬颂被这个晚辈看得一阵不自在，不解地追问：“怎么？”

“她最大的问题是灵力倒转，这般逆转会刮过经脉，造成疼痛。”

“这些我知道。”

“所以……她若是不自燃了，你们可以亲近了……你可以帮她顺一顺……就是……你会吗？”

悬颂和云夙柠相对而立，二人皆站得笔直。

只是，悬颂第一次心中有气，却不能发泄出来。

云夙柠问得太过认真了，“你会吗”三个字太具冲击力，让他气血翻涌。

偏他回答不出。

因为……

他不会。

他活了一千九百七十九年，不但没双修过，连女子的衣袖都没碰过。

他的确不会用双修之术帮顾京墨理顺灵力。

云夙柠重新整理手中的药草，继续炮制药材，同时说道：“晚辈也没有过道侣，没有双修经验，若是家父家母在此处尚可指点前辈一二，可惜……”

说到这里叹了一口气。

悬颂：“……”

云夙柠，你为什么要叹气？！

“需要我给他们传去传音符，询问一下吗？”云夙柠又问。

悬颂：“……”

云夙柠看了一眼悬颂的眼神，识趣地闭嘴。

可偏偏他又叹了一声气。

悬颂只能转身出了云夙柠的房间，站在门口，突然在心里感叹，晚辈太聪明了也会让人不悦，他看这三个傻徒孙越发顺眼起来。

他吩咐道：“你们三个去买些酒来。”

木彦第一个起身：“一些是多少？两坛？”

“能让她不省人事。”悬颂指了指顾京墨的洞府。

三名小弟子一齐点头，出门的时候还在商量。

木彦问：“能不省人事是多少坛？”

禹其琛认真思考：“魔尊总喝，一定酒量惊人吧？”

木彦提议：“那就把附近酒家的酒都包了吧？”

明以慢点头：“好。”

四

悬颂站在院中，看着三个弟子从百宝玉内取出的酒坛堆放了半个院子，抬手揉了揉自己的眉心，顺便抚平额头绽起的青筋。

顾京墨看到酒倒是很开心，粗略地数了数后问：“你这是想明白了，想讨到黄桃欢心，得先得到我的认可？”

禹其琛意识到顾京墨是在跟自己说，赶紧解释：“不是的，我只是觉得魔尊爱喝，就多给您储备点。”

“这么多酒，应该把丁臾叫过来。”顾京墨说着，便打算传出去传音符。

悬颂当即抬手拦住了她：“别，她来了会引人注目，我们几个人在这里即可。”

“也是……”顾京墨说着，提着两坛酒便进了自己的洞府。

悬颂思考着，要不要将这些小辈赶走，免得他帮顾京墨调理时碍事。

后来仔细想想还是作罢，毕竟……他不能做得太明显。

他运功时，在顾京墨的洞府里布下禁制就好了。

于是，他跟着用控物术运了一坛酒，进入了顾京墨的洞府。

他进去时，顾京墨已经开了一坛喝了起来，看到他进来颇感意外。

他之前承诺过拜堂之前不会碰她，此刻又想来和她双修，实在有些说不过去，对此他颇为苦恼，难以启齿，于是只能牵强地解释：“我来陪你喝。”

顾京墨放下酒坛，看到他慢条斯理地取出了自己的酒杯放在了桌面上，抬手时还不忘记整理自己衣袖的位置，确定仪态端正后才倒了一杯酒，朝她敬了一下。

悬颂总是清冷的。

炙热的黄沙都无法融化他身上的那一层霜，如雪中孤松般，带着自己的傲气。

此刻他虽眼眸平和如无波之湖，却依旧正气凛然，根本不像只是喝酒的，而是有着“喝了这杯酒，我就带你去拯救苍生”的气概。

偏顾京墨喜欢他的眉眼。

眉梢与眉峰，眼眸与羽睫，星眸朗目，内含浩浩星辰。

许是酒的浓烈沾染了唇，让他的薄唇染了一抹嫣红，让他宛若冬梅般的容貌多了一丝热烈。

顾京墨单手撑着脸，看着他喝酒的样子，并没有一同喝，而是感叹："你喝酒时倒是怪好看的。"

悬颂抿了一口酒，停下来看向她，不解地问："为何这般说？"

"也只有好看了。"她说完，抬手拿起酒坛又倒了一杯酣畅饮下。

悬颂陪着她，将杯中的酒饮尽，便听到她再次开口："旁人喝酒时喜赏月、赏花、赏景，我赏你，你比花瓶好看。"

"花瓶？"

"嗯，要不你再把你的尾巴露出来摇一摇，给我助助兴？"

"……"

顾京墨还凑了过来，在他后腰的位置指了一下："尾巴是从这附近冒出来吗？"

悬颂被问得极为不悦，不愿回答。

谁知顾京墨还得寸进尺，将手伸到他的面前，命令道："握手。"

"这是何意？"

"我和黄桃就这么玩。"

"我和她不一样。"

"不都是半妖？你就是比她的尾巴多点，待千年后，我们黄桃也是九尾小黄狗！"

悬颂很想解释狐妖和狗妖的不同，不过具体不同在哪里呢？

品种不同？

在悬颂纠结的当儿，顾京墨已经将一坛酒饮尽。

悬颂跟着喝完了手里的一杯酒，低声道："我可以帮你顺灵力。"

"怎么顺？"

"就是……"他犹豫着不知该怎么说。

"黄桃！"顾京墨突如其来的一嗓子，让悬颂瞬间闭了嘴。

黄桃很是聪明，拎着两坛酒便进来了。

有黄桃在，本就心里有鬼的悬颂更加拘束，捧着酒杯一杯接一杯地喝，心中则在思考：双修是不是就是水到渠成的事情？

只要是封闭的房间，只有他们两个人在，他在双修的同时控制住自己，顺带帮她顺一顺灵力，应该并不难。

顾京墨就算容易害羞，也是魔门修者，还是魔尊，还有勇气抓他做药引，是不是就意味着顾京墨其实是会的？

第一步……应该做什么？

他思考了许久，再扭头去看，顾京墨竟然与黄桃聊起了天。

他没办法继续刚才的话题，只能自顾自地继续喝酒，没承想，酒才喝了大半坛，

他便有些头晕。

顾京墨眼看着一向坐得端正的悬颂身体突然一歪，头晃了一圈，又强装镇定地重新坐好。

她伸出手去扶，果然看到悬颂倒了下来。

她尚未醉，碰到悬颂的身体，手上还是会燃火，只能让悬颂趴在桌面上便松了手。

悬颂睡得很老实，她还特意提着衣摆俯下身凑过去看悬颂的面容，见他从面颊到耳尖，还有脖颈都是红彤彤的，很明显不胜酒力，此刻已经醉了。

她又拎起悬颂的酒坛看了看："就喝了这么点？"

黄桃跟着凑过去看，点了点头："真的醉了。"

顾京墨放下酒坛，掐着腰看着悬颂抱怨道："就这么点酒量还说陪我喝酒，真够扫兴的！"

说完走了出去，站在洞府门口，对三名小弟子招手："来，把你们的师兄背走，别躺在那里耽误我喝酒。"

三人赶紧进了洞府。

云夙柠双手环胸站在顾京墨洞府门口，看着禹其琛背着悬颂，木彦小心翼翼地护着，二人合力将悬颂送回到了他的洞府。

作为唯一知道悬颂意图的人，忍不住轻笑出声。

这个老祖……也不是无所不能。

悬颂酒醒的时候，依稀听到了顾京墨的声音："他要是再不醒来，我就带着黄桃和云夙柠去了，你们留在这里照顾他吧。"

禹其琛很是担心，赶紧劝阻："魔尊不妨再等等，我们一同前去还能周全些。"

顾京墨似乎已经在往外走了："没必要在这里耽搁太长时间，他去不去都一样。"

悬颂强撑着起身，头疼欲裂让他眉头紧蹙，缓步走到洞府门口去看。

刺目的日光直冲他的眼，让他眯缝起眼睛，接着低声道："我和你一起去。"

顾京墨终于停了下来，看到他狼狈的样子不由得取笑："平日里你都蛮端庄的，难得看到你这般模样。"

悬颂仍旧单手扶着洞府的墙壁，抬头看了看天，确定了时辰。

他已经昏睡了一日。

云夙柠走到了悬颂身前，取出了一个玉瓶递给了他："这里的丹药可以解酒。"

悬颂伸手拿过来，目光不善地看向云夙柠，眼神带着警告的意思。

云夙柠难得笑得温和，仿佛在说：老祖请放心，晚辈什么都没说。

悬颂吞服了丹药，随即短暂地运功调息，结束后对三名弟子说道："你们也跟来。"

“是！”三人赶紧答应。

他们这一次看似来寻找蒙面人的踪迹，实则像是来此观光的。

察觉到其中恐怕有诈之后，他们没有立即动身，而是停留了几日，今日才打算过来看看。

木彦跟在最后，有些不解：“既然知晓其中有诈，为何还要过来？”

“首先，看到他们的布阵，我们就能知道他们聪明不聪明。”悬颂首先回答，“其次，我们可以从那里的布阵看出，他们想透露什么信息，他们想如何引导这件事情。阵布得越复杂，他们的破绽越多。”

顾京墨在此刻叹道：“我也算和他们暗斗多年，他们行事非常小心，很少露出破绽来，我至今都未能寻到半点蛛丝马迹。”

三名弟子都沉默下来。

在他们看来，顾京墨绝非表面上那般万事不在意，经验绝对比他们丰富，如果顾京墨都觉得棘手，那么对他们来说绝对难以抗衡。

一行人到了他们调查的地点外围。

悬颂和顾京墨则观察了一会儿。

这时悬颂说道：“你们三个过来。”

三个人赶忙凑过去。

悬颂低声说道：“启用神识。”

三人立即听话地启用神识，探查周围的环境。

悬颂提示了几个位置：“仔细观察亥方、华盖与地耳。”

三人齐齐去看，又对视了一眼，似乎都从对方的眼中看到了迷茫。

悬颂又摆了摆手，招呼他们蹲下身。

三人跟着蹲下，看到悬颂捧起了一抔土壤，也都跟着捧起土壤。

悬颂道：“渡入灵力，可感知到什么法力？”

禹其琛终于能回答出了：“隐隐有着水系功法。”

“好，再去看亥方、华盖与地耳。”

三人赶紧起身重新去看悬颂指点的位置，果然看到了轻微的水系功法迹象。

水系功法在自然界中极容易隐藏，此处的水系功法之所以能被他们发现，是因为这里是沙漠，让这种功法不能更好地隐藏。

悬颂又问：“禹其琛，你是水系单灵根，若是你在此处布阵，会如何布置？”

禹其琛突然被考问，赶紧仔细去看周围，认真回答：“其实此处环境不适合我的功法布阵，但如果我是所有人中修为最高的，我会寻金系灵根的修者辅助我，在天冲星位、天任星位分别布下阵眼。”

“可。”悬颂认可了这个想法。

禹其琛当即松了一口气，谁知悬颂很快接了一句：“猪都能想到。”

禹其琛赶紧重新去看，听到悬颂道:“此处为沙漠，环境使然，会使火系功法更旺。火对水不利，是而对阵法也有所影响。我刚才指的那处，你们可以去探探是沙土，还是泥土。”

三人立即纵身过去查看，木彦抢先回答：“是泥土。”

“虽说土克水，但有时也会例外，在这种环境即可用泥土吸收水分，让阵法更加持久，固阵的不是金，而是土。”悬颂说完，又指了旁处，“若我为水系单灵根，会选天禽星、天心星做阵眼。”

悬颂说着，到了天心星的位置，单指轻抬，用控物术取出了一物，勾出了一滴水珠来。

无形的阵眼，极为精细。

悬颂又指了几个地方，再道：“还有一种方案……”

他指着周围的环境，开始教三名弟子如何辨别敌方布阵，还利用此处，教了他们另外一种布阵思路。

正是阳光明媚处，泉眼细水缓流，树荫投射下碧绿的影，与清池同景。

风推池中莲，顺来悠然香。

林中惬意，亭中弥漫懒散之意。

有人来禀报，态度极为恭敬：“少主，他们已经到了假居处了。”

“才到？”蒙面人依旧是沙哑至极的声音，“看来，他们已经意识到那里有埋伏了。”

“发现又何妨，本就是让他们去怀疑那是丁臾的障眼法罢了，且还能让他们在其中受些苦头。”

“这么有信心？”蒙面人轻笑一声，回身问道。

“顾京墨虽然隐藏得很好，但是她身受重伤是事实，如此硬闯那处，必定加重伤势，我们甚至无须让她与丁臾内讧，就能在假居内得到她的心头血了。”

“也对，顾京墨就是这样的人，明知道有危险还要去，还当自己在保护世人，实则愚不可及。”蒙面人说完，抬手道，“将铜镜拿来。”

铜镜很快被送进来，摆在了凉亭的石桌上。

蒙面人朝铜镜渡入灵力，能够看到假居的情境。

打开后，看到的却是离奇的一幕。

顾京墨站在假居的门前，丢着一根骨头，黄桃兴致勃勃地去追，捡回来后递给顾京墨。

云夙柠则是找了一处在挖药草。

另一边，悬颂负手而立，身前盘膝坐着三名弟子，模样委屈地被罚写着什么。

终于，他们听到铜镜内传出悬颂的声音："若不是一会儿还要进去，我定然罚你们抄写三千遍，简单的千阵万卦诀都背不下来，你们三个是傻子吗？"

凉亭内陷入了诡异的寂静……

他是在教晚辈阵法？

这里是他的教学场地吗？

蒙面人看了一会儿，竟然笑了起来，笑声阴恻恻的，让周遭的人陷入不安中。

他抬起手来，指着悬颂问道："他的底细调查出来了吗？"

身边的人只能回答："尚未调查到具体的身世，只是依稀打听到，他是伺候迦境天尊的弟子。"

蒙面人看了一会儿，轻叹："他恐怕就是那条九尾狐了。"

他说完继续看着铜镜中的画面，呢喃般开口："上次是措手不及，未作应对。这次我已在义父留下的典籍里查到了降制妖兽的方法，他活不了多久了。"

五

在三名小弟子罚写了十遍千阵万卦诀后，一行人继续朝着洞窟前进。

不得不说，这里的防护禁制布置得可圈可点，很适合悬颂拿来教学。

悬颂已经懒得抬手，只是一扬下巴示意："前面到第五根柱子的位置有一处阵法，你们可以试着闯一闯。"

三名小弟子明明是协助做任务，却有了被考试的紧张感。

可他们都知道，整个缘烟阁，乃至全修真界，不知多少人都想得到迦境天尊的指点，可惜迦境天尊从来不屑于理会他们。

此刻悬颂愿意单独教导他们，这是对他们的恩赐，他们需要珍惜机会，不能不识好歹。

三人不敢怠慢，站在原处观察哪里有蹊跷之处。

这时，悬颂又道："若你们三个人皆到元婴期，还能侥幸活着过去。"

木彦忍不住小声惊呼："那我们进去岂不是必死无疑？"

禹其琛却还是严谨的样子："他是在提醒我们小心些。"

木彦紧张得心脏狂跳："这哪里是提醒啊，这是给了我第一记攻击。明师妹，你若是害怕就等在这里，我保护你。"

明以慢一直都在观察这处阵法，此时也不愿意理会木彦："我用得着你来保护？"

禹其琛指了一处："那里五寸的位置，有棘。"

明以慢则是蹲下身，手指触碰地板："阵内有活物。"

木彦则是口中念念有词："阿弥陀佛……"

顾京墨原本在旁听，听到这里笑出声来，对悬颂传音道："紧张得背叛师门了，出了这处洞窟就让他剃度出家吧，至少佛门没有你这么讨人厌的前辈。"

悬颂双手环胸，不以为意："我愿意指点他们，是他们三生有幸，是别人梦寐以求的。"

他们四个人原地不动，看着三名小弟子试探性地开始闯阵。

他们刚刚步入中间位置，便冲出一只黄沙巨兽。

此沙兽时而是龙，时而是虎，形态百变，随着攻击的需要而改变。

三人皆是一惊，却很快有了应对之策，努力对战。

悬颂站在一旁看着，提醒道："它并非活物，只是阵法赐予了它生命，若是破了阵，它自会消失。当然，它会阻止你们去碰阵眼。"

木彦脱口而出："阵眼在哪里？求前辈提示。"

悬颂依旧轻飘飘的语气："你们和它打一会儿，看看这个畜生护着哪里。"

三人战得极其狼狈。

就像悬颂说的，三名元婴期的修者才能堪堪与其抗衡，他们三人一齐攻击，也只能节节退败。

直到禹其琛高声询问："可是在天英位？"

听到有人道出了阵眼所在位置，那黄沙怪物攻击得更凶，甚至用了杀招。

悬颂迅速丢出法器将他们三个人拽到了安全的位置。

三人刚刚落地，狼狈地起身去看，就看到悬颂和顾京墨并肩而立，二人同时掐着指诀，祭出法术镇压。

接着，顾京墨纵身一跃，朝着阵内而去。

悬颂并未移动位置，却在暗暗辅助顾京墨，同时叮嘱："莫要动用灵力。"

顾京墨知晓地面是沙砾化形，不能触碰，便全程没有落于地面。

悬颂祭出土系法术，在恰到好处的位置凝聚一个土堆，让顾京墨能踩在上面借力。

她跃至半空，旋转间衣袖翻飞，犹如蔷薇初绽。

脚踏在泥土上让泥土飞散，碎屑坠落时犹如碎了的梨花，散了的柳絮，零落消散。

她在空中拔出双钗，握在手中。

没有发钗固定的长发散落，随着她的动作而舞动。

她在战斗的时候从来都没有多余的动作，一向是干净利落。

她知晓这沙兽只是阻碍，与它缠斗毫无用处，便尽可能地躲避，在其阻碍自己时切割开整个沙兽。在她即将要破坏阵眼的时刻，却被撞得往后翻滚。

悬颂适时使出法术接住了她，洞窟墙壁突然出现巨石，让她能够踩在上面稳住身体，没有片刻停留，再次疾攻而去。

这一纵身，充满了力量感，犹如一支箭，刺破虚空而出。

她手中的双钗，一个割开沙兽的身体，一个被她迅速丢出，插入到阵眼之中。

转瞬间，沙兽消散，阵已破。

顾京墨稳稳落地，云夙柠很快走过来帮她探脉。

她顺从地抬手，还在解释："我没怎么动用灵力。"

云夙柠颔首："嗯，无事，继续吧。"

一行人继续前行，越往里，顾京墨越是疑惑："他们在这里不会觉得压抑吗？这么多古怪雕塑。"

悬颂并未回答，猜测此处可能有监视法器，若是说了什么，会泄露消息。

黄桃嗅了嗅，说道："这里曾经炼制过丹药。"

云夙柠也发现了熟悉的痕迹："这是炼丹时会留下的真火烤过的痕迹。"

顾京墨看了看点头，道："他们肯定在此处停留过，只不过撤离后留下了一堆陷阱而已。"

确定没有其他可用的信息后，她带着一行人离开。

距离洞窟远了，顾京墨才停下来询问悬颂："你可有发现什么？"

"他们在炼制什么药物，而且药量很大，我最开始想不通，为何会有人想复活六道帝江，这总该有个理由，这期间还有那么多人在暗暗帮助他们。我猜测，恐怕和这些丹药有关。"

"用丹药维系……"顾京墨跟着悬颂的思路思考起来，"要么，是他们给了那些修者吃了毒药，需要他们的解药才能继续活下去。可是高阶修者不会轻易中毒、中计，也不会因为这个理由听从他们的。只能证明，他们的丹药极有诱惑力，会让这些人甘愿去冒风险。"

悬颂又提起了另外一件事情："还有，你现在就传出传音符给丁臾，她恐怕有危险。"

听到悬颂这句话，顾京墨一惊："何出此言？"

"从洞窟外第一道禁制开始，他们就在暗示，这里修为最高，且布下禁制的是水系灵根修者。"

顾京墨依旧不解："可是这和丁臾有什么关系，天下水系灵根那么多。"

"我们早早就猜测过，那个人不是你的对手，还知晓你的全部计划，可能是你熟悉的人，加上如今的水系灵根，很难不让人多想。我知晓你完全信任她，但是我觉得，他们现在的目标是丁舆，因为无法诬陷你，便选丁舆。”

顾京墨对丁舆完全信任，所以没有多想。

但是悬颂全程都在思考可疑之人是谁，所以会比顾京墨更先想到丁舆。

顾京墨双唇紧抿，思考过后认可了悬颂的想法。

她从百宝玉内取出传音符，迟疑了一会儿，才将传音符传给了丁修。

这件事首先告诉丁修要比告诉丁舆更有用，丁修比丁舆自己更在意她的安危。

毕竟，此刻他们只是怀疑而已，丁舆大概率不会在意。

但如果是丁修，定然调查到底。

顾京墨坐下思考起来，问道：“你的过往术可有禁制？”

“有。”

顾京墨已经想到了，悬颂上一次留在了拍卖行，杀死那群修者后定然试图读取过他们的记忆。可是他们重见之后，悬颂对此只字未提，想来是没有收获。

悬颂也不防着顾京墨，直截了当地说了出来：“过往术和魂归术皆是禁术。”

这两种法术在悬颂修炼的时候还不是禁术，是在后些年才禁的。

悬颂继续说了下去：“如果有人知晓这门法术，有所防范的话，无论是用发丝还是血液，我都无法破除禁制强行进入。

“我想，那些人从旺角楼一事后，便意识到有人会这门法术，于是全部布下了禁制，我无法进入他们的识海。”

“还有其他的限制吗？”顾京墨继续问。

“我之前去看的回忆，要么是修为不高的修者，要么是自愿让我查看的，我们进去没有什么伤害。但是，如果我进入的是高阶修者的回忆里，还是会受到伤害。

“过往术是我的魂魄，进入了别人的识海，我是入侵者。我的魂魄本就没有主体的庇护，等同于卸掉了所有的防御进入了别人的领地，若是遭遇攻击必定是重创。

“如果对方战胜，甚至可以将我的魂魄留一些在他识海之中，造成我的三魂七魄不全。”

顾京墨听完点头：“它会成为禁术，就是因为这个吧？”

“没错，还有一点，若是心智不够坚定，会迷失在旁人的识海之中，本体陷入疯癫的状态。是而，这种法术只会传给意志坚定的修者。”

顾京墨在此刻看了一眼禹其琛，认同地点头：“这小子也挺端正的。”

“嗯。”

悬颂教导人一向挑剔，若不是曾与他们一同认识了顾京墨，他也不会耐着性子教他们。

归根到底，是这三名弟子得了悬颂的眼缘。

在他们二人商议之时，一群小辈则是在捞鱼。

说来也怪，这沙漠之中竟有一处清泉，泉水中蕴含灵力，其中的鱼儿都是灵泉喂养大的，自含充裕的灵力，若是能吃上一条，修为大增也不足为奇。

他们若不是从洞窟的后门出来，也到不了这一方小天地。

也算是不大不小的奇遇。

黄桃是狩猎好手，没一会儿便抓住了一条鱼。

她从灵泉里蹚水出来，捧着鱼给云夙柠看："哥，这鱼有毒吗？它也是暗算我们的吗？"

云夙柠特意认真查看了一番，随后说道："没有问题。"

黄桃立即兴奋地将鱼交给了云夙柠，再次进入了水中。

云夙柠风度翩翩的君子模样，却捧着一条奋力挣扎的鱼，溅了一脸的水，引得他蹙眉。

黄桃没有脱鞋，法衣也贴在了皮肤上，这又引得云夙柠一阵不悦："快些出来，将身上的衣服烘干。"

"我再抓几条！我们一起吃！"黄桃说完，一掌插入水中，又抓住了一条灵鱼。

待黄桃抓够了鱼，便上岸教禹其琛他们如何处理鱼。

黄桃和三名弟子蹲在一起认认真真地处理鱼，云夙柠则是站在黄桃身边，动用灵力帮她烘干了衣服。

他们将鱼插在了树杈上，拿着鱼去寻顾京墨："魔尊，我们想吃烤鱼。"

"吃呗。"顾京墨含糊地回答。

黄桃睁着水汪汪的大眼睛求道："你生个火呗。"

顾京墨看了看那些鱼，一阵嫌弃："我堂堂魔尊，生火给你们烤鱼？笑话！"

黄桃没回答，看向了悬颂。

悬颂见几个小辈都凑了过来，每人手中都拿着用树枝插着的两条鱼，不由得觉得这个画面有趣。

他难得顺了这群小辈的意，对他们道："你们转过去。"

五个小辈一齐转过身。

顾京墨意识到了什么，刚刚抬头，便看到悬颂俯下身来，在她的唇瓣上啄了一下。

两个人的唇瓣触碰，是柔软温热的触感，偏稍纵即逝。

接着，悬颂往后退了一步，躲开了。

霎时间，顾京墨的周身燃起熊熊火焰，火势直冲天际，来得无比凶猛强势。

与此同时，几名小辈也转过身来，齐齐伸出烤鱼，在顾京墨周身的火焰上烘烤。

顾京墨完全无法控制周身的火焰，只能捂着脸羞愤难当地蹲下身，嘟囔着：“帮我也烤一条。”

“好的！”黄桃立即应声。

天空中一弯明月，没有星辰，如湛蓝没有杂质的衬布。

沙漠之中，燃起一团火来，还有聚在火边烤鱼的一群人。

悬颂退到了一旁，看着顾京墨羞愤的模样，罕见地弯了弯眼。

六

从洞窟回来后，他们再次回到了之前的住处。

一群晚辈们倒是聊得自在，三名弟子故意不提离开的事情，顾京墨也没赶他们走。

顾京墨本想继续调查下去，她并非坐以待毙之人。

尤其是天罚阵之后的事情，着实激怒了她。

然而，她却被悬颂留住了：“李辞云和南知因正在另外一处调查，你不要移动位置，免得打草惊蛇。”

顾京墨忍不住询问他：“说起来你和他们两个人是什么辈分？你也算懂规矩的，却不太愿意尊称他们。”

悬颂是真的不愿意称呼李辞云和南知因为“师父”或者“天尊”，并非他懒得装扮，而是怕这两个人承受不起，让他们折寿。

他只能解释：“算是平辈吧。”

“修为不高，辈分倒是不小。”

悬颂只能提醒：“我也是九尾。”

“对哦！”顾京墨被他提醒，突然来了兴致，“我们打一架吧！”

“……”这个女人的脑子里成天都在想什么？

悬颂用控物术又运进来了一些酒坛，对她道：“你留在这里几日，喝喝酒，睡睡觉。我需要短暂闭关五日，你等我出来再离开，若是我睁眼时你不在……”

顾京墨不在意他威胁的语气，轻笑出声：“那非常正常，我若是老老实实的才不正常。”

悬颂看了她半晌，最终也是无可奈何，只能抬手弹了一下她的额头。

顾京墨被弹得一怔，认真地问道：“这是想跟我斗法的挑战招式吗？”

悬颂不由得一阵好奇：“你这一届的魔尊之位，是蠢货先得吗？”

“没得选！”顾京墨抬手揉了揉额头回答，“当时我的师父在山上散步，突然来了雷劫，突然就飞升了，什么话都没交代下来。千泽宗为了保住我的魔尊之位没少出战，在他们的概念里，魔尊之位就只能是千泽宗的，而我是我师父唯一的徒弟。”

悬颂听到这里立即起身，他知道，按照顾京墨的习惯，定然在提及自己的师父之后，提一下他，数落他年长却没飞升。

他起身后顾京墨果然闭了嘴，他只留下了一句话：“我去闭关了。”

顾京墨看着他离开，又看了看洞府，最后笑着伸手去拿酒坛：“喝酒！”

悬颂再次魂归本体。

他的本体留在佛古窟内已有两日，第一日未能寻得潜血神莲，第二日则是陪顾京墨去探了洞窟。

如今收功起身，闭上双目又看了一眼识海内被他标记的房间，寻找到了未曾去过的地方，推门而出。

佛古窟内阵法众多，且都是极为高深的阵法，他在破阵时消耗了太多时间。

因他不仅需要破阵通过，还要保证阵法在他离开后还是完整的，不然他来了此处，却造成了佛古窟的破坏，实在有失稳妥。

已不知通过了多少个阵法、遇到了多少魔物，估算一下时间，怕是已经过去了三日。

悬颂收了冰晶九尾狐，抬起手，看到虎口位置流出血来。

殷红的血在阴暗的环境内，像是峭壁挣扎而出的曼珠沙华，十分扎眼。

他手指抹过自己的万宝铃，从中取出药膏涂抹，他常备的都是极品药膏，涂上之后伤口瞬间愈合，没有任何疤痕。

不过，还未散去血腥味，他便感受到了危险的气息。

熟悉……

却带着杀意。

他并未惊慌，用法术散了手掌的血液痕迹，轻声道：“许久不见。”

那魔物竟然会道人语，语气森然：“你竟然敢来。”

“我只是想来此寻一药草，并非故意来您面前，引您不悦。”

“我被镇压于此已有一千多年了吧……”

悬颂转过身，坦然地面对她：“应该是一千九百六十四年。”

魔物听完也是一怔，随后怅然一笑：“这么久了啊……”

“没错。”

从黑暗处走出了一名身材窈窕，面容极美的女子。

或许是雪狐的特性，才能让她有着这般妖娆的身材和世间最为清冷如雪的容貌。

她的眼尾上挑，不像顾京墨的上挑是妖娆，她的上挑是孤傲。

她的眼眸是分明的三白眼，看人时给人生人勿近的疏离感，以及一种厌世感。

她动作轻柔地走到了悬颂的身前，双足没有穿鞋，露出纤细的脚踝，以及瘦且线条柔美的双足。

她走路时脚尖轻点地面，轻飘飘地移动。

身后是柔软的九尾，随着她的身体摇摆着。

她凑近了看他："这么多年过去了……你居然还活着。"

"嗯，尚且未能飞升。"

"因为我？"

"……"悬颂并未回答。

她突然开始大笑，又问："我成了你的心魔吗？你居然也会心中有愧？"

"心中无愧，只是不解。"悬颂在此刻想起了顾京墨，眼眸之中闪过了一丝柔色，"不过，有人帮我解了心魔，我已无碍。如今尚未飞升，不过是在等她。"

"呵——"

她了解悬颂，知晓他的性格。

这般挑剔的性格，仿佛世间所有人都入不了他的眼，竟然也会在提起一个人时，面容温柔起来。

她抬起手指轻点，看到了悬颂额头的道侣印，当即轻笑出声："娶妻了？哦……你们该叫道侣？"

"我们尚未拜堂，不过，她会是我未来的妻。"

"尚未拜堂啊……"她双掌合十，再分开时，两掌之间出现了一柄冰锥样的佩剑，"那你恐怕活不到那一日了。"

"母亲……"他终于鼓起勇气，去和自己的母亲对视。

然而对视的瞬间，便看到了那双愤怒的眼。

金眸闪烁，在阴暗的环境之中尤其闪烁。

"你这么叫我，只会让我觉得恶心！"她突然发狠似的朝着悬颂吼道，接着拔剑攻击过来。

悬颂不愿意再与她为敌，只能竭尽可能地躲闪，再次开口："我只是想要找到一株药草，她受了伤，我要救她。"

"她知道你弑母吗？！"

"……"

她的攻击依旧接连不断，招招狠绝至极："她知道你连生母的残魂都不放过，召集百余修者来围杀吗？！"

"是你屠城在先！"

“你明明知道我为什么这么做！你知道我是在复仇！你也是狐族的后代，你却阻止我！你还亲手将镇妖青剑刺进我的心口！若是有一日你的那个妻也面临如此境地，你也会杀了她吗？！”

“她不会！”悬颂回答得极为肯定，“她是我遇到的最傻也最干净的人。”

他知道，顾京墨不会。

顾京墨就算救人，也从未滥杀无辜，她只杀那些真正做过错事的人。

顾京墨还曾经救过苍生，甚至不需要苍生的感谢，不需要世人的理解。

她只求自己过得惬意逍遥，问心无愧。

“我会！”他听到了母亲的怒吼，“我就要伤害过我狐族的人血债血偿！就连你也是！果然有一半人类的血液，心就是黑的！”

话音方落，便是万根冰锥齐齐攻击过来。

悬颂双手掐诀，在身前布下屏障保护自己，然而抵挡冰锥的同时还是在节节败退。

悬颂意识到了，他的母亲是真的想要杀他！

他进入佛古窟那一日，便已经做好了心理准备，他也许会在这里遇到自己的母亲。

他甚至幻想过，他们再见的那一日，他的母亲已经被佛古窟净化得不再恨他了。

可惜，他错了。

他的血腥味引来了她。他们都是雪狐，流着同样的血，她能够感知到。

他还不想就此被母亲杀死，只能侧过身来躲闪，同时放出冰晶九尾狐抵挡。

在母亲被困的同时，他终于调用灵力，取出了自己的佩剑。

二人使用的是同样的佩剑，同样的灵力运转。

明明是母子，却偏要为敌。

悬颂知晓她能够破解自己九尾的招式，他的九尾能力从未被人教导过，这方面完全不敌母亲，便不再用，而是动用了自己的土系灵根，用土系功法与她斗法。

洞窟内迅速结冰，又碎裂开。

震天动地的震撼感，是土系法术造成的。

悬颂的母亲九枳乃是几千年的妖狐，在他出生时已是七尾。

就算只是七尾，也需要修真界聚集整整二十七名化神期天尊、近百的元婴期仙尊，才能够将其围剿，被佛门镇压在了佛古窟内。

他们二人有着实力差距，悬颂又无法狠心伤害九枳，佩剑堪堪攻击到九枳时他于心不忍了，偏了一指。

而九枳的剑却稳稳地刺进了悬颂的心口。

“这一剑……让你了。”悬颂轻声道。

九枳的眼神瞬间变得更为狠戾。

沙林坡。

黄桃在院落中帮云夙柠炮制药材，看到有人进院抬头去看，看到是燕祟走进来，不悦地问：“你来做什么？”

“啧，你这小黄狗，说话真不招人喜欢。”燕祟骂了一句后，朝着洞府看，“魔尊呢？”

这时顾京墨从洞府中走了出来，燕祟还当是她感应到自己来了，出来迎接的。

燕祟刚刚扬起笑脸，便看到顾京墨快步走到了悬颂洞府门前：“悬颂呢！”

三名弟子赶紧起身，拦在了顾京墨的身前：“魔尊，他如今正在闭关！”

顾京墨不管，道侣印的感应，让她察觉到了悬颂目前的状态非常不妙，甚至有生命危险，推开他们便要进去。

燕祟在此刻握住了顾京墨的手腕：“悬颂是谁？那个狐狸吗？”

“莫要碍事！”顾京墨甩开了他的手，快步进入了悬颂的洞府。

燕祟的笑容凝固在脸上，目光森冷地扫过洞府门口的几名小弟子，跟着进了洞府。

七

顾京墨进入了悬颂暂住的洞府内室，注意到了悬颂状态，当即用结界封住了门。

燕祟等人皆被挡在外面，看不到内室的情况，也听不到任何声音。

顾京墨抬手触碰悬颂的身体，悬颂木然不动。

她又探了探悬颂的鼻息，毫无呼吸，她回忆起悬颂曾经的“坐化”状态，和此刻一样。

她试探性地渡入灵力探查，才确认了一件事情：“是傀儡术？”

顾京墨只能双手掐出手诀，最终食指与中指并拢，按在了悬颂的额头：“归！”

悬颂的眼珠旋转顶着薄薄的眼皮，然而强行调回的后果竟然是让他七窍流血，痛苦不已。

她赶紧收招，看着悬颂的状态竟然有些不知所措了。

她没想到悬颂的状态差到了这种程度。

“悬颂！”她急急地唤道。

她知道，她唤回了一丝魂魄，此刻的他能够听到自己的声音，赶紧急速地说了下去：“你身边可有我的物，拿在手中诵念我的名，与我结契，我可以立即去救你。”

“不……”悬颂痛苦地出声，依旧无法睁开双眼，只能挣扎着开口，“你来……她会杀了你……在我的面前杀了你，比杀死我更让我痛苦，所以……别来。”

“我体内有云外丹，我可称得上是不死之身！”

“别……你的伤……”

“悬颂，你该知晓，如果你死了我会做出什么来，就连缘烟阁都会给你烧了！”她发狠地说道。

她和悬颂之间有道侣印的牵绊，让她能够感受到悬颂的状态，知晓他已濒死，这种情况她怎能不救?

她说的话绝非威胁，按照她的脾气真的做得出。

悬颂沉默了半晌，最终身体一歪倒下了。

竟然连盘膝打坐的姿势都无法保持了。

顾京墨一慌，伸手去扶，却未能扶住悬颂的身体，眼看着悬颂的身体消散，最终化作了一根银色的发丝。

她惊慌之下，只能将这根发丝握在手中。

与此同时悬颂手腕处的血契珠掉落，从蒲团弹起又滚落在一边。

这一刹那，她惊讶地发现，她竟然不知该去哪里寻悬颂。

这感觉……真是无助。

她伸手去捡血契珠，正思考着该如何去寻时，听到了悬颂的声音：“顾京墨……”

她没有犹豫，动用灵力撕裂空间而去。

悬颂捂着心口，躲在由泥土筑成的小空间内。

九枳仍在破坏他的结界，攻击一次强过一次，带着皇皇威势，轰天动地，他只能抬手再布下一层冰晶结界。

他将自己受伤的部位转化为冰晶，盘膝运功调息，努力让那里愈合。

九枳的这一剑要不了他的命，但是如果保持这个状态战斗下去，依旧对他不利。他得想一个办法离开这个房间，最好找一处发动净化阵，让九枳困在其中。

他试探性地化为一颗尘埃靠近门，却发现九枳早早就布下了结界，且感知到了他的移动，朝他继续攻击，迫使他现出原身。

九枳的结界着实严密，

他只能再寻一处地点布下防护结界短暂停留。

与此同时，他听到了顾京墨的声音，他只能抽出十分之一的魂魄，回答了顾京墨几句话，便已经支撑不住了。

他知道，顾京墨说得出做得到。

此刻若是不叫她来，日后她知道了真相也会来佛古窟寻九枳。

不如在他也在的情况下，试着一同离开。

他的身上的确有顾京墨的东西，是他寻来的顾京墨遗失的物品，他还未来得及给她。

手指抹过万宝铃，取出了顾京墨的东西，低声唤道：“顾京墨……”

他终于体会到了摇铃之人的心情了。

濒临绝望，甚至有那么一瞬间，他想要放弃了。

罢了，命是九枳给的……

那就还给她。

然而顾京墨给了他希望，他看到那抹身影撕裂空间而来。

这一次，是为他而来。

顾京墨突兀到来让九枳停下了攻击，手持佩剑，左手指腹抹过剑身，指尖沾染鲜血，目光狐疑地打量着顾京墨。

顾京墨到来后，看到九枳剑上的血便确定了，伤害悬颂的人便是她。

然而，待顾京墨看到九枳的模样后，不由得一阵迟疑。

一头如雪般的长发披散在肩头，清冷的模样，琥珀色的眸子，还有身后的九尾。

她下意识回头，看到了正在缓缓盘膝坐下，试图打坐调息的悬颂——同样的银色长发，清冷的模样，以及琥珀色的眸子。

“她……是你的族人？”顾京墨迟疑着问。

悬颂并不隐瞒：“她是我母亲。”

“那我打她是不是不太合适？”

“嗯，我们想办法离开，这里阵法复杂，她想寻来也不易，我们在她寻到之前寻找到潜血神莲即可。”

顾京墨这才意识到，悬颂是来此帮她寻药的。

不过……她没空感动。

“化神期是怎么回事？！”顾京墨提高音量又问。

她现在需要时刻警惕地看着九枳，知晓这个貌美的女人恐怕十分危险，随时都可能朝她攻击过来。

但是，她的“伴侣”也着实奇怪。

怎么头发又成了银色？

原来上次变出银色长发，并不是因为她的药没有调配对。

他身上的修为怎么到了化神期？

化神期的天尊，再加上九尾的能力，这个男人……有点逆天了吧？

这修真界还有这般人物？

她居然不知晓他是谁？

“这个……我们以后再说。”悬颂只能如此回答。

“你……”顾京墨只能硬生生地忍下了，让他能更好地运功调息，自我疗伤。

九枳依旧步态轻盈，走到了顾京墨身前，仔细打量她：“你是他的道侣？”

顾京墨的气势丝毫不输：“我是他五书六礼七个轿子娶的妻！”

九枳未懂这句话，探寻地看向悬颂。

悬颂只是合上双眼，趁机调息，不想去解释。

九枳抬起自己的佩剑，剑锋锋利，甚至有着劈裂空气的气势：“你身受重伤，此刻并非我的对手，为何还来送死？”

“你又怎知死的会是我？”

“他说……你是他遇到的最傻也最干净的人。”

顾京墨暗暗气恼，为何和他娘提起自己的时候，还要骂她两句？

……

……

九枳再次凑近她，跟她四目相对。

九枳没有她身量高，需要微微扬起头来，她弯起眼眸，用狐狸眼好奇地打量她。

“你究竟有多干净？我很好奇……”

“不要和她对视。”悬颂在此刻提醒道，“她在使用三尾的能力，迷惑人心。”

顾京墨赶紧错开目光，缓缓拔下双钗，暗暗防备。

她知晓，当务之急是帮悬颂争取时间，若是她这边真的斗起法来，悬颂也需要分出一部分精力来辅助她。

九枳看到她之后似乎心情不错，竟也愿意和她聊天：“你知道吗？我们狐族的男性都很固执。”

“固执？”悬颂除了性格糟糕点，人别扭了点，其他还好吧。

“没错，狐族的男性一生只会找一个伴侣，所以，他们不会轻易选择，选择了就是一辈子。如果……你早早就死去，那么他会陪着你同生共死，或者此生不再动情，直至孤寡而亡。”

九枳说着，突然笑了起来。

明明是冰雪般的美人，笑起来时却透着可怖的狰狞：“所以啊，杀了你，就等同要了他的命。”

“为何？！”顾京墨突然不解，重新看向九枳，她不惧怕迷魂术，她想看到九枳的表情，“他不是你的儿子吗？你为什么要这么对他？”

“他弑母，你知道吗？”

“哦。”顾京墨回答得轻描淡写，反而冷笑了一声，朝着九枳凑过去，微微俯下身。

九枳没有想到顾京墨居然会反过来凌厉地看向她，不由得一怔，随即听到她问：“他虽然性格讨人厌，却绝非无缘无故做恶事之人。说吧，你是怎么自作自受，引得亲生儿子这般对待你的？”

顾京墨无须了解事情的详细，就能够想到悬颂有苦衷。

她相信悬颂，就像悬颂会无条件地相信她一样。

这种相信产生得莫名其妙，却格外顽固。

九枳的面容出现了片刻的破绽。

一直坚持的清冷，出现了松塌。

紧接着，是九枳带着灵力旋涡的怒吼：“是他！他明明是狐族后人，却护着人类，他居然阻拦我的复仇。”

“所以，你触碰到他的底线了？你滥杀无辜了？”

九枳怒不可遏，伸出手来朝着顾京墨抓去：“我是他的心魔，那便证明他心中对我有愧，我倒要看看，你这种干净的人，能否化解他的心魔。”

顾京墨抬起双钗，正要自保，却发现自己的抵抗完全无效，她的魂魄被九枳推出了身体。

她从未遭遇这种攻击。

悬颂猛地睁开眼睛起身，想要帮顾京墨稳住魂魄。

可惜……顾京墨的魂魄已经被推进了他的识海。

她最后听到的，是悬颂惊慌的声音：“京墨！”

印象里，悬颂一向是沉稳的，冷静的，遇到什么事情都那般淡然。

他怎么慌成这样？

她的不死之身……还管用吗？

八

顾京墨在浑浑噩噩之中睁开眼睛，刺目的光钻进她的眸子，让她有一刹那的迷茫。

那一瞬间她想，她应该还没死。

竟有一丝庆幸。

她睁开眼便看到自己出现在了道观之中，身体却无法自控，根本无法去看四周的环境。

她也因此无法确定自己的位置，也不知自己的处境。

她听到有人对她说：“你想好了吗？若是你执意化作人身，留在人界与人族成婚，就只能被封印住这一身的修为，到时会与凡人无异。

“你若是冒险生儿育女，那孩子便会分走你妖力，害你修为倒退。你该知晓，半妖被三界所不容，他一旦出生，未来怕是命途多舛。”

她感觉到自己点了点头，甚至没有半分迟疑。

行动间，她看到自己的身体很奇怪，不是人身，而是兽身。

她看到了雪白的绒毛、兽的爪子。

待那道士助她化作人形后，她十分生疏地穿上了衣衫，从湖泊中看到了九枳的样子。

不过，她此刻的发丝是乌黑发亮的，掩盖了她身上的冰寒之气。

那双清冷的三白眼也全是喜悦，像是情窦初开的少女，懵懂却充满了期待。

她终于意识到，她此刻恐怕幻化为了九枳。

她进入了悬颂的心魔之境。

很快她开始崩溃，她不会要经历九枳的事情吧？

她开始在意识里狂骂：“母狐狸，你出来！我不能一直在你的身体里，难不成我要装成你，和悬颂他爹生出悬颂来？！那我和他以后怎么论辈分？！”

这时她听到了九枳的轻哼声：“想得倒是美。”

“你只能通过我的视角去看，我是主导者，这是我记忆深刻的时间段，你便从这里开始经历。”

她被推出了九枳的身体，灵魂出窍般地看着九枳的肉身，九枳因为第一次穿人类的衣服，并不习惯，好几次肩头的衣服滑落下来，又被她扯了起来。

九枳最后干脆起身，整理自己的衣衫。

顾京墨觉得这衣衫样式很是稀奇，上有精致的花纹，颜色较素。

只是九枳的样貌出挑，穿在她的身上便增添了几分颜色。

顾京墨恢复自由后先是看了看周遭的环境，这里的建筑似乎都要粗糙一些，多是木与砖瓦。

连绵山峰耸立映着斜阳，湖中霞色婉转，盈盈可见金灿灿的光影，景色倒是极好。

她一边看着周围，一边到了九枳身边问：“我现在要做什么？看着你去认识悬颂他爹吗？”

心魔之境内的九枳似乎根本看不到顾京墨，只是自顾自地高兴。

她忍不住叹气，之前跟着悬颂时还能问几句，现如今她能问谁呢？

很快，她见到了悬颂的父亲。

顾京墨站在他身前打量，似乎有些不解，为何九枳会瞧上这个男人。

他五官端正，身量中等，似乎跟她差不多高。

不得不说，悬颂的身量模样，大部分要归功于九枳。

旁人称呼他康王子。

而九枳最初，是旁人献给康王子的礼物。

这是顾京墨跟随九枳回她的狐族领地，听她和同族说起的。

九枳遭遇魔门修者袭击，他们想要夺取她的妖丹。妖族的妖丹可以提升寿元，狐族九尾的妖丹自然更是其中翘楚。

一狐难敌百余魔修，她最终重伤逃离。

受伤的雪狐被人类捕捉，被诸侯国当作贡品送到了康王子面前。

康王子见之很是喜欢，在这崇尚鬼神的王朝，他们信奉万物皆有灵，尤其是雪狐。

康王子对她细心照料，为她疗伤。许是康王子的气概与关怀，引得九枳极为心动，从而甘愿隐去修为化作人身去寻他。

以九枳的美貌，自然很顺利地便引得康王子心悦于她。

久而久之，二人终于走到了一起。

似乎……是一段佳话。

然而男人，还是有着众多姬妾的男人，总会变心。

帝王的心，是这天底下最不确定的东西，他们觉得对姬妾嘘寒问暖，给予礼物便是爱了，他们不觉得爱是发自内心去表达的。

女人想的是长久，而男人想的是得到。

九枳的爱意很浓，她想她心爱的男人一直陪着她，她看到她的男人抱着其他的女人会心中酸涩。

仆从的话，让她心中的堡垒彻底崩塌："是该有个孩子了，不然大王总觉得在您这里得不到回报，便会去其他姬妾那里。"

时间久了，她竟然在想，若是她也有个孩子……

顾京墨看着犹豫不决的九枳，突然一阵心疼。

明知道她的孩子生来便是半妖，孩子一生都会备受折磨，她自己的修为也会被夺走。

何必呢……为了一个姬妾成群的男人……

何必呢？

顾京墨在心魔之境内看到了悬颂的出生。

她只能等候在门外，看着宫中的仆从进进出出。

她很是好奇悬颂幼年的样子，趁着开门时进入，看到皱皱巴巴泛着青紫的小孩不由得蹙眉："怎么这么丑？是不是生错人了？悬颂不长这样！"

紧接着，她又俯下身仔细去看，感叹："哭得好大声啊，不愧是你。"

孩子出生后，康王子果然大喜。

男婴被赐名姬煊，仆从们称呼他公子煊。

她看到九枳躺在床榻上，欢喜地逗弄着自己的孩子，笑吟吟地说道：“姬煊是你父亲给你起的名字，这不公平，我也该给你起一个名字，我叫你悬颂好不好？”

她看着男婴的面容，喜悦地看了许久：“你生来就有五尾呢！还好隐去了，别人看不见。你的模样也好看，比房后之子俊俏多了。可惜了，你较晚出生，只能做弟弟。”

顾京墨不由得感叹母爱伟大，这么丑的孩子也夸得出来？

顾京墨很快便见到了九枳口中的房后。

听九枳和仆从交谈时，她得知，房后本是房国人，两国交战之后房国战败，她是被康王子选中的美人，带回来做了自己的姬妾。

在九枳来之前，房后最为受宠。

这让顾京墨很是不喜，甚至冷哼一声，因为在他们看来，女子是战利品。

同有生命，女子为何被这群男人视为“可掠夺之物”？

在九枳产子后不久，房后便带人来抱走了小悬颂：“这孩子出生在帝王家，自然要学习五礼，你出身卑贱，便由本宫来教养他吧。”

说完，便带着孩子甩袖离去。

九枳如今不过肉体凡胎，又刚刚生产完不久，身体本就虚弱，只能眼睁睁地看着房后带走自己的孩子。

她奋力地去喊人阻拦，可这些人统统被房后身边的人赶走。

孩子刚出生不足五日便与她分别，九枳只觉眼前一黑，昏死过去。

醒来后，她哭着去求康王子。

康王子看着她产后虚弱的样子，非但没有心疼，反而有些厌烦，丢下一句：“由她来养，你也乐得清闲，为何不可？孤国事繁忙，你莫要再给孤增添烦乱。”

九枳怔愣，她从未想过，一向对她照顾有加、宠爱她的男人，有朝一日会变成这样。

康王子离开后，她听到仆从禀报说，最近又从小国夺来了些美人，康王子无暇再来她这里了。

她躺在榻上，虚弱地闭上眼，未发一言。

九枳岂是寻常女子？

待她身体恢复，很快便振作起来，她不哭不闹，反而平静得仿佛不会拈酸吃醋，很识大体。

加之她安排了一个男人到房后身边，房后果然被迷得神魂颠倒，不多久，便被捉奸在床。

康王子大怒。

下令鞭打房后，再关了房后的禁闭。

就此，房后之子公子满只能一人留在宫中，悬颂也回到了九枳的身边。

顾京墨看到这里万分不解，朗声问道:“为了一个男人，居然用这么龌龊的手段？”

“房后本就是个不安分的。”她听到了九枳清冷的声音，“我满足了她。”

“如果一个男人让你失望了，你大可离开他，没必要糟践自己。”

“你懂什么？！我为了他封印了修为，我还产下了孩子，我付出了那么多，怎么能就此罢休？！”

“你自找的。”顾京墨沉下声音，“从你将自己的一切都托付给了别人的那一刻起，你就已经输了。”

顾京墨看到年幼的悬颂步履蹒跚地找到了九枳，轻声唤道：“母亲。”

说着，伸手去拽九枳的衣摆。

九枳立即甩开，并且呵斥道：“我是怎么教你礼数的？！”

小悬颂似乎被吓到了，怔怔地看着她，没能立即回答。

“就因为你上次说错了话，大王又训斥了我，你知不知道？！你怎么蠢成这个样子？现在就去罚写！”

小悬颂微微点头，转过身朝回走，走了两步后才转过头来糯糯地说：“母亲，对不起……”

九枳听到他的话一愣，看到悬颂规规矩矩地离开了。

很久之后，她才意识到，悬颂从那以后再也没有那般亲昵地唤过她了。

顾京墨冷笑：“你啊……害了自己，也害了他。”

九

九枳许是被房后的话刺激到了，从夺回悬颂后，便格外注重悬颂的礼仪培养，甚至到了病态的程度，吉礼、军礼、凶礼、嘉礼、宾礼，样样都要做得符合规矩。

看得顾京墨头皮发麻。

从悬颂蹒跚学步开始，他就要身姿端正，走路时每一步的距离都由尺子量过，步距必须完全一致。

就连叩首礼，叩拜的速度、身体姿态都要反复练习。

悬颂起初还很贪玩，到底是孩子心性，对万物都充满了好奇。

直至被训斥，被打罚，甚至罚写千次，他才终于安分下来。

从一个顽劣的孩子，变成了一个规矩刻板的孩子。

人越来越优秀。

笑容却越来越少。

顾京墨突然懂了。

为何悬颂总是那副如青松耸立般的身姿，为何步态总是那般均匀，原来是九枳从小苛刻训练出来的。

缘烟阁的修者也多是这样的姿态，多半是他们从行为举止上模仿悬颂。渐渐地，缘烟阁弟子都会比寻常修者姿态端正些。

她站在一旁看着不过五六岁的悬颂，一边忍着眼泪，一边认认真真地手执毛笔，在竹简上罚写，不由得一阵心疼。

年幼的悬颂皮肤白皙，落泪后眼角发红，鼻尖也红彤彤的，嘴唇微微发颤。

薄唇轻抿，有了日后隐忍的端倪。

“你啊……没有童年。”顾京墨这般感叹。

想了想后，又苦笑起来：“我的童年，又何尝不痛苦呢？我们俩啊……”

谁又比谁好呢？

悬颂所处的王朝，有着田猎的传统。

一般飨礼后都会有射礼，可以趁机选拔人才，也能减少民间的野兽袭击农田。

悬颂作为公子，有时也会跟着去狩猎。

他在一次狩猎时，遇到了仙家。

这仙家在顾京墨看来，不过是正派的普通修仙者，资质最好的修者也只是双灵根，不过金丹期修为。

但是，凡人看来，他们简直是天神下凡。

这些修者偶尔会来人界探查，看看有没有从修真界偷跑出来的妖兽作乱。

刚巧遇到了来狩猎的悬颂。

悬颂的妖力已被封印，他们这般粗浅的修为自然发现不了，只能发现悬颂居然是单灵根，不由得大为惊奇，有了劝说悬颂入仙门的想法。

其中修为最高的修者说道：“我们乃是缘烟阁内门弟子，来此执行师门任务，刚巧碰到小友。我看小友根骨清奇，是修炼的奇才，不知可愿与我等一同入仙门，自此走上修仙长生之路？”

悬颂坐于马上，手握缰绳，微微扬起下巴看着他们。

他身穿黑色的衣裳，腰间束着蔽膝，腿上是缠脚绑腿的斜幅，身上佩戴葱珩，这些皆证明他是贵族子弟。

看他年岁尚未及冠，便可以佩戴葱珩，证明他乃是帝王之后。

不过十岁出头，已有了日后那种高傲冷峻的姿态：“仙门？我为何要入？我不求长生，我只想助父王南征，平定天下。”

几名修仙者面面相觑，小声对同门说道："师兄，他是人界君王之子，不愿入修真界也正常。"

自古帝王将相，皆非凡命，其出生之初便会引出天地异象，以证未来之辉煌霸业。

悬颂为帝王之子，有九枳的灵力孕育，能有土系单灵根也不足为奇。

三人并未多问，怕他们的询问扰乱了人界未来而改变人界命运。

不过，悬颂被仙家问了仙缘的事还是被康王子知晓了。

康王子知晓自己的孩子有慧根，便觉得这是吉兆，按照仙家的嘱咐，开始区别对待悬颂，不安排凡间的寻常女子给他，身边的仆从也都换了一批。

悬颂并未在意此事，还乐得清静。

谁知仙家并未放弃他，两年后，又有道人来人界寻了悬颂。

这回来的人，是元婴期仙尊，一派仙风道骨的模样。

他佯装与悬颂偶遇，全程都在观察悬颂，从神情可辨，他对悬颂极为满意。

闲谈间，他看着悬颂笑道："小友并没有帝王之相。"

悬颂放下手中的爵杯，并未在意："我的兄长公子满才是储君，我又何来帝王之相。"

"不但没有帝王相，还似乎不该属于帝王家。"

悬颂不悦地看向他，薄唇紧抿，一言不发。

该修者并未多言，放下一册竹简，便告辞离去。

悬颂伸手拿来竹简翻阅，这是一本古籍，讲的是一些远古秘术。

他很快意识到了不对，对照典籍上的说明，刚才那位仙人说得的确没错。

他不仅面相如此，命格还有克国之相。

放下竹简，他陷入了沉思，随后命人去搜罗此类竹简，他要全部。

他并不相信那人留下的，其中必定是针对他的内容。然而经过大量查阅之后，他发现他的命数很怪，命途多舛，且孤寡千年，近两千年后，才会产生吉星庇护他。

千年？

荒唐，人怎能活过千年？

难不成他真的寻仙问道，学成长生之法了？

那位修者在悬颂疑惑之时再次出现，这一次，悬颂对待他的态度已有所缓和。

"我不会强行收你入门，只是你与我缘烟阁有缘，我缘烟阁最讲究一个缘字。我算得小友不久后将有劫难，愿意助你化解，只希望此劫化解之后，你能考虑入我仙门。"

悬颂年纪尚轻，却十分谨慎，语气沉稳地问道："我又怎知那劫难不是你们安排的？"

“是不是我们安排的，到时你一看便知。”

“既然你们能预测到劫难，为何不提前化解？”

“所谓劫难，无非是从小友的命数算得，命数自有安排，不在此处爆发，便在他处爆发。而且，我们仙门之人，不得轻易插手人界之事，不然会搅乱人界的天命安排。尤其是帝王之家的事情，关系到的人事太多，不可妄动。”

“关乎我亲人性命？我父王近日即将南征，可与此事有关？”

那人竟然笑了起来，道：“小友可以放心，康王子这次南征会大胜而归。”

他生活在信奉天命的时代，就连前朝被灭，他们也认为是恭行天之罚，是天命安排，他们在替天行道。

就连登上王位，都是受命治理天下，而非得到了天下。

尚且年轻的他自然也信天命之说。

悬颂垂下眸子，认真思索起来。

修者也不着急，放下了三册竹简：“这是入门仙法，你可以私下练习。不过人界灵气稀薄，你引气入体恐怕不会那么快，却也能掌握一些入门功法，至少可以强身健体。”

悬颂疑惑：“为何这般对我？”

“你我皆是土系单灵根，我门下尚无亲传弟子，听到弟子禀报，便来人界看看，没想到你资质果然极佳，我很喜欢。”

悬颂此刻已经对他客气了许多，行了一个拱手礼：“多谢仙人欣赏。”

修者又放下了几件法器和符篆：“这符篆内含一次攻击，可用来防身。这枚小哨子，你只要吹动，便可唤我前来搭救。这柄是镇妖青剑，只要将其插进妖兽心口，便可以镇住妖兽，使其妖力被暂时封印。”

悬颂迟疑了一会儿收下，转送给修者多样回礼。

送走了修者，悬颂拿着几样东西与竹简发怔，并且暗暗决定，此事绝对不能让母亲知晓，不然他以后连半分自由都没有了。

若是一直这般下去，或许悬颂也不会产生心魔。

只可惜……天不遂人愿。

九枳感知到了狐族被灭的哀恸。

这让九枳震惊，未曾辞行，便骑马而去，朝着她的故居而去。

然而到后，却只看到一片狼藉。

她步伐踉跄地进入其中，终于找到了藏起来的幼狐，从它那里得知了事情的经过。

原来，康王子早早就知晓她的身份，却从未表现出来。

毕竟宫中的雪狐丢了，她便来了，一样的眸子，一样的性格。

此刻的她才后知后觉地想到，康王子的确从未调查过雪狐的丢失。

明明之前那么喜爱……

后来，康王子南征，在此行途中结识了魔门修者。

魔门修者给了他很多药水，表示此药可以让狐族绵软无力，修为尽失。这样，他们魔族可以进来夺取妖丹，康王子的人可以获得狐狸皮毛。如果康王子愿意这样做，魔门修者便承诺在南征中助他一臂之力。

康王子同意了。在魔门修者的帮助之下，康王子此次南征大胜而归。

康王子信守诺言，带着药水来了狐族聚居地。

他是九枳的伴侣，坦露身份后狐族并未攻击他，还接受了他的礼物。

他说："九枳早就跟我说过她的事情，我也一直知道你们的存在，这次我出兵南征路过此处，便想着该来见见你们才符合礼数，特地带来许多兔肉孝敬你们。"

狐族不知晓，这些兔肉中饱含药水。

他将这些兔肉当作礼物送给狐族便离开了。

狐族没有怀疑九枳的伴侣，喜悦进食。

最后……便是魔门修者大肆屠杀狐族获得妖丹的场面。

若不是九枳在外，以及这只藏了起来的幼狐，怕是会就此灭族。

九枳在这一瞬间醒了。

她彻底看清那个男人了。

原来，爱真的可以一瞬间消失殆尽，血与泪都只在心中流淌。

她一边走，一边破除身上的修为封印，对幼狐道："血债血偿，他杀我族人，我便让他灭国。"

十

九枳动用了法术，瞬间便回到了宫中，做的第一件事便是消除宫中众人的记忆，让宫中的人不再记得她曾经出过宫，免得影响她的计划。

她寻到悬颂时，悬颂正在看竹简，见母亲过来当即放下手中的竹简行礼："母亲。"

"这几日在做什么？"九枳的手指抚过悬颂的头顶，引得悬颂一怔，片刻后方才回答："在研习兵法。"

"嗯，不错。"九枳确认完毕后，转身离开。

悬颂怔愣片刻，并非被除去了记忆，而是因为九枳从来不会摸他的头。

很快，他便感受到了一股法力掠过他，可惜被他身上的护身符箓化解了，妖力只恢复了一部分的九枳却浑然不知。

悬颂一向是聪敏的人，感知到了母亲的不对劲。

可是，他选择闭口不言。

九枳并没有立即复仇，甚至伪装得极好，没人发现她有异样。

她在宫中暗暗破解身上的禁制。

她身上的禁制是化神期巅峰修为的天尊为她布下的，如今那位天尊已经飞升，她寻不到人来破解，只能自行破除。

况且，她也不能声张此事，她要悄悄逐步破解封印才行。

在破解封印期间，她同时暗暗布阵。

她一次次地施法出城，在城中各处暗暗布下阵法，时间不够便多去几次，终于布下了绝妙的大阵。

待这大阵启动，转瞬间便可以将丰镐城变为修罗鬼刹之地，全城百姓都会在痛苦和哀号中死去。

每每想到如此场景，九枳都会冷笑出声。

这是她在愤怒、仇恨交织的痛苦之中唯一的慰藉。

布阵结束后，她转过身看着宫殿，有那么一瞬间的失落。

她曾经多么向往成为这里的女主人，能够得到康王子的宠爱，就这样和康王子以及他们的孩子幸福地共度余生。

然而，他的爱就像黝黑林中的彩色蘑菇，游荡在深水中的白色水母，小院里美得浑然天成的夜来香。

那么美，却那么毒、那么短暂！

就要结束了……

都结束了。

她会带着她的孩子回她的故居，留在那冰寒之地，不再出来。

然而，当她启用阵法时，才发现她的阵法被人破坏了。

她愤怒非常，快速施法去查看所有的布阵点，最后在宫殿偏僻处，看到了尚未跑远的悬颂。

仅仅一瞬间，她便到了悬颂身前，怒视悬颂问道：“你在这里做什么？”

悬颂有一瞬间慌张。

他没有想到九枳的身法如此诡谲，快到让他来不及反应。

原来修行了仙法后，会有这般大的神通？

他从小便一直跟随在母亲身边，从未做过欺瞒九枳的事情。

九枳的问话，让他产生了一瞬间的慌张，却还是努力镇定地回答：“我路过此处。”

“你坏了我的阵法？”

“什么阵法？”

九枳伸出手来，手指在他身前抹过，随即看到几件东西从他的衣袖之中飘出来。看到这些东西，她便已经确认，是悬颂破坏了她的阵法。

这些东西皆是破阵所需的。

“你与那些所谓的仙人有来往？”九枳手指一摆，那些破阵的工具全部都被她破坏成齑粉，消散在空中。

悬颂第一次见到有人施法，还有着这般强的能力，不由得错愕，睁大了双眼。

他慌张了一瞬，还是鼓足了勇气说道：“母亲！您不要这般害人可好？这些百姓做错了什么？您要这样对待他们？！”

“他们做错了什么？”九枳突然冷笑，“你可知他们的王对我的族人做了什么？”

九枳抬手一甩，让悬颂看到了尸横遍野的样子：“这些都是我的同族！是你的父王联合魔修杀了它们！我要让他付出更惨重的代价！”

看着那凭空出现的画面，再看到那满地鲜血的样子，尚未去过战场的悬颂有一瞬间的恍惚，甚至不受控制地开始干呕。

九枳却不许他躲开目光，扶着他的头，让他继续看：“你好好看一看，这么多条性命，全部死在了你父王的手中，我如何不恨？！你是我的儿，你也是狐族，你该与我同仇敌忾，跟我一同复仇！”

悬颂许久后才振作起来，粗喘着，情绪难以平复，却还是认真地说了起来：“母亲，杀死它们的是父王和魔族。冤有头债有主，您去寻他们好不好？我不阻拦你复仇，只求您别滥杀无辜可以吗？”

“滥杀无辜？奉这种败类为君主，他们哪里无辜？我要用他们的血与命，来给我的族人殉葬！”

九枳越过他，再次走到大阵前重新布阵。

悬颂急急地追过去劝道：“母亲，您别这样！百姓何其无辜？他们有老人，有幼童，他们每日辛苦劳作，勤勤恳恳地活着，只想过上好日子，您怎能轻易地夺了他们的性命？！”

然而任由悬颂如何劝，都无法阻止愤怒到极致的九枳。

他被九枳控制在一方小结界内，他的声音无法传出，他的劝说完全无效。

他眼睁睁看着九枳布阵完成，启用了阵法。

那一刻，他的双眼之中充满了绝望。

顾京墨看到这里不由得惊奇，原来曾经的悬颂也是这般会救世的存在。

他有一腔热血与极善之心，他有君主之能，关怀天下百姓。

曾经悬颂的心也是热的，又是如何凉的呢？

此刻主动去救天下苍生的悬颂，是如何变为旁人去求，也不愿意出手的悬颂的呢？

这个疑惑，很快便有了答案。

她看到，九枳在启动了阵法之后，拽着悬颂一同用法术飞遁，站在城头看整个丰镐城。

滚滚而来的烟尘如天空坠下的乌云，天雷轰然间炸响。

大阵之中雷鸣闪烁，凝结成团，翻滚撕扯着聚集，最终轰向人间。

曾经的岁月静好，曾经的人间烟火，都在一瞬间坍塌。

一片祥和化作团团血雾，美好城池变得泥瓦横飞。

悬颂看到了人间炼狱般的场景，哀号声，哭泣声，求助声，充塞天地。

他看到一名少年被雷劈中，他的母亲奋不顾身地扑向他，却被一同劈得倒地不起。

他看到从被雷电击中的屋舍里跑出燃着火的少女，在地面上打滚，扯自己的衣衫，痛苦哀号。

他看到逃跑的人被地面上的尸体绊倒，又狼狈起身，却还是未能逃过雷电的攻击。

九枳看着眼前的场景，终于大笑出声，有了大仇得报的快感。

她笑得那般肆意张扬，与城池的残酷景象形成了鲜明的对比。

悬颂却一瞬间红了眼睛，嘶吼着对九枳喊道："住手！别再杀了！已经够了！"

"远远不够！我要他们全部都痛苦而亡。"九枳说着，话语里还带着一丝疯癫，"丰镐只是开始，之后还有整个国！"

被困阵法的人们看向了城头，看到了那个美艳的女人身后出现了九尾，看着他们如此痛苦的模样却大笑出声。

她的身边是他们一向爱戴的公子煊，可是公子煊没有救他们。

不……

救了……

他们看到公子煊在愤怒之后竟然自行破除了身体的封印，他的身体也出现了五条狐尾，发间出现了白色的狐耳。

他的手中拿着一把剑，用力地刺向了九枳的心口。

镇妖青剑，元婴期修者给他的，可以镇压九枳的妖力。

他看到九枳中剑，在震惊中仰面倒下，跌下城楼。那一瞬像是被无限放缓，让他真真切切地看到了母亲失望又愤恨的目光。

母亲身上的衣衫被风吹拂发出猎猎声响，长发飞扬，最终重重地坠在了城楼下。

然而他只是犹豫了一瞬，便跟着跃下城楼，努力破阵。

那一日，他镇住了母亲的妖力，让她躺在城楼下，重新变回了狐身。

也是那一日，他徒手破坏了阵法，被阵法雷电侵蚀，从十指到手臂皆被雷电所伤，好在他拯救了丰镐城的百姓。

更是在那一日，他看到丰镐城的百姓朝他唾骂，叫嚷着要杀了他。

“他是妖！你看他的尾巴！他的脸颊上还有白毛！”

“他和那个母狐狸是一伙的！”

“是他和那个母狐狸一起害了我们！杀了他！”

“杀了他！”

悬颂的双手还因为徒手破阵血流不止，他还沉浸在亲手伤害了母亲的愧疚之中，却迎来了让他刻骨铭心的谩骂。

他颓然地道：“我救了你们……”

可惜他的声音被叫骂声掩盖了，有人向他讨命，有的用石头砸他，有的干脆取来武器，趁着人多一起朝他攻击过来。

他再次愤怒大吼：“我救了你们！”

这一声极重，所有人都听到了，然而他们只是停顿了一瞬，便继续朝他攻击。

人群里有一个小女孩扯着母亲的衣摆小声问道：“不是公子煊救了我们吗？”

然而她的嘴却被母亲捂住了。

他非常不解。

他想不明白。

他知道这些人听到了，他们也看到了，他们甚至知道是他救了他们，但是还是要攻击他。

为什么？

他不理解。

他甚至是木讷的，被人围攻，那些人给他带来的伤痛，竟比徒手破阵更痛。

直到他被拽起来，依旧未能想通。

他被关押了起来。

狱里没人来看他，他的父王，他的兄弟，他的仆从，他救过的百姓。

谁都没有来过。

狱里给他最差的饭菜，他甚至在饭菜里看到了恶心的虫子尸体，偶尔还能闻到尿臭味。

他早就看过修者给他的竹简，会了引气入体之法，已能辟谷，便从来不吃。

或许是怕他一直不吃饭死了，他的饭食才好了些。

他被关押期间，时常被关进囚车里。

囚车会沿着丰镐城所有的街道绕圈，以此示众。

囚车外被他保护了的百姓会朝着他骂出最恶毒的话语，用烂菜砸他，朝他泼粪水，甚至偷偷用武器攻击他。

前几次攻击还算轻，后面见无人管，他们的攻击越发放肆凶狠。

悬颂每一次被示众游街，顾京墨都跟在囚车后面看着。

她眼睁睁地看着那曾经意气风发的少年，眼眸中逐渐没了光，变得如傀儡一般。

悬颂最爱干净了……

他最挑剔，也最难伺候了……

可他却经历了这些事情。

她很想去安慰悬颂，然而悬颂看不到她。

她只能一路陪着他，他游街示众几次，她便陪着他几次。

悬颂的心魔，究竟是弑母，还是这一次次的囚车游街？

他内心的魔，究竟是母亲的凶残，还是百姓的无情？

似乎是一次次积累的失望，才让悬颂逐渐变得凉薄起来。

他不再想管世人的事情了，旁人的死活，与他何干？

他没必要去救人。

没有必要！

重新被关进监牢里，悬颂依旧像一个呆傻的人，只是安静地坐在角落。

直到，他看到九枳的身影出现在牢房门外。

他抬眸去看自己的母亲，依旧未动。

他知道自己的母亲没死，那一剑只会封印她的修为。

他也知道地面上狐狸的尸体，是母亲用同族尸体设的障眼法，她的本体逃了。

所以九枳出现的时候，他并不惊讶。

“你看，你救了他们，有人感谢你吗？”九枳问道。

悬颂整个人都是麻木的，没有理会。

“你知道，他们为什么这么对待你吗？”

这时，悬颂终于抬起眸子，用死气沉沉的双眼看向她。

他想知道。

“他们害怕。”九枳终于回答，“他们看到了我的可怕，他们知道你我是同族，所以他们觉得你也会如此可怕，这是对未知异族的恐惧。但是你尚且年幼，他们能够欺负，所以他们肆无忌惮。

“他们看到我已经死了，潜在的危险就只有你了，所以他们想把你也除掉。

“哦，对了，还有，他们知道你是我的儿子，所以他们可以靠虐待你来泄愤，毕竟他们之前的确伤亡惨重。

“至于是不是你救了他们，他们不在乎，他们只想安全，他们的心里只有自己，他们甚至觉得你是在做戏，这世间有谁会对自己的生母动手，只为了救他们这些不相干的人？

“没有人！这世间没有人会完全心善地去救苦难之人，没有！”

悬颂听完，重新垂下眸子。

依旧一言不发。

那绝望、失去生气的模样，让人看着心惊，暗暗心疼。

九枳就这样看着他，终究是沉下声音对他道：“失望了吧？你做的事情得不到任何人的认可。你承认你错了，我便救你出来。”

关押悬颂的牢房阴暗潮湿，甚至可以听到水滴的声音，叮咚叮咚——

如此安静了许久……

“我没错……”悬颂终于出声，“是他们错了。”

十一

悬颂的冥顽不灵让九枳十分不悦。

她甚至无法理解，自己怎么生出了这般蠢钝的孩子。

她不再理会悬颂，转瞬间便消失在了牢房外。

悬颂从始至终，身体都没有动过，只是重新垂下眼睑，继续安静地沉默着。

这期间，悬颂还是会时不时地被关进囚车里，游街示众。

突然有一日，游街示众突然停了一段时间，甚至没有人来给他送饭了。

他依旧是无神地躲在角落，从天之骄子跌落成尘埃，麻木得话都不愿意说。

不久后，九枳来告诉了他答案：“康王子薨了。”

悬颂抬起眸子看着她，目光穿过凌乱的发丝，没有半分神采。

甚至没有父亲去世的难过情绪。

他的身上很脏，一直以来他没清洗过泥污，发丝散乱，被百姓刺伤的伤口溃烂。

人都是臭的。

他身上哪里还有半分曾经的光鲜？

九枳继续道：“他居然又去南征了，他也不想想，上一次的胜利是靠他自己吗？是用我同族性命换来的！他渡汉水时乘坐的是竹筏，匠人用的胶是我用我的冰化作的。

“那是冰啊……遇水不就融化了。康王子的竹筏散了，他也淹死了。还一代枭雄呢，最后还不是死得这般窝囊？”

悬颂很少言语，但是一开口，便直击九枳的痛处：“你的妖力已经这么弱了吗？”

“还不是因为你？！”九枳突然怒吼出声，“你的镇妖青剑让我损耗了多少妖力，你知道吗？若不是你，丰镐城以及那些魔修，现在都已经不在人间了！现在，他们居然又苟活了三年！便宜他们了。”

三年……他有一瞬间的恍惚。

原来……他已经反复游街示众了整整三年的时间。

“收手吧……”悬颂突然开口，“你别再行恶了，找一处安全的地方养伤，以后我会入修真界，待我修为提升，我会替你杀了那些魔修。”

“就凭你？”九枳仿佛听到了一个非常有趣的笑话，自顾自地笑了起来，“你连筑基期都没有，怎么入修真界？那群魔修又岂会死在你的手下？”

“嗯，就凭我，别再因为那个人，把自己弄得满身罪恶了。你收手吧，以后的事情我来做。”

“你还是想护着丰镐城，哦，不，想护着这个国家的人？他们值得吗？你是不是太蠢了？”

“别再执迷不悟了，现在回头还来得及。”

九枳没有被悬颂劝住。

她没有再停留，再次消失在牢房外。

悬颂终究只是叹了一口气。

悬颂在牢房里不知时日，整日里浑浑噩噩的，只靠最后一口气撑着似的。

直到有一日，他看到有人给他送来还算入得了口的饭菜，他知道，他即将被处死。

他没有吃。

他只是坦然地跟着守卫走了出去，上了囚车，被押至刑场。

一路上，来了很多丰镐的百姓，应该是早早就听闻了消息。

他到了刑场，走到了行刑台之上，不知是谁用石头砸了他的头，砸得他一侧额头血肉模糊。

这一下子，还引来了一阵雀跃的欢呼声，似乎是对那个砸伤悬颂之人的赞赏。

血流下来，他被血浸染，只能睁开一只眼睛。

接着他抬头，丰镐城再次被布下了大阵，滚雷已经集结。

他看到之前还嚣张的百姓们四处逃窜，哀鸿遍野。

守卫们没办法再看着他了，他便一个人站在原处，看着那些人逃窜。

若说上一次还有愤怒，这一次就只有麻木了。

混乱持续了一阵子，他才走到了守卫的尸体边取出了钥匙，动作艰难地打开了自己的镣铐。

接着，他身体摇晃地朝城外走。

他已经多久没有不戴枷锁地走过路了？

他竟然已经无法保持礼仪，走路都变得生涩了。

他一直朝外走，大阵似乎有意避开他，并不会攻击他。

他看到朝他丢了石头的男子被压在火柱之下，挣扎间看到了他，迟疑了片刻后朝他喊道："公子煊，救救我！"

他只是看了看他，并没有理，径直走了过去。

他看到曾经在囚车外攻击他的百姓，有的已经成了尸体，有的聚集在一起，躲在他们认为安全的地方瑟瑟发抖。

他们都看到了悬颂，其中有的人看到他后表情很是纠结，最终还是开口："公子煊……能不能……"

不能……

悬颂没有理会他们，继续朝城外走。

这一路，显得格外漫长。

直到他遇到了那个小女孩，那个在人群中万分不解，问母亲"不是公子煊救了我们吗？"的小女孩。

她拽着重伤的母亲逃离火场，看到悬颂之后仿佛看到了希望："公子煊！"

悬颂被她的眼神刺痛了，立即扭头不看她。

她的母亲也跟着说道："没用的……他不可能再管我们了……不可能了……"

她的母亲也有自知之明。

若是他们没有伤害过悬颂，悬颂还是会救他们。

因为他是心怀天下的公子。

现在……不可能了。

然而他刚刚走了几步，便听到小女孩朝他问："公子煊，你不再救我们了吗？"

悬颂踉跄着又走了几步，突然停下，转过身去看那生灵涂炭的场景。

那遍地尸身、到处哀号的惨象。

破败衣衫下遮掩的拳头暗暗握紧，最后发出痛恨的怒吼声，随即变出狐尾，操纵着他生疏的仙界法术，朝着阵眼而去。

他痛恨……

痛恨百姓的翻脸不认人。

痛恨父王无情，母亲被逼到凶狠。

痛恨自己不争气，明明那么失望，却还是会于心不忍。

他厌了。

他疲惫了。

都结束吧。

然而在这一刻，他再一次动身，去救丰镐城的百姓。

他取出哨子吹响，唤来修仙者助他。

而他，再次徒手破阵，遍体鳞伤。

顾京墨坐在城头，看完了全过程，接着指着城下问道："他何错之有？"

没有人回答她。

"哟，叫来了这么多人围攻你啊？这得有百来人了吧？"顾京墨看着那些围剿九枳的修者，感叹出声，"后面那圈修者纯属浑水摸鱼的，就前面的几个人在动手，正派就是这样，阵仗大，其实就是虚张声势。"

她等了片刻，依旧没人理会她，她自顾自地继续说下去："他们和我动手时也是这样，非要先跟我谈一谈，苦口婆心地劝我，真是徒劳，难不成想我一界魔尊弃恶行善，归顺他们正派？"

九枳终于问了出来："魔尊是什么东西？"

在她的时代，还没有魔尊这个称呼。

她问完，虚浮的身影飘浮在半空中，只是一个灵体罢了。

然而这般银发，身着白衣，光着脚，脚踝处有着银色的链子，在此刻看来竟是别样的绝美。

像是凄美血池中开出的纯白且圣洁的花。

顾京墨却在纠结她的语句："你这个问题仿佛在骂我。"

"少说废话。"

顾京墨本是个坏脾气，但是谁让这人是悬颂的母亲？她只能忍了："魔尊啊，就是魔门修者的头头，最能打的，也是最能管理他们的。"

顺便夸赞了自己一番。

九枳当即面露怒色："你是魔门修者？他竟然还找了一个魔修为妻？他是要气死我吗？"

"你啊……"顾京墨突然感叹了一句，"果然一点都没变，总是迁怒。"

"你们魔门修者杀了我的同族！"

"是那些人杀的，他们的确该死，但是其他的魔门修者做错了什么？"

“你们都该死！”

顾京墨懒得理会她的愤怒，甚至翻了一个白眼，叹道：“悬颂并不恨你，他心疼你，一次次劝你，可惜你冥顽不灵。

“他自责，所以他躲在监牢里不出来，自己折磨自己。

“其实说起来，他在某些方面对你是认可的，所以他的身上留有你的影子，有意或无意地模仿你。”

九枳依旧不愿意相信：“他害我至此，还有脸心疼我？”

“你自找的。”顾京墨指着宫殿，“那个男人是你自己找的，他为了夺得战争胜利去害你族人，你为了复仇杀尽天下人，你们两个人在某种意义上还真是般配。”

九枳被顾京墨的话气得一掌击来，被顾京墨灵巧地躲过。

顾京墨依旧在笑，笑得云淡风轻：“你觉得你的儿子害了你，其实他是在救你，阻止你变成和康王子一样的人。”

“难道我还要感谢他？”

“自然要感谢，你还要庆幸，你们夫妻二人这般恶劣，却生出了这般正直的孩子。”

“正直？他是傻，你看看那三年，他可曾得到一句感谢？那些人是怎么对他的？”

“救人这种事情，要的是感谢吗？”顾京墨突然自嘲地笑，“要的是无愧于心，要的是惩恶扬善，要的是这世界还有光。我做了，我努力了，就算做一百件好事才能让一个人保持善念，我也是成功的。”

顾京墨指着城墙下那个小女孩，只见她冒着大火冲进药铺，取出一瓶药来，快速向悬颂跑去。

“一万个人中有一个这样的她，就够了。”

九枳看着城墙下，破阵后倒下的悬颂。

周围的丰镐城人一拥而上，纷纷帮他疗伤。

不能靠近的，则是跪在了不远处，掩面痛哭，口中念着：“他和那个妖姬不是一伙的？”

“我之前都做了什么……”

然而昏迷后的悬颂听不到了。

在战斗中的修者们也没能听到。

但顾京墨听看到了，表情有所缓和，随即扭头看向九枳：“你说，这是悬颂的心魔，还是你的心魔？哦……我懂了，你的儿子把你心中的魔移到了他那里，这些年里，他一个人承受了两个人的心魔啊……”

九枳的表情终于和缓了些。

她没有心魔这件事，她自己知道，她还当是自己问心无愧。

原来，记忆会从九枳的视角开始，并不是因为是九枳带顾京墨来的心魔之境。

而是因为，这个心魔之境，本就叠加了两个人的。

顾京墨睁开眼，便看到悬颂在她身边不远处盘膝疗伤。

她赶紧起身去看悬颂的情况，听到了九枳的声音：“他轻易死不了。”

她回过身去看九枳，看到九枳双手环胸站在他们身前，目光清冷地看着他们。

“我算是……帮他扛过心魔了吗？”顾京墨问道。

“我也是进去后才发现，他的心魔已经化解了，所以我们只是看到了一段记忆而已。”

他居然真的把心魔化解了。

他有着能飞升的修为，且未被心魔所困，却留在了人间，就是为了等这个一身是伤的女人？

果然还是当年的傻子。

九枳朝她丢来几根药草：“潜血神莲，就当是见面礼了。”

说完，九枳转身离开了房间，头也不回。

“我们成亲你来吗？”顾京墨突然问了一句。

“想我杀了你们吗？”

“就是随口问问，客气客气，你可别来，你也出不去。”

“哦，那我去，你们想办法吧。”

“……”

不好相处的夫君，还有一位很难伺候的婆婆，她突然不想成亲了。

十二

顾京墨小心谨慎地收起了潜血神莲，毕竟这药草是悬颂豁出性命得来的。

幸好，她曾经跟云夙柠要过储存药材的盒子装糖葫芦，不然她连个能储存药材的法器都没有。

在此之后，她盘膝坐在悬颂身边，看着悬颂打坐调息，为自己疗伤。

这是一个枯燥乏味的过程，她身边没有酒，也没个能陪她说话的人，她还因为身体有伤无法修炼。

她只能一直看着悬颂。

悬颂身上的法衣跟禹其琛他们的不同。

缘烟阁寻常弟子的门派法衣都是烟青色与白色相结合的，悬颂的法衣却以白色为主体，袖口和领口都是银灰色的，胸口是金色丝线绣着的飞翔之鸟。

腰间是用防御能力上好的宝石雕刻的腰带。

他的一头银发并未绑得规矩，而是半披散半束缚，用两根发簪固定。

脸颊处的伤痕留下了血迹，他尚未擦去，在他润玉般的容貌上增加了一抹艳色。

那张脸，倒是一如既往的无温清冷。

直到那眼眸睁开，琥珀色的瞳孔看向她，才多了一丝温度。

“你好了？”顾京墨托着下巴问。

“大体无碍。”悬颂说着起身，顾京墨伸手想扶他，却被他躲开了，“你会烧到我，我此刻的灵力无法支撑自己熬过你的火系功法。”

“……”顾京墨只能不悦地收回了手。

悬颂停顿了片刻，才问：“她给了你潜血神莲？”

“嗯。”

“那我们去最近的传送阵离开佛古窟吧，随我来。”说着，在识海中辨认地图，推开了最靠近传送阵的门。

顾京墨跟在他的身后，唤了一声：“悬颂。”

“嗯？”

“你道号是什么？”

“此处仍旧危险重重，我们出去再说。”

顾京墨翻了一个大大的白眼。

她暗暗地活动手指，心中掂量着如何攻击悬颂，才能让他不会丢了这条老命，还能遭点罪。

二人又破了四个阵法，才到了传送阵前，悬颂没有迟疑，带着顾京墨一同出去。

眼前的画面瞬间扭转，再睁眼，已经回到了青佑寺。

顾京墨大致看了看山峰的风景就知道曾经来过这里。

阵法外守候了几位高僧。

顾京墨随便看了一眼后，将目光落在了一位佛修的身上。

他在人群中……最俊。

他身着金色的僧袍，外罩棕色袈裟，不争不抢地站在人群最后，眉间的位置有一颗红色的印记。

他似乎察觉到了顾京墨的目光，抬眼看了顾京墨一眼，又很快垂下了眼眸。

几位高僧看到顾京墨跟悬颂一同出来，不由得有些惊讶，悬颂给他们介绍：“她是顾京墨。”

简简单单五个字，便让几位高僧同时亮出了武器。

悬颂赶紧解释："诸位莫慌，她是我的道侣，我在佛古窟内遇到了危险，她是来救我的。"

答完，还用控物术转过了顾京墨的头，让她别再盯着那个好看的佛修看。

这句话似乎很简单，但是暗含的信息量很大。

魔尊顾京墨是迦境天尊的道侣？还来佛古窟内救他？在此之前悬颂在佛古窟内遇难？是遇到了哪个强大的魔物？

最终还是恒悟大师开口："我等感到了佛古窟动荡，想到可能是你出了事，特来查看，天尊既然已经无事，我们便不再停留了。"

"多谢诸位关心。"

悬颂回答完，目送几位高僧离开。

顾京墨看着他们离开后，对悬颂说道："那个好看的和尚看着面生……"

她的话被悬颂打断："佛修无法治疗你的伤情。"

"我指的不是这个，就是感叹，还有这般好看的和尚我却不知。"

她看到悬颂面容不悦地看向她，她反而理直气壮："这是人与人之间的正常赞美。"

转而，她又垂下眸子："而且不知为什么，总觉得……"

想了想，却没有说下去。

悬颂抿着嘴唇追问："怎么？"

"我们回去吧，黄桃他们该着急了。"

悬颂虽然气恼，却还是操纵本体变回金丹期巅峰的修为，发丝重新变为了黑色，调用灵力换了一身法衣后，带着顾京墨上了自己的飞行法器。

悬颂和顾京墨二人回到小院后，悬颂第一时间去寻了云夙柠。

顾京墨还想跟进去，却被云夙柠拦住了："魔尊，我要帮他处理伤口，您跟进来不太合适。"

"我是他的妻！"

"我怕热。"言下之意，怕她害羞后纵火。

"……"顾京墨只能转过身离开了。

顾京墨站在院子里左右看看，勾了勾手指，黄桃便蹦蹦跳跳地到了她身边。

她小声问："我依稀记得燕祟来了。"

"对，来了，但是你没理他，他气得发了好大一场脾气，然后又走了，说是过几日再来。"

她又对禹其琛招手。

禹其琛并未犹豫，赶紧走了过来询问："魔尊有何吩咐？"

“你去趟人界，看看能不能寻来人界君王的信息。”

“君王信息？”

顾京墨点了点头：“没错，就是这些君王各在政多少年。”

“好，我明白了。”禹其琛当即回应，接着纵着佩剑离去。

她看着禹其琛行事干净利落的样子，不由得感叹：“还得是名门正派训练出来的靠谱，若是派魔门修者去寻，说不定会去喝两天酒，惹了事打了架才回来。”

黄桃站在她身侧问：“魔尊，你要这个做什么？”

“好奇，看看。”

不出一个时辰，禹其琛便回来了，将手中的史书递给了顾京墨。

顾京墨大字不识几个，只能让禹其琛帮自己找：“有个君王的儿子叫姬煊的，你找一下。”

“姬姓，应该是在周。”禹其琛翻阅着书查找着，寻找了一会儿摇头：“没有这个名字。”

顾京墨想着，是不是因为悬颂实则是妖，出事后被清出族谱了？

犹豫片刻后她说道：“君王叫康王子，还有一个孩子叫公子满。”

“找到了，周昭王，其子姬满是未来的穆天子。”

“他们距离现在多少年了？”

“晚辈算算看。”

她看着禹其琛认认真真地算着，从几百年，算到了一千多年，直到……一千九百多年？

明明已经有所猜测了，但是真的听到了这个数字，她还是眼前一黑。

“这修真界……”顾京墨需要单手撑着桌沿才能站稳，“有几个修者会有这么大的年岁。”

“只有……”禹其琛似乎是猜到了什么，许久答不出，生怕因此招惹了老祖。

“只有迦境天尊是吗？”

“是。”

顾京墨豁然转身，破门而出。

她气势汹汹地到了悬颂的洞府门口，朝着里面叫嚷：“迦境老儿！”

进入洞府中，便看到云夙柠快速帮悬颂披上了外衣。

她的脚步一顿，却没有停止，走到了床榻边看着悬颂，冷笑着问道：“你倒是会装啊！先装和尚，后装弟子，现在不装了？！”

悬颂并没有立即回答，而是装出了重伤的模样，捂着胸口说道：“京墨，我的状态不太好。”

“少来苦肉计，你用控物术转我头的时候灵力充足！”

“那是怕你冒犯了高僧，别看他年轻，却是佛门修为最高的三名佛修之一。”

“和你比，这普天之下还有谁不年轻？！”

“……”悬颂竟无言以对。

悬颂只能单独传音给云夙柠：“你打算一直冷眼旁观？”

云夙柠规规矩矩地站在床边，听到传音后扬起嘴角，单独传音问：“晚辈该如何做？”

“跟她说我伤得很重，往重了说。”

“晚辈明白了。”

云夙柠当即对顾京墨说道：“魔尊，天尊他的伤势的确很重。”

“有多重？”

“怕是……活不过三日了。”

悬颂本在安静地听，听到这里眉头一皱，抬眼看了云夙柠一眼。

重成这样……倒也不必。

云夙柠依旧面带微笑，仿佛要用微笑将他“送走”，一向病气很重的面容都多了些许活泼来。

门口，缘烟阁三名弟子也在偷听，听到云夙柠的话，三个人当即慌了，哭嚎着进了洞府。

木彦眼泪汹涌：“老祖！”

明以慢也是红了眼圈：“老祖您伤得这么重吗？”

禹其琛哽咽不止：“老祖，我这就传出传音符，叫来门派前辈，他们定然能努力延长您的寿元。”

只有黄桃想的问题比较务实：“火葬还是土葬？”

见所有人都看向自己，她的声音小了些：“土葬我可以帮忙挖坑，我挖坑还挺厉害的……”

顾京墨强行忍住自己的愤怒，又问云夙柠：“他是老死，还是伤情所致？”

云夙柠认认真真地回答：“天尊年事已高，又被伤及根本，伤情很重，所以……”

“够了。”悬颂打断了云夙柠，“你们都出去吧。”

虽然云夙柠说得还挺像模像样的，但是他总觉得还不如不叫云夙柠帮他呢。

云夙柠也不想多留，对禹其琛三人示意，接着带着黄桃走了出去。

待洞府的门关上后，顾京墨才走到了床边坐下，问：“真的要死了？”

“九尾狐妖的寿元有五千年，我是半妖，也有三千年，所以你不必担心我寿命的问题。”

“哦……”

难怪那些魔修想要夺狐族的妖丹，就算只有四尾，怕是也有千年的寿元吧？这样的妖丹可助修者提升百年寿元，的确很有诱惑力。

“虽没有生命危险，不过这伤还是很重，怕是需要闭关一段时日疗伤才可。而且，这期间我不能拼尽全力斗法了，你莫要擅自行动，知道吗？”

“所以一时半会死不了？”

“嗯。”

偏在此时，黄桃又跑了进来，给了顾京墨一件孝服：“魔尊，这是我们溯流光谷修者常备的，可以送给病者家属。你可以现在穿上给悬颂看看你为他穿孝服的样子好不好看！”

顾京墨下意识伸手接过：“……”

悬颂：“……”

黄桃又问悬颂：“你喜欢什么颜色的寿衣？我去给你买。”

悬颂努力压抑自己的愤怒，提醒自己这个时候凶黄桃，会让顾京墨更生气，于是只能说道：“我希望你能先出去。”

“哦，得交代遗言。”黄桃赶紧转身出去了。

待黄桃出去，顾京墨才抬手挑开悬颂的衣襟看了一眼：“伤口很深吗？你……”

接着是扑面而来的火焰。

悬颂终于问出了口：“所以你帮我选择的是火化吗？”

十三

顾京墨眼睁睁地看着自己身上的火焰像发怒的火蛇一般，直冲悬颂的面门。

这时就连她都不得不庆幸，幸好面前的是迦境天尊，若是别人，重伤之际绝对经不住这般的火焰烧灼。

她努力控制自己，让自己不会燃得太过分。

然而就算她站起身距离悬颂远了一些，再瞟一眼悬颂的胸膛，还是会面红耳赤，喉间发紧，心口不争气地狂跳，仿佛全世界的兔子在她心里乱蹦起哄，成千上万的乌鸦在她耳畔边聒噪不停。

悬颂看着清瘦，可是有肌肉的，那身材的确不错。

明明还包着纱布，她怎么还是会害羞呢？

顾京墨，你是魔尊啊，你这没见过世面的样子会让正派修者耻笑的！

尤其看她自燃的还是正派老祖，直接丢人丢到了云端。

她一个人站在小型结界内冷静。

悬颂坐在床铺上，想说点什么，最终也只是抿唇不语，免得刺激得顾京墨更为羞恼。

二人尚且没有仔细聊过悬颂身份的事情，院落里便传来了声音。

顾京墨几乎是在一瞬间熄了火，朝着洞府门走去，在门前停下倾听。

燕祟进入院落，并不理会缘烟阁弟子，径直朝着顾京墨的洞府走去，同时问黄桃："小黄狗，魔尊回来了吗？"

黄桃一向不喜欢燕祟，有一种说不清道不明的讨厌，自然没有什么好态度，甚至瞥了他一眼。

她不情不愿地说道："回来了，不过悬颂正跟魔尊交代遗言呢，你别打扰。"

"交代遗言？"燕祟听完冷笑了一声，竟然真的停住了脚步回头看向黄桃，又问，"怎么，那个狐狸要死了？"

他这种语气让缘烟阁三名弟子愤怒，对他怒目而视。

黄桃首先回答："就是受了伤。"

"真伤得那么重，都得交代遗言了，这小子不会风平浪静地站在外面的，唬谁呢？"燕祟指了一下云夙柠，接着快速进入顾京墨的洞府里。

可惜他进去之后没找到人，再出来便看到顾京墨从悬颂的洞府里走出来。

燕祟看到之后倒是不意外，直截了当地问："那个狐狸受伤了？"

顾京墨回答得很简单："嗯，不过还好，死不了。"

听到这句话，缘烟阁三名弟子齐齐松了一口气，心中轻松了不少。

迦境天尊可是他们缘烟阁，甚至是整个正派修者的主心骨，仿佛有他在，就没有解决不了的事情。

迦境天尊四个字，在他们的心里等同于最大的安全感。

若是老祖出事了，恐怕修真界要陷入混乱。

黄桃倒是很意外，她都要出门去打听哪里卖寿衣了。

她探寻地看向云夙柠，云夙柠耸了耸肩，对她笑道："人在屋檐下……"

燕祟也不去看悬颂的情况，毕竟他对悬颂的生死毫不在意。

他转头坐在了院落的石桌前，手臂搭在石桌上，恨铁不成钢似的说道："你打算一直在这里坐以待毙，什么也不做吗？那群人都欺负到千泽宗头上来了！你还是一点计划都没有吗？"

顾京墨正要说话，却听到了识海里的道侣传音："我无法读取他的记忆，他有所防范。"

有所防范。

这四个字让顾京墨心中一紧。

只有要害她的人，才会防范悬颂的过往术。

若是燕祟也防范的话，难不成就连燕祟也是他们的人？

她救过的人，却成了要杀她的人，这种失望会化为彻骨的寒。

是她最不想看到的。

顾京墨心中产生了千万种猜测，面容上却没有表现出任何，反而笑着道："不然我还能做什么？在这里清净几日也不错。"

听到这个答案，燕祟当即跳起来，指着洞府说道："就是因为他？！那个狐狸精？你是魔尊啊！你怎么迷恋这种妖孽？"

"也不是……他是我的伴侣。"

"那个会读取记忆，还能招魂的是不是也是他？"燕祟毫不退让，咄咄逼人地继续追问。

顾京墨挑眉："你知道这些？"

"当然知道，旺角楼的事情闹得那么大，事情肯定不像那个小弟子说的那么简单，你又不是愿意说起过去的人，姓孟的也不会出卖你，那就是被迫读取记忆了呗。"燕祟从储物袋里取出一袋栗子，一边剥一边絮絮叨叨地说着。

顾京墨沉默下来。

若是燕祟猜到了，会有所防范也不奇怪，毕竟燕祟的记忆里尽是痛苦，不想被人看到。

燕祟又问："就一点线索都没调查出来吗？我们这么多人呢！他们不过是一群躲在暗处的老鼠，还杀不死他们了？"

"有些吧。"顾京墨依旧回答得含糊。

燕祟起身，伸手去戳顾京墨的额头，手指轻点额头，一下又一下："你要气死我？"

"是你脾气太糟糕。"

燕祟看到顾京墨的模样很是生气，拿起栗子往地面上一摔："你简直无可救药！你怎么就变成了这个样子？我对你失望透了。"

说完转身朝院外走："我去调查了，如果被我找出真凶，你就当着我的面把那条狐狸杀了为我庆功好不好？"

"你怎么就那么讨厌他？"

"我还想问你呢，你怎么就那么喜欢他，我哪里比他差了？"

顾京墨回答不出，只能看着燕祟气鼓鼓地离开。

小院再次恢复了安静。

缘烟阁三名弟子在短短一瞬间，便对燕祟产生了极大的厌恶，主要是他们都护着自家老祖。

云夙柠一向不在意旁人，扭头看向黄桃，听到黄桃凶巴巴地骂道："这个人真讨厌！"

"嗯，的确。"云夙柠回答。

燕祟走出沙漠，正想召唤出自己的灵兽离开，便看到一道人影。

是彭玉。他的动作一顿，语气不善地问："你来这里做什么？"

彭玉无视了他厌恶的模样，坦然地朝他走过来："不过是想看看你在做什么。"

燕祟撇了撇嘴角，带起了脸颊上的梨涡。

他走到了沙漠边的孤树下，靠着树，懒洋洋地回答："刚才去找顾京墨了。"

"我真不知道你到底要拖多久！"彭玉听到这个回答干脆暴躁出声，"说什么抓住了顾京墨的弱点，去给万慈阁送眷奴册，教会他们制作眷奴。到头来呢，还不是那群女修在旺角楼公开了真相，让你布置几年的计划落空？"

燕祟很讨厌彭玉跟他说话的语气，干脆祭出一记法术。

已是化神期修为，并且是七鬼之一的彭玉面对燕祟的攻击，也得倒退两步才堪堪站稳。

"别以为你把你私生子的身体给我了，你就真的是我爹了！"燕祟低声警告道。

彭玉依旧气势汹汹："我们跟随你多年，可是复活六道帝江的事情总是遥遥无期，我们还不能问了吗？"

燕祟抬手指了指自己的额头说道："我刚刚去给顾京墨下了蛊。"

彭玉的语气有所缓和："蛊？什么蛊？"

"能让她快速走火入魔的蛊。"

"她没有抵挡吗？"

"我下蛊向来神不知鬼不觉。"

"又是这么慢的法子，难道就不能直接围杀吗？"

"直接围杀？"燕祟冷笑出声，"围杀她，会引来其他人帮她，她的那个铃铛结契了很多人，只要摇晃，就会有人来救她，丁臾和丁修就是最先到达的。

"经由拍卖行一事，多人叛变。我们现在残存的这些人，根本不是他们的对手。我刚刚开始练义父的功法，尚未冲到化神期巅峰，还需要再等等。"

彭玉不由得懊恼："那现在就这么一直等，等着顾京墨查出我们来？"

"你害怕了？"燕祟冷笑，"怕有朝一日被发现，然后被顾京墨杀了？"

彭玉怒极，大声反问："难道你不怕？"

“不怕，死就死了，我努力过了，倒也无憾了。”

“你果然就是个疯子！”

对，疯子。

发了疯地想要复活六道帝江，从最初只有元婴期的修为，到现如今的化神期修为，用的是随时会丧命的功法。

还有他做的疯狂之事。

他先是调查到溯流光谷有云外丹，派人去溯流光谷逼问云外丹的下落，可惜遭遇了顾京墨的阻拦。

也因此，他知晓了顾京墨会送出铃铛，结契救人的事情。

于是他利用了这一点，策划了万慈阁的事情。

他给万慈阁眷奴册时只有一个要求，抓来他知道的那个、拥有顾京墨铃铛的女弟子。

万慈阁的人色欲熏心，并没有过多猜测，还当是燕祟与那女子有仇，才会想要如此害她。

实则不然，燕祟是想让那女子有机会摇铃，叫来顾京墨杀了他们!

这样，顾京墨又背上了万慈阁的骂名，以她的心性绝对不会公开这种真相。

他还设计与那些眷奴一起被顾京墨救了，有借口赖在顾京墨身边，甚至还混了一个千泽宗的宫主当。

可惜，成也万慈阁，败也万慈阁。

他一怒之下，杀了初静仙尊跟妄蛰仙尊泄愤。

彭玉最终只能妥协，又问：“那蛊多久会发作？”

“多刺激刺激她，没多久她就会疯，疯了之后滥杀无辜，说不定就不用我们动手了。”

“现在只能等吗？”

“可以试试看先去杀了那条九尾狐，他受伤了，似乎很重。”

“好。”

燕祟看着彭玉取出佩剑，似乎准备离开。

犹豫了片刻，彭玉才唤道：“习焕亭。”

“嗯？”

“你能控制住吗？会不会不久之后，就会变得如六道帝江一般敌我不分。”

燕祟不甚在意：“我未曾去练这门功法，只是在钻研化解之法，你放心吧。”

“嗯，知道了。”

二人就此分开。

沙漠边界，风也变得无力，竟不能驱散炎热。

灼灼阳光如羽翼，四处翱翔。

千重沙万层浪，无尽的昏黄。

燕祟站在孤树下看着黄沙怔怔出神：“习焕亭……”

一个他自己都快觉得陌生的名字。

呵——

忘了也罢，又不是什么重要的东西。

十四

在燕祟离开后，顾京墨陷入了长久的沉默之中。

她在怀疑她最不想怀疑的人。

这种孤寂感如沙粒入海，如寂寞天地中等待飘落的枯黄之叶。

她一个人坐在洞府里，回忆着认识燕祟后的所有事情。

若是仔细去想，会不会哪里有破绽?

从白日静坐到夜幕，她才绝望地发现……她想不到一条能够证明燕祟不是蒙面人的绝对证据。

但确实有很多关于燕祟不利的细节。

她回忆起燕祟一次次出现在她身边，似乎很关心她伤得重不重和她的计划。

若燕祟一直有杀她之心，竟然还能那么自然地来她的面前问她?

她想不通……

这个看着只是因为早期经历，而变得性格乖张的人，怎么会呢?

一边跟随她说着忠诚于她，一边却想杀她?

若是这样，会显得她之前的善心是个笑话。

这时，黄桃进入了她的洞府，探头小声说道：“魔尊，缘烟阁的两位天尊来了，你要去见见吗？”

顾京墨知晓他们是去调查蒙面人的事情的，立即起身走了出去。

李辞云和南知因都在悬颂的洞府。

见到顾京墨进来，悬颂抬手示意了一下，李辞云很快懂了，笑着说道：“师母，您先坐下，待我喝口水再为您仔细说。”

悬颂不悦地抬眼看向李辞云，李辞云再次心领神会：“哦，我突然想到我也不是很渴，不用喝水，我现在就说。”

顾京墨坐在了桌前，看着笑容灿烂的李辞云，目光又在南知因身上走了一圈。

其实从第一次见面时她就注意到了什么，但是她没有说。

“我和师弟早早就派人探查过，并且在三场秘密盯上了一个蒙面人，跟着他我们去了南沼腹地，探查了几日后终于找到了他们的藏匿之处。

“说起来，他们之中也有些人才，有人会用毒，有人会用幻术，我们进入其中会被幻阵迷惑，留久了还会中毒。”

顾京墨表面点了点头，却偷偷传音给悬颂：“你这个徒弟废话有点多啊……”

悬颂倒是难得帮李辞云说话：“他在你面前已经在努力克制了。”

李辞云自然不知他们二人的单独传音，继续说了下去：“我们在他们的隐匿之处共遇到了三十七名修者，最低修为是金丹期，最高修为有两人是化神期。”

顾京墨抬手示意了一下，问道：“化神期修者是谁？”

低阶修者顾京墨恐怕不认识，但是化神期修者多少会知道一些。

李辞云回答：“绘辑盗人和白夜书生。”

听到这两个名号，顾京墨轻呼了一口气，又问：“杀了，还是抓了？”

“杀了。还请师母放心，那群人只能发现有人剿灭了那处，却无法判别是谁所为，所以我们还是您的秘密武器。至于掩盖斗法痕迹的方法，是我师父给我的一个法器，这个法器……”

顾京墨打断了他的话，火速回答：“嗯，我知道了，你办事我放心。”

见她不再询问，李辞云继续说了下去：“我们发现了他们在炼制一种很独特的丹药，刚才已经给云夙柠小师侄看了，作用是可以助修者短时间内加速提升修为。”

顾京墨不由得疑惑：“提升修为的丹药不是很常见吗？”

李辞云摇了摇头：“这个丹药不常见，并且有些邪性。”

“怎么说？”

“降心魔升修为，仿佛是在燃烧修者心中的恶念，将之再化为修为。”

顾京墨不由惊在当场。

修真界皆知，魔修比修仙者更难飞升，并非他们的修为不到家，而是因为魔修更容易有心魔。

修仙者讲究的是无欲无求，魔修的欲望却格外大。他们想要巨大的财富，诸如法器、灵石；他们想要战无不胜，得到至高无上的权力和尊重。

欲求多了，心魔更重。

所以魔修成功飞升的不足修仙者的三成。

若是魔门修者得到了这种降心魔升修为的药物，又岂会不心动？

这可是能助他们飞升的神药！

许久后顾京墨才道：“哦，我懂了，明明知道复活六道帝江会带来什么，但是这种丹药诱惑太大，让他们不愿意去计较后果了。”

李辞云格外期待地看着顾京墨，眼神仿佛在说：师母师母，你还有什么要问的吗？我必定知无不言，言无不尽！

然而顾京墨没有再问，而是陷入了沉思之中。

许久后，顾京墨才问：“还有其他的调查结果吗？”

“目前是没有了，不过我们还在努力，毕竟阻止六道帝江复活是我们该做的事情，不该一直由您一个人来做。”

“嗯，谢谢。”顾京墨轻声道。

“没事没事。”

李辞云面上一喜，眼眸笑得弯弯的，看向了南知因，神识单独传音道：“师娘跟我说谢谢呢！”

“没看出来她是在思考问题吗？”

“思考什么？”

“思考谁会选择南沼腹地，思考谁能提供这种药方，或者是在思考之后该如何做。”

悬颂终于开口：“京墨，那些人一直都关注着你的行踪，你若亲自去调查，无疑是打草惊蛇，之后的事情交给我的两个徒弟来做即可。”

言下之意，他们只是告诉顾京墨进度，其他的无须她出手，自己安心养伤即可。

顾京墨在此刻站起身来，有些颓然地往外走：“我出去吹吹风，洞府里太闷了。”

说完，便走出了洞府。

李辞云看着顾京墨离开，情不自禁地问：“师父，您不去陪陪师娘？”

悬颂语气很是担忧：“她是想一个人静静。”

“怎么了？”

“我们怀疑，她曾经救过的人也参与了此事，对她来说，这种背叛无疑是致命打击，她怕是要缓一阵子。”

“怀疑谁？”南知因很快问出关键。

“燕祟。”悬颂回答完便吩咐了下去，“去调查关于燕祟的一切，这些年去过哪里，和谁有过来往，还有……他幼时的性情可与现在一致。”

两名弟子同时回应：“是。”

悬颂又交代了些事情，李辞云先行离开，留下南知因在此等候李辞云的消息，得到消息后，才能够确定他之后要去哪里。

离开悬颂的洞府，南知因想寻一处静坐一会儿，不巧遇到了顾京墨。

二人四目相对的一瞬，南知因迟疑了一瞬，拱手行礼：“师娘。”

“女扮男装，纯阴体质，绝佳的炉鼎啊……”

听到顾京墨的感叹，南知因的身体一僵，登时怒视过去。

谁知，紧接而来的却是顾京墨的温声询问：“这些年过得很辛苦吧？”

“……”南知因双唇紧抿，神情闪烁，最终还是一言不发。

顾京墨手指划过千宝铃，丢给了她一样东西：“这个还是你师父帮我寻回来的，送你了。”

南知因双手捧着手里的极品暖炉，不由得一怔。

顾京墨解释道：“你的体质身体冰寒，若是手中没有把玩的小物件，就拿它当个暖手炉。对了，它还有净化心灵的作用，抚平心烦气躁。”

这回，南知因才真的行了一礼：“多谢师母。”

顾京墨打量着她，又道：“学什么不好，和那老家伙学得这般刻板，瞧着无趣。”

“师父曾经救我于水火，我一直敬重他。”

“以后你若是哪一日换上女装了，就对我笑一笑，我看看是你漂亮，还是明以慢漂亮。”

“……”南知因看着顾京墨的表情，有些局促。

顾京墨也不再逗弄南知因，仰头看着夜空。

南知因暗暗退开，留下顾京墨一个人坐在夜色下，怔怔出神。

翌日，缘烟阁三名弟子已经完成了悬颂布置的任务，很快告辞离开。

顾京墨在禹其琛离开后，还颇为遗憾地看了看黄桃，她倒是蛮喜欢禹其琛的，可惜黄桃不开窍。

这种事情也不能强求。

罢了，罢了。

倒是云夙柠不能离开了。

顾京墨和悬颂都身受重伤，需要他随时配药，以助他们缓慢修复。

这个小队伍最后只剩下了顾京墨、悬颂、黄桃以及云夙柠四人。

悬颂取出了一件不错的飞行法器，是一个空中楼阁，一行人用这个法器缓速离开沙漠地界，回千泽宗，悬颂要去见千泽宗所有宫主，探查一番。

楼阁中应有尽有，甚至有一处雾气氤氲的池子。

这是绝妙的享受法器。

黄桃看到池子很兴奋，指着池子对顾京墨道：“魔尊，你若是害羞了，可以跳进去灭火。”

“害羞？”云夙柠站在一侧问道。

“啊……就是，那个……”黄桃瞬间变得慌乱无措起来。

云夙柠又问：“所以你当初寻的可以抑制害羞的药，是给魔尊用的？”

黄桃故作镇定，非常理直气壮地说道：“我是说，我如果害羞了，我就跳进去狗刨！”

顾京墨站在一边见云夙柠双眼眯起，像条坏心眼的狐狸，当即嚷道：“没错，是我！我害羞！我见到他就害羞，行了吧？”

“嗯，魔尊一如既往的气急败坏。”云夙柠点了点头，非常认可顾京墨的态度，她每次这样都仿佛在不打自招。

“你一如既往的自作聪明！”顾京墨怒喝出声。

“魔尊莫要动怒，引乱了灵力就不好了，我寻一处去炼丹，不打扰各位了。”

倒是悬颂一直旁观他们吵吵闹闹。

然而未等云夙柠上楼，他们的飞行法器便遭遇了攻击。

顾京墨看着成千上万的金色利刃朝着飞行法器袭来，导致飞行法器剧烈震颤。

她站在空中楼阁的窗户前朝外看，看到了下方的大阵，不由得气恼：“我似乎和飞行法器没缘。”

有一个，坏一个。

悬颂站在她的身侧，看着阵法道：“困妖阵。”

“针对你来的？”

“呵，蠢货，当我只有九尾的妖力？我还是迦境！”

十五

这一次来杀悬颂的是三名化神期修者及其若干弟子，阵仗很大。

这三人，有的是拍卖行里被悬颂杀了手足的修者，有的是一直否认顾京墨魔尊之位的修者。

皆是不怕跟顾京墨结仇的人，毕竟，他们本就水火不容。

他们三人极为坦然，其中一人朗声说道：“顾京墨，今日我们无意杀你，你大可躲在飞行法器上不出来，但那条九尾狐我们必须杀。当然，你也可以继续保护他，那就别怪我们等不客气了。”

悬颂轻叹了一口气，若是强行离开，只会弄坏他的飞行法器，还会是一场恶战。

似乎只能去解决他们了，于是他对其余几人道：“你们留在这里，我去去就回。”

顾京墨担心悬颂的伤，拽住了他的袖口：“我陪你去。”

悬颂的目光扫过顾京墨的指尖，明明只是如此简单的动作，却让他心中一阵愉悦。

原来爱上一个人后，喜悦会来得如此简单。

“好。”悬颂温声应答，顾京墨便跟着一同纵身到了地面。

他垂眸看着周围布置的困妖大阵，目光随意得似乎是在检查弟子们的功课。

许暮词一边舔着牙齿，一边吊儿郎当地走出来看悬颂，颇为不敬地绕着悬颂转圈，接着冷笑道：“顾京墨，你果然是和丁臾来往久了，行事和她一般不知廉耻，找了这么一个小白脸回来。”

许暮词也是魔门一个宗门的宗主，他的身后站着的是宗门内的弟子，听到许暮词的取笑，弟子们也跟着大笑起来。

顾京墨也不生气，坦然站在悬颂身边：“我啊，和丁臾还真不一样，她把那些送上门的男人当玩物，我还是不如她，只找了这么一个夫君而已。”

“半妖的夫君？”许暮词依旧是那嘲讽的态度，“还让这半个畜生杀了我的兄长？”

“他是自己找死。”

这句话触怒了许暮词，当即怒吼：“顾京墨！你莫要敬酒不吃吃罚酒，若是你执意插手，今日我便连同你的命一块取了。”

这时，他们看到悬颂步态平稳地走到了困妖阵的中心位置，抬手试了一下。果然，进入了阵法范围后，他连一块冰晶都幻化不出来了。

其他人看到悬颂的尝试，纷纷大笑出声，许暮词指着悬颂问顾京墨：“顾京墨，你是找了一个傻子做夫君吗？居然自己走进阵中去送死？真是一个脑子不清醒的，找了一个蠢货凑一对！你们两个绝配！”

另外两名化神期修者也跟着摇头，嘲笑道：“此处有困妖阵，他已是瓮中之鳖。顾京墨，我们皆知你身受重伤，不便出手，不如……我们给你们个痛快？到时定然将你们二人的尸首一人丢至冰岭，一人丢至龙岩山，一寒一炎，永世不得靠近。”

另一人道：“这九尾的妖丹我们收了，他的面皮也可以剥了做一个人皮面具，倒是怪好看的。”

悬颂此时才指着阵法道：“漏洞百出。”

他说着，指着南方：“那里，为何不再布置一个束缚类的阵法，这个方向最适合逃脱，一个束缚类阵法可以挡住其退路。”

悬颂说完，看到那些人不解的模样，觉得他们似乎比自己的徒子徒孙更加愚蠢，于是叹气道：“算了，你们也没命去弥补了。”

“不自量力的东西！”许暮词骂出声来，朝着悬颂攻击过去。

周围的宗门弟子也在此刻议论出声：“那个小白脸倒是嘴硬，到现在还在硬撑。”

“被这阵仗吓傻了吧，你看他来了之后的举动有一样是正常的吗？若是真有实力，怎么可能在这修真界没名没号？”

“他活不了多久了，妖族在阵中毫无还手之力，只能被宗主一掌击杀。看来，我们要和千泽宗结仇咯！”

“千泽宗已经是强弩之末，苦苦硬撑的空壳子罢了，前任魔尊飞升后，剩下的皆不成气候。”

然而，事情并不像他们想的那样。

只见阵中的男子周身突然旋转起一阵飓风，紧接着，是破除禁制的轰然之力。

顷刻间，大地摇摆，狂风不止，又快速平息。

悬颂抬掌，接了许暮词的一击。

这一掌让许暮词震撼！

他感受到了对方浩瀚的灵力，比他充裕太多，从他的手掌开始，到足底皆是一震。

化神期巅峰！

他竟然还有着这般高的仙家修为？

悬颂一掌将其震退，许暮词连退数步才堪堪站稳。

悬颂还有闲暇整理自己的袖口，那种淡然，与剑拔弩张的气氛格格不入：“已经有许久，没有你这般的宵小来主动挑衅我了。沉寂这么久，再遇到你这种送死的，也着实有趣。”

“你……”许暮词震惊得双目圆睁，嘴巴张开，舌尖无所依似地就那般悬着。

另外两名化神期探查到悬颂修为瞬间猛增，也是一惊，齐齐拔出武器防范。

他……究竟是谁？

他们被骗了吗？

只是苦了周围的弟子们，没有防护的情况下，承受了两位化神期修者的全力一击，攻击余波让他们狼狈倒地，口吐鲜血。

这些人尚且未能回神，便看到悬颂双手掐诀，说道：“这个阵法稍作更改，便可以变成绝妙的杀阵，尔等可以看看，我是如何布阵的。”

大阵在悬颂的脚下亮起，多处阵眼交相呼应，暗暗发颤，最终被悬颂的霸道真气控制，变成了无主之物，再成为可被悬颂控制的法器。

他抬起一只手来，食指与中指一抬，一个阵眼瞬间改变位置。

阵法的气息陡然一变。

“阻止他！”许暮词已经意识到了不对，朝着悬颂攻击过去。

可惜，他们却看到顾京墨也跟着回到了化神期修为，拔下双钗朝着他们疾冲而来。

古铜色的发钗尖端一扫，让三人一齐让出位置，不能靠近悬颂。

他们三人凑在一起绝非偶然，三人皆有金灵根，凑在一起使用同一种法术，有着毁天灭地之能。

三人一同施法，又是漫天的金色利刃，齐齐朝悬颂攻击过去。

这时，大地震颤带来了天崩地裂之感，接着是众多石块从悬颂周身飞起，抵挡金色利刃。

让三人大惊失色的是，那些看着脆弱的石子不但抵挡住了金色利刃，还一点点将利刃顶得破碎，化为齑粉。

随着悬颂的一声“灭”，漫天金刃全部消失。

与此同时，杀阵已成。

顾京墨快速退至悬颂说的最适合逃跑的方位。

三名化神期修者也想跟着她逃离，可惜被一道土墙挡住。

他们脚底的地面变为吞人的沼泽，拖拽着他们再次进入阵中。

霎时间，黑雾缭绕，一头吞人巨兽从阵中腾跃而起。

悬颂手指掐诀不停，低声喝道：“分。”

话音方落，一头巨兽变为三只，三只变为九只，对三人攻击不停。

悬颂再道：“起。”

其中三只巨兽瞬间化作腾飞之鸟，展翅飞起，又俯冲而下。

再离开时带走的，是其中一人的佩剑。

悬颂最后留下了一个字：“死。”

声音落时，斗法之地也恢复平静，原本还在奋力反击的三人同时死去。

杀死他们的不是阵法，不是土系功法。

而是隐匿在阵中的冰晶九尾狐，找到时机，咬断了三人的喉咙。

见这边斗法平息了，黄桃兴奋地下了飞行法器，哼着小调去找三个人的储物法器。

顾京墨没有在意那边，走到了重伤弟子们的面前，笑道：“你们的宗主在斗法时，似乎没有保护你们的意识，这种宗主不要也罢，要不要入我千泽宗？”

受伤的弟子陷入迷茫，四顾去看，待看到宗主的尸体后齐齐一惊。

就这么短短一瞬间，便杀了三名化神期修者？

这是何等实力？

顾京墨抬起手里的发簪，似乎是在看发簪的模样：“若是不愿意，我也不会强求，只是嘛……需要给你们宗主殉葬。”

那些人几乎是同时奋力爬起，接着战战兢兢地磕头：“属下见过宗主。”

“还算识相，跟着我的飞行法器跑回千泽宗吧，不然没办法展现你们的诚意。”

顾京墨说完，带着捡完储物法器的黄桃，回到空中楼阁之内。

进入飞行法器的一瞬间，顾京墨和悬颂异口同声地对云夙柠道：“看看他（她）

的伤势。”

顾京墨瞪了悬颂一眼：“先看他的，他年纪大。”

悬颂很是执拗：“我无碍，看看她的灵力是否混乱。”

云夙柠走过来抬起双手，一手搭住一人的脉门，探起脉来。

二人同时安静下来。

云夙柠探了一会儿说道：“魔尊再服用三颗丹药，天尊随我来换药。”

说着，给了顾京墨丹药后，带着悬颂上楼。

顾京墨有些担心，又怕误伤烧了人，于是站在屏风后问：“他情况严重吗？”

云夙柠回答得轻飘飘的：“伤口裂开了而已，问题不大。”

悬颂却在思考方才截杀的事情：“这几个人看似合谋来报仇，却配合极差，毫无默契，到处破绽。他们显然不精通阵法，甚至对阵法所知甚少，才会在我改阵的时候束手无策，这足以证明，这阵法布置是别人教给他们的。”

“也就是说，他们可能是被蒙面人指使来找我们算账的？”顾京墨在屏风后问。

“嗯。”悬颂认同了顾京墨的想法，“知晓我受了伤，便派人来了。”

这一句点得很明显，让顾京墨瞬间沉默下来。

这时，在旁听的云夙柠当即问道：“燕祟？”

那些蒙面人，也是杀害他妹妹以及同门的凶手，也是他的仇人，他自然关心。

听到悬颂的话后，第一时间想到了燕祟。

顾京墨没有否认，而是问悬颂：“李辞云他们去调查了？”

“嗯，去了。”

云夙柠帮悬颂换药的动作稍有停顿，很快便继续了，同时道：“此人诡诈无比，还甚是喜欢戏耍别人，享受看到求生之人努力后绝望的样子，折磨手段残忍。如果是他，那魔尊……”

恐怕就是燕祟正在戏耍的人了。

顾京墨有一瞬间的怅然，却在此刻听到了铃响。

她对悬颂道：“丁臾叫我去喝酒了。”

说着，拎着一坛酒便撕裂空气而去。

顾京墨拎着酒坛，看着醉乡宗遍地尸骸，丁臾怀里抱着身中数箭的丁修，当即冷了脸。

她丢出酒坛，拔下双钗，沉着声音问：“谁伤的？”

十六

平日里绰约多姿的丁舆，此刻已然变得十分狼狈。

她的身上各处都有伤痕，嘴角还噙着血，头发凌乱，法衣也破了。

她的怀里是身中数箭的丁修，带着雷电之力的弓箭全部刺在了丁修的后背。显然，是丁修帮丁舆挡下了一波攻击。

顾京墨看着丁舆双目失去光亮，而丁修不知是死是活。

她手握双钗转过身，看向围绕在丁舆周围严阵以待的正派修者们。

院落正中的位置放着两口棺材，并且棺盖打开，棺内的尸身显现出来。

她起初并未在意，直到看到了熟悉的轮廓，她纵身到了棺前去看那两具尸身。

是初静仙尊和妄蛰仙尊。

她看着二人的尸身，寻找斗法的痕迹，是水系功法。

这时她听到丁舆略显沙哑的声音："他们说……这二人是我杀的。顾京墨，你相信我吗？"

记忆里，丁舆的声音一直是娇嗔的，千回百转，柔进人的心坎里。

此刻，却这般沙哑，不知绝望地吼了多久。

听到顾京墨的名字，围攻丁舆的修者中有一人朗声开口："在下缘烟阁澜暨天尊，之前在旺角楼听闻了魔尊事迹，后证实魔尊的确是极善之人，我等极为敬佩。

"今日之事，并非我等唐突，而是事出有因。

"想必初静仙尊您也认识，她本已与道侣离开缘烟阁隐居，却被丁舆所杀，这口气我们着实咽不下。妄蛰仙尊乃是我的师弟，我自要为他讨回公道。"

顾京墨怔怔地看着那两口棺材。

她救了的人，她一直努力保护的人，还曾经为了救她挺身而出的人，此刻没了呼吸，躺在棺椁之内。

仿佛有一只大手硬生生地破开了她的胸腔，用力攥着她的心脏，生疼。

许久后，她才找回自己的声音，问道："你们有什么证据，证明他们二人是丁舆所杀？"

"那日有人看到她在一处大阵出入，不久后，便在大阵内看到了他们二人的尸身。"

"什么阵？"顾京墨转过身来，继续追问。

"弥天桐昕阵。"澜暨天尊答道。

"他们二人为何会出现在弥天桐昕阵内？"

那些修者勉为其难地回答："许是想去阵中采药。"

顾京墨又问："他们二人避世，便是想要避开世间众人那些让人作呕的眼神，为何要去有弟子历练的弥天桐昕阵？"

见那些人答不出，顾京墨便帮他们回答了："因为丁臾会去那里！因为杀他们的人知道丁臾会去那里，所以他们的尸身出现在了那里！"

丁臾一直在等。

等顾京墨的态度。

那些狗东西冥顽不灵她不在意，她只在意顾京墨相不相信她。

待听到这句话，她霍然抬头看向顾京墨，露出了比哭还难看的笑容。

美艳如丁臾，笑容一向是妖媚的，这一次竟然有些憨傻。

难怪她和顾京墨合得来。

此刻看顾京墨又顺眼了几分。

澜暨天尊思忖片刻，谨慎地问道："您的意思是说，其中恐怕另有隐情？"

"所以你们没调查清楚就来了？就像当初没有确切证据，听了江湖传闻便来围杀我一样？"

澜暨天尊知道这件事他们的确理亏，无言以对。

他当时只是得知了师弟的死讯，听说凶手是丁臾，愤怒交加立即前来问话，的确没有认真调查。

丁臾回答不出，他们便直接动了手。

此刻被顾京墨质问，让他没有了底气。

他知道顾京墨是护着初静仙尊之人，不可能看到初静仙尊的尸身还包庇丁臾。

见澜暨天尊不再动手，甚至不再辩驳，后方走出了一位老者，身边还有一名女子扶着他。

他拄着一根拐杖，每走一步，便用拐杖砸一下地面，这种法器与鲵面坨坨的有异曲同工之妙。

不过，此人的拐杖实则是一根长枪。

面容苍老，要么是跃升筑基时已经年迈，要么是寿元将尽飞升无望，逐渐枯竭，容貌也出现了老态。

这老者便是后者。

"若说这事没有证据，那么秦某家的事情就不该有假了。"老者说着，微微扬起下巴傲视顾京墨，眼神里多是嫌弃。

这是正派修者对魔门修者根深蒂固的厌恶之感。

他伸手拿出了丁臾的鞭子，给顾京墨看："此物想必魔尊也认得吧？"

顾京墨不由得一惊，这一战，竟然让丁臾的本命法器都被收走了？也难怪醉乡宗会到这般惨境。

“怎么？”顾京墨看向他问道。

“她用我儿子的面皮做鞭子的柄皮，这事已有七百余年了，我今日来此不但是助澜暨天尊报仇，也想夺回我孩子的魂魄。”

顾京墨这回懂了，这老人是欺骗过丁臾感情的男子的父亲。

“这男人当年做的事情，你应该知晓吧？”顾京墨指着皮鞭问道。

那老者倒也坦然：“自然知晓，他的确有错，也得到了报应，七百余年的折磨也该够了吧？我想将他的魂魄要回有何不可？”

这时却传来丁臾的怒吼声：“把他的魂魄带回去，找一个合适的身体夺舍？让他与他的未婚妻百年好合？想得美！”

老者怒喝：“你折磨了他这么多年还不够吗？！”

提起那个男人，仿佛点燃了丁臾的愤怒，她用沙哑的嗓音吼道：“不够！就算他夺舍，我也会抓住他，把他千刀万剐！”

接着，她看向老者身边的女子，愤恨地问：“你呢？你明知他是怎样的人，还苦苦等他这么多年，值得吗？现在你还在助他们夺魂，难不成你依旧想嫁与他？”

“我与他……”未婚妻格外艰难地开口，“我早已放下，现如今，我只想取回他的魂魄，让他不再遭受折磨。”

“你放过你自己了吗？”丁臾再次质问。

那位未婚妻被问住，眼圈微红：“你又何尝……”

那位未婚妻，看起来是个蛾眉皓齿的名门修者，容貌并非多秀美，只能说是十分端庄得体。

相较于丁臾，她的确要逊色几分。

那个男人呢，贪恋丁臾的张扬与美貌，还想同时拥有一个贤内助，两边都不肯放下，他伤害了两个女人。

顾京墨在此刻站出来，拦在丁臾和丁修的身前：“不管是何缘由，带来众多修者擅闯魔界的地界，我作为魔尊都不会坐视不理。”

她手握双钗，目光如凶猛恶兽，用极尽威严的声音继续说了下去：“若是诸位还想动手，那么便从我尸身上踏过去，只要我还有一口气，就有余力血洗仙界，我说到做到。”

她的态度非常鲜明，她要护着丁臾。

最先动手的是男人的父亲，撑起长枪直接攻击过来：“那休怪我等不客气了。”

老者已经动手，那位未婚妻犹豫片刻，还是给老者做了辅助。

老者也是火系灵根，还有些许木灵根，属于双灵根修者。

而那位未婚妻主修木灵根，两家结亲也是为了能让该女子帮助那个男人。

顾京墨也没有收敛，手持双钗交叉抵挡在面前，架住了老者带着火焰的一枪。

紧接着，便是两团火焰的碰撞。

顾京墨的火系灵根极为霸道，一条火龙在她周身围绕后冲天而起，盘云直上九千里。

龙有四足，每只足下都踏着火焰，周身被火光环绕，飘浮的火焰仿佛燃烧的云霞。

老者的火系功法同样强势非常，燃火的猛虎咆哮而起，朝着火龙飞扑过去。

二人战成一团，漫天火势仿佛要燃了这山这宗门，甚至烧了这苍穹！

老者逐渐不敌，尤其是顾京墨拼起命来，一般修真者很难招架。

这魔尊的斗法能力果然强悍，难怪这般年轻便闻名三界，老者心中只有这么一个想法。

他只能蛊惑其他人一起："你们便这般看着吗？来已经来了，战也战了，半途而废是何道理？而且，如果不是丁臾所杀，那还能是谁？还有谁会想要杀他们？"

听到老者的话，其他修者也不再犹豫，一拥而上。

"诸位，等等……这位魔尊我看着……"人群中有一位天尊没有动手，反而有些犹豫。

他从看到顾京墨起便觉得眼熟，又有些不敢认。他想老祖的道侣不可能是如今的魔尊吧？

而且那日的女子只有筑基期修为。

已经出手的修者无人理会他。

正派十三名化神期天尊，围攻身有重伤的顾京墨一人，也只能堪堪战成平手。

顾京墨的钗尾划过老者眼前，老者仰身去躲，却见顾京墨丢出双钗，一掌击在他的胸口。

这一掌极为强劲，让他肋骨尽碎，身体翻飞出去。

与此同时，丢出去的双钗如飞镖攻向了另外两人。

双钗击中一人，穿透身体飞出。

另外一只被躲过，却也划破了那人的脸颊。

顾京墨的身体跃起，稳稳地重新抓住了双钗，以诡谲的身法回身，将双钗插在一人的双肩之上，再瞬间拔出，鲜血四溅。

然而就在这时，顾京墨的神识出现了一丝混乱，识海中出现了一个陌生男人的声音，唤她："京儿。"

谁？

为什么她的识海里会有这个人的声音？

为什么她眼前的场景在逐渐混乱？

老者抓住了顾京墨这一刻的破绽，手持长枪，强忍着之前的伤痛继续猛攻，不给顾京墨留有思考的余地。

顾京墨身后突然挨了一掌，她吐出一口鲜血，眼前的事物再次变得扭曲旋转，周围变得嘈杂，斗法中的人都发出那个男人的声音，叫她："京儿。"

"京儿！"

就算如此，她还是发狠地刺出一钗，要了老者的性命。

再回手，割断了给她一掌之人的脖子。

强撑至此，终被剩余的人围攻。

"顾京墨！"丁臾看到顾京墨的状态，想要起身去救，只是扑倒在地。

再抬头，澜暨天尊的剑即将刺穿顾京墨的胸膛。

就在此刻，醉乡宗的上空传来了一名男子的呵斥声："放肆！"

仅仅一句话，便让在场所有修者顿住，无法再动。

紧接着，他们看到迦境天尊御剑而来，到了顾京墨身边扶住了即将倒下的顾京墨，看到她嘴角含血的重伤模样，当即怒喝出声："跪下！"

在场所有修者，无论有没有回过神来，都不由自主地跪倒在地，完全无法控制自己的身体。

因为……施法者是盛怒之下的迦境天尊。

十七

之前犹豫，未曾出手的那名化神期修者，绝望地闭上了双眼。

他为什么要跟来魔界？

他刚才明明已经认出来了，为什么不确定一些，成功阻拦？

老祖的道侣真的是魔尊？！

魔尊啊！

他们竟然对未来的祖师母动手了？

现在的他，甚至无法去思考门规，毕竟缘烟阁弟子不得与魔修在一起，不然会被逐出门派。

但那人若是迦境天尊呢？

谁敢逐他老人家出门派？

也没人舍得让他老人家离开，恨不得请回缘烟阁坐镇本门，把老祖宗供起来做镇山天神。

最糟糕的还是未来的师祖母本就身份敏感，二人的姻缘怕是会被诸多晚辈阻拦。

现在，顾京墨还杀了多名缘烟阁修者，让事情变得复杂无比。

就算是迦境天尊，也没办法妥善地处理此事吧？

本就是正派难容的姻缘，此刻还惹上了人命，怕是……

另一边，顾京墨意识到悬颂来了，瞬间有了安全感，不再硬撑，干脆在悬颂怀里晕了过去。

悬颂将她横着抱起，再次看向自己的徒子徒孙们：“组织好你们的语言，待我出来再跟我汇报。”

悬颂说着，抱着顾京墨回过身，四处寻了寻，见丁臾指了一个方向：“我的洞府在那边。”

悬颂当即走了过去。

丁臾努力撑着坐起身来，看着悬颂抱着顾京墨离开，再看看那群正派修者老实跪拜的模样，突然觉得有趣，指着悬颂的背影问道：“他是谁？”

跪地不起的修者抬手擦了擦额角的汗：“迦境天尊。”

丁臾听完不由得扬眉，随即轻笑出声。

竟然是迦境天尊……

顾京墨苦了一辈子，最终遇到了这么一个能保护她的人，似乎也不错。

她爬回丁修的身边，撩起了丁修的头发，查看丁修的样子，小声唤道：“小修儿……”然而这一次，她未能得到回应。

她正绝望，却看到一个飞行法器以离奇的速度进入了醉乡宗的境内。

真的是护山大阵被破之后，什么奇怪的东西都能进他们醉乡宗了。

那空中楼阁乃是速度很慢的享受类飞行法器，此时却快得有些荒唐，仿佛八匹马拴着一个核桃，拖拽着拼命奔跑。

在场所有人都隐隐约约地听到了一个女孩子的尖叫声：“啊啊啊！这个法器它疯了！”

紧接着，空中楼阁歪歪斜斜坠落，云夙柠扶着黄桃从里面爬出来，看到外面的场面皆是一惊。

黄桃看到丁臾和丁修，当即惊呼出声：“鬼王！小修儿！这是怎么了？”

云夙柠跟着跃至丁修身边，握住了丁修的手，徐徐地输送灵力，同时探查了丁修的情况，安慰道：“他还能活，鬼王您帮我把这几颗丹药喂给他。”

丁臾赶紧启用了一个小洗涤术，洗干净手上的血迹，这才接过了云夙柠用控物术送来的丹药，小心翼翼地喂给了丁修。

云夙柠起身，又去看了诸位天尊的情况。

地面上的几具尸体已经没办法救了，其他修者的伤势尚且能够控制。

这时，他听到了悬颂的单独传音，快速起身朝着悬颂离开的方向去了。

黄桃也急匆匆地跟在了哥哥身后，她想顾京墨的情况怕是不太妙。

云夙柠进入了丁臾的洞府，看到顾京墨躺在红艳艳的石床上，照旧心无旁骛地认真查看顾京墨的情况。

黄桃看着顾京墨的样子急得团团转。

“还请天尊为她运功疗伤，灵力朝着泥丸宫的位置汇聚，记得轻柔些，减缓她体内灵力逆流的速度，即可缓解她此刻的情况。”云夙柠说完，从储物法器中取出了几颗丹药，喂顾京墨服下。

云夙柠对黄桃道：“你小心些帮她擦汗，天尊帮她顺了灵力，大穴不再堵塞，她吐出血来，不要怕，那是堵塞的淤血，擦干净即可。”

“好！”

云夙柠见二人配合得极好，便对屋中说道：“我去看一眼皓夜狐狼的伤，他身上的箭伤需要我亲手处理，若是其他人强行拔出，会加重伤势。”

“去吧。”悬颂说道。

这一次，醉乡宗死伤惨重。

丁修接到了顾京墨的传音符，的确足够重视，这些日子一直有派人出去调查，并且有所防范。

可是他防范的是那些魔门的人，或者是蒙面人的人，却未曾想到，对他们发动攻击的会是正派修者。

第一个出手的，还是缘烟阁！

这些年里，两界一向和平，没有哪一方愿意先出手，成为打破两界和平的存在，那样只会成为众矢之的。

千算万算，都算不到一向以和为贵的缘烟阁，竟然做了出头鸟。

丁修为了保护丁臾，帮她抵挡了如雨般密集的攻击，命悬一线。

正派这边，除掉被顾京墨杀死的三名天尊，还有两名天尊死亡，带来的正派弟子也是死伤无数。

抬眼望去，醉乡宗被血浸染，石子小路的缝隙积满了血液，墙壁与树干上，也是飞溅的血痕。

醉乡宗的尸身排了几个纵列，看得丁臾眼圈发红。

那些都是跟随她的门人。

没了他们，她还算什么鬼王。

她颓然地走到丁修洞府的门前，甚至不敢进门，她见不得丁修遍体鳞伤的模样。

洞府未关门，她可以在斜角的位置看到云夙柠伸出来的手，丢下了一支箭。

云夙柠病态白皙的手指上沾满了血，形成了鲜明的对比。

丁臾心疼得胸口发闷，只能撑着墙壁才能站稳。

直到她听到云夙柠说："鬼王，他的魂魄碎了，您去看看迦境天尊那边是否结束了，怕是只有他能重塑皓夜狐狼的魂魄了。"

丁臾先是一怔，很快点头，接着步伐虚浮地走出去。

悬颂注意到了丁臾的到来，微微侧头道："说吧。"

"小修儿的魂魄碎了。"

"我可以救。"

简简单单的四个字，便让丁臾哽咽起来，用鼻音回答："嗯……"

至少还能救回来一个……

这时宗门内其他的得力部下寻到了丁臾，扶着她出门。

她一个人在院落里静坐，许久未动。

"鬼王，您的伤很重！"部下急切地说道。

"对啊……伤得太重，什么忙也帮不上，甚至不能帮你们运功疗伤。"

"您别这样，您该照顾一下自己的伤，这样才能带人血洗仙界。"

丁臾竟然未能立即回应，她现在，还有血洗仙界的实力吗？

她甚至有些愧疚，虽说初静仙尊和妄蛰仙尊不是她杀的。但是仙都阁的修者，却实实在在是因她而来，也属仙都阁的修者攻打得最为凶猛。

这的确是她与仙都阁的恩怨，是她连累了她的门人。

她摆了摆手，示意部下们去救治伤员，接着一个人静坐。

往日里的傲气都没有了，此刻只有颓然。

不知过了多久，悬颂才走了出来，问道："他在哪里？"

丁臾赶紧起身："你随我来。"

悬颂到时，云夙柠正在往丁修的伤口上涂抹药膏，进行最后的包扎。

他进入洞府问道："他的伤势如何？"

"很棘手。"云夙柠实话实说，"肺腑皆伤，经脉也断了几处，这箭着实霸道，三魂七魄都跟着碎了。"

"是仙都阁的独门绝技，他们门派独有一脉修炼这种功法，因为只能远程攻击，且没有什么护身功法，导致专攻此功法的修者很少，所以在修真界罕见，群战时就算只有一名这一脉的修者也棘手。"

悬颂说完，坐在了丁修身边，抬起手来试探了一下，接着道："我治疗期间，不要有任何人打扰，此术不可中断。”

丁舆认真点头：“好，我为你护法。”

云夙柠看到鬼王这般柔弱的模样，心中不忍，却还是走了出去：“我去看看其他伤者。”

丁舆甚至没心情看他，只是一直盯着丁修。

悬颂进入了丁修的识海。

这一次他并非去看记忆，而是拼凑魂魄，便只是匆匆掠过那些记忆。

不过，他还是发现了一些事情。

丁修从小被丁舆所救，跟在丁舆身边从不起眼的小修者，变成如今最得力的部下。

他有一个不为人知的秘密——他爱慕丁舆。

这是难以启齿的感情。

他们二人的关系极为复杂，丁舆可以是丁修的师父，也可以是义母。

最让他无奈的是，在他跟随丁舆之初，丁舆的心里便有一个混账男人，这么多年了都未曾放下。

他的爱意注定不能言说，于是他决定，保护好丁舆就好。

丁舆总会在夜里带回来男子。

他都知道，所以，他只在夜里行动。

他并非擅长夜里作战，他只是想在夜里找一个发泄的方式，这样，就不会那么难受了。

他守护了丁舆很多年，唯一一次被丁舆拥入怀里，是他替丁舆挡了攻击，再难支撑时。

那一刻，他竟然觉得这一身伤值了。

这世间的爱没有那么简单，并不是推开门，就能走进那个人的心里。

如果，自己的爱可能会成为那个人的负担，那么这份爱可以称之为无用之物。

不恰当的存在，总会让人不安。

在悬颂拼凑魂魄的最后一刻，丁修突然恢复了些许意识，在神识里问他：“你能在我的记忆里动手脚吗？”

悬颂很快会意：“你想我做什么？”

“抹去我爱丁舆的记忆，让我以后守着她是因为忠诚，而不是因为爱。”

“为何不试试看与她说呢？”悬颂似乎有些不忍。

“她和魔尊不一样，她懂爱，所以她知道我爱她，不回应，就是我们不可能。我想……不再爱她，只是继续守护她，就好……”

他想将他和丁舆的关系变得简单，是义母和义子，是宗主和部下，是师父和徒弟。

没有其他不该存在的感情。

“好。”悬颂同意了，在丁修的神识里施展法术，抹去了丁修不想记得的那一部分。

从此丁修不再爱丁舆，繁星枯竭，山河永寂。

修复完成，已过去整整四个时辰。

悬颂收招起身后，丁舆赶紧去查看丁修的情况。

待看到丁修睁眼，看向她时，她终于松了一口气，却听到丁修问她：“鬼王，您没事吧？”

丁舆一怔，丁修的眼神……有些不对。

她回头看了看悬颂，悬颂并未理会，径自起身离开。

丁舆这才回答：“小修儿，我……受伤了，好疼啊……”

“我去帮您寻些丹药！”丁修作势便要起来，却被丁舆按住了。

“可能……没药救了吧……”丁舆拽住了丁修的袖子，难以自控地哭了起来，“没事了，已经没事了，对不起……”

悬颂终于有时间理会那群跪着的徒子徒孙了，他目光冰冷，扫过在场众人。

澜暨天尊战战兢兢地开口：“启禀老祖，今日之事实则事出有因，我们调查到……”

悬颂手指一动，澜暨天尊便觉得有一个巴掌扇在他的脸上，让他的脸偏向一侧。

“调查结果呢？”

“有人看到……”

“有人看到？！”悬颂手指再动，澜暨天尊被打得头偏向另外一侧。

澜暨知晓这事触怒了迦境天尊，赶紧磕头认错：“是晚辈鲁莽了。”

“一句鲁莽即可了事？”悬颂再出一掌，澜暨天尊的身体就此翻飞出去。

其他修者无人敢动。

澜暨天尊被击得倒地不起，呕出一口血来。

悬颂又看向仙都阁的幸存者们，低声道：“仙都阁的事情，我本没有资格过问，但是此事涉及两界的安危，若是因此事挑起两界祸乱，我便要向仙都阁讨个说法了。”

仙都阁的修者就算已经到了化神期，听到迦境天尊训话，也是大气都不敢喘，跟着在这里跪了近五个时辰。

“随我回缘烟阁。”悬颂低声道。

此事，怕是很难善了了。

顾京墨在此刻走了出来，看着地面上的尸身，再看向悬颂，突然问道：“此事你打算如何处理？”

悬颂努力压下心中的怒气，回答道："三日后，我会给出答案。"

"若是答案我不满……"

"那缘烟阁等候魔门来战。"

她突然苦笑起来，风吹拂她的衣摆，将她的轮廓呈现，竟然显出了一丝单薄来："在此之后，你还能娶我吗？"

"能。"悬颂回答得干净利落，随后便带着众修者回缘烟阁。

她目送那群人离开，才去寻了丁臾，对丁臾说道："我若是能在来之前探查一下情况就好了。"

她给过丁臾铃铛，但丁臾每次摇晃都是叫她喝酒，她都会直接过来。

丁臾则是有些颓然："他们破阵时便布了结界，传音符飞不出，我……也是毫无办法了，你再晚来一刻，我怕是……"

曾经那么骄傲的女人，此刻，却颓然得挺不直背脊了。

顾京墨暗暗心疼。

十八

缘烟阁已经许久未曾这般氛围紧张、异常忙碌了。

迦境天尊也在这一日突然回到门派，坐在长老阁内等待调查结果。

门中所有长老全部在长老阁内聚集，表面上虽然无声，却已经在神识传音里问完了情况。

缘烟阁内除闭关不能中断的修者，其他修者全部出动，去调查初静仙尊跟妄蛰仙尊死亡的真相。

悬颂在长老阁内看着二人的尸体，记忆无法查看，魂魄已彻底粉碎，无法召唤。

他只能从二人的尸身上看到水系功法攻击过的痕迹，其他线索皆无。

澜暨天尊等人一直跪在棺椁边，紧张地等待调查结果，心中祈祷，此事一定要跟鬼王有关，不然他们所有人都难辞其咎。

悬颂静静地看了许久后，握住了妄蛰天尊的手，他的手掌被踩得粉碎，又看了其他的伤处，突然道："如果那人没有用功法，只是用寻常的招式杀死他们的呢？"

长老阁内一静。

悬颂继续道："像是体修，完全是用搏斗的方式杀死的二人，他们二人尸身上的功法痕迹，很有可能是后加上去的。"

"不可能！他们二人都是元婴期的仙尊，怎么会被人用体术这般虐杀？"

"我曾见过顾京墨用过这般的体术，当时她还封印了修为，甚至能够不动用功法，越级挑战高她一阶的修者。”

澜暨天尊怔了一瞬，接着问道：“难道说他们二人是魔尊杀的？”

悬颂被气得气血翻涌，一脚将其踹倒：“说话能不能用用脑子？！顾京墨有什么理由杀他们？顾京墨为保护初静仙尊背负了十几年的骂名，却在她帮了自己后杀了他们？这说得通吗？！”

澜暨天尊赶紧起身重新跪好，战战兢兢地回答：“晚辈愚钝，晚辈此刻脑子很乱，完全是一团糨糊，老祖莫怪。”

悬颂抬手揉了揉自己的眉心，竟然有些心累。

这时有弟子带着几名战战兢兢的别派小弟子进来，说道：“他们皆在弥天桐听阵见到了鬼王。”

悬颂并未询问，而是用了法术去读取他们那一日的记忆，确定了时辰。

那日，醉乡宗的门人在弥天桐昕阵内采集药材，与几名正派弟子发生了冲突。

醉乡宗的门人杀了人，慌乱之下联系了丁修，丁舆当时正与丁修在一起，便一同来了。

从几名弟子的记忆中可以看出，他们二人进入阵中后便直奔门人所在位置，接着用束缚类法器拴着几名门人，便去那个门派谢罪去了。

这时该门派的掌门也来了此处，小门小派，掌门也才元婴期修为，见到悬颂更是胆战心惊。

此刻，他说话都有些不利落：“鬼王她来时态度的确嚣张，也不愿杀人偿命，但是出手……出手阔绰，赔偿了很多法宝、灵石。见几名弟子的家人还想追究，手起刀落剁了那门人的手臂，这才算是了结了此事。”

也就是说，丁舆选择了主动道歉的方式，赔偿了那个小门派。

小门派本就没有底气跟魔门鬼王对抗，便忍气吞声地收了财物，息事宁人了。

悬颂低声道：“他们二人进入大阵不超过一炷香的时间，这几名小弟子见到他们二人问话的时间也与他们进入的时间差不多。

“这么短的时间，他们怎么抽空去杀了初静和妄蛰？而且大阵之中没有斗法余波，他们二人就算是元婴期对抗化神期，也不该一点战斗的余波都没有便被杀死。”

澜暨天尊赶紧说道：“可是他们二人尸身边有斗法的痕迹。”

“有斗法痕迹，却无人感受到斗法震颤，或者听到响动？他们四人是闷在钟里打的吗？”

“可能是……可能是……鬼王布下的结界。”

“那鬼王可真是煞费苦心啊！布置如此精细，只是为了杀死他们二人，好引你们去杀他们醉乡宗的门人。她还特别粗心大意，明明知道杀了他们二人可能会被寻仇，还没有加固醉乡宗的护山大阵，竟然被你们轻易破了。”

听到悬颂逐条分析，澜暨天尊内心坚持的也在崩塌，呆傻地看着地面。

悬颂继续道：“若是你如此做了之后，最少也要召集几名高手坐镇吧？可当时的醉乡宗内只有五名天尊，还有多人在外未能回宗，这是他们想要找死吗？”

澜暨天尊再陷惊慌之中，无法回答。

这时，南知因带人抬进来了另外几具尸身，放在了长老阁大殿内：“师父，我们在调查时发现了这些尸体，他们正在集中融毁，被我们阻拦了。”

悬颂蹲下身去查看，起初并未发现什么不对，却突然想到了许多年前的情形，开始试探。

依次试探完毕，他又去看妄蛰仙尊的尸身。

悬颂身体一晃，伸手撑住了棺椁才站稳。

南知因不解，急急追问：“师父，怎么了？”

“他们皆被吸走了所有的修为，有人又练了六道帝江的功法。”

说完，整个长老阁陷入了哗然之中。

若是真的有人练这种功法，只会是另外一场浩劫。

澜暨天尊非常小声地道：“会不会是鬼王在练……”

“她如果练了，会任由你们杀害她的门人，却不用这门功法杀掉你们？”

又过了半个时辰，李辞云才姗姗来迟：“师父，我找到了初静仙尊和妄蛰仙尊隐居的洞府，在雪半。我们探查到那里在半月前便没有灵力支撑了，而且，在隐秘之处我找到了一根发丝。”

李辞云将发丝递给了悬颂，悬颂即刻施法，这根发丝未被布下禁制，让他成功进入初静仙尊的记忆。

他们看到了二人死亡的画面，如悬颂猜测的一样。

真相已经十分鲜明，他们二人并非丁臾所杀。

离开回忆之境，澜暨天尊的身体轰然倒地。

长老阁内有人想替澜暨天尊说话，犹豫再三，也没敢开口。

南知因只能首先询问：“师父，此事该如何处理？”

“如何处理？鬼王和魔尊皆非需要法宝之人，这次又伤及这么多人命，能如何处理？”

李辞云左看看，右看看：“杀人……偿命？”

“不可啊！”掌门第一个出口阻拦，“澜暨天尊也是保护师弟心切，只是中了歹人的伎俩，不如罚他去抓凶手，以此谢罪。修行至化神期不易，我们很多年才能培养出这样修为的修者啊！”

“罚？”悬颂仿佛听到了一个笑话，“抓获杀害妄蛰他们的凶手，本就是我们缘烟阁的事，关醉乡宗什么事？对于醉乡宗来说，遭受澜暨等人的攻打本就是无妄之灾，凶手是澜暨。”

“我会和醉乡宗解释清楚……”澜暨天尊像是一摊烂泥，说话都仿佛在喃喃自语。

“谁要听你的解释？”

“老祖……老祖救救我，我真的是一时冲动，我也不想如此，老祖……”澜暨天尊朝着悬颂爬过去祈求，却看到悬颂连退几步躲开了他。

澜暨天尊抬头，看向悬颂，仿佛在确认：“您一定要让我以死谢罪吗？”

“不仅是你，还有同行的所有人都要罚。”

“老祖……您这么做，就是为了娶那个魔门妖女吗？”

这已经是大逆不道的话了。南知因祭出法术，让他闭嘴。

悬颂并未动怒，而是坐在了正中的椅子上，问道：“澜暨，你可曾想过，为何你这边刚刚知晓了死讯与凶手，仙都阁就来鼎力相助，仿佛早就有所准备？”

澜暨天尊无法回答。

“仙都阁和鬼王是旧怨，却隐忍了七百年，是他们不想夺回魂魄吗？不，是他们不想成为挑起两界战争的祸端，背负骂名。这一次，他们早就得到了消息，仿佛是跟随你去复仇的。”

悬颂说完，看到澜暨天尊懊恼得直拍头，这才继续说下去。

“若是我们处理不好这件事情，无论顾京墨和我是什么关系，她都要代表魔界出战。因为她是魔尊，因为是我们缘烟阁首先打破了两界的和平。

“现在，有人想要复活六道帝江，甚至还练了六道帝江的功法，在到处吸人修为助力自己的修炼，我们却要在这种时间发动两界的战争吗？”

有人想要复活六道帝江，这个消息在缘烟阁长老阁内炸响。

所有人皆是一惊，齐齐看向悬颂，甚至有人站起身来，双拳紧握。

悬颂继续低声说道：“澜暨，错了就是错了，该认就得认，醉乡宗的百余条人命我们得偿命。我在缘烟阁千余年，骂了你们千余年，你们为何还是没有长进？！”

澜暨天尊痛哭流涕，终于重新跪在了悬颂的面前，重重地磕了三个响头：“老祖，晚辈明白了。”

顾京墨带人回到了千泽宗，直奔燕祟主事的莱云宫。

顾京墨端坐在院落正中，手中端着一杯茶，吹了吹后抿了一口。

黄桃站在她身边，拿着一片荷叶帮她遮阳。

去搜查的人渐次回来复命，似乎都没发现什么可疑的东西。

只有一人说道："宗主，他的宫中也太过干净了，甚至不像在这里久住过。"

"干净啊……干净才可疑。把近期渡劫的名册录给我，尤其是化神期的。"

顾京墨已经得到了悬颂派人传来的消息，知晓蒙面人恐怕练了六道帝江的功法。

若是燕祟练了，很有可能在近期内已经升至化神期了。

千泽宗门人速度很快，将名册送到了顾京墨面前。

顾京墨翻阅了一会儿，问："有没有没人认领的雷劫。"

"的确有一场，我们都怀疑是谁渡劫未成，死了。"

"可有死了的元婴期修者？"

"……"的确没有。

顾京墨说着放下茶杯起身，朝着自己的洞府而去。

途中，她听到了来人禀报："澜暨天尊带人去醉乡宗道歉了。"

"只是道歉？"

"澜暨天尊自刎在醉乡宗门前，随他一同前去的修者皆自废一半修为，留在醉乡宗内修缮宗门屋舍，直至修缮完毕。缘烟阁还送去了极品丹药、灵草，说是迦境天尊从自己的珍藏中取了不少，皆非凡品。"

顾京墨沉默着听完，接着继续朝着洞府而去，问道："丁臾愿意接受这个道歉吗？"

"鬼王很沉默，似乎……"

顾京墨却首先开口了："丁臾知晓我和悬颂有感情，所以不想破坏我们。若是没有悬颂，丁臾定然重整旗鼓，去缘烟阁大杀一番，闹他个鱼死网破。丁臾卖了我一个情面。"

"那缘烟阁那边……"

"悬颂是他们的老祖，把惹事的人送来了，若是我们真的不愿意原谅，那么就只有战了，悬颂做了他能做到的。

"至于仙都阁那边，悬颂不是仙都阁的人参与不了，仙都阁的掌门还被我杀了，之后要如何处理仙都阁，只能看丁臾的态度了。现在丁臾的状态很差，我过阵子再去问她。只要她想报仇，我立即派人协助，绝不含糊。"

这时，有人送来了燕祟的名帖。

顾京墨取出匕首，毫不犹豫地刺了下去，等了半晌毫无反应，仿佛只是刺穿了一张普通的白纸。

难怪燕祟给她名帖的时候毫不在意，原来……他真实的名讳并不是燕祟啊。

这一瞬间，她甚至不是暴怒，而是失望。

她在想，燕祟究竟为什么要这般执着地复活六道帝江？

复活他，究竟能给燕祟带来什么好处？

她道："传令下去，缉拿燕祟。"

"是！"

顾京墨突然一阵头疼，进入洞府，便倒在石床上昏厥过去。

又是一阵神识混乱，她听到了一个男人唤她的名字："京儿。"

"你是谁？"她终于有精力去理会这个声音了。

"我是你的父亲。"

父亲……

这个陌生的称呼，仿佛此生都不属于她。

顾京墨隐隐感觉到了不对劲，又问："你是我的父亲？"

"对。"

"我为何会听到你的声音？"

"你我血脉相连。"

顾京墨头痛不已，这种痛苦甚至侵蚀了她的身体，让她的肉身也在挣扎翻滚。

她强撑着又问："你叫什么名字？"

那个声音回答："六道帝江。"

第五幕 不负狂名

一

顾京墨浑浑噩噩，仿佛做了一场漫长的噩梦。

梦里有人叫她的名字，说是她的父亲，然而这种呼唤让她发怒发狂。

滚开！

谁是你的女儿？！

狗东西，听到你的声音都觉得恶心！

顾京墨挣扎着醒来，坐起身来还有些气恼，干脆一掌拍碎了身边的石桌。

这响动惊动了黄桃，揉着眼睛走出来问："魔尊，怎么了？做噩梦了？你要是不开心，我们找碴儿去和那些宫主吵一架吧。"

"我想见悬颂。"顾京墨知晓这个梦恐怕不正常，她需要问问悬颂，甚至是让悬颂进入她的神识里，看一看究竟是怎么回事。

悬颂是这方面的行家。

"想悬颂了呀！"黄桃放下心来，"这个好办，我去缘烟阁帮你找他去，你等等啊！我寻人借件合适的飞行法器。"

顾京墨赶紧叫住了黄桃，沉默了一会儿叹道："目前还不行，两边的事情还没彻底处理完毕，我们见面怕是有些艰难。"

黄桃格外不解，歪着头盯着顾京墨看，最终还是认真地道："可是想他了，就去见啊！"

黄桃又想了想，问："要不我去找禹师兄吧，就说我想他了，找到他之后让他转达一下，之后让悬颂自己想办法。"

道侣之间的传音有距离限制。

现在顾京墨和悬颂一个在仙界，一个在魔界，传不了音。

就连从魔界出去的传音符，都会被拦截在仙界之外，只能黄桃去寻了。

"你自己能去吗？"顾京墨不由得有些担心，黄桃的修为着实有些低。

"我和哥哥一起去，他聪明！"黄桃说完立即转身跑出了顾京墨的洞府。

顾京墨一个人坐在石床上半晌，想着黄桃去寻悬颂了，竟然隐隐有些期待。

这种感觉很奇妙，以前遇到事情了，她无论烦躁还是难过，都要自己面对。

现在，她的人生里多了一个人，可以跟她一起商量。

那个人很聪明，可以给她出谋划策，仿佛一个决定得到了那个人的认可，也会更有底气。

原本还很烦躁，此刻却不自觉地扬起了嘴角。

她快速起身到了洞府的铜镜前俯下身，去整理自己的衣衫和头发。

黄桃和云夙柠并肩跟着禹其琛进入了缘烟阁。

禹其琛有些尴尬，走在他身边的是云夙柠，却板着面孔一言不发。

他只能探头去看和他间隔了一个云夙柠的黄桃，问："你们真的是来寻我的？"

"找悬颂！"黄桃小声回答，"魔尊想他了。"

禹其琛赶紧点头，左右看了看后，又一次探头对黄桃说："最近老祖都在调查初静仙尊和安蛰仙尊意外去世的事情，连续几日忙碌不停了。我只能试试看去禀报，你们来了他应该会见的。"

"嗯嗯，他要是不见，我就不走了，等到他愿意见为止！"

"这也不必，会见的。我觉得老祖其实人很好，就是看着不好亲近了些。"

云夙柠看着身边两个人都越过他探头说话，微微蹙眉，问道："我妨碍你们了？"

禹其琛赶紧重新站好："没有，我只是想问清楚。"

三人到了长老阁外，禹其琛想了想后对传信的小弟子说道："还请师兄帮忙禀告，说是溯流光谷的少谷主跟二小姐求见迦境天尊。"

"迦境天尊这几日都很烦躁，怕是很难同意见面。"那弟子看了看云夙柠和黄桃，不过是两个小辈，就胆敢在这种时候来求见迦境天尊！

迦境天尊会见才怪。

禹其琛十分执着，又道："还是请师兄禀告一声，也是关于调查之事的。"

"若是有线索给我就可以了，不必亲自去见。"

黄桃听完直噘嘴，求助似的看向云夙柠。

云夙柠只能低声道："是密报，关于线索的，迟了你们担待不起。"

那弟子看了看云夙柠，最终还是转身去禀报了，让他没想到的是，迦境天尊竟然真的让他们进去了。

小弟子出来时客气了很多，多看了几人好几眼，目送他们进入了长老阁。

现如今，这种小辈都能去见迦境天尊了？

黄桃蹦蹦跳跳地跟着禹其琛进入其中，途中还在问："平日里悬颂这般难见的吗？"

"这是自然，我们门中长辈想要见他都极为困难，还有久跪几个月的，老祖都闭门不见。"

“这么夸张？！”黄桃惊讶异常。

长老阁内还有其他人。

黄桃看李辞云、南知因也都是熟悉的人，也就没再迟疑，大大方方地说：“悬颂，魔尊说她想你了，你想想办法去见见她吧。”

长老阁内一静。

李辞云本不想看书，却拿起了一本书翻阅起来，眼神却看向了南知因，仿佛在问：你听见了吗？老人家谈恋爱好不知羞！

南知因也在故作镇定，帮李辞云调整了书的反正，眼睛却偷偷看向了悬颂。

她虽为悬颂的徒弟，但是实在不觉得这个师父有哪里值得想念的。

毕竟和他共处一室，所有人都会变得压抑起来，大气都不敢喘。

长老阁内其他长老，听到一个小姑娘直接叫老祖为“悬颂”，纷纷呼吸一滞，尤其是后面的说话内容，也让他们觉得……

这……这是他们能听的吗？

禹其琛小心翼翼地拽黄桃的袖子，提醒她小心些说话，却被云夙柠拉开了，不让他碰黄桃，衣袖都不行。

黄桃颇为不解，还在问：“怎么了？”

禹其琛急得不行，生怕悬颂怪罪下来。

谁知，悬颂并未生气，而是问黄桃：“她结契的铃铛能让她去任何地方吗？”

“对，上天入地，无所不能。”

悬颂没有迟疑，从万宝铃内取出了顾京墨送给他的铃铛，摇晃了一下。

不出片刻，众人便看到顾京墨凭空出现。

李辞云手中的书掉落在地，目瞪口呆。

南知因也是一惊，还抬头看了看头顶，似乎是在确认缘烟阁的护山大阵是否有问题。

长老阁内其他长老也惊得原地不动了。

悬颂却是最为淡定的，对顾京墨说道：“我此刻有些忙，很多线索需要分析，你要是想看我，就坐在一边安静些不要捣乱，我忙完了会去陪你。”

顾京墨则是左右看了看，打量着长老阁的装潢，接着真的坐在了正中心的位置，跷起二郎腿说道：“等可以，给我上杯茶，要好的。”

“好。”悬颂很快答应了。

禹其琛知晓他是殿内最年轻的，赶紧应声，急匆匆地出去给顾京墨泡茶了。

黄桃则是快速到顾京墨身边坐下，对禹其琛喊：“禹师兄，给我带些干果来，最好有腊肠和鸡腿。”

“哦、哦！”禹其琛赶紧回答。

李辞云狼狈地捡起书来，便看到几位长老小跑着到了他身边，问道：“让魔尊来长老阁，还坐在老祖的位置，合适吗？”

李辞云认真想了想，非常确信地回答：“不太合适。”

“这可怎么办？”

李辞云抬了抬下巴，指向悬颂：“你管得了吗？”

几位长老都面露为难之色：“管不了。”

“那就忍着吧，魔尊似乎也没闹事。而且，魔尊应该也格外关注初静仙尊的事情，让她旁听吧。”

没一会儿，禹其琛送来了茶水和干果，并且小声跟黄桃解释：“门内弟子皆辟谷了，没有储备的鸡腿和腊肠，我让木彦出山去买了。”

“你们缘烟阁好穷啊……”黄桃忍不住嘟囔了一声，“房子盖得好高，结果空空荡荡的，鸡腿都没有。”

禹其琛态度谦卑：“以后我们努力改正。”

“态度倒是挺好。”

这时，悬颂叫了云夙柠和禹其琛：“你们两个过来。”

两个人立即走过去，站在了大桌前。

悬颂指着地图上的一个点说：“最后一次见到他是在这里，如果是你们，你们会逃往哪里？”

禹其琛暗暗调整心态，知晓老祖打算又一次单独指导他了，他要抓住机会，不能让老祖失望。

云夙柠则是看得格外认真，并且低声问：“就是燕祟吗？”

“对，我们现在重点调查的就是他。”

云夙柠和禹其琛不一样。

他和那群人有血仇，若是燕祟就是蒙面人，那么燕祟就是杀死自己妹妹的凶手。

他要比禹其琛认真很多，看着地图陷入了沉默之中，显然是在思考。

顾京墨自然坐不住，也跟着过来看地图。

地图上有着密密麻麻的小字与符号，她认得的不多，没多久，便觉得那些字在旋转，她再次有了眩晕的感觉。

她知晓这并非她不想看文字，而是那种幻觉在作祟，就连她认真思考都会被影响。

她自然知道此刻不是提及此事的时机，便又坐了回去。

很快她又意识到，她此刻的烦躁也会加重她的幻觉。

顾京墨手臂搭在椅子上，抿了一口茶，看见所有人都在忙碌，只有她和黄桃成了看客，觉得非常无趣又烦躁，于是道："悬颂，我有点无聊。"

"那我让南知因教你认字？"

"不必……"顾京墨想了想后，道，"这么看着你没意思，你把尾巴露出来给我看看。"

李辞云不由得觉得荒唐。

他的师父一向对自己半妖的身份闭口不提，极为避讳，他们都不敢提及此事，他怎么可能展示出尾巴来？只是为了给女子解闷？就算老人家黄昏恋，也不能如此骄纵！

转过身，便看到悬颂真的在看地图的同时，露出了九条尾巴来。

李辞云："……"

二

南知因站在地图边跟着看，轻咳了一声道："师父，你的耳朵……总动，我会忍不住去看。"

原来狐狸耳朵是可以动来动去的？

看起来很柔软的样子……

南知因难以自制地看了好几眼。

悬颂也觉得有些不妥，只能说道："你们先分析，之后便派人去那里探查，记得，要人多些不可分开，人少了只会喂给他提升修为。"

说完对顾京墨招手："你跟我来。"

顾京墨立即起身，跟着悬颂朝外走。

她情不自禁地伸手，想要去摸摸狐狸尾巴，却被悬颂嫌弃地拍走了："别烧了我。"

"看起来软绵绵的，你自己会梳毛吗？"

"不会。"

"以后我帮你梳。"

悬颂回头看了看她，并未回答，也没有拒绝。

这一日，缘烟阁很多弟子看到了这样一幕：他们不可一世，笑比清河的老祖迦境天尊，坦然地展示着自己的九尾，带着魔门的魔尊，走过缘烟阁的院落，带着魔尊去了自己的洞府。

悬颂的洞府简单得让顾京墨怀疑悬颂很穷困。

这洞府和他们千泽宗寻常弟子的一般无异，甚至没有什么像样的法器。

悬颂解释道："这些年我不住在这里。"

顾京墨伸手要去碰照明法器，却被悬颂抢先打开了法器。

顾京墨嘟囔："点亮照明法器的灵力我还是有的。"

悬颂没有在意，带着她在洞府内坐下，独自整理周围的东西，问道："听说你想我了，怎么想的，我听听看。"

"怎么，想你了也要跟你详细汇报一下？当我是你缘烟阁弟子了？"

悬颂并未理会她的抗议，而是坐在了她的面前，说道："我只是想听。"

"一觉醒来就在想，你要是在身边就好了……"

她看到悬颂越靠越近，最后干脆吻了上来。

她也不拒绝，反而环住了悬颂的脖子，火焰又燃了起来。

悬颂早有防备，他的周身遍布冰晶，被火融化掉了便重新凝结，如此反复。

只要能继续这个吻。

她趁机触碰到了悬颂银色的发丝，柔软的，格外轻柔。

接着伸手，握住了狐尾，喜欢得眯缝起眼眸来。

两人许久才分开，顾京墨火势未灭，悬颂只能退开，查看自己身上有没有被烧坏的地方。

好在，他已经很有经验了，并未被火势所伤。

"我昨天做了一个梦。"顾京墨努力冷静的同时，提起了这件事情，"或者说我出现了幻觉，之前在和那些人斗法时便出现了，我听到一个男人叫我的名字。昨天在梦里，他说他是我的父亲，他是六道帝江。"

悬颂原本还很温柔，听到这里面容一僵。

顾京墨知晓悬颂和六道帝江有过斗法经历，于是问："他是什么灵根。"

"火。"

"火！他真的是我爹？"

"按年头来算，他去过人界的话的确有可能。不过当时他已经走火入魔，时而清醒时而疯狂，到处吸人修为，怎么还有闲暇去人界？而且我缘烟阁弟子一直有监视他，缘烟阁不可能不知道。"

顾京墨迷茫摇头："怕是我阿娘也不清楚，她……有过很多客人，她们还会定期喝药，我是意外出生的。"

"可是很蹊跷，为何突然出现这种幻觉？这会不会只是想要诱你主动献出心头血？"

顾京墨垂下眼睑跟着思考，接着说道："那日燕祟来，曾经点过我的额头。"

"蛊？"悬颂很快想到了这个可能，"可是什么蛊能达到这种效果呢？这个效果似乎是他们可控的，是向着他们想要的方向发展的，我倒是从未听说过有这般好控制的蛊。”

她抬手指着自己的额头：“你去我神识里看看？”

悬颂正要抬手，却突然停顿，许久后才慎重地问：“可以吗？”

“什么可以吗？”

“你我之间有道侣印，我这般进入你的神识，可能……”

可能会产生魂修一样的效果。

她故作镇定地回答：“那也得看看啊，这个幻觉影响到我了，我刚才想跟着一起看看地图都无法坚持。”

“好。”悬颂思量了片刻，指了指内间，“你要不要去石床上？”

“去就去！”顾京墨去得大义凛然。

悬颂跟着进去，双手掐诀，进入了顾京墨的识海。

进入后，他便被温柔的感觉包围，如三月清风轻柔环绕，如午后暖阳温柔照耀。

他抬起手来，便觉得丝丝缕缕的柔嫩围绕着他，春笋青芽一般。

他并未多停留，而是在顾京墨的识海中去寻找奇怪的地方。

寻找了许久，甚至启用了功法，都没能发现蛊的存在。

这让悬颂陷入了思考之中。

难道真的是他不知的蛊种？

在他思考期间，他发现顾京墨识海中那有意识的丝丝缕缕在轻抚狐尾。

他有些无奈，却任由顾京墨去胡闹了。

“我未能发现蛊的所在，或许可以让云夙柠看看你的身体有何不妥？”悬颂站在识海中问道。

“所以不能确定是蛊？”

“只能说有可能是蛊，却不知道这蛊隐匿在哪一处，只要寻到它隐匿的位置就可以了。”

“你说……我真的是六道的女儿吗？”有那么一瞬，顾京墨也产生怀疑。

整个修真界，还有谁能生出她这般资质的孩子？

她入修真界也有些时日了，自然知晓自己是怎样的天赋异禀，这般罕见的单灵根，凤毛麟角的资质。

她的母亲只是一介凡人，不能给她这般的资质，怕是父亲资质了得。

可这般了不起的人不该在修真界无名无姓。

悬颂也在回想二百多年前出现的火系单灵根修者，有很多，最后又一一否认了。

这些修者要么是清心寡欲，一心问道，要么已有道侣。

他甚至想到了青佑寺那位眉间有红印的圣僧，同样是火系单灵根，且修为提升得极快，可又很快否认了，怎么想，他也不该去过人界，还曾经遇到顾母。

此等断情绝爱之人，怎么可能？

一时间，毫无头绪。

“是与不是又有什么不同？从未有过养育之恩，你们之间的关系，便连那萍水相逢的路人都不如，何必在意？”悬颂回答完，退出了顾京墨的识海。

顾京墨只觉得身体一颤，险些未能稳住身体。

她睁开眼睛后，便看到悬颂琥珀色的眸子正在看着自己，不由得面颊一热。

悬颂却未表现出什么来，只是伸出食指指尖来，试着触碰她的指尖，很快便看到她的指尖燃起火来。

“你什么时候才能不燃火？”悬颂颇为苦恼地问。

“我也不想……”顾京墨回答时格外沮丧，还试探性地说，“哪一日看到你的脸不心动，说不定就不着火了。”

悬颂手指抹过万宝铃，取出了一个面具戴上，再次试着去碰她的手指。

再次自燃。

“看来不是因为我的脸。”悬颂颇为遗憾似的叹道。

“就是因为你！因为看到你就会心动，可以了吧？你得意了吧？了不起了吧？”

“我并没有得意。”悬颂很快否认。

“你看你身后的九条尾巴摇得，都要旋转起来了。”

“……”

二人一同陷入了沉默。

静谧的空间内，两个人相对无言，只有悬颂的九条尾巴还在不受控制地摇着。

……

顾京墨没忍住，“扑哧”一声笑出声。

“你有没有梳子？”顾京墨突然问了一个奇怪的问题。

“梳子？”悬颂迟疑了一会儿，才道，“都是李辞云帮我束发。”

“去要一把，我想梳梳尾巴。”

悬颂很是迟疑：“你确定不会烧了？”

“我努力，反正九条呢，烧了一条还有八条呢，怕什么？”

“……”九尾不是这么玩的。

可是顾京墨已经提了，悬颂只能命人叫来云夙柠，再派人送来一把梳子。

云夙柠来到洞府，帮顾京墨探查身体里是否有蛊，其间他努力镇定下来，却还是无法忽视顾京墨努力帮悬颂梳理尾巴的样子。

梳得小心翼翼生怕烧了绒毛。

"晚辈未能探查到蛊。"云夙柠停顿下来，跟着陷入思考。

他思量了片刻后，问："一般来说，下蛊的几种方式我们也知晓，可是常规之处皆没有，会不会是在……"

悬颂跟着回答："血液里？"

顾京墨看着他们二人眼神确认，便取下了一根发簪，割破了自己的手臂。

血液滴在了瓷碗中，云夙柠探查后又放下了瓷碗。

顾京墨看到二人都是面色沉凝，便问道："果然在血里？"

云夙柠回答："且已经流遍全身。"

"如何才能处理？"

云夙柠呼出一口气，才道："放尽浑身血液，若有一点残存，此蛊都会再次繁殖，重新蔓延全身。"

顾京墨听完忍不住冷笑："为了要我的心头血，他们真的是煞费苦心啊。"

云夙柠只能叮嘱："这蛊极有针对性，您受伤后不能自己调息，便无法控制它，寻常修者运功就能将它散了。中蛊后不能受刺激，不能斗法，甚至不能太过劳累，不然都有可能会被蛊控制。"

"这岂不是就像一个废人？"

"或许如今的当务之急，是您先疗伤，待日后您运转灵力不再疼痛，可以自己运功将蛊一点点地逼出来。"

悬颂当即说道："还有最后一味药，花间晚照。"

"获取这味药很危险，我和你一起去。"

"也不能说是危险，只是你的身份，目前看来名不正言不顺，怕是没有入阵资格。"

"我没有资格？！"顾京墨当即来了脾气，"我是魔尊！"

"就是因为你是魔修。那里只有正派修者才能进入，且需要得到所有门派认可，才能够进入。"

"这是什么规矩？"

"这处大阵在雨潺阁内，雨潺阁是一个人数不足百人的门派，但是该门派的修者，皆是德才兼备。雨潺阁在千百年前创立了门派，一直得到各大门派敬重。我若是单独进入尚可一试，但是你要随行的话，怕是很难得到认可。"

"我若是非得跟你一起去呢？"

"那……就得先举办大典。"

顾京墨想了想后问："就是你说的那个成亲啊？"

"嗯。"

“那就成呗。”顾京墨毫不在意似的回答。

“这个需要先采纳，后问名……”

“我叫顾京墨啊！”

“呃……”悬颂抬手揉了揉眉心，“我说的是成亲步骤。”

“问名不就可以省了吗？省一步不行吗？你怎么问我也叫顾京墨啊！”

“这……你待我仔细与你说，好吗？”

“那你说。”

“我们成亲前需要议亲定亲。”

顾京墨摸了摸鼻尖：“我们两个人还不算定了吗？私订终身也算定吧？议什么呢？我丢了万宝铃，没什么能给的，不过千泽宗还是很富有的。我去打劫一下三十几个宫主，估计能抢来不少。你想要多少？实在不行我再去抢几个宗门？”

“不需要你去打劫……”

“你不用有心理压力，打家劫舍我最擅长了，我甚至不用出手，他们就乖乖献上来了。放心吧，你跟了我，我绝对不会亏待你的。”顾京墨说着，拍了拍胸脯。

悬颂逐渐发觉不对……

他们两个人的角色是不是换过来了？

“不，你听我说。”悬颂赶紧打断了她的话，他并不缺那些，相反，他在修真界都算得上是富有的。

顾京墨却格外着急：“哎呀，怎么那么麻烦，什么时候成亲？尽快行吗？要不今天晚上直接洞房，我们就算是完成了，行不行？”

“我行，你不行。”

“我怎么不行了？”

“你行不行你自己心里不清楚吗？”

“……”

云夙柠很想立即离开。

三

顾京墨身受重伤已有将近半年的时间，现如今还中了蛊，无疑是雪上加霜。

这两种折磨一个是限制她斗法，一个是限制她长时间认真思考。

顾京墨竟然只能躺在石床上休息了。

她躺下后便觉得一万个不甘心。

她恨透了那群人，恨不得亲自手刃了他们，然而她只能在此等待悬颂他们去处理此事。

她没有太过执着，她知晓自己无法参与，因为她有可能成为行动的累赘。

悬颂懂得她的心思，知晓她必定心情糟糕，便从万宝铃内取出了一盏安神香。

“我被心魔所困之时，会选择用它来化解一二，它有安神的作用，也会减少你走火入魔的可能。”

顾京墨在悬颂的石床上翻了一个身，看向他，问道：“我只能留在这里了吗？”

“睡一觉吧，我派弟子给你买些酒来，一会会让黄桃会过来陪你。”

“哦……”顾京墨闻了闻安神香的味道，不算喜欢，也不讨厌，莫名地觉得有些熟悉。

思考后才想到，这是悬颂身上时有时无的味道。

原来是安神香啊……

悬颂安慰她：“你独自处事太久了，偶尔尝试一下依靠别人，或许也是不错的选择。”

“他们一直在针对我……这种感觉，不亲手杀了都不解恨。”

“我帮你杀。”

“嗯。”

她闻着安神香不知不觉间睡着了，合上眼睛后纤长的睫毛耷下来，在她的眼下布下了阴影。

她的身体被笼罩在照明法器月光般的光亮里，发梢及脸颊，还有展开的衣摆，都被镀上了一层浅淡的银色。

悬颂手指抹过万宝铃，从里面取出了许多顾京墨可能会用到的法器，免得顾京墨醒来时有需要，却找不到可以用的东西。

他将这些法器放在了顾京墨伸手就能拿到的位置，又找来一张小毯子给顾京墨盖上，这才起身走出了洞府。

再来到长老阁，他的徒弟们以及禹其琛和云夙柠还在研究地图。

他们见悬颂来了，指了其中几个位置说道：“我们怀疑是这几处，恐怕是地宫，或者是隐秘结界极强的地方，才能躲过我们的探查。”

云夙柠指了一处道：“这里是天罚阵的位置。”

顾京墨和修竹天尊曾在那里经历过生死，黄桃也在天罚大阵外守了许久，他自然知晓这里。

黄桃听到了这句话，也跟着凑过来，她只能看懂图画，于是说道：“这里有条河……我记得当时魔尊和修竹天尊皆被这条河困住过，这河里每隔一段时间就会流出岩浆来。”

“岩浆？”悬颂想了想后道，“岩浆多生于地壳深处，除非是火山爆发，不然怎会轻易流出地表？”

黄桃回答：“我们当时觉得是天罚大阵引起的异象。”

悬颂已经取出了联络门派弟子的传音符：“天罚大阵岂是轻易能引的？除非这附近有着触了天怒的事情，比如……六道帝江残害的万千修者的尸骨尽在此处。”

云夙柠很快懂了：“这附近有地宫？”

地宫，一般都是隐匿的场所，所以建得四通八达，方便逃跑。

若是在一处被发现，他们便可以通过地宫内的传送阵，躲到其他的地宫去，或者干脆传送离开。

而且，地宫一般极难攻破，其防御要比普通的门派护山大阵还坚固几层。

可如果遇到土系灵根的高阶修者……

那这防护也就可轻易破除了。

悬颂并未轻举妄动，召集了缘烟阁各大长老，只带领了元婴期以上的修者去往此地。

禹其琛和云夙柠等人皆被留在了缘烟阁内。

黄桃有点着急：“杀坏蛋这种事情不叫魔尊一起吗？她会觉得很遗憾的。”

云夙柠则是小声说道：“魔尊近期怕是更加痛苦了。”

“伤情加重了？”

“不但如此，本是天之骄子，却被束缚住了手脚，怎能甘心？”

“会好的！”黄桃握住双拳，“肯定会好起来的，我去陪魔尊了。”

“嗯。”

宣明山地宫内。

地宫建造在地壳的裂缝处。

长长的甬道里镶嵌着相同的照明法器，光线昏暗。

一条长长的石桥下面，是流动的岩浆，使整个空间都变得炎热难耐。

而桥下坠着的一个个茧蛹样的东西，被热浪带动而轻微摇晃。

仔细看，才能看出那里吊着的皆是尸身。

一个洞府内，彭玉双手背在身后走来走去：“她居然认识迦境天尊！迦境！”

知晓这个消息后，彭玉便无法再淡定了，甚至有了几分癫狂：“你先前那么自信，觉得下一个蛊就能让顾京墨束手束脚了，现在呢，千泽宗干脆开始搜查我们了！现在还加上了缘烟阁！”

燕祟身体无骨般地靠在石椅上，懒洋洋地道：“可顾京墨确实不能自由行动了，而且，她在醉乡宗一战消耗不少。”

“那有什么用？顾京墨居然认识迦境天尊！现在，两界不但没有闹起来，还有联手的架势，同时到处搜查我们的下落。看到如今局势，那群原本答应过要帮忙的人，也全都当起了缩头乌龟，现如今愿意帮我们的还有几个？”

顾京墨居然认识迦境天尊，这是他们绝对想不到的变数。

燕祟听到彭玉的怒吼不由得觉得好笑：“你莫要再逗我笑了。”

彭玉听到他的笑声，暴怒低吼：“我不理解你在笑什么，你怎么还笑得出？”

“当初打算复活义父的时候，我们不是已经想过了此事不易吗？我们从一开始就招惹了顾京墨，我们都不是她的对手，一步步走来，能将她逼至如今处境已经实属不易了。”

燕祟靠着石椅的椅背，蜷缩起身体：“早就有了必死的决心，不是吗？”

彭玉稍有停顿，最终还是看向了燕祟：“你敢说，你对顾京墨没有于心不忍吗？”

燕祟抬起无神的眼眸看向彭玉，嘴唇张了张，却没说出来什么。

彭玉冷笑出声：“你当初为了学体术，与那个女人结为道侣，看着那群人去追杀她也不见你眼睛多眨一下。你对顾京墨倒像是真的动了心，所以你对她手下留情了？”

燕祟歪着头，想起顾京墨，又想起悬颂。

“于心不忍？哈哈哈哈……我哪里还有心？是我们手下留情吗？是我们真的拼尽全力了，也才让他们如此而已。”

彭玉已经不信他的话了。

他懒得理会燕祟，快步朝外走去。

燕祟一个人坐在空荡荡的洞府里，周围闷热，空气似乎也在变少，使得周围变得憋闷。

他拿起顾京墨的万宝铃，手指点过，想看看还有什么东西可以拿出来解闷。

大地开始震颤，他知道是有人在攻他的地宫大阵了。

如果是迦境天尊的话，怕是不出半个时辰就可以攻破，接着来一个瓮中捉鳖。

他手指划过万宝铃，丢出了三个百破符。

外界果然安静了一瞬。

他站起身，站到了传送阵内，传送出地宫。

悬颂等候在传送阵外，看到燕祟出阵，微微扬起下巴看向他。

燕祟看到悬颂颇为意外，想要再回去，便发现传送阵已经被封。

悬颂笃定，燕祟一定会在众人破阵时离开地宫，趁着顾京墨身边没人，去寻顾京墨。

所以他在此处等候。

“你不是在破阵吗？”燕祟声音低沉地问道。

悬颂回答得极为坦然：“破阵的是我徒弟，他的修为距离飞升只差临门一脚，破阵足够。”

“呵，你还不及你的徒弟，他都要飞升了，你还没有。”

“我的确和他不同，我早在一千年前就已经到达了能够飞升的境界了，现在心魔已解，留在人间不过是在等一个人。等我杀了你，万事结束，她再次突破化神，我就会飞升了。”

“她……在我来看有些不识好歹。”燕祟呢喃般地出声。

“她很好，她有自己的选择。”

“我在半年前曾经想过收手，可是她似乎不肯放弃这件事情，执意插手。如果她当初能识抬举，也不会落得如今的境地。”

悬颂微微眯起眼眸，看着燕祟拔出了双刀来，准备斗法时的姿势与顾京墨如出一辙。

悬颂双手合掌，取出自己的本命佩剑，释放了妖气：“你不配，该死的是你。”

四

顾京墨悠悠转醒。

睁开眼，便看到黄桃坐在石床的一边，似乎也被安神香的味道“稳”住了，正在打瞌睡。

黄桃睡觉时脸颊总是鼓鼓的，嘴唇微微嘟起，不像小狗，反而像条肥嘟嘟的金鱼。

她没有叫醒黄桃，坐起身来看着身边的法器，也没有想动的意思。

悬颂这是想让她在这里过日子了？

准备得还挺周全。

整理好衣衫，顾京墨走到洞府外间，便看到石桌上放着不少酒，还体贴地送来了下酒菜。

有腊肠，也有鸡腿，看来是木彦去人界买回来的。

她伸手抓了一片切好的腊肠放进嘴里吃了一口，走到洞府门口，便看到南知因双手环胸，站得端正，正守候在洞府门口。

让化神期的天尊守门，好大的排场。

她不由得惊讶，问道：“你没有一同过去吗？”

“师父说他们都离开了，你这里就是最危险的，让我随时守着你。”南知因说着，还指着不远处的一处传送阵道，“这传送阵是师父布下的，只要我吹响哨子，师父就会立即从传送阵回来。也请魔尊不要离开这个范围。”

她扫了一眼后，暗暗点头。

接着，她问：“要一起喝酒吗？”

“师父说，如果您要是觉得闷，我可以教您识字。”

“什么仇什么怨啊，要教我识字？”顾京墨当即缩回洞府内。

南知因跟了进来，询问：“您还有什么需要的吗？”

“没有！”顾京墨坐在石桌前扶着头装病，“哎呀，头疼，我现在无法思考，怎么能学进去字呢？”

“那好，您若是有事就叫我。”

“好好好。”顾京墨连连摆手。

待南知因退出去，顾京墨才哀叹了一声，在缘烟阁可真无聊，她能不能把悬颂娶回千泽宗去？

到时候看悬颂板着脸收拾三十二宫的宫主，也挺有意思的。

哦……现如今只有三十一宫了。

也不知道这次悬颂能不能抓到燕祟。

突然缘烟阁内大乱，大地震颤，吓得黄桃慌乱地从洞府里出来。

顾京墨并未惊慌，指了指盘子道：“你在这里吃鸡腿，我去看看。”

“好！”黄桃还真的坐下了，指着桌面说道，“魔尊帮我布个防护阵，把桌面挡上，掉下的碎石别脏了肉！”

“好。”这种阵不过是随手便来的事情。

布置完，她再次走出洞府站在了南知因身侧。

南知因护在顾京墨身前：“有人在破护山大阵！门中长老出去了大半，留下的大多是小弟子，看来还真让师父猜中了。”

“怕什么，有我呢。”

“师父交代过，不能让您出手斗法。”

“我不出手。”

顾京墨在自己的百宝玉内取出了百魔录，翻开百魔录，口中念念有词，接着低声喝道：“助我此次，定然喂你千只乳猪。”

话音方落，一条黑龙腾空而起，朝着阵外而去。

南知因看着那条踏着火云的黑色巨龙不由得震惊，问道：“这是……虺？”

“嗯，百魔录里最不服管的一个，但也是最厉害的。”

顾京墨说着，朝外走了几步问道："说起来，你们缘烟阁的弟子怎么都不护阵呢？"

"估计在看龙，过一会儿就回过神来了，会有其他长老指挥。"

果不其然，片刻后，缘烟阁弟子们便紧锣密鼓地开展护阵行动。

先是地表炎热，后是天罚大阵出现在此，异象频发，使此处萧瑟寥落。

山高云却低，西风缠断崖。

悬颂的冰封功法顷刻间便会融化，他只得依靠土系功法。

山河晃荡，大地龟裂，裂缝延伸至极远处。

从天际看，地面像晒得干裂的田。

燕祟舔了舔嘴角的血，看着悬颂笑得有些癫狂："哈哈哈，果然是迦境天尊啊，真的好棘手啊……你的援兵就要到了，你会和他们一起杀我吗？不会吧……迦境天尊不会以多欺少吧？"

"我会。"悬颂并不觉得有什么问题。

燕祟扬起一侧嘴角，勾起脸颊上的梨涡，眼神带着玩味，提着双刀再次逼近。

悬颂第一次体验到了这种体术的难以应对。

和顾京墨如出一辙的战斗风格。这种体术的难缠超过了他的认知，让他一退再退。

并非不敌，而是不适。

他的灵根无论是土系，还是九尾的冰系，斗法招式都是远距离的。

他会站在安全的地方，控制土与冰来攻击或抵挡，让对手难以近身，这才是他舒适的斗法方式。

然而燕祟不是，他近距离斗法，悬颂只能用剑来抵挡。

再一次将燕祟击退后，悬颂难得好奇："你既然已经靠吸取他人修为的法子到了化神期巅峰，为何不飞升，留在人间只是为了复活六道？"

"还想留在人间，杀了你们！"

"我很好奇，你为何要复活六道那个畜生。"

"他不是畜生！"燕祟怒极，低吼出来。

"他走火入魔后乱杀的修者有数千人，此等罪大恶极之人，你们为何要复活他？"

"你们只记得他的杀戮，他曾救过众生却无人记得！他只是走火入魔了，为何不能给他一个机会，让他重来？"

"你被六道救过？"悬颂祭出法术的同时，冷哼了一声，继续道，"你也曾被顾京墨救过，为何还这般对她？"

"你当万慈阁那群狗东西是怎么得到眷奴册的？"

悬颂的表情当即一沉，眼眸之中愤怒迸发，怒问："是你搞的鬼？！"

燕祟又一次大笑起来，且笑得格外得意："不然呢？你觉得她能救我是巧合？其实从她怀疑我的那一刻，就能想到这一层了，所以，这段日子她非常痛苦吧？"

"你痛恨世人不记得六道的恩情，你却这般对待她？！"

"我是在救她！"燕祟重新握着双刀，摆出即将攻击的架势，不在意地面上的裂缝变为旋涡，轻盈跃起，接着一刀砍下，"让她早一些对世人失望，她就不会再做那些无用的事情了，不然她早晚会像六道帝江一样，被那些她曾经救过的世人围杀，绝望而亡。"

"谬论！"悬颂又发动了新一轮猛烈的攻击。

山峰崩塌，烟尘如巨浪滚滚而来，地面化作巨鳄的嘴将燕祟吞入其中。

燕祟已至化神期巅峰修为，自然能够破解，然而破了这一重，还有下一重。

烟尘中传来燕祟的声音："她也会走火入魔，她也会被所有人围杀，他们是一样的下场。世人会再次杀死曾经救过他们的救世神，没有良心，没有愧疚，曾经的神化为恶鬼，对这人间失望！"

"是六道帝江自己练习了这门邪功，才有了当年的事情！顾京墨和他不一样。"

"他是为了救七鬼！为了七鬼才剑走偏锋快速提升修为，到最后，却是七鬼中的人最先叛变。只有彭玉还有良心，他记得义父的恩情。"

"为了救七个人，却杀了千万人？"

"他走火入魔了，他控制不住自己！当年明明有镇住他的方法，明明可以让他冷静下来脱离走火入魔的状态，为何偏偏要杀了他？！"

"因为他要给那几千亡魂偿命！"悬颂双手掐诀，念道，"阵起！"

此刻，燕祟才注意到，之前悬颂看似一次次败退，实则是在暗暗布阵。

而他在谈话中被悬颂轻移了注意力，已经深陷阵中。

他犹如困兽，嘶吼着，却又无能为力，双足变为石块无法动弹，千万石锥朝着他同时刺来。

悬颂站在阵外，看着飞溅的鲜血，听着燕祟的惨叫声，依旧毫不手软。

他要杀了折磨顾京墨十几年的人，报初静仙尊和妄蛰仙尊以及众多修者的仇。

这时，他注意到李辞云等人在朝着他赶来，他同样未停。

肉身不死，魂魄不碎，他就不能停。

然而，李辞云身边的缘烟阁修者，却一剑朝悬颂刺来。

李辞云急急赶来挡住了这一剑，悬颂的施法被打断了。

悬颂诧异地抬头看向那人，却看到那人朝着燕祟而去，在大阵中拽起燕祟残破的身体朝着南方而去。

悬颂瞬间断定："胡奉的肉身被夺舍了，那人是彭玉，追！"

李辞云点了点头，带领缘烟阁的修者们快速追赶。

追至原天罚阵的位置，他们看着两个人进入了天罚阵，停下来。

李辞云看着天罚阵震惊不已：“天罚阵不是已经被魔尊和修竹天尊破了吗？”

悬颂的面色越来越沉：“这是新的天罚阵，燕祟吸食了很多修者的修为，且在地宫内搭建了会出现天罚阵的藏尸地，再次引出了天罚阵。”

“这……这该如何是好？”若是入了天罚阵，怕是他们都会死在里面。

悬颂并未让修者们进去送死，而是施法封住了天罚阵，使天罚阵闭合消失。

就像黄桃当初描述的一样，顾京墨和修竹天尊进入天罚阵后，天罚阵便闭合了，异象也随之消失。

悬颂看着天罚阵消失的位置，陷入了沉思之中：“他们为何会选择逃进天罚阵？他们有在天罚阵中活命的方法？”

李辞云同样是愁眉不展的模样：“魔尊和修竹天尊皆是修真界大能了，他们二人进入其中都是那般情况，这两个人又怎么可能活下来？恐怕是宁愿被天罚阵杀死，也不愿意被我们所杀？”

“不可掉以轻心。”悬颂左右看了看后，开始布阵，将天罚阵封闭在一个结界内。

李辞云在一旁帮忙，加固阵法。

师徒二人忙碌完毕，悬颂站在天罚大阵前，对门中修者道：“联合几大门派，派修者在此驻守，每次不低于五名化神期修者，在看到他们二人的尸身前，不得掉以轻心。”

众多修者纷纷应声：“是！”

这时有修者来报：“老祖，在地宫内有堆积如山的尸体。”

悬颂听后心中愤恨，低声回答：“确认身份后通知其门人，不能确定身份的，妥善安葬。”

“是！”

五

悬颂带领弟子归来时，缘烟阁护山大阵外的来敌也被清理得差不多了。

弟子们见到悬颂等人归来，齐齐松了一口气，其中修为最高的弟子赶忙上前禀报：“弟子见过老祖，先前有人攻打护山大阵，起初的确情况艰难，好在后来飞出一条黑龙帮助了我们。现在弟子们正在搜寻逃窜余孽。”

悬颂扫视四周，查看战斗过的痕迹，知晓这么大的阵仗定然是顾京墨出手了，于是轻声回应了一句：“嗯。”

悬颂本要立即回去查看情况，突然又停了下来，叮嘱道："小心着些，那群人最喜欢抓落单的弟子吸取修为。"

弟子听完，不禁想起让修真界闻风丧胆的六道帝江，急急点头回应："弟子知道了。"

悬颂进入缘烟阁回到自己的洞府。

此刻，顾京墨正坐在院落凉亭的屋檐上，看到他之后先是观察了他的表情，接着笑着问道："逃了？"

抓住是惊喜，逃了也不必责怪。

这些年她经历了太多次了，早已心态平和。

"嗯，逃了。他们进入了天罚阵内，我们皆对天罚阵不了解，我没有让门下弟子进去送死，而是选择封闭了阵法。"

"天罚阵若是他们引出来的，吞进去他们这群孽障，也能填饱肚子，不会再造孽了。"

这千百年来，顾京墨是唯一一个依靠云外丹，经历了天罚阵还活下来的人。

悬颂纵身一跃，平日里行为雅正的男子，此刻也跟着坐在了顾京墨身边，低声道："只要不看到他的尸身，不看到他的魂魄消散，我心中就不得安宁。"

"若是你不放心，明日带我去那里看一看，我毕竟是进过天罚阵的人，能看出是真的天罚阵，还是障眼法。"

"好。"

"真的是燕祟？"顾京墨终于鼓足勇气问了出来。

"嗯，是他。"

"那万慈阁……"

"错的是他。"

顾京墨突然握紧了拳头，又舒展开，看着缘烟阁花影缤纷，云蒸霞蔚的美景。

湖泊烟波浩渺，一碧万顷，风吹阵阵湖面如千万碎镜平铺。

顾京墨在许久后才道："我很多次和黄桃、云夙柠说，要惩罚那些做错事的人，而不是去怪受害者。然而现在我想到燕祟是为了暗算我，才搞出了万慈阁的事情，我就心中憋闷。这感觉……真的难受。"

悬颂微微垂下眸子，一声叹息："怪我认识你太晚，让你一个人经历了这么多，痛苦了这么久。如果我能早些帮你探查，说不定可以避免很多事情的发生。"

"可惜啊……没有如果。"顾京墨怅然一叹，"事已至此，我们就只能顾及眼下了。"

"嗯，你说得没错。"

顾京墨跟悬颂一同并肩坐了许久，二人皆没有再言语，就是这样也不会觉得尴尬。

身边多了一个人，是最为普通的陪伴，不论山高海阔，不论春去秋来，他皆在，即为安。

从黄昏至天黑，顾京墨终于起身跃下了凉亭："初静仙尊也该下葬了吧？说起来，我当初误会了妄蛰仙尊，也该去给他上炷香，好好道个歉。"

"嗯，已经葬入了缘烟阁群墓。"

"他们魂魄碎了，五百年后也无法轮回，竟然连来世都没有了……"

"所幸他们这一世便遇到了对的人。"

顾京墨往洞府走了一段，突然回头对悬颂道："悬颂，你我不要来世，我要你今生皆是我。"

他回答的声音格外温柔："好。"

第二日，悬颂便和顾京墨再次到达天罚阵之外。

守护在大阵外的修者见到他们二人，齐齐聚过来行礼。

只是别派修者见到迦境天尊和魔尊站在一处，依旧觉得惊奇。

这二人……究竟是怎么走到一起的呢？

他们很想去问缘烟阁的修者，然而缘烟阁修者的表情也赫然写着：我们也不知道，我们也很震惊，我们还没法问。

顾京墨在附近观察了许久，终于确认："从周围留下的异象与痕迹可以确认，的确是天罚阵，而非障眼法。"

"他们知晓如何引来天罚阵，是不是意味着他们也有在天罚阵内自保的方法？"

"若说依我和修竹老儿的经历，我觉得这不可能。但是，我又无法完全否定你的猜测，毕竟我对天罚阵也不算绝对地了解。我之前只能说是幸存，而非彻底破解。"

他们二人又在阵前站立了片刻，悬颂突然想起："你的万宝铃是丢失在了天罚阵内？"

"没错。"

"所以，你和修竹在天罚阵内时，燕祟他们有没有可能也在？"

"……"这个猜测让顾京墨瞬间心如死灰。

悬颂又问："所以，你能确定天罚阵只有一个出入口吗？"

"确定。"顾京墨对悬颂笃定道，"当时我和修竹老儿在其中努力寻找过，各种方法都用过，我自认对阵法还算精通，修竹老儿也有些造诣，我们皆没有发现另一个出口，只能折返回去，从入口出去。"

"好，我们就守住这里。"悬颂转过身对守候在此处的人说道，"此处条件恶劣，而且危险重重。我已在此处布下阵法，还命弟子在不远处修建一处可以临时落脚的居处，还请各大门派协助，派修者在此轮番驻守，若是发现有人逃出，立即通知我等。”

其余几位修者齐齐回应：“谨遵迦境天尊法旨。”

顾京墨则在他吩咐的同时，又布下了一道禁制。

一条红色的绳索，上面系着一个铃铛，接着她手指一点，红色绳索变成千万条，密布整个地界，接着瞬间消失不见。

确认布阵完毕后，顾京墨才转过身来道：“好了，我们走吧，还有余孽要调查。”

悬颂应了一声，带着顾京墨上了自己的飞行法器一同离开。

留在大阵外的修者们依旧有些凌乱，面面相觑地问：“我们刚才……和魔尊和睦相处了？”

“对，还在正常谈话，她也没过来杀我们。”

“原来魔尊这么漂亮？”

“不敬！大不敬！那是迦境天尊的道侣！”

“哦哦哦，的确冒犯。”

几人沉默了半晌，才再次开口询问：“可是他们二人在一起，修真界能同意？”

“定然是不同意的，但是，没人能阻挠。”

“若是缘烟阁弟子全部都反对，久跪不起呢？”

“迦境天尊似乎早就习惯了他们动不动就久跪不起，他们支不支持，迦境天尊怕是不会在意。”

迦境天尊，仙界第一任性、第一难管的老祖。

顾京墨很快回了千泽宗，下令下去，清查燕祟的其他帮手。

此事调查了足有半年之久，牵连出数人，尽数被灭，天罚阵那边也没有任何动静。

这让悬颂又开始执着于给顾京墨疗伤的事情。

顾京墨执意要陪悬颂去阵中取药，然而想要得到各大门派认可，只能让顾京墨真的嫁入缘烟阁，方可行得通。

这也使二人大婚之事逐步提上了日程。

悬颂带着顾京墨去坊市订购法器，顾京墨看着模具不由得问：“不是七个轿子啊？”

“是八抬大轿，而非八个轿子，不过如果你想，我们也可以定做八个轿子，只是轿子里坐的是新娘子，你让后面的空着？”

“我的那个要八抬大轿，要排场足够的飞行法器，上面要坐黄桃、丁臾，还有我三十一个宫主，还有……”

“可以，那就先订二百个统一的飞行法器，一个八抬大轿？”

两个人在此事上谈妥之后，在另外一件事上却出现了分歧。

悬颂觉得，他们二人的穿着应该是爵弁纁裳，婚服是黑色的。

顾京墨觉得，他们二人应该按照“红男绿女”的规矩，而非成亲还穿黑色衣服。

二人意见不一，便坐在坊市中盯着店铺里其他挑选服饰的顾客。

许是有人认出了二人，皆变得战战兢兢的，没一会儿全跑了。

顾京墨挑眉问悬颂：“要不就按照修真界的喜服定制吧？”

“你我二人皆着红衣？”

“嗯。给我订一个贵气点的，我娘看不懂，她就觉得绣花多的衣服一准贵，得让她觉得我过得很好，她才能安心，待她五百年后轮回转世也能安生。”

“好。”

顾京墨看到店家送来的图册，举着看，放在桌面上看，最后干脆拍桌：“我选不出来！”

“或许你可以选几个喜欢的，我帮你参谋？”

顾京墨看哪个都好看，哪个都喜欢，可是成亲时不能一直换衣服，于是叹道：“成亲好麻烦啊。”

“我们二人的确是如此，没有长辈帮扶，身处修真界却要按照人界的规矩来办婚礼，只能我们二人亲自来办。不过，我已派李辞云去盯着法器工艺，南知因也在帮我整理定亲小礼。”

顾京墨拿着图册对店家说：“这个我先拿走了，让丁臾来帮我选，这块万泽玉押在这里。”

说着，拿出了万泽玉放在了店家的桌面上。

店家战战兢兢地站在一旁小心翼翼地候着，见这举动赶紧示意：“您、您拿走就是，不用押的。”

“规矩还是得有。”顾京墨说完，拿着图册离开。

悬颂跟在她身后。

二人刚刚出门，便看到一群修者鸟兽般散开。

实在是这二人同行，挑选婚礼大典所用之物的场面太过离奇。

虽修真界早有传闻，大家皆当是那些人的信口胡言，迦境天尊和魔尊在一起了？

鬼扯！荒唐！

怎么可能？！

可是……现在这二人明晃晃地走在了一起，岂能有假？

顾京墨并未在意这群人，在坊市口的传送阵与他道别：“我去找丁臾了。”

“嗯，我回缘烟阁继续准备。”

二人分开后，悬颂独自回到缘烟阁。

这时，众多长老将掌门推了出来，掌门极为紧张，他走到了悬颂身边，结巴了许久才道出：“老祖，关、关、关于您与魔尊的婚事……”

“怎么？”悬颂停住脚步微微斜过头，看向他，一身皆是傲气。

掌门被看了一眼，便觉得魂飞魄散了：“这不太符合门规，我们也有那么……那一点点……不同意。”

“那又如何？”悬颂问道。

“不如何，就是……不太同意，但是，祝福你们。”

“哦，谢谢。”悬颂回答完，径直进入了缘烟阁。

众多长老恨铁不成钢地看向掌门，急得团团转，却无人敢去追上悬颂继续说此事。

掌门叹道：“准备礼堂吧……别让他老人家回青佑寺去娶亲了，他是我们缘烟阁的老祖！”

“是。”

六

顾京墨和丁臾还在商量婚服究竟选哪一身好时，悬颂便带着两名徒弟，三名徒孙，还有贽礼来了千泽宗。

这一路，三名化神期长辈还算是淡然，但是抱着大雁的木彦，提着贽礼的明以慢和禹其琛都有些不安。

他们三个人最近着实经历得有些多，从三名小弟子，变为了正派修者们的焦点。

在缘烟阁时，便有不少同门，甚至是长辈偷偷来询问他们三个人，究竟是如何得到迦境天尊青睐的？

怎么做到的？

他们不知道。

他们只是歪打正着而已。

老祖的青睐，的确是非常神奇的事情。

就好像他们做的师门任务都很奇怪，现如今便以客人的身份来到了魔门地界，还进了千泽宗。

他们的身边都是魔门修者，姿态各异地盯着他们看，眼神不算友善。

他们三个人还要表现出正派修者的凛然正气，这感觉颇为难熬。

很快，他们便看到传说中的鬼王朝他们走来，并且站在了他们的不远处！

丁臾双手环胸，跟着顾京墨一同走出来迎他们，看见大雁时不由得多看了两眼，接着指着大雁问："这个东西是用来当场放血助兴的吗？"

抱着大雁的木彦当即背脊僵直，仿佛自己成了众矢之的。

悬颂低声回答："大雁实则象征着阴阳之道，而且，还有忠贞不渝之意，代表着日后夫妻二人琴瑟和鸣，燕侣莺俦。"

"人界的规矩？"丁臾回头问顾京墨。

顾京墨只能点头："是吧……"

丁臾又去看悬颂带来的贽礼。

禹其琛和明以慢都有些紧张，却还是恭恭敬敬地捧起来给丁臾看。

她还当迦境天尊会送来什么上等的法器，再不济也可以是各色珠宝，没想到都是凡物。

其中包含清酒、粳米、合欢铃，等等。

悬颂再次介绍："清酒用来降福，粳米可养食。这铃铛是我亲自雕刻的，上面乃是祥云与龙。"

顾京墨拎起铃铛看了看，很是喜欢，比她手中的那些都精致。

丁臾听完微微扬眉，笑道："倒是很用心。不过我们不知晓人界的规矩，之后我们要如何做？"

悬颂的语气不急不缓："这次来，是要来问过女方意愿，是否愿意……"

他的话还没说完，顾京墨便回答："自然愿意！"

悬颂收声，眼眸温柔："嗯。"

丁臾白了顾京墨一眼，那着急出嫁的样子着实不争气。

他们魔门的魔尊就这般不矜持吗？

又等了一会没有下文，丁臾不由得觉得惊奇，又问："这样就结束了？"

"嗯，纳采环节算是结束了。"

丁臾看着这两个人，不禁苦笑："你们两个人是故意搞这些来刺激我这个伤情还未痊愈的孤家寡人的吧。"

"你啊，就是一颗心都给了不该给的人，不然这千年来总能遇到一个真正爱你的。"

"这些鬼话听腻了。"

另一边黄桃从木彦手中接过了大雁，抱着大雁兴致勃勃地问："魔尊，是清蒸还是炖了？"

顾京墨笑着回答："这个要活的，养起来吧。"

"哦……"黄桃顿时没了精神，抱着大雁进了院子。

禹其琛很快到了黄桃身边，伸手拖走了大雁："我帮你拿，拿去哪里？"

"我也在思考。"黄桃颇为苦恼，"千泽宗只有养灵兽的地方，它进去就是食物。"

"那便单独找一个笼子吧。"说完回头招呼木彦和明以慢一同过来帮忙布阵，好将大雁关在里面喂养。

那边忙碌着，顾京墨却有些无所适从了，小声问："我该迎你们进去坐坐吗？"

李辞云倒是第一个回答："晚辈倒是很想进去看看千泽宗，听闻千泽宗格外恢宏。"

"那是自然，千泽宗搜刮了不少钱财，全用来建门派了。"顾京墨说着，凑到了李辞云身边，"不过你小心着些，丁臾最喜欢找俊俏的男修一夜风流，很容易盯上你。"

南知因位置近，听到了二人的说话内容，抿着嘴唇朝他们二人看了一眼，又很快瞥向别处。

李辞云却笑着摇头："不不不，晚辈怕是会在你们二人大婚后飞升，所以不会在人间留情。"

顾京墨并未多言，而是看着这师兄妹二人笑了笑。

有点意思。

一行人到了千泽宗的正殿内，悬颂在次位落座，接着说道："京墨，你将你的生辰八字告诉我。"

顾京墨很快说了出来，道："我属马，你属什么的？"

悬颂仿佛没有听见，只是将二人的生辰八字在一张红纸上列了出来，掐指捏算。

李辞云凑过去看了看悬颂的生辰，掐算了一番后告知："狗。"

"嗯？"顾京墨起初没懂。

"我师父属狗的。"

"哦，合适。"

悬颂不悦地抬眼看了顾京墨一眼，听到顾京墨解释："我们的生肖很合适。"

"嗯，我算得差不多了，此处没有问题，待我回去，会派他们二人将三书六礼尽数送来，这期间你可以继续选择嫁衣，之后还有什么问题都可以来问我。"

顾京墨看着他整理写有八字的红纸，小声问道："那你下一次什么时候来看我？"

"你若是想我了……"

"现在就想了。"

"那我多留几日。"

顾京墨当即笑了起来。

丁臾叉着腰看了一会儿，突然一阵气闷，干脆转身朝外走去："再让我看这种恶心的画面，小心我水淹千泽宗。小修儿，我们走。"

丁修原本坐在雕塑之上随时待命，听到丁舆的命令立即起身跃到了丁舆身边，跟着丁舆一同向外走去。

二人正打算离开千泽宗，以鲵面坨坨为主的几位宫主，走路带风般地进入了千泽宗正殿。丁舆又颇感兴趣地停住了脚步。

丁修也不急，一直站在丁舆身边等她。

入门后，鲵面坨坨便将拐杖重重敲击在地面上，说道：“我们不同意这门婚事。”

悬颂听闻此言，收起了红纸，抬眸看向了他们，并不担忧地问顾京墨：“在魔门遇到这种事情一般如何处理？”

“打。”顾京墨毫不在意地跷起二郎腿，回答得格外轻松，“你把他们都打怕了，他们就只能认可你了。在我们魔门，实力至上，婚事也是如此。”

悬颂微微颔首，站起身来走过去时还在整理衣袖，坦然问道：“我的确对魔门事宜不太熟悉，不知诸位是一起上，还是逐个挑战我？”

鲵面坨坨没想到悬颂会回答得这般利落，按照正派修者的行事风格，不都是会先与他们谈判，动之以情，晓之以理，怎么悬颂不是这样？

悬颂还当是自己问的方式不对，于是又问：“是场合不合适吗？我们需要去专门的斗法场地吗？还是需要我提前询问斗法日期？斗法时可有什么禁忌？”

顾京墨替那几人回答了：“没有太多的规矩，别打死就行，不然婚礼前夕还得给他们加办一个葬礼。”

“好，我懂了。”

鲵面坨坨左右看了看后，终于确定，朗声回答：“你是魔尊的心上人，我们自然不会欺负你，所以，我们打算一同挑战你，可以让你挑选斗法的场地。”

他话语方落，就听到了丁舆的笑声，当即不悦地说道：“老朽年纪大了！”

“你再大，能有他年纪大？”丁舆指着悬颂问。

鲵面坨坨迟疑了半晌，干巴巴地说道：“那就这么定了。”

丁舆叹气：“我居然不忍心看了，若是你们七个人一起上还输了，那真的就太丢人了。”

“怎么可能？！”鲵面坨坨气得小跑着出去跟丁舆理论，“老朽也是化神后期，其他几位也都是化神期修为。”

“那你们好好努力！”丁舆给了不算真诚的鼓励。

悬颂对顾京墨道：“那场地由你来安排吧。”

顾京墨点了点头，带着他们进入了一处传送阵。

丁舆当即拽着丁修一同去围观。

另外一边的三名徒孙格外纠结，木彦小声问：“我们要跟去吗？”

黄桃回答得坦然：“还是不要了，不然还得给我们几个单独布防护结界。”

说着，带着他们三个人进入了偏殿坐下，取出了茶具，倒茶的同时询问：“你们要喝茶吗？”

禹其琛接过茶杯，温柔道谢：“谢谢。”

这时，千泽宗外界传来了斗法的声音，震天动地，桌面都在摇晃。

黄桃带着他们三人一同喝茶，一派云淡风轻，宁静美好的模样，完全不在意外面的动静。

禹其琛不由得好奇，问黄桃：“你不担心他们的安危吗？”

黄桃摇了摇头：“魔尊总是打架，从来没输过，而且，我就算担心又有什么用呢？如果是魔尊都搞不定的事情，我着急也没用。所以我一直以来都是以不给她添麻烦为主，她说什么我都听。”

“怪不得魔尊喜欢你。”

黄桃突然笑了起来：“而且你们放心吧，如果悬颂打不过了，魔尊肯定会偷偷帮忙的。”

明以慢捧着茶杯，闻了闻茶香问道：“魔门修者们对他们二人的婚事是什么态度，都很反对吗？”

黄桃回答得一派天真：“不是呀！他们都觉得我们魔尊好厉害，迦境天尊都能拿下，不愧是魔尊。”

明以慢不解：“那他们几位为何还不同意？”

黄桃：“哦，他们想要魔尊把悬颂娶回来，而不是嫁过去，所以今日才会闹。在他们的观念里，他们的魔尊要是把仙界最俊的男人抢回来，那魔门就赢了！”

明以慢：“这……”

黄桃却在此刻叹息：“唉，可惜魔尊长大了，管不住了，心都飞到悬颂那里去了。”

禹其琛眼睁睁地看着一座高塔坍塌，魔门修者看到了，不甚惊讶，而是起哄：“嚯，塔都塌了，打得够激烈的。”

似乎早已司空见惯。

黄桃慢悠悠地喝了一口茶：“今儿的魔门，也格外热闹呢……”

七

鲩面坨坨看似在战场最后方坐镇，实则在单独跟顾京墨传音：“魔尊，不能再打了。”

“再打一会儿嘛，活动活动筋骨也不错。”顾京墨看着战斗场面完全不在意，笑嘻嘻地回答。

“再打一会儿就不是活动筋骨了，是换一换宫主，三十一变二十八也算吉利，正好空缺的一个宫主之位也不用补上了。”

顾京墨竟然认同了：“可以啊！干脆变十八罗汉得了，更顺口。”

“魔尊啊！千泽宗的颜面要紧！”

鲵面坨坨等人来挑战之前，还想着，悬颂就算修为再高，也不至于以一敌七还能立于不败之地。

可真正对战后他们才发现，顾京墨选的这个地方着实方便悬颂动手，堪称天时地利人和。

首先此处是魔门阴寒之地，方便悬颂使用冰系功法，周围还有大山，有足够的土石供悬颂使用。

他们七人也是第一次合作，没有想过属性相克的事情，斗法中才发现他们的各系功法在互相干扰。

再看悬颂那边，游刃有余地对付着他们的同时还在布阵，让他们完全无法近身，还步步是陷阱，到处是算计。

一名宫主被击飞出去，连带着未能及时收回的攻击，干脆击倒了一座塔楼。

他狼狈地从塔楼废墟里走出来，甩着头顶的石块碎屑，问道：“这塔需要我来赔吗？”

“不然呢？”顾京墨问，“魔门规矩不就是败者去赔吗？否则就在斗法前磕头认错，干脆别打。”

该修者回头看了看塔楼，又摸了摸自己的千宝铃，最后哀叹了一声，重新回归战场。

万一……赢了呢？

那就不用赔了。

顾京墨见她的宫主们着实敌不过了，只能传音给悬颂：“行了，各退一步吧。”

悬颂在此刻出声说道：“诸位，今日便切磋到这里吧，我们以平手为结果，如何？”

也算是给足了几人面子。

七位宫主齐齐松了一口气。

鲵面坨坨拄着拐杖气喘吁吁地回答：“那便如此吧，承让了。”

撞了塔的修者颇为厚颜无耻，当即问道：“既然平手了，这塔是不是可以一人赔一半？”

“我来赔吧，我攻击时着实没有分寸，坏了周围的事物。不过按照婚礼习俗，应是送双不送单，我赔两座塔，并排建立如何？”

这个问题着实把魔门修者问住了。

鲵面坨坨回头问顾京墨：“灵塔建两个是不是……有点不吉利啊？得死多少人才能把两座灵塔填满？这算是对这个宗门的诅咒吧？”

顾京墨选择地方，自然选择偏僻之处，于是选在了一个宗门的陵墓附近。

现在还两座灵塔，着实有点……说不过去。

顾京墨叉着腰，干笑了两声，说道：“这是祝福他们宗门人丁兴旺，长存万年。”

“行，我派人去说。”鲵面坨坨转身便吩咐人去该宗门处理此事了。

悬颂在此刻走到了顾京墨身边，温声问道：“这般斗法对你有什么影响？”

“没什么影响，我之前也经常收拾他们，只是最近没空了而已。”顾京墨说着，对悬颂勾了勾手指，“我带你们逛逛魔门。”

李辞云和南知因立即跟上，一同前去。魔门地界对他们来说，还真挺新鲜的。

鲵面坨坨看着他们一行人离开，嫉妒得一杵拐杖：“老朽也想要甜甜的爱情！”

丁臾翻了一个巨大的白眼，伸手拉住了丁修的手：“好戏看完了，我们走。”

丁修轻微地动了动，将自己的手抽回来，面无表情地回答：“嗯，好。”

丁臾怔了片刻，嘴唇抿成一条直线。

若是按照修真界的规矩，结为伴侣，双方互赠一个百物锦即可。

若是再提升一个级别，送对方一个千宝铃，已经算是不错的定情礼物了。

至于里面都放了些什么，也只有那两人知晓。

悬颂的聘礼却是用法器抬进千泽宗的。

这些聘礼全部放在了样式统一的飞行法器上，有的盖着红布，有的则是坦露在外。

负责送聘礼的自然是李辞云和南知因二人，他们带着缘烟阁的弟子，浩浩荡荡地从仙界，坦然地进入魔界，再浩浩荡荡地去往千泽宗。

这一路上的阵仗两界修者都有看到，纷纷议论。

“这二人还真的成了？”

“都没人阻挠？”

“听说是有人阻挠了，但是没成功。”

“也是，谁又阻碍得了这两个人？日后修真界不会变了秩序吧？”

“我在修真界这么多年，第一次见到这般举办大典的。”

“听说是按照人界规矩来的，属于嫁娶。”

“送布匹和珠宝都能理解，这怎么还牵了八头牛、八只羊啊？”

“那个法器上还放着酒菜呢。”

更让他们眼馋的，是飞行法器上的宝贝。

有极品法器，有竹简典籍，随便一样都够让人垂涎的。

更多的是极品材料，用这些材料可以制出上好的法器。

李辞云带着聘书、礼书、聘金、礼金到了千泽宗，便看到顾京墨正坐在正殿的屋顶上往这边瞧呢，见他们来了纵身一跃到了他们面前，问："悬颂怎么没来？"

"师父在礼堂准备，您也知道的，他挑剔得要命，非要自己盯着才放心。"

顾京墨绕着聘礼看了看，问道："我今日是不是得回礼？"

"按理来说是的，不过若是您还没准备好，也不急。"

"急！"顾京墨说完一招手，对门中的宫主道，"都随我来，一起去抢点回礼。"

李辞云和南知因并排站在一起，看着顾京墨带着千泽宗众多宫主浩浩荡荡地出门，接着看向了对方，仿佛是在确定他们的猜想。

直到他们看到顾京墨是真的出去打家劫舍去了，才轻咳了一声，只能故作镇定地等待。

等待了约有半日，顾京墨带着各大宗门"献给"她的宝贝，在院落中精挑细选。

最终，将还算拿得出手的都装在了飞行法器上，派鲩面坨坨等人与李辞云他们同行，将回礼送回去。

看着回礼的队伍离开，顾京墨才又一次无聊地跃到了屋顶上，唉声叹气道："成亲真麻烦。"

黄桃拎着酒跟着上了房顶，问道："喝酒吗？"

"不想喝。"

顾京墨叹了一口气，最终还是朝回礼的队伍追了上去。

悬颂布置完礼堂，揉着眉心回到自己的洞府院落，看到院落里错落地摆放着顾京墨的回礼。

他大致看了一眼，本想派人收拾进储物法器里，却脚步一顿。

他走过去打开一个箱子，掀开盖子看到了熟悉的衣摆，刚才还紧蹙的眉间恢复平整。

他用控物法器将箱子送入了洞府，彻底打开盖子，看到顾京墨已经躲在里面睡着了。

还是这般嗜睡，似乎情况并没有好转。

他将顾京墨抱出箱子，放在自己的石床上，给她盖上一张小毯子，接着，坐在了她的身边，撩起她的一缕发丝在指尖来回绕着。

顾京墨的发尾带着微微的卷曲，发丝很细很柔，缠在指尖轻柔如薄纱。

他看到她沉睡中的面容有着罕见的安静，白皙的皮肤，艳红的唇。

他伸出手来轻轻触碰她的脸颊。

“顾京墨。”他唤道。

顾京墨却并未立即回应。

原来这世间会有这样神奇的三个字，但凡想起，他的心都会不受控制地变柔软。

提起时心情如梧桐叶落满长街，一阵风徐徐而来，金叶霎那间漾开。唤出来仿若满月当空，玉石落湖心，柔柔月色荡起了亮银的涟漪。

原来能与他常伴的，不仅是脚下晦暗的影，还有控制不住因她而雀跃的心情。

不淡，不散。

他俯下身，在她的额头落下了一个轻柔的吻。他嗅到了她发间的味道，淡淡的草药香。他捧着她的脸颊，覆上了她的唇。

与顾京墨的回应同时到来的，还有不受控制的火。

悬颂并不惊慌，布下结界控制住了她的火只在结界内燃烧。

许久，顾京墨才撑起身子坐起来，看着他问：“你准备得怎么样了？”

“你要看一看吗？”

“不了，等成亲当日还是一个惊喜。”顾京墨伸了一个懒腰，问道，“我来时听闻下了雪，现如今雪大了吗？”

“嗯，今年的初雪还蛮大的，出来看。”

顾京墨跟着悬颂出了洞府，站在院落里看着落雪将她的回礼都覆盖了，不由得多看了几眼。

悬颂取出了一件披风给她，被她拦住了：“你对火系单灵根一无所知。”

“不会怕冷？”

“当然！”顾京墨说着，眼神轻佻地看着他，凑近了说道，“而且啊……热得很，你这种冰灵根说不定会被融化了，怕不怕？”

“你这种见我就燃的体质，我真不知你何时才能融化我。”

顾京墨努了努嘴，往悬颂身上撞了一下：“你看，没着火吧。”

“嗯。”

她又撞了一下：“看，依旧没着火。”

“嗯，好厉害。”

顾京墨很是喜悦，张开手臂朝着悬颂扑过去，刚抱住悬颂便燃了起来，她被悬颂推开并且旋转半圈，背对着他独自冷静。

她委屈得不行，灭了身上的火蹲下身，团了一个雪团后便朝着悬颂丢过去。

“幼稚。”悬颂不屑地躲开，没理。

谁知，顾京墨的雪团接二连三。

悬颂："……"

李辞云急匆匆地赶到了悬颂的院落，看到悬颂一个人独自堆着雪人，赶紧说道："师父，魔尊也跟着我们来了，还在箱子里。都下雪了，她别在箱子里冻坏了。"

"哦，我已经发现她了。"悬颂淡然地回答。

"那您怎么没和她在一起？"

这时，李辞云听到雪人里传来顾京墨的声音："这呢！我在雪里呢！这个无耻老贼，打雪仗还用阵法定住我！不要脸！"

李辞云先是一怔，随后"扑哧"一声笑起来，他在看到悬颂堆雪人时就该想到了。

他的师父，整个修真界最刻板的一个人，怎么可能一个人悠闲地堆雪人？

"那……那我就不打扰了，你们玩吧。"李辞云抬手擦了擦鼻尖，转身离开。

"你的修为怎么回事？为何还没到能飞升的临界点？"

李辞云没想到此情此景还能被师父训斥一句，只能嬉皮笑脸地回答："我这不是想等您大婚后再飞嘛！"

"就是修炼不刻苦，一直差这么临门一脚，非得我亲自帮你调理内息吗？"

"不用不用，我马上滚！"李辞云回答完，逃也似的离开了。

雪人里的顾京墨"呸呸呸"了几口，把雪人呸出了一个小洞，终于有了求饶的意思："悬颂，我冷！"

"这就是你火系单灵根的实力？"

"别给脸不要脸啊！信不信我破了阵法就在你的徒子徒孙面前揍你？"

悬颂抬手将她面容的位置抠出来，突然轻笑道："冷就抱一抱。"

说着，张开手臂抱住了雪人。

绵延的山川，林间震颤下柔柔白雪，洁白覆盖天地，清冷了人间。隔雪相拥的二人感受到一丝丝凉意，还有一丝丝暖。

本在抗议的顾京墨，竟然也不恼了。

他们竟然只能这样相拥。

八

婚礼筹备了两月有余。

成亲当日，三界皆有雪，雪花大如席，片片落东南。

千泽宗内挂满了红绸，红绸上又落上了薄薄的雪，仿若白梅之中结出红樱来，点缀如花开。

院落中忙碌的修者们，在洁白的雪地上踩出纷乱的脚印来。

一阵清风徐徐而过，带起表面浮雪盖在了脚印之上，留下了浅浅的白。

顾京墨坐在洞府的铜镜前，丁臾等人亲自帮她梳妆。

她一会儿看看镜子里的自己，一会儿看看自己的衣服，颇显不安。

第一次成亲，难免有些紧张。

丁臾抬起顾京墨的下巴问道："你成亲后，便常住缘烟阁了？"

"怕是会在那里留一阵子，毕竟成亲后我们就要去寻药，寻了药后我会有一阵子实力不够，魔门想杀我篡位的太多，只能暂时留在他身边了。"

"我在想你走后，魔门会不会大乱？"

"你帮我管着呗。"

丁臾干脆将胭脂丢在了一边："我区区鬼王而已，平日里还得给你下跪，现在还要帮你处理各种事物？"

"你不是早就习惯了吗？说起来，仙都阁那边你怎么处理的？"

"我把那个狗男人的魂魄捏碎了，待你这边稳妥了，我就要杀过去了。"

"该杀！"顾京墨直拍大腿，"你若是等得，待我修为恢复了陪你去。"

"用不着你，和你的老天尊卿卿我我去吧。"

顾京墨看着丁臾一个劲儿地笑。

她知晓，丁臾若是灭了那个男人的魂，便说明她彻底放下了。

待丁臾恢复个几年，怕是会变得更加飒爽，她是打心底为丁臾高兴。

这时，黄桃手中提着一个小兔子灯笼走了进来，道："魔尊，缘烟阁的人来催了。"

顾京墨赶紧拿出了团扇，挡在了脸前："这么快就到了？"

"对呀，坨坨他们要跟正派斗法才能开门。"

"次次都输，次次挑衅，今天人这么多这是要丢我千泽宗的面子？不行，我亲自打去。"

丁臾按住了顾京墨，道："成亲当日和迎亲的人大打出手，你这新娘子也够独特的。我派小修儿去了。"

"他们派的谁啊？"

黄桃提着灯笼又到门口去看了一会儿，才道："是南知因。"

"哦。"顾京墨又重新坐下了，他们二人的确实力相当。

等待了一盏茶的工夫，二人的切磋点到为止，算是平手。

千泽宗的修者们终于开门，让悬颂进入。

顾京墨坐在屋中，举着团扇挡住面颊。

她从扇面的角落看到悬颂已经带着两名弟子到了身前，却未过来，没忍住放下团扇看了一眼，一瞬间便跟悬颂四目相对了。

悬颂不过仔细看了片刻顾京墨戴着凤冠，身着喜服的模样，新娘子就着急了。

“我们走吧。”悬颂道。

李辞云在此刻端着一个托盘过来，上面放着一根绳索，绳上系着两个铃铛，悬颂和顾京墨一人牵起一端。

这是修真界大典的规矩，这一路上二人都需要牵着这根绳子，直到缘烟阁也不能放开。

她一手举着团扇，一手牵着红绳，跟着悬颂走出了千泽宗。

一路上，有人朝他们二人撒花瓣。

这花瓣在冬日里可不好寻，在此刻显得特别金贵，撒得漫天花香。

顾京墨随着悬颂到了她的轿子前，难得规矩地上了轿子，坐在轿子中，看着红线依旧悬着，另一边的悬颂已经坐上了白虎的后背。

悬颂骑着白虎稍微在前，顾京墨的轿子在后。

抬轿子的是缘烟阁的修者，皆是金丹期修为，且特意挑选过，样貌也都出挑，身高都相差不多，轿子抬得很稳。

丁臾等人乘坐的飞行法器便跟在顾京墨轿子的后面，和她同排的是李辞云。

李辞云见丁臾看过来，还客客气气地行礼。

丁臾没理，手臂搭在法器扶手位置跷起二郎腿来，下巴微扬，气势满满。

鯇面坨坨等人也在后面的飞行法器相继落座。

黄桃辈分低，但坐的位置非常靠前。

今日她不知是从谁那里拿到了一个小兔子的灯笼，格外喜欢，一直提着，兴高采烈地上了法器，满脸笑容地东张西望。

今日她为了能常伴顾京墨身边，也跟着穿了一身红裙，头顶绑着两个小鬏鬏，格外可爱。

她回过头看到云夙柠在不远处，提起灯笼对他摇了摇，得到了云夙柠的笑容回应。

迎亲的队伍浩浩荡荡。

缘烟阁弟子今日穿的是正式服装，皆是一身淡蓝色衣袍，有着些许白色花纹点缀。所有人发髻规整，统一戴着发簪，走在迎亲队伍的右侧。

千泽宗的门人则是穿着他们黑色的法衣，一起走在队伍的左侧。

远远看去，两队人风格分明，却硬生生地走在了一个队伍里。

一路上白雪皑皑，冰封八万里。

大片的雪花未能挨着队伍，便朝着别处飘去，没有一片落进队伍中，显然是有修者在故意控制。

白雪覆盖的道路上，抬进了红绸的轿子。

抬轿子的修者脚下踏着祥云，速度不急不缓。

途中，还遇上了打劫的队伍。

顾京墨不由得诧异：“打劫打到我头上来了？把他们给我抢了！”

悬颂倒是不在意：“这是习俗，没必要，赏他们些银钱。”

在前方堵路的队伍，每人都收到了一些铜钱。

然而他们面面相觑，这的确是按照人界的规矩给了，只是在修真界不给灵石给他们铜钱，拿来珍藏吗？

一路上有不少修者围观，见到魔尊的轿子行至他们的位置，便会跪拜行礼。

跪拜修者之多，让缘烟阁迎亲的队伍震惊不已。

这就是魔门魔尊的排场吗？

反差感极强的两队人，竟这般和谐地穿越了魔门地界，进入了仙界。

出于对迦境天尊的尊重，很多修者自觉行礼，场面也颇为整齐划一。

缘烟阁弟子们仿佛在暗斗，此刻终于硬气了一些，个个挺直了背脊。

魔门修者们颇为不服似的，却也没与缘烟阁弟子斗起来。

一行人终于行至缘烟阁，路上耗时颇久，入门时已是红霞满天。

待到了缘烟阁门外，悬颂看到青佑寺的高僧们站在门外候着，目光扫过，果然在他们中间看到了趾高气扬的九枳。

前些日子，他与青佑寺高僧周旋了几日，才得到特许让九枳参加婚宴。不过，九枳依旧需要多名高僧守着，怕她闹事。

悬颂朝他们行礼示意，九枳干脆走出来，轻哼了一声便入了缘烟阁。

孟栀柔和云氏夫妇也都在场，队伍里还混着其他被顾京墨救过的人，看到顾京墨能与迦境天尊成亲，都由衷地为她开心。

等了一日，看到了队伍顺利来了，他们才放下心来。

悬颂牵引着绳索带着顾京墨下了轿子，与此同时诵念了几句后道：“魂归。”

转瞬间，顾母、楠绣、易何宛三人的魂魄出现在了缘烟阁门口。

三人中倒是易何宛最为淡定，双手环胸，站在一侧目光含笑地看着。

顾母和楠绣则是被这阵仗吓了一跳，惊慌地左右看了看，见到举着团扇的顾京墨对她们眨眼睛才平静下来。

一行人一同进入缘烟阁，二人走上了长长的红毯。

顾母和楠绣手挽着手朝前走，李辞云引着她们去长辈的位置。

顾母走时总回头，因为她在青佑寺高僧人群中找到了一个人。

那人面容俊朗，眉间有一个红色的印记，仍是俊朗少年的模样。

她走几步，便回头看一次，眼神里皆是惊诧。与他对视，看到了他眼中的神色，她终于下定决心回过头来，不再看了。

悬颂精心布置过的礼堂，自是宏伟且细节满满。

缘烟阁正院耸立着九十九根白色大理石柱子，雕刻着形态不一的祥瑞，此刻皆缠着红绸，相连成一个巨大的红环。

恢宏的玉楼金殿，从门口便铺出了一条长长的红毯，直至大门。

宾客们载笑载言，聚集在红毯两侧等待新人。

峻宇雕墙外悬挂的，皆是精致的红色灯笼，在昏黄的天空下隐隐亮着光。

婚礼还在进行。

有一对金童玉女跟随在顾京墨和悬颂身后，抛撒着五谷杂粮。二人一同跨过火盆，除浊降晦，福从天降。再跨马鞍，保新人世代平安。跨过米袋，此生丰衣足食。

接着，是一拜天地——

二人朝着礼堂行礼，动作整齐。

二拜高堂——

二人朝着九枳、顾母行礼。

九枳之前神色傲然，仿佛不同意这门婚事，只是过来看看而已。偏此刻嘴唇紧抿，眼眶微红，又倔强地扭过头去。

顾母也是眼角含泪，在二人起身时朝那僧人看了一眼，又很快收回目光。

夫妻对拜——

二人牵着绳索转过身，缓缓行礼。

悬颂一直牵引着绳索，带着顾京墨回到了自己的洞府。

这一路顾母和楠绣、易何宛都跟着。

顾京墨一直溜号，偷偷与她们说话：“我今日漂亮吧？”

顾母重重点头：“嗯，漂亮。”

才说了一句，便红了眼眶。

顾京墨眼眶也红了，说道：“您别哭啊，您一哭我也想哭。”

顾母赶紧用帕子擦了擦眼泪，看着顾京墨道：“以后都好好的，好好过日子。”

“嗯，我知道。”

悬颂在带着顾京墨进入洞府后，顾母和楠绣也跟着进去，和顾京墨叙旧。

悬颂却单独走了出来，找到了易何宛。

她看着悬颂颇为不解，问：“怎么？”

“我有事想要问你。”

“问吧。”

“你教给京墨的功法，这世间还有别人会吗？”

从和燕祟交手后，他就开始怀疑这件事情了，今日正好有机会询问。

易何宛回答得坦然：“会的人多了，就不算是绝学了。说起来在我父母去世后，也只有我和我的道侣会，我和我的道侣皆去世，她算是这世间唯一的传人。”

“你的道侣叫什么？”

“习焕亭。”易何宛回答完颇为不解，“你问这个做什么？”

“只是有些好奇，你可知他的出身？”

“我遇到他时，只知晓他是一个孤儿，起初只是一个外门杂役，我瞧他可怜带在了身边，同甘共苦后，他成了我的道侣。”

悬颂回忆起燕祟的行事风格。

若真是燕祟的话，那么易何宛口中的同甘共苦，那些“苦”可能都是燕祟带来的。

习焕亭策划了苦难，陪着易何宛度过，获得了易何宛的芳心。

最终……他不想继续想下去了。

“你可有他的遗物？我想试试看招魂。”

“遗物……”易何宛思考了片刻回答，“被我葬了，在蓝景泽地带，我记得旁边有一棵巨大的桂花树，应该是千年老树了。”

“好，我去寻。”

易何宛打量着他的表情，问道：“他有什么问题吗？”

“希望是我多虑了。”

九

悬颂一向懒得应酬，婚礼之后的事情全部都交给了李辞云。

他等顾母等三人的魂魄离开后，终于进入了洞府。

顾京墨显然在之前哭过，眼睛红红的，让原本便殷红的眼尾变得更加艳丽。

她一个人孤零零地坐在他的洞府里，一向强大的魔尊也显现出了一丝柔弱来。

她看到悬颂进来，当即用手拍了一下桌面，对他解释：“别看我哭了，其实我今天很开心。”

悬颂缓步走到了她的对面坐下，帮她倒了一杯茶。

他知道顾京墨爱喝茶。

“我在我亲人面前，嫁给我一见钟情的人了。”顾京墨擦了擦眼角的眼泪，接过茶杯豪气地干了，接着一怔，“大喜的日子给我喝茶？我当是酒呢！”

“其实我有些犹豫，不知道是该和你尝试着双修，还是让你喝醉。”

“先试试嘛！”顾京墨当即站起身，伸出手勾着悬颂的衣襟往内室里走。

悬颂从未想过，大喜之日会是这样的架势，顾京墨反而比他放得开。

二人刚刚进入内室，顾京墨便将自己的凤冠拿了下来，脱掉了外衫。

悬颂看着她干净利索的动作，赶紧阻止：“你先等等……”

“等什么啊？你还得喝碗壮阳酒？难道双修不脱衣服？”

“不是，你、你脱得太快了。”

顾京墨迟疑了片刻，当即破涕为笑，问他：“你是想看我慢慢脱？”

“不是。”

“哦，你想亲自给我脱？”

“……”

悬颂被顾京墨这般直接问出搞得一阵慌乱，一向沉着稳重的人，竟也在洞府里踱步，最终怒道：“顾京墨，你能不能闭嘴？”

悬颂坐在了石床上，做了一个深呼吸。

顾京墨很快跟着坐在了他身边，侧过头一直看着他。

他看似一动不动，耳尖却红得一塌糊涂。

就算年长一些又如何，在感情方面，他同样青涩。

顾京墨抬起手来戳他的面颊，在瓷白的肌肤上落下了一个凹陷来：“不苟言笑的迦境天尊也有害羞的时候？”

“毕竟你是我心上人，还这般撩拨我，我又怎能淡定？”

“哦……”顾京墨回答了一声，快速在他的脸颊上亲了一下。

悬颂被亲得嘴角微挑，又很快努力地压了下去。

他开始跟顾京墨认真地约法三章：“你我已经成亲，也该有些规矩。日后，你不可叫我迦境老儿，你要叫我天尊。出于尊重，我以后会叫你魔尊。”

“啊？这……很别扭吧？”

“是妄蛰仙尊生前指点我的。”

“他是这么说的？”

“可以这么理解。”

“那好吧。”顾京墨想到她对妄蛰仙尊的愧疚，她觉得应该丢掉偏见听从，最终点了点头，唤道：“天尊。”

“嗯，魔尊。”

二人唤完对方的名号后，颇有些在新婚之夜义结金兰的意思。

悬颂再次开口：“你的身体情况非常糟糕，我们成亲后第一件事就是去寻药，到时你恐怕会散去一身修为，从炼气期重新修炼起。不过你有底子在，经脉已经拓宽，之后若是有我与你双修相助的话，按照你的资质，百年内你便可以再次化神。

“这期间，你都要在我身边，燕祟一日不神魂俱灭，我便一日不得安心，你在我身边我才能够保护你。

“你在缘烟阁内不要惹是生非，觉得闷了，我可以让明以慢他们来陪你。你也不可以去招惹其他的门派，毕竟他们一向呆傻，的确不是你的对手。”

顾京墨捧着脸，翻了一个白眼。

往后的日子，似乎没什么意思。

悬颂继续说下去：“我给黄桃安排了住处，今日明以慢会陪着她，你无须担心。魔门的宾客今日之后皆会被送回，你还有什么命令要传给千泽宗吗？”

“没有……”

“嗯，那你有什么要对我说的吗？”

顾京墨突然仰面躺下，张开手臂闭上眼：“来吧。”

“……”

悬颂抬手揉了揉眉心，最终叹了一口气。

最初便知她是如此的女子，此刻又何必羞恼？

他转过身，到了顾京墨身前，抬手解下了她的发髻，伸手揉了揉，让她的头发散开。

如墨般的长发铺散在石床上。

他将顾京墨的一缕黑发，与自己的一缕银色发丝系在一起，说道：“从此，我们便是结发夫妻。”

顾京墨看着他头发披散下来的样子，忍不住问：“你的银发是因为年纪，还是雪狐？”

“为了不让修真界的众人对我的寿元起疑，才不再控制，任由它变白。”

“还能变黑吗？”

“可以，比如云夙柠的丹药就可以让它重新变黑。”

悬颂食指抬起，照明法器瞬间熄灭，室内变得昏暗且安静。

悬颂一向喜静，洞府的位置也在缘烟阁的偏僻处，这般不再言语后，使得洞府内呼吸声都变得突兀。

二人靠得很近，呼吸交缠，原本还坦然的顾京墨，此刻也变得紧张起来。

防护结界加持，让悬颂可以落下一个吻。

久久的，不肯分开。

窸窸窣窣。

动作轻且柔。

照明法器再次亮起，悬颂抬起手来，看着自己被烫红的手掌心。

火可以隔绝，可是火系功法的炙热还是会烫到他。

就算他是修仙者，身体较常人坚韧，过了一盏茶的工夫也有些受不住。

顾京墨拢了拢头发跟着坐起来，颇为委屈地看了看他的手掌心，嘟囔道："你将结界扩大一些，我的火就能将洞府照得灯火通明的，根本用不着照明法器。"

悬颂不想再回忆昏暗洞府内，身边的人肌肤上隐隐亮着火光的模样……这是怎样的奇景？

悬颂试探性地开口："你能不能……"

"别试了，我怕你被我给烧熟了……"

"……"

悬颂没办法，只能去外间取来酒。

他的酒量不佳，只能看着顾京墨喝，喝到后来，顾京墨似乎有了醉意，却也来了兴致："悬颂，我们打一架吧！"

"顾京墨，今日是你我成亲的日子。"

"我要看看，是魔尊厉害，还是天尊厉害。"她醉酒后唯一的理智，就是称呼没有错。

"顾京墨。"

"我们去洞府外面打。"

"不打。"

顾京墨不依不饶，扯着悬颂的衣服闹了好半天。

悬颂被她吵得头疼，最后干脆强行抱住她躺在了石床上："睡觉吧，不打也不双修，乖。"

"就打一次……"

"不打。"

"悬颂……"

"嗯。"

"你抱得太紧了，我不能翻身了。"

"不能动最好。"

顾京墨反过来紧紧地抱住了悬颂，仿佛在拥抱方面也不肯落于下风。

李辞云从未想过，一向对世间万物都不感兴趣的师父有朝一日会成亲。

他也没有想到，师父成亲他居然是最劳累的。

他陪着宾客喝了些酒，脚步有些虚浮。

好不容易送走了最后一批宾客，他终于能回自己的洞府了。

路上，他看到南知因在等他，不由得停下脚步问："师弟，你怎么在这里？"

"你忘了我们约好的？"

"约好的……"李辞云脑袋有些迷糊，思考了许久才想起来，"哦，你是说你要助我提升修为？"

李辞云的修为距离飞升总是差那么一点点，偏偏一直修炼不上去。

先前悬颂在忙碌婚事，没空理他，若是成完亲，怕是就要来训斥他了。

他担忧得不得了，干脆找到了自己的师弟，让他帮自己。

那一日，南知因迟疑了许久，才道："我倒是有一个法子，不过有可能会冒犯到你。"

"你我之间有什么冒犯的，只要能提升修为不被师父责罚，什么法子都行。"

"那好，最近事务繁忙，等师父婚事结束，我去寻你。"

李辞云终于想起来了，伸手拉着南知因的袖子，朝自己的洞府走："对对对，还得提升修为。"

南知因看着李辞云走路摇晃的样子，不由得迟疑："要不还是换一个时间吧？"

"我猜啊……师父明日不会开心，毕竟魔尊那个燃火的事情不好处理，所以明日第一个挨骂的就是我，我们得趁今天……"

南知因和李辞云一前一后地进入李辞云的洞府。

李辞云平日里便喜欢收集一些稀奇古怪的东西，导致洞府里满满当当，到处都是各式法器。

李辞云也没有收拾的意思，带着南知因到了自己修炼的洞府，推走了一堆竹简，坐在了蒲团上："我们开始吧。"

"在这里吗？"南知因问道。

"对啊！"

"那……你把照明法器熄了。"

"为何？"

"让你做你就做！"

李辞云一向了解师弟的脾气，也没多问，熄了照明法器后，他被南知因按着仰面躺在了地面上。

南知因似乎也不熟悉这种修炼方式，极为笨拙。

夜，漫漫。

夜，慢慢。

十

翌日清晨。

澄澈的光线努力挤进洞府内，悄然填满洞府的每一个角落。

悬颂一向算得上是勤勉的修者，从筑基期后便用修炼代替睡眠，昨天夜里倒是难得地与自己的妻子同眠了。

第二日醒来，竟有一丝疲惫。

他试图撑起身体，顾京墨环着他的手依旧没有松开，格外牢固。

他拿开了顾京墨的手，整理衣服的时候，注意到自己的身上都有了勒痕。

能在他这种强韧的身体上留下痕迹，着实不易。

这哪里是抱着对方睡了一夜，根本就是较劲了一整夜。

他站起身来，没有惊醒顾京墨，独自一人朝着洞府外走去。

今日需要去各大门派收集印章，只有印章集齐了他才能和顾京墨去雨潺阁。

同时，他还要去蓝景泽地带，确认燕祟的真实身份。

他走到了长老阁内，正想要唤李辞云，却见李辞云还没有过来。

昨日的确是李辞云较为忙碌，悬颂也没在意，那便叫南知因协助好了。

可是，他的神识扫过长老阁，一向协助处理门派事务的南知因居然也不在。

他站了半晌，竟然无人可以使唤了。

不久后，有人进入了长老阁，他便对那人说道："就你了，去一趟各大门派，让他们在这个名册上盖章。若是不肯盖章的，可以记下名字，明日我亲自拜访。"

说着，他丢出了一个名册录。

那人看着这个名册录迟疑了一会儿，只能应声："晚辈知道了。"

身为一派掌门，却被差遣去处理这种事务。

掌门很委屈，却只能带领着自己的弟子去了。

悬颂朝外走了一段，找到了明以慢和黄桃。

两个女孩子正聚在一起吃果子，看到悬颂过来，黄桃立即跳起来问："顺利吗？"

明以慢仰头看天，表示自己没在旁听。

悬颂没回答这个问题，而是说道："你去陪她吧，我要去处理一些事情。"

"好。"黄桃回答完，还没忘记端着果子去找顾京墨。

悬颂没有停留，纵着佩剑到了蓝景泽地带，在空中寻找易何宛口中的千年古树。

找到了疑似的位置，他下了佩剑，掐指调用功法，用神识探查方圆百里。

以他站的地方为圆心，缓缓旋转起一阵飓风，带动了周围的积雪，旋转成一个旋涡。

纷纷扬扬之下，带动了他宽大的衣袍以及衣摆，发出猎猎声响。

最终，他走向了一个地方。

易何宛葬的地方也有些年头了，他走过去用土系功法很快将土壤翻出，一副檀木的棺椁呈现出来。

他用控物术“砰”的一声打开棺盖。

他看到里面的白骨，这应该是习焕亭的尸身。

有尸身在，他可以尝试招魂。

双手掐诀，口中念念有词，最后低声喝道：“魂归！”

半晌，无所响应。

魂未有回响，要么是魂魄已经被击碎，要么是此人已被夺舍。

若是魂魄被击碎，法术起始便会停止。

所以——习焕亭还活着。

在天罚阵内。

他看着棺椁里的尸身，叹道：“果然是你，你又是什么身份呢？”

悬颂看着棺椁，很想将这具尸身锉骨扬灰，最终还是将尸骨收进了储物法器里。

接着，动用土系法术，将周遭的一切恢复如初。

南知因双手握拳，走得极快，仿佛在努力甩掉什么。

突然她停住了脚步，回过头便看到李辞云还在跟着她，表情委屈，眉眼都往下耷拉着，透露着他的无辜。

哪里无辜？！

她瞪了李辞云一眼，不再理会，继续前行。

李辞云跟在她身后急追了几步，唤道：“师妹……”

这个称呼让她浑身的汗毛都竖了起来，当即回答：“叫师弟！”

“哦，师弟。”

李辞云试图去拉她的手，却被她甩开了，警告道：“我很早就告诉过你，莫要离我这般近，也不要碰我。”

“可、可昨天已经碰过了呀！”

“我那是帮你增加修为，初……初元会提升很多。”

南知因回答完，继续急速前行，朝着藏书阁而去。

李辞云跟在她身后，小心翼翼地问：“你为何像不开心的样子？”

“没有！”

“可是你哭得那么厉害。”

“闭嘴！”

李辞云不敢再问了，却也不离开，一直跟在南知因身后。

南知因也不再赶他了，径直进入藏书阁，走进去寻找自己要找的典籍。

李辞云看着她找出了一本关于炉鼎学说的典籍翻开查看。

在她看书的时候，李辞云左右看了看，确定周围没有其他人，便调用功法将藏书阁的门关上。

她注意到了，侧移了一步，警惕地看着他，警告道：“你离我远点。”

“你看这个功法，我怕别人看到，发现你的身份。”李辞云解释得非常合理。

昨天夜里，他自然已经知晓了她是女儿身。

她眼神凶狠地看了他半晌，便又低头去看书了。

李辞云站在了她的身后，跟着低头去看书，问道：“为何要看这本典籍？”

南知因还在查阅，低声回答：“按照我的推算，经由昨日的修炼，你的修为应该能够迅速提升上去，今日一早就该有雷劫到来，为何你的修为还停滞在原处？是我们修炼的方法不对吗？”

李辞云悄然靠近，跟着她一同去看，问道：“要我跟着你一起学习吗？”

由于靠得太近，这一句轻轻柔柔地直往她耳朵里钻，直击她的耳膜，那绵软的呼吸也在轻拂她耳边的碎发，耳郭微微发热发痒。

她立即合上典籍，回头看向李辞云，认真强调：“我只是利用我的优势，助你修炼最后一程，没想和你有什么牵扯。”

“真的？”李辞云微微俯下身，看着她的双眼认真地问道。

她一慌，未能回答出，只是眼神更凶。

从什么时候开始，她心里住了一个人？

早期对师父的惧怕，让她产生了对师兄的依赖。当师父严厉地训斥她之后，她若是去寻师兄，师兄都会安慰她，甚至替她挨骂。

加之师父不愿意理会他们，在门派内生存都靠他们自己，这几百年来一直陪在她身边的是李辞云。

她知晓李辞云修为已经到了巅峰，只差一点即可成功飞升。

她意识到师兄陪伴自己的日子要到尽头了，她想尽她所能帮助他。

但让她意外的是，师兄的修为并没有精进！

她不是纯阴体质吗？

不是说她的体质非常适合做炉鼎吗？

为何李辞云的修为没有增加？

她将典籍放入自己的储物法器内，转身便要离开，却被李辞云拦住了。

他挡住了她的去路，目光灼灼地盯着她，问："我可以和你印道侣印吗？"

"你疯了？！"

"我们不算是有夫妻之实了吗？"

"被师父发现了怎么办？他会杀了我们两个的！"

李辞云拉着她不让她走，态度格外坚持："我去跟师父说，就说是我鬼迷心窍，他不会怪你的。"

"不行……"南知因不敢。

自她入师门的那一日起，悬颂便叮嘱过她，绝对不可以被人发现她的身份，绝对不可以与男子成为道侣，她的体质注定得不到真心对待，很容易沦为供男子修炼的"工具"。

此刻，她已经违背了师父的嘱咐，偷偷和师兄越了界。

若是被发现他们两个人私底下还这般牵扯，定然被重罚。

李辞云不由得有些着急，语速加快了些许："那你之后还会帮我巩固修为吗？"

"已经违背师命了，不能继续……"

"我想！"李辞云急切地打断她，"我想你帮我。"

他第一次知道，世间还有如此美好的感情。

对于南知因，他似乎一瞬间便接受了，之前让他困惑的不合理，也一下子都变得合理起来。

相识几百年，从相识到相知，也只需要一瞬间而已。

"不行！"南知因试图躲开李辞云，她不想再和他共处了。

现在只要看到他，她便心虚得厉害。

这简直是偷了东西，还与赃物一起招摇过市。

"为何？"李辞云当然不肯退让开。

"你……"南知因指着李辞云，半晌才骂出来，"你变态，哪儿都亲！"

他一怔，错愕了半晌才轻笑了一声，低声问道："就因为这个？"

"不然呢？"

"就是想亲，还没亲够呢。"他回答完，再次吻了上去。

南知因抬手推他却未能成功，反而被他推得后退几步，后背碰触到书阁墙壁的瞬间，李辞云打开了土系的瞬移之术，带着她再次回到他的洞府。

这是禁止在门派内使用的法术！

她的师兄果然变得不正常了。

悬颂回到缘烟阁时已是深夜时分。

他坐在自己的座位上，疑惑地看着南知因和李辞云的位置，微微蹙眉。

竟然一起偷懒？

这时掌门也带领着弟子回来了，将名册薄递给了悬颂："老祖，这里是名册，各大门派都已经盖了印章。"

起初，的确有门派不愿意盖章，但是听闻之后恐怕是悬颂亲自来，便都乖乖地盖了章。

这修真界，有几个人能承受得了与悬颂对峙的压力？

悬颂大致看了一眼后，对掌门说道："明日，我便会和我的夫人一同去往雨潺阁，怕是会在阵中几日。你去告诉李辞云和南知因，让他们这几日去调查一个叫习焕亭的人，重点调查他的出身，我怀疑他是几个覆灭宗门的遗孤。"

"是。"

悬颂拿着名册起身，朝着自己的洞府走过去。

到了院落里，便看到顾京墨坐在院子里吃果子。

见他回来了，她哀怨地开口："独守空房第一日。"

"还不是你不行？"

"……"顾京墨把果核往脏污桶里一扔，站起身便转身进了洞府。

悬颂跟着她进入，她还当悬颂进来后能哄她几句。

谁知，悬颂把她带到了石桌前，展开一张卷轴给她看："这是大阵的地形图，你先熟悉一下。"

顾京墨站在地形图前，低头看了一眼。

悬颂指了一处："这里常年有镇山神兽镇压，颇为难缠，到时候我困住神兽，你去采药。"

"药长什么样？"

悬颂拿出了另外一张图："能看懂吗？"

"行，知道一个大概样子就行，到时候确认不了，就全摘了。"

若是各大门派知晓顾京墨会如此，那个名册录怕是盖不满。

偏悬颂点了点头，认可了她的想法："好。"

十一

成亲第三日，悬颂便带着顾京墨去了雨潺阁。

雨潺阁境内有大阵，其阵中危险重重，故从来都不会用来给普通弟子历练。

该阵百年才会对外开启一次，只有元婴期以上的修者才有资格进入。

阵内有稀有的高阶灵兽，猎杀后可炮制尸身，灵兽身上的材料可用于炼制精品法器，或者成药。阵中的高阶异兽，更是守护神一样的存在。

阵中还有许多稀有药草，草药等级分为天、地、玄、黄。这阵中的，最低也是地级，他们二人要寻的便是天级草药花间晚照。

这一次进入大阵的，只有顾京墨和悬颂二人而已。

缘烟阁掌门带领众长老特意来阵前送行，且关切地问道："老祖可需要再跟些人进去帮忙？"

"不用，你们进去反而碍事。"

被悬颂嫌弃惯了的晚辈们倒是没有失落，反而松了一口气。

若是跟悬颂同行，压力实在太大。

说完，悬颂在人群最后找到了李辞云，抬手指了指他。

李辞云当即一慌，唤道："师父。"

"你的修为。"显然是指出阵后若还没有精进，悬颂就要亲自"关心"了。

李辞云连忙点头："徒儿知道了。"

站在他身侧的南知因故作镇定地看了他一眼，抿着嘴跟着紧张，手指捏着袖口，来回揉捏。

好在悬颂和顾京墨的注意力全在大阵上，待雨潺阁的修者开启阵法后，二人同时进入了传送阵。

看着他们二人的身影消失，原本紧张的队伍齐齐松懈下来，如获大赦。

进入阵内，悬颂便操纵着飞行法器，带着顾京墨进入阵的最深处。

花间晚照算得上是修真界最为珍贵的花草，其寓意也是极好，有了它，便可生存于天地间，夜晚也可有光芒照耀。

这味药，可以称之为药单上最温和的一种药。

它调和了之前两种药的烈性，让顾京墨散尽修为时不会痛苦，还可最大限度地保护她的经脉，在散修为的同时，可修复经脉上的逆痕。

甚至，在顾京墨重新修炼时，还会得到这味药的照拂，让经脉较以前更加强韧，重修的修为会上升一个境界，较第一次更为强大。

悬颂带着顾京墨坐在飞行法器上，二人相距了一肩的距离，以免燃火。

顾京墨坐在法器上坦然地荡着腿，看着周围。

悬颂指着一个方向道："看到那边的颙没？它一般喜欢最后补刀，螳螂捕蝉，黄雀在后，它就是雀，所以我们要随时提防它的偷袭。"

"嗯。"顾京墨点了点头。

接着，再指下方的穷奇道："那个，就是守着花间晚照的异兽。"

"这阵中封着的异兽可以带走吗？"顾京墨突然问了这个问题。

悬颂被问得一怔，接着回答："寻常灵兽与异兽不同。这阵已自成体系，每种异兽都在互相牵制，若是少了一只，怕是会引起混乱。

"我们来此阵寻找机缘时，一般都会选择镇住异兽，而非杀死。真的杀的，也是那些不算过于稀有的，我刚刚说的都只有一只而已。"

顾京墨指了指远处飞翔的异兽问："那只呢？长得还挺好看的。我不能动用太多灵力，不能御物飞行，有一个坐骑也不错。"

悬颂朝着鸾鸟看过去。

蓝色羽翼的鸟类，羽翼颜色极为漂亮，展翅飞翔时凤游天际般美丽。怕是它已有几千年的道行，再修炼个千余年，就能像它娘一样化为人形。

按理来说，他身为九尾，也是这些异兽之中的一个种类而已。

但是他生来便是人形，本不该去搅乱其他异兽的修行。

看到顾京墨喜欢，他还是有所迟疑，最后道："我们最后试试看。"

二人并未立即下去，悬颂和顾京墨商议完毕，朝着穷奇守护的地带丢下了布阵石。

认出布阵石的穷奇愤怒嘶吼，朝着他们便丢出攻击。

他们的距离很远，但是攻击的余波还是让法器摇晃。

悬颂迅速扶住了顾京墨的手臂，引得她手臂自燃。

看到了火，穷奇更加愤怒，嘶吼声更加可怖。

顾京墨被它吼得一阵恼怒，朝着穷奇吼："嗷！"

接着骂道："比你长得更丑的异兽我都杀过，要不是为了遵守正派的规则，老娘定然现在就下去把你的毛都拔光。凶什么凶？！找死吗你？"

穷奇竟然往后缩了一下脖子。

悬颂一时间不知该如何安排，只能先劝顾京墨："你莫要吓到它，弱了它的凶性。"

"啧。"

悬颂安抚了顾京墨后，继续暗暗布阵，接着从法器上跃了下去。

跃下的途中双手掐诀。

半空中的男人衣袂飘飘，如神仙降世，落于阵法前，落地瞬间念道："阵起。"

顾京墨看着阵法已经困住了穷奇，穷奇与悬颂正在互相较量，便趁着僵持之时想要跃下，却感觉到法器在降落，稳稳地把她送到了地面上。

她没在意，绕过阵法去周围寻找花间晚照，低下头一看便觉得这些花花草草长得都一个样。

真该把云夙柠带进来，可惜这小子修为太低了，根本就没有入阵资格。

她从千宝铃内取出了储物法器，找了两种看着像花间晚照的药草，便连根拔了出来。

她举着两种药草问悬颂："是这两种吗？"

悬颂在僵持中抽空看了一眼，回答："不是。"

"啧，药草什么颜色的？你给我看的图是黑白的。"

"不是有文字介绍……"悬颂回答了一半想起顾京墨不识字，最终叹气，"蓝色的。"

顾京墨举着药草犹豫了片刻，干脆全部装进了法器内，这两样送给云夙柠，估计够他高兴两天的，就算是赔偿之前的药钱了。

她继续在那个范围寻找，终于找到了蓝色的小花，不由地嘟囔："那么神奇的药，居然长得这么不起眼？我差点当成草。"

顾京墨伸手要去拔，便感知到了灵力。

这药草竟然自含灵力，防范他人。

她当即朝着几处丢下布阵之物，口中诵念，看着灵力旋涡降下去，才伸手拔了药草。

"幸好我也算精通阵法……"顾京墨还没来得及高兴，便感知到什么朝着她极速飞来。

她纵身躲开，看着袭击过来的颙，笑道："小黄雀啊，你也对这个感兴趣？"

颙的眼珠骨碌碌直转，始终盯着那株草药，显然早就已经觊觎，只是有穷奇守护，加之草药自带防御，它便等到顾京墨采下来才攻击过来。

顾京墨将药草放进储物法器内收好，接着拔下双钗，一个纵身便朝着颙攻击过去。

她的身法极为诡异莫测，速度奇快，无法预判，迫使颙连连躲闪，最终只能高飞，在空中丢出攻击。

顾京墨连续几个后翻躲避，很快脱离了悬颂的保护范围，其他异兽、灵兽也逐渐聚拢过来。

她左右看了看后，再次看到了鸾鸟，当即在地面快速冲刺，朝着鸾鸟冲了过去。

她跃到树上，躲开了树上巨蛇的缠绕，跃到了鸾鸟的背上，抱着它的脖子不松手。

那边，颙还在攻击，如此一来，攻击全部都朝着鸾鸟而来了。

鸾鸟虽陷入混乱，却也不是善茬，低鸣一声后开始反击。

顾京墨一直在看，忍不住感叹出声："小蓝鸟，你还挺厉害啊！"

鸾鸟显然不喜欢顾京墨的靠近，嫌弃地晃着身体。

在这时，颙再次啄了过来。

顾京墨在此刻抬了手，抓住了颙的嘴，接着用力一甩，将颙的身体甩了出去。

“小蓝鸟，朝南飞！”

鸾鸟到了如今修为，自然有灵智，听了顾京墨的话朝着南方飞去。

这时悬颂已在南方接应，本想接顾京墨上飞行法器，却看到顾京墨正在试图驯服鸾鸟，便没有参与，只是在他们的身边暗暗护法。

那边穷奇与颙穷追不舍，齐齐朝着顾京墨攻击过去。

悬颂看着它们的攻击越发凶猛，当即怒道：“放肆！”

这一声吼不仅有化神期巅峰的灵力底蕴，还有九尾狐的神威，霎时镇住了众多灵兽。

顾京墨抱着鸾鸟放声大笑：“说好的不能吓到他们的凶性呢？”

“他们想要伤你，这自然不行。”

顾京墨继续大笑，手中依旧抱着鸾鸟不松手。

他们用如此速度飞行到了大阵出口附近，顾京墨突然问道：“小蓝鸟，你想去外面的世界展翅飞翔吗？我带你出去。”

鸾鸟在空中翻了一个跟头，顾京墨险些被甩出去，却不肯松手：“我给你取名叫小蓝怎么样？”

鸾鸟很不喜欢，继续挣扎。

顾京墨只能妥协：“那我叫你蓝凤，蓝凤，我给你自由好不好？”

鸾鸟似乎没遇到过这般死缠烂打之人，只能在空中连续翻转。

这时大阵已经开启，它看到了外面的天空。

湛蓝的，一望无垠的。

有连绵青山，有清澈湖泊，有广袤天地。

“蓝凤，去飞吧。”顾京墨又道。

鸾鸟似乎有些迟疑，终于载着顾京墨朝着大阵出口飞了过去。

悬颂立即跟着他们飞出，关闭了传送口。

送行的人还有部分未离开，聚在阵法外叙旧。

这时大阵竟然再次开启了，他们震惊地看过去。

他们还当这二人进入之后，最少要度过月余，没想到进入不足一个时辰便出来了。

最为震撼的，还是他们看到传说中的女魔头降服了阵中的鸾鸟，她坐在鸾鸟的背上笑得极为灿烂，仿佛只是烂漫少女，纯真无邪。

她的长发与衣衫被风吹拂如旗帜，那般自由且肆意。

巨大的鸾鸟低空掠过，那阵仗好生浩大，引得世间百鸟齐鸣，最终百鸟追随在鸾鸟的身后，齐齐飞翔。

成群的飞鸟，如列阵的兵，如漫天的星。

悬颂跟在她们身后，神态温柔，似乎很喜欢顾京墨张扬肆意的样子。

“这、这……”地面上的修者看到这一幕，不由得惊呼，“怎能把异兽带出来，这岂不是会天下大乱？”

“可若是真的降服了，收为坐骑，似乎也没什么问题。”

“可那是异兽啊！异兽怎么可能？”

“那人是顾京墨啊……”

如果是顾京墨，发生这种事情又有何奇怪的呢？

她的身上发生过太多神奇的事了。

悬颂追上了顾京墨，赞赏道：“魔尊好身手。”

顾京墨跟着他客气：“天尊好阵法。”

十二

典卷阁内。

南知因将几个被灭宗门的典卷全部都搬了出来，依次打开翻阅。

李辞云围在她身边好似在帮忙，却问了一个不相干的问题：“今日去我洞府吗？”

南知因的回答冰冷无温：“我要将这些看完，师父下的任务不能耽误。”

李辞云不由得有些着急：“他们两人怕是要在阵内停留几个月的时间，不会这么快出来的，这期间足够我们调查完的。”

“他们两个人皆是修真界的高手，应该会很快。”

“那怎么也得几天。”李辞云说着合上典卷，绕到了她的另外一边，“要不去你的洞府也行。”

南知因没理他，还推了他一把，拿起了另外一册典卷。

李辞云只能搬走了一半的典卷，盘膝坐在书架下跟着翻阅。

看了一会儿，他又不老实了，轻咳了一声试图引起南知因的注意，可惜南知因没理他。

李辞云只好走过去偷偷吻她两下。

这几日她简直被埋在了他的吻里，早已麻木不在意了。

直到，他们感觉到一个人在他们身边站定，两个人翻阅典卷的动作才僵住。

他们二人皆是化神期修为，李辞云更是即将飞升的人，让他们二人都未能察觉，还能悄然到达他们身边的人……

除了他们师父还能有谁？

二人同时放下典卷，规规矩矩地起身，并排站在一起，头都不敢抬。

谁能想到，他们才偷偷恋爱三天，就被师父发现了。

悬颂看着他们二人，又伸手拿走了他们手中的典卷看了一眼，接着将典卷随手丢在一边的桌面上，发出“砰”的一声。

两个人随着这一声齐齐身体一颤。

李辞云垂着头，看到南知因吓得手都在发颤，偷偷伸手拉住了她的手，试图安慰。

谁知，这举动引得悬颂怒喝：“松开！”

李辞云吓得赶紧松开了手，呼吸都乱了节奏。

“师父……”南知因吓得声音哽咽，试图解释，“是我看师兄的修为只差最后一点，想……”

“你闭嘴。”

南知因不敢再言。

悬颂走到了李辞云面前，李辞云眼神连连躲闪，喉间一滚，视死如归地说道：“我钟情于她，我会让她成为我的道侣。”

“你明知你即将飞升，为何还要如此做？”悬颂说着，捏住了李辞云的脉门，又道，“你这般控制修为压制飞升，又能压制多久？你我不同，我可以将修为转移至九尾，你若是压制太久会爆体而亡。”

李辞云小声回答：“目前还行……能留几日是几日……”

南知因难以置信地看向李辞云，终于知晓了李辞云迟迟没有引来天劫的原因，并非他们修炼的方式不对，而是李辞云不想飞升了。

他怎么能如此荒唐？！

悬颂又恨铁不成钢地看向南知因，南知因再次低下头。

悬颂质问：“还有你，你怎么能看上他呢？”

结果南知因没回答出来，李辞云先委屈起来：“我也是资质极佳的弟子，长得也可以，怎么就不能看上我了？”

悬颂指着李辞云又问南知因：“你到底看上他什么了？！”

南知因回答不出。

感情这种事情根本就是根生不明，初因不详之事，她自己也不知晓。

情已生，待她发觉时已入心，便难以割断了。

这时，典卷阁内传来了“咔嚓咔嚓”的声音。

师徒三人转过头去，便看到顾京墨带着黄桃来了此处，两个人嗑着瓜子看着这边的热闹呢。

南知因一瞬间脸涨得通红，眼看着就要羞愤哭了。

李辞云再次开口：“师父，师弟脸皮薄，你别说她。而且的确是我情不自禁，千年来第一次动心，偏巧在这般不合适的时间，我也很懊恼。”

“是我主动的。”南知因急切地道，生怕师父训斥李辞云。

这些年里，悬颂的确对待李辞云，要比对待她更严厉些，若是告诉悬颂真相，悬颂也能轻罚些。

悬颂气得有些头晕，抬手揉着眉心，转过身单手扶着桌面才能站稳。

自己养大的白菜，被自己养大的猪给拱了，他心中难以平复。

师徒三人这边安安静静。

那边，嗑瓜子的两人“咔嚓咔嚓”，看得兴致勃勃。

顾京墨见他们三人陷入了僵局之中，将瓜子丢给了黄桃，走过去说道：“他们两个其实挺般配的。”

“般配什么？！”悬颂气得不行。

“南知因这般体质，最难得到的就是真心待她的人。他们二人相伴几百年，李辞云若是真有歹意，南知因能看不出？互相陪伴了这么多年才在一起，而且能相处的时间怕是不多了，你还这般阻拦，着实说不过去。”

“可这个混账飞升后，这几百年她怎么办？”悬颂问道。

“既然两情相悦，又……什么朝朝暮暮，对吧？”顾京墨扭头去问南知因。

南知因赶紧点头。

悬颂只能道侣传音给顾京墨：“你还帮他们说话？他们都双修了，你还在自燃呢！”

前几日成亲的是他和顾京墨，洞房花烛的却是这两个混账！

“我也不想啊！待我过几日问问他们如何双修？”

“别问。”

“怎么，嫌丢人啊？”

“你还知道？”

悬颂还想骂人，却听到顾京墨问他们：“你们师父让你们调查什么，调查得怎么样了？”

李辞云会意，快速拿起放下的典卷边翻边说：“我们怀疑燕祟是秘法宗的人。”

“秘法宗？”顾京墨还真没听说过这个宗门。

南知因吸了吸鼻子，强行忍住眼泪，对顾京墨解释道：“您不知道也不奇怪，秘法宗在您出生之前就已经被灭了。

“这个宗门内的门人资质大多一般，所以钻研的都是一些诡异的秘法，无论是人体控制，还是诡阵杀阵，或是其他奇怪的法门，他们都能研制出来，之后再将秘法转卖他人，以此牟利生存。”

顾京墨听完后沉思着点头："也就是说，眷奴法也有可能是他们宗门研制的。"

"极有可能，他们研制的功法一般不对外公开，但是世人所知晓的那些秘法，皆是令人发指的。这也是他们触怒众多门派，被灭宗的原因。"

悬颂听着他们的分析，终究是叹了一口气，坐在一边揉着眉心听，不再说话了。

李辞云暗暗松了一口气，幸好他们有师娘了，不然这次不是罚写，就是被关禁闭，总之都不会是好结果。

他不久后便会飞升，倒是无所谓，只是怕悬颂责怪南知因。

南知因继续说道："我们分析，应该是六道帝江救了秘法宗的燕祟，让他得以逃脱。他自身修为不佳，便寻到了易何宛学习易家的体术。待学会体术后，便加害于……"

"易何宛？！"顾京墨一惊。

南知因看向悬颂，似乎没想到顾京墨还不知情。

悬颂只能在此刻解释道："她分析得不错，燕祟本叫习焕亭，是易何宛曾经的道侣，后被你的师父也就是前任魔尊所杀。可是他却成功夺舍了，魂魄尚存人间。

"如果他是秘法宗的门人，那么一切就能解释了。我们去围剿他们那日，彭玉竟然轻易夺舍了我门下长老，要知道，夺舍绝非易事，他们却轻易成功了，显然是有什么夺舍的秘法。"

顾京墨原本是帮忙解围，此刻却愤怒得双拳紧握，额头青筋绽起。

"所以……"顾京墨强忍着愤怒，压低声音问道，"他和我小师父在一起，并非出于真心，而是利用？"

悬颂颔首："我们成亲那日，我曾经问过你的小师父，她说是与习焕亭同甘共苦后才在一起的。我想，定然是习焕亭安排了颇多劫难，与她共度，才让她心软传给了他自家的体术。

"后期，他夺舍了彭玉私生子，也就是燕祟那具身体，资质更好一些，是木系单灵根。他还修炼了六道帝江的功法，快速提升至化神后期修为，还有你小师父的体术加持，斗法时非常难缠。"

"我小师父到死还在惦记着他！还那么痛苦，他竟然……"顾京墨手掌触碰到了桌子的一角，桌子瞬间破碎，化作碎屑四散飞去，"他竟然这般恶心！"

她想起，燕祟一直追求她，还说过爱她，现在想来真是恶心。

这男人一向如此利用女人的心吗？

悬颂从自己的万宝铃内取出了一个灯盏，道："我用习焕亭本体的遗骨，做了一盏他的本命灯，他还活着。"

顾京墨扭头看着那盏灯，问："他如果是秘法宗的人，是不是也有可能研究过天罚阵？"

“嗯，有可能。”悬颂不解，“若是他们会轻易夺舍的功法，为何不直接夺舍你的身体，反而费尽周折暗算你？”

“我记得我的师父曾经给我的身体加过很多禁制，我还有护身大盾，不过已在天罚阵内用了。无法夺舍我，恐怕和这个有关。”

李辞云知晓现在师父和师母二人都心情不佳，于是说道：“当时是天域阁的修竹天尊带人去灭宗的，收缴了不少东西，我去天域阁找他们要一些过来。”

“嗯。”

李辞云想和南知因一起去，但是南知因不愿意。

此刻他们再一起行动，绝对会刺激到悬颂，雪上加霜。

李辞云只能独自走出典卷阁，看到天空密布乌云，无奈地叹气：“这是谁啊，在这个时候渡劫。”

想了想后突然惊醒，回头对屋内喊道：“我要渡劫了！”

屋中几人立即起身，悬颂快步到了屋外看着天空密布的乌云，对李辞云道：“速速去天劫岭。”

天劫岭，是缘烟阁门派之中阵法最为森严之地，本派的修者皆会在那里渡劫，因周围的布置会减弱天劫对他们造成的伤害，还能将部分天劫转化为对增加修为有益的灵力，注入体内。

李辞云虽然有些慌，好在他有所准备，快速从储物法器中取出准备好的防御法器戴在身上。

他回过头看到南知因已经到了门口，担忧地看向他，当即捧着她的脸颊落下重重的一个吻。

他道：“我在上界等你。”

南知因瞬间红了眼眶，重重点头：“嗯。”

话音方落，李辞云便纵身前往天劫岭。

九九雷劫，轰天又动地，异象频生。

许多门派的修者都看到了这阵仗，待看到祥霞飞满天际时，他们知晓，缘烟阁又有一位修者成功飞升了。

十三

悬颂一生只收了两个徒弟，现如今李辞云飞升，便只剩下南知因了。

所以很多事情都只能南知因一个人去处理，好在她座下还有几名弟子可以差遣。

李辞云成功飞升，悬颂心中一直记挂的事情也算是完成了一件。

此刻，他最为急切的便是尽早处理顾京墨的伤势与蛊，不能再拖延下去了。

悬颂与云夙柠在一起钻研了许久，才筹划出了最为稳妥的法子。

云夙柠对众人说道:“丹药我已炼制完成,之后需要魔尊服下丹药,全程不能运功,任由修为散去。

“迦境天尊会在魔尊的身旁护法,全程运转灵力,让魔尊的身体在散修为的同时,经脉可以修复。

“这个过程可能会持续三个月之久，绝对不可以中断，不然丹药尽废。”

黄桃听得格外认真，见云夙柠没有提及自己，赶紧问：“哦哦，需要我进去伺候吗？”

“你不要进去，免得乱了他们二人的心神。”

“好的。”黄桃从来不会在这种事情上纠缠。

见顾京墨也同意了，悬颂当即交代下去：“缘烟阁封山至我们出关，这期间门内修者皆不得出山、进山。”

南知因当即回应：“是。”

黄桃紧张得浑身紧绷，站起身来绕着顾京墨闭关的房间走了几圈，似乎想看看有没有什么需要的东西没准备全。

顾京墨对黄桃笑道：“别担心，我修炼可快了，随便修一修就筑基了。”

“嗯，我不担心这个，我就是希望你快点好起来。”

“这是自然。”

待一切准备稳妥，悬颂带着顾京墨进入洞府，进去后又布置下多重禁制。

顾京墨坐在蒲团上捧着药盒，看着他紧张的模样，不由得取笑道：“你怎么也这般紧张？李辞云飞升都不见你多担心。”

“你与他不同，他皮糙肉厚，天雷劈不死他。但是你……”

顾京墨经历了太多苦难，而且情况很糟，他很希望这次是顾京墨痛苦的结束，甚至想替顾京墨经历这些。

“放心吧，没事的。”顾京墨安慰道。

“嗯。”

悬颂看着顾京墨吞下了丹药，周身散出了淡淡的火焰样雾气，便知晓她的修为已经在消散了。

他当即盘膝坐在了顾京墨的身后，单手放在顾京墨的后背，为她运功调息。

顾京墨和悬颂二人闭关已有一月有余。

这期间，南知因一直带着自己的弟子翻阅典卷，包括天域阁送来的密封于箱子的秘法宗曾经研制出的秘法。

他们翻阅得非常认真，想要确定燕祟都会些怎样的秘法，这样就可以加以防范。

“六道帝江修炼的法子，会不会也是秘法宗研制的？”南知因看着那些秘法，低声询问。

协助调查的云夙柠沉吟了片刻后，回答：“应该是的，不然燕祟怎么会得到功法秘籍？我听说，六道帝江从未将该功法教与他人，所以当年杀了六道帝江便算是结束了。”

“幸好秘法宗的修者皆是资质不佳之辈，若是各个天资卓绝，怕是会天下大乱。”

云夙柠想起溯流光谷的仇恨，眉头紧锁，低声道：“一个燕祟，就已经让天下大乱了。”

南知因也是一阵怅然。

一个燕祟，就能让她的师父，还有魔尊这般焦头烂额了，若是秘法宗未灭，那些修者聚集在一起该是怎样的可怕？

黄桃在院落中探头看了看，最终还是悻悻地转身离开了。

她不够聪明，那些东西她都看不懂，也不能帮忙分析什么，便每日去悬颂洞府附近看看，盼着顾京墨他们进行得很顺利，能够提前出关。

显然，进入也未能等到，便朝着自己的住处走去。

“黄桃。”禹其琛突然出现在她回去的路上，温柔地唤她。

她很快兴奋起来，笑着迎过去问：“禹师兄，怎么了？”

“我特意在这里等你。”禹其琛说着走过来，低声道，“实不相瞒，木彦的修炼遇到了瓶颈，需要一些助修丹。我想请云师兄帮忙炼制一下，但是不想麻烦他亲自去采药，只能自己去，我又不识得药草，便来寻你了。”

“草药啊，我经常帮忙的，需要什么药草你告诉我。”黄桃正闷得厉害，若是能去采药也能解解闷。

“这是单子。”禹其琛从自己的百宝玉内取出来，展开给她看。

“我……不识字啊……”

“哦，我忘记了，我跟你说名字吧。”

“好。”黄桃兴奋地问，“缘烟阁境内便有这些药草吗？”

“自然是境内便有的，就在后山，不会离开缘烟阁地界。”

“那我们走吧！现在就去。”

“好，我御剑带你过去。”

黄桃不疑有他，上了禹其琛的佩剑，看着禹其琛越行越远，不由得疑惑：“禹师兄，需要走这么远吗？”

“嗯，那边药草很多，且没有妖兽。”

“哦……”

又飞行了一阵子，她隐隐约约地看到了山间地域标志，当即拽禹其琛的袖子：“禹师兄，马上就要离开缘烟阁了，最近不许离开的，护山大阵都……”

谁知，禹其琛突然冷了声音：“你这个小黄狗怎么这么吵？”

听到这个称呼黄桃的心猛地一跳，不管不顾地便跃下了佩剑。

禹其琛操控着佩剑在空中打了一个旋，单手捞起她的身体，带着她继续出山。

她听到禹其琛的声音，却是冷冷的语气对她说道：“虽然这小子的身体只有金丹期修为，但是对付你足够了。你啊……真的是毫无长进，还是那么蠢。”

黄桃拼了命地挣扎，身体扭转乱踢乱打，甚至露出獠牙去撕咬，依旧未能挣脱开。

她朝着他喊道：“禹师兄呢？”

得到的，是一句轻飘飘的回答：“哦，被我夺舍了。”

她不解，问：“你是怎么进入缘烟阁的？缘烟阁早就封山了。”

他扬起嘴角轻笑了一声：“我早就在缘烟阁了，顾京墨成亲的那日我便在迎亲的队伍里，我还见到我前道侣了呢！为了骗你轻松些，我今日才夺了这小子的身体。”

那时，他们还没调查出秘法宗，自然没有防范。

黄桃恨得双目血红，嘶吼出了那个让她厌恶的名字：“燕祟！”

“不，应该叫我刁焕亭，燕祟这个名字是彭玉儿子的，不是我的。”

“是你杀了二小姐！”

“对啊！”明明是禹其琛的身体，却发出了沙哑的声音，“你谁也救不了，你还即将成为顾京墨的软肋。”

是她熟悉的憎恨的声音，这个声音的主人在她的面前杀了她的小主人。

黄桃想要逃，却未能成功，她完全不是刁焕亭的对手。她痛苦地吼叫，却没人来帮她。她只能一句句地喊着：“魔尊会杀了你的！

“你跑不了，魔尊和悬颂都很厉害，你跑不了的。

“你这种孽障，早该死了！”

刁焕亭似乎早就在山外布置好了传送阵，带着黄桃进入传送阵内。

转瞬间，黄桃只觉得眼前的景物一变，她已经到了另外一处。

她被刁焕亭随手丢在了一边，她立即起身想要逃，却被一记攻击击中，她看到一根藤蔓刺穿她的胸膛。

藤蔓在她的身体里继续往外爬着，甚至开出枝叶来。

她含血倒下，再不能动。

她看到刁焕亭来到这里，便瞬间夺舍回到了燕祟的身体里，而禹其琛的身体瞬间倒下，陷入了昏迷。

她看到另外一个人走过来，站在她的身前看着她，问道："用她能中断顾京墨的治疗？"

已经回归燕祟身体的习焕亭轻声应了一声："她的身上必定有顾京墨给的铃铛，只要摇响，顾京墨感知到她有危险，不可能不来。"

她知道，顾京墨的治疗不能停止，不然之前的努力全部都白费了。

她不想自己成为妨碍顾京墨的人，强撑着动用灵力，毁了自己的百宝玉。

铃铛在百宝玉里，毁了，就不能召唤顾京墨了。她才不会让这群人得逞！

习焕亭回过头看到这一幕，指着黄桃问彭玉："你就这么眼睁睁地看着她把铃铛毁了？"

"我……"彭玉有些气恼，"我还没回过神来，她就已经动手了。"

习焕亭叹了一口气："罢了，无所谓，杀了她也一样，她是和顾京墨结过契的灵兽，她死了，顾京墨也能感知到。"

黄桃瞬间睁大了眼睛，看到习焕亭对着她笑，露出两颊的梨涡，仿佛格外烂漫，却说出最阴狠的话来："怎么，还当自己排除危险了？哈哈哈，我最喜欢看到你这种一次次陷入绝望的眼神了。"

彭玉早就习惯了习焕亭这种折磨人的性子，也不再管了，到铜镜前看了一眼，道："云夙柠那小子发现传送阵了，似乎在叫人过去。"

习焕亭根本不在意："散出这丫头的气息，再毁了那处阵法，他定会在传送阵被毁的前一刻跳进阵内。这小子也挺烦的，看他崩溃才有意思。"

想到能看到这二人痛苦的样子，习焕亭笑得更加畅快了。

彭玉不信："他傻吗，一个金丹期过来送死？"

"对啊，他傻，不信你试试看？"

黄桃的身体被藤蔓撑得很疼，疼得她身体不受控制地抽搐，血一股一股地从胸前的洞冒出来。

她的视线逐渐模糊，只能依稀看到那铜镜里云夙柠焦急的身影。

他……真的在传送阵消失的一瞬间，进入了阵法内。

他很聪明的啊……

为什么要做这种傻事？

云夙柠原本在翻阅秘法宗的典卷，却看到黄桃乘着禹其琛的佩剑离去的身影。

他当即不悦地放下典卷，向南知因辞行："前辈，晚辈突然有事，要离开片刻。"

南知因自然不会留他，道："嗯，去吧。"

云夙柠御剑朝着二人离开的方向追去，越走越觉得不对，寻到了缘烟阁边界的位置依旧未能寻到二人身影。

直到他看到了一个传送阵。

他意识到了不对，传出传音符给南知因等人，等待高阶修者前来相助。

谁知传送阵开始逐渐消失，偏他在这一瞬感知到了黄桃的气息。

是血腥味！

他意识到不妙，而援兵依旧未来，最后干脆咬紧牙，跃入了传送阵。

他要去。

就算传送阵那边极度危险，他也要去。

只有她一个人的话，她会害怕的。

云夙柠到时，只看到四周尽是荒芜，他在废墟里寻找，直到闻到了血腥味。

接着，他看到了倒在血泊之中的黄桃，身体一颤一颤的，不受控制地抽搐。

他呼吸一滞，快速冲过去，狼狈地跪倒在地，使用治愈系法术帮她治疗。

黄桃看到他之后，瞬间泪眼婆娑："哥……救救我，不要让我死……我死了会打扰魔尊的……她不能停……你让我再活几日，活到他们出关就好……"

云夙柠的治愈法术不敢停止，他知道黄桃的情况非常糟糕，他的声音发颤："好，你先不要说话，你说话的时候血流得更快……"

黄桃很听话，不再说话，却艰难地抬手，捏着云夙柠的袖角，用那双澄澈的眼睛渴望地盯着他。

直到那手垂下时，那双眼依旧在盯着他，没有闭上。

那么渴望能被他救……

那么不想因为自己的死而打扰魔尊……

明明那么努力了……

却没能坚持下来。

缘烟阁，悬颂洞府。

顾京墨霍然睁眼。

十四

黄桃在顾京墨的身边，一直都是最特别的存在。

旁人觉得黄桃是顾京墨的奴，但是顾京墨从来不用对待奴的方式对待她，反而像是朋友，是伙伴，甚至是闺中密友。

她们二人之间有着契约。

黄桃一直是特别的，独一份的。

可在这一刻，顾京墨感知到了黄桃的死亡。

那一刻，顾京墨只觉得脑袋突然一阵嗡鸣，仿佛万千乌鸦在她的识海中炸了锅，聒噪不停。

天地归于混沌，浑浑噩噩，四向不分。

她脑中有蛊，这蛊会干扰她的思考。

尤其在被刺激之后，她会瞬间失去自我意识，进入一种空洞的状态。

识海之中只剩一个声音：“杀，杀光他们！”

她忘记了自己正在治疗，突然起身，撕裂空间而去。

悬颂匆匆收招，停止运功，惊慌地喊：“顾京墨，你要去哪里？”

这是魔门的法术，顾京墨可以瞬间到达与她结契之人的那端。

但是，悬颂无法跟去也无法判断她的位置。

他赶紧抬起手腕，手腕上的血契珠毫无反应，知晓顾京墨去的地方定然有障眼法，会影响血契珠的感应。

他只能快步走出洞府，纵身去寻，终于寻到了山外的南知因：“怎么回事？！”

南知因看到师父突然出现，便意识到不妙，表情越发阴沉，赶紧回答：“黄桃、禹其琛失踪了，云夙柠在这附近看到了传送阵，可是我们来时传送阵已经被破坏，云夙柠也不在此处了……”

“混账！”悬颂气得双拳紧握，肩膀微颤，“去找……”

“该怎么找？”南知因罕见地慌了神，竟然毫无头绪。

悬颂祭出一滴眉间血，双手掐诀，诵念后睁眼，看到血珠竟然只给出了一个大致的方向。

这已经是道侣之间寻找对方最高级别的法术了，竟然只能达到如此地步？！

悬颂面如死灰，抿唇不语。

缘烟阁修者不敢多问，齐齐朝着那个方向赶过去。

就算是撒网式搜寻，也要寻到！

云夙柠依旧跪坐在地面上，不死心地对着黄桃的尸身用着治愈系的功法。

在他抬眼看向撕裂空间而来的顾京墨时，他才意识到自己的视线已经被泪水模糊。

他想跟顾京墨说点什么，薄唇轻启，却只发出了一声抽泣。

他身为医修，却眼睁睁地看着自己在意的人死在面前，竟然无能为力。

这感觉……真的非常糟糕。

顾京墨双目血红，微微歪着头，看着地面上黄桃的尸身，似乎是在努力回忆。

终于，她想起来了，地面上躺着的是黄桃，她是顾京墨。

而黄桃……似乎已经死了。

没有一丝气息了。

转瞬间，她被愤怒充斥，双目越发殷红。

云夙柠看着她的眼眸不由得惊慌，却一言不敢发。

他知道，这是走火入魔的征兆，他此刻随意移动，或者是劝说，都有可能被发狂的顾京墨诛杀。

走火入魔时的魔修不分敌我，理智时有时无。

这也是当初六道帝江恐怖的原因所在。

她的脚下燃起火焰来，在她的周身蔓延，她的修为已经散至元婴期，此刻全部展现出来。

她转过身，踏火而行，抬手拔下双钗，低声道："我知道你们在，你们在看着。"

又走了几步，她随手丢下了结界，保护住了云夙柠跟黄桃，还有在一边昏迷的禹其琛。

云夙柠不由得庆幸，顾京墨的情况要比他想象中好些。

"你们不是一直想要我的心头血吗？来啊——"顾京墨说着，看到了前方出现的身影，当即疾冲过去。

彭玉看到顾京墨竟然还来挑战他，不由得觉得好笑："顾京墨，你化神期时我的确不敌你，但是你如今不过区区元婴期，还能如此嚣张？"

顾京墨并不回答他，而是用发钗朝着他攻击，在他游刃有余地抵挡时，再放出火焰来协助。

彭玉看着她的样子冷笑，躲闪的同时道："你的那些体术，我早就知晓招式体系了，而且在这个禁制阵里，你的百魔录也用不出来，你的伴侣也找不到你。秘法宗真是厉害啊，研究出了不少好东西。"

习焕亭也不再隐藏，跟着现身，懒洋洋地靠在一边说道："她已经在失控边缘了，这个时候的她思维很慢，你骂她，她都需要反应一会儿才能意识到你在骂她。"

彭玉听完放声大笑："顾京墨，你嚣张过头了，我到底是你的老前辈！"

彭玉说完，一掌轰出，顾京墨的身体翻飞出去，重重跌落。

彭玉的攻击没有减弱，还在继续："我们本无意与你为敌，你偏偏要撞上来多管闲事，落得如今境地，都是你自作自受！"

让彭玉没想到的是，顾京墨中招后竟然不顾及自己的伤痛，不避开自己的要害，发了疯地朝着他反击过来，一钗刺穿他的手掌。

习焕亭也是一怔，也不在意彭玉的伤势，很快笑了起来，笑容里带着惊喜："原来还有这种效果？她不能思考后变得不顾及生死，也不在意疼与不疼了，只知道杀。以后是不是可以培养出一群这样的人，做自己的杀器啊？"

彭玉看着自己被刺穿的掌心不由愤怒，骂道："还真有几分棘手。"

"你怕什么？"习焕亭看着他们斗法的样子，说道，"她现在已经在走火入魔的边缘了，行尸走肉而已，还只有元婴期，她的体术体系你也完全熟知，还能敌不过她？"

彭玉忍着疼痛，继续攻击。

顾京墨如同愤怒暴走的野兽，眼神凶狠，双目血红，头发微微散乱，嘴角还噙着血。

她目光扫过彭玉，又看向习焕亭，火焰再燃。

彼时火燃万丈，十里清风也瑟瑟。

头上是火染的苍穹，脚下步步生火莲。

攻击浩荡穿破烟霞，一身玄色衣衫火中狂舞般招招奔命门。

彭玉再也说不出什么了，他终于意识到了顾京墨斗法的狠绝，仿若八面獠牙的异兽，嘶吼着朝他而来。

明明只有元婴期，但是压迫感却超越以往遇到的所有对手。

顾京墨……

她是顾京墨……

那个斗法疯子顾京墨！

习焕亭终于出手相助，拔出双刀朝着顾京墨攻击而来。

彭玉有机会退开吞服一颗丹药，同时问道："你不能吸了她的修为吗？"

"我为何要助她疗伤？"

顾京墨和悬颂需要费尽心思去寻药，才能散了顾京墨的修为。

但是习焕亭随意抬手，就能吸走顾京墨所有的修为。

"你吸走了她的修为，她也不会这般难对付。"彭玉再次补充。

"你现在就能杀了她。"习焕亭将顾京墨困住，对彭玉说道。

彭玉抓到机会，对顾京墨的头顶轰出一掌，顾京墨轰然倒地。

彭玉松了一口气，走过去拔出佩剑，说道："只要挖出她的心……"

习焕亭急切提醒："没有挖出她心脏前，她都不会彻底死亡！"

可惜，他的提醒还是晚了。

他看到顾京墨到地瞬间又一次起身，用钗割掉了毫无防备的彭玉的头颅。

看到彭玉死亡，习焕亭有一瞬间的震惊。

纵使他心思歹毒，对世间尽是恨，但是看到唯一一直协助自己的人死在自己的面前，他还是产生了浓烈的愤怒。

他咬着牙齿，声音从牙缝里传出："果然还是得吸了你的修为才行。"

悬颂还在寻。

他派出了缘烟阁以及天域阁所有修者去往这个方向寻找，许多听闻了消息的门派，也自发地跟着寻找。

可是范围实在太大了。

就在这时，悬颂的身体一颤，额头的位置流出血来。

那是道侣印的位置。

他感知到，就在刚才，顾京墨又死了一次！

他的心脏瞬间揪紧，他抬手捂着胸口，身体摇晃，险些倒下。

他从未这般慌乱，这般心疼，这般愤怒过。

他怒吼了一声，让所有人到自己的身后，接着双手掐诀施法。

这一次，他在诵念时都格外吃力，可见所用的功法是怎样艰难。

"灭！"随着他的一声低喝，眼前的大山瞬间被夷为平地。

目之所及皆变成平原，所有的事物，都可以被他探查到。

跟随悬颂而来的修者看到这般阵仗，不由得震惊，居然有这般强悍的功法？

他们意识到，一向稳重的迦境天尊也不再冷静了，就算把整个修真界翻过来，他也要找到那个人。

毁天灭地又如何？

十五

顾京墨在血泊之中爬起身来，身体摇晃着站立，扶着额头说道："死一次，真的好疼啊……"

习焕亭看着她，怒极反笑："看来这一掌还让你恢复了理智？"

她看着习焕亭，微微眯起眼眸，似乎是想让自己的视线恢复正常，好看清这个恶心的人。

一个人能可恶成这样，也是世间罕有。

见她不回答自己，习焕亭也不着急，缓缓提起双刀，对她轻声道："你的体术我早就会，之前不过是在隐藏。当年易何宛教你的时候，她的状态很差，但是她教我的时候，可是尽心尽力，仔仔细细。”

“她那般真诚待你，你却负了她。”提起小师父，她的眼神瞬间变得凶狠。

“嗯，是啊，你知道她的仇家是怎么结下的吗？是我杀了那家人的独苗，将其血液放干而死，他们怎么可能不恨。我成功夺舍换了身份，无人知晓，被追杀的就只能是她了，所以她才能遇到你。真是可惜，居然培养出你这个祸害来。”

听到他的话语，顾京墨的识海又开始混乱了。

她知道习焕亭是在故意刺激她，她只能强行压下愤怒。

她刚刚死过一次，她需要时间调整自己的状态，她现在的状态太差了，很难是习焕亭的对手，怕是这次机会不把握住，她真的会被吸走修为。

而且若是能再坚持一段时间，悬颂也许可以寻来。

也许吧……

“你是秘法宗的？”顾京墨提起了另外一件事情，分散自己的注意力。

习焕亭倒也有兴致，真的跟她聊了起来：“没错，是修竹老儿带着天域阁的修者去围杀的秘法宗，我们用尽了方法，最终也只逃了我一个，是义父救了我。”

“你们做出那么多邪法，自然要遭天谴。”

提起这个，习焕亭表情狰狞了片刻，却又恢复了平静：“我们秘法宗本是规规矩矩地研究秘法的宗门，寻一个在修真界生存的途径罢了。可是买了秘法的人，却利用那些秘法做尽恶事，后来知晓真相的我们，也没想到那些秘法还能这般使用。

“眷奴法，最开始只是一个定身术，却被有心人用在了这种肮脏的事情上。”

想起这些，习焕亭开始笑，笑容里带着凄苦与狰狞：“明明是那些人心有恶念，为什么最后的罪恶，都要我们秘法宗来担？！

“你知道修竹老儿围杀后收了我们秘法宗的卷轴，为什么直接封在了天域阁，而非公之于世吗？不是因为那些秘法祸世，是因为他发现了，他们杀错了人！但是他们不肯承认自己的过错！

“名门正派！呵，多么可笑？

“当时我的门人苦苦哀求，尽力解释，他们全然不听，只有屠杀。后来我也尝试屠杀，这种感觉还真不错啊，看着那些人眼中全是对生的渴望，却一次次绝望，最终被杀，哈哈哈，果然令人愉悦！”

在一旁执着于为黄桃尸身疗伤的云夙柠眼神愤恨，心中却认同了习焕亭说的这一点。

当年他跟着去看了秘法宗的秘术，其实许多看起来都很正常。

顾京墨第一次听说这些事情，不由得错愕，接着问：“所以上次的天罚阵……”

“我绞尽脑汁，翻看了我带走的所有余卷，才想方设法引来了天罚阵。顾京墨，你真是每次都在啊……溯流光谷你来了，天罚阵你也被卷进去，还吃了云外丹，你是不是我命中的劫啊？”

“所以那一次，不是为了杀我？”顾京墨一直因为自己引来天罚阵，连累了修竹天尊愧疚不已。

习焕亭摊手耸肩，回答：“也就那一次而已，万慈阁还是为你而设的。”

顾京墨不怒，努力稳住自己的心神保持理智，只是继续问：“都是为了复活六道帝江？为何？因为他救了你？”

“若不是我的宗门门人皆已成白骨，我真想用你的心头血复活他们所有人。至于义父，是这世间唯一为秘法宗证明清白的人，可惜他最后走火入魔了。

“区区一个秘法宗而已，灭了一个小小的宗门而已，秘法宗究竟无辜不无辜，这修真界又有谁会在乎？”

“你可以与我说。”顾京墨笃定道，“若是我认定了真相，我会为秘法宗证明，我做得到。你跟着我这么多年，你也该知道我会帮。”

“……”习焕亭看着顾京墨，表情有一丝丝崩塌。

他怎么找？

秘法宗灭宗时，顾京墨尚未出生。

顾京墨成名时，他已经罪孽滔天。

现在的顾京墨，是在折磨他吗？

果然，他看到顾京墨冷笑着嘲讽他：“你看你多么无能，明明承受了委屈，到最后，反而是自己让秘法宗的名声继续恶化。”

“我杀了修竹老儿！那些背叛、围杀过我义父的人，现如今有几个过得安稳的？”

“难道你不该是立志于证明你宗门的清白吗？为什么到最后你却在做这些无耻的事情，让你的罪孽不可饶恕，还利用了那么多无辜的人？！因为遭受不公，你就走向了极端，让自己罪大恶极。”

“世人以不公待我，我便视世人为猪狗，入目之人皆可杀！”

习焕亭在说这句话的时候，神态里有着疯癫。他走进了极端炼狱，他被恨浸泡了双眼，他冷了血液，毒了心肝。

他开始发疯，他要报复这世道，这苍生！

他不相信任何人！

顾京墨不解：“有正路，为何不选？”

“什么是正？什么是邪？怎么做是对的？你和我选择了两种截然不同的路，你不也是如今这般狼狈吗？”

“可是我不悔。”顾京墨回答，“这句话你敢说吗？”

习焕亭紧紧地咬着牙齿，眼中闪动着隐隐的挣扎。

顾京墨握着双钗，朝着他走过去："习焕亭，你也要走火入魔了吧？所以你不敢轻易动手，你在此刻与我聊天，也是在为自己拖延时间，因为刚才彭玉的死刺激到你了。你又比我强多少呢？

"哦，你不及我，因为如果你死了，这世间就再也没有人会记挂秘法宗，也没有人会怀念六道帝江。但是如果我死了，每年我的坟前都会有新鲜的祭品，你信不信？"

"顾京墨……说真的，有那么一瞬间，我对你于心不忍了，可是我回不了头了。"

"你做过的那些，我不可能不杀你。"

习焕亭以为，自己已经刀枪不入，万毒不侵了……

偏……遇到顾京墨后，他产生了第一次动摇。

可是来不及了……

他已经罪孽深重，他只能连她也杀！

他看不惯顾京墨的善，他想毁了她。

看着她陷入疯狂他才会心安，确认自己选择的路是对的。

顾京墨终于动手，双钗对上双刀。

二人的体术皆出自同一个人，但是顾京墨的火系功法却是前任魔尊所教。

她斗法时习惯两者相结合，在受伤之后运转灵力会浑身疼痛，所以她更加倚重体术。然而此刻，她已经不去顾及了。

习焕亭做了太多恶事，无论是对她的暗算、杀害溯流光谷的人，还是暗害丁臾，以及今日对黄桃的伤害，每一件都不可饶恕，她必须杀了他！

顾京墨的战法一向猛烈，只前进，不后退。习焕亭虽修为高于顾京墨，还是被她攻击得步步后退。

他的确算对了，黄桃是她的软肋。她受不得别离，黄桃是这些年里陪伴在她身边最久的一个，她们二人形影不离。

现在，她再一次经历这种离别的痛，无异于刮她血肉！

这是逼她发疯！她在攻击时，会发出透着狠绝的吼声，一招接着一招。她的钗尖在习焕亭的眼前划过，却被他强悍的灵力震退，这一击让她肺腑皆颤，修为差距是她最大的阻碍。

一口血呕出，她身形微晃，却未退，反而继续攻击，豁出性命，不在意疼痛。

山体晃荡，火光熠熠，风也仓皇。

阵中是流动的暗云，脚下是龟裂的大地，一瞬间乾坤倾覆。

嚣张蔓延的藤，终究被盘旋而起的火龙燃烬。

与此同时，数道强劲的攻击朝着大阵袭来。

在这一瞬间顾京墨狂喜，她知道是悬颂寻来了，他真的找到自己了。

外面的攻击太过强悍，阵中的刁焕亭频频受到干扰，重创。

若说他的修为会给顾京墨带来无法抵御的压制，那么此刻外围多名修者的围击，就是对刁焕亭的压制了。

悬颂能感受到顾京墨依旧活着，就能够猜到，她必定坚持去战。

所以他此刻的重心放在了帮顾京墨做辅助上，要帮助她杀了刁焕亭，而非急于破阵。

刁焕亭死了，阵也就不重要了。

二人隔着一个大阵，却能够默契配合，几次刁焕亭的攻击，都被外界悬颂的干扰而阻断。

悬颂是刁焕亭计划里最大的变数，任由他想破脑袋，他也不会想到这二人会走到一起。

最离奇的是，一向倨傲的迦境天尊，竟然甘愿敛去风华，只做协助顾京墨斗法的身后人。

刁焕亭一刀落下，仗着修为深厚发狠一击，顾京墨的发钗发出一声脆响后断裂。

陪伴了她二百余年的顾母遗物，在这一战终究还是毁了。

她没有犹豫，丢了双钗，用双掌与他继续较量。

身体绵软无骨般躲避了一刀，手掌击中他的手腕，震掉他手中的刀。

刁焕亭的拳断了她的骨，她的掌插进他的胸膛。

刁焕亭难以置信地睁大双眼，看向顾京墨。

想过她厉害，却从未想过她以元婴期的修为，还能再杀两名化神期修者。

哦……

顾京墨这些年里斗法千万次，实战经验自然要比他们两个常年躲躲藏藏的人高出许多来。

顾京墨不是彭玉，她必须确认他真的死亡才会停手。

即便只有一只手可以用，也继续与苦苦挣扎的刁焕亭过招。

因为刚才那一击，刁焕亭的防御逐渐薄弱，大阵被破。

悬颂举剑而来，从刁焕亭的身后将剑插进他的心口。

刁焕亭最后看向顾京墨，张了张嘴似乎想要说什么，却未能发出任何声音。

或许那一刻，他想问顾京墨究竟会不会为秘法宗证明清白。

又或者，他还想继续诉说自己的不甘。

悬颂没给他机会，用功法震碎了他的魂魄。随着他一同前来的修者都知晓这个人的难缠，齐齐拔剑，从各个方向将剑刺入他的身体，看着他彻底没了生息才放心。

悬颂拔剑后退，他终于看到了遍体鳞伤的顾京墨。

她身体无力地朝着黄桃走过去，跪坐在黄桃尸身前，抬起无神的眼睛看向他，道：“悬颂，他们杀了黄桃……”

那一刻，悬颂心疼得险些窒息。

他立即朝着黄桃丢出一个法术，冰封住黄桃的身体，接着探入灵力探查，最终对顾京墨道：“别怕，我能救，我能救她，她不会死的。”

十六

南知因等人收了刁焕亭、彭玉的尸身，处理了现场的大阵残余，还要去排查余孽。

有前辈去查看了禹其琛身体的状态，最终确认他身体里的魂魄是同门另外一个人的，怕是需要这二人单独夺舍回去，才能回到各自的身体内。

他们不敢耽误，立即带着禹其琛的身体回门派寻禹其琛的魂魄。

顾京墨等人则是带着黄桃的身体马不停蹄地去了溯流光谷。

进入溯流光谷，云夙柠慌乱地叫来了自己的父母，三人一同在临时搭建的回灵阵内盘膝坐下，朝着被冰封的黄桃身体渡入治愈系功法。

悬颂同样需要一直坐镇，随时观察归灵的情况。

这种功法，也是修真界的禁术之一。

在一个修者死后，只要尸身保存完整，且周围还有未散的灵与魄，即可重聚。

黄桃死后，云夙柠一刻不停地输送治愈系功法，最大限度地保存了尸身，挽留了四散的灵与魄。

悬颂在冰封时便已经施法，将散开的灵与魄重聚回黄桃的身体内，用冰封存。

这种法术之所以被禁，是因为对施法之人损耗巨大，若是重聚之人伤势过重，施法之人怕是亏空灵力，也无法完成。

修真界怕的是有人意气用事，无法重聚死者，还会再死一人。

好在悬颂并非寻常修者，他的灵力积累深厚，就算自身灵力亏空后，也可再从九尾处借力。

不过，就算如此，这个大阵运转了十三天后，阵中四名修者还是面露苦色。

让一个人起死回生，这岂是寻常的事情?

一个迦境天尊加上三名医修，苦苦支撑了十三天，依旧只能完成魂魄重聚，未能唤醒黄桃。

这期间，顾京墨一直坐在洞府外等待。

她时而踱步，时而坐在石桌前发呆，一直不眠不休。

有溯流光谷内其他医修过来帮她续上断骨，治疗伤势，她也默默配合。

这期间丁臾、丁修得到了消息特意前来，知晓了事情的真相后，也只能简单劝说几句，陪着顾京墨等待。

丁臾发现顾京墨的状态不妥，却并未多问，只是叮嘱丁修要时刻留意。

直到第十六日，黄桃的脉搏终于微弱地跳动起来。

三名医修都感知到了，不由得惊喜，继续施法。

悬颂却眉头微蹙，一直控制着回灵阵，薄唇紧抿。

云夙柠万分不解，可惜他对这种阵法不甚了解，只能默默配合，刚刚轻松下来的心情跟着绷紧。

两个时辰后，悬颂用了道侣传音唤进了顾京墨。

顾京墨走进洞府，观察了一会儿，确定悬颂能与她谈话，她才问道："怎么样？"

"黄桃的心跳已经恢复了。"

顾京墨当即一喜。

谁知，悬颂的表情还是有些沉重，对她道："你去与她说吧。"

顾京墨一怔，却还是规矩地在悬颂身边盘膝坐下，由悬颂牵引着，神识进入了黄桃的识海。

进入识海内，顾京墨看到黄桃后当即一喜，走过去拉着黄桃来回看，问道："你可还好？我还以为你没了呢。"

"我也以为我这次要给您添麻烦了，您的身体恢复了吗？"

顾京墨赶紧安慰她："你放心吧，我无碍的，问题不大，你的魔尊大人坚不可摧。"

黄桃兴奋地点头，又仔仔细细地看了顾京墨好几眼，仿佛再不看看，日后便看不到了。

顾京墨被看得不解，当即问道："悬颂为何让我进来，是你的修复出现了问题吗？"

"有一点小问题……"黄桃吞吞吐吐地开口，"我魂归身体时才发现，这个身体的深处，还有着二小姐的残魂。"

顾京墨没能立即理解她的意思，还在感叹："那很好啊，是不是证明她还有救？"

"嗯，二小姐还有救。"黄桃说着，对着她抿唇微笑，豆大的泪滴却从眼眶中涌了出来。

顾京墨看着她落泪的样子，表情逐渐凝重，低声问道："什么意思？"

"我想救她，这具身体本来就是她的，是我占了她的身体做了十几年的人，还遇到了您，已经很幸运了。我该把身体还给她了……"

顾京墨用神识问悬颂："如果把身体还给云夙月，黄桃的魂魄会怎样？"

半晌，悬颂才用极其沉重的语气回答："魂飞魄散，消失于天地，再无轮回。"

"我可否为她再寻身体？"

"不能，她们两个人的魂魄共存太久，无法各自分离。这一次，只能存活一个。"

顾京墨的表情瞬间变得愤怒，甚至还有几分狠戾："黄桃，我拼了命地救你，你现在却要这么做？你可曾想过我会不会因此难过？"

谁知，黄桃却突然跪在了她的身前："魔尊，算我求您了行吗？我是二小姐的契约灵兽，本就应该守护主人，现在我知道了能救她的方法，我不能不救。"

顾京墨看着她，伸手去拽，拽得黄桃身体一歪险些跌倒，黄桃却倔强地继续跪在她身前。

她气得蹲下身，看着黄桃忍着愤怒道："黄桃，我收你在身边这么多年，从来不用你跪我，你第一次这般跪我，居然是求我让你死？"

"若是我未发现她可以救，我也不会如此，我问了悬颂，若是这次我彻底回魂，就会将身体彻底占有，二小姐的残魂也会就此湮灭。这是让我亲手杀了她啊，您让我以后怎么活？后半生都活在愧疚中吗？"

"你让我怎么活？！"顾京墨朝着她吼了出来，"我管她活不活，她怎样与我何干？我只要你活，我只要你！"

"您遇到悬颂了，他会一直陪着您，可是救二小姐的机会只有这一次。"

"你们不一样……"顾京墨依旧坚持，"我不认识那个云夙月，我只认识你，我不会救她，你不要妄想。"

"魔尊……求您成全我吧。"

顾京墨被黄桃的跪求气得有些头晕，她想要发火，但是对着黄桃终究舍不得。

她看着黄桃，想要骂却骂不出，最终捂着心口身体一晃，险些跌倒。

"黄桃，你只想着你的小主人，你可曾想过我？你可知我有多需要你？"她认真地问。

"所以……您每年看我的时候，可以给我带些腊肠和鸡腿吗？"

顾京墨豁然起身，不管黄桃说什么，执意让悬颂给黄桃回魂。

这时却听到黄桃继续说道："您爱喝茶，我会往茶里倒一点点蜂蜜，会甜，您也爱喝。您以后要找一个早起的随从啊，毕竟您每天都要喝清晨的露水润唇，起来晚了就没了……"

"你闭嘴！"顾京墨呵斥道。

"魔尊，无忧无虑的才是黄桃啊，若是日后过得不快乐，那还有什么意义？"

顾京墨突然觉得，黄桃比习焕亭更心狠。

她的心狠狠地痛了，终究未能忍住，在黄桃的识海里落了一滴泪。

黄桃是因着救小主人的执念，才意外成为人的。

她的小主人，是她生来便陪伴的人，是她需要忠诚一生的人。

救小主人，是黄桃一直以来最想要完成的事情，现在，她有机会了。

这条小笨狗，最终还是轻看了自己的性命，也低估了自己在顾京墨心中的地位。

最终，顾京墨长叹一声，声音发颤地问道："黄桃，你要来抱我一下吗？"

黄桃抖着唇,快速擦了擦眼泪,提起衣摆起身,扑进顾京墨的怀里,抱住了顾京墨。

紧紧的。

黄桃有执念，那么顾京墨成全她。

愿黄桃依旧喜欢这匆匆路过，还让她遍体鳞伤的人间。

云夙柠一直在治疗的同时暗暗观察。

他看到顾京墨的神识进入了黄桃的识海，许久后才出来。

她的神识归于本体后，身体一晃站起身来，似乎对悬颂传音了什么，接着转身离开了洞府。

云夙柠看着顾京墨那落寞的样子万分不解，还当是治疗出现了什么差错，用神识探查黄桃的身体状态。

似乎是在一点点好转，悬颂的阵法是有效的。

可是为何……顾京墨会是那般模样，她不该松一口气了吗？

古怪。

着实古怪。

又过了半日，悬颂解了冰封对三人说道："你们轮流来治疗她就可以了，她的情况已经稳定了。"

接着转身离开了洞府，去寻顾京墨。

三人皆是一喜，过去查看少女的状态，云夫人来处理身体伤口。

待伤口处理完毕，云夙柠重新回到她的身边，帮她探脉，心跳虽然微弱，却还算平稳，这是最好的转变。

他的心中越发轻松起来。

他对父母道："你们先照顾着，我去问问情况。"

他还是有些不解。却在这时，少女悠悠转醒，睁开眼睛看向他们三个人。

少女很快露出了喜悦的模样："娘……爹，哥哥……"

虚弱地唤了三人后，又左右看了看，问道："黄桃呢？"

三人皆怔在了原处。

待他们回过神来，还是云夫人问出的：“月儿？”

“嗯！好疼啊……”她似乎不适应自己的身体，试着抬手，接着看到了胸口的纱布。

她怎么受了这么重的伤？

云夙柠看着自己的妹妹，居然下意识急切地问：“黄桃呢？”

云夙月被他问住了，虚弱地回答：“它……和我去采药，然后我们遇到了……”

云夙柠的身体一晃，瞬间明白了。

为什么悬颂见到黄桃恢复后依旧面容严肃，为什么顾京墨会那般离开。

他错愕了一会儿才道：“你受了伤，不要多说话，好好休息，我去问问情况，乖。”

云夙月颇为不解，却还是点了点头，虚弱地回应：“嗯。”

说完，云夙柠转身离开洞府。

他一直希望自己的妹妹能够复生，可是如今真的复生了，他却完全高兴不起来，反而有一重无形的压抑压得他喘不过气来。

他很担心，他不知道黄桃怎么样了，黄桃该如何救？

当他走出洞府，便看到院落中的慌乱。

悬颂、丁臾、丁修三人合力，都未能控制住受了刺激走火入魔的顾京墨。她在发狂，她在嘶吼，眼泪不受控制地流。周围无人敢靠近，大地震颤，野火横生。

云夙柠看着洞府外布置的结界，才明白为什么没有发现异样。

顾京墨在最后一丝理智尚存时，为他们布下了保护结界，为自己加了禁制。

云夙柠何等聪明，他一瞬间就已经明白了，若是黄桃还有再救的可能，顾京墨不会如此。

显然，那一刻只能选择一人，要么他的妹妹生，要么黄桃生。

黄桃显然选择了让他的妹妹复生，而放弃了自己的生命。

他们甚至没有机会跟黄桃道别。

他只是在结界内怔怔地站着，眼泪不受控制地往下流。

他单手揪紧了胸口的衣服，呼吸变得困难，仿佛丢了什么，一下子……空洞洞的。

顾京墨中了蛊，受不得刺激。

然而，黄桃却在她的面前死了两次。

第二次，还是由她来决定生死。

她成全了黄桃，却折磨了自己。

十七

顾京墨陷入了混沌之中。

她抬起手来，看到自己的手掌小小的，只有四五岁般的大小。

她很迷茫，四顾看了看，可周围漆黑，只有一条蜿蜒的小路，绵延向未知的远方。

于是她只能朝前走。

走了不知多久，她突然抬头，看到自己母亲的头颅被挂在高高的木架上，鲜血淋漓，表情痛苦。

她的心脏随之揪紧，一瞬间如遭万箭穿身，那种痛，传遍了四肢百骸。

周围传来了议论的声音。

“娼妓啊，谁会救她？”

“本就是一个下贱胚子，死有余辜。”

顾京墨听到这里开始怒吼，朝着周围发动法术，然而却什么攻击也使不出来。

她不想看到这一幕，她想躲开，于是快步朝前奔跑。

跑了许久，她看到了悬挂在房梁上楠绣摇晃的双腿，就连绣花鞋的样子都格外清晰。

第二次打击让她近乎崩溃，哀号出声时才发现自己变为了十一岁的样子。

周围的谩骂声不断。

“已经没了清白，不如就嫁过去，那竖子家里有钱，能嫁过去还是她命好呢！”

“平日里她就不检点，会吸引这等纨绔也不是意外，活该！”

“滚！”顾京墨继续骂着，然而没人理会她。

周围都是乱糟糟的声音，全部都在骂她在意的人，不肯停歇。

她像愤怒的小兽，在空旷的地带咆哮，却没有任何用。

她只能继续前行，看到小师父临死前，还捏着一个人的遗物。

她冲过去抢过来，对小师父道：“他不值得！”

她的耳边传来习焕亭的声音：“从始至终没有爱过，我需要她教我体术而已。”

“她好蠢啊，居然临死还在思念我，活该死得凄惨。”

然而小师父听不到，最终垂下纤手。

眼前的景物消失，回到了那条小路，她瘫坐在地许久才重新起身朝前走。

她看着周围的景物，听着一路的骂声。

“顾京墨，那是杀人的魔！她做了那么多恶事，早就应该被诛杀了！”

“她杀人没有理由，全凭心情，和六道帝江有什么区别？”

“六道帝江走火入魔后才开始杀戮，她连六道帝江都不如。”

她麻木地听着，直到，她听到一个清脆悦耳的声音唤她："魔尊！"

她终于抬头，无神的双眼朝前看去。

黄桃欢快地到了她身边，用着夸张的语气说道："魔尊好厉害啊！斗法的时候速度那么快，怎么做到的？"

"哇！魔尊今天又打赢了呢，我去给你买酒喝！"

"魔尊，你怎么穿什么都好看？"

"魔尊买的鸡腿最好吃了。"

"魔尊是全天下最好的人，别听他们胡说。"

她被黄桃的鼓励温暖了，那种焦躁的心情逐渐消失。

于是，她和黄桃并肩一路朝前走，黄桃连她打家劫舍的样子都能夸出花儿来。

她做什么都是对的，她斗法，黄桃为她鼓掌叫好。她闯了祸，黄桃赞赏她说若是别人，连闯祸的机会都没有。

她说她想抢个和尚，黄桃当即表示，要帮她选一个最好看的。

然而走着走着，黄桃却掉进了深潭里。

她急忙拉住黄桃的手，然而黄桃的身体却陷入了那能融了血肉的潭水里，任凭她如何努力，都拽不出黄桃纤柔的身体，眼睁睁地看着黄桃被深潭融掉了所有的血肉，痛苦死去。

她开始发疯，她开始大喊大叫，她在空旷的地带里肆意斗法。

直到，她听到有人唤她："京墨。"

她一怔，转过身看到悬颂站在她的不远处，对着她张开手臂。丁臾和丁修也出现在不远处，对她说道："顾京墨，还有我们呢。"

因着他们的到来，黑暗的环境被扯进一道光来。她微微歪了歪头，似乎是在试图恢复理智。

她还有朋友和她爱的人。

她脚步有所停顿，最终还是扑向悬颂，投进了他的怀里。

丁臾看着顾京墨倒在了悬颂怀里，晕了过去，当即松了一口气，身体摇晃着靠在了身后的柱子上，短暂休息。

原来比斗法更累的，是控制一个发了狂的人。

她有些唏嘘，叹道："顾京墨很喜欢那个孩子。"

悬颂却格外理解顾京墨的心情，心疼得眼泪快要溢出眼眶，他低声说："在旁人看来，是她救了黄桃。其实，是黄桃救了她，那个阶段，她最需要的就是黄桃的那种陪伴。"

丁舆沉默了许久，才感叹："还能大闹就是好的，就怕她不吵不闹，呆呆傻傻的，那才是整个人都坏了。"

悬颂格外小心地将顾京墨护在怀里，侧头看着云夙柠过来帮顾京墨探脉。

云夙柠原本就有些病态，此刻面容更加苍白，尤其顾京墨的情况不妙，让他更加难过。

"魔尊的状态很差，怕是短时间内无法进行第二次散修为的治疗，她的身体无法支撑三种草药的药力了。"

云夙柠沉默了半晌，继续补充："加上这次走火入魔，她肆意乱用灵力，怕是痛苦会增强。之前是运转灵力时会浑身疼痛，现在则是……时时刻刻。"

悬颂听完，心疼得闭上了双眼，抱着顾京墨的双手又紧了一些。

他的声音在一瞬间哑了，问道："可有缓解方法？"

"晚辈……去看看医书，想办法研制出新的丹药来。"

"好。"

丁舆看着云夙柠快步离开，又看了看晕倒在悬颂怀里的顾京墨，终于叹道："黄桃反而是解脱，她呢，生不如死。"

悬颂一直看着怀里的人，想要握住顾京墨的手，却发现自己指尖的颤抖会带着顾京墨的手跟着抖动。

半晌，他突然道："还请鬼王帮我照顾她一段时间，我要出去一趟。"

"你有什么办法？"

"尚且不能确定，还需要试试看。"

"好。"

悬颂抱起顾京墨，思量了一会儿道："她此刻怕是不愿意留在溯流光谷，所以我带她回我的洞府，还请二位来缘烟阁做客。"

"无妨，只要你的弟子们不怕我。"

"我会交代他们好生照顾。"

于是悬颂抱着顾京墨，带着丁舆、丁修去往缘烟阁。

悬颂妥善安排好了顾京墨等人，并吩咐南知因帮忙照料。

临走时，他站在石床边看着昏迷不醒的顾京墨，沉默许久。

她嫁来时，笑脸盈盈，高朋满座，落雪与繁花相迎。

她再来时，人走茶凉，残影凄颜，唯有伤痛常相伴。

不该如此。

是他没有保护好她。

他陷入了深深的自责中。

许是下定了决心，他只身前往青佑寺。

日夜兼程，他御剑到了青佑寺的门外，掀起衣摆跪在寺门前，朗声道："迦境天尊斗胆请求青佑寺，借净雾石救吾妻。"

一向倨傲的，在整个修真界不可一世的，凌驾于所有修者之上的迦境天尊，今日放下了所有的自尊与傲气，跪地求人。

只为，救他深爱的人。

净雾石，乃是青佑寺的镇山之石，被置于佛古窟内。

佛古窟内的净化阵法，皆依仗这颗净雾石，它有着净化万物的能力。

若是没了净雾石，这佛古窟大阵也就撑不住了，其中镇着的魔物又当如何处理？

听到悬颂的声音，青佑寺高僧齐齐赶来，恒悟大师首先伸手去扶，道："迦境天尊，您万万跪不得。"

"我自知要求着实过分，但是，如果不是走投无路，我也不会前来叨扰。"

"这净雾石……着实不能借啊！这也是为了世间安宁。"

悬颂却格外坚持："我只需要借一段时间，让我的妻子渡过这段难关，之后会原样返还。我知晓佛古窟需要神物来镇，我愿意献出九尾妖丹来镇压。"

听到这句话，青佑寺高僧皆是一惊。

净雾石取出放回，尚且能用。但是妖丹取出便无法再放回，届时，悬颂会强行变回凡人，这无异于要了悬颂的半条命！

此等罪恶之事，他们怎么能同意？

"不可啊……"恒悟大师长叹了一声。

"我的妻子若是真的出了事，那才是真的要了我的命，还请大师成全。"

恒悟大师左右看了看，最终狠心道："迦境天尊还是回去吧。"

说完带领着几位高僧离开，生怕再留片刻就会动摇。

悬颂早料到会是这样的结果，所以来时便不敢对丁臾许诺归期，只能调整心态，继续静静跪着祈求。

他不想顾京墨受苦，那么这份苦就由他来受。

这时，从侧门走出一个人站在了悬颂身侧。

悬颂微微侧头，看到是青佑寺第一斗佛——恒奕大师。

面容俊朗，气质脱俗，额头有一个红印。

"顾京墨怎么了？"他直截了当地问。

悬颂似乎有些意外，一向不问世事的恒奕大师居然会关心顾京墨的事情。

虽惊讶，却还是回答："她杀了秘法宗余孽，可那余孽在她血液中留下的蛊尚存，今日常伴她身边的女孩去世，她被刺激得走火入魔。她身上本就有伤，此刻伤势加重，只能借净雾石镇住。”

若是迦境天尊都说别无他法了，那么这就真的是最后方法了。

恒奕大师沉默了半晌，才道：“你且等片刻。”

恒奕大师快步进入恒悟大师的禅房。

看到他进来，恒悟大师不由得意外，接着便看到他跪在了自己的身前，恒悟大师有些惊慌，赶紧起身，试图扶起恒奕大师，同时询问：“这是为何？”

“还请师兄允许，借净雾石一用。”恒奕大师开口道。

“为何？”恒悟大师万分不解，“这般荒唐的事情，我怎能允许？”

“就当是我入门二百余年来，第一次任性吧。”

“可否告诉我理由？”

“顾京墨是我留在人界的女儿。”恒奕大师答道，“我也是在迦境天尊大婚那日，看到她的母亲，才猜测到了她的身份。她与我同是火系单灵根，且资质卓然，我也的确与她的母亲有过一段经历，这一点无法否认。

“当年我的门派惨遭灭门，我又身负重伤，在人界落魄了几年。我与她的母亲虽说是金钱与恩客的关系，她的母亲也着实安慰了我一阵，让我重新振作，算得上是知己。

“我忽略了修仙者的孩子生命力顽强这一点，这些年里也未曾想到此处，孩子这般大了我才知晓，着实不对。

“我自知，我这般离开人界回到修真界，他们母女想寻我都难，我擅自出家为僧是负了她们母女二人，也只能在此刻为她做些什么。”

恒奕大师说着，磕了一个头：“当年是师兄引我入佛门，我一直感谢。如今，我愿许诺放弃飞升，坐化为舍利，照拂青佑寺于后世。”

恒悟大师自然不会同意：“这、这不是条件是否丰厚的问题，这是作孽啊！”

“还请师兄成全！”

十八

悬颂在三日后才回到缘烟阁。

他回来后并没有立即去见顾京墨，而是一个人坐在长老阁内用红绳将石头编成了项链。

完成后他在自己身上比量了一下长短，似乎正合适。

南知因已经听闻了青佑寺的事情，含着眼泪跑着来寻悬颂。

进入长老阁内看到悬颂后却不敢多言，只是规规矩矩地站在一侧等候。

见悬颂编完了，她才走过去。

悬颂在此刻起身，然而却未能站稳，身体摇晃，单手扶着桌面才撑住了身体。

先是耗尽灵力去救黄桃，现在又将妖丹取出放在了青佑寺，接二连三的损耗让他已经虚弱到连站立都艰难了。

南知因赶紧走过来，道："师父，您坐下，我渡灵力给您。"

"不必，我再休息一会儿即可。"悬颂重新坐下，询问，"这些事情处理得怎么样了？"

南知因如实禀报："禹其琛和五宿一名弟子已经回到了自己的本体里。二人因为不精通夺舍之术，身体还未复原，怕是需要静养一段时间，不过并无大碍。"

悬颂回答得很轻："哦，还有吗？"

"布阵之地已经处理完毕，再无残余。他们的余孽多为魔门修者，这几日有丁修协助，已派人去捉拿了。"

毕竟这些人也算是伤害了他们醉乡宗，伤害了丁臾的人，丁修不会姑息。

悬颂微微颔首后摆了摆手，让南知因先出去。

"师父，您……会飞升吗？"南知因纠结着，还是鼓起勇气问了出来。

若是没了妖丹，悬颂如今的寿元已到极限，若是不飞升，要么修为满溢，爆体而亡，要么寿元尽了，寿终正寝。

"我还能撑一段时间。"悬颂低声回答，"你去休息吧。"

南知因还想照顾悬颂，可是想到师父一世骄傲，怕是不肯让别人看到自己虚弱的样子，还是转身离开了。

待她走出长老阁才开始簌簌落泪，站在门口不愿离开，这样师父若是有什么事情，她能立即赶到。

若是师兄尚未飞升就好了，师兄还能死皮赖脸地留在师父身边，她却不能。

他们师门一向如此，师父在教导方面可以做到一碗水端平，但是差遣师兄的次数较多，很少会差遣她。

如果不是她主动请缨，师父都不会派任务给她。

应该是不知该如何安排女徒弟吧，这方面，她的师父非常笨拙。

所以后期总是她主动处理门派事务，李辞云则是能偷懒就偷懒。

悬颂一个人在长老阁内修炼了一夜，终于积累了些修为，能够维持一段时间没有破绽。

他带着项链回了他的洞府，院落里有弟子笨拙地取着晨露，见到他之后匆匆行礼。

他只是看了一眼他们，便走进了洞府。

进入后，便看到丁舆坐在石床边，撑着脸在打盹。她听到了脚步声后瞬间警惕起来，伸手握住了自己的佩剑。

睁眼见到是悬颂回来了，这才松开了佩剑。

短短一瞬，她便察觉到了悬颂的不对劲，但却没发现究竟是哪里发生了变化。

悬颂并未说话，托着顾京墨的头，把项链挂在了顾京墨的脖子上。

接着，他坐在了顾京墨的身侧，对丁舆点头："这几日劳烦你了。"

"能有什么办法，她现在这种状态，完全不准不熟悉的人靠近，只能我们轮流照顾她了。"她说完，指了指那项链，问，"这是什么？有用吗？"

"净雾石，她戴上之后身上的修为会被暂时封印，蛊也会被镇压住。"

净雾石，这三个字太有分量了，让丁舆呆愣在当场。

她迟疑了许久，才问："你是如何做到的？这世间有什么东西能顶替净雾石？我在修真界这么多年，都不知道能有什么东西能让青佑寺把净雾石借给你。"

就算悬颂是迦境天尊，他的手中宝物无数，也不可能有比得上净雾石的。

悬颂如实回答："九尾妖丹。"

丁舆深深地吸了一口气，最终只能抬手抚着额头，许久才道："你们两个人……这人不人鬼不鬼的样子，我看着，着实糟心。"

悬颂握住了顾京墨的手，道："她的出现救了我，我也应拼尽全力来保全她。"

"顾京墨遇到你这般的痴人，倒也算幸运了。"不像她，遇到的是什么混账！

"遇到她，是我的幸运。"悬颂说完，又问，"这几日她的状态如何？"

"倒是没有继续走火入魔，但是整个人都恹恹的，双目放空，也不知多久才能好起来。估计时时刻刻的身体不适，让她睡得也不是很安稳，总是蹙眉。"

悬颂伸手取来了顾京墨一直系在腰间的一个小铃铛，举起来对丁舆道："鬼王可以再帮我一个忙吗？"

"好。"丁舆并未犹豫，直接答应了。

在丁舆离开后，悬颂接过徒孙们送来的晨露，小心翼翼地帮顾京墨润唇。

之后，他会代替黄桃去做黄桃为顾京墨做的事情。

顾京墨醒来时，便看到悬颂坐在不远处盘膝打坐，似乎是听到了她的声音，当即睁眼看向她，问："你感觉如何？"

"好多了。"顾京墨试着撑起身体，这才看到了自己胸前的项链，托起来看了看，问，"这是什么？"

"能控制你伤势的能量石，我费了些周折才得到的，你莫要弄丢了。"悬颂温声道。

顾京墨低头看了看，接着叹道："我感觉好多了，这一次睡得比前两日安稳。而且，我似乎可以重新思考了。"

"嗯，那就好。"悬颂走过来扶着她坐好，对她说道，"我请青佑寺的高僧相助，想让他们为你施法。"

"对我施法？把我净化成小可爱啊？如何净化我也是这般样子，我还是魔尊。"

悬颂安慰道："别怕，只是寻常的净化，让这个项链发挥最大作用。不过也有些副作用，就是你的思维可能会变慢，没有以前聪明了。而且有段时间你不能使用法术，不能斗法了。"

"好，全听你安排。"顾京墨显得很安静，并不挣扎，只是看着两个人握在一起的手。

有了这个项链的镇压，她使用不出灵力，这般与悬颂拉着手也不会自燃了。

也不知算不算是因祸得福了。

若是在之前，她得到了这个宝贝必定非常兴奋，扑过去便与悬颂双修。

此刻，却只是浅浅地笑了笑。

悬颂又取出了一个木盒，递给了顾京墨。

她打开盒盖，看到里面静静地躺着她的双钗，原本已经断了的钗身被修复如初，就连古铜色钗身上的岁月痕迹，都与之前一般无二。

她抬手摸着钗身，格外珍惜。

悬颂又取出了一个万宝铃，放在了她的面前对她道："习焕亭捡走的万宝铃已经寻回来了，你看看里面的东西有没有少。若是有什么少了，我日后帮你寻回来。"

这万宝铃是前任魔尊留给她的，里面有着许多宝贝，随便一件都会被整个修真界垂涎。

她试着渡入灵力去看，却发现无法打开。

这时她才回神，她现在的修为不足以打开这个万宝铃了。

悬颂在此之前没有看过里面，不知道这个万宝铃竟然有禁制，表情一僵，正想补救，便看到顾京墨比他还释然："拿回来就好，流落在外的，终有一日我会夺回来。"

"好。"

悬颂带着顾京墨去了青佑寺，在他们事先安排好的地方，为顾京墨净化。

顾京墨一个人坐在蒲团上，再次看向恒奕大师，目光停留了片刻，便又收了回来。

九位化神期大师围绕着她盘膝坐在蒲团上，同时运转灵力，为她净化。

这种净化，可以降低她走火入魔的风险，至少能够让她保持理智，不会伤及无辜。

净化需要进行三日。

这三日悬颂时而出去布置安排，时而回到青佑寺，查看顾京墨的情况。

确定顾京墨这边进行得很顺利，他才放下心来。

净化结束的那一日，顾京墨睁开眼，刚巧与恒奕大师对视。

顾京墨对他单独点头，接着起身豁然离开。

悬颂在她身后对诸位大师道谢。

恒奕大师知晓，顾京墨明白他的身份了。

她是他的血脉，二人有着同样的灵力运转体系，只需要运功，顾京墨便可以感知到。

但是她没有选择与他相认，而是转身离开。

对于他这个父亲，她依旧不肯认吧。

这也合情合理。

恒奕大师没有去追，只是默默地看着她离开。

悬颂带着顾京墨离开时，她坐在蓝凤的背上，目光轻柔地看着远方。

悬颂御剑与她并行，道侣传音问道："他是……"

"我的生父。"

"我猜到了。"

那一日恒奕大师突然出手相助，且恒奕大师也是火系单灵根，还是修炼极快的修者，悬颂便有了猜测。

顾京墨扬起嘴角笑了笑："不过生而不养，便是陌生人。我对他只有一瞬间的感谢，感谢他让我知道他是我的父亲，而非六道帝江，这让我感到轻松。"

悬颂不知恒奕大师答应了恒悟大师什么，才能让恒悟大师同意借出净雾石，还许诺可以帮顾京墨净化。

他只是在想，这个父亲是不是也在试图帮助顾京墨？

但是他不敢断言，暗暗决定，日后再帮顾京墨去探一探。

二人并未回缘烟阁，而是到了三场。

三场是三界的中心地带，位置最为重要。

顾京墨不解，询问："为何要来三场？"

悬颂让顾京墨从蓝凤的背上下来，带着顾京墨上了一样飞行法器，升至高空。

悬颂安置好了飞行法器，才回答："带你来看风景。"

顾京墨不由得觉得好笑："这夜里黑漆漆的能看什么风景？"

悬颂未答，只是拿起了顾京墨的铃铛。

她不知悬颂是什么时候拿到铃铛的，颇感意外。

接着，悬颂摇晃了铃铛。

她觉得莫名其妙，询问：“这是在高空摇铃铛好听？”

悬颂抿唇未答，而是从自己的万宝铃内取出了一件披风，为顾京墨披上。顾京墨的修为被封印，没有火系灵根加持，已经成了怕冷的体质，较常人更受不得风寒。

她披着披风，手臂搭在飞行法器的栏杆上朝外看，突然看到远处有灯光亮起。

那灯光绝非寻常的灯，而是一种特制的法器，远在百里外，也能够被看得真切。

这些灯并不密集，仿佛是分布在不同的地方，每个地方升起一两盏而已。

她认真去看，粗略计算，这些灯加在一起不过百余盏，却明亮似天空的繁星。

她怔怔地看着，听到悬颂对她道：“你看，这是你洒下的光。”

三界各处，曾被顾京墨救过的人，在铃铛响起的那一刻，一齐升起了巨大的天灯。

他们看着天灯缓缓升起，成了这平凡夜里一道别样的风景。

别哭，振作起来，我们都在。

我们一直在。

顾京墨静静地看着，发如泼墨，肤如凝雪，披风艳如红枫，她眼尾的殷红因修为被控淡了三分，却在这一刻缀了一颗星星，闪耀在静谧的夜色中。

原来，她不负当年对自己的期许，她真的成了光，她在这个世界洒下了光。

这一刻，她看到了那些光。

十九

悬颂和顾京墨回到缘烟阁的洞府时，已经是深夜。

绵延的山脉犹如冬眠的熊，匍匐在广袤的大地，回来的二人不过是归来的雁，掠过高楼琼宇，最终翩然落下。

悬颂牵着顾京墨的手，带着她进入洞府。

有了净雾石的镇压，二人终于能够靠近。

今日悬颂选择陪着顾京墨一起休息，二人躺在石床上，悬颂小心翼翼地帮她盖上了毯子，温声询问：“冷吗？”

顾京墨眯缝起眼眸回答：“嗯，不是已经春天了吗？为何还这般冷？”

“其实对于我们来说，最近天气已经在转暖了。”悬颂回答完，将顾京墨揽进了怀里，抱着她纤细的身体，这一刻格外满足，“你若是觉得冷，明日我在洞府里摆满暖炉。”

室内静谧，桂香满苑，月色缓缓变浓，在毯子上留下银色涟漪。

顾京墨环着他的腰，在他怀里说道：“你把尾巴露出来，盖着尾巴应该会很暖和。”

谁知，悬颂却拒绝了：“今日我累了，就先不露出来了。”

顾京墨没想到悬颂会拒绝，沉默了半晌后将头埋进悬颂的怀里，抱着他的手又紧了一些。

悬颂的确有些疲惫，抱着顾京墨倒是比她先睡着。

顾京墨在他沉睡时抬头，在朦胧月色下看了他许久，终凑过去，在他的唇瓣上落下了一个吻。

几日后，云夙柠来了缘烟阁，送来了一些新研制的丹药。

他还想见一见顾京墨，查看顾京墨的情况，却被顾京墨拒绝了。

“我不想见到溯流光谷的人。”顾京墨如此回答。

她的确不想见到这群人，见到他们会想起黄桃。

每日她总有那么几个瞬间，会后悔同意黄桃的决定。如果她自私一些，黄桃还能陪着她，她的情况也不会如此恶化。

她的内心是怨的。

怨习焕亭，怨自己，所以不想见。

云夙柠却没有立即离开，而是在缘烟阁小住了一段时间。

这期间禹其琛来寻了他一次。

“我听闻，那魔头夺舍了我的身体骗了黄桃，不知她现在可还好？”禹其琛其实一直都很担心，只是近来他的身体不好，不能离开门派，他也没有勇气去问那些长辈。

云夙柠听到这个问题，面容冷漠地沉默了许久，才回答：“她……身体还好。”

禹其琛暗暗松了一口气，又问：“她为何没有跟来？我怕门中的师兄弟们不如她体贴，还摸不清魔尊的性子，不能照顾好魔尊。前几日孟栀柔去寻过魔尊，想留在她身边照顾，也被拒绝了。”

“她身体尚且没有养好，而且以后她都不会跟着魔尊了。”

“恩还完了？”

“算是吧。”

禹其琛见云夙柠似乎不想多聊，于是起身向他道别：“待他日我身体恢复，定然去溯流光谷看望她。”

“倒也不必……”

“你在此炼丹吧，我不打扰了，告辞。”这是执意会去的意思了，今日过来，不过是担心黄桃的安危，硬着头皮来询问。

云夙柠懒得管了。

半月后他才见到悬颂，悬颂问他："你妹妹的身体如何？"

"伤势恢复得差不多了。"

"哦，那便好。"

云夙柠目光扫过悬颂，似乎是在确定悬颂的身体状况，悬颂却没有给他诊脉的意思，而是对他招手："随我来。"

二人进入了缘烟阁的阴暗牢房内，他们看到了习焕亭和彭玉的尸身。

悬颂抬手，费了些力气才解除了冰封。

不再是半妖后，他对冰系法术的控制能力明显没有了，全靠土系功法来维持。

"你会验尸吗？"悬颂说着，指了指习焕亭的尸身，"你看看他的身体，修炼那种吸人修为的功法，对身体可有造成什么影响。"

云夙柠站在尸身旁停顿了片刻，才难以置信地问悬颂："您不会是想……"

悬颂的目光落在习焕亭的尸身上："我若是认真修炼，仅需再过十余日便可以恢复救黄桃时消耗的灵力，不日便要飞升。

"我要在飞升前，确认她的修为真的散了，可以重新修炼了，她再也没有危险了才行，这是我能想到的短期内可以达成目的的唯一方法了。

"之后，她还要由你们帮忙照顾，我无法等她一起飞升了。"

云夙柠站在习焕亭的尸身前犹豫良久，拳头张开又握紧。

若是悬颂修炼了这门邪功，在最后阶段走火入魔，那便是在飞升前毁了自己的一世英名。

悬颂乃是百世之师，可彪炳日月之人，若是到最后未能名垂青史，而是遗臭万年，那该是怎样的遗憾？

他犹豫良久，还是从自己的储物法器里取出了工具，开始检查习焕亭的尸身。

悬颂一直站在他的身边看着，听着云夙柠的分析，格外沉默。

二人一起检验完尸身后，悬颂一个人进入了藏书阁密室内，去查看秘法宗留下的所有典籍。

一边翻看，一边思考。

也不知在这里静坐了几日，他终于有些疲惫了，起身走出密室去寻顾京墨。

在他离开后，他制作的习焕亭的本命灯有一瞬亮起了微弱的光，便又恢复黑暗。

悬颂回到洞府，看到顾京墨正披着披风，跟院子里的树过不去。

他下了佩剑走过去，问："你在做什么？"

"我想把那片叶子拽下来。"顾京墨抬手指了指，"可是我跳不了那么高了，好奇怪，我只是镇压了修为，为什么体术都迟钝了？"

悬颂也未想到会是这样，抬手握住了顾京墨的脉门查看，接着问："我叫云夙柠过来？"

"我不想见他。"

"你不是想把叶子摘下来吗？"

"突然不想摘了。"

她拢了拢披风，大步流星地朝着洞府里走去。

悬颂跟上她，对她道："明日我要去一趟青岭弦歌阵，去采些草药回来，我要尝试另外一种药方帮你疗伤。"

她当即停住了脚步，回头看向他："又要走？你最近都神出鬼没的，我整日里独守空房。"

"还不是为了你的身体？"

"不能一起去吗？"

"我让丁舆来陪你。"

她不悦地白了悬颂一眼，最终还是进入了洞府，进入内间便推上了石门，不肯见悬颂："你现在就去，别来烦我。"

这种石门哪里能拦住悬颂这种修者，他用控物术打开门。

顾京墨还想再发作，结果刚刚走过去扯着悬颂的衣襟，便被他抱着放在了石床上。

轻柔的吻，动作格外小心，生怕一个不小心会伤到她。

她原本还在掐，或者拽悬颂的头发，到后来却只能环着他的肩。

……

顾京墨披着毯子查看自己的身体，最终怒视悬颂。

悬颂坐得规规矩矩，避开了她的目光。

"我这般强韧的身体，你都给我掐成这样？！"顾京墨指着自己大腿上的掐痕，恶狠狠地问，"你是在跟我双修，还是在跟我斗法？"

悬颂只能主动认错："我的确急了一些。"

"一些？"顾京墨爬到了悬颂的身边，单手捏着他的脸，"你简直像个畜生，平日里看着挺温文尔雅的，结果……"

顾京墨当即将他扑倒在石床上。

他仰面躺下，任由顾京墨去折腾。

看着她面颊通红，最终还是翻身压过去。

夜里，悬颂披上衣服，打开照明法器去看秘法宗的卷轴。他需要反复确认，有没有他理解错误的地方。顾京墨并不识字，更加看不懂这么复杂的东西，便只是靠在悬颂的肩膀上。

靠着睡了一会儿，她的脸颊顺着悬颂的肩膀滑下去，悬颂抬手扶住，让她的头继续靠在自己的肩上。

睡梦中的顾京墨伸手抱住了他的腰身，他见她有转醒的迹象，于是道："你躺下睡吧，能舒服一些。"

"我要和你在一起……"顾京墨嘟囔着回答完，便又一次进入了梦乡。

他抬手握住了她的手，继续看卷轴。

悬颂启程的清晨，顾京墨双手环胸地看着，问："南知因都不和你一起去吗？"

"又不是什么危险的阵法，无碍的。"

"什么时候回来？"

"争取……三日内。"

"去吧。"顾京墨勉为其难地摆了摆手，转身朝洞府走去，走了一段后又停下来回头去看。

悬颂果然没有立即离开，她当即扬起嘴角，朝着悬颂跑了过去，扑进他怀里在他的嘴唇上亲了一下："我限你两日内。"

"好，我努力。"

"必须做到！"

"嗯，好。"

顾京墨披着披风，看着悬颂御剑离开，站在院落里嘟囔："怎么还这么冷呢？"

接着，赶紧转身回到了洞府内。

悬颂信守诺言了。

他在两日内回来了，可是，却是以顾京墨绝对想不到的方式。

缘烟阁弟子将他的尸体搬回了缘烟阁，身上有着双刀造成的伤。

顾京墨走进大殿，站在棺椁前，看着里面躺着的悬颂的尸身，双目无神，仿佛失去了光。

南知因哽咽着禀报："师父破解了习焕亭布下的层层禁制，找到了六道帝江的尸身，将尸身彻底毁去了。我想师父是想在飞升前，为您排除隐患。"

她不知道顾京墨有没有听到，因为顾京墨始终没有说话。

她抬头，看到顾京墨只是那样静静地站在棺椁前。

不哭，不闹，静静地……看着而已。

二十

悬颂靠在一个狭窄的空间里，捂着身上的伤口，长长地呼出了一口气。

他来时设想了很多，却没想到会变成这般光景。

现在的情况，着实有些棘手。

他怕的不是别人不知晓他的身份前来追杀他，他怕的是顾京墨看到他的尸体会难过。

此刻，他的魂魄在另外一个人的身体里，这个身体是刁焕亭临死前夺舍的。

而他自己身体里的魂魄则是刁焕亭。

也不能再说是刁焕亭，这一次，他敢确定，刁焕亭的魂魄彻底碎了。

成为困兽的刁焕亭最终对他用了咒，这是他看过的那些卷轴里没有的，也是从未问世过的秘法，他甚至不知道这世间会有这类功法，所以出乎他的意料。

他现在要努力冷静下来，想一想，他该怎么才能让魂魄回到自己的身体里去。

要快，不然他不敢想象顾京墨的模样。

两日前。

悬颂觉得，他最初的思路便错了。

他不该专注于保护顾京墨，而是应该去毁了六道帝江的尸身，让六道帝江再也没有复生的可能。

这样才算是解决掉了后患。

他查阅了很多典籍，分析了修真界的各种地带，还排查了一些修真界材料的去向，终于确认了燕祟将尸身保存在哪里。

他没有犹豫，直接前去破阵。

毕竟，他能在人间逗留的时间不多了。

不得不说，秘法宗的各种封印之术着实了得，他做足了功课，真的到了这里还是费了一些周折。

这里是一处地宫一样的墓穴，其中布满了机关阵法，还有着防护装置。

在破阵时，他若是行差踏错半步，都会引发墓穴内的机关。如果触发了，六道帝江的棺椁会被保存得极好，只是闯入者则出不去了，这墓穴是“你死我不亡”的模式。

过关斩将般地到达玉棺封存之地，他即将靠近玉棺时，却遭遇了攻击。

他侧身躲开，回过身却看到了熟悉的身影。

一位是缘烟阁化神期天尊，可那眼神不属于他，或许，此刻应该叫他刁焕亭。

悬颂看到此人的到来并不惊讶，微微后退两步，和刁焕亭拉开距离，叹道：“你果然没死。"

他想过习焕亭可能没有彻底死去，只是他用尽了方法，也没能查出习焕亭寄生在了谁的身体里。

习焕亭有一瞬间的意外："你想到了？我之前那具肉身死得格外逼真。"

"算是吧。"悬颂打量着他，"你用的应该不是夺舍的方式，在知道你会夺舍功法后，那群弟子都有所防范，为何你还能进入他的身体里？"

"这一次的确不是夺舍，我现在也不算完全活着。"习焕亭提着双刀，继续朝着他走来。

"让我猜猜，是蛊？"悬颂问道。

"你还不算笨啊——"习焕亭有一丝惊喜。

悬颂并不在意这句阴阳怪气的赞赏，继续和他周旋："你在临死前将自己化为了蛊，进入了他的身体里。所以我们在回到门派前查了夺舍情况，却没有任何发现。你在那之后悄然无息地占领了他的身体和魂魄，逐渐变成了他？"

"嗯，你分析得不错。"

悬颂继续后退："你知道我交出了妖丹，此刻斗法能力大不如前，还猜到了我是来毁六道尸身，所以你跟来了。"

习焕亭看着他冷笑："拖延时间？你想观察这个房间内的机关禁制？你和你的道侣还真是如出一辙，拖延时间时喜欢与我聊天。可你不是她，我不想和你聊太多。"

"她是我的妻子。"悬颂强调，"明媒正娶。"

"……"

习焕亭没有再犹豫，朝着悬颂攻击过去。

他在途中不知触发了什么机关，让玉棺沉于地下，地板的巨石瞬间闭合。

墓穴变成了一个单独的房间，只有四周的灯柱发出阴暗的光，石壁上的雕刻在昏暗之中带着诡谲的美感。

这空间很小，对于喜欢远距离作战的悬颂极为不利。

再加上这个房间里充满了机关阵法，会在悬颂注意不到的时间突然偷袭，极为棘手。

此刻的悬颂没了九尾妖丹，身体尚未恢复到最佳状态，竟与习焕亭战成了平手。

悬颂躲闪双刀攻击时，脚尖轻触地面，触发了一重机关。

他迅速躲闪，却看到习焕亭突然逼近，身体触碰到了他的手臂。

一瞬间，天地俱变，身体扭转。

再睁眼，他已经到了另外一具身体里。

习焕亭进入悬颂的身体，当即用他的身体张扬大笑，嘲讽道："就算你做了防范又怎样？我只需要努力钻研，不久后就能研究出新的秘法。你看，你的身体也被我夺舍了。”

悬颂被夺舍后身体停顿了片刻，抬手看了看自己的身体，似乎是在探查。

习焕亭看着他的样子笑得更加得意：“迦境天尊，你辉煌了近两千年，没想到有朝一日会落得这种下场吧？现在我是你，待我用你的身体出去，再假死一朝，顾京墨那个蠢货定然用自己的心头血救我。

“待我得到了她的心头血，你这具身体便会变成新的药引子，我就可以用你的身体救我的义父了。”

悬颂似乎并不惊慌，问道：“你最初为何不夺舍顾京墨，自己用她的身体去献祭不就好了？怎么，她的身上有什么你破解不了的禁制？”

提起这个习焕亭的表情变得难看：“她的身上有前任魔尊留下的保护结界，无法夺舍。”

“哦，那我就放心了。”

习焕亭看着悬颂的模样有些不解，问道：“怎么？”

“你用这具身体修炼那门功法了吧？”

习焕亭沉默了半晌，终于沉下了声音：“你猜到我没死，也料到了我会跟来，还预想到我会夺你的舍了？”

“嗯，没错，站在你的角度去想，似乎这个方法最为方便。”

习焕亭的表情瞬间变得狰狞。

悬颂看着面前站立着的自己的身体，看着那狰狞的表情还有片刻不适应，他还是第一次看到自己的脸有这样的表情是什么样子的。

此刻，他还看得格外真切。

习焕亭再次询问：“你想用这具身体，去吸走顾京墨的修为？！”

“嗯，我不想亲自去练这门猪狗一样的功法，这么做的话会简单许多，毕竟我也没有功法秘籍。来这里还能毁去六道的尸体，两全其美。”

“呵——”习焕亭发出阴冷的笑，“你想得美，你出不去这处墓穴，你只会有来无回！”

悬颂倒是不急，抬手示意：“你试试看。”

“什么意思？”

“你试试看，身体，用着稳妥吗？”

习焕亭终于意识到了不对，想要运转灵力，却发现他根本无法操控。

他不由得震惊：“你居然对自己的身体布下了禁制？”

悬颂在自己的身体里建了一座牢，拘住了闯进去的习焕亭。

“不然你以为，就凭你可以和我战成平手？我就算没了妖丹，也是化神期巅峰。”悬颂说着，走到了习焕亭身前，拍了拍他的肩膀，“只有意识，不能运转灵力，身体也没那么灵活了，感觉很差吧？”

习焕亭不愿意回答，还在努力尝试。

悬颂沉默地看着他，又道：“最近京墨就是这种状态，你体验到了吧？”

“你在替她报仇？”习焕亭咬牙询问。

“对啊，而且不止这些。”悬颂突然笑了起来，还笑得格外畅快，这是他极为少见的情绪，“我啊，出去后会安排人去大肆宣扬这件事情。”

“宣扬我被你控制了？”习焕亭不解。

悬颂摇头：“不，我已经安排人去宣扬了，我要昭告天下，搅得修真界天翻地覆的是秘法宗的余孽，我会将秘法宗那些罪名全部搬出来，再一次让大家知晓。”

习焕亭愤恨地解释：“那些不是我们的本意，我们没有研制害人的秘法。”

“不，你们研制的就是罪恶滔天的秘法，那些就是你们的本意，你们的冤屈永远都不会得到平复，甚至会变本加厉，会遗臭万年。你那些蒙冤的同门永远不会获得清白，这都要归功于你。”

习焕亭听着，气得身体不受控制地发抖，双目圆睁，嘶吼道：“那又怎样？！现在不就是如此吗？！只是再被骂一次而已。”

“我还要去歌颂修竹天尊和天域阁，是他们剿灭了这个畜生聚集的宗门，他们为修真界做了天大的好事。而且修竹天尊还因为救了修真界，被秘法宗余孽记恨，安排了天罚阵来杀他。修竹天尊明知是报复，却不忍心天罚阵扩大，于是舍身救了修真界，是天大的善人。”

习焕亭何其聪明，他已经懂了。

悬颂要的是秘法宗承受的骂名一直持续下去，而且更加恶臭！

而他所有的仇人都会被世人歌颂，被赞扬，流芳百世。

这是最让他痛苦的惩罚。

悬颂继续说下去：“六道帝江啊……”

说着，指了一下地板，那里是玉棺所在的位置:“我该怎么编派他呢？我现在构思，讲给你听好不好？”

“闭嘴！你闭嘴。”

“我找几桩没有找到凶手的罪案给他好了，对外说，他就算走火入魔之前也是十恶不赦的人，他从来都不是什么好人，他被围杀是罪有应得。他还想为秘法宗这种恶臭的宗门平冤，真是令人作呕。”

习焕亭听不下去了，动作迟缓地想要去攻击悬颂，却被悬颂轻易躲开了。

“关他什么事？！你不可弄脏他的名声！”

“你的恨又关顾京墨什么事？！”悬颂突然声音发狠似的质问，“因为你的不平，居然让她那么痛苦。她又做错了什么，你让她经历这些？！我不是一个会轻易原谅人的人，你伤害了她，这口气我咽不下。”

“你们这些名门正派，真是道貌岸然……”

“什么是名门正派？”悬颂微微扬起下巴，用冰冷无温的眼神看着他，“是你不惹我之前，我可以努力做个好人。”

悬颂在习焕亭的面前，走到了房间的角落，看着墙壁上的装置，掐指捏算了片刻，手指突然插进了墙体里，刮掉了上面的装饰，果然在石墙内找到了机关。

他拧动之后，玉棺再次呈现出来。

他走到玉棺前观察，这玉棺是棺中极品，通体皆是宝贝，可以保存尸身百余年不腐败。

他抬手破除了上面的禁制。

掀开棺盖，他看到了六道帝江的尸身，保存得依旧完好。

他至今仍旧记得当初带领众弟子围杀六道帝江时的场面，那撼天动地般的实力，让他记忆犹新。

曾经的一代枭雄，此刻却安静地躺在了玉棺中。

悬颂抬起手来，在习焕亭的面前毁了六道帝江的尸身。

毁了习焕亭最后的念想。

“迦境！”习焕亭看着义父的尸身被毁，愤怒得额头青筋暴起，吼出了他的名字。

悬颂看着被毁了的尸身，居然感叹：“带京墨来好了，这样她还能帮六道火化，之后我也能发发善心，把六道埋了。”

“迦境！你出不去！”习焕亭努力控制自己的身体，启动了墓穴内的机关。

“区区一个坟，还能困住我不成？”悬颂沉声问道。

“你太自负了，你在修真界横行无忌这么多年，让你盲目自信，觉得谁都会被你玩弄在股掌之中？”

习焕亭因为无法控制身体，身体倒在地上，却努力抬起眼睛去看站立在他面前的悬颂：“你会发疯，你会走火入魔，你出去后会见人就去吸取他的修为，最后虐杀。你无法说话，无法正常表达，甚至无法神识传音。你会失去理智，你会被惧怕你的人们诛杀，没有人知道你是悬颂，只会把你当成我杀掉。”

习焕亭用尽全身力气咬破了手指。

悬颂发觉了不对，立即控制他，却听到了习焕亭的笑声：“你破解玉棺所在时，我已经在用咒了……你会中咒，你逃不了，毕竟我就是蛊，我就是怨，我的怨气聚集到极点后咒便无法破解。然后……顾京墨会用自己的心头血救我，因为我在你的身体里，所以复生的是我，你说……我在复活后是先伪装成你，做一些事情，还是……”

接着开始阴恻恻地笑。

悬颂快速查看自己的身体，不由得懊恼。

他从未听说过“咒”这一门功法，自然没有设防这一重。

他也没想到习焕亭会利用亲睹义父尸身被毁，来增加自己的怨气，化为咒。

悬颂发现无法驱散身上的咒，他只能走到习焕亭的身前，伸手按住自己身体的头颅，运转了吸人修为的功法。

习焕亭非常惊讶，没想到悬颂连自己的修为都吸。

悬颂吸收了一部分后道：“我的身体快飞升了，吸走一些修为，还能多陪京墨几年。”

“都是徒劳，你马上就要死了，而且你没有了妖丹，寿元已尽！”

“待我吸了京墨的修为，便可以将净雾石还回去，那样，我吞服自己的妖丹还能再活千年。”悬颂说完，手指在习焕亭的额头轻点，“你可以去死了。”

说完，悬颂开始施法，转瞬间习焕亭的魂魄就此泯灭。

无论是夺舍，还是变成蛊，他都无法再挣扎了。

这一次他彻底泯灭于天地间了。

带着他彻骨的怨气和不甘，离开这个让他痛苦万分的人间。

灭了魂魄，就连顾京墨的心头血都救不了他。

悬颂看着地面上的身体，往后退了一步，干脆盘膝坐在地面上试图解除这一重咒。

然而他根本做不到。

偏在此刻，他感知到有人在靠近这处墓穴。

感知到人的靠近，导致他的神志开始模糊，他即将进入走火入魔的状态。

他在自己身体里找到了能保存尸身的法器，收走了自己的身体，开始在墓穴内寻找一处能够躲避的地方。

若是被发现，他怕是会对自己的弟子发起攻击。

因前面的机关被他破解得差不多了，弟子进入的速度很快。

他只能主动触碰禁制，试图毁了这处墓穴，之后再来寻自己的身体，那群人也不能靠近他。

然而他再次恢复意识后，发现墓穴还是被人破开了，他看出这是土系法术的手笔。

他可以判断出，南知因来过。

他在自己的周围找了找，找不到万宝铃，找不到存放身体的法器。

他猜测恐怕是他走火入魔时，遗失了东西，被南知因他们寻到了。

他最初便布置了一切。

最开始，他会一个人前来，不然他怕刁焕亭的夺舍防不胜防，人多了不好猜测究竟夺了谁的舍。

为了稳妥，他安排南知因在他离开后六个时辰内赶来，也算有个帮手。

他自信，在这段时间内能和刁焕亭周旋完毕。

结果聪明反被聪明误，就是因为他安排了弟子来接应，反而使得他失去理智，还带走了他的身体。

他的这群徒子徒孙该聪明的时候不聪明，不该聪明的时候却聪明得很，毁了的墓穴都能打开并寻找到他的身体。

现在他的身体被带回了缘烟阁，那顾京墨……

他完全不敢仔细想。

他要想一个办法回到缘烟阁，吸完顾京墨的修为便让魂魄回到自己的身体里。

要快，不然顾京墨会哭的。

二十一

缘烟阁大殿内。

顾京墨在悬颂的尸身前静静站了许久，周围全是跪拜痛哭的缘烟阁修者。

她听得很烦。

她扫视了一眼后唤道："禹其琛。"

禹其琛身为晚辈，此刻没有资格进入大殿，此刻正规规矩矩地跪在大殿最外围。

听到自己被唤，他当即应声，急匆匆地进入大殿内。

缘烟阁众多弟子，甚至是禹其琛的师长，都看着禹其琛破格进入只有长老聚集的大殿，表情不一。

前阵子在旺角楼，禹其琛第一次大出风头。

后来，他和木彦、明以慢还莫名地得到了迦境天尊的青睐，让缘烟阁众多弟子们震惊不已，心中还有些羡慕。

就连此刻，也只有禹其琛一名弟子有资格进入大殿。

待禹其琛进来后，顾京墨指了指棺椁，对禹其琛道："招魂。"

现在整个修真界中，除了悬颂，便只有禹其琛会这门法术了。

禹其琛看到悬颂的尸身还是有些震惊的，在他的思维里，老祖迦境天尊是无所不能的，怎么有人能杀得了他？

他快速用法衣衣袖擦了擦眼泪，接着施展法术。

毫无反应。

禹其琛有些意外，再次尝试，依旧没有反应。

顾京墨又对南知因道："你们有什么方法能够确定，他是魂魄碎了，还是魂魄未亡？"

南知因也在此刻振作起来，对着棺椁施法，接着惊喜道："师父的魂魄是完好的，并未在尸身中。"

"他没死。"确定了这件事，顾京墨做了一个深呼吸，开始分析，"他若是还活着，发现自己的身体被你们带回来了，怕我看到后会受刺激，定然第一时间赶回来。然而他没有，只能证明此刻他被困住了。

"寻常的阵法必定困不住他，所以，他要么身受重伤无法移动，要么就是因为别的什么原因无法回来。"

她被净雾石压着灵力，就连道侣的安危都感知不到了。

此刻只能通过外界的手段，来确定道侣的安危。

"他会不会还在墓穴里？"南知因第一时间想到了这个可能。

顾京墨迟疑了片刻，微微蹙眉。

她觉得自己的脑子真的变得迟缓了一些，面对这种情况无法快速思考，气得抬手拍自己的额头。

周围的人纷纷过来阻拦，她才停了下来。

她回头再看一眼棺椁："派些聪明的、斗法能力强的去，去的时候警惕些，幸运的话，会遇到一个身受重伤的他，带回来就可以。不幸运的话，可能是和我一样走火入魔的人，敌不过就回来，我再想办法。"

"是。"南知因立即应声，开始吩咐人返回墓穴。

此刻，没人在意顾京墨的魔尊身份，齐齐听从了她的吩咐。

毕竟，他们也是最不希望悬颂出事的人。

顾京墨知晓自己的身体状态不太好，于是回身招手，对禹其琛道："你们几个过来。"

他们几个人代表谁，禹其琛自然知晓，当即到广场去寻木彦和明以慢。

顾京墨看了一眼，最终还是叹气："把云夙柠也叫来。"

"好。"

四个小辈到达了悬颂的院落，顾京墨此刻已经搬了一些卷轴出来。

她抬头看向云夙柠，问："他去之前是不是找过你？"

"没错。"云夙柠将他和悬颂一同检验被习焕亭夺舍了的尸身的事情说了，还说了他的猜测。

“我们确定，只要修炼了那种邪法，经脉就会变得与寻常修者不同。这也是六道帝江吸收了那么多人的修为，实力强悍到恐怖，也没有爆体而亡的原因所在，他们的泥丸宫和经脉都比常人宽大许多。

“这种改变是不可逆的，所以只要修炼了，自身的体质就会变得不同。

“而且，我们猜测这种功法对魂魄也有侵蚀，毕竟是强制吸收了别人的东西，那些属于别人的东西就会附着在体内，如若控制不好就会有走火入魔、迷失自我的风险。”

顾京墨单手托着脸，食指敲着自己的太阳穴，道：“所以，悬颂最初想自己修炼这种功法为我吸走修为，后来却发现如果练了，人也就变不回去了，时刻都有走火入魔的风险。于是他决定引习焕亭出来，将习焕亭夺舍，用已经练过这门功夫的身体来吸走我的修为。”

“应该是这样。”

“可是他遇到了他未曾预料到的问题，成了如今的局面，习焕亭有自己的最后杀招。”顾京墨在这时竟然能冷笑出声，“发现自己被算计时，悬颂的表情应该会很有趣，我若是在他身边，定要数落他几句。”

云夙柠小心翼翼地询问：“能确定迦境天尊的安危吗？”

“不能。”顾京墨回答，接着对他摆手，“你去看看他的身体，看看他都经历了什么，回来再详细告诉我。”

“是。”

顾京墨指了指石桌上的卷轴：“你们三个人念给我听。”

“一起念吗？”禹其琛拿起卷轴问道。

“一起，我听得到。”

三人赶紧一人拿起一份卷轴，各自诵念卷轴上的内容。

顾京墨同时听着三个人的诵念，手指一直有节奏地敲击自己的太阳穴。

待三人诵念得差不多了，云夙柠也再次赶了回来，道：“晚辈有些地方看不懂，但是可以确定，天尊曾经斗法，身上有一些斗法的痕迹。他的身体里有晚辈无法解开的禁制，这禁制很怪……”

云夙柠还没说完，便听到了顾京墨的声音：“那就是习焕亭主动夺舍的悬颂了，悬颂也确实早有预料，所以在自己的身体里布下了禁制，困住了习焕亭的魂魄。”

“习焕亭还没死？”云夙柠难以置信地问。

“现在死了，魂魄若被囚在悬颂的身体里，必定被悬颂灭杀了。若是搞出这么大的阵仗，习焕亭的魂却未灭，那悬颂真就没有资格骂别人蠢货了。”

顾京墨回答完，提醒道：“你没找到重点，我让你看的不是死因，而是他的斗法痕迹，会让对方伤得很重吗？”

“这……怎么分析？”云夙柠不由得震惊。

“我刚才粗略地看了下，他们的斗法没持续多久便夺舍了，斗法痕迹很少。”顾京墨说着站起身来，拿出了一个锦盒，里面躺着一对被修缮完毕的双钗，她拿起来戴在了自己的发髻上，“所以，悬颂那个身体就算有伤，也顶多是墓穴自毁造成的。这种程度的伤他却没回来，说明他遇到了其他的问题。”

禹其琛看到她的架势，不由得惊慌地问道：“您要亲自去？”

“我去看看，毕竟早早就听闻他的徒子徒孙很笨，我不放心，怕他们把悬颂给杀了。”

顾京墨说完，吹了一声口哨，一只巨大的鸾鸟俯冲过来。

顾京墨跃到了鸾鸟的背上，朝着墓穴所在的方向而去。

院落中的四名晚辈看着顾京墨离开，木彦怔了许久，才问：“她刚才为何要听我们念这些。”

明以慢整理好那些卷轴的同时回答：“应该是在找老祖不能回来的原因。”

木彦好奇：“找到了吗？”

明以慢摇了摇头：“她没说，应该是这些卷轴里都没有记载。”

木彦吞咽了一口唾沫，小声感叹：“三个人同时念不同的书，她还全听进去了？”

回答他的是云夙柠：“毕竟不是所有人都能当魔尊。”

顾京墨到达墓穴位置时，南知因正带人大范围排查墓穴，似乎想从隐秘的角落找到身受重伤的悬颂。

她坐在蓝凤的背上看了看，并未下去，而是掐指捏算，接着指着一个方向道：“蓝凤，去那边。”

一人一鸟到了一处悬崖峭壁，顾京墨在悬崖边落下，站在山端看着周围。

风穿越山涧会变得格外凛冽，吹拂得她的衣衫疯狂摆动，双钗上的坠子也在跟着翻飞。

她迟疑了片刻，取下了净雾石项链，放进了自己的储物法器里，双手掐诀，开始探查。

就算有着道侣印，探查魂魄的位置也有些艰难。

她似乎捕捉到了一丝破绽，当即朝着一个方向纵身而去。

她的体术足以支撑她在山间灵活地前行，脚尖轻点凸出的石块便可借力，接着跃上下一个落脚点。

如此寻了几处后，她走进了一个山洞中。

她感知到了人的气息，那人似乎是在躲避她。

她朝着那边走过去，接着看到那人瞬间冲出来，对着她发起了攻击。

瞬间顾京墨便闪躲开，看着突然出现的人。

应该是缘烟阁的化神期长老，穿着缘烟阁的长老服饰，只不过此刻他的头发有些散乱，没了他们平日里的端正仪态。

他的眼神也是浑浊的，似乎失去了焦距，难以自控地朝着她发出攻击。

她没有还击，而是在观察。

“不熟悉这具身体吗？”顾京墨看着他攻击的状态，“应该之前是土系灵根，用不惯这个身体里的金木两系灵根吧？”

那人自然不会回答，而是疯狂地继续朝着她攻击。

顾京墨看着他轻笑了一声，终于抬手拔下了自己的双钗：“悬颂，你无法自控了吗？是什么控制了你？蛊？”

悬颂未答，笨拙地使用出了金系功法。

“看来不是，我听到那几个小子读的秘术了，你的状态与蛊不一致。”她说着，却也看不透。

不过，她不急，反而看着悬颂笑得带了些妖气：“悬颂，你不是九尾了，还不熟悉这身体。而我只有元婴期，这般看来也算公平。我们打一架吧！趁现在。”

悬颂自然不会回应。

顾京墨却在笑：“别怕，你狼狈的样子别人看不到，只有我能看到。”

顾京墨一直都很想与悬颂打一架，看看仙界老祖和魔门魔尊究竟谁更厉害。

现在悬颂不能自控了，来攻击她，她并不会怪他。

那就打一架吧。

就当悬颂不是失误了，而是给了她一次斗法的机会。

二十二

顾京墨手指划过储物法器，从里面取出布阵石。

她看到悬颂有所警惕，似乎想要破坏她布阵的位置，让她一阵气恼：“悬颂啊悬颂，你都走火入魔了还是这般警惕。”

难缠的人，就连疯魔了也格外难缠。

那种机敏是刻在骨子里的。

顾京墨干脆在躲闪他攻击的同时，直截了当地与他说：“我要布置困仙阵，不是我敌不过你，是我要控制住你，然后让你吸我的修为。没错，我一会乖乖给你吸，你少跟我张牙舞爪的。看到没有，第一块布阵石我丢在这里了，你去破坏啊！”

话音一落，悬颂真的去破坏了。

她当即笑出声，转过钗身，用钗尾敲悬颂的头：“把后背露给我，还是蠢笨的。”

这一举动戏耍意味很强，引起了悬颂的愤怒，再次朝她疯狂攻击，她堪堪接住。

到底是有着修为差距，就算他尚且不熟悉那具身体，他的攻击依旧很难招架。

“脾气还是差，还敢跟我发火了，好大的胆子！”顾京墨竟然因着一股怒气，战力又提了一个档次，势必要悬颂吃到苦头才肯罢休。

“就算你是迦境天尊又怎样？！敢对我发脾气，我把你一头白毛都拔下来！”

就算是发狂了，也不能对她发脾气！

不然，她的脾气会比他更大！

教训完毕，顾京墨继续布阵，同时还取出了多样束缚类法器。

失去理智的悬颂依旧难缠，很多刻在记忆里的东西，不会因为他发狂而消失，自然而然地便可以使出来，或者出手化解她的攻击。

至少她的阵法布置得极为艰难。

非常艰难地布置完毕，阵法启动，她看着被困阵中的悬颂不敢松懈，迅速丢出多样束缚类法器。

将悬颂彻底捆住了她才松了一口气，一边朝他走去，一边将头发盘起来插上发钗。

洞穴内的石块没有形状，没有规律，拼接在一起甚至有些丑陋。

扭曲的山隙间，顾京墨仅仅是这般挽发前行，也有着几分妖冶的美感，像是光秃的峭壁间开出了艳丽的花。

她到了悬颂身前蹲下身，温声道：“来吸我的修为吧。”

悬颂的身体被捆住，手只能小范围活动，需要顾京墨将头伸到他的手前，他才能顺利吸走她的修为。

这种吸人修为的方式着实没有用药温和，尤其是悬颂此刻还没有理智，不会特意控制分寸。

好在她的身体吸收了花间晚照的药性，此刻能够最大限度地保护她的经脉。

感受到修为逐渐消失，她有一瞬间的难以支撑，艰难地揪着悬颂的衣襟才能稳住身体。

在她难以支撑倒在地面上时，她感受到身体内的疼痛也随之消失了。

最后一丝灵力被吸走，顾京墨也颓然地倒在了地面上。

她用最后一丝力气去数落悬颂：“幸好你这方面还算听话，可以吸走修为，也不算白夺舍了。”

她躺了半晌，突然意识到了不对劲：“糟了，我一丝灵力都没有了，传音符都用不了，我们两个人怎么离开这里？”

她呆愣了好一会，开始劫后余生似的笑起来：“我也会失误啊……”

不过，幸好悬颂还活着。

不然她真的很难再承受一次离别。

这种劫后余生的庆幸让她躺在地上掩面痛哭。

似乎是听到了她的哭声，原本还在挣扎的悬颂安静了下来，竟也不再努力挣脱了。

安静下来后，悬颂身体一晃倒在了阵法内，就此晕了过去。

或许，这种晕厥也是悬颂恢复了些许理智后，自己努力的结果。

最后是蓝凤去叫的南知因。

南知因匆匆赶来，看到他们两个人后也有一瞬的恍惚，接着小声询问：“他是师父吗？”

这一声问得太过胆怯，怕结果不是她所想的她会失落，还会让顾京墨也跟着难过。

直到她看到顾京墨点了点头，才快速擦了眼角的泪。

大起大落不过如此。

顾京墨万分虚弱地吩咐道：“你去青佑寺找恒奕秃……恒奕大师，让他带着九枳过来缘烟阁。”

“恒奕大师？！”南知因不由得惊呼，“他性格不如其他的大师谦和慈祥，他的性格有些乖张，怕是很难请来。”

顾京墨倒是不在意：“说是我请的，他应该会来。”

“好，徒儿去试试。”

“嗯。”

顾京墨虚弱地朝前走了几步，又道：“你把他送到蓝凤的背上去。”

“魔尊，您现在没有灵力修为，他还丧失了理智，你们在一起很危险，我安排人护送你们。”

“不要，他那么骄傲，肯定不想被人看到这副样子，他身上的法器捆得住他。”

“好。”

南知因将悬颂搬到了蓝凤身上，亲自护送他们二人回缘烟阁。

与此同时派人去青佑寺请恒奕大师。

他们回到缘烟阁后，遣散跪拜的弟子，只留下空荡荡的广场和大殿。

南知因将悬颂送到了大殿内，让他躺在了棺椁边。

顾京墨站在大殿正中央，一边是悬颂的身体，一边是悬颂的魂。

许久后才低声道：“那位天尊……怕是活不了了，从三个人读的卷轴可以分析出，习焕亭是自身化作了蛊，寄生在此人的身体里，逐渐夺了魂魄，这种方式没有复生的可能。”

“好，徒儿明白了，现在就去安排后事。”

二人在大殿里等候了一阵子，突然听到了一阵吵嚷声，接着恒奕大师带着九枳前来。

刚刚入殿,九枳便对顾京墨道:“他是你爹？你就够让人讨厌的了,你爹同样……”

九枳还要再骂，却看到了悬颂的尸身，不由得一怔，停住了嘴。

恒奕大师倒是一直非常沉默冷淡，见到顾京墨也只是示意了一下，便站在一侧观察悬颂的尸身。

倒是南知因惊得许久未能行礼，好在恒奕大师没有在意。

魔尊的父亲是恒奕大师？

一个魔修，一个佛修，这……这……这……

她好像知道了不该知道的事情。

九枳看着悬颂的模样，呢喃般开口：“怎么搞成这副样子？”

“我对妖族不熟。”顾京墨扶着棺椁开口，“我的心头血，能否恢复他的妖丹？”

南知因终于回过神来，错愕地道：“您知道了？”

“我又不是傻子。”顾京墨苦笑，“他是我的夫君，我怎么可能察觉不到？”

“可是……若是用您的心头血，您怕是……”

本就没了修为，现在还挖去心头血，这怎么撑得住？

“他为了我献妖丹，我给他几滴血怎么了？”

九枳则是有些恼怒：“妖丹岂是想取出就取出，想恢复就恢复的？把我们妖族当什么了？儿戏吗？”

顾京墨当即叹道：“原来你做不到啊……”

九枳急了，吼道：“谁说我做不到？！”

“哦，原来做得到。”

九枳这才意识到顾京墨在用激将法，愤怒骂道：“算计到老娘头上来了，老娘叱咤风云的时候……”

“没怎么看到你叱咤风云，光看到你为了浑蛋男人痛不欲生了。”

“你！你……”九枳愤恨得不行，转身便要离开，却被恒奕大师抬手拦住了。

恒奕大师低声说道：“你若是可以帮她，我可以想办法让你离开佛古窟。不过，前提是你离开后不会再去人界作孽，到处杀生。”

九枳白了恒奕大师一眼，转过身看着悬颂，试探性地碰触悬颂的尸身：“他的魂魄不在本体内，体内还有诸多禁制，想让他的魂魄回归本体已经很难了，除非他恢复理智自行解除。现在，还要恢复他的妖丹，更是难上加难。”

顾京墨站在棺椁前道：“我送你一座山，你可以自立门户，重振你们狐族。”

至于重振狐族的方法是不是九枳去找一个男狐狸，给悬颂生一堆弟弟妹妹，她就不关心了。

九枳来回打量顾京墨：“你做得到？”

“我可是魔尊。”

九枳审视顾京墨许久，又去仔仔细细地探查悬颂的身体，终于同意了：“好，我试试看。”

顾京墨将自己的储物法器拿出来，递给了南知因：“净雾石在里面，你拿出来给他，让他去换回妖丹。”

南知因听话照做。

恒奕大师拿到净雾石后，看向九枳：“她尚且还是佛古窟内的妖，我要守着她才行。”

南知因站出来安慰道：“我们缘烟阁有万千修者，可以保证她不会逃离。”

恒奕大师思量了片刻，终究还是答应了，拿着净雾石赶回青佑寺。

恒奕大师到达佛古窟布阵地，从编织的项链内取出了净雾石，正要放回去，却看到净雾石出现了一个豁口。

他拿起来仔细观察，发现是有人硬生生挖去了净雾石的一小块，不由得一怔。

站在他斜后方的恒悟大师未看到净雾石的状态，疑惑问道：“可是有问题？”

“没……”恒奕大师难得扯谎，“我是在检查。”

说完，调整净雾石的位置，将有豁口的那一面朝下放进凹槽内，这样旁人便不会注意到了。

待大阵重新启动，恒奕大师确定阵法没有出现任何问题后才松了一口气。

佛古窟大阵千百年都不会改变一次，这般放进去，只要大阵不出现问题，永远都不会被人发现净雾石缺了一块。

接着，他拿着悬颂的妖丹返回缘烟阁。

一路上他都在思考，净雾石虽然珍贵，但是只在特定场合有用，其他方面根本派不上用场，顾京墨抠一块净雾石留下是何用意？

他自然不知道，她女儿身为魔尊，却会害羞自燃的事情。

他与顾京墨也不算熟悉，也问不出口。

这件事，便被尘封了。

二十三

九枳之前表现的为难并不是作假，这件事是真的非常难实现。

也是在此刻，她才意识到悬颂前阵子身体究竟有多糟糕。

顾京墨的修为尽失，身体状态很差，强撑着坐在一边看着他们聚集在悬颂身体前，研究如何破除其中的禁制。

这个时候他们才感叹，难怪习焕亭身为秘法宗的修者，都无法破解这禁制。

实在是悬颂对自己的身体下手太狠了，这些禁制，南知因、九枳、恒奕大师三人合作，顾京墨从旁指点，也整整破解了七日。

待禁制破解完毕，几人齐齐松懈下来，他们已经取得了一个阶段性的胜利。

九枳没有停顿，让恒奕大师控制好有魂魄的身体，一掌击出，将悬颂的魂魄推出了那具身体，回归到了悬颂的身体里。

那一刻，顾京墨紧张地扶着棺椁看着，眼睛一眨不眨。

直到恒奕大师探查后对她道："回归本体了，没事了。"

顾京墨终于呼出了一口气，此刻她才发现，她的呼吸都在发颤。

她终于重新坐下，看着九枳拿回妖丹，施法送入悬颂的体内。

她静静地看着这个过程，由于身体无力，只能枕着棺椁的边沿。

这画面着实凄美。

一向强大到可望而不可即的女人，此刻虚弱地靠着棺椁。

而棺椁内躺着的是她的夫君。

此刻，她夫君的魂魄已经归体，身体依旧没有脉搏，好在存放尸身的棺椁是特制的，可以保证身体不腐烂。

她看着悬颂合着双眼，睡得安详，眼中闪过温柔。

九枳一向是优雅的，外加生来便是冰灵根，让她身上总是散着寒意。

此刻，她却被汗浸湿了衣衫，额头上的发丝也被汗水打湿成缕，她也无暇顾及。

她需要时刻控制着，不但要让妖丹回归本体，还要让这颗妖丹可以重新运转，恢复悬颂九尾的实力。

南知因和恒奕大师时刻不离，为九枳护法。

在九枳灵力耗尽之时，还能有他们二人绵绵不绝的灵力环绕在妖丹周围。

不知过了多久，九枳对顾京墨道："试试看你的血。"

无疑，这是一种尝试，他们只知道这种血可以复活已死之人，却不知道能否修复妖丹。

所有人的努力都在这一刻被检验，如果不行，那将是前功尽弃。

顾京墨撑着棺椁起身，慢慢进到了棺椁内，从南知因的手中拿来了一柄匕首。

她单手撑着身体，看着棺椁内躺得安详的悬颂，终于用匕首刺向自己的心口。

没有灵力加持，这一刺让她疼得额头青筋直冒，身体一颤。

九枳没有怠慢，护送着那些血到达悬颂的妖丹位置，如此努力了片刻，竟然银牙直咬："似乎……无法共存，而且，他的生命没有恢复。"

顾京墨扶着匕首，抬头时唇色苍白，双目也有些无神。

再去看悬颂，依旧没有脉搏，没能苏醒。

"看来……这种血只能以命换命啊……"顾京墨呢喃出声，当即要将匕首插得更深。

南知因意识到了，扑过去拦。

然而她尚未靠近，便被一股强大的灵力推开。

再抬眼，是瞬间蔓延而出的冰。

这冰极为霸道，从棺椁开始蔓延，一瞬间便已经冰封了整个大殿，顺着阶梯朝着广场蔓延，将整个大殿蒙上了一层冰霜。

而棺椁则被喷涌般出现的冰封住，所有人都无法看到其中模样。

三人皆是一惊。

九枳最先收功，呼出了一口气道："他的妖丹恢复了。"

这是摆在明面上的事，毕竟这磅礴而来的冰不是源于她，那就只能是源于悬颂了。

而悬颂这般包裹住棺椁，恐怕是想要封住顾京墨心口的伤。

恒奕大师抬手去探查，确定悬颂已经复生，顾京墨也还活着，这才松了一口气。

说到底，他还是更担心女儿的安危。

南知因则是有些虚脱，仿佛经历了一场浩大的劫难，此刻，她终于可以松懈下来了。

身体瘫软，也不顾及地面的冰霜，干脆瘫坐在冰面上。

片刻前，顾京墨正想将匕首再次送入。

匕首的深度若是再插进去一分一毫，都有可能致命，但是若是如此能救悬颂，她也不在乎了。

正在此刻，她看到悬颂豁然睁开双眼，抬手握住了她的手腕，让她无法再送进匕首。

转瞬间，她的周围被冰填满。

她看到自己的身体上皆是冰晶，她的身体无法动弹，她只能抬眼和同样在冰里的悬颂对视。

那一瞬，浑身的疼也变为了绵延而来的温柔。

能看到你安稳，就好。

你看，你我二人性格迥异，身份天差地别，现如今竟也成了夫妻。

你的霜与冰也能在我的心口缠绵缱绻，我的烈焰也能燃尽你的冷漠成为你的心头炽。

你为我舍弃飞升舍弃妖丹，只为陪我留在人间。

我也可以为你挖出心头血，让你身体恢复从前。

你活着就好。

你还在就好。

“啊——”顾京墨躺在石床上痛呼出声，“好疼啊，要死了，我是不是要死了，呜呜呜。”

听着她的假哭，悬颂站在一侧，手中拿着字帖，重复询问之前的问题：“是我教你识字，还是南知因教你识字？她的态度应该会比我好一些。”

“你是不是嫌弃我不识字？你嫌弃的话当初就别娶我啊！”

“我若是在意这一点，我岂会这般波折只为与你成婚？我是见你养伤无聊，不如趁机学字，免得以后再出现什么误会。”

顾京墨开始强词夺理：“在修真界又不一定非得识字。”

“你应该感叹你我在修真界，若是在人界，你我二人根本不可能在一起。”

顾京墨当即翻了一个身，气势丝毫不让地反驳：“若是在人界，我出生的时候你都死了一千七百多年了，除非我哪天穷疯了去刨你们家祖坟，不然我们是没有机会相见的。”

“你……”悬颂气得不行，将字帖丢在一边，“你怎么这般不听话？”

顾京墨躺在石床上，不情不愿地拿起字帖，指着上面的字说：“其实我认识，你看，这个字是不是念林？”

悬颂瞥了一眼，回答：“念称。”

“……”顾京墨拿起字帖仔细看了看，抱怨，“这个字写得不工整，都连笔了。”

“那我命禹其琛他们重新给你写一份。”

顾京墨见躲不过，白了悬颂一眼后不说话了。

悬颂则是坐到了她的身边，扯了扯她的衣衫：“让我看看伤口，是真的痛吗？”

“你是想看我伤口，还是想看我啊？”

悬颂的手未停顿，继续查看顾京墨的伤口，道：“虽然云夫人来看过，我还是不放心，那毕竟是心口。”

“无碍的。”顾京墨说着，将自己抠下来的净雾石碎块递给悬颂，“你再编一个项链给我。”

悬颂伸手接过来拿在手里看了看，问道：“青佑寺未曾来寻你要？”

“我交给恒奕秃驴了。”

“恐怕是他替你瞒下了。”

顾京墨非常理直气壮，道：“我夫君的妖丹都挖给他们了，我抠他们一块净雾石怎么了？！”

“当初也是我求他们的，是他们助了我们。”

“我就抠了这么一小块下来，他们寻我又怎么样，也安不回去了。我一个打家劫舍的魔尊，不抢他们的净雾石就不错了，还不是给了他们一个面子？”

悬颂没有坚持，拿出绳子来坐在她的面前为她编项链。

顾京墨看了一会，等得无聊，只能拿起字帖来看，翻了一会儿后伸手摸索，拽过来一条尾巴抱进了怀里。

没一会儿，她的身上便燃起了小小的火苗。

炼气期修为的顾京墨，冒出来的火苗随便拍了拍就灭了。

悬颂在这时将项链戴在了顾京墨的脖颈上，那小小的火苗终于彻底消失。

“你体内的蛊……”悬颂提起了这个。

“回答一万次了，已经散了，刚修炼到炼气期就驱散了，放心吧。”

“嗯。”

一百二十年后。

魔门地界，鬼市。

一名商贩手中捧着自己的宝贝，格外得意地展示：“这都是大阵里的宝贝，好久没见到了吧？”

有人见不得他这般嚣张，当即呸了一口：“在三十年前，这些东西扔地上都没人要！”

“你也知道是三十年前？现在妖兽祸乱世间，好些大阵都进不去了，这些东西都是稀罕物了，若是不快些收了，以后怕是会绝种！五万灵石，有没有人要？！”

旁边的人反驳他：“待妖兽的祸乱平息了，这些东西就是寻常物件了，五万灵石？我看最多值三千！”

“平息？谈何容易，这些年鬼王也不是没有想办法镇压，你可见成效？”

“说起来魔尊闭关也有百年了，现在三界大乱，也不见她出来治理，她这魔尊做得真不够格。”

他们的谈话很快引来了更多人的参与，又一人凑过来说起了旁门消息：“我听说，魔尊身受重伤，怕是元婴期修为都没有了。”

“怎么可能，二百多年就跃升至化神期的天才修者，能沦落至此？”

“不然她为什么不出来？还安静了这么多年！越是这种天资卓然的，越是昙花一现，天妒英才呗。”

“啊！快看，有人升天灯了。”

“升天灯？！可是百余年没见过这般排场了，能是谁？”

这时，他们看到有飞行法器缓缓进入鬼市低空飞行，法器进入后引得鬼市哗然。

只见一名明艳的女子坐在飞行法器上，头顶交叉插着两根古铜色的发钗，发尾微卷。她的眼尾红艳，如艳丽的花如秋日的枫如燃起的火。眼尾微微上扬，眼神自信且张扬。

她单手托着脸，坐得慵懒，身着红色的法衣，外罩玄色外衫。

她的目光扫过众人，是他们熟悉的高傲，而她的修为，赫然是化神期。

她的身边坐着一名身姿端正的男人。

他有着一头银发，由发冠束起，身着白色与银灰色相间的道袍，胸襟的位置用金色丝线绣着腾飞之鸟。

他的眉眼清冷俊逸，川渟岳峙，壁立千仞，如松如崖如万丈冰川。

众人再次看到魔尊，齐齐跪拜。

年纪小一些的修者不认识她，看到旁人跪拜时也跟着跪拜，对她的身份有了猜测。

这魔门还有谁这般尊贵？

如此一跪，便是绵延万里。

顾京墨抬手，示意道：“不必，我是来此买些物资的，为之后的大战做准备。”

周围有关心的修者，一路跟着飞行法器行走，询问：“魔尊，您可是要带兵镇压妖兽？”

“不然呢，忍着那群畜生继续肆虐？”

这个回答，引得众多修者齐齐欢呼。

顾京墨扬起嘴角看向悬颂，道侣传音道：“你啊，半个畜生。”

“哼。”悬颂未理她。

跟在她法器后面的千泽宗三十一宫宫主，分别进入鬼市购买物资。

看着他们的阵仗，显然是打算大肆购买，真的是要跟妖兽们斗个你死我活了。

鬼市的修者们兴奋异常，纷纷取出自家的宝贝给他们看，合适的都会被买走，可见千泽宗的财大气粗。

还有些魔门修者则是跟着顾京墨的飞行法器自告奋勇，自愿加入他们大战的队伍。

顾京墨也没有忽视这些修者，修为过了元婴期皆可参加。

采买完毕，悬颂确认完搬运进千泽宗的法器后，走到了正中央的位置用控物术将部署图悬在空中，呈现在众多魔修的眼前。

魔修们抬头看着，纷纷赞扬："嚯！画得真好看。"

"哟，怎么这么多字。"

再没有其他的话语了。

悬颂不解，看向顾京墨。

顾京墨跷着二郎腿，手中拿着茶水笑道："你那个部署图上的字太多了，他们好些人不识字。"

说着，回头跟那些修者说道："我闭关百年并非只在修炼，还识字了！"

"魔尊好生厉害！"

"不愧是魔尊，这都能做到！"

众人对顾京墨又多了一些崇拜，赞赏了好半天。

悬颂看着这个场面，再看看自己的部署图，只能询问顾京墨："我该怎么给他们讲解？"

顾京墨终于放下茶杯，到了部署图下面，拍了拍手后道："杀！给我放肆地杀！这次不打正派，我们是联手，懂吗？"

"懂了！"众人回答。

"行，散了吧。"

悬颂站在原处，看着众魔修一哄而散，他们似乎对购买回来的法器更感兴趣。

他只能叹气，问顾京墨："他们行吗？"

"放心吧，他们就算不聪明也是人，妖兽估计还没他们聪明呢。"

"也是。"

待修者们都散开，悬颂才到了顾京墨的身边："我还未曾仔细看过你的洞府。"

"这有什么好看的？"顾京墨说着大手一挥，带着悬颂回了她在千泽宗的洞府。

她的洞府是在一座悬浮的山上。

这里是千泽宗最为幽静的地方，是用灵气在空中撑起的一座孤山，仿佛是硬生生从地面拔出一座山岳让其悬浮，孤山只有一道没有扶手的阶梯连接着其他山脉。

孤山的山涧延伸出一道瀑布源源不断地往下流淌着，在瀑布附近留下了缥缈的彩虹霞光。

从阶梯而上走出一段，在林中隐约可见透空的山花屋顶，暗红色的砖墙。

进入顾京墨的洞府，悬颂四顾，随手拿起几件法器看了看。

他很想知道，顾京墨之前是在怎样的环境中长大的。

顾京墨在此时启用了洞府中的洗涤阵，清理百余年未曾有人打扫的洞府。

“我很好奇你生活过的地方。”悬颂在洞府里四处看了看，似乎各处都很有趣。

顾京墨随意地坐在一张桌子上，用控物术去探查自己的储物室，接着取来一坛酒。

谁知，酒被悬颂拦截了。

“这是陈年佳酿，让我喝一口！”顾京墨当即抗议起来。

“饮酒伤身，几日后还有一场大战，你该知晓，解决了此事后我们就要飞升了。”

悬颂早可飞升，却宁愿留在人界，等了顾京墨一百二十年。

这期间，顾京墨从炼气期重新修炼，现在不仅回到了化神期，还到了化神期巅峰。

她记挂着三界安危，与悬颂商量后决定，解决了这次兽乱再飞升。

顾京墨试图讨价还价：“就一口！”

“一口也不行。”

“你这人太不讲道理！”

悬颂走到了她身前，手指抹过她的万宝铃，从里面取出项链来戴在了她的脖颈上。

顾京墨抬手，揪着他的衣襟，看着他俯下身来。

浓郁的吻，竟比陈年烈酒还要浓烈三分。

他们在一起明明已百余年，顾京墨还是会手足无措。看着那张俊朗无双的面容，看他用温柔如绵绵柳絮般的目光看着她，她总会意乱神迷。

战火已燃。

顾京墨带领着魔门众多修者站在山崖之上，看着崖下嘶吼不停的百万妖兽，拔下了头上的双钗。

狂风呼啸，吹拂着她的衣衫与发髻，她却站得笔直，傲然立于天地间。

她在此刻朗声说道：“凡我魔门修者，皆是天地枭雄，此战不畏生死，不负狂名！给我杀！”

魔门修者的气势被点燃，齐齐喊着“杀”冲入兽海。

正派修者立于另外一端。

他们听到魔尊的号令齐齐振奋，等待着带领他们的迦境天尊也对他们说些振奋人心的话语，却只看到迦境天尊抬手，朝前一挥，道：“上。”

正派修者们怔愣了片刻，也跟着冲进战场。

这一战持续了整整五日。

法术从各处而来，血溅千里。

妖兽终于退去，远离它们不该踏足的地方。

顾京墨立于万人前，手握双钗，看着它们退走，终于呼出了一口气。

却在此刻，乌云布满天际，厚重的云层像是要从天空坠下来，转瞬间遮住了原本晴朗的天空。

云中雷电滚动，仿佛是在酝酿，转瞬间，便已经气势磅礴，轰天霹雳响彻天际。

悬颂看到天劫后立即布阵，同时从万宝铃中取出了可用的防护法器。

顾京墨则是快速到了他的身边，看着天空中的雷劫问："我的，还是你的？"

"可能是我们的。"悬颂在回答的同时，将各个法器戴在了她的身上。

话音刚落，第一道雷劫已经到达。

顾京墨还想去承受，却看到悬颂挡在她的身前，抬起一只手来承了那道雷，接着将雷劫弱化后，丢到了她的身上。

雷劫是修者都要经历的事情，经历过雷劫淬体，身体的强韧度也会有所提升，才能更好地容纳更多的灵力。

这是极好的淬体机会，只不过，只有强大的人才会当它是淬体，更多的人则是保命还来不及。

悬颂帮她承担了雷劫大部分的伤害力，最后将可以淬体的雷劫还给顾京墨，减少她受伤的风险。

参与大战的两界修者，都看到了二人一同渡劫的一幕。

丁臾看着二人翻了一个巨大的白眼，对丁修道："小修儿跟我走，看到他们就觉得恶心。"

"好。"丁修的目光一直都在她的身上，大战之中也一直在保护她，听到她的命令，毫不犹豫地跟随她离开。

鲵面坨坨站在不远处问她："不打算跟魔尊好好地道个别吗？"

丁臾不悦地骂道："过不了几年我也飞升了，告什么别，当我飞不了是不是？"

鲵面坨坨想了想，也不阻拦了，拄着拐杖看着渡劫的二人，深深地吸了一下鼻子："老朽也想要甜甜的爱情！"

南知因站在雷劫伤害不到的位置，双手掐诀，为悬颂的防护阵法加持，增加阵法的防御能力。

正派修者缓过气后，齐齐相助。

云夙柠作为医修，一直在战场的最外围救治重伤的修者。

他远远地看着雷劫结束，悬颂和顾京墨双双飞升。

漫天祥霞铺向了极远处，像是要给飞升的二人铺一条飞升的路。

他看着成功渡过雷劫飞升的二人轻笑出声："黄桃，你最喜欢的魔尊，她身体好了，和她爱的人一起飞升了，你可以放心了。"

修真界各处，曾经被顾京墨救过、结契过的修者皆看到他们常伴身边的铃铛突然化为齑粉，消散于天地间。

结契因为她的飞升而结束，然而他们知道，顾京墨从未想要跟他们讨要任何回报。

还记得，那是一个落雨的天，他撑着伞从雨中走来，身后是松风水月，脚下是青石曲路。

仿若一场惊鸿梦，引来三千轻柔风。

星辰微摇颤，冰川缓消融。

他走进了她的心里，便再也没离开过。

番外
为伴

一

南知因一直觉得，她的师兄恐怕是个傻子。

后来，她发现她爱上了一个傻子。

南家被灭门那天她尚且懵懂，不过六岁而已。

但是她看得出，南家是因为她而被灭门的。

修真界有人来争夺她，很多人一起围攻南家，全家人努力保全她。可惜，终究是敌不过。

那个时候，她不知道炉鼎是什么意思，她也不知道纯阴体质意味着什么。

她只知道，她代表了不幸，会给全家人带来麻烦。

甚至是害死他们。

那一天，她被她的母亲护在怀里，她垂着眼眸，从下方的缝隙看到了父亲被人割掉了头颅。

接着，那人提着仍在淌血的剑朝她而来。

她的母亲不惜自爆修为，拼个鱼死网破，也不愿意她被抢走。

可母亲仍旧未能护住她。

好在……有一人来了。

他应该是被求助的传音符请来的，来时她已经被那坏人拎着走到了南家门外，她眼神呆滞地看着曾经和睦的南家遍地尸身、到处是血的情景。

她不哭，不闹，仿佛巨大的悲伤尚未入侵她的大脑，她还没有回过神来。

她听到了一个人清冷的声音，话语里带着不容拒绝的威严："把她放下。"

那坏人冷笑了一声，反讽："怎么，迦境天尊也想收一个炉鼎不成？早说啊，我让给你。"

"我让你把她放下，你的血会弄脏她。"来人似乎没有耐心，不等那人妥协，便在她的周身布下保护屏障，砍掉了那个人的手臂，迫使他放下她。

她的身体掉落在地面上，她明明没有受伤，却不知为何动弹不得，颓然地躺在地面上，抬眼去看那二人斗法。

无疑，灭了南家满门的修者不是迦境天尊的对手，很快便被斩杀。

迦境天尊并未第一时间来查看她的情况，而是快步进入了南家，似乎想要寻找活口。

最终，迦境天尊缓步走了出来，对她道歉："抱歉，我来晚了。"

她不回应，只是看着他。

迦境天尊从万宝铃内取出了一条抹额，让她牵着一端，他牵着另外一端："我带你去换身衣裳。"

一时间，他只能拿出这种东西来让她牵着。

她依旧是呆傻的，没有回应，好在她还算听话。

迦境天尊带着她到了一处坊市，二人全程都牵着那条抹额同行，迦境天尊对她没有过任何身体接触。

她被带到了一家衣铺，他对店家道："店里有女修者吗？"

店家看到是迦境天尊，自然万分客气，找来了自己的妻子。

他让女修者帮她洗了一个澡，最终拿来了一身男童的衣服。

穿戴整齐后，她走出房间，看到迦境天尊在院落外等候。

见她出来，迦境天尊给了她一本功法："在随我回缘烟阁前，先学会这门功法，可以隐藏你女子的气息，不会被人发现。"

她伸手接过典籍，看着封面发怔，似乎依旧没有明白过来。

迦境天尊又道："记住，从今往后，不可与任何男子有身体接触，就连对我也是一样。你不可以在修真界内寻找道侣，你的体质注定会被男修垂涎，你无法确保追求你的男修，究竟是因为爱你，还是想用你做炉鼎。装成男子，也能避免一些不必要的麻烦。"

迦境天尊再次提起抹额，她已经懂了，伸手拉住了抹额的一端，跟着迦境天尊去了洞府租用地。

迦境天尊租用了两个洞府，给了她结界石，道："去修炼吧，遇到不懂的来问我。"

这时，她才堪堪回神，对他点了点头，独自进入了洞府里。

洞府里空荡荡的，灵力倒算丰厚。

她的面前放着一本薄薄的典籍。

身边没有父母，没有其他人，只有她一个人。

她终于开始落泪，坐在洞府里放声大哭，眼泪止都止不住。

哭累了，就歇一会儿。

哭得口干舌燥了，就喝一口水。

之后的日子只有她自己了。

她捧起典籍看了起来。

她的父母用生命来保护她，她要好好地活着，才对得起他们。

迦境天尊带着她回了缘烟阁，对外说，她是他新收的小徒弟。

她见到了她的师兄，身量修长，面容清秀俊朗，眼睛很是澄澈。

师兄有一双桃花眼，看人的时候笑眼盈盈，眼眸中似乎有粼粼水光，水光中漂着瓣瓣桃花，不然怎会这般举止轻浮？

“我叫李辞云。”他对她道，“以后你就是我的师弟了。”

她只是看着他，并不想理会。

李辞云却不在意，而是看向迦境天尊。

迦境天尊似乎在单独给李辞云传音，二人皆没有出声。

她以为会在李辞云的目光里看到同情，然而没有，李辞云似乎早就料到了，笑着道：“师弟，我带你去寻一处风水宝地做洞府，你之后的千百年都要住在那里，可得慎重了，走。”

说着，就要拉她的手。

她当即躲开，冷冰冰地道：“不要和我有身体接触。”

“哦……”李辞云愣了一下，很快又笑着拽起了她的袖子一角。

她有些迟疑，不过这似乎没什么问题，她没有再挣扎。

途中，李辞云很是絮叨：“师父他老人家收徒很是挑剔，只收土系单灵根的，还只收没有世家背景的，因为他讨厌参与到家族的利益纠葛里。

“我一直以为我恐怕不会有其他师兄弟了，没想到你来了，我特别开心。

“你想想看啊，单灵根！在修真界已经凤毛麟角了，能生出单灵根的，大多是有些背景的世家，像我们这样无依无靠的单灵根上哪儿找去？

“还好，我等了二百年就等到了你。”

她终于发现了不对劲，抬头问他：“你也没有家了吗？”

“嗯，我原来是一个门派掌门的小儿子。不过，在一次历练后回家，发现我家没了，门中只剩下我和几名一起历练的师兄幸存于世。

“后来我们师兄弟几人加入了缘烟阁，我因为是土系单灵根被师父选中，做了他的弟子。幸好你也是土系单灵根，不然会被师父送给其他人做徒弟的。”

她很在意一件事情：“你报仇了吗？”

“这是自然，师父收徒第一件事就是斩断尘世毒根，也就是我们的仇恨，他会帮我们报仇，让我们没有顾虑，留在门中专心修行就可以了。”

“那你为什么都不哭？”

“为什么要哭？我想，我的家人也希望我能快快乐乐地活着。”

她愣怔了片刻，不再多言。

难怪李辞云不会同情她，原来他们有着类似的境遇。

这时，李辞云牵着她的袖子，带着她到了一处地界："师弟你看，这里有山有水，灵力充裕，往南走翻过一个山头便是师父的洞府，往北走不足二百里，就是我的洞府。"

此时的她还不懂风水，只是乖巧地听了。

李辞云很兴奋，带着她去执事堂取了旗子，在此地插下便算是选定了此处。

她也是在很久很久之后才意识到李辞云为什么要选这里。

这里距离李辞云的洞府不到二里，和他的洞府靠得近，他能经常过来。

她曾质问李辞云，李辞云回答得理直气壮："二里的距离，本来就是不足二百里啊！"

她此生第一次无法反驳。

南知因曾很多次，后悔拜迦境天尊为师。

她忍着眼泪，看着被戒尺打得通红的手掌心，头都不敢抬。

她不敢跟师父对视，总觉得被师父盯着她都会瑟瑟发抖。

明明是三界有名的天尊，偏偏严厉得可怕。

许多次梦见被恶人追杀，她都会面无惧色地提剑迎上去。偏偏最让她惧怕的梦，皆有师父，她每次都会被师父吓得在睡梦中哭出来。

尤其是有一次，在梦中听到师父用冰冷无温的语气问她："还没筑基吗？"

她被吓得坐起身来，快速整理好法衣，夜里去敲李辞云的洞府门。

李辞云很快打开门，歪着头看她。

她吞吞吐吐了半晌，问道："怎么才能快速筑基？"

李辞云双手环胸靠在门边，对她笑得灿烂，无边月色在他的脸颊上镀上了一层亮银，让他的眉眼更加柔和，眼中的桃花险些溢出来："进来。"

李辞云有很多乱七八糟的东西，摆满了整个洞府。

她站在门口迟疑了半晌，不知道哪里可以落脚。

李辞云却认真地指点她："在我的洞府里有一条定律。"

"师兄且说。"她也格外认真地回答。

"见缝就钻。"

"……"

最终还是等李辞云推走了乱七八糟的法器后，她才能走进去，拘束地站着，连能坐的地方都没有。

李辞云拿起了一件古怪的法器摆弄起来，同时对她道："你辟谷了吧？"

"嗯，拜师前就已经辟谷了。"

"师父厉害吧？升化神期时才三百多岁。他从来不睡觉的，用修炼代替睡眠。"

南知因不由得一怔："不睡觉？"

"嗯，我也不睡。"

"那你怎么还没化神？"

"啊……"李辞云有点尴尬，抬手挠了挠脸颊，"我六百岁的时候能化神就很不错了，寻常人都得八百岁呢，整个修真界能有几个师父这样的天才？"

何止没化神，还没元婴呢！

他总喜欢研究一些奇奇怪怪的功法和法器，前阵子还偷偷跑出去研究如何炼器，被迦境天尊在外界寻到，将他一路踢回了缘烟阁。

南知因还在纠结她的事情："我什么时候才能筑基啊……我现在看到师父的目光就害怕。"

"你才多大啊！"李辞云当即惊呼，"现在就筑基，你想一直保持小孩的模样？以后都找不到道侣！"

她当即否定："我不找道侣。"

李辞云对她找不找道侣的事情毫不在意。

现在她懂什么啊？

小孩一个！长大了就懂了。

于是他安慰道："你不用着急，最起码也得十七岁以后再筑基，不然你的样貌会停留在筑基的那一刻，我就是十八岁筑基的。"

"那师父问我怎么办？我压力好大啊……"

"我们两个人离门出走吧？"

"啊？！"这个回答完全出乎了她的意料。

李辞云当即起身，收拾洞府里乱七八糟的东西："带上些必需的东西，我们天亮之前就出发！"

"师父知道会打死我们的！"

"放心吧，我当年被师父罚得跑了七八次，我不是还活得好好的？"

南知因很是震惊，她无法想象如果做了招惹师父的事情，他们还能不能好端端地活着，于是问："那你是怎么回来的？师父没罚你吗？"

"被人揍了打不过，我就回来找师父，师父会先帮我收拾外敌，然后再收拾我。或者是我走得太久了，他没人可使唤了，就去外界找我。不过第二种情况很少，他一般很少想起他还有我这个徒弟来。"

"不可不可！我不敢。"

"这有什么不敢的啊！有我在呢！"李辞云拍了拍胸脯自信满满地道。

"可是……"

"哎呀，走吧！去散散心。"

南知因从未想过，她此生第一次叛逆是在此刻。

她跟着她的师兄离门出走了，三个月后便屁滚尿流地回来了。

她第一次看到师父气急败坏，却要帮他们解决事情的模样。

她又一次被吓哭了。

父亲、母亲，我大概要去陪你们了……

偏偏师兄还在她身边对那群人叫嚣："我师父来了，怕了吧！一群狗屎！"

二

南知因因为这一次离门出走，终于认定了，自己的师兄是个傻子。

后来她在想，她居然真的跟着师兄走了，她应该……也是个小傻子。

南知因跟着李辞云离开缘烟阁一段路程后，才发现李辞云本意并非带她出门历练，而是带着她一起去三场，买他需要的物件。

这让她意识到，李辞云本就想出门了，刚巧她送上门，他正好带上她这个垫背的。

最近李辞云在炼器，想要炼制一件拿得出手的法器，缺少一些材料。

又因为能采买的地方在三场，缘烟阁弟子每十年才来此处采买一次，他又有些着急，便自己来了。

其实在前几日，他跟迦境天尊提了一次，迦境天尊毫不留情地拒绝了，让他赶紧冲击元婴期。

他正发愁该怎么办呢，南知因来了。

于是，他灵机一动，带着南知因一起离门出走——去三场。

南知因坐在拍卖行散座区域，双手环胸，表情愤怒，闷闷不乐。

李辞云坐在她的身边，剥开瓜子，喂到她的嘴边。

"不吃……唔。"刚张嘴，瓜子就被塞进了嘴里。

她一边咀嚼一边怒视李辞云。

李辞云面前放着单子，还在认真看，同时说道："我需要的东西都很冷门，很少有人买，要是有人和我抢，估计得给高价，因为真的很罕见，想要的人绝对不想错过。"

"……"南知因继续生闷气，然后被李辞云塞进了第二颗瓜子仁。

李辞云又看了看她，问："师弟可在本家带出了什么家产？"

"你连我的东西都惦记上了？"

"这怎么能叫惦记呢？我们两个绝户在一起也是小富户嘛，不过我拿到的遗产都被我前面两百年挥霍得差不多了……"

“没有！”

“我肯定会还给你的，我回去就做门派任务，拿到奖励就给你。”

“没有！”

“你筑基前要去一处大阵，我陪你去。”

“没有！”

李辞云暗暗叹气，继续剥瓜子，然后喂给南知因。

南知因一直气鼓鼓的，默默地吃瓜子。

之前拒绝得毅然决然，然而真到了拍卖环节，南知因还是会暗暗替李辞云紧张。

每一次李辞云举牌，南知因都会提起一口气。直到李辞云真的拍下来了，南知因才会暗暗松口气。

李辞云是修仙者，修为比南知因高，自然听得到她的呼吸节奏，不由得扬起嘴角轻笑。

前面几样拍得还算顺利，到了穹利兽的指甲时，遇到了另外一个对手，李辞云跟他竞价几次，渐渐到了李辞云难以接受的程度。

南知因想了想，小声说：“师兄，我还有两万灵石，还有……”

接着，把自己的千宝铃给他看。

南家被灭门，敌人未离开便被迦境天尊杀死，于是南家所有的家产，以及凶手的储物法器都被迦境天尊整理好，给了南知因。

所以，南知因目前有些家底。

李辞云看了一眼她的千宝铃，斟酌了半晌便加了价。

渐渐地，竞价的两个人的出价速度都慢了些，显然价格都超过了他们的预算，他们在犹豫。

最终李辞云放弃了。

南知因不解，单独传音给他：“为什么放弃了？我们够出价的。”

“没必要了，再多我还不起了。”李辞云没有多言，起身带着南知因去领了自己拍卖到的东西后，接着一起离开拍卖行，去往穹利兽聚集的地方。

穹利兽，较为稀有的灵兽之一。

它最大的特点是难缠，要元婴期修者才能够降服。

但其可以带来的有利的东西，只对元婴期之前的修者有用，所以如果没有元婴期修者愿意狩猎穹利兽时，这种灵兽的材料便会空缺很久。

“我们能行吗？我修为太低，你修为也不高。”南知因到了林中已经有些忐忑了，警惕地到处看。

穹利兽绝非他们二人能够对付的，李辞云不过金丹后期修为，南知因则是炼气中期修为。

而穹利兽是玄级灵兽！

那是相当于元婴期的存在。

李辞云却势在必得，对她笑得狡黠："直接去交手，我们自然不是对手，我们就用点脑子，我不修炼时学会的本事要用到了。"

说着，李辞云开始布阵。

迦境天尊的阵法学识在修真界数一数二。

李辞云做了二百年他唯一的徒弟，自然也得到了不少指点。

别看李辞云平日里不靠谱，好在有些小聪明，在学旁门左道方面尤其优秀，别看迦境天尊从来不夸他甚至还总踹他几脚，但是对他这方面还是非常认可的。

南知因入门时间晚，尚且不懂布阵，便看着师兄布阵，似乎有点厉害？

李辞云布阵完毕后，在他们二人周身布置了很多结界禁制，以保证安全，接着启用了阵法。

接着两个人在小树丛里蹲守了十几日，等待穹利兽出洞来到阵法附近。

南知因对于用修炼代替睡眠还不太熟悉，第十三日后还是坚持不住了，在树林里打盹。

李辞云一边观察着阵法，一边帮她把周围的树杈掰断，接着从储物法器里取出了一个小木棍，托着她的头。

就算在这个时候，他也记得不能和师弟有身体接触。

在她睡熟后，李辞云才凑过去看，盯着她嘟囔："长得挺可爱的，别的不学，偏学师父的行事作风，我身边真的是聚了两个祖宗。"

他换了一只手举着木棍，继续抱怨："什么时候能给我找一个活泼可爱的师弟呢，至少能一起玩，不会还得等二百年吧？唉，就不指望师父给我找个师妹了，他老人家这辈子都注定和异性无缘。"

拖了可能三个时辰，他终于看见穹利兽出现了。

当即精神起来，暗暗布置，真的将穹利兽困住了。

南知因是被穹利兽的吼声惊醒的，睁眼后看到这一幕，当即问道："师兄，我能做点什么？"

"给我加油。"

"哦……那你……努力。"她不擅长这个。

"妥了！"

李辞云一直控制着穹利兽，知晓自己不是它的对手，便用阵法耗着穹利兽。

直到穹利兽精疲力竭，李辞云才与它动手。

南知因帮不上忙，只能在一边看着，全程提着一口气。

好几次看到李辞云被穹利兽攻击得倒地不起，她都已经准备冲过去拖拽他回结界内了。

结果李辞云依旧咬着牙爬了起来，提剑再战。

她第一次在师兄的眼中看到了坚毅的神情，不由得一阵佩服。

这个师兄看起来不靠谱，但是在战斗时非常厉害!

苦战了整整两日，穹利兽才被李辞云耗死。

李辞云越阶挑战了穹利兽，提着自己的佩剑，嘴角噙着笑，目光扫过穹利兽的尸身，身上虽有伤却依旧站得挺拔。

直到他的目光扫过自己，南知因才欢呼起来："成功了！"

李辞云回得有些虚弱："嗯，成功了。"

在李辞云打坐调息的时候，南知因用匕首粗略处理了穹利兽的尸身，装进储物法器中。

李辞云草草地调息完毕后道："我们走。"

南知因还在覆盖血迹，奇怪地问："不多留一会儿？你的伤口还没撒药呢。"

"一个穹利兽的指甲已经那般高价了，你可知整个尸身意味着什么？"

"什么？发财了？"

"我们会被盯上，走。"

他们二人果然被盯上了。

他们本来就是离门出走，这种情况下自然不会穿着门派服装。很容易被认定为是没有背景的小散修，所以这群追杀他们的人颇为明目张胆。

李辞云一边带着南知因火速逃离，一边暗暗给迦境天尊发送求救信号。

终于，在距离缘烟阁还有几座山的地带，迦境天尊来救他们了。

南知因劫后余生，还没来得及庆幸，便看到了师父愤怒的表情。

被追杀时她都没有被吓到，反而十分淡定，甚至还在帮忙出谋划策。

被师父瞪了一眼，她就被吓得流泪不止。

李辞云皮糙肉厚，早就不在意了，还在旁边跟着叫嚣："我师父来了，怕了吧！一群狗屎！"

没一会儿，那群臭狗屎便被他们的师父收拾得屁滚尿流，还传了门派令，让其掌门将他们这群杀人夺宝之辈逐出门派。

处理完了外人，迦境天尊终于扫了他们一眼，接着道："跟我回去。"

南知因赶紧抿嘴，哭都不敢哭出声，跟在两个人身后回了门派。

回到了迦境天尊的洞府，两个人站在院落里一起垂着头，背脊却挺直。

李辞云偷偷给南知因递了张纸，让她擦眼泪。

她却不敢接。

“按照我的经验，现在师父不愿意搭理我们的，你可以先调整情绪。”李辞云小声安慰她。

“我们会不会被杀了啊……”

“不会的，咱们师父心软。”

“我怎么没看出来。”

“时间久了你就能发现了，我们是他徒弟，是他最亲近的几个人了，他对我们自然会好些。”

南知因接过纸擦眼泪，只相信师父不想理他们，却不信师父心软。

一点都不软，看起来屠天灭地冷血无情的。

迦境天尊罚他们站了三个时辰才走出来，走到了他们两个人的身前。

他不说话，只是看着他们。

偏偏这样让两个徒弟更为心虚，没一会儿，南知因再次小心翼翼地抽泣起来。

不想哭，但是控制不住。

“师父……是我带他出去的，罚我一个吧！”李辞云首先开口。

迦境天尊不理他却问南知因：“他绑你出去的？”

南知因摇了摇头。

迦境天尊又问：“所以你是自愿的。”

“嗯……”

迦境天尊声音更低：“不错，仙法没学会多少，先学会这些东西了，要我夸你吗？”

南知因当即僵住。

整个人都被吓傻了，连认错道歉的话都不会说了。

“师父，师父，我是主谋！”李辞云赶紧提醒。

“闭嘴。”

“师父，师弟是担心我的安危，才陪我一起去的。”

“她陪你去能保护你？当我和你一样蠢？”

“……”李辞云抿着嘴唇思考了一下，然后嘟囔，“这绝对是我这些年里，编的最合理的借口了。”

“不是喜欢杀灵兽吗？去外山把牧兽清了，把正在练的心法抄写三千遍再来寻我。”

迦境天尊说完，转身离开。

李辞云不由得纳闷："这次骂得好轻啊……"

说着，看向被吓得呆呆傻傻、不住流泪的南知因，恍然大悟："哦，原来哭有用啊！早知道我前些年也哭，失策了。"

他抬手在南知因的眼前晃了晃："师弟，走，杀灵兽，这个没穹利兽难缠。"

"哦……"南知因松了一口气，她活下来了……

然而她依旧站着不动，许久才道："师兄，我腿软……"

"我拽着你走。"李辞云抬手拽着她的袖子，带着她离开。

迦境天尊站着洞府门口，便看到自己的大徒弟，拽着不到他肩膀高的小徒弟离开，而小徒弟还在一个劲地擦眼泪，哭哭啼啼的。

原本还很气，此刻却只能叹气。

罢了，让这两个小傻子一起玩去吧。

二人罚写时，只有南知因在认真抄写。

李辞云又开始折腾着炼器了，南知因懒得管他。

到深夜里，李辞云小心翼翼地来了她的洞府，敲响洞府门。

她只开了一个门缝，问："干什么？"

李辞云给了她一件法器："喏，这个是防护法器，我们师徒门下没人能陪你去大阵历练，很多时候要靠你自己，有了这个，你能保护自己。"

她伸手拿过来，疑惑地问："你这次出去收集材料，是帮我炼法器？"

"对啊！你进门太匆忙了，我都没有准备。才做好，这个合适你用，我是过来人，知道这些，你肯定用得上。"

她拿着法器迟疑了许久，才道："谢谢师兄。"

"嘿嘿……帮我抄写吧。"

"不要。"

"我是为了你才带你出走的！"

"不要。"

"是不是兄弟了？！"

南知因没回答，直截了当地关上了洞府的门。

若是被师父发现两人笔迹一样，他们又得被骂，她才不要。

李辞云在她的洞府门前又死缠烂打了一会儿，见她真的不想帮忙，叹了一口气，转身离开了。

她回到桌前坐下，把法器放在了桌面上，重新拿起了毛笔，累了便抬头看一看那个法器。

抄写似乎没有之前那么枯燥了。

三

南知因拜入迦境天尊门下的初期，迦境天尊并没有后来那般德高望重。

那时，门中尚有两位化神后期即将飞升的天尊坐镇缘烟阁，迦境天尊还算不上最为年长的。

且这二人门下弟子众多，很多都是大家族子弟，每次出行都声势浩大，倒是显得迦境天尊门下人丁单薄了。

李辞云也并非多争气的弟子。

门内总说，迦境天尊千挑万选最后选中了一个李辞云，可惜也没教出个名堂来，二百余岁还没能跃升至元婴期，简直让人匪夷所思，滑天下之大稽。

南知因也曾一度怀疑，迦境天尊总是催着她尽快筑基，是希望她能够争气，光耀他们这一脉。

直到她去跟迦境天尊交罚写的心法时，才得到了答案。

她一个人捧着罚写的心法，到了迦境天尊的洞府，小心翼翼地候着。

无须通禀，她只要踏进一定范围内，迦境天尊就能够感知她的到来。

等了许久，迦境天尊才传音给她："进来。"

进入了迦境天尊的洞府，她依旧未能见到迦境天尊本人，只能将心法放在石桌上。

刚刚放稳，罚写的纸便翻飞出去，如漫天缓飘的雪花，抑或飘落的花瓣，一瞬间，便检查完毕。

见她抄写态度极好，就算到了后期，字迹也没有怠慢，迦境天尊的态度才缓和了些许。

"你今年已经十六岁了。"迦境天尊声音低沉地道。

"是。"

"我希望你能在今年筑基。"

南知因呼吸一紧，当即回应："弟子会努力的。"

"你十六岁尚且可以说你少年模样，但若是再长几年，你的女子的体态终归说不通。在这一点，你和李辞云不一样，你莫要因为我不催他，只催你而觉得不公。筑基后，修炼进度如何随你。"

这时南知因才恍然大悟，赶紧点头。

离开了迦境天尊的洞府，她很快就看到了鬼鬼祟祟等候的李辞云。

见她出来，他赶紧过去问："师父骂你了吗？"

“没怎么骂。”

“那我没写会不会也不训斥我？”

“要不你试试看？”

李辞云思考了一会儿，没敢。

于是，只能哀怨地跟着南知因往回走。

南知因想起了什么似的问：“师父平日里不催你修为的吗？”

“啊……不太催，除非是我太离谱了。”

“怎么个离谱法？”

“就像最近，跃升元婴只差临门一脚了，却跑去炼器了。”

“为何？”南知因疑惑地问，她有些不理解李辞云的行为。

“平时尚好，但每次跃升时经历心魔，我总会看到我的门派遍地鲜血的样子，一次次重复去看我的妹妹被四分五裂的模样，明明我离开门派时，她还缠着我要漂亮的石头。”

就算表现得如何坚强，平日里如何乐观，也不愿意一次次经历那种场景。

李辞云并非表面那般没心没肺。

南知因竟也跟着难过起来：“所以……你在回避吗？”

“会好的。”李辞云对她笑了笑，“我们都会好的，再给我点时间，我做好心理准备就可以了。”

在筑基前，南知因要去大阵历练一次，这是缘烟阁一直都有的惯例。

能去大阵的，都是同等修为的弟子。

因为迦境天尊这一脉，她这个修为的弟子只有她一个，所以她只能只身前往。

偏这一次历练要评比，按照弟子狩猎的成果排序。

南知因要一个人独当一面，能否给这一脉争光，就看她了。

真的到了大阵里，南知因才意识到她的家底在那些大家族看来，真的不算什么。

她进去后不久，便踏进了由极品法器布置的大阵内。

大阵不能识别她是敌是友，对她展开了无差别的攻击。

她奋力挣扎许久才堪堪脱离险境。

李辞云早早便乔装完毕，躲在树丛里盯着她这边看，看到她涉险，险些直接冲出来。

看到她脱险了，他才松了一口气。

唯一的师弟第一次历练，他终究不放心，便偷偷跟来了。

平日里学的杂七杂八此刻派上了用场，比如他的易容术就是数一数二的，隐藏修为连带队前辈都没能发现。

在南知因努力自救时无人出面，在她脱险后，反而有人大笑着走出来：“哈哈哈，南师弟，你倒是足够灵敏，躲避攻击时动如脱兔！”

另外一人则是在其身后，语气极为厌恶：“真晦气，刚刚布置完，猎物还没猎杀到，你倒是闯进去了，浪费了好几次攻击，你不长眼的吗？眼睛是瞎的吗？！”

首先说话的弟子仿佛很通情达理似的：“哎，师弟别这般苛刻，南师弟哪里见识过这般好的法器，自然无法察觉，莫要怪他。”

“小门小户的，也能成为亲传，命好有一个单灵根而已。可惜了，迦境天尊不会教徒弟，估计你以后会跟李师兄一样成为废物。”

南知因往后退了几步，到了安全的位置站稳，抬手整理自己的衣衫，背脊挺直，带着自己的傲然骨气。

这浩荡修真界，她惧怕的只有她的师父。

她看向他们二人，勾起唇角冷笑出声，嘲讽道：“我倒是第一次见到有双灵根说单灵根是废物的。哦，我懂了，是不是否定了单灵根的能力，就能让你们得到内心的满足？承认别人的资质很好，很难吗？”

一直语气刻薄的弟子听到她的讽刺，当即怒吼出声：“呵——单灵根又如何，你看看李辞云！”

李辞云蹲在树丛里撇嘴，老提我干什么啊？

少说两句吧，千万别让他被师弟嫌弃了。

这时，南知因开口：“我的师兄就算尚未元婴，他也是过了金丹期，被赐予过道号，你应该尊称一句师叔才对。

“不过啊，你们喜欢以同是亲传弟子的辈分称呼他师兄，倒是无所谓，谁让我的师父只收资质好的弟子呢，收徒太少，不像其他天尊座下那般热闹。毕竟我们一脉只能通过资质来收徒，不像你们，可以依靠家族背景拜师。”

“你！”那人气得鼻孔都在外翻，努力喘着，导致鼻孔一开一合。

南知因却笑着道：“这里被法器占了，我便离开吧，毕竟你们也只能靠法器来猎杀了，我得让一让你们这些废物。”

李辞云看着南知因傲然离开，不由得偷笑。

看来小师弟也不是好欺负的性子。

这时，另一人安慰气愤的师兄：“别气，我看他就是下一个李辞云而已，再好的徒弟遇到迦境天尊那个性子的师父，也教不好。”

“我倒要看看，他能笑到何时。”

这算不算诋毁他的师父了?

李辞云叹气，丢出了一个石子，极品法器一瞬间全部报废。

那两名弟子震惊不已，甚至不知道究竟是什么东西触碰了阵眼。

南知因比李辞云想象中更努力。

她日夜不休，寻找了一处最危险的地方，用自己的物品布置了粗浅的阵法，接着一个人苦苦支撑。

她手中一直握着剑，甚至用了引诱的法子，引来了众多灵兽围攻她。

几次情况艰险，她都堪堪撑了下来。

她不能输!

就算是一个人，也不能输。

没有家族背景，没有师兄妹协助作战，她一个人也可以!

将最后一只灵兽的尸身放进储存法器内，她终于跌坐在地，抬手看着掌心，握剑的虎口位置已经裂开，正在流血。

她从千宝铃内取出了一盒药膏，这是迦境天尊在她临行前给她的极品药膏，涂上之后，伤口便愈合了大半。

她不舍得多用，不是很严重的伤，都不舍得去涂。

在她还未能离开前，又一群灵兽围住了她。

她当即握住佩剑，站起身来警惕地看向周围。

李辞云知道她已经支撑不住了，从林中走出来，却被她呵斥："你回去!"

李辞云的脚步一顿。

"我不想作弊，我想堂堂正正地赢，不用你帮我，回去!"南知因朗声道，语气坚决。

李辞云这才意识到，南知因早就知晓他在旁边了，只是不想依靠他而已。

他迟疑了片刻，还是退了回去。

这无疑是一场苦战。

她一个人持剑，浑身浴血，却不肯倒下，也不肯让他帮忙。

击杀了最后一只灵兽后，南知因收了尸身，扶着墙壁离开这处地点，免得再碰到一波攻击。

在此之后，她休息了一整天，简单地处理了伤，便再次启程。

历练结束后，清数战果时，南知因猎杀的数量遥遥领先，甚至超过了那两位天尊徒弟队伍猎杀的总和。

讽刺的是，南知因只有一个人，还没有那么多极品法器。

谁才是废物，这不是很明显吗？

领取了门派奖励后，南知因终于愿意让李辞云靠近她了。

她坐在了李辞云的飞行法器上，任由风扬起她的头发，低声问："师兄，你参加历练的那年，是第几？"

"我啊……也是第一。"

"啊？"

"嘿嘿。"李辞云笑着道，"咱们师父挑徒弟的眼光还是可以的。"

南知因知道李辞云是在自夸，但是，这也是对她的认可。

她跟着傻笑起来道："这是自然！"

那天夜里，李辞云突然端了一盘烤鱼给她："来，师弟，我们吃点好吃的庆祝一下。"

李辞云的歪门邪道多，烤鱼也是一绝，香气弥漫，引得南知因不受控制地吞咽唾沫。

南知因凑过去看："这是什么鱼啊，形状看起来没见过。"

"我去门派湖里捞的，平日里昊卿天尊护得厉害，一准是宝贝，我们把它吃了。"

"不会有问题吧？"

"没事的！没人知道是我捞的，堪称神不知鬼不觉！"

师兄弟二人聚在洞府里，兴高采烈地吃完了两条烤鱼。

昊卿天尊也真的没能发现是李辞云捞的鱼。

不过后来还是被发现了。

因为……他们两个人一起食物中毒了。

吃了烤鱼后，两个人都出现了不同程度的幻觉。

脚下是软绵绵的雾与云，云雾起起伏伏，如浪如涛。

李辞云看到好多法器在他的周围飞。

南知因看到师父对着她微笑，夸她是好徒弟，非常棒。

迦境天尊站在洞府门前，看到李辞云兴奋地扑过去，南知因凑过来拽他的衣袖："师父，你笑起来好好看啊，你不骂人真好……"

"……"迦境天尊薄唇紧抿，双拳紧握，极力忍耐。

自己收的徒弟。

自己忍着。

附近的医修被紧急请来了缘烟阁，他们诊断后对迦境天尊道："他们只是吃了不该吃的东西，吃些药散一散幻觉就可以了。"

"要散多久？"迦境天尊忍无可忍，把到处乱扑的李辞云按在了墙壁上。

没当着外人面揍他，是迦境天尊最大的宽容。

“这……”医修有些为难，最后道，“这鱼是极品，是帮助幻术形成的最佳伴侣，怕是需要个一年半载才能让幻觉散掉。”

“对他们的身体可有影响？”

“只是出现轻微幻觉，其他无碍。”医修说完，又补充，“怕是短时间内不能渡劫，会导致他们渡过心魔的时候思维混乱，走火入魔。”

听到这里，迦境天尊额头青筋绽起。

后来……

迦境天尊赔了昊卿天尊一件极品法器才算了结此事。

这师兄弟二人因为无法渡劫，只能将提升修为的事情延后。

两年后，他们二人一前一后渡劫。

李辞云成功跃升至元婴期，南知因成功跃升至筑基期。

只是……

李辞云看着十八岁模样的南知因，好几次非常纳闷：“师弟，你怎么……不太一样？”

“……”南知因提剑便朝李辞云攻击过去。

四

暗恋的滋味，就像向往一颗糖。

那颗糖她能看得到，甚至能够幻想到这颗糖究竟有多甜，自己尝到的时候会有多喜欢。

然而，她吃不到。

南知因知道，她对李辞云的那种情愫，可能就是人们传说中的爱慕。

她不受控制地产生了这种情愫。

还任由它生根发芽了，导致到后来……它不受控制地肆意蔓延。

她也知道，她的体质特殊，她注定无法得到爱情。

她的师父收她入门的唯一的规矩，就是不准她对男人动心，她此生都不可以有道侣。

而且，在李辞云看来，她是自己的师弟，是兄弟。

他们注定没有可能。

所以，她将这种情愫埋得很深很深，表现得很淡很淡，甚至渐渐对李辞云疏远起来。

她天真地想，是不是不再靠近他了，那种感情就会渐渐淡化掉？

她总是会做深呼吸，然后在心里骂自己。

天天说他是傻子，却喜欢这个傻子，自己才是个傻子吧？

南知因在成功跃升至金丹期后，有了自己的道号：花间。

得到这个道号时，她有些惊讶。

李辞云的道号是晚照，晚照与花间都是草药的名字。他们两个人的道号，合并在一起像是情侣的名字。

被赐道号后，迦境天尊看着她呆愣的表情，问道：“不喜？”

“不是……”南知因赶紧回答，“没想到我入门晚，道号倒是要在师兄前面提起。”

“给他起道号时，只想他能如这味草药一般安稳，没想到……”本人却是个皮猴。

赐道号大典后，南知因刚刚走出大殿，李辞云便凑过来看：“师父赐给你什么礼物了？”

赐道号大典期间，师父和掌门都会送给弟子们一些法器。

李辞云向来对这些法器感兴趣，自然好奇。

“师父赐的是武器，掌门赐的是护身法衣。”她低声回答，朝着他们山脉的传送阵走去。

“掌门的护身法衣像是批量制作的，我当年也是这个。”

“也算是一碗水端平吧，别人挑不出什么。”她冷淡地回答完，转身便到了传送阵前，打算立即离开。

李辞云自然想与她同行，可惜却在这时被一名师妹叫住了：“李师兄！你来帮我看看师父送我的法器，我看着新鲜，不太会用。”

李辞云被叫住，迟疑了一会儿，目光不自觉地朝着她手中的法器看过去。

法器对他的吸引力……

实在是太大了。

李辞云在看法器，小师妹却在看着他。

他平日里虽然没有什么正经的样子，但是到底是迦境天尊的首席大弟子，还是单灵根这般好的资质，如今也有元婴期修为。

再加上李辞云的相貌着实出挑，站在人群之中也格外显眼，自然受诸多女弟子喜欢。

一些主动些的女弟子，便喜欢找机会跟李辞云聊上几句。

门中皆知李辞云喜欢法器，这位小师妹也算是投其所好了。

南知因回头看了一眼，这位小师妹本就容貌艳丽，傅粉施朱后，更是精致柔美，此刻还是娇羞姿态，南知因看了都忍不住心中喜欢。

这才是女孩子该有的样子。

她甚至有几分羡慕。

如果……

她也能这样，是不是也不会像如今这般纠结？

“那我先……”南知因想要独自进入传送阵，结果尚未转身，便感觉到自己的袖子被李辞云拽住了。

她诧异回身，看着李辞云一直拽着她的袖子不松手，另外一只手拿过小师妹的法器看了看，询问：“渡入灵力认主了吗？”

小师妹看了看两个人的状态，并未多想，立即回答：“认了。”

“哦，我看看啊，这个法器并不算复杂，你看此处……”李辞云说着，真的对小师妹讲解起如何使用了。

南知因再次想走，可惜李辞云一直拽着她的袖子不松手，她只能耐着性子站于一侧等待。

谁知李辞云在此刻拽了拽她的袖口，道：“师弟，你也看着点，这个法器确实有些复杂，看到这个小孔没有？这里可以发射暗器。”

李辞云把法器举在了她的面前。

小师妹原本还听得认真，谁知李辞云讲着讲着，便去跟南知因讲解了，她需要探身才能看到李辞云讲解的地方。

南知因注意到了小师妹的状态，不由得有些尴尬，小声道：“你松开。”

李辞云毫不在意：“松开你就走了。”

李辞云又讲解了几句，便将法器还给了小师妹：“懂了吧？”

看着李辞云灿烂的笑脸，小师妹只能硬着头皮回答：“嗯，谢谢师兄。”

若是说没懂，怕是会觉得她很笨吧？

讲解完毕，李辞云拽着南知因的袖子，跟着她一同进入了传送阵，同时道：“师父给你的法器给我看看，我帮你分析分析。”

“不用。”南知因想也不想地拒绝了。

李辞云不肯放弃，继续追着她要：“哎呀，我看看，我自己也好奇。”

“说了不用。”

“我想看嘛！”

“……”最终她还是取了出来，“喏，并不复杂。”

“师父好舍得啊，这个都给你了，我教你怎么用才能……”

小师妹看着二人进入传送阵消失，久久未能回神。

南知因捧着迦境天尊要的典卷，到了迦境天尊的院落。

她尚未靠近，便听到了院落里的说话声，当即停在了原处。

掌门对迦境天尊说话万分客气：“李辞云和那个小丫头也不错，人长得漂亮，灵根也相配。”

想来，这个小师妹对李辞云还是很喜欢的，竟然委托了掌门前来说媒。

到底是大家族的后人，很受宠爱。

迦境天尊却拒绝得干脆：“不般配。”

“怎么？是嫌小丫头的修为刚刚金丹期？”

迦境天尊回答得干净利落：“不，是李辞云不配。”

李辞云不配。

迦境天尊发自肺腑地这般觉得。

掌门依旧不死心：“这次历练，让李辞云带队前去，二人说不定会培养些感情，到时候再看看合不合适，如何？”

迦境天尊却不同意：“不过是小姑娘的暗恋，为什么要将历练一行人的生死安危搭进去？”

“这……李辞云这般不靠谱？”

“他命硬，他师弟也命硬，但是别人不一定。”

南知因第一次知晓，在师父的概念里，她和李辞云都是命硬之人！

是因为他们皆是遗孤吗？

“这怎么说？”掌门又问。

“李辞云那么愚笨还能活到今日，便是命硬。南知因被他带大，还能好端端活着，也是命硬。”

“……”掌门竟然没了言语。

不远处的南知因也是如此反应。

哦……原来是这种命硬。

最终，李辞云还是带队领着弟子去历练了。

为了稳妥，缘烟阁还另派了两位元婴期师兄同行。

李辞云一万个不愿意：“这种事情怎么能安排到我头上来？”

抱怨完，扭头看向南知因：“师弟，你赶紧提升修为吧，不然师父门下就我一个可差遣的，我都要累死了。”

“以后，我会努力替师兄分忧。”

行进途中，他们遇到了沙尘大阵。

南知因虽修为仅有金丹期，但是学识渊博，得了迦境天尊的真传，便站出来帮忙分析路线。

与她一同分析的，是另外一名元婴期弟子。

起初，李辞云只负责保护众人安危，远远地看着。

见南知因与那位师兄出去实地辨别路线，两个人互相搀扶越靠越近，一向笑眯眯的脸上突然多了一丝严肃。

在南知因即将被飓风卷得后仰之时，她撞进了一个人的怀里。

那人比她高出许多，接住她时格外安稳。

是李辞云。

“有危险。”李辞云说完，便在她身边布下结界，拔剑而出。

果然，沙丘之中出现了魔门修者，对他们进行偷袭。

那一战，李辞云受了很重的伤，在身体难以承受之际，南知因破开了结界冲过去，扶住了李辞云，抬手帮他擦掉脸颊上的血迹。

手指抹过脸颊，触感冰凉。

李辞云竟然还在笑：“这还是你第一次触碰我，你手好凉啊……”

“我渡灵力给你疗伤……”南知因握住了他的手腕，往他的身体里注入灵力。

李辞云依旧是那副懒洋洋、万事不在意的模样，看着她嘟囔：“师弟，你……是什么时候长大的？以前你遇到这种情况，定然哭。”

“一直没长大的人只有你。”

李辞云惨兮兮地笑，低头看着自己被握住的手腕，疑惑：“为何不能碰你呢？除了皮肤凉些……没什么了……你碰到我之后皮肤也没溃烂……”

“闭嘴。”

“你看看别人家的师弟，都没你这么凶。”

“你看看别人家的师兄，都没你这么烦！”

历练因为魔门修者偷袭，陷入了僵局，怕是不能进行了。

再加上李辞云身受重伤，他们只能退到了安全的地方，等待支援。

掌门想要撮合的小师妹，似乎想要照顾李辞云，然而刚刚靠近便听到李辞云唉声叹气：“你看别人家的师弟师妹，多贴心。”

“你没有贴心的，去死吧！”南知因干脆吼道。

“想我死还冲过来扶我？”

“怕你死在我面前，我没管，师父怪罪于我而已。”

小师妹安静地坐下，想要帮李辞云涂药。

李辞云赶紧挡住：“别，就这么几处伤口，你涂完了，我师弟就不会再管我了。”

“那……我需要做点什么吗？”

“装成很忙的样子，仿佛没空理我，我师弟就来了。”

小师妹很是无措，却也听了。

她刚走没一会儿，南知因便一边嫌弃李辞云，一边帮李辞云涂药了。

小师妹站在一旁，看了他们许久，终究叹息了一声。

这次历练结束后，小师妹便封了心，不再提李辞云了，一心问道，修为提升极快，仿佛这一生都无情无爱。

五

仙门历练，乃是诸多修者的必经之路。

陵阙阵便是初到金丹期的修者必去之处。

木彦和明以慢在一年前先后成功跃升至金丹期，刚巧赶上了这次历练的机会。

然而让他们没想到的是，他们居然要和顾京墨一同入阵历练。

在他们的记忆里，顾京墨四年前才散了修为，是从炼气期重新修炼起来的。

他们认识顾京墨时已经是筑基期修为，现在好不容易跃升至金丹期了，顾京墨竟然也同时在金丹期了。

这显得他们修炼速度……真的很慢。

参与这次历练，顾京墨需要保密。

一方面，不能对外公开顾京墨重新修炼的事情，免得引来顾京墨的旧敌，或者是想要篡夺她魔尊之位的有心人。

另一方面，她虽是迦境天尊的道侣，却也是魔门修者，进入这处大阵名不正言不顺。

这处大阵内有一处云雾池，进入池中修炼一阵子，可以排浊净化，对顾京墨的修炼尤其有帮助，特别适合她。

于是悬颂给顾京墨用了易容的法术，她再次穿上了缘烟阁烟青色的门派服装，由明以慢和木彦带着顾京墨入阵。

这二人再次接了迦境天尊的秘密任务：帮顾京墨隐藏身份。

二人感觉压力很大。

顾京墨哪里是他们管得住的人？

整个缘烟阁的弟子都羡慕他们三人能得到迦境天尊的特别关注，只有他们三个人知晓，这有多么难熬。

陵阙阵阵外，各大门派集合。

大阵每十年才开启一次，每一次各大门派都会选出一批修为合适的修者进阵。

许多小门派早已聚集在阵外，看着天域阁浩浩荡荡地御剑而来。

为首的是一架巨大的飞行法器，上面坐着天域阁的两位化神期天尊以及五名元婴期仙尊，法器后跟着御剑而来的金丹期弟子。

弟子们个个器宇轩昂，远远看去，仿佛一座长桥移动而来。

其他门派弟子不由得感叹："天域阁果然不同凡响……"

"到底是大门派！还来了天尊坐镇，这次历练会非常安全。"

天域阁修者才落地迎接了其他修者羡慕的目光，还未能来得及得意，便又来了一支队伍。

远远地，便听到了清脆的铃响。

这支队伍来时的阵仗着实有些浩大。

只见那寻常修者需要御剑一阵子才能翻越过的山峰突然出现了豁口，接着在山岳中心凭空打开了一扇门般，出现了裂缝，一队修者从山体中间穿过。

一抹光从山间乍现，利箭般四射开，让修者们身后光亮无比，仿佛一行人有光相送。

空中楼阁如云中舟，被云霞托着，在空中破浪而来。

待他们通过后，山体再次合拢恢复如初，仿佛之前什么都没有发生过。

能有这般能力的，整个修真界又有几个人？

那空中楼阁般的法器尚且没有落地，大阵外的修者便已经齐齐行礼了。

就连天域阁的两位天尊都极为客气。

"见过迦境天尊。"

法器里的迦境天尊并未立即回应，楼阁落地后，走出了几名弟子，规矩地站于一侧。

这时，迦境天尊才缓步从中走出来，轻声道："这次历练由我来守。"

弟子们历练，各大门派都会派出高阶修者来坐镇，以便在大阵内出现问题时及时接应。

这次不过是寻常的历练，竟然由迦境天尊亲自来守，不由得让众人震惊。

不过，迦境天尊已经来了，他们自然不敢质疑，就连天域阁的天尊都要对他客客气气的，请他到一旁落座。

顾京墨看着悬颂跟着他们离开，忍不住撇嘴，随即听到了明以慢对她单独传音："魔尊，不要露出这种表情，我们门派的弟子都不会有这种表情。"

顾京墨忍不住抱怨："他说要隐秘，还让我装扮成这样，结果自己却亲自来了，谁能不多想？"

明以慢却不甚在意："魔尊，您放心吧，也就您这种聪明的会想得多一些，其他人不会想这么多。

“而且，之前便频频传出迦境天尊……寿元已尽，又身受重伤，怕是命不久矣的传言，如此一来大家也只会觉得他老人家是来证明自己身体状态不错的。”

顾京墨双手环胸，四下看去：“正派修者竟蠢钝如此？”

“也不能这么说。”明以慢回头看了看，指了一个方向，道，“我们缘烟阁的还算聪明一些，万剑阁的剑修才是真的笨，都是剑痴。其次就是修无情道的，您跟他们说话都会觉得头顶冒青烟，个个情商极低。”

木彦则是在看一边的大榜，又看了看队伍，小声道：“这次天域阁来了四十多人，显然是奔着榜一来的。”

顾京墨没参与过正派的历练，问道：“榜一有什么奖励？”

“奖励肯定入不了您的眼，都是些法器、丹药，主要是门派荣誉。每次历练，都为了激励弟子努力，而设置一些奖励，凭成绩获取。时间久了，就成了各大门派的竞争了，历练是一次大比，过些日子的考学也是一次大比。”

“也就你们正派能搞这个……”顾京墨扬眉，“若是我们魔门这般比，到最后说不定会互相残杀。在我们的理念里不是你死就是我亡，我们可受不得输给别人，尤其是我们看不上的人，绝对不能让他威风，豁出性命也要赢。”

木彦轻咳了一声，道：“您说话小心些，莫要……”

顾京墨扬了扬下巴示意：“没看到我们三个人身边的结界吗？你们老祖布置的。”

木彦这才意识到，他完全不知这结界是何时布下的。

他抬眼看了看，放下心来。

先不说这次历练能不能赢，他只能确定一点，只要他和明以慢不离开顾京墨的所在范围，他们就是被老祖密切关注着，并且保护着的。

别说阵中妖兽了，就算花花草草都休想刮到顾京墨一分一毫！

这时，天域阁有几名女修者走过来跟他们打招呼：“木彦、慢慢！这位是……看着眼生？”

木彦看到她们赶紧回答：“哦，她是我们的小师妹，第一次出来历练。”

这是早就编好的答案。

几名女修看着他很是疑惑：“为什么听不到你的声音？”

木彦一怔。

顾京墨抬头看了看，道：“好了，你说吧。”

木彦再次尝试，这次终于能和她们正常沟通了。

看来是老祖悄然收了结界。

顾京墨双手环胸看着木彦和几个女孩子说话的样子，扬起嘴角笑了起来，单独传音给明以慢："那个圆脸的，看木彦时的眼神不太一样。"

明以慢也跟着看过去，什么也没看出来，不解地回答："哪里不一样了？"

"她不敢跟木彦对视，而且你看她的朋友，似乎都在暗暗打量她，又看看木彦，显然是陪着她过来打招呼的。"

明以慢跟着双手环胸，认真地看着她们。

可惜，认真看了许久也没能看出什么来，但既然是魔尊说的，那应该就是了？

木彦居然也有女孩子喜欢？

顾京墨不由得暗暗叹息，明以慢真的是和一群傻头傻脑的师兄弟在一起执行任务久了，连女儿家的心思都没有了。

也不知是好是坏。

顾京墨当即问道："一会儿入阵了不如一起同行吧？"

几个女孩子一阵惊慌，却很快问道："真的可以吗？"

天域阁和缘烟阁在阵内时还是竞争关系，若是同行，怕是会有些尴尬。

"这有什么？"顾京墨笑着回答。

木彦却很奇怪，单独传音给顾京墨："魔尊！您不要看到漂亮的小姑娘就特殊照顾，万一暴露身份了怎么办？"

"哟，你觉得她们漂亮啊？那个小圆脸你觉得怎么样？"

"别啊！魔尊，我们认识多年了，她调戏不得！"

"青梅竹马？我不调戏，她明显心悦于你，你觉得可以的话，就在阵里好好相处，相处得好了，回去我帮你做媒。"

"做、做媒？！"木彦愣愣的，整个人都傻了，"什么啊……您别逗我……这、这……我没想过……"

这边木彦还在惊慌，就看到又有人走了过来，是之前明以慢指过的万剑阁修者。

"明师妹、木师弟，一会儿入阵我们可以同行，还能照顾一二。"为首的男子说完，目光故作不经意地扫过明以慢，又很快收回，耳尖和脸颊却不受控制地红了。

轻飘飘的一眼，却好似秋风，仿佛只是轻柔地掠过，却让枫叶红灿灿霸占了整个山头。

俨然是个愣头青，不懂得隐藏情绪。

顾京墨原本还含着笑，此刻突然蹙眉，上下打量这名修者，接着撇嘴。

他身量很高，身材也因为常年练剑而健硕，手长脚长，皮肤是小麦色的，并非多精致的男子，好在眉眼尽显少年英气，很有气概。

明以慢赶紧跟她使眼色，让她收敛表情，却听到顾京墨极为不悦地对她单独传音："让他滚！"

“哦，好的。”明以慢传音回答，似乎并不需要犹豫。

“抱歉，我们不想同行。”明以慢回答得坚决。

男剑修愣在当场，眼眸里难掩失落，干涩地点头，竟然没了言语，不知该说什么了。

他明明是听到同行邀请才来的，怎么现在又不愿意同行了？

这时，顾京墨听到悬颂道侣传音：“瞧上木彦的你就愿意一起同行，瞧上明以慢的怎么就不行？”

“癞蛤蟆想吃天鹅肉！”顾京墨道侣传音回答，语气还带着浓郁的嫌弃味道，“我终于理解你看到李辞云和南知因在一起后的心情了。”

悬颂又道：“我探查了，那小子资质不错。”

顾京墨依旧嫌弃得不行：“我呸！眼神那么呆，看着就不聪明。”

“看到喜欢的女孩子紧张才会如此，我见过他之前在考学时的斗法，能力的确很强，几百年后定然能顺利化神。”

“我怎么从来没在你的脸上看过这么呆的表情？”

“你问住我了。”悬颂还真的沉吟起来，接着道，“可能是因为你从一开始就喜欢我，我有恃无恐。”

“……”顾京墨侧头朝着悬颂那边看过去，就算看过千万次，还是能够一眼心动，“便宜你了。”

青山万里，云蒸霞蔚，风是温的，光是柔的，何其风雅。

二人对视着，眸中波澜微漾，逐渐停了涟漪静如良玉。

只有在看向她时，他的眸中才会出现一抹化不开的柔色。

“那就一起走吧。”悬颂再次开口，“看清秉性才能确定是否合适，只因为眼神便否认了一个人，他也无辜。”

“啧……”顾京墨又看了那名剑修弟子一眼，勉为其难地答应了，开口道，“还是一起走吧。”

剑修弟子并未惊喜，而是看向了明以慢。

明以慢不解顾京墨为何此刻突然同意了。

不过，既然魔尊开口了，自己也没有意见。

见明以慢点头，剑修弟子才略带傻气地笑了起来。

顾京墨依旧不高兴，道侣传音道：“明家的小美人，那是整个修真界闻名的！若是便宜了这个呆头鹅，我要是明以慢她爹能捶胸顿足。”

悬颂无奈叹息：“你此刻已经像她爹了。”

六

顾京墨所在的队伍非常引人注目，主要是因为这个队伍的成员非常复杂。

缘烟阁的有顾京墨以及木彦、明以慢，一共三人。

外加天域阁三名女弟子，万剑阁两名男弟子，一行八人。

修真界修者众多，并非所有修者都会被众人所熟知，遇到眼生的也不奇怪，几人都没有怀疑。

也不知悬颂是不是出于私心，给顾京墨的易容皮相非常平庸。

此刻的顾京墨相貌平平无奇，偏气势极强，依旧让人不敢小觑。

历练途中，顾京墨虽然是队伍里“最小”的小师妹，却连另外两个门派的弟子都要听从她的指挥。

此刻便是如此。

顾京墨蹲在一块巨石之上，看似随意，实则身体舒展，体修都能看出来，她随时都有可能冲出。

她看着在战斗的一行人，暂时没有出手帮忙的意思，而是在指挥：“木家的，你的动作怎么这般迟钝？等它咬住你的喉咙了你才知道躲是不是？”

木彦正在跟灵兽战斗，狼狈之中还忍不住回答：“叫、叫我师兄！”

顾京墨这才意识到，她虽然是小师妹，但是说话着实不客气，容易引人怀疑。

“木师兄！”顾京墨真的唤了一句。

不叫还好，真的被叫了，木彦居然感受到了恐惧，比百余只灵兽围攻他还可怕。

“木师兄，你再朝前两步位置，哎，对了。”顾京墨又看了看此刻的形势道，“明师姐你站于西南，那个……”

顾京墨看了看两名剑修，尚未问名字，只能道：“脸白些的，你去北。”

脸白些的剑修倒是不在意，朗声回答：“在下名为陆绍珩。”

对明以慢有些情愫的剑修也在此刻想起了自我介绍：“我名为齐衡晚。”

顾京墨毫不在意地点了点头，继续道：“陆绍珩去北，齐衡晚镇西南，它们要来了。”

它们？

这些晚辈皆不知是何意。

木彦和明以慢皆知顾京墨的厉害，自然不敢怠慢，直到感到地面震颤，看到从土中冒出数只遁地扁嘴兽，方才明白过来。

而他们站的位置正好能够形成围攻之势，故这些遁地扁嘴兽的突然出现，未能伤及他们分毫。

天域阁的三名女弟子则是发现，这些人的站位间接能够保护她们。

原来在顾京墨布置的时候，已经安排好了。

圆脸少女在此刻提剑去帮忙，对顾京墨道："我们也可以战！"

"并非小瞧你们，只是我尚且没看出你们的斗法风格。"顾京墨朝着她们三人看过去。

她之前和万剑阁的修者经常斗法，知晓万剑阁的斗法风格。

天域阁因为之前是修竹天尊掌控，一向不怎么好战，所以顾京墨是真的不了解她们的路数。

顾京墨又看了一会儿，方才指挥道："你们三个间隔二丈，去西北围堵，要收战了。"

"好！"似乎是见识到她的厉害了，三名女弟子也没有异议，立即去了她安排的位置。

还挺听话的，而且很聪明，指点一句便懂了。

顾京墨扬了扬眉，不用她出手战斗便已经结束。

战斗结束，弟子们都有些疲惫，却还是强撑着整理灵兽的尸身，这是他们的战绩。

顾京墨终于跳下巨石，也不收尸身，而是走过去对木彦单独传音："就在方才，这只灵兽冲过来的时候，你就应该这样应对。"

说着，亲自做示范。

旁人听不到两个人单独传音了什么，却能看到动作，能够猜测到顾京墨是在指点木彦。

圆脸的女弟子重复抬头看向他们几次，又小心翼翼地收起了自己的目光，努力隐藏自己的小心思。

陆绍珩在此刻走到了顾京墨的身边，询问："师妹练的是何种法门？"

顾京墨扯谎非常自然："阵法、各种秘术，多是用脑子的。"

"难怪。"他点了点头，接着抱拳示意，"多谢指点。"

顾京墨全程没有出手，毕竟真的斗法了，她魔门修者的路数便会暴露。

如今说她是研学阵法的修者，便能够糊弄过去。

到了云雾池，顾京墨站在旁边看了看。

云雾池说是池，但是其实是一片丛林，丛林中的雾气极为浓郁，从天空俯瞰，犹如云雾聚集而成的池子，因此得名。

顾京墨环顾四周后，对他们道："我去修炼了，你们去争榜一吧。"

陆绍珩看着云雾池，不由得觉得奇怪："这云雾池虽玄妙，却对修为精进没有什么益处，不如去云崖瀑布……"

"云崖瀑布适合你们，这里适合我。"

陆绍珩对她的法门路数的确不了解，于是回答："哦，那便不打扰了。"

陆绍珩与齐衡晚对视了一眼，终于放弃与他们同行，抱拳告辞。

天域阁三名女弟子也在此刻离开。

终究还是要以门派荣誉为重。

在他们离开后，木彦询问：“可需要我们二人给您护法？”

顾京墨拒绝得干脆：“用不着，这个阵里还没有什么能伤得了我。”

再说，还有一个悬颂一直用神识观察他们呢。

木彦和明以慢也在此刻离开，留下顾京墨一个人进入云雾池。

她一个人坐在云雾池中盘膝打坐调息，呼吸吐纳，感受身体内的灵力在被净化，之后流动得更加顺畅。

修炼了两日，便让她感受到了一阵酣畅。

难怪悬颂执意让她过来，这地方的确不错。

直到第五日，她才突然睁开双眼，身体未动，却勾起嘴角不屑地笑了起来。

这群畜生还想围攻她？

识海里传来悬颂的道侣传音：“修为退了，警惕性也差了很多，已经彻底被包围了才发现。”

“呵，我没有将它们放在眼里，现在应对就可以了。”

“那你好好努力。”显然，此刻悬颂不准备帮忙。

“谢谢天尊的指点。”

“魔尊客气了。”

顾京墨站起身来，从万宝铃内取出两柄匕首，身体跃起后朝着那群灵兽攻击过去。

身体如利箭穿破浓雾，仅仅凭借听力，便可以辨别那群善于隐匿的灵兽的行踪。

双刃割开白雾，将雾气分裂成数块，浓雾像被切割开的糕点。云雾尚未回过神来，顾京墨已经瞬移到了别处。

战。

可以是一场缠斗，也可以是一瞬间的灭杀。

那些灵兽从未想过，它们为何会这般轻易地没了性命。

归根到底，是选错了攻击对象。

就算有浓雾的掩护，它们依旧不是对手。

她尚未收起匕首，便引发了更大的危险。

顾京墨杀了太多灵兽，引来了嗜血的巨兽，就算在浓雾中，也能依稀看到那巨大的身影。

它扬起头颅，咆哮了一声。

她抬头看了看，不由得叹息：“这个确实有些棘手。”

然而她尚未出手，便看到有人进入了雾中，挡在了她的身前，在巨兽攻击过来时提剑朝着巨兽攻击过去。

她不由得一怔，很快辨别出来，是陆绍珩。

那个身姿挺拔，有浩然君子气概的剑修弟子。

“我在林中见到了木师兄跟明师妹，知晓只有你一人在云雾池，便一直在这附近狩猎。你可有受伤？”他战斗的同时问道。

顾京墨一怔，这是她意料之外的事情，随后道：“没有。”

“嗯。”

在陆绍珩的概念里，顾京墨并非擅长斗法的弟子，需要保护才行。

木彦和明以慢却没有留下保护她，他不能对别门弟子出言说什么，便留在了附近狩猎，若是听到了动静，便能过来帮助一二。

顾京墨不能在他的面前暴露自己的功法，便在一旁指点：“这个畜生的麟甲你要格外注意，它们如利刃般锋利，它攻击的时候还会带着一阵飓风，将你卷入它的攻击范围。不过它的飓风范围只有头的周围，避开就行了。”

“好。”

“它力气大、体形大，但是速度慢。你知道它哪里最弱吗？”

“哪里？”

顾京墨轻笑了一声后道：“它重点全在头部，后面很弱，砍了它的后腿。”

“好。”

陆绍珩执行能力很强，很快便将巨兽的后腿砍断。

巨兽吃疼，更加发狂地咆哮，可惜它的行动更加不便了。

顾京墨再次指挥道：“你退后。”

“可……”可他如果不挡着，她被发狂状态下的巨兽攻击了怎么办？

“你妨碍我起阵了。”

陆绍珩立即快速撤离。

顾京墨双手掐诀，起了阵，将巨兽困住，接着灭杀。

这阵极为强悍，转瞬间吞噬了一头巨兽，声势浩大，连雾气也一同吸了进去。

他转过头，依稀在雾气中看到了那位小师妹，身体站得笔直，被飓风席卷得衣袖翻飞，气质卓然，神色淡然，毫无惧色。

陆绍珩这才意识到，她之前指点的同时还在暗暗布阵，这种阵法的确神奇，其杀伤力极强，让他一阵错愕。

万剑阁，乃是剑修聚集地。

剑修以斗法能力为尊，最看重的并非家世背景，或者倾世容颜，而是斗法实力。

看到了顾京墨的实力，陆绍珩发自肺腑地产生了尊重之意。

顾京墨确定巨兽死了，才道：“那个大块头的归你，这些小的归我。”

“它是你杀的。”

“我也没做什么，你收去吧。”

“不，我也是得你指点。”

顾京墨见这人十分执拗，最终叹气，道：“一人一半。”

“好。”他终于同意了。

二人收尸身的时候，顾京墨听到识海里传来了悬颂的道侣传音：“啧……”

顾京墨收起储物法器，询问：“怎么？”

悬颂没回答她。

历练结束，众人离开大阵后上交猎杀的灵兽，以及获得的草药，这些都可计为他们的成绩。

从他们谈话中可知，还有人在云崖瀑布处精进了修为，收获颇丰。

顾京墨也顺便交了自己的收获。

那巨兽因为极为难缠，折算的分数是最多的，顾京墨有半只巨兽尸身，也为缘烟阁取得了不少积分，再加上她之前猎杀的灵兽，分数可观。

顾京墨看到缘烟阁挂在了榜一的位置，不由得一阵雀跃，道侣传音问悬颂：“我厉害吧？专心修炼，还能帮帮你们的忙。”

悬颂依旧不理会她。

她不由得一阵疑惑。

这时，陆绍珩走到了她身边，问道：“师妹，可否与你交换传音符，日后我若是遇到了不懂的事情，还能询问一二。”

顾京墨瞬间感受到了悬颂的目光朝着他们投来。

顾京墨背脊一僵，这绝非良善的目光，不然她怎会感受到森森凉意！

“这……不太方便。”顾京墨拒绝了。

陆绍珩也不失落，依旧是原本的模样，问道：“那可否知晓师妹名讳，师承于哪位前辈？”

顾京墨想了想后回答：“我啊，姓顾，师承花间天尊。”

“好，我记住了。”

这时，悬颂放出了飞行法器，对缘烟阁弟子冷声道：“走。”

明明只是简简单单的一个字，却让缘烟阁众多弟子感受到了无尽威严，赶紧收起得了榜一的喜悦，跟着进入了飞行法器。

顾京墨对陆绍珩施礼："告辞。"

"嗯，考学时再会。"

陆绍珩目送他们离开。

齐衡晚走到了他身边，问道："你对她……"

"她有些厉害。"陆绍珩回答完，便没有再理会这件事了。

顾京墨回到悬颂的洞府，明显感受到了悬颂的冷漠。

她跟在悬颂身后，在悬颂停下拿起掌门送来的帖子时，站在他的身边探头看了看帖子，又抬头看了看悬颂的表情。

"天尊。"她唤道。

悬颂不理。

"悬颂。"

他依旧不理。

悬颂拿着帖子朝着窗口走去，顾京墨便像个小尾巴似的跟着他，唤道："姬煊。"

悬颂收了之前的帖子，去看下一个。

"公子煊。"

悬颂眉头都不抬一下。

她干脆用手按住那些请帖，抬头在悬颂的唇瓣上快速啄了一下："相公。"

这一次，悬颂的表情终于出现了一丝松动，垂着眼睑看向她。

"相公这是……"顾京墨抬手碰了碰他的鼻尖，忍着笑问，"吃醋了？"

悬颂立即瞥开目光看向别处，否认道："你想多了。"

"哦？是吗？"

"嗯。"

"说来也是，那小子有什么竞争力？你在乎他干什么？"

"他……年轻。"

"……"顾京墨当场怔住，接着开始肆意大笑。

悬颂不受控制地红了耳尖，见她笑得如此放肆，更加羞恼，将请帖丢到了一边后按住她，将她抵在墙壁边。

她终于收敛了笑意，看着他道："不是没吃醋吗？"

"你还指点他！"

"我也指点木彦和明以慢啊！"

"这不一样！"

"哪里不一样？"

悬颂被问住了，回答不出，气闷了半晌后干脆蛮横地吻她。

顾京墨那烦死人的发髻终于得以松开，头发在石床上铺开，犹如繁花绽放。

…………

七

悬颂留在世间不过是在陪伴顾京墨，他不能修炼，修真界也没有什么事情需要他亲自处理。

这导致他很闲。

顾京墨是重新修炼，她早已对修炼体系格外了解，又因资质极好，还有悬颂协助，修为提升得很快。

所以，她也很闲。

两个很闲的长辈聚在一起，总要寻些解闷的事情来做。

于是，苦了禹其琛、明以慢、木彦三人。

这三人整日里战战兢兢，听闻老祖传唤，每次都是又激动，又惧怕。

三人在诸多弟子羡慕的目光中，缓步进入悬颂的洞府院落，站稳后尚未通禀，便看到顾京墨跃身到了他们身前，显然早就在等待他们了。

她兴奋地询问："考学准备得怎么样了？"

明以慢极为谨慎，低声回答："一直在准备。"

禹其琛跟着说道："我们会全力以赴。"

"我……"木彦偷偷看了看身边二人，最终还是硬着头皮回答，"我也……我也会尽力的。"

木彦，原本是个混世少爷般的存在。

之前，他因为家世背景好，自身资质也算不错，便被安排在了禹其琛带领的小队伍里，队伍里的明以慢也是同辈中出类拔萃的存在。

队伍里另外二人皆是人中龙凤，他便可以在执行门派任务的时候浑水摸鱼了。

他从未想过要奋斗出什么大成就来，可以安稳度过一生即可。

若是可以，他日后能够飞升也挺好的。

就算不能飞升也无所谓，快乐度过几百年亦是人间理想。

结果……他突然成了老祖夫妇的重点关注对象。

被顾京墨看着练剑，被老祖盯着研习阵法，感动吗？

不敢动，不敢动。

他没想努力，但是……周围的人都羡慕他，让他不得不努力，不然会显得这二位教得不好，还会让别人觉得他不识好歹，有了机会也不珍惜。

尤其是家中长辈，更是时不时来跟他聊上几句。

要知道，老祖迦境天尊向来不接纳大家族子弟，对他们三人是破例，这是千载难逢的机会。

长辈甚至说出“木家的未来就看你了”这样的话。

也不看他行不行……

他没想过这么多啊！

木家未来依靠他的话不得完蛋了？

“过来，阵法演练。”悬颂在洞府中传音道。

三人皆是一阵紧张，尤其是木彦。

悬颂的洞府内有模拟盘，注入灵力便可以让神识进入模拟盘中，仿佛亲身进入阵法之中。

三人正要注入灵力，便听到悬颂道：“这次木彦一人来。”

“啊？！”木彦一怔。

“你是最弱的。”

“好……”

木彦注入灵力，神识进入模拟盘内，看着周围的阵法布置，做了一个深呼吸。

他们的阵法是顾京墨和悬颂两人教的，悬颂因为没有耐心，讲解不多，但句句皆是重点。

顾京墨要随和一些，指点也有点耐心，但是说了两次还不懂，她就会动手揍人，也很可怕。

得了二位真传，他们的阵法水平逐渐提升。

木彦是三人中进步最慢的。

此刻，他却要孤军奋战。

他站在模拟盘内左右看了看，开始尝试破阵。

顾京墨看着模拟盘内的小人，笑道：“木彦悟性和资质都不错，还有些小聪明，就是依赖性太强，要么等着你们帮忙，要么等着门中长辈来救，只有他独当一面了，才能把他练出来。”

禹其琛当即恭敬地行礼道：“魔尊用心良苦，我替师弟感谢您。”

顾京墨摆了摆手：“谢什么啊，他最有意思，拿他解闷最有乐趣。”

禹其琛：“……”

一时之间竟然不知该如何回答。

悬颂手指抹过模拟盘，开始操控着让阵法发生变化。

这个时候禹其琛和明以慢才意识到这二位是真的在解闷，明明木彦已经快要破阵了，他们却在此刻让阵法变得更加复杂，增加破阵难度。

看到木彦在阵中急得团团转，悬颂和顾京墨夫妇二人皆觉得很有趣，尤其是顾京墨，笑得格外灿烂。

模拟盘中，木彦一脚踏空，狼狈跌倒，然后一边哭嚎着，一边连滚带爬地逃跑，喊着："啊啊啊，禹师兄！明师妹！给我点提示，啊啊啊啊！"

顾京墨拦住了他们二人："别理他。"

接着，顾京墨手指一点，木彦连退路都没有了，只能回过头去继续破阵。

禹其琛和明以慢都暗暗为木彦捏了一把汗。接着，开始担心之后他们自己的历练，是不是也会艰险万分。阵法的危险占三分，两位长辈的玩心带来的危险占七分。

顾京墨笑吟吟地看着木彦破阵，接着问明以慢："你和那个齐衡晚很熟悉吗？"

"不熟。"明以慢毫不犹豫地回答，"不过，我与他的修为接近，每次都是相同的时间跃升，所以我们总会去往同一处大阵，见面的机会很多。上一次考学时，我还曾与他交手，我堪堪赢了一招半式，便被他……"

明以慢不知该如何解释，思量了片刻，道："认可？他们剑修的认可很奇怪，仿佛只要实力够了，就可以成为他们的兄弟，会得到他们的尊敬。"

顾京墨抬眼看了明以慢那严肃的娇美面容，不由得觉得好笑。

人家小伙子一腔爱意，被她当成了兄弟情。

感情方面，明以慢格外木讷，也不觉得自己是一个美人。

顾京墨又问："也就是说，你们二人年龄相仿，资质差不多，势均力敌？"

"不。"明以慢突然否认了，"今年考学若是再次遇见他，晚辈有信心能够战胜他，还请魔尊放心，晚辈定然不负魔尊的指点。"

……她没法再聊下去了。

顾京墨抬头看向禹其琛，刚刚说了一句"禹……"便顿住了。

她突然想起，她之前一直觉得禹其琛不错，性情极好，样貌也出挑，样样皆好，适合黄桃。

然而，现在黄桃已经没了……

她突然的沉默，引得悬颂抬头看向她，伸手握住了她的指尖。

他知道，这些年过去了，顾京墨依旧会想念黄桃。

考学期间，顾京墨再次易容，穿上了缘烟阁弟子的服饰，混进了考学的人群之中。

正派的考学，是将各大门派同等修为的弟子汇集在一起教导一阵子，接着进行一次考试。

考试也是各种各样，有试卷习题，有阵法，有炼器、炼药，还有斗法比试，最后综合评优。

这期间，会有名师到场指点，就算不是其门下的弟子，也可以在课堂上提问一二，讲学之人会为他们答疑解惑。

今年最让人向往的，绝对是迦境天尊愿意进行一场讲学。

这一场讲学，大殿内座无虚席。

顾京墨坐在明以慢身边，撑着脸看着周围，情不自禁地扬起嘴角。

她的夫君似乎是真的很受众多弟子推崇，这还是考学期间最热闹的一次。

悬颂还没有到，弟子们还在入场，场面有些混乱。

有些没得到位置的弟子，不甘心进不来，便朝着里面喊："明师妹，你们三人经常得老祖指点，没必要再占一席位置。"

"就是，已经有了那么多机会了，就不能让给没有机会的弟子吗？"

这些弟子难得有一次机会，自然珍惜，觉得明以慢三人还来，是在剥夺他们的机会。

积累的情绪爆发，让他们没了同门的客气。

明以慢一向是护短的刁蛮性子，在长辈面前才会收敛一些。

她听到这些话想要反驳，却听到禹其琛的传音："莫要冲动，我们之前得了恩惠，此刻便让一让吧。"

"可是，魔尊想看老祖讲学，我若是不陪着出了纰漏怎么办？"

顾京墨也能听到他们的传音，于是笑道："没事，你们去吧。"

明以慢非常不悦，却还是傲然起身，气势凛然地走了出去。

禹其琛、木彦紧随其后。

顾京墨一个人留在了大殿里，身边坐着的都是正派弟子。

她倒是无所谓，只是想看看自己的夫君讲学时那不耐烦，又不得不讲的表情，想想就觉得有趣。

这时，有人丢给了她一张纸条，她展开后看到了一行字：明师妹为何没来？

是齐衡晚丢给她的，还好这几个字她都认识。

这一张纸条，让顾京墨陷入了窘境。

她……还不怎么会写字，该如何回复？

抬头看去，齐衡晚和陆绍珩就坐在不远处，正朝着她这边看过来。

她只能用口型回复。

可惜剑修愚笨，未能看懂。

顾京墨只能再传达一遍。

悬颂进来时，正好看到了这样一幕。

接着，他对外道："你们三个进来协助。"

禹其琛和明以慢、木彦三人虽然离开了大殿，却没有离开很远，以便魔尊那边出了什么问题他们能快速赶过来。

于是他们赶紧进来帮悬颂布置他需要用的模拟盘。

这个模拟盘的操作，他们已经很熟练了。

既然明以慢进来了，顾京墨也就不用解释了。

那两位剑修也多是惊讶，明以慢他们三个人，什么时候伺候在老祖身边的?

悬颂用控物术，将模拟盘竖起，让在场众人都能看到。

接着，他对木彦示意："你进去示范。"

木彦一怔，做了一个深呼吸后进入了模拟盘。

在座所有弟子都等待悬颂的讲解，悬颂只是简单一句："看他是如何破阵的。"

没了。

木彦进入之后，才发现这里依旧和他平日里进来时一样，且这次讲学的阵法，是他上一次破解过的，他自然熟悉，游刃有余地破解着。

随着木彦娴熟地破阵，在场所有弟子齐齐震惊。

"木彦的阵法造诣已经精进至此了？"

"果然是得到老祖指点的人，进步太大了。"

"我依稀记得，木彦在五年前还对阵法并不感兴趣，从未认真学过。"

顾京墨嘴角含笑地看着，知晓悬颂的想法。

木彦好面子，此刻让他示范，让同辈弟子高看他几分，也让他到了骑虎难下的境地。

日后他若是不好好学习阵法，怕是会下不来台。

今日之后，木彦怕是要头悬梁锥刺股才能维持良好的形象。

这个老祖呀，坏得很。

悬颂在木彦每一次行动完毕后，都会指点几处，话语不多，但是每一句都会让所有弟子茅塞顿开。

悬颂在木彦破阵结束后，再次布置，并讲布阵方法。

教破阵，也教布阵，这才是完整的教学体系。

顾京墨看得津津有味，并非对阵法学说多感兴趣，而是觉得……

悬颂是真的好帅啊!

考学仿佛成了禹其琛、明以慢、木彦三人的展示场。

三人以极佳的成绩，一直位于榜首前几位。

他们不但各种功法都极为擅长，斗法能力更是进步飞快，剑法变得诡异万分。

得了修真界最厉害二人的指点，他们想输都很难。

明以慢再次胜了齐衡晚一次，在顾京墨看来，齐衡晚并没有就此放弃，仿佛更喜欢明以慢了。

木彦之所以会败下阵来，是遇到了修为高于他的禹其琛。

直到最终一战时，金丹后期的禹其琛遇到了已到金丹期巅峰的天域阁修者。

二人交战时，禹其琛站在台上，君子谦谦如美玉，背脊挺直，笑容和煦，倒是有了几分迦境天尊的神韵。

这时，他听到了顾京墨的怒吼声："禹其琛，你想什么呢？要是输了打断你的腿！"

他转过头，便看到顾京墨居然踩着围栏对他嚷了起来。

明明是正派修者的考学，却打出了魔门斗法场的架势来，仿佛顾京墨下了重注，若是禹其琛输了，她就会倾家荡产。

禹其琛依旧是温和的样子，笑容彬彬有礼，对着她微笑："好，我会努力的。"

明以慢站在顾京墨身边，道："您看过他们二人之前的斗法吧？您觉得谁会赢？"

"就是因为看过，才会这般着急。"顾京墨叉着腰道，"不过，禹其琛会赢。"

"师兄的斗法能力更胜一筹？"

"不，因为禹其琛是我教出来的。"

明以慢跟着点头："嗯，我也这么觉得。"

木彦穿过人群，紧张地看着场地，好几次恨不得替禹其琛去斗法似的，身体也跟着使劲。

顾京墨看着他觉得好笑，问道："老祖放过你了？"

"别提了……"木彦叹了一口气，"我觉得我在演示的时候表现得很好了，但是犯了一个无关痛痒的小错误，居然也罚抄写，我才抄写完。"

"他确实严格。"

"若是禹师兄输了，会不会也被罚？"

"他不会输的。"顾京墨说着，对两个人勾了勾手指，"你们看他的脚尖位置，看似在退，其实是在寻找时机，他在等天域阁弟子觉得他占了劣势，对他强攻，那个时候他便会在这一侧，使用兔跃蹬鹰……"

随着顾京墨的讲解，斗法果然按照她的预测发展了。

这是斗法千百次得出的实战经验。

禹其琛瞬间占到了优势，在被对手攻击得连连退败时，禹其琛抓住机会占了优势。

之后禹其琛逐渐反压，获得这场斗法的胜利。

他成为同阶修者中的第一名。

木彦当即欢呼起来。

明以慢也高兴得不得了，想跟顾京墨一起庆祝，却意识到她是长辈，赶紧收敛了情绪。

结果顾京墨不在意，真的跟她击掌庆祝了起来。

明以慢一阵开心，和顾京墨击掌后，几个人一起高兴得蹦蹦跳跳的。

悬颂远远地看着，他并不关心考学比试，也不在乎禹其琛的输赢。

他更在意顾京墨。

看到顾京墨在缘烟阁过得很自在，他暗暗放下心来。

她安好，才是他最想要的。

就算到了不熟悉的环境里，她也能用自己的行为温暖其他人。

在他看来，顾京墨是会如约到来的太阳，她的光芒永在。

八

丁臾的一天，总会从一句“小修儿”开始。

“小修儿。”丁臾从自己的洞府中走出来，唤了一声后，走到了梳妆台前坐下来。

不多时，丁修便进入了洞府，站在了她的身后，不用她吩咐，伸手拿起梳妆台上的木梳，帮她整理发髻。

她的洞府有两个人的结印，一个是她的，一个是丁修的。

在醉乡宗内，只有丁修可以随意出入她的洞府。

但更多的时候，还是丁臾叫了他的名字，他才会进来，这是对丁臾的尊重。

别看丁修是一名高大健硕的冷峻男子，却极为擅长为女子束发。

有时丁臾想试试新的发饰，丁修还会帮她研究该如何盘发，才能够更搭配那个发饰。

丁修被丁臾捡回来后做的事情，便是这些。

照顾丁臾的日常起居，帮她处理琐碎的事情，甚至是代理管理宗门事务。

丁修纤长的手指穿过柔软的发丝，柔顺的发丝缠绕在骨节分明的指间，动作轻柔舒缓地帮她整理头发。

他整理头发时低下头，便可以看到丁臾纤长白皙的脖颈，漂亮的天鹅颈，在颈椎的位置有着不算分明的龙脊骨，高低起伏。

他的目光很快便收了回来。

帮她梳理好头发，他放下梳子。

丁臾转了一下脖子，道："小修儿，我的脖子好痛，帮我按按。"

"好。"

丁修抬手运功，让自己的指尖变得温热了，才帮她按起了肩膀。

因为他揉按的动作，丁臾的身体微晃，头顶刚刚固定好的发饰也跟着摇晃。

丁臾伸手拿来胭脂水粉，朝着脸上涂抹。

末了，抬头问丁修："小修儿，你瞧着怎么样？"

丁修走过来仔细打量她，接着缓缓抬手，大拇指抹过她的唇边，将涂抹出去的红色擦掉，接着回答："好了。"

丁臾的目光缠绕着他的指尖，最后松开，道："走，我们去赌坊解解闷！"

"好。"

丁臾今日输了很多。

也可以说，她的赌运一直不太好。

修真界有机缘之说，像她和顾京墨这种天资极好的，一般都会命途多舛，这是一种平衡万物的安排。

顾京墨的一生过得很苦，她也没好到哪里去，就连赌两把都会输。

顾京墨这些年的幸运，恐怕全部用来遇到悬颂了。

那么她呢？

她回头看向站在她身侧的丁修，却收到了丁修递过来的万宝铃，估计是当她还想增加赌注。

她双手叉腰看着桌面，又看了看四周，终于发现了不对。

她伸手按住了其中一人的手，动用灵力查看，果然看到他的手心里写着符文，当即一脚将其踹飞出去。

"给你熊心豹子胆了，胆敢在我面前动手脚！"丁臾嚷了一句后，对丁修道，"小修儿！"

"我在。"丁修很快出现。

"往死里打。"

"好。"丁修没有犹豫，直接出手。

赌坊里安排的人，自然有赌坊的人护着，只是今日碰到了硬茬。

赌坊内的人和丁修交手，十余人一起攻击丁修，依旧不是对手，丁修的实力显然更强。

最要命的是，丁修的攻击着实霸道，随着攻击的撼天动地，赌坊内的建筑也被毁得七七八八。

丁舆坐在了不远处的椅子上，跷着二郎腿，看着丁修与他们血战。

赌坊的老板绕过战场，到了丁舆身边，语气客气地讨好道："鬼王，您来了怎么不招呼一声？我们怠慢了不是？"

"我打了招呼，你们就不做手脚了？"

"话也不能这么说。"老板笑眯眯的，眼角的纹路和法令纹更深了，"魔门地界，这种事情也是常事，您这般砸我的生意，终究说不过去。"

"怎么？还想我赔你？"

"这倒不至于。"老板双手奉上了丁舆之前输了的东西，还附上了一些稀罕玩意，"这些都给您，您看看喜不喜欢，要不要让皓夜狐狼停手？"

"好了，小修儿，饶他们一命。"丁舆说完站起身来。

刚走了两步，丁修已经回到了她的身边，跟着她默默离开了赌坊。

赌坊老板看着他们二人离开，气得跳脚，用法术攻击了几个人："没注意到鬼王来了吗？还敢在她的面前动手脚，找死！"

他们也非常沮丧："用了百来年的手段了，没想到会被识破。"

"谁给你的自信，在鬼王面前班门弄斧？"老板心有余悸，"幸好今日来的只有鬼王，若是魔尊一起来了，这两个逢赌必输的人凑一起，定然一起拿你们撒气。"

丁舆走进洞府，一边走一边抱怨："想赌两把解解闷，他们还给我搞幺蛾子！"

说着，脱掉了法衣的外衫。

丁修知道她是要沐浴了，当即进入温泉山洞，去给丁舆准备。

在他准备期间，丁舆似乎喝了酒，此刻还拎着酒坛子走进了温泉山洞，对丁修道："小修儿，你说我要不要去找鲵面坨坨去？我想来想去，只有跟他斗斗嘴比较有趣。"

"好，我明日陪您去。"

丁舆说着，脱掉衣衫步入温泉。

丁修默默退了出去。

他并未走远，一直在山洞外守护。

他所在的位置，可以清晰地听到洞内的水声，他甚至能够凭借声音，知晓她此刻是什么动作，是在撩水，还是在静坐，又或者沉进水里……

沉进水里？！

丁修赶紧走进去，进去时，丁舆正沉进水里"咕噜咕噜"地冒泡泡。

若非她是水系单灵根，怕是早就出问题了。

丁修赶紧走进去，用手托着她的下巴，硬生生将她托了起来。

丁舆还在睡，没有醒来。

他想试着唤醒丁舆，又意识到她未着寸缕，慌张之下赶紧收回目光，瞥向别处。

他的呼吸有些发紧。

努力地调息，才能稳定下来。

上一次身受重伤，他醒来后便察觉到了一些不对，心口空荡荡的，仿佛少了什么。

他知道，那是他自愿去除的，所以他很淡然。

后来，他渐渐猜到他丢失了什么。

记忆去除了。

可是心没有变过。

何等难熬。

不能怪，没有经历过曾经，他也不会是如今这般模样。

没有深刻爱过，他也不会有着坚韧的内心。

他一直托着丁舆的下巴，让她不再沉下去。

如此半蹲在池边，整整保持了一个晚上，一动不动。

丁舆悠悠转醒，睁开眼睛看到自己依旧在温泉里，抬头便看到丁修保持着一个姿势托着她的头。

她觉得好笑，道："保持一个姿势一晚上？"

听到她的声音，他立即回应："嗯。"

"多累啊，你怎么不叫醒我。"

丁修什么也没说，松开她离开了山洞。

丁舆看着他离开觉得无趣，从水中出来看看自己被浸泡的肌肤。

幸好她是水系灵根，不然真的会很惨。

何必坚持一晚上？

呆子。

她披上外衫走出去，看到丁修还在等她。

她当即对他道："小修儿，帮我盘头发，我要去找坨坨。"

"好。"

九

云夙柠一直认可禹其琛的优秀。

禹其琛是大家族子弟，水系单灵根，却不骄不躁，性情温和，很会照顾人。

外加，他自身的悟性极佳，资质不错，他日定然可以成功飞升。

这样一名修者，注定会辉煌闪耀一生。

但是，他从未想过，云夙月会对禹其琛一见钟情。

禹其琛很早便说过，他会过来看望黄桃。

可如今那具身体里是云夙月，而非黄桃，云夙柠自然拒绝了。

而且关于云夙月和黄桃的事情，溯流光谷的人一向守口如瓶，就当什么事情也没发生过。

这样，也能避免云外丹的事情被传出去，给魔尊引来不必要的麻烦。

黄桃虽然告诉了禹其琛自己是半妖的事情，但是没有说出全部。

可是禹其琛非常执拗，终究还是来了。

云夙柠起初并未在意，只是派人去河道外迎接，想着他们来看望完走了即可。

在等待他们进谷的时间，云夙月有些紧张，跟在云夙柠的身边询问："哥，我需要装扮成黄桃的模样吗？"

"不必，就说身体不适，不想多聊，过阵子他们就会自己离开。他们不过是走走形式，出于缘烟阁的礼数，虽然当时不关禹其琛的事，可终究间接因为他而受伤，他理应过来看望。"

"嗯，我知道了！"

这些日子里，云夙柠不想提及黄桃，云氏夫妇说的也不多。

云夙月便只能在谷里打听，间接地知道了当年的事情。

对于黄桃的离开，她着实难过了一阵子。

黄桃是她从小养到大的，可是她们生存在一具身体里，云夙月到最后也未能见到黄桃一面，不知道黄桃成为人类后是什么性格，只能从别人口中听说一二。

她养大的狗狗果真厉害，真的将她救活了。

现在，来看望她的其实算是黄桃的故人。

云夙月很纠结，然而还是需要伪装片刻。

不久后，禹其琛带着木彦、明以慢一同进入谷内。

云夙月有些紧张，看到他们之后还是笑道："你们来了！"

"身体都康复了？"禹其琛依旧是温和的语气，目光扫过她，引得她面颊一阵发热，竟然手足无措起来。

许久，她方找回自己的声音："嗯，恢复得差不多了。"

"我给你带了腊肠和鸡腿。"禹其琛说着，取出一个盒子放在了她的面前。

云夙月看着，只是点头。

她不喜欢吃这些。

禹其琛又打开了一个储物法器，从里面取出了两根糖葫芦："喏，特意去坊市给你买的。"

“哦，谢谢。”云夙月伸手接过来，吃了一颗。

酸酸甜甜的。

木彦坐在了她的斜对面，坐下后便问：“之前那人夺了禹师兄的身体后，伪装得很像吗？你都没发现壳子里换人了？一点破绽都没有？”

云夙月回答不出来，坐在椅子上沉默地吃着糖葫芦。

云夙柠在此刻说道：“她不太想回忆那一天的事情。”

木彦当即回过神来，赶紧道歉：“对不起对不起，我太傻了，什么都问。”

云夙月沉默地吃完了一颗糖葫芦，接着小声问：“那……被夺舍后你的身体有问题吗？”

禹其琛耐心回答：“确实休养了一段时间，灵魂和身体不太契合了似的，幸好有花间天尊时常来协助，才让我彻底恢复过来。”

明以慢则是坐下后笑道：“虽然他恢复了这么久，看起来很吓人，但前几日考学还拿了一个第一。”

“第一呀！”云夙月惊呼了一声。

“没错，我也是前十，就是木彦运气差了些，早早遇到了禹师兄，以至于他是我们三人中成绩最差的。”

木彦则是不服气：“我刚刚金丹期不久，就和一群金丹中期、金丹后期的修者比试，能有现在的成绩已经非常不易了。考学回去后，我娘抱着我哭了许久，说我真有出息，不负他们的期待。”

云夙月和他们不熟悉，便只能沉默地吃着糖葫芦，听着他们说话。

幸好这几人不用她回应，便能继续聊下去。

明以慢却问了她另外一个问题：“你怎么不在魔尊身边了？她有阵子看着情绪不太好，你就算契约的时间到了，也可以时不时去陪陪她，这般总不去，她会失落的。”

云夙月不敢去，她知道魔尊不喜欢她，因为会想起黄桃，顾京墨排斥溯流光谷所有人，尤其是她。

因为黄桃用自己的命，换回了她的命。

她垂着头，许久才道：“我……惹她生气了。”

这时，禹其琛抬手拍了拍她的头顶：“没事，魔尊心很软，她会原谅你的。”

云夙月抬头，看着禹其琛那温暖如阳的微笑，鬼使神差地点了点头。

禹其琛一行人离开后，云夙月便丢了魂。

她整日里跟在云夙柠的身后，询问关于禹其琛的一切。

他这般聪明的人，自然能够猜到云夙月的心思，不由得有些气恼：“为何是他？”

为何偏偏是他？

若是云夙月和禹其琛真的在一起了，这无非是再次刺激了顾京墨。

原本是顾京墨给黄桃看中的人，却和云夙月在一起了，顾京墨怎能不难过？

“不可以吗？”云夙月一瞬间红了眼眸。

“并非我想阻挠。”云夙柠继续道，“只是他们三个人是见过黄桃的，你若是真的倾心于他，必然要告诉他真相，而且……他曾经心悦黄桃，你也不在意吗？”

“……”云夙月呆呆地看着云夙柠，许久后笑得格外牵强，哽咽道，“那是不是……他对我的样貌是认可的？只是我的性格……和黄桃不一样？”

“你……”怎么这般傻？

云夙柠终究是心疼妹妹的，只能温柔道：“你且冷静一段时间，再看看你是否只是一时心动，还是真的非他不可，可好？”

“嗯！”

顾京墨终究还是来了溯流光谷。

因顾京墨听闻云夙柠将黄桃的墓建在了自己的院落里。黄桃的墓里没有尸身，也没有魂魄，只有一些黄桃曾经用过的物品。

当然，里面有黄桃最珍惜的、顾京墨曾经送给她的骨头挂件。

顾京墨来时，在黄桃的墓碑前停留了很久。她往墓碑前放了鸡腿、腊肠，还有许多黄桃喜欢吃的东西，许久后她才道：“黄桃，我来看你了。”

“我不气了。”

“我原谅你了，臭丫头……”

若是声音不哑就更好了。

在顾京墨的眼里，黄桃的一生，就是她的两句话。

“黄桃，跟我走。”

“黄桃，我来看你了。”

很远处，云夙月远远地探头朝外看，心中感叹，那个漂亮的大姐姐就是魔尊啊！

看起来并不凶，她还以为能被称为魔尊的人，定然凶神恶煞呢。

黄桃就是一直在她的身边吗？

她定然对黄桃极好吧，所以黄桃那些年也很快乐吧？

看了一会儿，她赶紧躲开，生怕自己触怒了魔尊。

她不知道的是，顾京墨知道她来了，但是没有理会她。

顾京墨临走时，看向云夙柠，道：“欲言又止的，有话就说吧。”

“我妹妹她……似乎倾心于禹其琛。”

顾京墨听完沉默了半晌，轻笑出声：“看上就看上呗，只要你妹妹别冒充黄桃的身份和禹其琛相处，其他的我不管。”

“您若是心中不快……”

“黄桃救了她，就是想让她好好地活着，我会阻碍她拼命救的人寻找自己的幸福吗？”

云夙柠语气越发沉重起来：“谢谢您。”

顾京墨和悬颂飞升的第三年，禹其琛和云夙月定亲了。

云夙月一直傻傻地跟着禹其琛，寻找机会和他一起历练，努力提升自己的修为，尽可能赶上禹其琛的进度。

云夙月跟他说了夺舍的事情，没有隐瞒。

禹其琛一心问道，并未想过在这个年纪寻找道侣，所以犹豫了很久。

或许是时间久了，禹其琛心软了，态度终于有了松动。

缘烟阁的长辈们似乎也看好他们二人的姻缘，若是能与溯流光谷结亲，对缘烟阁也是好事。

于是，这成了水到渠成的好姻缘。

参加完定亲宴后，云夙柠一个人回了溯流光谷。

他给黄桃带回来了一些定亲宴上的吃食，放在了墓碑前。

“你家小姐和你的禹师兄定亲了，我知晓，你不懂情与爱，从未对他动过心，所以也不会在意这门亲事。你若是还在，定然非常开心，一定会在定亲宴上笑个不停，围着月儿一直转圈。”

云夙柠说着，坐在了墓碑前，颓然叹息：“魔尊和天尊都飞升了，在人间，记得你曾经来过的人越来越少了。”

他抬手，手指触碰墓碑：“如果我当年……不那么偏执，你是不是可以过得更快乐一些？”

“对不起。”

“还有……谢谢你。”

十

顾京墨和悬颂飞升了，就在她和悬颂带领众多修者战胜祸乱灵兽的当日。

或许是一时的松懈，让她的修为外泄引来了天劫。引来了，便无法避免了。

悬颂见她的天劫来了，也选择了跟着释放修为，与她一同渡劫。

她并不惧怕，她知道有悬颂陪着她。

悬颂可以给她带来无尽力量。

她看到了漫天的祥云彩霞，她看到了属于他们二人的飞升荧光。

他们二人的身体不受控地上升，直至飞升天际。

他们本是世间微尘，却也向往无尽天空。

顾京墨到达上界尚未看清周围模样，便听到了李辞云激动的声音："师父、师娘！"

她低下头，看到她依旧握着悬颂的手。

再抬头时，看到有人在等候他们。

她在此刻不由得慌张，她刚刚渡过了雷劫，不知模样是否狼狈，会不会被人看了笑话？

还未能整理稳妥，便听到了熟悉的声音："怎么才来？"

她抬起头来，看到不远处站着一名高大的男人，身着暗红色法衣，外罩黑色外衫，和她常年穿着的是一样的法衣，毕竟他们的法衣出自同一个炼器师。

他的额头有着火龙印，是魔门魔尊才能拥有的印记。

她当即兴奋地喊道："师父！徒儿来晚了。"

明叙白看着顾京墨的模样，甚感欣慰，微微点头，嘴角含笑。

时别数百年，她再次看到师父万分开心，一时间想要跟他说很多，说她这些年的过往，说修真界这些年的变化，最后竟然不知该从哪里说起。

李辞云到了悬颂身边，关切地问："师弟她……修为如何了？"

他非常思念自己的师弟。

悬颂回答得自然："应该也快飞升了。"

李辞云松了一口气，对悬颂嚣张起来："在上界，我是您的前辈！"

话音刚落，便被悬颂拍了头。

李辞云当即蔫了，委屈巴巴地捂着头看着他们二人。

顾京墨对明叙白介绍："师父，他是我的夫君，名叫悬颂，本名姬煊，道号迦境天尊。"

明叙白仅仅是扫了悬颂一眼，便嫌弃地问："怎么找了一个年纪这么大的？"

他与悬颂早年便交过手，那时顾京墨还没出生呢，用不着她来介绍。

这些年间有人飞升，明叙白也听说了一些关于顾京墨的事情，自然听说了顾京墨居然和迦境天尊在一起的事情。

他的内心有自家白菜被"正派老猪"拱了的不开心。

悬颂："……"

最终还是忍了。

此刻，悬颂在想，早年他和明叙白交手时，应该出手更狠一些。日后碍于顾京墨的面子，他怕是和明叙白都要客客气气的。

这个前任魔尊……

他们二人早期的过节很多，明叙白不喜欢自己也不奇怪。

明叙白实力不差，斗法能力更是凶蛮，悬颂若是不使用阵法之类的手段，二人也可以打个平手。

但是，明叙白嘴笨，斗嘴斗不过他，所以记恨这么多年。

现在他居然和他唯一的徒弟在一起了，明叙白此刻的表现已经算是客气的了。

顾京墨来回看了看二人，似乎猜到了其中蹊跷，笑着转移话题："师父，您那里可有我能暂时落脚的地方？"

明叙白被问得沉默，面色逐渐尴尬。

李辞云笑道："他啊……在上界赌坊输了不少，自己的仙殿都输没了。"

顾京墨很是意外："上界还有赌坊？"

明叙白轻咳了一声，回答："就算成了仙，也有消遣的地方，只要不太过分，上界不管。"

顾京墨左右看了看。

上界果然与人间不同，到处云雾缭绕，云雾中飘浮着许多云屿，想来是其他上仙的宫殿。

周遭有着各式装饰，醉月迷花，池水清清。

只是……如今落脚的地方都没有了？

李辞云当即兴奋地道："你们随我来。"

明叙白也不再跟着，给了顾京墨一些传音蝶，道："若是有事，就用它联系我。"

顾京墨接过传音蝶，问道："师父，您没欠债吧？"

"……"明叙白不答。

顾京墨却懂了："没事，徒儿会想办法帮您还上的。"

"咳咳，你们先忙。"明叙白只能快速离开。

顾京墨和悬颂跟着李辞云到了李辞云的仙殿。

李辞云这些年通过不懈努力，也争取到一座云屿住处，有了属于自己的仙殿。

三人进入殿门，李辞云便开始介绍："你们看，这是我给师弟准备的凉亭，还有这里，师弟如果飞升了，可以在里面读书，这里是给师弟准备的梳洗室……"

张口闭口师弟，完全没有想过给他的师父准备些什么。

顾京墨忍着笑，看向悬颂。

悬颂表情也有些无奈。

这时，李辞云抬手拍了拍悬颂的肩膀，道："师父，在上界我是您的前辈，您若是遇到了什么不懂的，大可以来问我，我必定知无不言言无不……”

顾京墨打断他：“你刚来时是什么流程？”

“哦，需要去登记，领取仙牌，之后凭借功绩领取奖励，奖励可以换取各种东西。你看，我换了好多法器，师弟来了定然喜欢。”说着，指向自己殿中的各种法器。

顾京墨认真看了看，问道：“你确定……南知因喜欢这些奇奇怪怪的法器？”

李辞云笃定道：“师弟会爱屋及乌的。”

顾京墨又看了看悬颂，见悬颂表情越来越差。

顾京墨道侣传音问：“怎么？听到徒弟自称前辈心中不悦了？”

“嗯。”悬颂甚至不知该从哪里骂起。

“好吧，我三句话，能让他瞬间坐立不安。”

悬颂用眼神示意：开始你的表演。

顾京墨轻笑了一声，接着道：“待南知因带着你们的孩子一同飞升，也可以给孩子玩……”

李辞云的表情瞬间发生变化，眼睛陡然睁大，身体僵直，惊讶地道：“孩子？”

“哦，你不知道呀！”顾京墨故作惊讶，“她在你离开后便怀有身孕，接着一个人独自将孩子养大。还为了隐瞒这个孩子的身份，只能将孩子寄养在我和你师父名下，这些年过得很是辛苦，也是可怜。”

“她、她一个人养大了孩子？！”李辞云当即急得团团转，急切道，“我……我想想办法下界一趟，我得看看他们。”

“下界不是违规吗？听说责罚很重，若是害得他们被连累就不好了。”

“也对也对。”李辞云继续踱步，想来想去，又问，“孩子长得像我还是像她？是男是女？”

“女孩，长得像南知因，像你还能看吗？”

“哦，孩子取名了吗？叫什么？”李辞云又问。

顾京墨想了想后道：“叫……顾宝宝。”

李辞云难以置信，许久才问：“我和师弟的孩子，姓顾？”

“对呀，寄养在我们两个人的名下嘛，你师父也不在乎他人界的姓氏，就随我了。”

李辞云看着顾京墨玩闹的表情，终于恢复了些许理智，问道：“您在逗我吗？”

“对呀！”

“师娘！”李辞云哀号了一声，气得跺脚，“我差点就要冲下界了。”

顾京墨传音给悬颂：“你有理由骂他了。”

悬颂会意，道：“我以前怎么教你的？她是纯阴体质，不易受孕，你怎么会相信这些事情？”

李辞云认真回忆了片刻，终于松了一口气："对啊……我怎么忘了。"

悬颂继续训导："若是认真学一学，也不会相信这些话。"

李辞云松懈下来后，看向他们二人，像个战斗中的鹅，扬起下巴道："二位也该双修百余年了吧，怎么还没孩子？"

悬颂和顾京墨："……"

李辞云再次问："是因为师父冰灵根，师娘火灵根……"

悬颂抬手，又拍了李辞云一巴掌。

李辞云又一次蔫了，受伤的怎么总是他？

"我们没必要生下半妖，留他在人界一个人受苦。"悬颂回答完，不再跟他废话，而是道，"带我们二人去登记。"

"哦……"

刚刚飞升的修者，上界都会给他们安排暂住的地方。

悬颂能去的地方有些特殊，名为"半月仙居"，是专为半妖准备的。

顾京墨和悬颂不想寄住在李辞云为南知因准备的爱巢，于是一同去往半月仙居。日后他们积累了功绩，也可以换属于自己的仙殿。

到了半月仙居，他们二人还有些惊讶。

这里可以称之为上界的世外桃源。

半月仙居被打理得井井有条，院落中有下界罕见的花花草草，还有不少灵兽。

顾京墨看到院落里蹦蹦跳跳的小兔子，不由得惊讶，跟悬颂道："这小兔子好可爱，一看就好吃。"

"它应该是有人养着的，很干净。"

"哦……那算了。"

这时，院落中有人走了出来，迎接他们二人，笑着问道："你们是新来的吗？"

二人一同抬头，看到一名面容极其精致的男人。

男子有着雌雄莫辨的美貌，仙气缥缈。

他身着一身淡粉色的长衫，手中还拎着浇水的桶，看着他们二人笑得灿烂。

顾京墨主动回答："嗯，我的夫君是半妖，所以我们来了这里。"

那人看了看二人，点头道："我们半月仙居好多年都没来过人了，修真界的半妖体质着实不多，几百年才能来一人。"

他说着，迎二人走进来，继续介绍："你们大可以一直留在半月仙居，这里是上界最好的几处地界之一。并且因为人少，所以住着很是舒适。

"我是这里执事堂的负责人，半月仙居也都是我在打理，我叫池牧遥。"

池牧遥说着，朝着不远处指了一下，他们这才注意到不远处静坐着一个人，正在跟茶杯较劲儿。

那人似乎不太好交往，并没有跟他们打招呼的意思。

“他是我朋友，名叫奚淮。我们都与灵兽结了契，才成了半妖。他与虺结了契，我与无色云霓鹿结了契，所以飞升后便来了这里。你的夫君是？”

顾京墨回答：“他生来便是半妖，是九尾狐。”

“哇！”池牧遥惊叹了一声，“有九条尾巴呢！”

“没错，手感很好。”

“真好啊……”池牧遥竟然有些羡慕，“我飞升前曾是御宠派的，很喜欢动物，这些都是我养的。”

顾京墨跟着点头。

看来……这兔子没法吃了。

顾京墨只能询问：“上界还有兔子？”

“没有的，我们累积功绩换的。”

顾京墨对累积功绩尚且不了解，于是问道：“这个累积功绩什么都可以换吗？能不能换一个魂飞魄散的人魂魄重聚？”

池牧遥思考了片刻回答：“应该是可以的，不过这个魂魄重聚后，恐怕不会记得之前发生过的一切，会是一个全新的人。若是这样你也能甘心的话，可以尝试。不过这种事情，恐怕需要累积万件功绩。”

顾京墨只是随口问问，听到这个答案当即脚步一顿，扭头看向悬颂。

仅仅是一眼，悬颂便懂了顾京墨的意思，于是道：“我陪你积攒。”

他知道她想做什么。

池牧遥看着他们二人的神情，问道：“你们有想复活的人？那个人定然是你们非常在乎的人吧？”

顾京墨点头：“没错，她曾经是我的好朋友。”

“这样啊……”池牧遥迟疑了一会儿，道，“我与我的朋友也积累了一些功绩，可以送给你们。”

“不必的，我们萍水相逢，没理由接受你们这么大的恩惠。”

池牧遥赶紧解释：“没有很多，也就一百多件，我们二人之前积累的功绩，也只是想要换来一头大象。现在想想，既然你们更需要，便送给你们好了。哎，早知道，之前的功绩就不用来换花花草草了。”

“已经非常感谢了……”顾京墨想了想，又道，“之后我们可以还给你们一些。”

“好啊，等你们有富余时候，帮半月仙居换一头大象吧！”

“可以，成交！”

池牧遥带着二人去了他们的空房，给他们发放了一些必需品，便带着他们二人熟悉这里的环境了。

最终，他们到了凉亭里，奚淮还在跟茶杯较劲儿。

他们来了之后，奚淮也只是冷淡地抬眼看了他们一眼，便继续研究茶杯了。

顾京墨看他头顶只有一侧有龙角，觉得格外有趣。

顾京墨和悬颂沉默地看着。

池牧遥看着奚淮目光温和，解释：“他总想自己泡一杯茶，还非要用自己的灵火煮，可惜每次都不能成功。”

顾京墨坐下后，认认真真地看着奚淮用灵火煮茶，竟然也来了兴致。

跟着用灵火煮茶。

于是乎，凉亭内的煮茶活动，仿佛成了奚淮和顾京墨两个火系单灵根的较量，看谁煮碎的茶杯更多。

最终，顾京墨获得了这场比赛的胜利。

赢的顾京墨格外气恼。

奚淮似乎因为此事接纳了他们二人，还跟池牧遥道：“你看，不会煮茶的人不仅我一个。”

格外骄傲。

顾京墨万分不服：“下次继续比。”

“好。”

悬颂飞升初期，曾经有人来祝贺，说是悬颂的故友，却比悬颂提前飞升了。

还特意说起了自己在上界有很大的仙殿，德高望重，甚至有自己的手下。

悬颂在人界那么多年没有飞升，足够他们拿来谈论很久。

仿佛，也只有这一点能比得过他了。

结果没过几年，悬颂和顾京墨的修为便开始突飞猛进，渐渐成了连上界也不容忽视的存在。

他们二人提升修为，就好像在玩耍。

渐渐地，那些过来虚假恭贺的人都不见了，他们无颜来见二人。

而且，二人似乎格外努力，一直在积攒功绩。

与他们同住于半月仙居的池牧遥、奚淮，飞升后似乎是在养老，每日里除了养养动物，喝喝茶，就是在房间里修炼了。

他们二人有功绩了，也会先给顾京墨积攒着。

万件功绩，听着格外艰难。

但是，只要顾京墨想，她就能够做到。

用功绩换取黄桃魂魄重聚的那日，只有顾京墨一个人被允许下界。

那日，顾京墨选择了一处安全的地方，重聚了黄桃的魂魄。

她看着那条小黄狗渐渐被汇聚，蜷缩成一团，努力地睁开眼睛。

“黄桃。”她唤。

小黄狗似乎听到了这声呼唤，努力睁开眼睛。

小黄狗看到了她，重生后见到的第一个人。

它努力地看，似乎想要看清这个人的样子。

看到小黄狗的模样，顾京墨很是喜悦。

笑着笑着，却泪眼婆娑。

她道：“黄桃，我来救你了。”

小黄狗努力撑起身体，颤颤巍巍地朝着顾京墨走去。

她当即将小黄狗抱进自己的怀里，这恐怕是她们在下界唯一的见面机会了。

再见时，恐怕只能是黄桃飞升。

之后，她只能留黄桃一个人生活在天地间，她甚至不能将黄桃托付给任何人，上界不许，若是她作弊，会给黄桃引来灾祸。

不过在顾京墨看来，黄桃能够重生就够了。

她在意的人里，其他的人可以轮回转世，但是黄桃不能。

于是，黄桃成了她最大的遗憾。

现在，她的遗憾终于被弥补，她也觉得这一场飞升值得了。

若是可以，初静仙尊和妄蛰仙尊，以后也可以想想办法……

“我用功绩换来了你的护身屏障，它会在你出现危险的时候救你一命，只有三次机会，你可珍惜着。”顾京墨说着，手指在小黄狗的额头轻点。

“唉，我现在说你也记不住，罢了。”

接着，她再次飞升离开。

小黄狗很多事情都不懂。

它只知道，眼前的人类看起来好漂亮。

她的拥抱好温暖。

她一定是一个温柔的好人。

后来，她成为半妖，记忆模糊，却还是记得那个人。

模糊的身影，模糊的微笑，却深刻记得，那个人的眼泪落在了她的脸上。

暖融融的。

哦对了，还有……

还记得那个人叫她黄桃。

十一

从林幽深。

树丛攒动，终从林中跃出一道人影来。

少女身材娇小，纤细单薄，身着一身鹅黄色的衣衫。

这身衣衫显然是低阶的工艺，并不是可以根据主人身材调节大小的法衣，而是寻常的人界布料，让衣服像旗帜般不合身。

她跃出后狼狈地站稳，回头看去，果然看到那灵兽就在不远处埋伏着。

少女生了一张鹅蛋脸，双目灵动，眸中似乎含着游鱼纵跃的潭，水波粼粼。

此刻她秀气的脸上全是警惕，眉头微蹙，故作凶狠，却总差了点威严。

“你以为我会怕了你吗？！”她突然朗声开口，倒是喝出了几分气势。

灵兽仿佛听得懂，当即龇牙对她示威，气势丝毫不输。

少女与它对峙了半晌，终于再次出声：“没错，我害怕你！”

说完扭头就跑，跑出一阵小旋风。

灵兽似乎没想到少女会是这种态度，竟然也怔愣了片刻，待少女已经跑了片刻才去追。

“别追我啦——”少女一边跑一边求饶，“不就是吃了你狩猎的肉，我就吃了一点点！我狩猎完还给你行不行？！”

可惜灵兽不听。

云夙柠一个人在林中寻找自己要采的草药。

他身着淡蓝色的法衣，将他的肤色衬得更白。

只是，法衣外的兽皮披风在夏日里有些违和，明明烈日炎炎，就算在林中有树荫遮挡，也不该穿得这般严实。

不过看到他那略显病态的面色，便可以辨别一二。

他身体有寒证，只能如此。

这时，他依稀听到了女孩子的叫声，显然是一边跑一边慌乱大叫，才使得“啊啊啊”的声音带着波浪感。

他转身看去，果然看到远处有一个女孩子穿越丛林，快速奔跑，后面有一只幼兽在追。

他站在远处，双手环胸冷漠地看着，表情没有任何改变。

这画面在他看来，如同一个五岁的孩子正在被出生三天的小鸭子追得满院子跑，还发出大叫声。

很吵。

待声音远了一些，他继续在林中寻找草药。

终于，他看到了他想要的药草，缓步走过去。这时他听到那女孩子的声音，她转了一个圈，竟然再次来了他这边，并且直奔他而来。

他懒得理会，正俯身去采摘，却看到一只脚踩在了草药上。

他没有抬头，一直看着草药。

踩着草药的女孩子急切地对他道："你能不能帮帮我？"

"不能。"他拒绝得毅然决然。

女孩指着灵兽道："它追我……它要杀了我！"

"你反过来追它，说不定它也会被你吓得拔腿就跑。"

"怎么可能，它那么凶。"

云夙柠终于重新站好，看向不远处那个"三天大的小鸭子"，灵兽看到他之后双腿都在打战，哪里凶了？

他并不想理会，绕过她离开："你们去一边玩吧。"

少女很害怕，伸手去扯他的衣角挽留。

可惜，云夙柠的修为比她高出很多，就算他是医修也能轻易避开她的触碰。

"你救救我……我帮你采药好不好？"她再次询问。

她看到了他身上的药篓，知晓他是来采药的。

云夙柠冷笑一声："我寻着都需要些时间，你就能比我强了？"

"能！"她指了指自己的鼻子，"我是小黄狗半妖，狗鼻子可灵了。"

云夙柠原本已经要走了，听到这句话却停了下来。

他抬眼看向少女，容貌俏丽可人，一双杏眼透着无邪，似乎是想对他示好，特意在此刻展现出了灿烂的微笑。

他看着她，又探查了她的体质，确定她真的是小黄狗半妖，当即陷入了沉默，默默地看着她。

云夙柠的沉默让她会错了意。

她以为云夙柠要救自己了，当即站在了他身边，对灵兽示威。

结果却听到云夙柠冷冷的语气："滚开！"

她一阵错愕，睁圆了眼睛，难以置信地看向云夙柠。

云夙柠似乎觉得她站在自己的眼前都很碍眼，于是再次吼道："滚，听不懂吗？"

灵兽本就是幼兽，听到元婴期修者这般的低吼，当即吓得夹着尾巴落荒而逃。

黄桃被凶了之后，委屈巴巴地往后退了几步，看着灵兽离开后陷入了纠结。

虽然说云夙柠并没有直接帮她，但是间接赶走了灵兽，她要不要兑现诺言，帮他寻药？

她见云夙柠要走，当即喊道："你要寻什么药，我帮你寻，寻完我就走。"

"不用。"

她想了想便打算离开，没必要纠缠他。

然而走了几步，又硬着头皮问道："你知道溯流光谷怎么走吗？我要去那里，但是我迷路了。"

"……"云夙柠不回答，继续朝前走。

她不死心，跟着他往林中走："你背着药篓，你也是医修吗？你是溯流光谷的吗？"

云夙柠依旧不理。

她嘟起嘴来，继续跟着他走了一段："你若是医修，就应该研究过一种丹药。"

"让你闭嘴的丹药？"

"不是，是一种好的丹药，吃了这种丹药，渐渐地会变成一个好人。"

云夙柠停住脚步，回头看向她。

她被他那凶恶的眼神吓得脚步一顿，停在了原处，不敢再动了。

她要是有这般凶恶的眼神，什么灵兽都能吓跑！

"你去溯流光谷做什么？"云夙柠突然问了这样一句话。

她当他动摇了，愿意告诉她路线了，当即回答："我长大了。"

"……"什么意思？他居然不懂。

她突然一阵纠结，明明周围没有其他人，还是故意压低声音道："就是到了小黄狗可以繁育的年龄了，每年都有两次发情期，每次都会找长得最俊的男孩子跳求偶舞，太丢人了，你们医修能救吗？"

"……"云夙柠做医修几百年，第一次被问住了。

怎么救？

绝育吗？

她再次开口："我打听到，溯流光谷里有一位神医，人送外号光谷毒医，他可厉害了，说不定能治。"

云夙柠沉默了片刻道："我觉得……他可能没办法治？"

"不会的！你可能不懂，但是光谷毒医肯定懂。"

云夙柠回答得万分笃定："不，他不懂。"

少女嫌弃地打量他，却没有再说什么，而是道："你告诉我溯流光谷怎么走就可以了。”

“朝南那座山。”

“好的，谢谢。”

少女说完转身便走。

云夙柠看着她离开，突然叫住她，道：“你走的是北面。”

“不是上北下南左西右东吗？”

“并不是你面朝哪边，哪边就是上，哪边就是北。”

少女似乎是在努力理解这句话的意思，于是认可地点头，接着朝着南边走过去。

半个时辰后，云夙柠在林中再次遇到了黄衣少女。

那时，她正在努力狩猎，和一只兔子殊死搏斗，最后觉得兔子可怜，放过了兔子。

他竟然闲来无事，看着她和兔子大战三十余个回合。

最终，她去采了一堆果子，小心翼翼地丢进了之前那只灵兽的窝里，终于心安理得地离开了。

她在途中又遇到了云夙柠，当即停了下来看向他，兴奋地道："你还没找到草药啊，需要我帮你吗？”

云夙柠竟然真的取出了一种草药给她看，问：“寻得到吗？”

她当即跑过去认真闻了闻，接着对他道：“我去找找。”

她突然这般靠近，还在努力嗅着，让他下意识收回手，这样反倒让她靠得更近了。

他在看她，她在看药。

闻完，她快速进入了林中。

云夙柠没指望她能找得到，见她离开后，便继续漫山寻药。

结果不到一个时辰，少女便再次寻到他，捧着一堆草药问：“够了吗？”

云夙柠看着她手中的草药非常意外，没想到她真的能寻到，他用神识探查都有些吃力。

看来狗鼻子是真的灵。

这也是他妹妹当初养一条小黄狗的原因。

“够了，谢谢。”他伸手接过来。

“那我去溯流光谷了。”

“嗯，去吧。”

少女迟疑了一会儿，回身问他：“现在哪边是南？”

云夙柠指了一个方向。

“哦，谢谢。”少女立即朝着那个方向去了。

云夙柠收起草药，不由得叹息，外界将他传得神乎其神，狗狗发情这种本能他都能治了？

他若是真那般厉害，也不会在跃升元婴期时因心魔而导致身体恶化，成了如今这般模样。

他的心魔……

是对一条小黄狗的愧疚。

云夙柠没想到他回到溯流光谷外时，正好看到黄衣少女在试图挖一个洞进溯流光谷。

他沉默地看了一会儿她挖洞，接着提醒道："按照你的速度，你进入溯流光谷时，会经历二百余次发情期，并且这期间还得不被谷内修者发现并阻拦。"

"他们住在山里面，我转了一圈都没有找到路，怎么进去？"她当即放下了手里的工具，急切地问。

"我倒是有方法，不过，谷内的修者应该治不了你的病。"

"那也得试试啊！这么持续下去不是办法。"

云夙柠站在谷外，朝着湖水里撒了一些鱼食，不出片刻，便游过来了一群游鱼。

"哇！"黄衣少女蹲在湖水边，朝着水中看，"好肥的鱼！"

接着喉间一滚，似乎有些馋了。

不过……锦鲤好吃吗？

云夙柠没理她，静静站立等待，没一会儿便看到渡水法器漂了出来。

他上了法器，对她道："上来吧。"

"嗯！"少女兴奋地上了船，充满了向往，仿佛进入山谷，她的病就能被治好了。

渡水法器静静地朝着山谷内行进，她闲来无事，询问："一直没问，你怎么称呼？"

云夙柠回头看向她，正要开口，便听到了她的自我介绍："我叫黄桃！"

渡水法器缓缓行进，推开水面，留下粼粼波纹，像是碎了的镜。

水声，竟然成了此刻唯一的声音。

紧接着，是巨大的落水声。

云夙柠用控物术将黄桃扫下法器，让她坠入了水中。

黄桃落水后万分震惊，挣扎着扑腾出水面。

托着渡水法器的游鱼被吓得四散逃去，还寻得黄桃在水中更乱了几分。

她终于在水中掌握了平衡，努力地露出头来，看到云夙柠站在渡水法器上冷漠地看着她。

那眼神，冰冷得仿佛可以冰封整个湖面。

这个人……恐怕有病！

得离他远些！

黄桃这样想。

黄桃确定了这一点，于是狗刨着朝岸边而去，不打算跟着他进谷了。

云夙柠的目光随着她移动，心口也随着揪紧。

她是什么来历？

她为什么会知晓他的痛处？

她是谁派来的？

为什么一切都那么巧合？

十三

顾京墨最近收留了一条小狗。

应该算是小狗吧？

她抬眸，看向躲在角落里睁着圆溜溜的大眼睛，偷偷看向她的小姑娘。见她看过去，小姑娘赶紧躲了回去，却还留一个发钗在外面晃呀晃。

她扬唇轻笑，询问："有事？"

黄桃终于探出头来询问："我需要做什么吗？"

想来是觉得自己来是给顾京墨做侍女的，可看到她这里似乎没有什么事情可以做，便一直躲在暗处观察她，又怕打扰到她，才会这么小心翼翼的。

她还不习惯身边多出一条……哦，多出一个人来，于是她随意回答："你随便就好。"

"哦！"黄桃终于起身，站在房间里左看看，右看看，问道，"我进门需要禀报吗？你会不会因为我的突然打扰走火入魔？"

修者的耳力极佳，黄桃的修为又很低，黄桃只要靠近她就能发觉，根本不会构成任何威胁。

于是她回答："不会。"

黄桃终于放下心来，没一会儿不知道在哪里寻来了一块抹布，在她的洞府里收拾起来。

顾京墨看了一会，提醒道："可以用阵。"

黄桃停顿下来，不解地问："用针……扎吗？"

"用洗涤阵打扫房间更方便省力，而且耗时也短，会吗？"

黄桃觉得自己似乎要成为不合格的侍女了，愧疚地摇了摇头。

顾京墨对她招了招手："过来，我教你。"

黄桃面色一喜，提着裙摆便到了她的身边，坐在她的脚踏上。

她又拍了拍她的床边："坐上来。"

黄桃只是犹豫了片刻，便坐在了她的身边。

说起来，黄桃有些笨，简单的阵法都要教很多次。好在顾京墨也没什么事情要做，便很耐心地指点了她一遍又一遍。

对于黄桃来说，成为侍女后的日子，和她想象中并不一样。

她想过会寄人篱下，甚至被一群魔门大坏蛋欺压，结果完全没有。

她的主子还总怂恿她去欺负别人。

记得那一日黄桃是哭着回来的，本来想去跟顾京墨告状，到了洞府门口又忍住了，生怕自己给顾京墨添麻烦。

她站在门口将眼泪抹干净，又冷静了一会儿，才抬脚准备进去。

结果刚走了一步，就听到她身后传来顾京墨的声音："我不是给过你帕子，擦眼泪不用帕子，用法衣做什么？法衣防水，你只会抹一脸。"

黄桃惊讶地回头看向顾京墨，半晌没说出话来。

顾京墨抬手帮她擦了擦小花脸，问她："怎么了？受了这么大委屈？"

提起这个黄桃就气，狠狠地跺脚，眼泪又一次不受控制地流了下来："鲵面坨坨的那几个随从，他们知道我是小黄狗，每次我去执事堂碰到他们，他们就冲着我学狗叫，气死我了！"

顾京墨听完双手环胸点了点头，接着对她一扬下巴："走，带你收拾他们。"

"嗯！"黄桃霎时有了底气，跟着顾京墨雄赳赳气昂昂地去寻那几个臭小子。

到了地方，顾京墨叫住了那几个人问黄桃："是他们吗？"

黄桃认真地点头。

顾京墨给黄桃了一个小皮鞭，吩咐道："抽他们。"

黄桃拿起小皮鞭似乎有些犹豫，顾京墨还当是她于心不忍，结果黄桃认真地道："魔尊，我灵力低微，可能抽得不够疼。"

顾京墨被她逗得大笑起来，朗声回答："那就多抽一会儿，抽到满意为止。"

她自然是听从命令的，拿着小皮鞭便朝着那几个侍从抽了过去。

起初旁人并未当回事，结果抽的时间久了，几个小侍从被抽得鸡飞狗跳的，逐渐吸引来了旁人围观，后来鲵面坨坨也来了。

"哎哟，魔尊，您这是闲暇时间拿我的人解闷了？"话很客气，但是语气并没有多谦卑。

顾京墨瞥了他一眼，并未回答，而是抬手示意黄桃停手。

此时的黄桃与她还没有什么默契，顾京墨摆了半天手，她才停下来，站在了顾京墨的身边。

顾京墨低下头，语气突然严厉起来：“黄桃，你知不知道你也有错？”

黄桃一慌，赶紧跪下领罚。

顾京墨并未第一时间让她起来，而是说道：“你是我的人，代表的是我的颜面。他们敢对你不尊重，就是没把我放在眼里。这种事情你居然忍着不说，是放任这群人羞辱我吗？”

黄桃赶紧磕头认错：“魔尊，我……不对，我知道错了。”

鲵面坨坨也知道，顾京墨这话看似是对黄桃说的，其实是说给自己听的。

那几个侍从已经快速跪倒在地，跟着磕头：“我们几个小的不守规矩，招惹了您的人，我们罪该万死！我们活该被打。”

顾京墨看向周遭的人，再次开口：“在魔门地界的确看重修为，以强者为尊，但也要看看身份！黄桃是我的人，竟然也有人敢当面羞辱，那就是在挑战我的权威。

“我这人就是喜欢打打杀杀，多杀几个人，对我来说不过是随手的事，既然想来我这里送死，又何必绕一个圈子？”

那几个侍从吓得瑟瑟发抖，道歉求饶的声音更加急促，甚至开始向鲵面坨坨求助。

鲵面坨坨看着黄桃怯生生的模样，说道：“哦！这是魔尊的人啊！还真是我等怠慢了，日后定然多加注意。”

说着，从自己的储物法器中取出了一件宝贝，送给了黄桃：“这是一件天级宝贝，你且收着，也算是见面礼了。”

黄桃伸手接过来，又抬头偷偷看顾京墨，见她没说什么才收下了：“谢谢您。”

顾京墨没再为难鲵面坨坨，而是朝着外围故意用了传音功法道：“黄桃是我收留的人，她便代表了我，之后她会代表我传达命令，若是谁敢怠慢……”

说着，一掌打断旁边的桥梁：“就休怪我顾京墨不客气。”

说完对黄桃招手：“黄桃，我们走。”

魔门地界的人都明白，今日顾京墨不过是借题发挥，在给黄桃立威。

之后还有人去探查，想要看看这个黄桃究竟是什么底细，会被顾京墨这般护着。

调查之后，确定顾京墨对黄桃是真的重视，不少人便开始给黄桃送礼，颇有巴结之意。

黄桃自己没有主意，便去询问顾京墨，顾京墨倒是不在意：“收了就是，之后你也有自己的家底了。”

“好！”

在那之后，顾京墨依旧没有要求黄桃做什么，黄桃便只能自己主动寻找工作，努力让自己忙碌起来。

顾京墨难得叫她,都是带她出去见魔门其他的人,甚至连斗法都会带着黄桃过去。

也不知是黄桃天生神经大条，还是她真的什么都不怕，在比她修为更高的修者都吓得面色苍白的时候，黄桃依旧是淡然的模样，听话地跟在顾京墨身边。

也正是因为她这对万事都淡然，凡事都不怯场的态度，让魔门的人逐渐熟悉了黄桃，并且不敢低看了她。

看到了黄桃，就代表看到了顾京墨，这是大家都默认的事情。

某天顾京墨回到洞府时，黄桃正打开包裹，去吃里面的烧鸡。

她刚刚撕下鸡腿，鸡腿便被顾京墨抢了去。

她抬头看了看顾京墨，并未说什么，于是撕下了另外一个鸡腿，没承想又被顾京墨抢了去。

她似乎有一瞬想要抢回来，却又气鼓鼓地重新坐下，默默地扯下了鸡翅。

顾京墨看着她的模样问："两个鸡腿都被我抢走了，你不生气？"

"您是主子，我哪能跟您生气，只是您下次如果想吃，提前告诉我，我给您也买一份。"

"你于我而言，从来都不是奴，你是我的伙伴，是我的朋友，是陪在我身边的人。所以你可以有自己的脾气，有自己的选择。你就是你，活成你自己想活成的样子，才是我救你之后最好的报答。"

黄桃看了她许久，才灿烂地笑着道："好！"

接着她伸出手："还给我一个鸡腿，不然我会发很大的火。"

顾京墨真的还给了她一个："这就对了。"

其实很多年后，顾京墨也总会想起这一日，是不是她当时说得不对？

不然，她也不会失去黄桃。

可那是黄桃自己的选择，她又能怪黄桃什么呢？

图书在版编目（CIP）数据

她为什么不开心 / 墨西柯著 . -- 成都 : 天地出版社 , 2024. 9. -- ISBN 978-7-5455-8416-5

Ⅰ . I247.5

中国国家版本馆 CIP 数据核字第 20241YH547 号

TA WEISHENME BU KAIXIN

她为什么不开心

出品人 杨 政
作　者 墨西柯
责任编辑 袁静梅
责任校对 梁续红
封面设计 唐小迪
责任印制 白 雪

出版发行 天地出版社
（成都市锦江区三色路 238 号 邮政编码：610023）
（北京市方庄芳群园 3 区 3 号 邮政编码：100078）
网　址 http://www.tiandiph.com
电子邮箱 tianditg@163.com
经　销 新华文轩出版传媒股份有限公司

印　刷 北京美图印务有限公司
版　次 2024 年 9 月第 1 版
印　次 2024 年 9 月第 1 次印刷
开　本 710mm × 1000mm 1/16
印　张 37
字　数 723 千字
定　价 79.80 元（全二册）
书　号 ISBN 978-7-5455-8416-5

咨询电话：（028）86361282（总编室）

购书热线：（010）67693207（营销中心）